소설가 문순태

■ 1959년 광주고교 문예부 시절

■ 1964년 국문과 재학시절

1974년 봄, 왼쪽부터 시인 조태일, 소설가 한승원, 소설가 이문구, 문순태

1974년(35세) '한국문학' 신인상을 받고 나서

1980년 6월 3일 광주에 온 김수환 추기경에게 광주의
진실을 소상하게 알렸다 (윤공희 대주교 방에서)

1988년 김대중 대통령 서재에서

2006년 5월 정년기념 출간기념회장에서 가족들과 함께

2008년 제11회 한국가톨릭문학상을 수상하며
오른쪽부터 구중서·김용성·신달자·김후란 선생과 함께

■2010년 생오지에서 광주고 동기 이성부 시인과 함께

■2012년 생오지에서 아내와 함께

■ 2015년 생오지 집필실에서

■ 2016년 소설가 한승원 · 이삼교 선생과 함께

■ 철쭉이 흐드러진 생오지 문학의 집

문순태 소설의
시대정신

문순태 소설의 시대정신

전흥남 엮음

국학자료원

머리말

　문순태 선생님과 인연을 맺은 지 얼추 10여년 쯤 되는 것 같습니다. 문학을 연구하고 가르치는 입장에서 선생님의 소설 창작 지도를 받고 싶어 담양의 '생오지'를 방문하고부터 입니다. 6개월 동안 한 달에 서너 번 주말에 '생오지'를 방문하면서 받은 창작과 관련된 지도와 가르침도 인상적이었지만, 선생님의 인간적인 면모와 배려심에 푹 빠지게 된 것 같습니다. 나이에 아랑곳하지 않고 창작에 임하는 선생님의 열정과 염결성을 접하면서 그 인연을 소중하게 간직하고 싶었습니다. 제가 이 책을 엮은 동기 중의 하나이기도 합니다.

　선생님께서는 한국문단의 원로 소설가이자 광주·전남지역의 양심적인 지식인으로서의 몫을 감당해 왔습니다. 세상이 혼탁하고 정의롭지 못하게 흘러가는 세태를 보면 방관하기보다는 냉철하게 핵심을 짚고 비판하는 자세를 견지해 왔지요. 이는 우리 사회가 좀 더 공정하고 정의로운 세상을 지향하는 선생님의 인생관과도 무관할 수 없다고 하겠습니다.

　익히 알려진 바와 같이, 선생님은 적지 않은 수작과 문제작들을 발표하면서 작가로서의 사명에 충실한 삶을 살고 있다고 생각합니다. 엮은이도 선생님의 노년소설에 주목한 바 있는데, 삶과 죽음의 문제, 소통, 화해, 그리고 치유 등 우리네 삶속에 자리한 깊은 내면을 잘 담아내고 있다고 생각해서 나름으로 공을 들여 선생님의 소설을 살펴보았습니다. 하지만 선생님의 소설 속에 담긴 유장한 의미와 심연(深淵)의 세계를 제대로 포착하지 못한 건 아닌가 하는 자책감이 엄습하기도 합니다. 다만 연구자로서 성실성과 끈기를 갖고 더욱 분발한다면 선생님의 문학세계를 비교적 온당하게 구명할 수 있겠다는 다짐을 위안으로 삼고 있습니다.

선생님과의 인터뷰를 앞두고 이력과 생애를 잠시 살펴보았습니다. 그야말로 파란만장한 삶을 살아왔다는 생각이 들었습니다. 어린 시절 선생님께서 겪은 가난과 곤고함은 물론이거니와 언론인과 대학교수 신분을 오가는 동안 해직된 아픔도 겪었습니다. 선생님께서 내색은 않으셨지만 가장으로서 책임감을 감내하면서 5년여 동안 오히려 창작에 대한 열정을 놓지 않고 마치 구도자의 자세로 일관했던 것은 선생님의 뚝심과 기개를 가히 짐작해 볼 수 있습니다.

문순태 선생님은 올해 팔순을 맞습니다. 이 책은 팔순을 맞는 선생님의 작품 세계를 조명해 본 연구자들의 평문과 논문들을 수록하고 있습니다. 선생님의 소설을 분석한 연구물이 이 책에 망라되어 있는 건 아닙니다. 석·박사 학위논문의 경우도 지면관계상 빠져 있고, 또 2005년 정년에 즈음하여 발간한 『고향과 한의 미학』에 수록된 수작(秀作)의 평문과 논문들도 이번에는 포함시키지 않았습니다. 본 연구서는 2005년 이후 발표된 논문들과 평문들 위주로 짜여져 있고, 문순태 선생님의 소설세계를 몇 가지 유형화해서 수록했습니다.

제1부에는 작가 문순태의 생애와 삶이 비교적 잘 묻어나는 작가론을 포함해서 문순태 소설의 특성과 윤곽을 파악하는 데 보탬이 되는 글을 배치했습니다. 제2부는 한국전쟁의 상처와 이념을 모티프로 한 분단소설을 포함하여 5·18 등 굴곡진 현대사를 배경으로 한 소설을 분석한 글이 주종을 이룹니다. 문순태 소설의 현실대응력을 명시적으로 살펴볼 수 있는 글인 셈입니다. 제3부는 요즘 생태학적 인식 차원에서 학계의 관심을 받고 있는 사운드스케이프를 포함해서 생태학적 상상력과 연동되는 글을 수록했습니다. 제4부는 문순태의 노년소설에 나타

난 소통의 미학과 치유와 관련된 글이 수록되어 있습니다. 이런 점에서 문순태 소설의 공간변모 양상과 문학치료학을 연결시킨 글은 이와 관련해서 시사하는 바가 큽니다. 제5부는 문순태 소설 속에 나타난 고향과 탈향, 그리고 '한'의 정서 및 여성담론을 아우르는 글을 수록했습니다. 마지막으로 제6부는 문순태의 대하 소설 『타오르는 강』의 서사전략과 장소성을 구명한 글로 채웠습니다. 그리고 말미에 선생님의 최근의 생각과 작품세계를 일별해 보는 데 보탬이 되는 '작가와의 대담'을 실었습니다. 본 연구서에 수록된 글은 학회지에 발표된 논문들이 주종을 이루고 있으며, 문예지에 기고한 글도 일부 있습니다. 이 자리를 빌어 수록을 기꺼이 허락해 주신 필자들께 진심으로 고마움을 전하고 싶습니다.

선생님은 대학교수로서 정년퇴임을 하신 이후에도 '생오지'에서 창작활동을 지속해 왔을 뿐 아니라 후학들의 창작 지도와 봉사를 함께 일궈가는 삶을 살고 계십니다. 나이가 들면 대체로 창작만 하기도 버거울 만도 한데, 다소의 번거로움도 감수하면서 지역문인들의 저변확대와 창작의 밀도를 높이는 데 열정을 기울이고 있습니다.

앞으로 이 연구서 발간을 계기로 선생님의 작품세계에 대한 다양한 연구들이 지속적으로 이어져서 후학들이 더 좋은 성과물을 내는 데 보탬이 되었으면 합니다. 선생님께서도 더욱 건강하시고 평안하신 가운데 창작활동도 지속적으로 이어지길 기원하겠습니다.

2018년 4월 엮은이

목 차

제1부 문순태 소설의 지형도

제2부 문순태의 소설의 현실대응력

제3부 문순태 소설의 생태학적 인식과 사운드스케이프

제4부 문순태의 노년소설에 나타난 소통의 미학과 치유

제1부

문순태 소설의 지형도

문순태 소설의 지형도 연구[*]

조 은 숙(전남대)

1. 서론

작가는 작품 밖에서나 작품 안에서나 어떤 형태로든 존재하면서 작품에 끊임없이 영향 관계를 맺고 있으므로 작가의 생애와 문학 세계를 함께 살펴보는 것은 의미 있는 작업이 될 것이다. 작품을 고려하지 않은 작가론이 한 작가의 일반적 전기로 그치고 마는 것처럼, 작가에 대한 고려 없는 작품론은 구조에 대한 메마른 분석에 치우쳐 '문학의 비인간화'로 치닫게 될 것이다.[1] 따라

---

* 이 논문은 문순태의 작가론 『생오지 작가, 문순태에게로 가는 길』, 역락, 2016, 199~223쪽에 수록된 부분을 수정하였음을 밝힙니다.
1) 우한용, 「작가론의 방법」, 『한국근대작가연구』, 삼지원, 1985, 16쪽.
   김윤식도 작품과 작가는 밀접한 관련성이 있다고 본다. "작품이란 어느 정도 작가의 특징을 틀림없이 내포하며, 가능한 한도까지 그 작가의 인생을 앎으로써 그의 작품을 해명할 수가 있을 것이다. 우리는 작가의 생활, 인생관 등을 고려해 넣은 비평이 지닐 수 있는 어리석음의 가능성을 인식하는 한도에서 자율성의 선언(doctrine of autonomy: 작품과 작가의 격리)을 해야 할 것이며, 도움이 될 수 있는 것이 전기적

서 한 작가의 총체적인 문학 세계를 규명하기 위해서는 작품론과 작가론을 함께 아우르는 소설의 지형도 연구가 필요하다고 본다.[2]

문순태는 1939년 10월 2일 전남 담양군 남면 구산리 308번지에서 남평문 씨 10대 종손으로 태어났다.[3] 그는 광주고등학교 3학년 때 『전남일보』 신춘 문예에 김혜숙이라는 가명으로 시 부분에 입선했으며, 『전남매일』의 전신인 『농촌증보』 신춘문예에 단편소설 「소나기」가 당선되기도 할 정도로, 낮에는 수업 시간에도 소설책만 읽었으며 밤에는 하수 썩는 냄새가 진동하는 판잣집 의 단칸방에서 날을 새어가며 소설을 썼다.[4] 그는 소설을 쓰는데 대학을 가 는 것이 무의미하다고 생각하며 대학을 포기하고 싶을 정도로 '문학병'이 깊 어져서 아버지와 심한 갈등을 겪기도 했다. 이후 대학교에 다닐때에도 문학 에 심취해 존경했던 김현승 시인이 숭실대학교로 직장을 옮기자 문순태도 1963년에 숭실대학교 기독교철학과 3학년에 편입한다.

하지만 1963년 가을, 아버지의 죽음과 함께 가족의 생계를 책임져야 하는 생활인이 되면서 그의 문학에 대한 꿈은 잠시 미루어야 했다. 1965년 자신이 쓴 시 '천재들'이 김현승의 추천을 받아 『현대문학』에 발표되어 천료를 앞두 고 있다는 소식을 듣고 잠시 흔들리기도 했지만, 네 명의 생계를 책임지고 있 는 가장으로서 가족을 '배고픔'의 나락으로 떨어뜨릴 수 없었기에 신문 기자

지식임에도 불구하고 제외할 것을 주장하는 것은 어리석은 일이리라. …(중략)…작 가란 현대 비평가들이 믿는 만큼 그렇게 쉽게 쫓아 내버릴 수 있는 것은 아니다. 작 가를 필요 불가결한 것으로 여기게 되면 이 또한 작품 이해에 방해가 되는 것이리라. (김윤식, 『문학비평용어사전』, 일지사, 1983, 244~245쪽.)

2) 조은숙, 『송기숙의 삶과 문학』, 역락, 2009, 25~26쪽 참조.
3) 실제로 문순태는 자전적 성장소설의 제목이 『41년생 소년』이듯, 출생신고를 늦게 하는 바람에 호적에는 1941년생으로 기재되어 있다.
4) 문순태는 전남일보 신춘문예에 이성부가 시로 당선되고, 자신은 김혜숙이라는 가명 으로 입선을 하자, 더 이상 시로는 이성부를 이길 수 없다는 생각에 소설을 써서 전 남매일의 전신인 농촌증보 신춘문예에 단편소설 「소나기」가 당선된다. (문순태, 인 터뷰, 2013.10.09.)

의 길을 선택한다. 그러다가 1974년 다소 늦은 나이인 36세에『한국문학』신인 상에 단편소설 「백제의 미소」가 당선되면서, 그는 본격적으로 문학 활동을 시 작해서 현재까지 중·단편 약 125편과 장편 23편(38권),5) 중·단편집과 연작소설 집 15권, 희곡 2편, 기행문 3권, 시집 1권, 산문집 5권, 동화집 2권, 어린이 위인 전 2권, 평전 1권, 소설창작이론서 1권 등 방대한 분량의 작품을 창작하였다.6)

---

5) 문순태는 단편소설 「고향으로 가는 바람」(1977)의 서사를 확장해서 연작소설집『징 소리』(1980)로 묶거나, 단편소설 「정읍사」(1991)에 자료를 보충하여 장편소설『정 읍사』(2001)로 심화시켰다. 또한 「무등굿」처럼 잡지에 연재하다가 중단되어, 다시 신문에 「5월의 그대」라는 제목으로 연재한 내용을 다듬어서 『그들의 새벽』 1,2(1997)로 묶거나, 「시간의 샘물」(1994), 「느티나무 타기」(1996), 「흰거위산을 찾 아서」(1996), 「느티나무 아저씨」(1997) 등 여러 단편을 재구성해서『느티나무 사랑』 1,2(1997)로 묶어냈다. 그리고 이미 나온 장편을 다른 이름으로 개작한 경우가 많았 는데,『다산유배기』(1977)는『다산 정약용』(1992)으로,『연꽃속의 보석이여 완전한 성취여』(1983)는 『성자를 찾아서』(1985)로, 『가면의 춤』1,2(1987)는 『포옹』 1,2(1998)로,『삼형제』(1987)를 보충해서『한수지』1,2,3(1987)로 개작했다가,『한수 별곡』상,중,하(1993)로 바꾸었다. 1972년부터 자료를 모아 1975년에 시작해서 2012 년에 완간한『타오르는 강』은 먼저 「전라도 땅」(1975)이라는 제목으로『전남매일신 문』에 연재하다가 중단 된 후, 12년 뒤인 1987년에 「대지의 꿈」, 「깨어있는 밤」, 「역 류」 3부로 되어 있는 7권의 대하 장편소설『타오르는 강』으로 개작된다. 이후 광주 학생독립운동부분을『전남일보』에 「타오르는 별들」(2009)이란 이름으로 연재한 후,『알 수 없는 내일』1,2(2009)로 묶어낸 후, 1987년에 펴 낸『타오르는 강』(전7권) 의 후속 이야기로 엮어서 2012년에 소명출판사에서『타오르는 강』(전9권)으로 완간 하였다. 그러므로 단편은 한 편으로 인정했지만, 장편의 경우에는 이름만 개작되고 동일한 내용인 5편을 제외시켜서 총 23편(38권)으로 볼 수 있다.『알 수 없는 내일』 은 그 자체만으로 광주학생독립운동을 다루고 있기 때문에 별도로 인정하였다. 위 내용은 서지 조사와 작가 인터뷰(2013.10.09.)를 통해 확인하였다.

6) 문순태의 소설 세계를 작가 의식의 변모 양상에 따라 세 부분으로 나누면 다음과 같 다. 초기 소설은 1974년부터 1980년 기자 해직 이전까지로 이때 창작된 중·단편 소 설은 32편, 장편 소설은 3편, 중·단편집과 연작소설집은 5권, 평전 1권, 단막 희곡 1 편이다. 중기 소설은 기자 해직 후 본격적인 소설가로 활동했던 1980년 중반부터 1995년 광주대학교 교수로 재직하기 이전까지로 이때 창작된 중·단편 소설은 61편, 장편 소설은 11편, 중·단편집과 연작소설집은 6권, 기행문 3권, 산문집 2권, 장막 희 곡 1편, 어린이 위인전 1권이다. 후기 소설은 1996년 광주대학교 교수로 재직한 후 부터 현재까지로 이때 창작된 중·단편 소설은 32편, 장편 소설은 9편, 중·단편집과 연작소설집은 4권, 산문집 3권, 동화집 2권, 어린이 위인전 1권, 소설창작이론서 1

그럼에도불구하고 지금까지 문순태에 대한 제대로 된 작가론이 거의 없는 실정이다. 현재까지 문순태에 대한 연구로는 대부분 작가와 관련된 개인적인 회고담이나 작품집에 실린 단편적인 서평[7]이 대부분이다. 그리고 개별 작품론도 독자들에게 호평을 받았던 『징소리』, 『물레방아 속으로』, 『철쭉제』, 『달궁』, 『피아골』, 『타오르는 강』이 있으며,[8] 그 외에는 5·18광주민주

권, 시집 1권이다. 문순태는 현재에도 창작 활동을 계속 하고 있기 때문에 후기 소설은 2015년에 발표한 장편소설 『소쇄원에서 꿈을 꾸다』까지를 연구대상으로 했다.
7) 권영민, 「이야기를 말하는 방식문제, 「인간의 벽」」, 『문학사상』, 문학사상사, 1984.9.
　김열규, 「원한과 신명사이」, 「징소리」론」, 『주간조선』, 1980.11.
　김윤식, 「우리 소설의 표정-문순태의 물레방아 속으로」, 『문학사상사』, 문학사상사, 1981.
　박철화, 「빈자리, 혹은 과거와 현재의 공존」, 문순태, 『된장』, 이룸, 2002.
　배경열, 「문순태 소설의 원과 한의 역사, 「백제의 미소」 작품론」, 『문학과 창작』, 2003.1.
　송기숙, 「견고한 의식과 뜨거운 애정」, 『창작과비평』 여름, 창작과비평사, 1978.
　신덕룡, 「기억 혹은 복원으로서의 글쓰기」, 문순태, 『시간의 샘물』, 실천문학사, 1997.
　신덕룡, 「소통과 화해의 길 찾기」, 문순태, 『울타리』, 이룸, 2006.
　염무웅, 「고향심의 세계-문순태의 「물레방아속으로」」, 『작가』, 2003.
　이덕화, 「경계 허물기」, 『시선』 통권 제40호, 시선사, 2012.
　이미란, 「5·18의 객관적 묘사, 『그들의 새벽』」, 『예향』, 광주일보사, 2000.6.
　이중재, 「늙으신 어머니의 향기에 대하여」, 『문학과 창작』, 2003.3.
　장미영, 「혈통 가족에서 반려 가족으로: 문순태 「느티나무와 어머니」」, 『수필과 비평』 통권 129호, 수필과비평사, 2012.
　조남현, 「소설과 상징의 매카니즘-문순태 작 「어머니의 城」」, 『현대문학』, 1984.7.
　함만수, 「시간, 그 무덤과 샘물 「시간의 샘물」」, 『실천문학』 봄, 실천문학사, 1998.
　황광수, 「과거의 재생과 현재적 삶의 완성, 『타오르는 강』론」, 『창작과 비평』, 창작과비평사, 1983.
8) 나정미, 「문순태의 '철쭉제' 연구」, 경남대학교 교육대학원 석사학위논문, 2005.2.
　문석우, 「고향상실에 나타난 신화성: 라스뿌쩐의 『마쪼라의 이별』과 문순태의 『징소리』를 중심으로」, 『비교문학』 제30집, 한국비교문학회, 2003.
　박선경, 「'여성 몸'과 '사랑 담론'의 역학관계: 문순태 「황홀한 귀향」과 「물레방아 속으로」를 중심으로」, 『한국언어문학』 제53집, 한국언어문학회, 2004.
　박찬모, 「문순태의 『피아골』에 나타난 생태학적 상상력」, 『호남문화연구』 제57집, 전남대학교 호남학연구원, 2015.
　서서준, 「「철쭉제」 연구-용서와 화해의 길」, 『고황론집』 8권, 1991.
　심숙희, 「서정인과 문순태의 『달궁』 비교 연구」, 경남대학교 교육대학원 석사학위논문, 2009.8.

화 운동, 노년문제, 생태문제, 서사 구조에 대한 연구9)가 있다.

이렇듯 작품론은 작품의 문학성에 대한 논의일 뿐, 작가의 창작 동기나 문학적 일대기는 포함되지 않는다. 또한 당대에 인기 있었던 작품과 몇몇 대표작만 반복해서 연구하다보니 작가의 초기, 중기, 후기 작품 세계를 아우를 수 있는 중핵을 발견할 수 없으며, 작가 의식의 변모 양상에 따라 작품의 주제가 어떻게 변화되고 있는지 알 수 없으므로, 한 작가의 삶과 문학 세계를 전체적으로 조망하여 지형도를 그릴 수 없는 한계점이 발생한다. 하지만 작품론과 작가론을 함께 아우르는 소설의 지형도 연구는 작가의 일대기(전기적 요소)와 특정 작품과의 관련성을 분석하고 비판하기 때문에, 작품론에서 온전히 밝히지 못하는 문학 세계를 제대로 규명할 수 있을 것이다.10)

우수영, 「문순태『타오르는 강』에 나타난 영산강의 의미-해월 삼경사상의 구현을 통한 새로운 민중」, 『동학학보』제 34집, 동학학회, 2015.

조은숙, 「『타오르는 강』에 나타난 영산강의 장소성 연구」, 『어문논총』제26호, 전남대학교 한국어문학연구소, 2014.

조은숙, 「문순태 소설『타오르는 강』의 서사전략-광주학생독립운동의 역사성을 중심으로」, 『호남문화연구』제54집, 전남대학교 호남학연구원, 2013.

9) 박성천, 「문순태 소설의 서사 구조 연구: 한의 극복양상을 중심으로」, 전남대학교 박사학위논문, 2008.2.

심영의, 「5·18소설의 '기억 공간' 연구: 문순태 소설을 중심으로」, 『호남문화연구』제43집, 전남대학교 호남학연구원, 2008.

임은희, 「문순태 소설에 나타난 생태학적 인식 고찰: 성과 여성, 자연을 중심으로」, 『우리어문연구』제30집, 우리어문학회, 2008.

조은숙, 「문순태 소설의 사운드스케이프 연구」, 『현대문학이론연구』제62집, 현대문학이론학회, 2015.

주인, 「5·18 문학의 세 지평: 문순태, 최윤, 정찬 소설을 중심으로」, 『어문논총』제13집, 전남대학교, 2003.12.

전흥남, 「'5·18광주민주화운동'과 '기억'의 방식: 문순태의 5·18 관련 소설을 중심으로」, 『현대소설연구』제58집, 2015.

전흥남, 「문순태의 노년소설에 나타난 '노인상'과 소통의 방식」, 『국어문학』제52권, 국어문학회, 2012.

최창근, 「문순태 소설의 '탈향/귀향' 서사 연구」, 전남대학교 석사학위논문, 2005.2.

10) 박종석, 『작가 연구 방법론』, 역락, 2007, 13~20쪽 참조.

그러기 위해서 먼저 문순태의 작가 연보, 작품 연보, 시대 상황, 구술에 의한 생애사를 조사 한 후, 작가 서지 등 실증적 자료를 중심으로 작가의 문학적 실천이 어떤 양상으로 전개되고 있는지 살펴볼 것이다. 이를 통해 작가의 생애와 작품에 투사된 작가 정신을 대비해 봄으로써 그의 체험적 요소들이 어떻게 작품에 내재되어 있는지를 밝힐 것이다.[11] 그 동안 문순태에 대해 "그의 모든 소설이 그렇듯 작가가 어린 시절 경험했던 전쟁의 맹목성과 가난의 참혹함, 그로 인한 황폐한 삶의 역정이 그의 소설세계의 질료를 이루고 있다."[12]고 평가되어 왔듯이, 작품뿐만 아니라 작가의 문학적 연대기는 시대 상황의 변화에 따라 작가 의식의 변모 과정과 맥을 같이 한다.

문순태에게 소설 쓰기는 "우리가 살고 있는 시대의 살아 있는 현실"을 "생생하게 소설 속에 수용"[13]하는 것이었다. 그는 씨줄로는 고향의 역사를 탐색하는 과정을 통해 개인의 역사뿐만 아니라 우리나라 전체 민중의 역사를 아우르면서, 날줄로는 당대 현실의 문제를 매의 눈으로 매섭게 찾아내면서 두 줄을 팽팽하게 당기며 소설 속으로 가져왔다. 그러므로 단순한 연대기적 사실만을 나열하는 것이 아니라 작가 의식이 발전해 간 궤적을 따라가며 이를 선별하고 취사선택하여 초기, 중기, 후기 세 시기로 나누어서 살펴 볼 것이다.[14] 이는 작가의 일대기를 중심으로 당대의 상황과 그에 대한 작가 의식이 투영된 작품을 고찰하여 작가 의식의 변모 과정을 종합적으로 밝히는 연구가 될 것이며, 작품 이해의 폭을 넓히는 계기가 될 것이다.

---

11) 조은숙, 「송기숙 소설 연구」, 전남대학교 박사학위논문, 2009.8.
12) 임환모, 「문순태」, 『약전으로 읽은 문학사 2』, 소명출판사, 2008, 419쪽.
13) 문순태외 10, 『열한권의 창작노트: 중견작가들이 말하는 「나의 소설쓰기」』, 창, 1991, 17쪽.
14) 작품은 초기, 중기, 후기로 나누었기 때문에 년도 구분이 필요한 경우가 아니쪽, 지면 관계상 책 발간 년도는 생략하며, 문순태 작품 내용을 인용할 경우에는 인용문 안에 작품명과 쪽수만 기재하기로 한다.

2. 지렁이 울음소리에 귀 기울이기

문순태는 「감미로운 탈출」에서 내가 '철저하게 양다리를 걸치고'[15] 있었지만 "당(직장)과 가정이 내 생활의 전부"[16]라고 했듯이, 그는 신문기자로 출발했다.[17] 그렇기 때문에 남보다 뒤처지고 있다고 생각하며 소설을 쓰고 싶은 갈증이 더 심했다. 하지만 염무웅이 말했듯이 오히려 "오랫동안 사회부 기자생활이야말로 소설가 문순태에게는 더없이 값진 훈련기간이요 문학적 자산의 축적 기간이었을 것"[18]이다. 그가 1974년에 등단해서 1980년 기자 해직 이전까지로 약 6년 동안 중·단편 소설 32편, 장편 소설 3편, 중·단편집과 연작소설집 5권, 평전 1권, 단막 희곡 1편을 쓸 수 있었던 것은 그가 산골과 낙도, 도시의 뒷골목 등 곳곳을 쫓아다니며, 보고 들은 현장의 사건들을 실감나게 서사화했기 때문이다.

문순태가 신문사에서 처음으로 맡았던 시리즈 제목이 「밑바닥」일 정도로 그는 이 사회의 밑바닥에서 지렁이처럼 살아갈 수밖에 없는 사람들에게 각별한 애정을 가지고 있었다. 「밑바닥」은 광주천 다리 밑에 방을 만들어 살던 사람들과 대합실에서 잠을 자는 가족들 등 사회 밑바닥 인생들이 어떻게 어렵게 살아가고 있는지 보여주기 위한 시리즈로 기획되었으며, 5회로 연재가 중단된다. 이때 취재한 내용들은 단편 소설 「여름공원」, 「기분 좋은 일요일」, 「청소부」, 「번데기의 꿈」, 「깨어 있는 낮잠」, 「멋쟁이들 세상」, 「열녀야, 문 열어

---

15) 문순태, 「감미로운 탈출」, 『흑산도 갈매기』, 백제, 1979, 314쪽.
16) 문순태, 위의 책, 254쪽.
17) 문순태는 자신이 기자 생활을 하면서 기사를 제대로 쓸 수 없어서 고통스러웠던 경험을 「무서운 거지」에서 급만성 경련성 일레우스병을 앓고 있는 신문 기자, 「기분 좋은 일요일」에서 목에 가시 걸린 신문 기자, 「여름공원」에서도 치통을 앓고 있는 전직 신문사 사진부 기자, 「감미로운 탈출」에서 오직 당성을 강요하며, 당에 대한 충성만을 강요하지만 거절하지 못한 채 고뇌하는 신문 기자로 형상화하고 있다.
18) 염무웅, 「고향을 지키는 작가」, 문순태, 『흑산도 갈매기』, 위의 책, 329쪽.

라」의 공간적 배경과 소설의 모티프가 된다.

도시에서 지렁이로 살아가고 있는 사람들은 대부분 이촌 향도한 사람들이다. 「고향으로 가는 바람」에서 또삼이가 수도검침원으로 일하다가 주인 여자의 금시계를 훔쳤다는 누명을 쓰고 해직당하거나, 「멋쟁이들 세상」의 오만석처럼 여관 종업원, 주방 보조, 의상실 숙직원 등을 전전하거나, 「청소부」에서 차남수처럼 임시직 청소부로 취직하거나, 「깨어 있는 낮잠」의 박정팔처럼 시청철거반 임시직원으로 있으면서 사표를 쓰지 않기 위해 "죽으라고 하면 죽는 시늉까지"[19] 하면서 '개·돼지'처럼 살아간다. 그나마 임시직도 구하지 못하고, 친했던 친구들에게 외면당하면서 「번데기의 꿈」의 김인수처럼 자살하기도 한다.

이촌 향도한 여성들 삶 또한 지렁이처럼 살아가는 것은 마찬가지다. 「청소부」의 순자처럼 개나리하숙옥에서 몸을 파는 갈보가 되어 자궁암에 걸려 죽자 쓰레기장에 버려지거나, 「열녀야, 문 열어라」의 미세스 문처럼 고등교육을 받고 보험판매를 하지만, 그 또한 남성들의 성적 노리갯감이 되고 만다. 또한 「멋쟁이들 세상」의 미스 홍처럼 여차장을 하다가 낮에는 의상실 모델을 하고, 밤에는 관광호텔 고급 콜걸이 되거나, 「흑산도 갈매기」의 흑산도 아가씨처럼 도시 술집 여성으로 전전하다가 결국에는 섬에 가서 몸을 팔아야 하는 운명을 "생조기 한 마리 값도 못되는 인생"[20]이라고 한탄하듯이, 그녀들은 대부분 성 상품으로 전락했다. 이외에도 「청소부」의 식모였던 길자처럼, 가정교사와 부적절한 관계가 들통 날까봐서 주인아주머니가 보석반지를 훔쳤다는 도둑 누명을 씌워서 쫓아내거나, 「깨어 있는 낮잠」에서 관광호텔이 들어서면서, 도시미관상 좋지 않다는 이유로 빈대떡 할머니의 집을 강제로 철거해서 쫓아내는 경우도 있다. 이들은 두더지 발톱에 찍힌 지렁이처럼 짓

---

19) 문순태, 「깨어 있는 낮잠」, 위의 책, 189쪽.
20) 문순태, 「흑산도 갈매기」, 위의 책, 69쪽.

눌려 살면서도 탈출할 수가 없어, 슬픈 울음을 울 수밖에 없다.

문순태가 약하고 가난한 사람들의 상처에 귀 기울였던 방식은 마음 가장 가까이에 있는 청각 활용이었다. 이들이 그리워하는 소리는 「상여 울음」에서 상여 소리, 「고향으로 가는 바람」에서 걸립패 굿소리, 「청소부」, 「객토 훔치기」에서 대장간 망치질 소리이다. 문순태는 근대화라는 미명하에 사라져 간 소리를 통하여, 그 소리를 그리워하는 이들 또한 사회 밑바닥으로 전락할 수밖에 없는 현실을 보여준다.[21] 그리고 「징소리」, 「저녁 징소리」, 「말하는 징소리」, 「마지막 징소리」, 「무서운 징소리」, 「달빛 아래 징소리」에서 잃어버린 고향에 대한 향수를 '징소리'를 통하여 불러일으키며, 고향을 잃고 도시로 이주한 농민들의 뿌리 뽑힌 삶과 한을 대변한다.

문순태는 「여름 공원」의 나팔수 기자처럼 "불의를 찌르는 송곳처럼 날카롭고 진실 된 기사"[22]를 쓰기 위해 사표를 들고 사장실을 들랑거릴 정도로 '오기와 용기'[23]를 지녔지만, 현실은 유신 헌법이 선포되어 기사 쓰는 데 많은 제약을 받게 된다. 그래서 기자로서 할 수 없는 말을 소설을 통해 표현하다 보니 그의 초기 소설은 아직 정제되지 않은 날알처럼 사회 현상을 그대로 표출하고 있다. 문순태도 자신의 소설이 기자 정신에 입각해서 근원의 뿌리를 캐는 경작자가 되지 못하고 있는 현실을 알고 있었기에 끊임없이 기자와 문학 사이에서 방황한다.

하지만 문순태는 「감미로운 탈출」의 나처럼 출세를 선택한다. 「감미로운

---

21) 문순태는 당시 전통 사회의 황혼에 선 사람들을 취재해서 『숨어사는 외톨박이』라는 책을 공동으로 집필했다. 이 책에서 문순태는 '품바'로 살아가는 전남 무안군 일로면 의산리 6구 888번지에 사는 '천사 마을' 사람들과 장성군 입암산성에 살고 있는 '댕기 마을' 사람들, 화순군 화순장터에서 '큰 대장장이와 작은 대장장이'로 살아가는 사람들을 취재해서 그들이 살아가는 모습을 구체적으로 보여준다. 그러므로 문순태 소설 속의 인물들은 이들이 도시에 나와서 밑바닥 인생으로 전락했음을 보여주는 것이다. 서정범 외 11인, 『숨어사는 외톨박이』, 뿌리깊은 나무, 1980.
22) 문순태, 「여름 공원」, 『고향으로 가는 바람』, 창작과 비평사, 1977, 171쪽.
23) 문순태, 『그늘 속에서도 풀꽃은 핀다』, 강천, 1999, 176쪽.

탈출」에서 내가 지방에서 발행되는 당 기관지의 유능한 편집자로서 장래를 약속받고 있어서 '시인'이 되고자 하는 욕망이 생길 때마다 "그렇지. 나는 시인이 아니지. 지방의 당 기관지 편집일 뿐이지. 앞으로 나는 주필로 뛰어오르기 위해서 당에 더욱 충성을 해야지"[24] 하고 마음을 다독이듯이, 문순태는 '출세'를 해서 고향에 돌아가기 위해 신문사를 그만두지 못한다. 아버지가 유서에 "출세하기 전에는 고향으로 절대 돌아가지 말라."[25]라고 당부할 정도로 아버지와 문순태에게 고향은 원한의 땅이었으며, 고향으로 돌아가기 위해서는 출세해서 고향 사람들 앞에 떳떳하게 나서는 것이었다.

그렇기 때문에 초기 소설인 「감미로운 탈출」에서 주걱턱이 아버지의 억울한 누명을 벗기고 아버지를 유치장에 넣었던 사람들에게 복수하려고 법관으로 출세했지만, 고향으로 가는 장면까지 그려지지 않는다. 하지만 문순태가 순천대학교 국어과 교수와 전남일보 초대 편집국장으로 지냈던 중기 소설에 이르면 「말하는 돌」에서 나처럼 부자가 되어 아버지의 한을 풀어 주려고 아버지 묘를 이장하는데 마을 사람들을 모두 불러 품삯을 주며 유세를 떨거나, 『피아골』에서 검사가 되어 아버지의 유해를 찾으러 간다. 이처럼 문순태에게 출세는 아버지에게 억울하게 드리워진 '빨갱이'라는 낙인을 지우는 것이었기에 포기할 수 없었을 것이다.

문순태의 문학적 도정에 조그마한 이정표가 된 작품은 『징소리』 연작과 『걸어서 하늘까지』이다. 그는 「청소부」, 「여름공원」, 「고향으로 가는 바람」, 「무서운 거지」 등을 통해서 당대 사회가 안고 있는 모순에 대해 서사화했다. 하지만 우리 역사가 안고 있는 모순의 구체적인 실체에 대해서 정확하게 인식하게

---

24) 문순태, 「감미로운 탈출」, 『흑산도 갈매기』, 앞의 책, 262쪽.
25) 문순태는 아버지의 유서와 관련해서 『걸어서 하늘까지』에서는 "피맺힌 유서 한 장을 읽을 때마다 날캄한 송곳이 심장을 찔린 듯 찌릿찌릿한 아픔"(86~87쪽)을 느꼈다고 했으며, 「살아있는 소문」과 『41년생 소년』에서는 유서를 부적처럼 몸에 지니고 다니면서 힘들 때마다 꺼내보며 유서에 담긴 절망과 분노와 슬픔을 느꼈다고 묘사하고 있다.

된 것은 『징소리』 연작과 『걸어서 하늘까지』를 쓰면서부터였다.

이는 작가가 이전의 작품에서는 자신의 원체험을 쓰지 않았지만, 『징소리』 연작에 이르러서 수몰로 인해 고향을 잃어버린 사람들과 공비토벌구역이라는 이유로 고향이 소개되었던 자신의 경험을 동일시한다. 그러므로 『징소리』 는 자신을 비롯한 모든 고향을 잃어버린 지렁이들의 울음소리이며, 문순태 소설에서 '고향 상실의 한'이라는 서사가 시작되는 지점이다. 그리고 『걸어서 하늘까지』는 유년 시절에 경험했던 극심한 '배고픔'26)과 돌아가신 아버지에 대한 '그리움'이 투사되었다. 이렇듯 문순태는 『징소리』 연작과 『걸어서 하늘까지』를 쓴 후, 작가로서 입지를 굳히게 되었고, 문학은 '무조건 진실한 소리'여야 한다는 생각에서 벗어나 '문학이 역사의 칼'27)이 되어야 한다는 입장으로 바뀐다.

3. 자기 구원과 아픈 역사의 매듭 풀기

문순태 삶과 문학에서 중요한 분수령은 1980년 5·18광주민주화운동 이후 기자 해직부터 1996년 광주대 교수로 가기 전까지다. 그는 승진하여 신문사 편집국 부국장이었으며, 『징소리』 연작과 『걸어서 하늘까지』가 대중에게 알려지면서 소설가로 안정적인 궤도에 진입할 무렵, 신문사에서 강제로 해직당한다. 그는 자신에게 '반체제 인사'라는 올가미가 씌워지자, 마을 이장이었기 때문에 인공(人共) 치하에서 잠시 마을 인민위원장을 맡았던 일로 인하여, 그들에게 동조했다는 '낙인'이 찍혀 죽을 때까지 고통스러워했던 아버지를 생

26) 문순태 소설에서 유년 시절의 배고픔에 대해 묘사한 작품은 「장구렁이」, 『걸어서 하늘까지』, 「물레방아 돌리기」, 「흰 거위산을 찾아서」, 『타오르는 강』, 『느티나무 사랑』, 『41년생 소년』, 「그리운 조팝꽃」 등이 있다.

27) 문순태, 『소설창작연습』, 태학사, 1998, 123~127쪽 참조.

각하며, 아버지의 '낙인'과 자신의 '낙인'이 동일선상에 있음을 인식하게 된다. 그래서 분단의 비극이 가져다 준 아픔을 역사적 맥락에서 살펴보기 위해 '열두 살 유년 시절을 회상한다.

문순태가 처음으로 그의 작품 속에 '열두 살'의 체험을 이야기 한 작품은 「무서운 징소리」이다. 여기서 칠복이 아버지가 죽게 된 것은 열두 살 된 부면장 막내딸이 찌른 대창 때문이다. 「흰거위산을 찾아서」에서 기호도 열두 살에 고향을 떠나 미국으로 떠났고, 문순태가 55세에 썼던 「시간의 샘물」에서 박지수도 '43년 만에 고향으로 돌아옴으로써 '열두 살'은 작가와 작품을 잇는 중요한 씨실로 작용하고 있다. 그의 작품에서 탈향하는 작중 화자의 나이가 대부분 열두 살이며, 끈덕지게 귀향하는 시기는 집이 강제로 소개되기 이전의 아름다운 공동체가 존재했던 6·25전쟁 이전이다.

문순태가 쓴 분단과 관련된 작품에서 끊임없이 '열두 살'과 접속하는 이유는 그에게 가장 아픈 상처가 그 지점에서 형성되었기 때문일 것이다. 그가 『소설창작연습』에서 자신이 소설가가 된 것은 "이들의 헛된 죽음을 해명해 보고 싶은 욕심에서 비롯된 것"[28]이라고 밝히고 있듯이, 열두 살에 본 대창에 찔려 죽은 다섯 사람과 5·18광주민주화운동으로 죽은 이들은 모두 '헛된 죽음'이었던 것이다. 문순태는 6·25전쟁과 5·18광주민주화운동을 민족사의 연장선으로 인식한 후, 작품 속 인물들을 통해 고향은 더이상 가기 싫은 곳이 아니며, 돌아가야 하는 곳으로 묘사하고 있다.

　　달교가 다시 고향땅을 밟은 것은 그로부터 수년 후, 그가 결혼을 하여 자식을 낳고, 고향이 어떤 것이라는 것을 알고, 고향 사람들이 자신을 어떻게 대해더라도 모든 것을 감수하고 받아들여야 한다는 생각을 굳힌 후였다. 그의 오랜 객지생활에서 얻어진 결론은 고향은 모든 것을 용납하고 이해해줄 것이라는 생각과, 고향은 결코 어떤 수난 속에

---

28) 문순태, 『소설창작연습』, 위의 책, 162쪽.

서도 고향을 잊지 않는 사람을 배반하지 않으리라는 생각이었다. (「무당새」, 『살아있는 소문』, 181쪽)

"우리가 뭐 고향에 죄 지었소? 다 시국 탓이지요." (「무당새」, 『살아있는 소문』, 183쪽)

문순태가 「무당새」에서 '시국'탓이라고 하는 것은 소극적인 대처 방법이 아니라 탈이데올로기의 관점에서 분단 문제를 객관적으로 바라보기 위함이다. 대부분 6·25전쟁 당시의 비극적인 상황 속에서 젊은 시절을 보낸 작가들은 "당시의 상황이 안겨준 흑백논리를 벗어나서 역사를 객관적으로 투시할 만한 여유를 지니기가 어려웠는데, 문순태의 소설에서는 그 같은 흑백논리를 초월해서 양쪽을 민족적 동질성의 차원에서 추구해 나가려는 의지가 강하다."[29] 이를 가장 잘 보여주는 작품이 「시간의 샘물」이다.

문순태는 「시간의 샘물」에서 43년이라는 분단의 고착화를 해결할 수 있는 방법으로 '각시샘물'을 들고 있다. 고향 사람들이 두 편으로 갈라지게 된 것은 '그들의 의사'가 아니었기 때문에, 갈등을 겪기 이전에 마셨던 각시샘물을 함께 마신다는 것은 민족의 동질성을 추구하는 것이다. 그는 『징소리』, 『물레방아 속으로』, 『달궁』, 「철쭉제」, 「거인의 밤」, 「황홀한 귀향」, 「미명의 하늘」, 「말하는 돌」, 「유월제」, 「잉어의 눈」, 「어머니의 땅」, 「어머니의 성」에서 자신의 유년 시절 체험을 소재로 6·25전쟁의 실상을 그대로 보여준 후, 「제3의 국경」에서는 일회성 만남 이후 희망 부재로 이산가족에게 상처만 주고 있는 이산가족문제를 본격화하고, 「어둠의 강」에서는 "더 굳어지기 전에 지금이라도 만나야"[30]한다면서 남북통일의 당위성으로 확장시킨다.

문순태는 소설 속에 자신의 흔적을 남긴다. 가령, 언제 어느 곳에 근무했는

29) 김우종, 「怨과 恨의 民族文學」, 문순태, 『인간의 벽』, 나남, 1985, 331쪽.
30) 문순태, 「어둠의 강」, 『살아있는 소문』, 문학사상사, 1986, 273쪽.

지, 개인적으로 어떤 일이 있었는지 구체적으로 밝힌다. 그만큼 자신이 처한 현실 속에서 소재를 찾아 서사화하는 능력이 뛰어나다고 볼 수 있다. 그는 1985년 2월 1일 순천대학교 국어과 교수로 재직하면서 교육의 문제점을 소설의 소재로 가져온다. 「한국의 벚꽃」에서는 아직까지 청산되지 못한 채 남아있는 일본식 우민화교육의 문제점을 '벚꽃'이 아직도 건재하고 있음을 통해 상징적으로 보여주었으며, 「뒷모습」에서는 긴급조치로 인해서 제대로 된 교육을 할 수 없는 현실을 지리 선생인 공명수의 도망을 통해 보여주고 있다. 그리고 「문신의 땅」에서는 반미운동으로 학교에서 쫓겨난 '오형'을 통해 외세인식의 문제점을 제기한다. 즉 그는 「한국의 벚꽃」, 「뒷모습」, 「문신의 땅」을 통해 현재 교육이 일본의 식민지교육에서 미국식 문화식민지 교육으로 전이되고 현실을 비판하고 있는 것이다.

이렇듯 당대 현실의 문제를 외면하지 않았던 문순태는 순천대학교에 재직하면서 5·18광주민주화운동을 작품 속으로 끌고 들어온다.

> 아내는 지난 오년 동안 해마다 아카시아꽃이 피는 오월이면 아들의 세례명을 떠올리며 오랜 망각으로부터 깨어났다가, 아카시아꽃이 시들고 새콤한 냄새의 밤꽃이 너울거리기 시작하면 소리도 없이 꽃이 지듯 아들의 세례명을 잊으면서 다시 실신의 깊은 늪에 빠져들곤 하였다. (「일어서는 땅」, 『꿈꾸는 시계』, 249쪽)

문순태는 소설 속에서 시간의 흐름을 사실적으로 묘사하는 버릇이 있다. 그렇기때문에 '지난 오년'을 통해 보자면 1986년에 발표한 「일어서는 땅」은 1985년에 쓴 작품으로 볼 수 있다. 대부분 「일어서는 땅」을 문순태가 5·18광주민주화운동을 소재로 쓴 첫 작품으로 보고 있다.[31] 하지만 문순태는 1981

---

31) 심영의는 문순태의 5·18소설을 「일어서는 땅」(1987), 「최루증」(1993), 『그들의 새벽』(2000)으로 보고 있으며, 전흥남은 여기에 「녹슨 철길」(1997)을 추가하고 있다.

년에 발표한 「달빛 골짜기의 통곡」에서부터 이미 광주 문제를 우회적으로 접근하고 있으며, 1984년에 썼던 「살아 있는 소문」에서도 '소문'의 형식으로 형상화하고 있다. 「달빛 골짜기의 통곡」에서 소설 속 공간을 광주로 구체적으로 표현하거나 폭압적 광경을 사실적으로 서사화하지는 않았지만, 여인의 호곡소리를 5·18광주민주화운동 때 행방불명된 자들의 곡소리로 상치시키고 있으며, 「살아 있는 소문」에서는 소문의 진실을 확인하는 작업을 시도한다. 살아있는 소문의 진원지가 '분수대'라는 점에서 이 소설은 광주사건을 믿지 않는 외부 사람들, 그저 소문으로만 떠돌고 있는 광주 사건에 대한 은유적 표현으로 볼 수 있다.

문순태는 「달빛 골짜기의 통곡」에서 행불자 문제와 「살아 있는 소문」을 통해 역사적 사건에 대한 진실성을 끌어낸 다음, 「안개섬」에서 살아남은 자들의 부끄러움에 대해 이야기한다. 그런데 「안개섬」에서 길섭이 "말로만 정의를 부르짖었을 뿐 옳은 일을 위해서 저 자신을 희생해 본 적이 단 한 번도 없는 겁쟁이"라고 부끄러워하였듯이, 길섭을 '안개섬'으로 데리고 가는 노인도 '유월 전쟁'에서 '혼자 살아남은 것이 죄'라고 말한다.[32] 소설의 끝 부분에서 길섭과 동백 노인이 은둔의 공간인 '안개섬'으로 향하지 않고, 함께 돌아오는 행위는 6·25전쟁과 5·18광주민주화운동을 망각하지 않겠다는 의지로 볼 수 있다. 「안개섬」에서처럼 5·18광주민주화운동을 6·25전쟁의 연장선에서 서술하면서 '기억하기'를 강조하는 소설로는 「일어서는 땅」, 「녹슨 철길」, 「최루중」, 「오월의 초상」, 「느티나무 아저씨」, 『느티나무 사랑』1,2가 있다.

이렇듯 문순태는 기자 해직 후 본격적인 소설가로 활동했던 1980년 중반부터 1995년 광주대학교 교수로 가기 전까지 씨줄로는 유년 시절에 경험했

주인도 「일어서는 땅」이 처음이라고 하고 있으며, 박성천은 5·18 소설로 『느티나무 사랑』(1997), 『그들의 새벽』(2000), 「느티나무 아저씨」를 들고 있다. 심영의, 「5·18 소설의 '기억 공간' 연구」-문순태 소설을 중심으로-」, 앞의 글; 전흥남, 「'5·18광주민주화운동'과 '기억'의 방식-문순태의 5·18 관련 소설을 중심으로-」, 앞의 글; 주인, 앞의 글; 박성천, 앞의 글.

32) 문순태, 「안개섬」, 앞의 책, 238쪽.

던 원체험을 통해 분단된 민족이 가야할 방향성에 대해 역사적 맥락에서 살펴보고, 날줄로는 당대 현실의 교육 문제와 5·18민주화운동을 형상화했다. 그가 중·단편 소설 61편, 장편 소설 11편을 쓸 수 있었던 이유는 소설의 소재와 주제를 지금 자기가 안고 있는 가장 절실한 문제에서 찾았기 때문이며, 소설 쓰기를 통한 '자기 구원'[33]에 있었다. 문순태는 신문사에서 해직당해 더이상 기사를 쓸 수 없는 상황에서 과거를 묻어두기 보다는 소설 속으로 끌어내서 조우함으로써 치유할 수 있었다. 그리고 타의에 의해 강제로 잃어버린 고향의 역사를 파헤치면서, 분단의 고착화가 빚어내는 고통을 직시할 수 있었다. 그는 고향이 있어도 돌아가지 못하는 장기수의 문제와 이산가족의 문제를 객관화하면서 점차 고향에 대한 그리움이 싹트기 시작했으며, '고향, 분단, 5·18광주민주화운동'으로 연결되면서 고향은 '통한의 땅'이 된다.

4. 인간다운 삶 복원하기

문순태는 광주대학교 문예창작학과 교수로 자리를 옮기면서 이전 소설과 달리 역사의 중심에서 한 발 물러서서 세상을 바라보는 경계인의 삶을 모색한다. 이 변화는 두 가지로 살펴볼 수 있는데, 하나는 문순태 개인적으로 작가의 길보다는 광주라는 지역 정서를 이용해서 호랑이 등에 태우려는 이들로부터 자유로워지고 싶었기 때문이었을 것이다. 다른 하나는 젊은 날에는 눈앞의 세대에 집착할 수밖에 없었는데, 노년의 나이에 이르러서 분단 문제와 시사적 현안 문제에서 한걸음 더 나아가 인간의 본질적인 문제로 나아가서 자기완성의 길목에 자신을 놓게 된 것이다. 그는 경계인으로 살아가기 위해 지나온 자신의 삶을 정리하기 시작한다.

---

33) 문순태, 『소설창작연습』, 앞의 책, 16쪽.

서랍을 정리하기 위해 연구실로 돌아온 나는 잠시 허기진 마음으로 우두커니 앉아 있었다. …(중략)… 그냥 지금까지의 위태로운 나의 존재를 가까스로 지탱해 주었던 내용물들이 깡그리 몸 밖으로 빠져나가 버린 느낌이다. 그렇다고 허무하다거나 절망적이지는 않다. 긴 여행을 끝내고 집으로 돌아가기 위해 종착역에서 마지막 열차를 기다리는 것처럼 조금은 지친 기분이었으나 홀가분하고 자유롭다. 앞으로 남은 시간은 내 인생을 정리하는 데 쓸 생각이다. 잘못 살아온 부분을 하나 하나 되작거려 되돌아보면서, 할 수만 있다면 아름답지 못한 흔적들을 모두 지워버리고 싶다. (『41년생 소년』, 26쪽)

『41년생 소년』에서 문귀남 교수는 책상 속 내용물 정리를 '과거로부터 해방'이라고 생각한다. 책상 속 내용물 정리는 "긴 여행을 끝내고 집으로 돌아가기 위해 종착역에서 마지막 열차를 기다리는 것처럼" 조금 지치고 힘들지만, 그는 "홀가분하고 자유롭다"고 느낀다. 지금까지 문귀남은 책상 속 내용물을 세 번 정리했다. 첫 번째는 빨갱이 집안이라는 이유로 고등학교 교사 자리를 그만둬야 했을 때였으며, 두 번째는 5·18광주민주화 운동으로 몸담아왔던 신문사에서 해직 당했을 때였다. 두 번 다 책상 속 내용물을 정리하면서 울분을 느끼며 좌절했기 때문에 그에게 책상 속 내용물 정리는 그 동안 부정적 의미를 지녔다. 그런데 이번에 하는 책상 속 내용물 정리는 정년퇴직 이전에 자의적으로 이루어진다는 점에서 긍정적 의미를 지닌다.

문귀남은 책상 속 내용물 정리를 마친 후, 슬픈 기억 속의 공간인 고향을 향해 비로소 여행을 떠날 수 있었다. 문귀남이 여행을 마치면서 "어쩌면 이번 여행은 과거와 영원히 결별하기 위해 마지막 과거 속으로 뛰어든 것인지도 모른다. 그동안 나는 너무 오랫동안 기억의 밧줄에 묶여 있어, 내 의지대로 가고 싶은 곳에 갈 수 없었다. 기억의 깊은 우물에 빠져 허우적거리느라, 하늘도 제대로 볼 수가 없었다."[34]라고 한 말은 문순태가 『41년생 소년』을 집필한 이유가 고향으로 귀향하기 위한 준비 과정이었음을 상징적으로 보여준다. 그러므로 책상 속 내용물 정리는 고향으로 가기 위해 불필요한 마음의 장애물을 하나씩 제거하는 행위였던 것이다.

문순태는 자신의 삶을 정리한 후, 자기 소설의 '뿌리'라고 할 수 있는 척박했던 어머니의 삶을 되돌아본다.[35] 그가 문학작품을 통해 형상화하는 어머니의 모습은 세 가지다. 첫째는 바람피우는 남편 때문에 마음 고생하는 어머니다. 「느티나무와 어머니」에서 대학 교수인 내가 어머니를 기억하는 첫 장면은 다섯 살 때 아버지가 첩이었던 만주각시 집에서 며칠 째 돌아오지 않자, 어머니가 아침 설거지를 하다말고 나를 이끌고 만주각시 집으로 향했던 모습이다. 어머니는 분노하여 만주각시 집으로 쫓아갔지만, 아버지의 발길질과 폭력으로 "짐짝처럼 팽개쳐"[36]져서 대문 밖에서 땅을 치며 통곡을 한다. 이후 어머니는 「된장」, 「늙으신 어머니의 향기」, 「문고리」에서처럼 가부장적 남성적 세계관이 빚어낸 인간적인 폭력에 대항하는 방식으로 이날 이후 더 이상 눈물을 흘리지 않는다. 대신 콩밭을 맨다. 어머니에게 유월 염천에 콩밭 매는 일은 "염통꺼정 땀에 젖고 어질어질해 짐시로 숨이 맥히"는 일이었지만, "외로움과 그리움을 이겨내기 위해 오기를 부리듯"[37]콩밭을 맨다. 그러므로 문순태 소설에서 '콩밭, 호미, 땀'은 어머니의 인고의 삶을 의미한다.

둘째는 6·25전쟁 이후 식구의 생명줄을 머리에 이고 버둥거렸던 어머니다. 「은행나무 아래서」의 나는 대학에서 소설을 가르치는 교수이다. 나는 퇴근 후 어머니와 어머니의 지나온 삶을 이야기하다가, 남편을 잃고 두 아들을 키우기 위해 도붓장사를 했던 시절을 떠 올린다. 온 가족의 생계가 자신이 이고 다니는 광주리에 달려있다고 생각한 어머니는 낮에는 도붓장사를 하고, 그날

---

34) 문순태, 『41년생 소년』, 랜덤하우스 중앙, 2005, 285쪽.
35) "내 뿌리는 질척한 황토 같은 우리 어머니의 메주 곰팡이 꽃 같은 삶이다. 나는 어머니의 척박한 삶을 통해 소설의 정신을 본다." 문순태, 『꿈』, 이룸, 2006, 283쪽.
36) 문순태, 「느티나무와 어머니」, 『울타리』, 이룸, 2006, 84쪽.
37) 문순태, 「문고리」, 『된장』, 이룸, 2002, 51쪽.

돌아오지 못할 거리이면 저녁에 베를 짜 주기로 하고 잠자리를 구했다. 그러면서 어머니는 점차 남자처럼 거칠게 변해갔다.

> 나이가 들수록 우람해진 체격, 해맑지는 않지만 강하고 당당한 눈빛, 남자처럼 끝이 뭉뚝한 코와 툭 불거진 광대뼈, 주름이 깊게 팬 이마, 갈수록 튀어나온 뼈드렁니, 닭발처럼 거칠어진 손등이 가물거릴 뿐이다. 거친 삶이 어머니를 남자 모습으로 바꾸어 놓은 것일까. 아버지가 세상을 뜬 후부터 조금씩 남자로 변해가는 어머니를 발견하고 깜짝깜짝 놀라곤 했다. (「느티나무와 어머니」, 『울타리』, 83쪽)

「느티나무와 어머니」에서 어머니를 '남자처럼' 거칠게 바꾸어 놓은 것은 6·25전쟁과 남편의 부재였다. 남편의 부재는 홀로 자식을 키워야 한다는 막중한 책임감 때문에 「느티나무 타기」에서 기호 어머니처럼 한겨울에도 시지근한 땀 냄새가 진동하고,[38] 「늙으신 어머니의 향기」에서처럼 뼈가 으스러졌다. 어머니는 절망의 순간에도 정수리의 머리칼이 닳아빠지도록 도붓장사를 해서 가족의 생명을 지켰으며, 「은행나무 아래서」, 「느티나무와 어머니」, 「늙으신 어머니의 향기」에서처럼 아들이 대학 교수가 되도록 뒷바라지를 했다.

셋째는 "끝없는 사막을 건너온 낙타처럼"[39] 지치고 늙어버린 어머니다. 「늙으신 어머니의 향기」에서 나는 어머니의 몸에서 냄새가 난다고 생각하며, 그 냄새의 진원지를 추적한다. 냄새의 근원지는 어머니가 간직하고 있는 보따리였다. 그 보따리 속에는 어머니가 시집 온 후 젊은 시절을 함께 했던 "녹슨 호미"와 도붓장사하며 사용했던 "오래된 손저울과 함석 젓 주걱, 판자로 짠 손때 묻은 되"가 있었다. 그리고 작은 것 하나도 그냥 버리지 못하고 모아놓은 "때에 전 흰 다후다 천의 돈주머니, 짙은 밤색의 나일론 머플러"가 있었으며, 두 자식

---

38) 문순태, 「느티나무 타기」, 『시간의 샘물』, 실천문학사, 1997, 263쪽.
39) 문순태, 「문고리」, 앞의 책, 48쪽.

에게 된장국을 끓여주었던 "땟국에 전 앞치마"[40]가 있었다. 어머니의 말처럼 이 물건들은 "에미가 자식 놈들을 위해서 알탕갈탕 살아온, 길고도 쓰디쓴 세월의 냄새"[41]였다. 「문고리」에서 '문고리'가 단지 비녀목이 달린 쇠붙이가 아니라 어머니의 "곤곤한 삶을 지탱해 준 버팀목"[42]이었듯이, 「늙으신 어머니의 향기」에서 '호미, 손저울, 젓 주걱, 되'는 어머니를 일으켜 세울 수 있는 힘이었다. 그 묘한 냄새는 어머니의 "팔십 평생 동안 푹 곰삭은 삶의 냄새이며, 희로애락의 기나긴 시간에 의해 분해되는 유기체의 냄새였기 때문"[43]에, 내가 어머니의 곤궁했던 삶을 이해하는 매개체 역할을 한다.

이렇듯 문순태는 「늙으신 어머니의 향기」, 「문고리」, 「된장」 등을 통해 개인적으로는 어머니의 삶을 되돌아보면서, 「늙으신 어머니의 향기」와 「느티나무와 어머니」에서 어머니, 「은행나무 아래서」의 703호 할머니, 「대나무꽃 피다」에서 김봉도와 그의 아내처럼, 변화의 뒷전에 밀려난 노인들의 삶을 형상화하기 시작하였던 것이다. 그는 자본주의 논리에서 쓸모 있음과 쓸모없음으로 가치를 평가하며 노인들의 지난했던 삶을 낡은 가치로 인식하고 있는 현실을 비판한다. 그리고 아직도 농경사회의 정서를 지낸 채 살아가는 어머니를 통해 인간다운 삶을 복원하기 위한 방안을 모색한다.

문순태가 『41년생 소년』에서 "인생이란 환상방황(環狀彷徨)과 같은 것이 아니겠는가. 같은 장소에서 원을 그리며 방황하는 링반데룽(ringwandelung) 현상 같은 것"[44]이라고 말했듯이, 문순태는 2006년 광주대학교에서 정년퇴직을 한 후, 고향 바로 윗마을인 담양군 남면 만월리 144번지에 새로운 터전을 일군다. 만월리는 문순태가 어렸을 때부터 '쌩오지'라고 불리었으며, 오지

---

40) 문순태, 「늙으신 어머니의 향기」, 『울타리』, 앞의 책, 35쪽.
41) 문순태, 위의 책, 30쪽.
42) 문순태, 「문고리」, 앞의 책, 58쪽.
43) 문순태, 「늙으신 어머니의 향기」, 앞의 책, 39쪽.
44) 문순태, 『41년생 소년』, 앞의 책, 41쪽.

중의 오지로 마을은 사방이 산으로 둘러싸여 있고, 마을 앞으로는 고라니가 한가하게 지나갈 정도로 '생오지'였다.[45] 그는 자신이 끊임없이 도망쳐 왔던 고향이 결국 스스로 친 울타리였음을 알게 되었다. 그래서 고향에 돌아온 후 그는 울타리를 제거하고 '갈등의 중간자적 입장'에서 대화와 교감 그리고 비판과 수용을 통해 화해와 통합을 이끌어내는 「눈향나무」의 안가처럼 경계인의 길[46]을 가면서 고향은 해한의 땅이 된다.

고향에 돌아온 후, 문순태의 관심은 '사운드스케이프'와 '생태환경'이었다. 그가 고향에 돌아와서 쓴 소설들은 '고향·분단·노년·다문화·생태환경'으로 연결되면서 소설의 주제가 확장된다. 그는 「황금 소나무」에서 한 번도 고향을 떠나지 않고 살고 있는 조일두의 삶을 통해 '고향'의 소중함을 제시한 후, 「탄피와 호미」에서는 총소리를 통해 '고향·분단'으로 의미를 확장한다. 그리고 「그 여자의 방」과 「대 바람 소리」에서는 '노년'의 아름다운 사랑을 노래하고, 「생오지 가는 길」과 「탄피와 호미」에서는 '다문화'가 함께 살아가는 길을 모색한다. 그런 후에 「생오지 뜸부기」와 「대 바람 소리」에서는 그가 꿈꾸는 생태환경을 마치 새들이 오케스트라를 연주하듯 '소리 풍경'을 통해 서사화한다.[47]

문순태가 「생오지 뜸부기」에서 제시하는 새들의 오케스트라는 소설의 생명이 삶의 진정성을 회복하기 위한 것이라고 할 때, "세상의 뾰쪽뾰쪽한 면만을 볼 것이 아니라 사각에 가려진 이면의 본질과 그 진실"[48]을 보기 위한 작

---

45) 문순태, 인터뷰, 2014.01.21.
46) 문순태가 생각하는 '경계인'은 그가 쓴 단편 「눈향나무」에서 안가를 통해 다음과 같이 서술하고 있다. "그는 살아 있는 것과 죽은 것의 경계를 허물고자 하는 것인지도 모른다. 어쩌면 이 세상 안에 있는 모든 것은 살아있으면서도 죽어 있고 죽어 있으면서도 살아있다고 생각하는지도, 아니 삶과 죽음, 증오와 사랑, 부도덕과 도덕의 경계까지도 없애려고 하는 것인지도, 내가 알기로 세상에 안가만큼 불심이 강한 불모가 없다. 그는 자신이 하는 일에 존엄과 사랑, 순결과 자부심이 대단하다."(문순태, 「눈향나무」, 『생오지 뜸부기』, 책만드는집, 2009, 63~64쪽)
47) 조은숙, 「문순태 소설의 사운드스케이프 연구」, 앞의 글, 396쪽.
48) 문순태, 『꿈』, 앞의 책, 280쪽.

업으로 볼 수 있다. 그에게 고향은 '순결한 마음의 텃밭'으로, 단순히 태어나고 자란 태생적 공간의 의미가 아니라 인간 존재를 일깨우는 내가 '설 자리'로 존재했다.[49] 하지만 53년 만에 돌아와서 본 고향은 이미 오염되었고, '뜸부기'도 사라졌으며, 이대로 둔다면 '딱새'도 '쇠솔새'도 사라지게 될 위기에 처해 있었다. 그는 "삶의 무대는 무한하나, 존재의 뿌리를 내릴 공간은 유한하다."[50]라고 생각하였기 때문에 '어떻게 거주할 것인가?'라는 장소의 생태 문제에 관심을 갖게 된 것이다.

결국 문순태가 「생오지 뜸부기」를 통해 말하고자 하는 것은 다른 사물을 정복하고 소유하는 것이 아니라 다른 존재와 더불어 평화롭게 함께 하는 삶이다. 그곳은 『소쇄원에서 꿈을 꾸다』에서 말하고 있듯이, "새소리 바람소리 물소리 듣고, 달 보고 꽃 보고 구름 보고, 좋은 사람 만나고 희로애락"[51] 나눌 수 있는 인간다운 삶이 존재하는 곳이다. 그런데 우리가 생태 환경에 관심을 갖지 않으면 이미 사라져 버린 '뜸부기'를 찾을 수 없듯이, 고향은 한번 파괴되면 그 장소만의 특수성을 잃어버리게 된다. 그러므로 "많은 세월이 지났으나 본디 모습이 변하지 않고 원형 그대로 오롯이 간직하고 있는 것들"[52]을 찾아 보존해야 하는 것이 자신의 책무라고 생각했다.

V. 결론

본 연구는 작품을 고려하지 않은 작가론이 한 작가의 일반적 전기로 그치고 마는 것처럼, 작가에 대한 고려 없는 작품론 또한 구조에 대한 메마른 분석

---

49) 문순태, 『생오지 가는 길』, 눈빛, 2009, 36쪽.
50) 문순태, 위의 책, 37쪽.
51) 문순태, 『소쇄원에서 꿈을 꾸다』, 오래, 2015, 348쪽.
52) 문순태, 「생오지 뜸부기」, 『생오지 뜸부기』, 앞의 책, 138쪽.

에 치우칠 우려가 있기 때문에 한 작가의 총체적인 문학 세계를 규명하기 위해서는 작품론과 작가론을 함께 아우르는 소설의 지형도 연구가 필요하다는 문제의식에서 출발했다. 현대 작가 중 문순태는 씨줄로 어린 시절 경험했던 전쟁의 맹목성과 가난의 참혹함, 그로 인한 황폐한 삶의 역정을 소설세계의 질료로 삼으면서, 날줄로 당대 현실의 문제를 아울러서 두 줄을 팽팽하게 당기며 서사화하는 특징을 보이고 있다. 이에 본고는 단순한 연대기적 사실만을 나열하는 것이 아니라 당대의 상황과 그에 대한 작가 의식이 투영된 작품을 초기, 중기, 후기로 나누어 작가 의식의 변모 과정을 살핀 후, 각 시기에 따른 작품의 특징을 밝혀 전체 소설의 지형도를 완성하였다.

먼저 문순태의 작가 연보, 작품 연보, 시대 상황, 구술에 의한 생애사를 조사한 후, 이를 통해 작품에 투사된 작가 의식이 초기, 중기, 후기로 가면서 어떻게 변모되고 있는지 살펴보았다. 그 결과 초기, 중기, 후기 전체 작품 세계를 아우를 수 있는 중핵이 '고향 의식'임을 밝혔다. 초기 소설에서 고향은『걸어서 하늘까지』에서처럼 아버지에게 억울하게 '빨갱이'라는 낙인이 찍힌 곳으로 돌아가고 싶지 않는 '원한의 땅'이었으며, 중기 소설에서는 5·18광주민주화운동으로 인한 기자 해직과 '무고한 죽음'이 분단의 고착화로 인해 빚어졌음을 직시하면서 고향은「무당새」,「안개섬」에서처럼 '통한의 땅'이 되었고, 후기 소설에서는 자전적 소설인『41년생 소년』을 통해 마음의 장애물을 정리한 후, 고향에 돌아와서 스스로 울타리를 제거하면서 고향은「눈향나무」에서처럼 '해한의 땅'이 됐다.

다음으로 각 시기에 따른 작품의 특징을 살펴본 결과, 문순태의 대부분 소설은 이전 작품 속에 씨앗이 발아하고 있다가, 현실의 문제와 융합하면서 새로운 주제로 확산하고 있음을 밝혔다. 초기 소설은 씨줄로는『징소리』에서처럼 '고향과 분단'을, 날줄로는「고향으로 가는 바람」,「멋쟁이들 세상」,「청소부」,「깨어 있는 낮잠」에서처럼 이촌 향도한 사람들이 도시에서 지렁이처럼 밑바닥 인생을 살고 있는 현실을 핍진하게 묘사했다. 중기 소설은 씨줄로는 『물레방아 속으로』, 『달궁』, 「철쭉제」, 「거인의 밤」, 「황홀한 귀향」, 「미명의 하늘」, 「말하는 돌」, 「어머니의 성」, 「시간의 샘물」, 「흰거위산을 찾아서」에서처럼 유년 시절에 경험했던 원체험을 통해 분단된 민족이 가야할 방향성에 대해 역사적 맥락에서 살폈으며, 날줄로는 「한국의 벚꽃」, 「뒷모습」, 「문신의 땅」에서처럼 당대 현실의 교육 문제와 「달빛 골짜기의 통곡」, 「살아있는 소문」, 「안개섬」, 「일어서는 땅」에서처럼 5·18민주화운동을 형상화하면서 주제가 '고향, 분단, 5·18민주화운동'으로 확산됐다. 후기 소설은 씨줄로는 「황금 소나무」에서처럼 귀향 후 고향 사람들과 생활하면서 인간다운 삶의 복원을 위해 노력했으며, 날줄로는 「늙으신 어머니의 향기」, 「문고리」, 「된장」, 「느티나무와 어머니」, 「은행나무 아래서」, 「대나무 꽃 피다」, 「그 여자의 방」에서처럼 노년문제와 「탄피와 호미」, 「생오지 가는 길」에서처럼 다문화문제 그리고 「생오지 뜸부기」, 「대 바람 소리」에서처럼 생태 환경에 관심을 가지면서 주제가 '고향·분단·노년·다문화·생태환경'으로 넓어졌다.

본고는 그 동안 작가론과 작품론이 따로 연구되고 있는 실정에서 문순태의 작가론과 작품론을 하나로 아울러서 전체 소설의 지형도를 완성했다. 이와 같이 작가론과 작품론을 아울러서 문순태의 문학과 삶을 살펴본 결과, 문순태에게 소설쓰기는 개인적으로는 자신을 위한 치유 행위였으며, 사회적으로는 당대 시대의 밑바닥 인생에 대한 끊임없는 애정이었음을 확인할 수 있었다. 본고의 이러한 시도는 앞으로 다른 작가의 작품 연구로 그 지평을 확장할 수 있으며, 문순태 작품 분석 연구에서도 그 깊이를 더할 수 있을 것으로 기대한다.*

---

* 논문출처: 「문순태 소설의 지형도 연구」, 『현대문학이론연구』66집, 2016

참고문헌

1. 기본 자료

문순태,『고향으로 가는 바람』, 창작과비평사, 1977.

_____,『흑산도 갈매기』, 백제, 1979.

_____,『달궁』, 문학세계사, 1982.

_____,「철쭉제」,『제3세대 한국문학』21권, 삼성출판사, 1983.

_____,『인간의 벽』, 나남, 1985.

_____,『피아골』, 정음사, 1985.

_____,『살아있는 소문』, 문학사상사, 1986.

_____,『꿈꾸는 시계』, 동광출판사, 1990.

_____,『제3의 국경』, 예술문화사, 1993.

_____,『시간의 샘물』, 실천문학사, 1997.

_____,『된장』, 이룸, 2002.

_____,『징소리』, 일송포켓북, 2005.

_____,『41년생 소년』, 랜덤하우스 중앙, 2005.

_____,『울타리』, 이룸, 2006.

_____,『생오지 뜸부기』, 책만드는집, 2009.

_____,『소쇄원에서 꿈을 꾸다』, 오래, 2015.

2. 단행본 및 논문

김붕구,『작가와 사회』, 일조각, 1982.

김상태,「작가론의 형태와 연구방법」,『한국현대작가연구』, 푸른사상, 2002.

김우종,「怨과 恨의 民族文學」, 문순태,『인간의 벽』, 나남, 1985.

김윤식,『문학비평용어사전』, 일지사, 1983.

김윤식·정호웅,『한국소설사』, 예하, 1993.

서정범 외 11인,『숨어사는 외톨박이』, 뿌리깊은 나무, 1980.

문순태 외 10인,『열한권의 창작노트: 중견작가들이 말하는「나의 소설쓰기」』, 창, 1991.

문순태,『소설창작연습』, 태학사, 1998.

_____,『그늘 속에서도 풀꽃은 핀다』, 강천, 1999.

_____,『꿈』, 이룸, 2006.

_____,『생오지 가는 길』, 눈빛, 2009.

박성천,「문순태 소설의 서사 구조 연구: 한의 극복양상을 중심으로」, 전남대학교 박사학위논문, 2008.2.

박종석,『작가 연구 방법론』, 역락, 2007.

심영의,「5·18소설의 '기억 공간' 연구: 문순태 소설을 중심으로」,『호남문화연구』제43집, 전남대학교 호남학연구원, 2008.

송기숙,「견고한 의식과 뜨거운 애정」,『창작과비평』여름, 창작과비평사, 1978.

신덕룡,「기억 혹은 복원으로서의 글쓰기」, 문순태,『시간의 샘물』, 실천문학사, 1997.

_____,「소통과 화해의 길 찾기」, 문순태,『울타리』, 이룸, 2006.

염무웅,「고향을 지키는 작가」, 문순태,『흑산도 갈매기』, 백제, 1979.

우한용,「작가론의 방법」,『한국근대작가연구』, 삼지원, 1985.

이미란,「5·8의 객관적 묘사,『그들의 새벽』」,『예향』, 광주일보사, 2000.6.

이은봉,『고향과 한의 미학』, 태학사, 2005.

임환모,「문순태」,『약전으로 읽은 문학사 2』, 소명출판사, 2008.

_____,「이청준 소설의 지형도」,『현대문학이론연구』제37집, 현대문학이론학회, 2009.

주인,「5·18 문학의 세 지평: 문순태, 최윤, 정찬 소설을 중심으로」,『어문논총』제13집, 전남대학교, 2003.12.

조은숙,「송기숙 소설 연구」, 전남대학교 박사학위논문, 2009.8.

_____,『송기숙의 삶과 문학』, 역락, 2009.

_____,「문순태 소설의 사운드스케이프 연구」,『현대문학이론연구』제62집, 현

대문학이론학회, 2015.
전흥남, 「'5·18광주민주화운동'과 '기억'의 방식: 문순태의 5·18 관련 소설을 중심
으로」, 『현대소설연구』제58집, 2015.

(총)소리의 운명: 문순태 소설의 소리 풍경

한 순 미(조선대)

1. 귀명창

문순태의 소설 세계는 고향 사람들이 겪은 아픔의 흔적을 발굴하고, 맺힌 한(恨)의 고리를 푸는 해한의 여정으로 요약할 수 있다. 그 여정은 온통 고향을 다시 쓰는 작업에 바쳐졌다고 해도 과언이 아니다. 그런 가운데 그의 소설은 일제강점기, 여순사건, 전쟁과 분단에서 5.18광주에 이르는 동안 민중의 삶에 쌓인 고통의 기억을 증언하는 역할을 담당한다. 거기에는 미륵신앙, 동학농민혁명, 실학사상의 줄기를 잇는 저항의식이 짙게 배어 있다.[1] 인간과 고향, 그리고 역사를 촘촘하게 엮은 문순태의 소설 세계가 보여준 '한의 미학'은 그의 문학 고향인 호남 지역과 분리할 수 없는 것이다.[2]

이러한 점은 문순태 소설 속의 다양한 지명들에서도 잘 드러난다. 「백제의 미소」(1974)의 '아장(兒葬)골', '숫돌산', '할미봉', '노루목', 연작 『징소리』

---

1) 문순태, 「문학에 나타난 호남정신-恨을 생명력과 민주 개혁의지로 승화」, 『의향탐구시리즈 III-문학 속에 나타난 호남정신』, 광주광역시립민속박물관, 2013, 7-27쪽.
2) 이은봉 외 엮음, 『고향과 한의 미학-문순태의 소설 세계』, 태학사, 2005.

(1978-1980)의 '방울재', '까치산', '할미산', 나주의 궁삼면(宮三面) 사건을 소재로 한 『타오르는 강』(1980-1981)의 '새끼내' 등은 뿌리뽑힌 사람들의 삶의 터전이다. 「난초의 죽음」(1981)의 '월강리(月江里)', 「달빛 골짜기의 통곡」(1981)의 '월곡(月谷)', 「황홀한 귀향」(1982)의 '미륵강(彌勒江)', '극락산(極樂山)', 「무당새」(1984)의 '방앗골(芳谷)', 「정읍사(井邑詞)-달하 노피곰 도다샤」(1991)의 '샘골' '하늘재' 등은 소설의 주제와 분위기를 뒷받침하는 상징적 공간이다.

문순태 소설에서 자주 볼 수 있는 '방울재'나 '노루목', '할미봉' 같은 지명들은 떠나온 고향과 그곳에 살았던 순박한 사람들에 대한 향수를 불러일으킨다. 하지만 반드시 향수에 집착한 것은 아니다. 지명들은 향수와 더불어, 역사의식과 사회적 관심을 환기시키는 매개물이다.[3] 『철쭉제』(1981-1983)에서 '화엄사-반야봉-연하천-세석평전-천왕봉'을 따라 가는 길, 『달궁』(1982)의 '달궁', '미륵강', '극락산, 그리고 『피아골』(1982-1985)의 '피아골', '연곡사', '세석평전' 등은 지리산과 영산강 일대의 사람들이 겪은 비극의 현장으로 안내하는 표지와 같다.

이렇듯 문순태 소설 속의 지명들은 남도의 곳곳에 자리한 역사적 상처와 '점액질'의 한을 불러일으킨다. 그런 한편 그의 소설 속의 고향은 근대화된 도시와 대비되는 유토피아적 장소로 형상화된다. 중요한 것은, 고향과 도시가 대립적인 틀로 고착되지 않는다는 점이다. 『시간의 샘물』(1997)에 와서는 '과거/고향/농경사회'와 '현대/타향/도시적 삶'이 대립을 이루는 가운데 전자를 긍정해 왔던 것에서 비교적 균형을 잡기 시작한다.[4] 「흰거위산을 찾아서」(1996)와 『41년생 소년』(2005)에서 유년 시절 '백아산(흰거위산)'의 경험을 다시 쓰는 것은 고향이 과연 어떤 곳이었는지를 질문하기 위한 노력의 하나였다고 할 수 있다.

이어지는 소설집 『된장』(2002), 『울타리』(2006)에서는 타인의 존재를 보

---

3) 이보영, 「문순태의 작품세계: 민중의 恨과 그 힘」, 『제3세대 한국문학-문순태』(21), 삼성출판사, 1983, 420쪽.
4) 한만수, 「시간, 그 무덤과 샘물-문순태『시간의 샘물』」, 『실천문학』1998년 봄호, 실천문학, 365쪽.

듣고 일상과 생태를 새롭게 돌보는 노년의 성숙함이 두드러진다.5) 여기서 우리는 '한의 미학'이 화해와 소통, 포용의 미학6)으로 나아가고 있음을 읽을 수 있다. 『생오지 뜸부기』(2009)에서 '생오지'와 '지리산'은 자연의 생명력을 회복하는 공간으로 변모한다.

애써 굴곡진 곳을 만져본다 해도, 한 작가의 소설 세계를 몇 마디로 정리하는 것은 불가능한 일이다. 나는 이 글에서 문순태의 소설 세계에 흐르는 기저음(基底音)을 더 듣고 싶다. 1980년대 초반 작가가 던진 물음, 즉 '작가란 무엇이며 무엇이어야 하는가, 그리고 소설이란 무엇인가'라는 질문은 그의 소설에 자리한 기저음을 추출하는 데에 긴요한 단서가 된다.

> 작가(作家)란 무엇인가. 해한자(解恨者)이며 예언자(豫言者)이고 증언자(證言者)가 아닌가. 작가는 무당처럼, 언월도(偃月刀)를 휘두르고 삼지창을 꽂아 홀맺힌 민중의 한을 작품을 통해서 풀어 주어야 하며, 예언자처럼 과거의 창(窓)을 통해 미래를 보고 잘못된 역사를 바로잡고, 이상을 추구하되, 현실 속에서 찾으며, 그가 살고 있는 시대를 부끄러움 없이 증언해 주어야 하지 않겠는가.7)

다시 말해 "해한자이며 예언자이고 증언자"인 작가는 민중의 맺힌 한을 풀어 주는 무당이 되어야 하며 미래를 미리 내다보고 잘못된 역사를 바로잡는 예언자로서, 또 부끄러움 없이 이 시대를 증언하는 역할을 해야 한다고 말한다. 그러쪽, 그는 왜 고향 이야기를 반복해서 써 왔던 것일까? 문순태는 말한다. "그들이 왜 처참하게 죽어야 했는지 그리고 그 원혼들이 아무런 위무도 받지 못하고 차가운 땅에 묻혀야 했는지"8)를, 그 혼란과 판단중지의 상태를

---

5) 전흥남, 「문순태의 노년소설에 나타난 '노인상'과 소통의 방식」, 『국어문학』52집, 국어문학회, 2012, 287-309쪽.
6) 신덕룡, 「소통과 화해의 길 찾기」(작품해설), 『울타리』, 이룸, 2006, 359-360쪽.
7) 문순태, 「다시 달궁에 가기 위하여」(작가의 말), 『달궁』, 문학세계사, 1982, 278쪽.

반복하는 것. 그것이 바로 그의 소설 쓰기의 원동력이었다. 문순태의 소설이 무당의 살풀이 굿판을 보는 듯하면서도, 광대의 거친 숨소리가 풍물꾼의 신명과 호흡하듯 읽히는 것은 그런 이유에서일 것이다.

문순태의 소설에서 웅성거리는 소리들은 "소설의 참맛"[9]을 돋운다. 문순태의 소설에는 "총소리-북소리-상여 소리-징소리-단소 소리-바람 소리"와 같은 일련의 소리들이 원환처럼 되풀이되면서 교차한다. 오래 전, 깊은 산골짜기의 적막을 찢은 총소리는 거센 징소리와 북소리로 울리는 듯하다가, 애절한 단소 소리와 상여 소리로 잦아든다. 그 소리들은 판소리 가락을 닮은 듯 신명과 흥을 일으키면서 기나긴 역사의 물길을 휘돌아 나간다. 그 사이로 아픔, 분노, 증오, 복수, 사랑의 한풀이 마당이 펼쳐진다. 그것은 "원한과 신명 사이"에서 나오는 모든 소리다.

> '징소리'는 온갖 소리다. 그것은 모든 것의 소리. 천만 가지, 억 만 가지 일체의 소리다. 그것은 주문인가 하면 저주다. 부적인가 하면 살이다. 소망인 듯하다가도 무지한 악담이 되고 마는 소리. 부르는 소리 같았다가는 야멸차게 밀어붙이는 소리. 토닥거리며 감싸주는 곁에 칼을 들이대는 아우성, 애잔하게 어울리는 사랑이다가는 욕정으로 돌변하는 소리. 그 천변만화하는 소리는 그 징소리는 소리의 총체. 소리의 전부 같은 것인지도 모른다.[10]

그 소리와 맛이 호남에서 생겨 그의 소설에서 오랫동안 발효된 것임은 의심의 여지가 없다. 이 글은 그의 소설 세계를 소리들을 따라 듣고, 그것들이

---

8) 문순태/박성천 대담, 「해한의 세계를 넘어 소통의 세계로」, 『해한(解恨)의 세계: 문순태 문학 연구』, 박문사, 2012, 325-345쪽.
9) 작가에 따르면 "소설의 참맛이란 쓴맛, 단맛, 신맛, 짠맛, 매운맛이 다 들어 있어야 한다. (…) 소설이란 잡다한 삶의 농축된 즙(汁)이며, 시대의 종합된 축도(縮圖)이다."(문순태, 『달궁』, 앞의 책, 277쪽).
10) 김열규, 「원한과 신명 사이」, 『고향과 한의 미학』, 앞의 책, 221쪽.

어떤 운명을 살아왔는지를 정리하는 데에 목적이 있다. 문순태 소설의 참맛을 느끼기 위해서는 남도 소리가락의 고저와 장단을 분별하는 귀명창이 되지 않으면 안 될 것 같다. 이 글은 아직 그런 능력을 갖추지 못한 채로 그의 소설 속에 흐르는 소리들을 겨우 붙잡아보려 한 것에 불과하다. 부족하게나마 이 글이 문순태 소설이 서정인, 한승원, 이청준 등과 다른 방식으로 남도의 소리 전통을 수용하고 있음을 드러낼 수 있는 자리가 되길 바란다.

2. 북소리-상여 소리-징소리

> 징소리는 장터골 모퉁이에서 바람을 타고 들려 왔는데
> 메기굿할 때 듣던 흥겨운 휘몰이 가락이 아니고,
> 멀리서 애타게 사람을 부르는 소리였다.
> -「징소리」(1978-1980)

　문순태의 초기소설에서 '북소리'와 '징소리'는 민중들의 한을 표출하는 상징물로 등장한다. 「백제의 미소」(1974)의 북소리와 연작 『징소리』(1978-1980)의 징소리를 대표적인 예로 들 수 있다. 그러나 그의 소설에서 그 소리들은 실상 민중들의 한스런 삶을 온전하게 표출하지 못한 채 끝나고 만다. 그것은 실패의 기호에 가깝다. 그래서인지 북소리와 징소리는 「상여 울음」(1975)의 상여 소리와도 잘 구분되지 않는다. 그것들은 그 자체로 민중들의 한 맺힌 목소리를 대신한다고 할 수 있을 것이다. 문순태 소설의 저항성은 오히려 분출되지 못한 그 소리들이 다른 소리들과 접속하여 새로운 힘으로 전이되는 지점에서 찾을 수 있다.
　「백제의 미소」(1974)는 백제 유민의 역사를 도공들의 비극적인 삶과 거기에서 벗어나려는 저항의 몸부림을 통해 상징적으로 그려낸 작품이다.

왕건(王建)이 후백제(後百濟)의 후미를 치기 위해 덕진포(德津浦)에 이르렀을 때, 견훤(甄萱)과 맞붙어 열흘 동안 싸웠다는 '숫돌산' 근처가 소설의 배경이다. 이 숫돌산에서 바라보면 할미봉이 우뚝 가로막고 있는데 그 아래 위치한 도자기 마을에는 도공들이 대대로 자기를 구우면서 묵묵하게 살아가고 있다. 이 도공들의 선조는 덕진포 싸움에서 왕건의 포로가 된 견훤의 부하들이었다고 한다. 백제 사람이면서 백제의 땅에 포로가 된 그들의 선조가 그랬던 것처럼 도공들은 그들의 슬픈 역사를 아무도 몰랐다.

도자기 마을 분원리의 밤은, "고즈넉하게 텅 빈 백자 항아리에 어둠이 가득 차오르듯 음울"하며 "아장골 너덜겅에서 꽃분이의 울음 소리 같은 이상한 소리"가 들려온다. 도공들은 "울적한 마음 때문인지, <명사십리 해당화야, 꽃이 진다 슬퍼 마라, 당명화야 양귀비라도, 죽어지면 허사로다> 하는 상여 소리를" 흥얼거린다. 바우는 도자기를 양반에게 바쳐 목숨을 이어가는 도공들의 비참한 현실을 '북소리'에 담아 보내려 한다.

> "북소리가 그렇게 멀리꺼정 들릴까아?"
> "북은 말여, 죄 있는 사람을 벌주기 위해 치는 북인디, 임금님은 아무리 먼 곳에서도 저 북소리만은 들을 수 있단다. 임금님 귀는 참 신통허지!"
> "북을 친 사람은 죽고 만다믄서?"
> "나도 알아 바보야, 그렇게 암도 북을 못 치재!"[11]

바우는 종각 안의 큰북을 치는 꿈을 종종 꾸곤 했다. 꿈속에서 바우는, 할미봉을 뒤흔드는 것처럼 우람스런 북소리를 임금님이 듣고 분원리까지 와서 김진사를 꿇어앉히고 불호령을 내리는 것을 보았다. 그러나 그것은 바우의 꿈에서나 일어날 수 있는 일이었다. 북을 친 사람은 결국 죽는다는 내력처럼, 바우는 북소리를 시원하게 울려보지도 못한 채 죽고 만다.

---

11) 문순태, 「백제의 미소」, 『고향으로 가는 바람』, 창작과비평사, 1977, 197쪽.

하지만 바우의 죽음으로 북소리의 운명이 끝난 것은 아니다. 바우가 죽은 그날 밤, "상여 소리가 커다란 백자 항아리 속을 가득 채우고" 상여 소리는 "분원리를 할미봉 위까지 떠밀어버릴 것만 같은 함성"이 된다. 함성은 "무겁게 둘러싼 어둠을 떠밀어"내고 "그 불빛은 바우 아버지의 심장 속까지 밝고 뜨겁게 찔러오는 것이었다."

이렇게 바우가 크게 울리지 못한 그 북소리는 도공들이 흥얼거리는 상여 소리와 만난다. 그 소리는 백자 항아리 속으로 스며들어가 더 큰 함성을 짓고, 함성 소리는 살아 있는 사람의 심장을 뜨겁게 달군다. 그 꿈틀거리는 외침을 「상여 울음」(1975)에서 다시 이어받는다. '상여집' 근처 마을에는 상여가 우는 소리에 대한 이야기가 다음과 같이 전한다.

> 나는 어렸을 때 할머니에게서 상여가 운다는 이야기를 들었다. 상여는 상여에 실려 갈 사람이 죽게 되면 미리 운다고 했는데, 그 우는 소리는 마치 갓난아이의 울음소리 같기도 하고 때로는 여자의 가느다란 흐느낌 소리 나긴 휘파람 소리 같기도 하며, 그 소리는 또 누구인가를 애절하게 부르는 것 같다고 했다. 그러면서 우리는 할머니는 눈을 감던 날 밤에 상여가 우는 소리가 들린다고 하며, 그 우는 소리는 꼭 먼저 가신 할아버지가 당신을 부르는 것 같다고 했다. 그러나 나는 아무런 소리도 들을 수가 없었다. 내가 아무것도 안 들린다고 했더니 할머니는,
> "저, 저 소리가 안 들려…… 네 할아부지가 상여집에서 나를 부르는 소리가?"[12]

'상여집' 근처에 사는 사람들은 상여 울음소리를, 갓난아이의 울음소리로 듣기도 하고 여자의 흐느낌 소리, 긴 휘파람 소리, 애절하게 부르는 소리로 듣기도 했다. 할머니는 그 소리를 죽은 할아버지가 당신을 부르는 소리라고 했다. 하지만 '나'에게 그 소리는 "그 파르르하게 떨리는 소리는 정말 가야금 산

---

12) 문순태, 「상여 울음」, 『고향으로 가는 바람』, 앞의 책, 259-260쪽.

조처럼 가슴을 쥐어짜는 듯싶었다." 놀이꾼들이 "줄패장의 설소리에 따라 고 멜꾼들의 흥겨운 받는 소리도 어쩐지 상여 소리로만 들려왔"던 것이다.

상여 울음은 이 마을 사람들의 삶과 호흡해 온 소리인 것은 분명해 보인다. 그런데 이 상여 울음은 상여집 여자가 아기를 출산할 때 지르던 비명소리와 만나 생명력을 획득한다. 여자의 비명소리와 함께 태어난 "아기의 울음소리" 가 커질 때 "운동장은 다시 백자 항아리처럼 커다랗게 입을 벌린 채 하얀 공 백으로 휑뎅 그러하게 남아 있었다." 이렇게 하여 상여 울음소리는 죽음을 부르는 소리가 아니라 농악대의 소리와 겹치면서 "백자 항아리" 속에서 꿈틀거리는 신명의 소리가 된다.

연작 『징소리』(1978-1980)[13]에서 징소리가 지닌 의미는 앞서 읽은 북소리와 상여 소리의 내력과 무관하지 않다. 이 소설에서 '징'은 느티나무처럼 방울재 사람들의 삶을 지켜주고 그들과 함께 살아온 악기 중의 하나다. 허칠복에게 징은 아픈 기억이 서려 있는 것이기도 하다. 전쟁 때 허칠복의 아버지는 부면장이 죽는 날 징을 쳐서 오해를 받아 억울하게 죽음을 당했기 때문이다. 허칠복은 마을에서 쫓겨난 후 징을 치면서 떠돌아다닌다.

방울재 사람들은 댐 건설로 낚시꾼들이 밀려는 고향을 다시 찾은 칠복이를 쫓아낸 후 잠을 이루지 못한다. 그날 밤 마을 사람들은 칠복이가 두드리는 징소리를 이렇게 듣는다. "어쩌면 바람 소리와 같은 그 징소리는 (…) 때로는 상여 소리처럼 슬프게 들렸는데, (…) 칠복이의 우는 소리일지도 모른다는 생각들을 다 같이 했다." 바람 소리 같았다가 때로는 상여 소리처럼 들리는 징소리는 고향을 잃고 유랑하는 사람들의 울음소리일 것이다. 이 징소리는 "비인간화된 사회에 있어서 인간성의 회복을 절규하는 민중의 외침"[14]이라고 할 수 있을 것이다.

---

13) 문순태, 『징소리』, 수문서관, 1981.
14) 오세영, 「산업화와 인간상실」, 『고향과 한의 미학』, 앞의 책, 210쪽.

3. 총소리

우리는 왜 고향을 잃었는가.
고향에서 뽑혀진 우리들은 뿌리의 혼(魂)이
정처없이 떠돌음하는 것을 왜 슬퍼하지 않는가.
- 「다시 달궁에 가기 위하여」(1982)

문순태 소설에서 '총소리'는 역사 속의 고향이란 어떤 곳이었으며 우리는
왜 고향을 잃었는가를 질문하는 시발점이다. 그리하여 총소리는 여순사건,
한국전쟁, 베트남전쟁, 그리고 오월광주의 상흔을 하나로 잇는 매개물이 된
다. 1980년 초중반에 연재 혹은 출간된 『철쭉제』(1981-1983), 『달궁』(1982),
『피아골』(1982-1985)은 고향 사람들이 겪은 역사의 현장을 총소리의 기억과
함께 드러낸다. 이 소설에서 지리산 곳곳의 지명들은 깊은 산골짜기의 적막
을 깼던 그 총소리를 더듬는 장소가 된다.

『철쭉제』(1981-1983)는 솔매마을에서 화엄사-반야봉-연하천-세석평전-
천왕봉으로 이어지는 6일 동안의 여정을 담고 있다. 소설의 서사는 박검사와
박판돌의 내적 갈등을 중심으로 전개되는데, 이 두 사람 사이의 갈등은 지리
산 일대가 여순사건과 한국전쟁 당시의 살육 현장이었던 때로 거슬러 올라간
다. 박검사는 지리산 골짜기에 떠도는 박쇠의 원혼과, 아버지의 원혼을 달랠
길이 없어 괴로워하는 박판돌이한테 아버지를 대신해 용서를 빌고 싶어 한
다. 더 이상 서로 싸우지 않고 살아가겠다는 함길만 씨의 말처럼, 이 소설은
기나긴 원한의 고리를 끊으려는 해한의 의지를 보여준다. 하지만 그 한풀이
의 과정은 결코 쉽지 않은 일이며 그것은 우리가 해결해야 할 숙제라는 것이
이 소설이 제기하는 중심 문제다.

이러한 문제의식은 『달궁』(1982)에서 그대로 이어진다. 달궁 마을은 극락

산에서 여러 갈래로 뻗어내린 한 지맥이 달궁의 안산인 할미봉을 뭉뚱그리고, 재각 아래로 미륵강이 흐르는 곳이다. 극락산을 바라보며 살아가는 달궁 사람들은 아무도 극락산을 넘어 도시로 나가려 하지 않았다. 그러던 어느 날, 달궁 마을에 노래 소리가 멎어 버린 것은 "그 징그러운 총소리" 때문이었다. 월순이의 어머니는 남편이 버릇처럼 했던 말을 이렇게 되풀이하곤 했다.

> 노래 소리 대신 총소리가 짜글짜글 할미봉 너덜겅을 쥐 흔들었다.
> 그 때부터 달궁 사람들이 풍지박산이 되다시피 하였다.
> "달궁의 마을 운세가 쇠진해 버린 게여. 달월(月)자 들어간 마을은 십 오 년, 잘 해야 백 오십 년이면 기운이 쇠허는 법이여. 보름이 차면 달이 기우는 건 당연한 이치 아닌감. 남평 문씨가 백 오십 년 동안 영화를 누렸으니 끝난 거여."[15]

왜 달궁 사람들은 달궁에 살지 못하고 달궁을 떠나서도 살지 못하는가? 달궁 사람들은 자신들에게 닥친 비극적인 운명이 전쟁 때 총소리에 놀란 극락산의 영검이 약해졌기 때문이고 달궁 마을의 운세가 달이 기운 것 같이 기운이 쇠했기 때문이라고 믿고 있었다. 바로 그 총소리가 달궁 사람들의 삶을 파괴하고 마을의 운세까지도 완전히 바꾸어버린 것이다. 고속도로가 뚫리고 전깃불이 들어오자 극락산을 떠나 도시로 나가려고 하는 사람들이 더욱 많아졌다. 하지만 극락산만 넘어가면 모두 잘 될 것으로만 알았던 달궁 사람들은 도시에서 적응하지 못하고 고향으로 되돌아왔다.

『피아골』(1982-1985)은 고향에서 쫓겨난 사람들이 고향으로 다시 돌아가기 위해서 우선 해결해야 할 일이 무엇인지를 탐색한다. 이 소설은 피아골, 연곡사, 세석평전 등 지리산 일대를 다시 무대로 삼아 "떼죽음의 골짜기"에 얽힌 기나긴 죽음의 역사를 찾아 나선다. 이는 한편, 무당 손녀인 배만화라는 여

---

15) 문순태, 『달궁』, 앞의 책, 14쪽.

인의 '아비 찾기' 과정으로도 읽힌다. 민지욱과 배만화의 대화에서 보듯이 '피아골'은 이런 곳이다.

> "지리산에 묻힌 억울한 죽음의 역사 말입니다."
> "아, 있지요. 아주 많이 있지요. 동학 농민군도 지리산에서 많이 죽었고, 을사보호조약 이후에 일어난 의병들, 그리고 육이오 때에도…… 그런데 이상하게도 피아골 골짜기에서 거의 떼죽음을 당했다니까요. 그래서 피아골은 떼죽음의 골짜기지요."
> "영선이 영선을 불러들인 게로군요."
> (…) "영선이란 참혹하고 억울하게 죽은 사람의 넋을 말한답니다. 영선들의 한을 풀어 주지 않으면 영선은 계속해서 영선을 부르게 되지요. 한 곳에서 사람이 계속 죽는 것은 그 때문입니다. 아마 피아골에는 한 맺힌 영선들이 들끓고 있겠지요. 언제 다시 새로운 영선들을 부르게 될지 모릅니다."16)

동학, 의병, 한국전쟁을 거치면서 피아골은 죽음이 죽음을 부르는 떼죽음의 골짜기가 되었다. 배만화는 억울하게 죽은 '영선(靈仙)'들의 한을 풀어주지 않으면 영선들이 계속 다른 영선들을 부르게 된다고 말한다. 그 말은 좌우 이데올로기의 갈등을 넘어 아버지들의 얽힌 원한을 풀고 가해자와 피해자 간의 화해가 이루어져야 한다는 요청으로 들린다. 수많은 사람들의 목숨을 앗아간 그 '피아골' 주변을 떠도는 넋들의 한을 해원한 후에야 진정 고향으로 돌아올 수 있는 것이다.

문순태 소설의 귀향은 노래 소리를 한 순간에 없애버린 총소리의 기나긴 역사를 찾아 지속된다. 그 길은 고향의 기억을 새로 쓰는 일과 같은 것이다. 「흰거위산을 찾아서」(1996)와 『41년생 소년』(2005)에 등장하는 '흰거위산'과 '백아산(白鵝山)'은 아직까지 총소리의 기억이 선명하게 살아 있는 원체험의

---

16) 문순태, 『피아골』, 정음사, 1985, 135-136쪽.

장소다. 적막한 산을 가르던 그 총소리가 문순태 소설이 자꾸만 고향으로 돌아가 고향을 다시 쓰게 하는 숨은 원동력이었던 것이다.

4. 단소 소리

차츰 된소리로 높아지고 빨라지면서 비바람 눈보라가 휘몰아치는
듯하였고, 한참 후에는 거친 말발굽소리며 군사들의 아우성,
활시위소리, 창칼 부딪치는 소리가 한바탕 거칠게 몰아치는가 싶더니,
이내 구곡간장을 훑으며 쥐어짜는 듯한 처절하고도 구슬픈 소리가
파장 무렵의 저잣거리를 쥐어뜯으며 훼흔드는 것이었다.
- 「정읍사(井邑詞)-달하 노피곰 도다샤」(1991)

문순태 소설에서 단소 소리는 「황홀한 귀향」(1982)에서 「정읍사(井邑詞)-달하 노피곰 도다샤」(1991)에 이르기까지 결코 짧지 않은 나름의 역사를 지니고 있다.

「황홀한 귀향」(1982)의 배경은 학골[鶴洞]이다. 학이 많이 서식하여 마을 사람들은 "예로부터 학이 이 마을을 지켜 주기 때문에 어떤 큰 난리에도 마을에 피해가 없어 학골을 피난지지(避亂之地)라고들 하였다." 최두삼 영감은 30년 만에 아들 등에 업혀 "극락포(極樂浦)행 완행 버스가 꿀참나무 숲정이 운산 고개[雲山峙]를 넘어 고향 학골을 찾아오는 길이다. 젊은 시절 최두삼은 뛰어난 단소 솜씨와 단소 소리로 부른 학의 춤으로 생계를 꾸려나갔는데, 어느 날 아내를 빼앗긴 뒤부터 학을 죽이고 마을 사람들을 총으로 쏴 죽이는 잔악한 사람이 되었다.

고향으로 돌아오기 전, 최두삼은 종종 이런 꿈을 꾸곤 했다. "단소 소리에 맞춰 춤을 추던 학들이 (…) 핏기 서린 수백 수천 개의 눈들이 총구(銃口)처럼 그의 온몸을 가늠보고 (…) 온몸의 살점을 깊숙이 쪼아댔지만 말뚝처럼 그대

로 앉아서 단소를 불었다." 그는 이런 꿈을 꾼 뒤부터 학골에 가야겠다고 생각했다. 이 소설의 마지막 부분은 고향으로 돌아온 최두삼 영감이, 그의 꿈에서처럼 단소 소리로 학들을 부르고 그 학들에 의해 죽어가는 장면을 느릿하고 애절한 가락으로 그려져 있다.

> 학들이 그의 어깨와 팔에 내려앉았다. 머리와 가슴과 다리에도 내려앉았다. 머리에 내려앉은 학이 끌질을 하듯 그의 이마를 쪼았다. 피가 흘렀다. 피를 보자 그의 단소 소리가 더욱 슬프고 아름답게 흘렀다. 다른 학들도 그의 온몸을 쪼아대기 시작했다. 검은 빛 부리의 끝이 송곳처럼 날카롭게 살점을 찍었다. 학들은 그의 사지를 갈기갈기 찢은 다음 몸속의 내장들을 모두 꺼내 놓았다. 그러나 최두삼 노인은 황홀했다. 눈을 감자 핏빛 황혼이 그의 온몸을 포근히 덮어 주었다. 황혼에 덮인 그는 단소 소리를 들으며 감미로운 미소를 지었다.[17]

최두삼 영감이 부는 "흐느끼듯, 애끓는 속마음을 참빗으로 훑어내리듯, 참회의 아픈 마음을 쥐어짜듯 애닯게 들리는 단소 소리"를 듣고 여기저기에서 학들이 날아오고 있었다. 그는 학들이 날아오고 있는 모습을 보자 더욱 신명나게 단소를 불었다. 수많은 학들은 단소 소리에 맞춰 너울너울 춤을 추며 그에게로 내려오고 있었다. 그 순간 최두삼은 황홀한 표정을 짓는다. 그의 애절한 단소 소리를 듣고 날아온 학들이 그의 "황홀한 귀향"을 가능하게 해준 것이다. 단소 소리는 고향으로 돌아가기 위한 자기참회와 속죄를 대신하는 소리였던 셈이다.

「정읍사(井邑詞)-달하 노피곰 도다샤」(1991)의 시공간적 배경은 백제 시대, 완산주 저잣거리다. 그 거리를 서성이는 도림이 주인공이다. 도림의 얼굴에는 큰 흉터가 있는데, 뺨의 흉터는 "황산벌 싸움에서 신라 군사의 칼에 맞

---

17) 문순태, 「황홀한 귀향」, 『달궁』, 앞의 책, 209-210쪽.

은 자국이고", 눈의 상처는 "모악산으로 쫓기면서 당나라 군사가 쏜 화살이 꽂혀 생긴 것이었다." 도림이 부는 단소 소리는 "마치 도림 자신이 살아온 슬픈 내력을 소리로 절절이 엮어 말하고 있는 듯하였다." 또, 그 소리는 기이한 신통력을 지녔다.

> "단소가락으로 우리 보모님 혼백을 불러주신다고라우?"(버들이)
> "그렇다니께. 내가 단소를 부는 것은, 만나보고 싶은 사람 혼을 간 절하게 부르는 거여. 내는 단소가락을 봄시로, 그리운 사람을 만나는 구만."(도림)
> "참말로 죽은 사람 혼백을 부를 수가 있남요?"
> "죽은 사람뿐 아니라 산 사람도 부를 수가 있다니께 그러네."
> "그러면 냉큼 우리 부모님 혼백 좀 불러주시써요."[18]

도림의 단소 소리는 그리운 사람을 만나게 할 수 있고, 죽은 혼백마저도 불러낼 수 있는 것이다. 그러나 그 소리는 전쟁터에 있는 남편 도림과 고향에서 그를 기다리고 있는 아내 정녀를 만나게 할 순 없었다. 고향으로 돌아갈 수 없는 도림은 단소 소리로 그리움을 견딜 수 있었다. 고향에서 정녀는 도림을 소쩍새 울음 소리를 기다린다. 정녀에게 소쩍새의 울음은 한결 더 애절하고 고적한 느낌으로 들려왔고 그 소리는 남편의 단소가락을 떠올려 주었다. 도림은 소쩍새 소리를 가장 잘 흉내 내곤 했다. 정녀는 완산주에서 샘골로 통하는 하늘재 쪽을 바라보며 소쩍새 울음을 가락삼아 흥얼거렸다. 도림을 기다리던 정녀는 <정읍사>를 부르면서 마지막 숨을 내쉰다.

단소 소리는 이별의 정한을 담은 가락이다. 그러나 그 소리는 오랜 그리움과 기다림의 세월을 치유하는 힘이 되기도 한다. 애절한 단소 소리는 새로운 세상

---

18) 문순태, 「정읍사(井邑詞)-달하 노피곰 도다샤」(1991), 『시간의 샘물』, 실천문학, 1997, 111쪽.

을 향한 열망과 만난다. 문순태가 처음으로 쓴 5.18소설 「일어서는 땅」(1987)[19]
은 광주항쟁에서 일제 강점기 징용, 여순사건으로 거슬러 올라가 한 가족이 겪
은 비극적인 역사를 그려낸다.[20] 이들에게 무등산은 점차 광주의 아픔을 넘어서
"흙과 돌과 바위와 나무와 풀로 이루어진 자연의 총체로서의 거대한 무더기라기
보다는, 슬픔과 기쁨과 꿈과 기억들을 불러일으켜 주는 빛나는 생명체"로 자리
한다. 저 먼 백제 유민의 삶이 배어 있는 애절한 단소 소리는 밝은 빛과 붉은 황
혼으로 타오르는 무등산을 '일어서는 땅'이게 한 숨은 힘이 되었는지도 모른다.

5. 애원성

> 취령산(鷲嶺山) 쪽에서 고추바람이 (…) 불 때마다
> 우렁이 속 같은 큰 골 깊은 골짜기에서
> 처절한 애원성(哀怨聲)이 들려오는 듯하였다.
> -『도리화가(桃李花歌)』(1991-1993)

　문순태 소설 속의 소리는 이제 설움과 분노, 신명과 흥을 껴안은 판소리 가락과
만난다. 신재효의 생애를 재구성한 장편 『도리화가(桃李花歌)』(1991-1993)는
1991년 '음악동아'에 2년간 연재한 후 1993년에 출판된 작품이다. 그는 이 소설을
창작하게 된 계기를 "임방울의 <쑥대머리>를 좋아하면서부터 소리 광대에 대한
소설을 쓰고 싶었"고 "광대라는 천대를 받으면서도, 명창이 되기 위해 목구멍에서

---

19) 문순태, 「일어서는 땅」, 『일어서는 땅』(한승원 외), 인동, 1987.
20) '5.18'과 관련된 문순태의 소설 「일어서는 땅」(1987), 「철루중」(1993), 「녹슨 철길」
　　(1997), 『그들의 새벽』(2000) 등에 대한 자세한 분석은 전홍남, 「'5.18광주민주화운
　　동'과 '기억'의 방식」, 『현대소설연구』58집, 한국현대소설학회, 2015에서 볼 수 있
　　다. 이외에 심영의, 「5.18소설의 '기억공간' 연구-문순태의 소설을 중심으로」, 『호
　　남문화연구』43집, 전남대학교 호남학연구원, 2008 참조.

피를 쏟는(…) 그들의 삶에 아낌없는 갈채를 보내고 싶었다."고 밝힌 바 있다.

소리 광대의 소설을 쓰고 싶은 생각에 사로잡혀 있던 때, 고창읍에 있는 동리 신재효의 생가를 구경하게 되었다. 여러 차례 신재효가 살았다는 이 집을 구경하고 나서, 그가 정리했던 판소리 여섯 마당과 <광대가>, <호남가>, <도리화가>, <방아타령> 등의 단잡가들에 깊은 관심을 갖기 시작했다. 그리고 이 집에서 신재효의 지침을 받아 이름을 떨쳤던 이날치, 박만순, 정창업, 김창록, 전해종, 진채선, 허금파 같은 명창들을 알게 되었다. 특히 59세 된 동리와 24세의 사랑하는 제자 진채선 사이에 사랑의 감정이 오간 이야기는 슬프도록 아름답게 느껴졌다.

(…) 대원군의 사랑을 받은 채선은 동리가 죽고 나서야 고창에 돌아왔다. 신재효는 마지막 눈을 감을 때까지 진채선을 기다렸다고 하니, <도리화가>는 그의 애절한 연가가 된 셈이다.[21]

위에서 보듯이, 소설 『도리화가』는 신재효가 73세까지 판소리 여섯 마당을 정리하는데 온 힘을 쏟은 일대기를 그린 작품이다. 소설의 서두는 신재효가 양반이 아니라는 이유로 차별을 당한 현실에서 방황하는 것에서 시작한다. 그런데 문순태는 신재효와 진채선 사이의 슬프고 아름다운 사랑 이야기에 유독 관심을 가졌던 것일까? 아마도 그 해답은 「정읍사」의 도림이 불렀던 단소 소리에서 유래했을 법한 국 노인의 퉁소가락에 숨어있을 것이다.

신재효는 그와 함께했던 국 노인의 장례를 치르고 난 후 노인의 퉁소가락을 흉내 내면서 이렇게 그를 추억한다. "양반으로 태어나지 못한 한을 오로지 풍류를 즐기는 것으로 풀었던 것이다." 그리고 그는 깨닫는다. "가슴에 피멍처럼 맺힌 한을 푸는 데는 소리가 묘약이라는 것을", "국 노인을 통해서 풍류를 즐길 줄 알게 되었고 풍류를 통해서 한을 푸는 법을 배웠다." 요컨대, 문순

---

21) 문순태, 「책머리에」, 『도리화가(桃李花歌)』, 도서출판 햇살, 2014, 3-5쪽.

태가 신재효의 삶에서 듣고 배운 것은 피멍처럼 맺힌 한을 푸는 데는 소리와 퉁소소리를 통해 알게 된 풍류 정신이다.

이 소설에서 문순태의 예술관이 두드러진 부분은 신재효가 <춘향가>의 사설부터 정리해야겠다는 생각에 '춘향전'과 관련된 이야기를 듣기 위해 남원으로 찾아가 채록한 대목에서이다. 그는 춘향이에 대한 이야기를 듣고 춘향이를 절세의 미인으로 만들어야겠다고 생각했다. 신재효는 춘향이가 인물이 뛰어나나 퇴기의 딸이라는 신분 때문에, 양반 자제한테 시집갈 수 없는 처지에 대해 연민을 느꼈던 것이다. 또 신재효는 '춘향전'에 대해 채록한 대부분의 이야기들이 춘향의 원귀와 그 원혼을 달래주었더니 재앙이 사라졌다는 것에 주목한다. 이 소설에서 신채효가 춘향전의 사설을 모아서 다시 정리하는 작업은 곧 문순태가 민중들의 삶 속에 맺힌 한을 푸는 무당이 되는 것이 작가의 주요한 역할이라고 언급했던 대목과 겹친다. 문순태는 판소리의 사설을 채록한 신재효의 손길에서 작가와 문학이란 무엇이며 무엇이어야 하는가에 대해 응답하고 있는 것이다.

6. 바람 소리

> 나는 오래 전부터 고향을 공간적 의미로만 생각하지 않았다.
> 고향을 인간 자체로 파악하고 싶었다.
> 고향은 우리들 영혼과 뼈가 함께 뿌리박은 곳이기 때문이다.
> -「아픔의 역사 속 끝없는 사랑과 방황」(1997)

『느티나무 사랑』(1997)의 '작가의 말'을 빌려, 문순태는 "『타오르는 강』이후 10년 만에 세상에 내놓게 된 이 소설에서 (…) 내가 겪은 6·25와 5.18이라는 거대한 역사의 소용돌이 속에 휘말려 몰락한 가족과 인간을 통해 역사의 진정성과 변혁의 의미를 찾아보고 싶었다."22)고 했다. 이 시기를 전후하여 출간된 「흰거위산을 찾아서」(1996)에서 『41년생 소년』(2005)에 이르는 동안, 그는 흰거위산(백아산)과 같은 원체험의 공간을 다시 쓰기 함으로써 궁극적으로 분단과 전쟁 그리고 광주의 5월을 하나로 연결해 역사의 진정성과 변혁의 의미를 천착한다.

'백아산'은 전쟁으로 인해 무등산 너머에 있는 고향 마을을 떠나 피신한 곳이었다.23) 이곳은 전쟁 당시의 혼란스러운 풍경이 가장 구체적으로 남아 있는 장소이자 이념적 판단이 중지된 공백 지대다. "그런 그 산에 어른이 되어, 그것도 40년이 지난 후에야 다시 가보고 싶은 이유는 무엇 때문일까." 「흰거위산을 찾아서」에서 백아산을 다시 찾아간 것은 비극적인 한의 기억을 애써 떠올리려 하는 것이 아니라 차라리 그것으로부터 놓여나기 위한 시도라 할 수 있다.24)

『생오지 뜸부기』(2009)에서 문순태는 그의 고향 '담양 남면 생오지(쌩오지)'와 지리산을 다시 다룬다. 이 소설집에 실린 「눈향나무」(2008)에서는 세상의 모든 소리를 향해 열려 있는 '눈향나무'가 화자로 등장한다. '나'는 400년 동안이나 오래된 묘지 옆에 홀로 죽은 듯 누워 있는 향나무, 사람들은 누워 있다고 해서 눈향나무라고 부른다.

눈향나무는 세석평전 8부 능선의 너덜겅 옆 관음굴(觀音窟) 암자에 홀로 앉아 천 개의 눈을 열어 지리산의 곳곳을 더듬어 본다. 눈향나무는 추위를 피해 암자로 들어온 '안가'와 '홍가'와 만난다. 이들의 인연은 동학란 때로 거슬러 올라간다. 갑오년 농민 전쟁 때 약초꾼의 중조부 홍기표는 동학군이었고 불모의 중조부 안달복은 동학 토벌군 대장이었는데, 순창 강천사에서 동학

22) 문순태, 「아픔의 역사 속 끝없는 사랑과 방황」(작가의 말), 『느티나무 사랑』(1), 열림원, 1997, 8-9쪽.
23) 문순태, 「골짜기마다 떠도는 고혼들」, 『나를 울린 한국전쟁 100장면-내가 겪은 6·25전쟁』(김원일·문순태·이호철·전상국 공저), 눈빛출판사, 2009, 77-78쪽.
24) 박성천, 『해한(解恨)의 세계: 문순태 문학 연구』, 앞의 책, 194쪽.

패잔병들을 추격하던 안달복은 도망치는 홍기표를 끝까지 쫓아가서 붙잡아 목을 잘랐던 일이 있었다.

추위에 떨며 관음굴로 들어온 그들은 이제 가해자와 피해자의 처지가 서로 바뀐 상태다. 관음보살이 된 '나'는 동학군의 후예인 약초꾼 홍가를 살리기 위해 스스로를 불태운다. 이름 없이 죽어간 민중들의 넋을 지켜왔던 눈향나무는 자기의 몸을 살라, 원한의 오랜 뿌리를 소멸시키려 한 것이다. 이 순간 타오르는 눈향나무의 몸에서 들리는 소리는 바로 이런 것이리라. -"어쩌면 이 세상 안에 있는 모든 것은 살아 있으면서 죽어 있고 죽어 있으면서 살아 있다고 생각하는 것인지도. 아니 삶과 죽음, 증오와 사랑, 부도덕과 도덕의 경계까지도 없애려고 하는 것인지도."[25]

7. 소리 풍경

문순태 소설의 기원에 자리한 총소리는 어떤 운명을 살아온 것일까? 「탄피와 호미」(2007)는, 총소리가 한 사람의 생애에서 얼마나 오랫동안 지속될 수 있는 것이며 또 그것은 진화하는 생명체와 같이 시간이 지남에 따라 달라질 수 있는지를 보여준다. 유년시절에 들었던 총소리는 어떻게 하여 더 이상 공포스럽지 않은 "일상의 소리"가 될 수 있었던 것일까?

> (…) 나는 총소리에 공포를 느끼지 않는다. 여러 가지 기억들을 떠올리게 해 준 그 소리는 오히려 경쾌하고 낭만적으로 들린다. 잊고 있었던 참새나 소쩍새 우는 소리를 오랜만에 다시 듣는 기분이다. (…) 내게는 새소리, 바람 소리, 물소리, 피아노 소리, 자동차 클랙슨 소리

---

25) 문순태, 「눈향나무」, 『생오지 뜸부기』, 책만드는집, 2009/2013, 63-64쪽.

와 같은 평화로운 일상의 소리처럼 들릴 뿐이다.

(…) 젊었을 때까지만 해도 나는 총소리를 무서워했다. 월남전에서
돌아와서 한동안은 총소리를 들을 때마다 (…) 세상의 모든 소리들이
총소리로만 들리는 것 같았다. (…) 그러던 내가 제대 후에 결혼을 하
고 가장이 되어 숨 가쁘게 살기 시작 할 때부터 차츰 총소리가 무섭지
않게 되었다. 먹고 살기 위해 몸부림치듯 살아가는 사람들의 악에 바
친 목소리가 총소리보다 더 무서웠다.

나는 유년시절 총소리를 들으면서 자랐다. 엄마가 나를 낳던 날에
도 총소리가 온통 마을을 쥐흔들었다고 했다. 그러니까 나는 총소리
와 함께 태어난 것이다. 그 때문에 어렸을 때는 총소리를 두려워하지
않았는지도 모른다. 유년시절에는 오히려 총소리가 기다려지곤 했다.
탄피 마을에서 낳고 자란 탓으로 총소리에 대해 무감각해진 것이었을
까. 유년시절 총소리는 내게 바람 소리나 빗소리, 개울물 흐르는 소리
쯤으로 들렸다. 총소리가 신경을 날카롭게 자극하거나 긴장감을 자극
하지는 않았다.26)

지금, 사격장에서 들리는 총소리에 전혀 공포를 느끼지 않는다. 그 소리는
죽음과 아무런 상관이 없기 때문이다. 하지만 1970년 월남전에 다녀온 후에
는 세상의 모든 소리가 총소리로 들렸다. 차츰 총소리보다 악착같이 살아가
는 사람들의 소리가 더 무섭게 들리기 시작했다. 더 올라가 보면 유년시절에
듣던 총소리는 신경을 자극하거나 긴장을 주지 않았다. 그때 총소리는 바람
소리나 빗소리, 개울물 흐르는 소리처럼 들렸다. '나'에게 총소리는 왜 매번
다른 소리로 들렸던 것일까?

총소리는 각자가 지닌 상처에 따라 다르게 반응한다. 사격장 주변의 탄
피를 주워 생계를 꾸려나가는 46세의 점순이는 총소리를 무서워하지만
11세의 영미는 그렇지 않다. '나'는 아마도 점순이가 탈북 과정에서 총소
리에 대해 끔찍스러운 기억을 갖게 되었을 것이고 생각한다. 서로 다른 상

---

26) 문순태, 「탄피와 호미」, 『문학들』7호, 2007년 가을호, 문학들, 184-185쪽.

처를 지니고 있는 사람들은 그 상처를 치유하는 방식도 다를 수밖에 없다.

'나'는 대장장이를 찾아가 주워모은 탄피로 호미와 숟가락을 만들어주라고 부탁한다. 총알의 탄피가 호미와 숟가락이 된 것이다. 이 장면에서 문순태 소설의 생태적 상상력을 읽는다면 성급한 일이다. 실제로, '나'의 어린 시절 엄마는 탄피와 탄두에서 분리시킨 구리며 놋쇠 등을 가져가 식량으로 바꾸어 왔었다. 그 무렵 "내게 탄피는 곧 밥이었다." 이처럼 유년시절 총소리가 두렵지 않았던 것은 탄피가 '밥'이 될 수 있었기 때문이다. 따라서 탄피를 모아서 만든 호미와 숟가락은 유년의 그 총소리와 배고픔을 잊지 않고 보관하는 저장소로서의 구실을 한다. "그냥 배고팠던 유년시절 탄피를 주워서 굶어죽지 않았던 때를 잊지 않기 위해서라고나 할까."

최근에 출간한 단편 「시계탑 아래서」(2015)에서도 총소리는 문순태 소설의 변함없는 화두다. 도시의 한 카페로 들어선 '나'는 "사이키델릭한 록음악"의 "쿵쿵 울리는 드럼 소리가 군홧발로 내 머리를 직신직신 밟아 대는 것만 같"이 들렸고 "총소리와 대포 터지는 소리가 여기저기서 산발적으로 들려오는 것만 같아 한사코 심신이 움츠러들었다." '나'는 지금 이 도시가 '전쟁터'라고 선언한다.

> 나는 사람을 죽이는 것만이 전쟁이라고 생각하지 않는다. 고통과 슬픔을 주고 증오심과 분노를 일으키며, 평화로운 개인생활을 방해하는 것도 전쟁이 될 수 있다고 믿었다. 도시는 자동차 클랙슨 소리며 꽝꽝대는 음악 소리, 공사장 망치질 소리, 불도저 소리 등 무질서한 소리로 넘쳤다. 알 수 없는 기계음들이 굉음을 내며 도시가 거대한 탱크의 캐터필러 돌아가듯 굴러가고 있는 것처럼 보였다. 포연 같은 매연까지 부옇게 뒤덮고 있어 영락없이 전쟁터를 방불케 했다.[27]

오래전부터 청각과민증을 앓고 있는 '나'에게는 도시의 기계음들이 총소리

---

27) 문순태, 「시계탑 아래서」, 『문학들』40호, 2015년 여름호, 문학들, 199쪽.

로 들렸다. 여기에서 우리는 아직까지 그가 총소리의 기억에서 벗어나지 못했다는 것을, 아니 총소리를 단 한 번도 잊은 적이 없다는 사실을 확인하게 된다. 그는 여태껏 총소리가 산골짜기의 적막을 가르던 고향 주변을 아직 서성거리고 있는 것이다. 도시의 소음을 피해 숨어들어간 숲 속의 골짜기는 "자신이 한없이 작아지면서 원망도 미움도 생겨나지 않"는 곳이다. 그 고요함은 자기를 지우고, 자기가 아닌 다른 것들을 감싸 안는다. 그 '생오지'는 오염되지 않는 "소리 풍경의 세상"이다.

> 우리는 산업사회를 거치면서 눈에 보이는 풍경, 즉 '랜드스케이프'에만 신경을 썼지, '소리 풍경'(사운드스케이프)에는 무관심해왔다. 생명 가진 것들이 가장 건강하게 살 수 있는 공간은 자연의 소리가 70% 이상 보존되어 있는 곳이라야 한다. 그러나 지금 도시는 기계음이 점령해버려 자연의 소리인 '사운드스케이프' 공간이 줄어들었다. 내가 살고 있는 '생오지'는 아직 오염되지 않은 '소리 풍경'의 세상이다.[28]

문순태는 "자연의 소리 공간"에 관심을 가져보길 권유한다. 그가 말한 소리 풍경이란 고향의 아름다운 소리만을 가리키는 것은 아닐 것이다. 그 소리 풍경에는 총소리가 다른 소리들로 흩어져 각자의 운명을 견딘 자국이 느껴진다.

결코 잊을 수도 없고 잊어서도 안 되는 그 총소리는 문순태의 소설 속에서 북소리와 징소리의 함성으로, 상여 울음을 품은 단소 소리로, 신명과 흥이 살아 있는 판소리 가락이 되어 왔으리라 짐작한다. 문순태의 소설이 간직해온 고향의 총소리는 우리의 몸을 관통해 흐르는 투명한 바람 소리가 되어, 우리와 더불어 살아온 셈이다. 나는 그의 소설 세계를 수많은 사람들의 몸에 새겨진 (총)소리의 운명을 채록한 두터운 연대기라고 부르고 싶다.*

---

28) 문순태, 「잃어버린 시간을 위하여」(작가의 말), 『생오지 뜸부기』, 앞의 책, 6쪽.
* 논문출처 : 「(총)소리의 운명-문순태 소설의 소리 풍경-」,『문예연구』2015년 가을호

해한(解恨)의 문학에서 경계인의 언어로

고 봉 준(경희대)

탈향(脫鄕))과 귀향(歸鄕)

산업화 시대에 도시에서 태어나 시멘트 골목에서 유년기를 보낸 내 또래들에게는 고향이 없다. 태어난 곳과 사는 곳이 일치하는, 그리하여 상실할 고향조차 갖지 못한 우리들에게 '고향'에 관한 질문은 한없이 낯설기만 하다. 문학사의 한 페이지에서 목격하는 근대화와 개발독재로 얼룩진 이촌향도의 그 음울한 행렬은 남의 나라 이야기만큼 아득하고, 일제의 식민지 수탈에서 해방과 6·25로 이어지는 민족사의 수난은, 그리고 그 수난의 시대를 살다가 죽어간 무명씨들의 삶은 '역사'라는 편리하고도 익숙한 기록 속의 이야기처럼 비현실적이다. 그러나 자본주의와 도시화라는 악무한의 '현실' 바로 밑에는 근대화 이전의 삶의 원형들이 고스란히 각인되어 있다.

문순태는 '고향'과 '한'의 작가이다. 등단 이후 지금까지 문순태는 탈향과 귀향의 서사를 통해 고향의 의미에 대해 물어왔다. 그러나 그의 소설에서 '고향은 태어난 곳이라는 의미에 한정되지 않는다. 근대 자본주의와 서구 제국주의의 침략으로 시작된 한국의 근대는 대지에 뿌리내리고 있던 사람들을 삶의 공간으로부터 분리시키면서 시작되었다. 산업화가 초래한 고향상실의 비극을 그린 황석영의 「삼포 가는 길」이 보여주듯이, 근대 이후 도시의 바깥은 언제나 도시화라는 위험에 처해 있는 위기의 공간이었고, 도시와 대비되는 농촌은 종종 이상적 유토피아로 그려지곤 했다. 산업화 시대의 문학은 고향이라는 정신적 모태로부터 뿌리 뽑힌 사람들이 도시에서 살아감으로써 맞닥뜨려야 하는 삶의 비극성에 주목했다. 반면 문순태는 고향을 이상적 유토피아로 그리지 않는다. 그에게 고향은 식민지 권력의 수탈로 인해 상처받은 공간이지만, 끝내 포기할 수 없는 정신의 원적(原籍)에 가깝다. 그는 고향-농촌을 이상향으로 그리는 대신, 수탈의 억압과 권력의 횡포에도 불구하고 힘겹게 살았던 사람들의 삶에 주목한다.

문순태 소설들의 주제는 잃어버린 고향 찾기이다. 본격적인 산업화 시대와 동시에 소설을 쓰기 시작한 그는 도시 하층민들의 빈곤한 삶이나 이촌향도의 비극적 현실을 형상화하는 데서 한 걸음 나아가 고향의 정신적 의미를 집중적으로 묘파한다. 『징소리』의 후기에서 밝혔듯이, 고향은 태어나서 자란 곳이기보다는 인간존재의 한 양식이며, 근대적 가치로부터 지키고 복원해야 할 인간적 가치의 세계이다. 문순태의 소설에서 고향은 "끈끈하게 정이 넘치고 자유와 정의가 바로 서 있으며, 믿음이 충만하며 부와 권력을 위하여 자신을 버리는 일이 없는 아름다운 사람들이 사는 공동체의 울타리 속, 그런 인간회복의 고리"이다. 선조들의 삶과 후손들의 삶이 땅을 매개로 연속성을 이루고 있는 삶의 터전, 이런 점에서 고향은 결코 도시화될 수도 없으며, 도시화되어서도 안 되는 세계이다.

등단작 「백제의 미소」에 등장하는 할미봉 아래의 도자기 마을(분원리)은 하나의 공간이기 이전에 슬픈 역사를 간직하고 있는 역사적인 삶의 공간이다. "백제 사람이면서 백제의 땅에 포로가 된 그들의 선조는 고려 전조(全朝)를 통해 대대로 자기 굽는 것을 업으로 이어왔고, 다시 고려가 넘어지고 이씨 조선이 들어섰어도 계속되었다." 그러나 후손들은 자신들의 땅에서 유민의 생활을 해야 했던 조상들의 비극적 삶에 대해서 알지 못한다. 문순태의 소설은 이러한 삶의 단절, 기억의 단절을 극복하는 방향으로 나아가며, '고향'은 이런 점에서 돌아갈 곳이 이전에 조상들의 슬픈 역사가 각인되어 있는 삶의 공간이다. 「고향으로 가는 바람」에서 덕보영감이 수몰의 위기에 몰린 노루목을 떠나지 못하는 이유도 그곳이 "조상들의 뼈가 묻힌 마을"이며 "할머니의 열녀각"이 존재하는 공간이기 때문이다. 「무서운 징소리」에서 칠복의 노모가 방울재를 떠나지 못하는 이유 역시 그곳이 "남편과 윗대 선조들의 뼈가 묻힌 땅"이면서 "모든 서러움과 원한을 함께 묻으며 피눈물 나게 장만한 전답"이 존재하는 곳이기 때문이다.

문순태의 소설에서 '도시(근대)'와 '고향(근대 이전)'의 이질성은 '땅'에 관한 사유에서 두드러진다. 「말하는 징소리」에서 "하기야 그까짓 고향 있으면 뭐하나. 고향을 잊고도 돈 잘 벌고 잘 살아왔는데"라는 사장의 말은 「무서운 징소리」에 등장하는 "저 땅은 에미 마음이고 한이여. 그런 땅을 팔어? 땅을 파는 건 이 에미를 파는 거여"라는 칠복 노모의 말과 얼마나 다른가? 도시인들에게 '땅'은 투기의 대상이면서 화폐로 계산되는 재산적 가치일 뿐이다. 또한 『징소리』에서 고향을 상실한 사람들에게 칠복의 '징'은 "방울재 혼"과 "고향을 잃은 사람들의 한맺힌 울음소리"로 인식되지만, 도시인들에게 그것은 "골동품"으로서의 의미만을 지닌다. 잠시 작가의 말을 들어 보자.

나는 허칠복의 고향은 바로 내 고향이며 우리들 모두의 고향이라는 생각을 했다. 결국 우리들도 허칠복처럼 고향을 잃어버린 것이 아닌가. 불의가 정의를 눌러 답답하고, 캄캄하고, 만나면 쇳소리만 나고, 사람들이 톱니바퀴처럼 엇물려 정확하게 계산하며 돌아가는 이 메마

르고 비정한 현대사회 어디에 우리들의 고향이 있단 말인가. 허칠복
의 고향이 물에 잠겼다고 하면 우리들의 고향은 망각이라는 무덤 속
에 갇혀버렸는지도 모를 일이다. 이제 우리들 민중의 정한이 찐득거
리는 고향은 컴퓨터의 작동에서도 만나볼 수 없다. 어쩌면 영원히 찾
을 수 없는 곳, 천당에 가기보다 더 어렵게 된 우리들의 진정한 고향은
어디에 있는 것일까. 태어나고 자란 곳이라고 해서 고향일 수는 없다.
진실로 우리가 되찾고 싶은 고향은 사랑과 믿음이 충만하고, 정이 넘
치고, 자유와 정의가 바로 서 있고, 거짓이 없고, 부와 권력에 매달림
이 없고, 징소리가 다시 울리며, 콩 한 조각도 둘이 나눠 먹을 정도로
인심이 포실한, 가장 인간적인 고향인 것이다.

— 『장소리』, 319-320쪽.

소설의 형식을 "선험적 고향상실(Transzendentale Obdachlosigkeit)"이라고
명명한 것은 루카치였다. 루카치에 의하면 선험적 고향이란 자아와 세계가
완전히 일치하는 본질적 충만의 세계이다. 현재를 역사적 총체성과 삶이 지
니는 내재적 의미의 상실이라는 파국으로 정의한 그는 소설은 운명적으로 잃
어버린 고향에 관한 이야기일 수밖에 없다고 주장했다. 이러한 루카치의 주
장은 현대의 운명을 고향상실에서 찾는 문순태의 시각과 일치한다. 허칠복이
상실한 고향은 바로 우리 모두의 고향이다. '댐 건설'이라는 근대적 개발 논리
에 밀려 수몰된 허칠복의 고향은 "망각이라는 무덤"이 증명하듯 정신적인 현
상이다. 이러한 사유에 근거하여 문순태는 현대인의 고향상실이 "불의가 정
의를 눌러 답답하고, 캄캄하고, 만나면 쇳소리만 나고, 사람들이 톱니바퀴처
럼 엇물려 정확하게 계산하며 돌아가는 이 메마르고 비정한 현대사회"의 직
접적인 원인이자 결과임을 고발한다. 「청자부」에서 순자와 차남수가 직면하
게 되는 삶의 절망적 현실과 부조리나 「멋장이들 세상」에서 "가짜 멋장이"인
마네킹을 파괴하는 오만석의 절규는 바로 고향이라는 정신적 세계를 상실한
사람들이 현대사회에서 겪게 되는 삶의 비극성을 극명하게 보여준다.

한(恨)의 계보학

　문순태의 소설에서 고향 찾기는 잃어버린 인간성의 회복, 즉 휴머니즘의 문제와 맞닿아 있다. 선험적 고향상실을 통해 현대인의 고독과 소외, 현대사회의 모순과 부조리가 양산한 참담한 현실을 고발하려는 초기의 문제의식은 『징소리』(1980)와 『달궁』(1982)에 이르러 '한(恨)'에 대한 관심으로 확장된다. 그는 두 번째 소설집 『흑산도 갈매기』(1979)에서 소설 쓰기의 의미에 관해 이렇게 밝히고 있다. "내가 이렇게 말할 수 있는 것은, 이 땅의 모든 고통받는 사람들과 아픔을 같이 나누는 진실의 옹호자로서, 현실 속에서 이상을, 이상 속에서 현실을 파악하며, 근원적인 삶을 사랑하고, 그 뿌리를 캐는 경작자가 되고 싶기 때문이다." 스스로를 경작인(耕作人)으로 명명하는 작가적 태도에서 우리는 고향 찾기를 묵혀두었던 묵정밭을 열심히 일구어 씨를 뿌리는 행위로 인식하는 초기의 태도를 발견할 수 있다. 아울러 그의 소설관 또한 "백화점 진열장에 예쁜 종이로 산뜻하게 포장된 상품"이나 "꿈속에서나 어루만질 수 있는 추상의 무지개"가 되기를 거부함으로써 "눈물이 질퍽한 진실의 열매"가 되기를 희망한다는 초기의 문제의식에서 "소설의 참맛이란 쓴맛, 단맛, 신맛, 짠맛, 매운맛이 다 들어 있어야 한다"라는 미학적 사유로 발전한다. 고통의 역사를 기록하고 증언하는 "역사의 칼"의 소임에 충실하려던 초기의 작가적 태도는 『징소리』 이후 그릇된 역사를 바로잡고 실향의 한(恨)을 위무하는 방향으로 나아간다.

　내 소설의 기초 미학은 고향과 한(恨)이다. 이 속에 역사와 사회적 현실과 종교와 철학의 문제들을 농축시켜 보고 싶다. 우리는 지금 고향을 잃고 산다. 그것은 누구의 탓도 아니며, 잘살기 경쟁으로 우리들 스스로가 고향을 거부한 것이다. 자유를 사랑하기는 쉬워도 지키기는 어려운 것처럼, 고향을 사랑하기는 쉬워도 잃어버리지 않고 살기는 어렵다. 역사도 마찬가지다. 왜곡된 역사를 발견하고 지적하기는 쉬워도 그것을 바로잡기는 어려운 것이다. 작가란 무엇인가. 해한자이며 예언자이고 증언자가 아닌가. 작가는 무당처럼, 언월도(偃月刀)를 휘두르고 삼지창을 꽂아 홀맺힌 민중의 한을 작품을 통해서 풀어 주어야 하며, 예언자처럼 과거의 창을 통해 미래를 보고 잘못된 역사를 바로잡고, 이상을 추구하되, 현실 속에서 찾으며, 그가 살고 있는 시대를 부끄러움 없이 증언해 주어야 하지 않겠는가.

-『달궁』, 277-278쪽.

『달궁』의 후기에서 문순태는 '작가'에게 세 가지 임무를 부여한다. 여기에서 작가는 홀맺힌 민중의 한을 풀어주는 '해한자'이면서 과거의 창을 통해 미래를 보여주는 '예언자'이고, 현실에 굳건히 뿌리내림으로써 시대의 부끄러움을 증언하는 '증언자'로 명명된다. 농촌의 근대화 과정에서 발생한 고향상실의 한을 '징소리'라는 상징을 통해 풀어낸『징소리』와 왜곡된 역사를 바로잡아 민중이 역사의 주체임을 확인시켜주는『달궁』은 그 구체적인 성과라 할 수 있다. 인용문에서 눈여겨볼 대목은 한(恨)이다. 한(恨)이란 상처가 치유되지 못해 마음에 맺힌 상태를 의미한다. 문순태에 의하면 한(恨)은 두 가지 모습을 갖는다. 하나는 기다림이나 그리움에서 발생하는 정한(情恨)이며, 다른 하나는 착취와 억압에서 생겨나는 한(恨)이다. 전자가 자학적이라면 후자는 가학적인 원한감정에 가깝다. 주지하듯이, 우리 민족의 역사는 외세 침략과 봉건적 억압·수탈의 역사이다. 그리하여 민족적·민중적 단위에서 발생한 역사적 사건의 대부분은 한(恨)을 풀기 위한 시도였다고 해도 과언이 아니다. 문순태는 바로 이 풀리지 못한 민중들의 한(恨)을 푸는 것이야말로 문학의 소명이며, 이런 점에서 작가는 무당과 같은 존재라고 말한다. 무당의 해한(解恨) 과정이 그렇듯이, 혹은 정신분석학의 치유가 그렇듯이, 상처를 치유하기 위해서는 먼저 "역사의 무덤"을 파헤쳐야 한다.

문순태의 소설에서 한의 기원인 "역사의 무덤"은 단일한 사건이 아니다. 『징소리』에서 방울재 사람들의 비극적 삶 이면에 6·25라는 민족사의 비극이 잠재되어 있듯이, 역사의 무덤은 민족의 수난사가 밀접하게 연관되어 있음을 증언한다. 역사의 소설화를 목표하지 않음에도 불구하고 문순태 소설의 대부분이 역사소설의 성격을 띠고 있는 것은 이 때문이다. 그리하여 장편역사소설 『타오르는 강』은 조선 후기에서 근대 초기까지를 집중적인 소설의 배경으로 삼고, 『달궁』, 「피아골」, 「철쭉제」, 「제3의 국경」, 『41년생 소년』 등은 6·25와 분단의 비극을 소설화한다. 또한 『인간의 벽』은 일제 식민지시기를, 「달빛 골짜기의 통곡」 「살아 있는 소문」, 「최루중」, 「녹슨 철길」 등은 5·18로 상징되는 80년대의 비극적 현실을 중요한 사건으로 다룬다.

　　연작소설 『징소리』의 공간적 배경은 영산강 상류의 수몰지구 방울재와 근대적 도시 광주이다. 방울재(고향)와 광주(도시)라는 공간적 대립을 통해 탈향과 귀향의 의미에 접근한 이 작품은, '댐'으로 상징되는 근대적 개발 논리가 농촌공동체를 파괴함으로써 빚어진 비극적 삶의 현상을 적나라하게 보여준다. 이 작품은 허칠복이 고향을 떠난 지 삼년 만에 미쳐서 돌아와 징을 두드리는 장면에서 시작된다. 평화로운 농촌 마을 방울재가 댐건설로 인해 수몰되자 사람들의 삶은 급속하게 분열된다. 「징소리」에서 고향에서 쫓겨난 허칠복은 마을 대대로 전해 내려오던 징을 들고 도시로 나가지만, 결국 아내마저 잃고 미쳐서 고향으로 돌아온다. 하지만 낚시터로 변해버린 고향에서 장사를 방해한다는 이유로 그는 다시 쫓겨난다. 「말하는 징소리」에서 순덕은 도시인 강만식과 도망치지만 결국 그에게서 버림을 받고, 광주로 나온 허칠복은 명물로 취급되는 징소리 때문에 칠보증권회사에 취직하지만 징을 잃고 회사에서 쫓겨난다. 이 과정에서 잃어버린 아내를 찾기 위한 칠복의 종소리는 고향을 잃은 사람들의 한맺힌 울음소리가 되어 도시 곳곳에 울리고, 방울재를 떠나온 사람들은 그날부터 징소리의 환청을 경험한다. 「마지막 징소리」에서

"강만식을 따라나선 것을 후회한 그날부터 밤마다 잠결에 징소리"를 들은 순덕은 결국 고향으로 돌아오지만 "순덕이가 헤어졌던 방울재 사람들을 다시 만나기 위해 물속으로 뛰어들었을 때 갑자기 징소리가 뚝 멎어버렸다"처럼 징소리 때문에 죽게 된다. 이처럼 『징소리』에서는, 스스로 고향을 등진 사람들을 제외한 모든 사람들은 비극적인 종말을 맞게 된다. 작가는 고향을 거부함으로써 세속적으로 출세하는 인물군(장필수, 박천도, 맹만수)과 끝내 고향을 잊지 못함으로써 비극적인 죽음을 맞게 되는 인물군(허칠복, 순덕 어머니, 강촌댁)의 대조적 삶을 통해 고향이 공간의 문제가 아니라 본질적인 삶의 방식과 맞닿아 있음을 보여준다.

6·25라는 민족사의 비극을 전면화하고 있는 『달궁』은 주인공 순기가 6·25 이후 처음으로 고향 달궁리(月宮)를 찾아가는 장면으로 시작된다. 작가는 달궁리의 현재적 삶에서 누구도 기억하려 하지 않는, 기억 자체가 금기가 되어버린 민족사의 비극을 불러냄으로써 '역사'라는 이름 속에 묻혀버린 비극적 죽음과 공동체의 내적 갈등을 화해시킨다. 이민을 준비하고 있는 순기가 "죽기보다 더 싫은 귀향"을 해야 하는 표면적인 이유는 집안의 12대 종손으로서 할아버지 참봉의 송덕비 문제를 해결하기 위함이다. 4·19부상 동지회의 회원이기도 한 그는 12대 종손이라는 멍에를 벗어버리기 위해 고향을 떠났듯이 출세가 "현대의 우상"이 되어버린 사회에서 벗어나기 위해 이민을 준비한다. 도시인들의 주말 농장으로 전락해버린 달궁리는 6·25 이전에는 남평 문씨 일족의 집성촌이었고, 순기의 조부인 문참봉은 마을 주민들에게는 악명 높은 지주였다. 문참봉의 권력의 상징이었던 송덕비는 마을 사람들의 피눈물이었던 셈이다. 6·25가 발발해 서울에서 대학을 다니던 순기의 삼촌이 공산당의 간부로 마을에 부임하자, 문참봉의 머슴이었던 김만복과 순기의 아버지는 "붉은 별을 붙인 모자"를 쓴 면당(面黨) 간부로 활동했다. 그러나 인민군의 후퇴와 동시에 사라졌던 김만복은 경찰복을 입고 마을에 등장하게 되고, 토굴

속에 숨어있던 순기 삼촌은 비극적인 죽음을 맞이한다. 학살과 복수가 반복됨으로써 마을은 피로 물들고 이전의 공동체적 삶은 분해된다. 순기가 고향을 떠난 건 바로 그때였다.

> 아버지의 과거예요. 아버지는 지난 일에 대해서는 이야기하지 않아요. 특히 젊었을 때의 일을. 과거를 거리낌 없이 이야기할 수 없다는 건 얼마나 불행한가요. 살아온 과거를 숨김없이 이야기하는 할머니 할아버지들을 보면 아름답게 느껴지기까지 해요. 설령 그들이 살아온 과거가 행복하거나 즐겁지도 떳떳하지도 않았다손 치더라도, 다른 사람한테 이야기할 수 있다는 건 얼마나 즐거운 일이겠어요. 과거를 이야기하며 사는 사람은 선량하다고 생각해요. 회상은 아름다운 거 아니에요? 그런데 아버지에게는 그게 없어요. 과거를 무덤처럼 생각하시는지 몰라요. 그래서 과거를 이야기하기란 마치 무덤을 파헤치는 것만큼이나 끔찍하게 생각하시는지도 몰라요. (중략)저는 송덕비를 헐어 옮기지 않았으면 했습니다. 왜냐하면 달궁에는 꿈처럼 아름다운 과거와, 미움과 아픔의 과거가 함께 있어야 하기 때문입니다. 그래야 뉘우칠 수가 있으니까요. 뉘우침의 역사는 언제나 더 새롭고 더 나은 것을 창조하기 때문이죠. 그러나 실망은 하지 마세요. 저를 안은 것처럼 두려워 말고 달궁을 가슴 벅차게 힘껏 안아 보세요. 그러면 달궁도 저처럼 선생님의 품안에 다 들어갈 것입니다. 달궁 사람들을 두려워하면 영원히 고향을 잃어버리게 됩니다.
>
> -『달궁』, 186쪽.

삶의 비극적 사건들은 종종 사람들에게서 '과거'라는 시간을 빼앗아 간다. 달궁리에서 과거(기억)가 '지옥'처럼 느껴지는 건 순기만이 아니다. 6·25라는 극단적 상황 하에서 마을 사람들 대부분이 학살자이거나 피학살자였기 때문에 그들에게 '과거'는 하루빨리 지워야 할 대상에 불과했다. 그들 모두는 '과거'라는 심리적 외상에 얽매여 살아가고 있으며, 그렇기 때문에 과거를 말하지 않음으로써만 현재적 삶을 유지하고 있다. 김만복이 개발이라는 논리를 앞세워 송덕비라는 과거의 상징물을 없애려는 까닭도 여기에 있다. "만복 씨는 노루목 재각을 볼 때마다 과거의 일이 생각나고, 양심의 가책을 느끼는 것이죠? 그렇죠? 왜 아무 말도 못 해요. 재각을 없애고 우리 선산을 갈아엎은 자리에 관광호텔을 세운다고 해서 과거가 없어지나요? 그 끔찍한 과거는 노루목에 있는 것이 아니라, 만복 씨 양심 속에 묻혀 있는 겁니다." 그러나 과거를 근거로 만복을 비판하는 순기 또한 과거의 무게에서 한 발짝도 벗어나지 못하고 있다. 당숙 문치도가 할아버지의 송덕비를 옮기다 송덕비라는 과거에 깔려 죽듯이, 그 또한 송덕비가 상징하는 가문의 재건이라는 중압감에서 자유롭지 못하기 때문이다.

그렇다면 해한(解恨)은 어떻게 가능한가? 문순태는 6·25를 이데올로기 대립으로 인식하지 않는다. 「철쭉제」에서 박검사 아버지의 죽음과 『달궁』에서 문씨 일가와 마을 주민들의 관계가 그렇듯이, 문순태 소설에서 역사의 비극은 이념이 아니라 지배-피지배 관계의 상처에서 비롯된다. 이는 그들 사이의 한(恨)이 이념을 통해서는 풀릴 수 없음을 의미한다. 그래서 문순태는 "역사"를 통해 가해자와 피해자라는 원한의 관계가 왜곡되어 있음을 보여주는 데서 해한(解恨)의 가능성을 발견한다. 「철쭉제」에서 아버지의 죽음에 대해 복수하려고 고향에 내려간 박검사는 아버지와 할아버지의 죽음이 그들의 잘못에서 비롯되었음을 알고 상대방에게 용서를 빈다. 『달궁』의 조부 또한 마을 사람들을 착취했다는 잘못으로부터 결코 자유롭지 못하다. 문순태는 『문신의 땅』에서 이렇게 이야기한다. "작가는 소설을 통해 휴머니즘을 실천해야 한다. 문학이 인간을 구원하는 도구는 휴머니즘이기 때문이다. 그러므로 문학은 인간사랑학이며 인간을 구원하고 옹호하는 휴머니즘이야말로 문학의 영원한 과제인 것이다." 인간의 존재양태로서의 고향, 그리고 문학적 이념으로서의 휴머니즘은 문순태 소설의 두 축이다. 『달궁』에서 김만복의 딸 정아는 달궁리에 꿈처럼 아름다운 과거와, 미움과 아픔의 과거가 함께 있기를 희망한다. 이는 고향이 단순한 유토피아가 아니라 역사적 삶의 공간이며, 역사의 양면성이 공존함으로써 고향이 뉘우침과 해한(解恨)의 세계가 될 수 있다는 것을 가리킨다. 문순태 소설에서 역사는 위대한 기록이 아니라 성찰의 계기이며, 고향은 순수한 공간이 아니라 아름다움과 상처가 공존하는 혼종적인 공간이다.

역사의 무덤

19세기 후반의 격동기를 사실적으로 그려낸 『타오르는 강』은 문순태의 소설세계에서 하나의 문턱에 해당한다. 대하역사소설의 성격을 지닌 이 작품은 "궁삼면 사건"이라는 실화를 바탕으로 역사의 주체인 민중의 삶과 그들의 질긴 생명력을 보여줌으로써 역사에 관한 새로운 시각을 제시한다. 『타오르는 강』은 1886년 노비세습제 폐지에서 동학농민전쟁, 궁삼면 소작쟁의 사건, 광주학생운동에 이르는 역동의 시대를 배경으로 하고 있다. 작가 자신이 "횃불로 변한 한의 민중사"라는 평가하고 있는 이 소설은 "진정한 의미의 산 역사는 민중이 그 주체가 되어야 하며, 작가는 민중의 입장에서 역사의 모순을 지적하고 민중의 입장에서 그들의 아픔을 이해해야 한다"라는 민중주의적 관점에서 씌어졌다.

> 영산강을 젖줄로 살아가는 전남 나주(羅州)에 이른바 '궁삼면(宮三面) 사건'이 있었다. 1886년부터 3년 동안에 걸친 대한(大旱)에 폐농(廢農)을 해버린 3개 면의 농민들은 굶어죽지 않으려고 대처로 흘러다니며 걸식을 하다가 돌아와 보니, 3년간 세금을 내지 않았다는 이유로

그들이 피땀 흘려 일궈놓은 3개 면의 농토가 모두 궁토(宮土)로 흡수되어 버린 엄청난 사실을 알게 되었다. 1886년에 노비(奴婢)의 세습제가 폐지되자, 형식상 자유의 몸이 된 수많은 종들은 살 길이 막연했다. 그들은 상전한테 종문서 대신 땅문서를 달라고 애원했었다고 한다. 종의 굴레에서 풀려난 그들은 농사를 지을 만한 땅은 모두 그들의 상전이었던 양반들이 차지해버렸기 때문에 영산강 유역의 큰물 때문에 버려진 황무지를 찾아 몰려들었다. 그들은 영산강변에 집단으로 모여 살면서 황무지를 일구었다. 그러나 그들은 자유를 찾았다고는 하나, 생활 바탕이 마련되지 않은 데다가, 지방 관속들과 힘 있는 양반들의 핍탈(逼奪)이 그치지 않아, 실질적으로 노비의 상태는 계속된 것이나 마찬가지였다.

-『타오르는 강』, 3-4쪽.

영산강 유역의 노루목과 새끼내를 배경으로 "한의 민중사"를 서술한 이 작품은 <할아버지-장쇠-웅보/대불 형제-웅보의 아들 개동>으로 연결되는 피지배계급 4대와, <노마님-양진사-양만석>으로 이어지는 지배계급 3대의 이야기를 역사의 평면 위에서 동시에 보여준다. 봉건시대의 양반 가문을 대상으로 삼는 대하역사소설과 달리 작가는 지배계급과 피지배계급의 역사를 병치시킴으로써 역사 속에서 반복되는 착취와 억압의 성격을 뚜렷하게 부각시킨다. 민중의 "한의 눈물"이자 정신적 고향인 영산강의 흐름을 따라 펼쳐지는 이 소설은 노비 웅보의 탈출 장면에서 시작된다. 할아버지를 닮은 웅보는 물질적 조건을 강조하는 아버지 장쇠와 달리 노비의 신분으로부터 해방되는 것을 삶의 목표로 삼은 인물이다. 1886년 노비의 세습제도가 폐지됨에 따라 노비제도에서 해방된 웅보-대불 형제는 영산강 유역의 척박한 땅 새끼내에 노비들의 공동체를 만든다. 대한(大旱)과 홍수라는 자연적 악조건, 수탈과 착취라는 봉건제의 유습에도 불구하고 신분제도에서 해방된 노비들은 풀 한 포기 자라지 못하는 새끼내를 농토로 만든다. 아버지 장쇠와 마찬가지로 신분적

해방보다는 물질적 안정을 중시하던 동생 대불은 형에게 영향을 받아 새로운 세계에 눈뜨지만 농사꾼보다는 남도의 이곳저곳을 떠도는 장사꾼의 삶에 흥미를 느낀다. 웅보-대불 형제는 봉건적 억압에서 벗어나 역사의 주체로 성장하는 민중적 인물이지만, 형 웅보는 새끼내를 경작지로 바꾸는 농사꾼으로, 동생 대불은 동학에 가담하는 혁명가로 그려진다.

『타오르는 강』은 대불이 자신의 치부만을 일삼던 양진사의 미곡운반선에 불을 지르고 동학군에 가담함으로써 새로운 국면에 접어든다. 1983년을 전후한 민란과 동학혁명, 그리고 개항지 제물포로 상징되는 외세의 침략은 무산자들에게 있어 또 하나의 착취로 등장한다. "1896년 5월 5일 인천미두취인소가 개업을 한 뒤부터는 인천은 전국 최대의 미곡 집산지가 되었다." 고향 새끼내를 떠난 대불은 동학군이 패배하자 미두취인소에서 등짐꾼으로 취직하고 그곳에서 일본인 하야시를 폭행함으로써 또다시 쫓기는 신세가 된다. 1988년 10월 29일, 종로에서 관민공동회가 열리고 이어 황국협회의 지원을 받는 보부상과 만민공동회가 무력 충돌함으로써 대불은 개항기의 간난한 역사 속으로 들어가게 된다. 일제의 침략이 본격화되자 대불은 의병에 가담하여 헌병대와 맞서고, 이 과정에서 양진사의 아들 양만석과 운명적으로 조우하게 된다. 작품의 후반부에서 양진사와 웅보의 봉건적 착취-피착취 관계는 웅보의 아들 개동과 양진사의 아들 만석의 대립으로 이어진다. 신식교육을 받아 소학교의 선생으로 부임한 개동은 "장개동은 아버지의 그 거친 손이 바로 장차 그가 사랑하고자 하는 그리운 고향 땅이라고 생각하였다. 아버지의 손이야말로 내 땅이고 아버지의 땅이며 우리들의 땅이로구나."에서 확인되듯이 웅보의 할아버지에서 웅보로 이어지는 영산강과 고향에 대한 애착을 이어받는다. 반면 양만석은 황국협회로 상징되는 친일파가 되어 노루목에 돌아온다. 이 4대에 걸친 간난신고 끝에 처음 새끼내에 정착했던 해방노비의 1세대들이 하나둘씩 죽음을 맞게 되고, 개항과 일제의 식민지 지배는 그들의 후손들에게 또 다른 억압의 그들로 다가온다. 이처럼『타오르는 강』은 역사의 격랑 속에서 삶을 터전을 지키다 죽은 자들의 삶을 증언하고, 착취와 억압이 라는 이중의 고통 속에서도 삶의 희망을 버리지 않았던 민중들의 생명력을 보여주었다. 영산강을 따라 흐르는 민중들의 한의 역사, 그것이 바로『타오르는 강』의 주제이다.

상처와 기억

90년대 이후 문순태 소설은 실존적 글쓰기로 선회하고 있다. 비극적인 근현대사를 배경으로 한 해한(解恨)에의 의지나 고향의 의미에 대한 물음은 여전히 문순태 소설의 중요한 주제이다. 그러나 "역사의 무덤"을 파헤쳐 한(恨)의 계보를 추적하고, 3인칭 화자의 시선을 통해 그것을 객관화하는 종래의 방식과 달리, 90년대 이후 그의 소설은 비극적 역사의 현장에 스스로를 위치시킴으로써 '나'의 위치를 묻는 방향으로 나아가고 있다. 그의 소설은 "역사의 무덤"에서 "시간의 무덤"으로 이동하고 있다. 그는『시간의 샘물』(1997)의 서두에서 자신을 "고향으로 끌어당기는" 힘에 관해 이야기하고 있다. 그 힘이란 "이데올로기의 철사줄에 꽁꽁 묶였던 아버지 시대의 고통스러운 삶이 그곳에 점액질 원령(怨靈)처럼 끈끈하게 남아 있어, 나로 하여금 한 맺힌 그 업(業)의 매듭을 풀어주기를 바라기 때문"에서처럼 해한(解恨)의 갈망이다.『시간의 샘물』은 6·25라는 아버지들의 상처와 5·18이라는 아들 세대의 상처를 한(恨)의 관점에서 연결시킨다.

문순태 소설에서 비극적 현대사는 작가의 자전적 경험과 일치한다. 19세기 후반에서 일제강점기에 이르는 근대사를 대상으로 삼을 때와는 달리, 6·25 이후의 현대사가 서사의 골격인 작품들에서는 '나'라는 일인칭 화자가 전면에 등장한다. 아울러 이들 작품에서 비극적 역사의 공간이자 민중적 삶의 공간이었던 '고향'은 '어머니'라는 대상으로 상징된다. '어머니'가 중요한 인물로 등장하는 「된장」「늙으신 어머니의 향기」「느티나무와 어머니」 등이 바로 그것이다. 소설집 『된장』의 서문에서 작가는 "나는 자극적이지는 않지만 은근하면서도 담박(淡泊)한 옛 맛을 통해, 자꾸 희미해져가는 내 삶의 근원을 찾아가려 한다."라고 밝히고 있다. "역사의 무덤"을 파헤치던 이전과 달리, 『된장』은 감각적이고 향토적인 소재를 통해 화자를 해한(解恨)의 세계(고향)로 데리고 간다. 표제작 「된장」에서 '우물'은 "메워진 우물과 함께 시간의 무덤 속에 오랫동안 묻혀 있었던 지난날의 기억들이 날개 치듯 푸드득 되살아났다"처럼 화자를 "시간의 무덤" 속으로 데리고 들어간다. 한 집안의 비극적 시간을 고스란히 각인하고 있는 '우물'은 어머니와 딸 순자에게는 '무덤'과 같다.

> 괴롭고 슬픈 기억은 묻어둔다고 해서 잊혀지는 것이 아니다. 잊기 위해서는 이겨내야만 한단다. 내가 이 집에 눌러 살자면 이 집에서 겪었던 모든 고통을 내 것으로 품어 안아야 한다고 생각했다. 처음에 우물을 파기 시작했을 때는 에미도 겨우 아문 상처를 다시 건드리는 것만 같아서 견디기 어려웠다. 그렇지만 지금은 달라졌다. 에미는 물을 길을 때마다 우물에 빠진 순철이를 건져 올리는 기분이란다. 이제 순철이는 이 집에서 에미와 함께 있단다.
>
> - 「된장」, 116-117쪽.

15년 전, 열두 살 터울의 남동생 순철이 우물에 빠져 죽는 사건이 일어났다. 그 사건 이후 할머니는 자식을 잃은 어머니를 괴롭혔고, 아들을 잃은 슬픔에 아버지는 "절망감과 참담함"의 대상으로 전락하고 말았다. 결국 우물이 메워지면서 우리 가정도 엄마의 삶도 함께 매장되었고, 이후 살아남은 모녀는 상처의 기억을 지우기 위해 미국으로 건너간다. 그리고 13년 후, 노루목으로 돌아온 그녀는 맨 먼저 우물을 다시 판다. 「된장」에서 어머니의 우물 파기는 과거의 시간을 불러내는 무당의 주술을 연상시킨다. 망각을 통해 삶의 시간들을 봉인하는 것이 아니라 그것과 정면으로 대면함으로써 이겨내는 것, 그리하여 기억하지 싫은 고통마저도 삶의 부분으로 받아들이는 것, 어머니는 자신의 삶을 묻었던 우물을 파헤침으로써 가슴에 맺혔던 한을 풀고, 그 해한(解恨)의 과정을 통해 죽은 아들 순철이를 망각의 강에서 건져 올린다. 「된장」에서 해한(解恨)의 과정은 또한 딸 순자의 임신과 밀접하게 관련된다. 그녀는 어머니에게 아이를 만들어주기 위해 원치 않는 임신을 하지만, 그 과정에서 '우물'이라는 자신의 옛 상처와 대면한다. "잠시 후 나는 강한 힘에 이끌리듯 천천히 허리를 꺾고 우물 속을 들여다보았다. 아, 그곳에는 맑고 푸른 하늘이 눈부신 초가을 햇살과 함께 깊숙하게 가라앉아 있는 게 아닌가. 옛날보다 더 깊어진 듯한 우물 속은 어둡지도 답답하게 느껴지지도 않았다. 푸른 하늘이 낮게 가라앉은 그곳은 밝고 쾌적해 보였다. 두려움 대신 시원한 느낌이 혹 덮쳐왔다." 순자가 우물에서 발견한 청량한 하늘은 해한(解恨)을 상징한다. 작가는 콩이 숙성되는 과정과 순자의 몸에서 생명이 자라는 과정을 병치시킴으로써 숙성된 '된장'에게 상징적 의미를 부여한다. 된장은 세상의 모든 맛을 아우름으로써 '검은색' 맛을 띠며, 마찬가지로 삶의 고통과 슬픔까지도 껴안음으로써 상처를 삶의 시간으로 전화시킨다. "강한 것은 약하게, 약한 것은 강하게 조화"시켜 주는 된장의 생명력을 통해 작가는 상처의 기억을 망각하기보다는 그것과 대면함으로써 삶의 근원을 회복할 수 있음을 열린 결말을 통해 암시한다.

『41년생 소년』(2005)은 "시간의 무덤"으로 들어가는 또 하나의 입구이다. 이 소설은 '나'라는 일인칭 서술자가 경험한 6·25에 관한 이야기이다. '우물'을 다시 파헤침으로써 상처를 삶의 시간으로 전유하는 「된장」의 어머니가 그랬듯이, 『41년생 소년』의 서두에서 작가는 유년의 공포와 아픈 기억이 어떻게 삶을 지탱하는 시간이 될 수 있었는지에 대해서 이렇게 말하고 있다.

내 삶의 중심에는 굶주리고 나약한, 상처투성이 소년이 살고 있다. 소년은 아직도 끝나지 않은 전쟁의 공포에 떨고 있다. 그러나 나의 삶을 지배하는 소년의 아픈 기억들은 내가 살아오는 동안 도전적 용기와 빛나는 희망이 되었다. 견딜 수 없을 정도로 삶이 고통스러워 주저앉고 싶을 때마다, 나를 일으켜 세워준 것은 소년의 뼈저린 시간들이었다. (중략) 나는 소년 시절 내가 겪은 6·25의 체험을 통해 전쟁은 인간성을 파괴시키기도 하지만 전쟁의 상처는 절망을 딛고 일어설 수 있는 힘과 용기와 희망이 될 수 있음을 말하고 싶다. 뼈저린 참회만이 역사 발전을 가져오는 것처럼 고통은 자기 치유력이 될 수 있기 때문이다.

- 『41년생 소년』, 5-7쪽.

비극적 역사의 참상을 증언하는 소설들은 많다. 특히, 6·25나 5·18처럼 그 참상이 민족사적인 성격을 띨 때는 더욱 그렇다. 그러나 역설적이지만, 문순태의 소설은 그 비극적 참상의 한 가운데에서 삶의 시간을 건져 올린다. 문학을 삶의 평면 위에 놓음으로써 그는 '고통'을 상처로 받아들이지 않고 "치유력"으로 바꿔낸다. 그리하여 『41년생 소년』에서 유년의 상처는 여전히 공포의 흔적을 남기고 있지만, 그 "뼈저린 시간들"은 결코 망각의 대상이 되지 않는다. 이러한 작가의 태도를 낙관주의라고 말하기는 쉽다. 그러나 그는 공포를 통해 죽음을 말하지 않으며, 근거 없는 희망으로 현실적인 비극을 은폐하지도 않는다. 많은 소설들이 보여주듯이, 그는 삶의 생명력을 복원하기 위해 기꺼이 "시간의 무덤"을 파헤친다.

경계, 또는 타자성의 발견

최근 출간된 『울타리』(2006)에서 삶의 시간의 회복은 대립과 분열의 극복이라는 문제로 확장되고 있다. 여기에서 그는 '경계'를 화두로 삼아 "고통과 관용의 미덕"에 대해 사유한다. 경계란 무엇인가? 경계인은 "무이념적 인간"과 달리 "중간자적 입장"에서 '소통'과 '화해'와 '통합'을 이끌어내는 미래지향적인 인물이다. 그것은 동시대적인 방식의 해한(解恨)이요, 분열로 갈등으로 점철된 지금-이곳의 삶을 통합하는 것이다. 그리하여 「늙으신 어머니의 향기」에서는 농경적 삶의 방식을 고집하는 '어머니'와 근대적 삶의 방식을 추구하는 '아내'가 '냄새'를 매개로 팽팽하게 대립한다. 아내와 어머니의 "소리 없는 전쟁"에서 화자 '나'는 그들 각각에게 양가적인 태도를 취한다. 이 작품에서 '냄새'는 "삶의 욕망"과 "생존의 몸부림"을 상징한다. 어머니와 아내 사이에 존재하는 '나'는 어머니가 숨겨 놓은 삶의 흔적들에서 나오는 냄새를 어머니의 몸에서 나는 냄새로 착각함으로써 아내의 편을 들지만, 결국 어머니의 냄새가 "어머니가 살아온 신산한 세월이 발효하면서 풍겨져 나온 짙은 사람의 향기"임을 자각하고 고향으로 달려간다. 이 작품에서 '냄새'는 아내와 어머니의 갈등 요인이지만, 동시에 그것은 어머니의 삶의 내력을 이해함으로써 그들 모두의 삶에 조화를 가져다주는 소통의 매개이기도 하다. 각각의 삶의 방식을 고집하는 데서 출발한 아내와 어머니의 '오해'는 이처럼 타자의 삶에 대한 이해를 통해 풀리게 된다.

한편 「느티나무와 어머니」에서 국제결혼을 한 '나'는 훨씬 심각한 갈등의 한 가운데에서 살고 있다. 「늙으신 어머니의 향기」가 한 사회 내에 존재하는 비동시성에서 기인하는 갈등이라쪽, 「느티나무와 어머니」는 상이한 시·공간과 역사를 지닌 존재들 사이의 갈등이라는 점에서 한층 근본적이다. 멕시칸 장인과 아프리카 이민 2세 장모, 베트남 출신의 입양 딸 꾸엔, 드라비다와 아리안 혈통을 지닌 인도 출신 예비며느리 산드라, 한국 출신인 '나'와 흑인 아내, 황색인과 흑인 사이에 태어난 아들 헨리는 "영어"를 사용하고 머리카락이 검다는 것 외에는 어떠한 공통점도 없다. 이들의 결혼은 한국에 살고 있는 어머니는 물론 아내 쪽 가족들에게도 환영받지 못한다. 작가는 국제결혼, 그것도 순수혈통이 아닌 혼혈인과 이방인의 국제결혼이라는 극단적 상황을 통해 타자에 대한 거부와 배제가 얼마나 폭력적인가를 보여준다. 어느 날 어머니의 존재가 "마음속의 별"이라는 사실을 자각한 화자는 고향으로 일시 귀국한다. 그러나 이방인에 대한 어머니의 거부감을 의식해 '나'는 아내를 홀로 두고 아들 헨리와 함께 귀향길에 오른다. 귀국길에서 '나'는 어머니에 관한 기억들을 떠올리지만, 고향집에서 만난 어머니는 기억 속의 어머니와는 판이하게 다르다. 그래서 기억이 만들어내는 동일성은 "할머니는 누구세요?"라는 화자의 질문을 통해 여지없이 분해되고 만다. 한 사회 내에서, 혹은 삶의 지반을 공유하고 있는 존재들 사이에서 기억은 동일성을 구성하는 중요한 동력이 되지만, 이미 다른 사회에서 살아가는 기억의 동일성은 현실적인 갈등을 봉합하기에는 부족한 것이다. 이런 점에서 '나'의 아들 헨리의 말은 타자와의 관계에서 동일성의 경계를 허무는 것이 중요하다는 것을 일깨워준다.

> 아이덴티티라고요? A가 다른 상황에서도 항상 동일하고 또 동일하다는 인정을 받았을 때 A는 자신과 동일하며, 이때 A=A라는 동일성의 등식을 믿으세요? 아이덴티티는 사물이 자기 자신과 같아야 한다는 것을 말하며 복수의 사물 간에는 유사성이 성립된다고 하지요. 그렇지만 대디, 현실에서 사물은 변화하는데 자기 동일성이 유지될 수 있겠어요? 더욱이 다변화된 세상에서 모든 것이 급변하고 있는데 말입니다. 사람은 태어나서 죽을 때까지 환경과의 교섭을 통해서 새로운 경험을 하게 되어, 생각이나 행위가 시간에 따라 변화하는데도 현재의 자기는 과거의 자기와 같은 자기이며 또 내일이나 미래의 자기와 이어진다고 하는데 그게 가능한가요? 나는 분명 대디의 아들인데도 대디는 황색인이고 나는 흑인이지 않아요. 나는 한국인도 아니고 한국적이지도 않지 않아요. 내게 한국적인 것이 무엇인가요? 내가 산드라와 결혼을 해서 아들을 낳게 되면 그 아이는 또 어떻지요? 아이덴티티는 학문적 용어일 뿐이라고요. 오늘날, 국적이니 혈통이니 하는 것이 무슨 의미가 있어요?
>
> - 「느티나무와 어머니」, 97-98쪽.

아이덴티티의 허구성에 관한 헨리의 지적은 동일성의 정당성에 근본적인 물음을 제공한다. 그것은 동일사건에 관한 피해자들의 기억이 그렇듯이, 기억의 외부에 존재하는 자들이나 상이한 기억의 공유자들을 '우리'라는 울타리의 바깥으로 밀어내기 때문이다. 자본의 세계적 흐름을 따라 국내로 들어오는 이주노동자들이 급증하고 농촌의 열 가구 중 2-3가구가 국제결혼을 하는 지금, 타자에 대한 무차별적 배제와 폭력을 동반할 수밖에 없는 '기억'의 유사성이나 동일성(아이덴티티)은 더 이상 공동체적 삶의 조건이 되지 못한다. 그리하여 「느티나무와 어머니」에서 '나'와 '헨리'는 동일성에 관한 두 가지 태도를 보여준다. 동일성의 관점에서 선 '나'는 현재적 삶을 유년 시절의 '꿈'에 비추어 지금을 상실의 시간으로 정의한다. 반면 헨리는 매번 자신의 꿈을 바꿈으로써 어떠한 상실도 경험하지 않는다.

동일성이 양산하는 폭력적 효과는 「울타리」에서 생물학적인 고향을 선택한 탈북자 김노인과 이념적 고향(뿌리)을 선택한 비전향장기수로 최노인에게서도 동일하게 목격된다. 생각과 목표가 서로 다르기 때문에 가족조차 무의미하다고 생각하는 최노인과, 가정을 지상의 천국으로 간주하는 김노인은, 그 현상적 차이에도 불구하고 '고향'이라는 동일성에 묶여 있다는 점에서 동일하다. 또한 탈북자(타자)에게 경제적 논리를 들이댐으로써 그들을 '우리'의 바깥으로 몰아내는 냉소적 시선의 소유자들, '나'의 세계만을 고집함으로써 결국 아내를 떠나게 만든 화자 역시 동일성의 유령들이다. 최노인을 만나고 돌아온 화자는 이 동일성의 폭력이 결국 그들 사이에 어떠한 관계도 형성할 수 없도록 만든 원인이라는 것을 깨닫는다. 이처럼 「울타리」는 서로 다른 운명의 길을 살아가는 두 노인의 이야기와 상대방에게 '나'의 세계를 강요함으로써 극단으로 치달아가는 한 부부의 이야기를 통해 "사람들은 세상이라는 거대한 울타리 안에 살기를 원하면서도 저마다 자기 삶에 경계선을 그어 놓고 그 속에 갇혀 살고 있는 것인지도 모른다"라는 삶에 관한 성찰에 도달한다. 울타리 안에 갇혀 살아가기를 싫어하면서도 역설적으로 그 경계를 벗어나기를 완강히 거부하는 존재들, 자신이 속한 울타리만을 유일한 세계로 간주함으로써 타자를 타자화하는 삶의 방식들, 그것이 바로 문순태가 발견한 현대인의 초상이다.

> 그동안 나는 아내를 배려하기는커녕 내 입장에서만 판단하고 행동하지는 않았는가. 본능과 충동을 다스리지 못하고 일방적으로 요구하고 강요하지는 않았는가. 자존심 경쟁에서 이기기 위해 아내의 존재의 독립성을 침해하지는 않았는가. 아내를 평등한 동반자로 대하지 않고 경쟁자로, 혹은 힘으로 제압해야 할 대상으로 여기지는 않았는가. 그동안 아내가 하는 일에 관심을 갖고 마음을 따뜻하게 감싸 안아 사랑하려고 하지 않고 아내의 관능적인 몸만을 탐했던 자신이 부끄러웠다. 사랑은 있는 그대로를 인정하는 것임을 알면서도 나는 지금까지 아내한테 너무 많은 것을 원했던 것 같다. 진정한 부부 관계에서는 조건이 필요 없다고 생각한다. 부부 사이의 경계를 허물기 위해서는 조건보다는 이해와 배려와 존중, 양보, 믿음, 사랑이 중요하다는 것을 깨달았다.
>
> - 「울타리」, 192-193쪽.

타자에 대한 윤리의 발견은 화자 '나'를 '중재인(仲裁人)'에서 '경계인(境界人)'으로 재탄생시킨다. 중재인이 서로 다른 삶의 방식과 이념적 뿌리의 사이에 위치하고 있는 중립적 존재라쪽, 경계인은 '사이'라는 공간에 머물지 않고 그 두 세계 사이를 가로질러 새로운 삶의 윤리를 만들어내는 존재이다. '경계인'은 단순히 객관적 위치에 머무르는 존재도, 이념을 배제한 무색무취의 존재도 아니다. 그는 가장 적극적인 방식으로 울타리 자체를 불가능하게 만드는 자이다. 가령 화자를 비롯한 두 집의 형제들이 어머니와 큰어머니의 싸움으로 인해 생겨난 울타리에 개구멍을 뚫고, 기둥을 뽑아서 태워버렸듯이. 그러므로 각각의 울타리의 정당성을 인정하는 한 경계인의 위치는 무의미해진다. 이런 점에서 "이해와 배려와 존중, 양보, 믿음, 사랑" 등의 인간적 가치가 그대로 경계인의 윤리인지는 조금 더 고민되어야 할 듯하다.

문순태의 소설은 오랫동안 '고향'의 의미에 대한 재발견에 집중해왔다. '탈향'이라는 근대사의 불행한 현실 속에서 시작된 그의 귀향 의지는 질곡의 근대사 속에서는 해한(解恨)에의 의지로, 실존적 삶의 시간 속에서는 인간의 본원적 존재양상에 대한 성찰로 작용하면서 인간적 가치에 대한 옹호로 이어졌다. 그러나 최근의 작품들에서 그는 또 다른 의미의 탈향을 예고하고 있다. 그의 소설은 '나' 혹은 '우리'로 표상되는 동일성의 폭력성을 성찰함으로써 타자에 대한 윤리를 정립하는 방향으로 나아가고 있다. 우리 문학이 경험하지 못한 이미지의 세계를 향한 여정은 2000년대 한국문학이 직면하고 있는 과제이기도 하다. 오랜 고투 끝에 되찾은 동일성의 고향을 스스로 벗어남으로써 새로운 삶의 윤리를 구성하려는 그의 작가적 태도가 오래 지속되기를 기대해 본다.*

---

* 논문출처 : 「해한(解恨)의 문학에서 경계인의 언어로」, 『문학들』, 2006년 가을호.

제2부

문순태 소설의 현실대응력

문순태 분단소설 연구

조 구 호(진주교대)

1. 서론

문순태의 소설은 한국인의 토속적 정서와 애환, 그리고 고향을 떠나 뿌리 뽑힌 삶을 살아가는 민중의 삶과 의지를 주로 다루었다. 그의 실질적인 데뷔 작[1]이라고 할 수 있는 「백제의 미소」(1974년)에서부터 최근에 출간된 『알 수 없는 내일』(2009년)에 이르기까지, 줄곧 힘없고 핍박받는 민중들의 삶과 애환에 관심을 갖고 그것을 형상화하려고 노력해왔다. 그래서 그의 소설은 한의 사상적 계보를 정통으로 이었다는 평가를 받았기도 했다.[2] 이러한 노력

---

1) 문순태는 광주고등학교 3학년에 재학 중이던 1960년 전남일보 신춘문예에 시가, 같은 해 전남매일 전신인 농촌중보 신춘문예에 단편소설 「소나기」가 당선되어 문학적 재능을 인정받았고, 그 후 1965년 현대문학에 「천재들」이 추천되었으나 본격적인 작품 활동은 1974년 한국문학 신인상에 「백제의 미소」가 당선된 이후부터 시작된다.
2) 김윤식,「원죄·원체험으로서의 6·25,『고향과 한의 미학』, 태학사, 2005. 141쪽.

은 산업화의 영향으로 배금주의가 팽배하여 공동체적 삶이 붕괴되고, 인간성 상실이 가속화되는 현실에 대한 비판이자 인간성 회복에 대한 모색이라 하겠다.

특히 그는 공동체적 삶의 붕괴와 인간성 상실의 원인이 6·25전쟁[3]과 결부되어 있다고 보고, 분단으로 야기된 문제들에 관심을 기울여왔다. 첫 창작집 『고향으로 가는 바람』(1977년) 이후, 『물레방아 속으로』(1980년), 『철쭉제』(1981년), 『달궁』(1982년), 『피아골』(1985년), 『41년생 소년』(2005년) 등의 작품에서 분단의 상처와 갈등, 그리고 그 극복의 방안 등을 다각적으로 형상화했다. 6·25전쟁으로 인한 갈등과 원한이 지속되어서는 안 된다는 입장에서 화해의 방안을 다각적으로 모색해 왔던 것이다.[4] 그런데 문순태의 분단소설[5]에 대한 연구는 주로 『철쭉제』 등 몇몇 작품에 집중되었다. 그것은 『철쭉제』 등의 작품들에서 6·25전쟁과 관련된 문제가 중요하게 다루어졌기 때문이기도 하다. 그렇지만 『물레방아 속으로』, 『달궁』, 『피아골』, 『41년생 소년』을 비롯한 분단소설 전반에 대한 연구는 미흡했다.[6]

따라서 여기서는 6·25전쟁으로 인한 상처와 갈등, 그리고 그것의 치유와 화해의 문제를 다루고 있는 『물레방아 속으로』, 『철쭉제』, 『달궁』, 『피아골』, 『41년생 소년』 등을 중심으로 문순태 분단소설의 특징을 살펴보고자 한다.

---

3) 1950년 6월 25일 북한의 침략으로 전개된 3년간의 전쟁에 대해 그동안 '6·25사변', '한국전쟁' 등의 명칭이 사용되었으나, 최근 주체적이면서 중립적인 의미로 '6·25전쟁'이라는 용어를 사용하고 있어 여기서는 그것을 따르기로 한다(김학준, 「6.26전쟁에 관한 몇 가지 예비적 토론」, 『탈냉전시대 한국전쟁의 재조명』, 백산서당, 2000. 17-41쪽 참조)

4) 문순태는 6·25전쟁과 관련된 상처와 한을 뉘우침과 화해로 풀어야 한다고 했다. 「뉘우침으로 해한(解恨)을」, 『피울음』, 일월서각, 1983. 299쪽.

5) 이 글에서는 말하고 있는 '분단소설'은 6·25전쟁과 분단문제를 다룬 소설들을 통칭하는 의미이다.

6) 문순태 소설의 원한과 그 극복에 대한 본격적인 연구로는 박성천의 「문순태 소설의 서사구조 연구 -한(恨)의 극복양상을 중심으로-」(전남대 박사학위논문, 2008)가 있는데, 문순태 소설 전반에 대한 연구로 6·25전쟁과 관련된 문제를 부분적으로 언급하고 있어 참고할 만하다.

특히 갈등의 얽힘과 그것의 해소 방안이 어떻게 변모되는지를 중심으로 고찰해 보고자 한다. 문순태 분단소설의 주요 특징 중의 하나가 갈등의 얽힘과 그것의 풀어냄인데[7], 갈등 관계는 6·25전쟁을 계기로 분출되어 중첩적인 원한 관계를 형성하고 있어 주목을 요한다. 이것은 문순태 소설의 중심 주제의 하나인 분단의 갈등과 그 극복의 문제를 천착하는 것이면서, 창작활동의 초기부터 지속적으로 관심을 가져온 민중들의 한과 분단문제를 동시에 살펴보는 것이기도 하다.

2. 갈등의 중첩성과 유사성

문순태의 소설에는 처음부터 이데올로기의 문제가 개입되지 않았다는 지적[8]이 있다. 그것은 이데올로기의 문제보다는 6·25전쟁으로 민중들이 겪어야 했던 고난과 상처를 어떻게 치유할 것인가를 제시하고 있기 때문일 것이다. 문순태 소설에서 6·25전쟁은 민중들의 삶을 옥죄는 질곡이었다. 무고한 민중들이 가족과 이웃을 잃고, 삶의 터전을 짓밟히는 고난을 겪어야 했다. 민중들은 그것을 헤쳐 나가기 위해 몸부림쳐야만 했는데, 문순태의 소설은 그런 민중들의 고난에 초점을 두고 6, 25전쟁과 분단문제를 다루었다고 하겠다. 이런 점에서 앞에서 언급한 '문순태의 소설에는 처음부터 이데올로기의 문제가 개입되지 않았다는 지적'도 가능할 수 있을 것이다.

하지만 문순태는 6·25전쟁으로 민중들이 겪어야 했던 고난과 갈등을 어떻게 극복할 것인가를 누구보다도 많이 고민했던 작가이고, 그의 작품들에서도 이것은 지속적인 관심사로 중요하게 다루어지고 있다. 다만 황석영의 『한씨

7) 송재일, 「비극적 한의 얽힘과 풀어내기」, 『고향과 한의 미학』, 태학사, 129쪽.
8) 송재일, 앞의 논문, 115쪽.

연대기』나 『손님』, 김원일의 『노을』이나 『불의 제전』, 조정래의 『태백산맥』 등의 작품들에서와 같이 이데올로기의 문제를 정면에서 다루지 않고, 6·25전쟁으로 민중들이 겪어야 했던 고난과 갈등을 어떻게 극복하고 같은 잘못을 되풀이 하지 않을 것인가를 조명하려 했던 것이다.

문순태의 분단소설은 이데올로기의 문제를 직접 다루지 않고 6·25전쟁이 가난한 민중들의 삶에 어떻게 작용했는가를 다루고 있는데, 그것은 크게 두 가지로 구분될 수 있다. 하나는 6·25전쟁으로 형성된 원한관계를 어떻게 극복할 것인가 하는 것이고, 다른 하나는 6·25전쟁의 상처를 어떻게 극복할 것인가이다. 앞의 문제는 주로 초기의 주요 작품들인 『물레방아 속으로』, 『철쭉제』, 『달궁』등에서 중요하게 다루어진다.

『물레방아 속으로』는 6·25전쟁으로 인한 원한과, 그 극복의 문제를 처음으로 다룬 작품이라는 점에서 주목을 요한다. 이 작품의 서술자인 나(순식)와 어릴 적 친구인 필식은 2대에 걸친 원한관계가 있다. 그 전말은 다음과 같다.

필식의 아버지가 순식의 어머니의 미모를 탐하여, 그녀와 관계를 맺었다는 헛소문을 퍼뜨리자, 이에 격분한 순식의 아버지가 필식의 어머니를 범하고는 월북해 버리고, 필식의 아버지는 아내를 내쫓고 복수를 벼르게 된다. 생부의 월북으로 순식의 어머니는 방앗간의 조수인 점박이와 부부가 되어 방앗간을 운영해 왔는데, 6·25전쟁이 발발하여 인민군이 된 순식의 생부가 부상을 당하여 방앗간에 몰래 찾아온다. 순식의 어머니는 부상당한 생부에 대해 절대로 말하지 말라고 당부를 하고, 상처에 쓸 구절초를 따오라고 하였는데, 순식이 구절초를 따오다가 친구인 필식을 만나 무심결에 방앗간에 있는 부상병 이야기를 하여, 그 사실을 알게 된 필식의 아버지가 순식의 생부와 점박이 및 어머니를 권총으로 쏘아 죽이고 방앗간을 불태워버린다. 그 후 순식은 고아가 되어 고난과 역경을 겪으며 30년 동안 고향을 등지게 되었고, 필식을 원수로 여기고 복수를 다짐한다.

사건의 전후관계에서 알 수 있듯이, 아버지 세대의 원한관계가 자식들에게 이어지면서 갈등이 중첩적으로 형성되었다. 그런데 순식은 부모를 죽인 필식의 아버지를 복수의 대상으로 여기지 않고 생부의 귀가를 누설한 필식을 복수의 대상으로 인식하고 있다. 그것은 초등학교 저학년인 순식의 시각에서 원한관계를 서술하고 있기 때문이라 하겠다. 남북한이 추구하는 이념의 갈등이나 6·25전쟁의 전개과정 등을 제대로 파악할 수 없는 어린 순식은 원한관계의 전말과 복수의 대상에 대한 인식이 정확하지 않는 것이다.

이런 어린이의 시선은 역사적 상황에 대한 정확한 인식을 간과하거나 과오에 대한 비판의식이 미약하다는 지적을 피하기 어렵다. 순식의 가족이 당한 비극적 사건의 원인 제공자이자 직접적인 가해자인 필식의 아버지는, 일제 식민지시대에는 일본의 앞잡이로 소작인들의 토지를 가로챈 악덕 지주인 최참봉의 아들이었는데, 광복 이후에는 권총을 차고 다니는 지서 주임된다. 그렇지만 작품에서는 그가 어떻게 지서 주임이 되어 악행을 저지르게 되었는지에 대한 과정은 생략되어 있다. 그리고 현재의 시점에서 과거를 회상하며 이야기를 전개하는 서술방식은, 서사구조가 플롯 중심의 인과법칙에 의해 형성되기보다는 시간의 순서에 따른 이야기 나열식 구성방식이 주로 원용된다. 따라서 사건의 전개가 느슨하고 긴장감이 떨어진다. 이러한 서술방식은 문순태 소설에서 자주 등장하는 것이기도 하다.

사건의 전개에서 긴장감이 떨어지는 것은 원한의 감정을 해소하는 데서도 나타난다. 『물레방아 속으로』에서 필식에 대한 순식의 원한은 쉽게 해소된다.

> 나의 그런 생각이 알게 모르게 녹이 슬기 시작한 것은 초등학교 교사가 되어 내 나이 또래의 아이들을 가르치면서부터였다. 나는 비로소 아이들을 이해하기에 이른 것이다. 아이들은 결코 아무도 미워하지 않는다는 것을 알 게 된 것이다.[9]

이렇게 원한의 감정을 쉽게 해소하는 것은 순식이 고난을 극복하고 고등학교 역사 교사로서 어린 시절의 상처를 충분히 감내할 수 있는 정신적으로나 경제적으로 여유를 지녔기 때문이지만, 6·25전쟁의 상처와 원한을 해소하고 화해와 상생의 시대를 열어야 한다는 작가의 의도[10]가 작용하고 있다고 하겠다. 작품의 내용이 6·25전쟁으로 인한 고난과 갈등보다는 상처의 극복과 화해 에 초점이 맞추어져 있기 때문이다. 그렇지만, 비극을 초래한 원인 제공자인 필식 아버지의 악행이 제대로 비판되지 않아 올바른 화해의 방안이라고 보기 어렵다. 6·25전쟁의 원인과 그것이 전개되는 과정에서 야기된 비극과 참상을 배제하고 화해를 주장하는 것과 크게 다르지 않기 때문이다. 6·25전쟁과 같은 비극이 되풀이 되지 않기 위해서는, 그것의 원인과 전개되는 과정에서 자행된 불법과 만행이 규명되어야 하고, 원인 제공자들의 사죄와 반성이 있어야 할 것이다. 그렇지 않은 용서와 화해는 미봉책에 그치게 된다. 그것은 아직도 논란이 되고 있는 친일인물에 대한 평가에서도 볼 수 있는 바이다.

6·25전쟁으로 인한 갈등과 대립이 대를 이어 반복되는 중첩적 갈등구조는『철쭉제』,『달궁』등에서도 반복적으로 제시된다. 6·25전쟁 이전의 시기에는 가해자였던 인물들이 6·25전쟁이 발발한 이후에는 피해자가 되는 중첩적 갈등 관계가 형성되는데,『철쭉제』의 박 검사와『달궁』의 순기는 6·25전쟁으로 인해 가족이 참변을 당한 피해자이지만 부모세대의 행적 때문에 가해자이기도하다.

연구자들에게 주목을 받았던『철쭉제』에서도 원한관계는 3대에 걸쳐 있다. 원한관계의 시초는 지주인 박 검사의 할아버지 박참봉이 박판돌의 어머니 넙순이를 농락하다가 발각되자, 그 후환을 두려워하여 박 검사의 아버지가 박 판돌의 아버지 박쇠를 지리산으로 데리고 가서 죽인 일이다. 그 후 박판돌의 어머니는 미쳐서 죽고 박판돌은 박참봉의 머슴이 되어 연명하다가, 6·25

---

9) 문순태,『물레방아 속으로』, 심설당, 1981. 36쪽.
10) 문순태, 앞의 글.

전쟁 이 발발하자 좌익에 가담하여 박 검사의 아버지를 죽인다. 박 검사는 박판돌에 대한 복수심으로 역경을 이겨내고 검사가 되어 복수를 벼른다. 그러다가 아버지의 유해를 찾으러 지리산으로 박판돌을 데리고 가면서 그에게 아버지를 죽이게 된 전후사정을 듣고는, 아버지를 대신하여 박판돌에게 사죄한다.

이렇게 원한관계가 중첩되어 있다. 가해자와 피해자가 교차되는 갈등의 중첩구조는 분단소설에서 곧잘 그려지는 것으로[11], 6·25전쟁으로 인한 원한과 갈등이 단순하지 않다는 것을 암시한다. 이미 많은 연구가들에 의해 지적된 바와 같이, '토지를 기반으로 한 친일 지주들이 일제 식민통치로 와해되기 시작한 반상(班常)의 전통적 신분적 질서에 대체하는 새로운 지배질서를 형성하면서, 계층 간의 갈등과 대립이 심화되어 남북분단과 6·25전쟁의 주요한 원 인으로 작용했다'[12]고 한다.

『철쭉제』에서 원한관계가 중첩되어 갈등은 증폭되기보다는 희석된다. 복수의 대상과 사죄의 대상이 상호 교차됨으로써 원한과 갈등이 희석되는 것이다. 박 검사는 박판돌로부터 아버지를 죽이게 된 전후사정을 듣고는 이제까지 복수의 대상으로만 알고 있었던 박판돌에게 도리어 아버지의 죄를 대신 사과함으로써, 두 사람의 원한관계는 해소되는 것으로 보이기도 한다.[13] 하지만 가해자와 피해자가 전도되는 과정과 그 이후에 저지른 만행과 불법에 대한 반성과 비판이 미약하여 진정한 해소라고 보기는 어렵다. 박판돌은 박 참봉 부자에게 부모가 능욕과 살해를 당한 피해자이지만, 박판돌 역시 공장에서 일하는 어린 여사원을 능욕하고 사문서를 위조하여 축재한 부도덕하고 악한 인물이다. 그렇지만 박판돌은 자신의 악행에 대한 반성이 없다. 자신의

---

11) 6·25전쟁으로 인해 가해자가 피해자가 되었다가 세대를 달리하면서 다시 가해자 되 는 것은 문순태의 소설뿐만 아니라, 이청준의 「가해자의 얼굴」(1992), 윤흥길 의 『낫』(1995) 등에서 중요하게 다루어졌다.
12) 브루스 커밍스(김자동 역)(1986), 『한국전쟁의 기원』, 일월서각. 376쪽.
13) 송재일, 앞의 글, 129쪽.

악행에 대해서는 반성이 없고, 다른 사람의 악행에 대해서는 응징하고자 한다면 원한관계는 해소되기 어렵다. 원한의 해소는 악행에 대한 반성과 용서로 이루어지는 것이지, 보복이나 응징으로 되는 것이 아니기 때문이다. 그런 점에서 박 검사와 박판돌 사이의 해원은 진정한 해원이라 보기 어렵다. 그리고 박 검사가 박판돌과 타협하는 모습을 보이기 때문이기도 한다.

박 검사와 박판돌 사이에 얽힌 원한관계를 해소하기 위해 여러 장치들이 마련되어 있는데, 그 중의 하나가 성(性)적 결합이다. 두 사람의 화해에는 성(性)의 결합이 중요하게 작용하는 것으로[14] 설명되고 있지만, 두 사람이 각각 미스 현과 성관계를 맺음으로 화해의 돌파구가 마련된다는 것은 화해로 이끌기 위한 작가의 의도가 지나치게 노출된 것이다. 미스 현은 박판돌과 같은 텐트에서 자며 성관계를 하는 사이인데, 박판돌은 미스 현으로 하여금 박 검사와 성관계를 하게 유도한다. 박판돌이 미스 현을 박 검사와 함께 잠을 자라고 박 검사의 텐트로 보내는 것이다.

그런데 박 검사는 박판돌의 그런 의도를 알면서도 미스현과 관계를 맺는다. 박판돌에게 복수를 하기 위해 그를 뒷조사하여 불법과 비행을 파악 하고 있는 박 검사가 박판돌이 유도한 미스 현과의 성관계를 맺는 것은, 박판 돌과의 타협을 위한 것이라고 볼 수밖에 없는 것이다. 박 검사는 박판돌과 대면한 이후 복수의 증오심과 두려움으로 극도의 긴장감에 짓눌려 왔는데, 미스 현과 성관계를 통하여 억눌린 감정이 분출되어 박판돌에 대한 긴장이 완화되고, 박 판돌과 30년 전의 과거사에 대하여 이야기를 나눌 수 있게 된다. 도덕적 타락을 공유함으로써 박판돌에 대한 긴장이 완화되어 타협과 화해의 돌파구가 마련되는 결과를 낳는 것이다.

이렇게 원한의 대물림을 반복하지 말아야 한다는 작가의 의도가 강조되고

---

14) 박선경, 「'성'과 '성담론'을 통해 본, 삶의 내면과 이면」, 『고향과 한의 미학』, 태학사, 2005. 168쪽.

있어 작품의 서사구조는 유사한 양상을 보이고, 6·25전쟁으로 인한 비극이나 갈등은 크게 부각되지 않는다. 이것은 비단 『철쭉제』에만 해당되는 것은 아니다. 그것은 『달궁』에서 크게 다르지 않다.

『달궁』은 6·25전쟁으로 인한 원한의 갈등과 산업화의 영향으로 전통적 가치가 훼손되는 농촌의 문제를 함께 다루고 있어 원한관계는 다소 복잡하게 전개된다. 갈등의 두 축은 순기와 김만복인데, 이들의 원한관계는 『철쭉제』에서와 같이 3대에 걸쳐 있다. 김만복의 아버지 김개동은 순기의 조부 문참봉의 송덕비 건립 문제로 문참봉에게 억울한 죽임을 당했고, 김만복은 6·25전쟁 때 순기 삼촌을 죽였으며 실종된 아버지의 행방에 대해서도 의심받을 점이 있다. 그리고 김만복은 6·25전쟁 때 인민군에 가담하여 악행을 저지르다가 인민군이 퇴각하자 경찰의 앞잡이가 되어 인민군에 가담한 사람을 색출하여 처형당하게 하는 등 악행을 저지르다 종적을 감춘 후, 많은 돈을 벌어 20년 만에 돌아와서 『달궁』을 좌지우지하는 유지로 행세하며 순기네 선산을 매입하고자 문참봉의 송덕비를 이전할 것을 요구하여 순기와 갈등이 야기된다. 한편 순기는 소작인들을 억압하고 착취한 친일앞잡이였던 문참봉의 손자로 6·25전쟁 때 아버지가 행방불명되어 집안도 몰락하여 고향을 떠나게 되었고, 역경을 극복하고 일류대학에 진학하여 쇠락한 문중을 부흥시킬 종손으로 문중의 기대를 받지만, 4.19의거에 참가하여 부상당하여 문제 학생으로 취급받아 취업이 되지 않아 학원 강사로 전전하면서 결혼도 못하고 있는 처지이다.

이러한 대립구도에 순기의 당숙인 문치도와 김만복의 딸 정아가 개입되어 갈등의 양상은 복잡하게 전개된다. 문치도는 순기의 당숙이기는 하지만 현실인식의 측면에서는 순기보다는 김만복과 가깝다. 그는 몰락한 문중의 대소사를 관장하면서 문참봉의 송덕비를 한때 번창했던 가문의 상징으로 애지중지하고 있는 시대착오적인 현실인식의 소유자다. 김만복의 딸 정아는 아버지의 악행을 어렴풋이 인식하고 그것을 밝혀 보복하려고 순기에게 협조적이다. 혈연관계인 아버지와 대립각을 세우며 보복을 하려는 정아의 모습은 6·25전쟁이 낳은 비극의 또 다른 모습이라 하겠다. 이러한 다층적인 갈등관계는 비극적 역동성[15]을 유발하는 장치로 설명되기도 하는데, 갈등이 다층적으로 형성되어 화해의 방안을 모색하기는 쉽지 않다.

『달궁』에서 갈등의 두 축인 순기와 김만복 사이의 원한과 갈등은 해소되지 않고, 화해의 방안만 암시된다. 순기와 김만복의 갈등은 순기의 조부 문참봉의 송덕비를 매개로 전개되는데, 갈등의 매개물인 송덕비가 상징하는 바는 단순하지 않다. 마을 사람들에게 원한의 기념비인 송덕비는 순기의 조부 문 참봉이 소작인들에게 헌금을 강요하여 세운 것으로, 어린이들까지 침을 뱉고 욕을 하는 저주의 대상이다. 그렇지만 문치도는 한때 번창했던 가문의 징표로 여기고 송덕비에 대해 비난하는 것을 용납하려고 하지 않는 시대착오적인 인식을 고수하고 있다. 시대착오적이기는 김만복도 마찬가지인데, 그는 자신의 잘못된 과거를 반성하기는커녕 마을의 사람들을 조종하여 자신의 송덕비를 세우고자 한다. 김만복은 자기 아버지 김개동이 문참봉의 송덕비 건립문제 때문에 억울한 죽임을 당한 아픈 상처가 있으면서도, 그것을 유사한 모습으로 반복하려고 한다. 문참봉이 사욕을 채우기 위해 일제의 앞잡이가 되어 소작인들을 착취하고 억압했던 행위를 김만복은 돈의 힘으로 반복하려는 것이다. 정아는 송덕비를 부끄러운 역사의 기념비로 남겨두기를 바라고 있고, 순기는 회피하고 싶지만 회피할 수 없는 어깨를 짓누르는 무거운 짐으로 인식하고 있다. 송덕비를 두고 드러나는 이러한 인식의 차이만큼 갈등의 폭도 쉽게 좁혀지지 않는다.

순기는 김만복이 6·25전쟁 때 저지른 악행을 목격한 사실을 빌미로 송덕비 이전문제를 해결하려고 하지만, 김만복이 그것을 무시함으로써 갈등은 해소되지 않는다. 그것은 과거의 잘못을 반성하지 않는 김만복의 **뻔뻔함**과 함께,

---

15) 박성천, 「문순태 소설의 한의 서사적 특징」, 『현대문학이론연구』31집, 현대문학이론 학회, 2007. 201쪽.

갈등을 해결하려는 순기의 태도에도 문제가 있기 때문이다. 순기는 조부의 악행과 그 징표인 송덕비를 타파해야 할 유산이나 반성의 기념비로 생각하기 보다는 회피하고 싶은 '어깨의 짐' 정도로 여기고 있다. 반성해야 할 과거에 대한 인식이 철저하지 않은 것이다. 그리고 김만복의 악행에 대해서도 비판이나 징계의식 없이 적당하게 타협하려는 태도를 보이고 있다.

> 순기는 이번에 김만복을 만나서 그가 끝까지 할아버지의 송덕비를 허물 라고 콧대 세게 나오쪽, 순기만 알고 있는 그 비밀을 '달궁' 사람 들한테 공개 해 버릴 요량이었다. 아마 순기가 김만복한테 그가 알고 있는 비밀을 귀뜸만 한다쪽, 김만복은 절대로 할아버지 송덕비를 허 물겠다고 하지 않을 것이 다. 순기가 용기를 내어 '달궁'에 온 것도 기 실은 그런 자신이 있었기 때문이었다. (『달궁』16), 41쪽)

순기는 자신이 알고 있는 김만복이 6·25전쟁 때 저지른 악행을 빌미로 김 만복이 요구하는 송덕비 이전을 무마하려고 한다. 김만복의 악행을 고발하고 징계하기보다는 송덕비 이전을 무마하려는 빌미로 여기고 있다. 순기의 이러 한 태도는 문치도의 시대착오적인 현실인식과 함께 타파되어야 할 것으로 암 시된다. 문치도는 송덕비 이전작업을 하다가 송덕비를 실은 배와 함께 전복 되어 강물에 빠져 죽는데, 문치도의 죽음은 과거의 잘못을 반성하지 않고 그 것을 자랑으로 여기고 있는 시대착오적인 인식에 대한 비판이라 하겠다.

갈등의 해소와 화해는 정아의 발언에서 암시된다. 정아는 아버지의 악행을 보복하려고 순기와 성적 관계를 맺기도 하지만, 송덕비를 부끄러운 과거의 기념물로 남겨두자는 역사인식을 지니고 있다. 그리고 부끄러운 과거를 뉘우 칠 때 새로운 희망의 역사를 창조할 수 있다고 말한다.

---

16) 연구 대상으로 삼은 작품은 삼성출판사에서 1983년에 간행한 『제3세대한국문학』 (21권 문순태)에 수록된 『달궁』이다. 이하 인용 쪽수만 표시한다.

저는 송덕비를 헐어 옮기지 않았으면 했읍니다. 왜냐하면 '달궁'에
는 꿈처 럼 아름다운 과거와, 미움과 아픔의 과거가 함께 있어야 하기
때문입니다. 그래야 뉘우칠 수가 있으니까요. 뉘우침의 역사는 언제
나 더 새롭고 더 나 은 것을 창조하기 때문이죠. (『달궁』, 158쪽)

정아는 부끄러운 과거라고 해서 회피하거나 지워버리려는 것은 올바른 태도
가 아니라고 말한다. 정아의 말과 같이, 부끄러운 과거를 반복하지 않기 위해서
는 그것을 뉘우치고 더 나은 역사를 만들기 위해 노력해야 할 것이다. 6·25전쟁
의 상처와 그것으로 인한 원한도 마찬가지라 하겠다. 대물림되는 원한 관계를
청산하기 위해서는 악을 선으로 갚아야 한다는 것이다. 그러기 위해서는 과거
의 상처를 두려워하거나 회피하지 말고 더 적극적으로 다가가서 껴안을 수 있
어야 할 것이다. 과거의 상처를 자신의 일부로 인식하고 껴안을 때 미움과 아픔
의 역사는 더 나은 미래를 창조할 수 있는 거름이 될 것이기 때문이다.

이상에서 살펴 본 바와 같이 『물레방아 속으로』, 『철쭉제』, 『달궁』 등에서
는 원한의 대물림을 반복하지 말아야 한다는 작가의 의도가 강조되고 있어
작품의 서사구조는 유사한 양상을 보이고, 이데올로기의 대립에 의한 비극이
나 갈등은 크게 부각되지 않는다. 그것은 6·25전쟁의 소용돌이에 휘말린 민
중들의 고난과 애환을 부각하여, 다시는 6·25전쟁과 같은 비극이 되풀이되지
않아야 한다는 것을 강조하고 있기 때문이라 하겠다.

3. 상처의 수용과 과제

6·25전쟁의 상처를 어떻게 극복해야 할 것인가는 『피아골』, 『41년생 소년』
등에서 본격적으로 다루고 있다. 앞에서 살펴 본 『물레방아 속으로』, 『철쭉제』,
『달궁』 등의 작품에서도 부분적으로 언급이 되지 않은 것은 아니지만, 앞의 작

품들 6·25전쟁으로 인한 원한관계의 해소에 더 중점을 두었다고 하겠다.

『피아골』은 두 개의 이야기인 '딸의 이야기'와 '아버지의 이야기'로 구성되어 있는데, 6·25전쟁의 상처와 그 극복의 문제는 '아버지의 이야기'에서 주로 다루어진다. '아버지의 이야기'는 만화의 아버지인 배달수가 지리산의 명포수였던 할아버지와 같은 포수가 되고 싶어 총을 구하기 위해 국방경비대에 지원하였다가 좌익에 휩쓸려 파란을 겪고, 지리산으로 돌아와 죄업을 속죄하기 위해 지리산의 일부로 살아가는 것이 중심 내용이다. '딸의 이야기'는 지리산 자락에서 어린 시절을 보낸 배달수의 딸 만화가, 12살 무렵에 서울로 생모를 따라가서 하숙생활을 하며 미술대학을 졸업하여 결혼을 하였으나 실패 하고, 다시 지리산 자락으로 귀환하는 것이 중심 내용이다. 이 두 이야기는 독립된 이야기이기도 하지만, 하나의 이야기로 이어지는 것이기도 하다. 딸은 아버지의 삶의 한 결과이기 때문에 분리될 수 없는 것이기도 하지만, 두 이야기는 모두 지리산과 운명적으로 맺어져 있기 때문이다. 두 이야기를 시간적 선조상으로 보면 '아버지의 이야기'가 먼저이고, '딸의 이야기'가 이어져야 하는데, 작품에서는 '딸의 이야기'가 먼저 서술된다. 그것은 딸의 삶이 아버지의 삶과 결부된 운명적인 것임을 제시하고자 하는 의도로 읽힌다. 여기서는 '아버지의 이야기'를 중심으로 6·25전쟁의 상처와 그 극복의 문제를 살펴보기로 한다.

지리산 자락에서 조상대대로 살아온 배달수는 할아버지와 같은 명포수가 되기 위해 총을 구하려 국방경비대에 지원을 했다가 여순반란사건과 6·25전쟁에 휩쓸려 무수한 인명을 살상하게 된다. 그는 자신의 의지와 무관하게 빨치산의 일원이 되어 30여 명의 진압군을 기관총으로 몰살시켰고, 다시 빨치산토벌대가 되어 예전의 동료였던 20여 명의 빨치산을 수류탄으로 몰살시킨 일을 저지르게 된다. 6·25전쟁이 한 선량한 인물을 살인자로 몰아 간 것이다. 그래서 그는 지리산으로 들어가서 자신의 죄업을 조금이라도 속죄를 하려고 지리산의 일부가 되고자 한다. 배달수는 자신의 육신이 지리산의 한 줌의 흙이나 한 포기의 풀이라도 되어 민중들의 삶의 터전인 지리산에 보탬이 됨으로써 자신의 과오를 조금이라도 속죄하고자 하는 것이다.

> 배달수는 이제 그 자신도 신령스러운 지리산의 일부가 되고 싶은 것이었다. 지리산의 흙 한 줌 지리산의 잡초 한 포기, 지리산의 바람, 지리산 골자기의 물 한 방울이라도 되고 싶었다. 자신이 그렇게만 될 수 있다면 그보다 더 큰 행운이 없을 것 같았다. 배달수는 새벽마다 다시 깨어나는 지리산을 향해 경건한 마음으로 그렇게 빌었다.17)

배달수의 모습은 지리산에서 6·25전쟁 때 목숨을 잃은 수많은 원혼들에 대한 참회이자 위무이며, 더 나은 미래를 위한 헌신이라 하겠다. 그런데 작품에서 암시되는 바와 같이, 지리산이 6·25전쟁에서 수많은 사람들이 목숨을 잃는 비극의 결전장이 되는 것은 해원되지 못한 수많은 영선(靈仙)들이 재앙을 부르기 때문이라고 설명되고 있다. 그렇기 때문에 그 원혼들을 위로하여 잠재우는 일은 배달수와 같이 6·25전쟁 때 무고한 인명을 살상한 과오를 저지른 사람들뿐만 아니라, 이 땅의 모든 민중들의 몫인 것이다. 배달수의 모습은 6·25전쟁으로 개인들이 겪어야 하는 불행과 상처 그리고 개인들 간의 원한과 갈등은 개인들만이 감당해야 할 몫이 아니고, 이 땅 위에서 살아가는 모든 사람들이 함께 풀어가야 할 일이라는 것을 암시하고 있다고 하겠다.

6·25전쟁의 상처와 남북분단의 갈등을 극복하고 통일의 시대를 여는 것은 민족의 과제이자 소망이지만, 그것을 실현하기 위한 방안과 노력은 쉽지 않다. 한국 현대문학에서도 6·25전쟁과 그것이 야기한 문제들은 반세기 이상 중요한 문제로 다루어 왔지만, 민족의 화해와 통일의 방안에 대한 새로운 모색은 쉽지 않았다. 그것은 문순태의 분단소설도 예외는 아니다. 앞에서 본 『철쭉제』를 비롯한 6·25전쟁으로 인한 갈등과 화해의 문제를 다룬 작품에서도 상

---

17) 문순태, 『피아골』, 정음사, 1985. 189쪽.

호간의 이해를 통한 화해를 강조하고 있고, 『41년생 소년』에서도 6·25전쟁으로 인한 고난에 좌절하지 않고 적극적인 의지로 타개해 나가는 긍정적인 모습을 제시하고 있다.

『41년생 소년』에서는 12살 무렵에 겪은 6·25전쟁의 상처를 53년이 지난 시점에서 반추하면서 화해의 방안을 모색한다. 50년이 더 지난 시점에서 6, 25전쟁의 비극과 상처를 어떻게 이해하고 극복할 것인가 하는 문제를 다루고 있는데, 이 작품에서는 앞에서 본 작품들과는 달리 원한의 대상이 특정인이 아닌 불특정한 다수여서 갈등관계가 선명하지 않다. 대학교수인 나(문귀남)는 53년 전 12살 무렵 빨치산 토벌대인 경찰에 의해 마을 주민 37명이 학살당한 충격적 사건을 잊지 못한다. 빨치산과 내통한 사람을 색출하기 위해 거짓으로 빨치산환영식에 나오라고 하여 마을 주민 37명을 집단학살하고는 집을 불태우고 주민들을 몰아낸다. 졸지에 삶의 터전을 잃은 주민들은 살 길을 찾아 흩어지게 되었고, 그 와중에 아버지를 잃고 어머니와 고난의 삶을 살게 된 악몽과 같은 기억을 떨쳐버리지 못하고 53년 동안 짓눌러왔던 것이다.

> 나 역시 그 사건(53년 전 학살사건) 후로 제대로 편히 잠을 잘 수가 없었다. 떼죽음을 당한 그날의 현장을 체험한 우리 마을 사람들은 누구나 똑같이 악몽에서 벗어나지 못했을 것이다. 그날 죽은 사람들은 살아남은 사람들의 그림자가 되어 달라붙은 채 지금까지 함께 해 왔다. (『41년생 소년』[18], 40쪽)

인용문에서 보듯이 '나'는 6·25전쟁 때 일어난 사건으로 53년 동안 편히 잠을 잘 수 없는 악몽과 같은 기억을 떨쳐버리지 못하고 있다. 그렇지만, 그것을 해소할 대상이 구체적이지 않아 『철쭉제』 등의 작품에서와 같은 직접적인 갈등관계가 형성되지는 않는다. 이것은 서사구조와도 관련이 있는데, 『41년생

---

18) 여기서 인용한 자료는 2005년 랜덤하우스에서 출판된 『41년생 소년』이다.

소년』은 '나'가 과거의 기억을 회상하는 형식으로 서사구조가 전개된다. 53년이 지난 현재의 시점에서 과거의 기억을 회상하며, 그때의 상처를 어떻게 이해하고 극복할 것인가를 서술하고 있다. 이것은 앞에서 언급한 바와 같이 문순태 소설에서 자주 원용되는 서술방식이기도 하다. 서술자인 나는 6·25전쟁 때 겪은 비극과 상처를 시간의 순서대로 나열하고 있는데, 이런 서술방식은 과거의 상처를 부각시켜 갈등을 조장하기보다는 과거의 고통을 수용하고 화해를 유도하는 데 적합하다고 하겠다. 나는 6·25전쟁 때 겪은 비극과 상처를 원망하거나 회피하지 않고 적극적인 자세로 극복하는 것으로 제시된다.

> 지난날 고통스러웠던 삶을 통해서 터득한 지혜는 끝까지 낙오되지 않고 살아남기 위해서는 절망의 늪에 빠지기 전에 사력을 다해 꿈틀거려야 한다 는 것이었다. 비록 그것이 참을 수 없는 몸부림이라 할지라도 도전하듯 꿈틀거리지 않으면 생존의 대열에서 제외될 수밖에 없다는 사실을 깨닫게 된 것이다. 나는 죽은 사람도 인생의 길잡이가 된다는 것을 알았다. 오래전 주변에서 죽어간 수많은 사람들은 내가 어떻게 살아야 하는지를 묵시적으로 가르쳐주었던 것이다. <중략> 나는 수많은 사람들이 죽는 것을 보고 사람 의 목숨이 참으로 존귀하다 는 것을 깨닫게 되었다. 더불어 내 가족과 내 존 재의 소중함도 알았다. 그들의 죽음은 소중한 인생을 함부로 살아서는 안 된다는 것을 가르쳐주었다. (『41년생 소년』, 284쪽)

서술자인 나는 어린 시절에 겪어야 했던 고난과 역경을 원망하거나 회피하지 않고 적극적인 자세로 극복하는 것으로 설명되고 있다. 이렇게 적극적으로 원한을 해소하는 것은 한을 이기는 승한(勝恨)으로 설명하기도[19] 하는데, 이것은 6·25전쟁의 비극과 상처를 개인적인 차원이 아닌 민족적 차원에서 극복하고 화해를 모색해야 한다는 의미가 아닌가 싶다. 『41년생 소년』의 '나'가

---

19) 박성천, 앞의 박사학위논문, 155쪽.

겪은 6·25전쟁의 비극과 상처는 개인적인 문제이기도 하지만, 그것의 극복은 개인적인 문제이면서도 국가적인 문제이다. 그리고 '나'와 같이 개인적인 고난을 적극 극복하려는 자세가 결집되어야 국가적 과제인 남북분단을 극복할 수 있는 바탕이 되기 때문이다.

이러한 인식은 분단문학이 강조해 온 혈연적·문화적 동질성을 기반으로 상처를 공유하여 상호이해를 통한 화해의 방안과 크게 다르지는 않다.[20] 여기에 문순태뿐만 아니라, 모든 작가들의 고민이 있다고 하겠다. 그렇지만 분단구조를 극복하고 통일의 시대를 열기 위해서는 남북분단이 야기하는 문제 들을 다양하게 제기하여 통일에 대한 열망을 자극하는 상상적 모색은 반복되어야 할 것이다.

『41년생 소년』을 비롯한 문순태의 분단소설도 이런 측면에서 지속적인 노력을 기울이고 있는 것이라 하겠다. 『41년생 소년』에서는 갈등의 소지를 완화시키고자 긍정적인 역사인식을 견지하고 있는데, 그것은 빨치산에 대한 인식에서도 드러난다. 빨치산의 일원으로 활동했던 인석의 당숙과 박기훈, 그리고 김만호는 마을의 희망이었고 어린이들의 우상이었다. 그리고 그들의 활동을 비난하기보다는 이해하려고 한다. 만호 등의 이념적 지향에 대해 이해함으로써 갈등을 해소하려는 노력을 보이고 있는 것이다.

남북분단을 극복하기 위해서는 상호신뢰를 바탕으로 한 남북한의 사회·문화 전반에 걸친 이질감을 해소하는 것이 첩경이라는 것은 많은 학자들이 익히 언급한 바이다.[21] 통일을 위해서는 남북한 국민들이 통일에 대한 공감

---

20) 이것은 분단문제를 본격적으로 다룬 최인훈의『광장』(1961) 이후, 황석영의『손님』(2001)에 이르기까지 많은 작가들이 부단하게 고민하고 천착해온 바이다. 그리고 이 에 대한 연구도 김영화(『분단상황과 문학』, 국학자료원, 1992.), (임헌영, 『분단시대의 문학』, 태학사, 1992.), (백낙청, 『분단체제 변혁의 공부길』, 창작과비평사, 1994.), (유임하, 『분단현실과 서사적 상상력』, 태학사, 1998.), (강진호, 『탈분단시대의 문학논리』, 새미, 2001.) 등에 의해 적지 않게 이루어졌다.

21) 남북분단을 극복하기 위해서는 남북한의 상호 신뢰와 이해가 우선되어야 한다는 것 은 이종석, (『분단시대의 통일학』, 한울아카데미, 1988), 백낙청(『분단체제 변혁의 공 부길』, 창작과비평사, 1994) 등을 비롯해 많은 학자들에 의해 언급되었다.

대를 형성할 수 있는 사회적 분위기가 조성되어야 하고, 이를 위해서는 남북한의 상호신뢰와 이해가 선행되어야 할 것이다. 이를 바탕으로 갈등의 요소들을 서로의 입장을 이해하는 상생(相生)과 관용으로 극복하여 통일의 시대를 열어 가야 할 것이다. 그런데 이러한 상생과 관용은 앞에서도 언급한 바와 같이 문귀남과 같은 자신의 삶을 성공적으로 인식하고 회고할 수 있을 때 가능한 것이다. 이것은 『41년생 소년』에서 제시한 화해의 방안이 해결해야 할 과제이며, 통일을 지향하는 한국문학이 고민해야 할 문제라 하겠다.

4. 결론

문순태의 분단소설은 6·25전쟁으로 인한 갈등과 상처, 그리고 그 극복의 방안 등을 다각적으로 형상화했다. 그것은 크게 두 가지 양상으로 드러난다. 하나는 6·25전쟁으로 형성된 원한관계를 어떻게 극복할 것인가 하는 것이고, 다른 하나는 6·25전쟁의 상처를 어떻게 극복할 것인가이다. 앞의 문제는 주로 초기의 주요 작품들인 『물레방아 속으로』, 『철쭉제 』, 『달궁』 등에서 중요하게 다루어진다.

그렇지만 이들 작품에서는 6·25전쟁으로 인한 원한을 해소해야 한다는 작가의 의도가 강하게 드러나고 있어 사건의 전개가 자연스럽지 못하거나 긴장감이 떨어지기도 한다. 또한 『물레방아 속으로 』, 『달궁』 등의 작품에서와 같이 비극을 초래한 원인제공자의 악행에 대한 비판의식이 미약하다. 이것은 6·25 전쟁의 원인과 그것이 전개되는 과정에서 야기된 비극과 참상에 대한 철저한 원인 규명을 배제하고 화해를 주장하는 것과 크게 다르지 않다는 비판의 여지가 있다.

6, 25전쟁의 상처를 어떻게 극복할 것인가를 집중적으로 다룬 『피아골 』, 『41

년생 소년』 등의 작품에서는 6·25전쟁으로 인한 고난과 역경을 원망하거나 회피하지 않고 적극적인 자세로 극복하는 것으로 설명되고 있다. 이것은 6·25전쟁의 비극과 상처를 개인적인 차원이 아닌 민족적 차원에서 극복하고 화해를 모색해야 한다는 의도로 파악된다. 『41년생 소년』의 '나'가 겪은 6·25전쟁의 비극과 상처는 개인적인 문제이기도 하지만, 그것의 극복은 개인적인 문제이면서도 국가적인 문제인 것이다. '나'와 같이 개인적인 고난을 적극적으로 극복하려는 자세는 국가적 과제인 남북분단을 극복할 수 있는 바탕이 되기 때문이다. 이러한 모습은 분단문학이 강조해온 화해의 방안과 크게 다르지는 않지만, 갈등의 역사를 되풀이하지 말아야 한다는 당위성에 대한 강조와 함께 갈등의 소지를 완화시키고자 하는 긍정적인 역사인식이라 하겠다.

하지만 이 작품에서는 원한의 대상이 특정인이 아닌 불분명한 다수여서 갈등과 그것의 해소 과정이 선명하지 않다. 그리고 화해의 방안도 하루하루를 살아가는 민중들의 삶과는 다소 거리가 있다. '고통스러운 과거도 소중한 자산이 되고 죽은 사람들도 인생의 길잡이가 된다'는 인식은 작품의 주인공인 문귀남과 같이 과거의 상처와 역경을 딛고 대학 교수가 되어 성공적인 삶을 산 경우에는 가능할 수 있기 때문이다.

이러한 점에도 불구하고 문순태의 분단소설은 공동체적 삶의 붕괴와 인간성 상실의 원인이 6·25전쟁과 결부되어 있다고 보고, 그로 인한 상처와 갈등 그리고 그 극복의 방안 등을 다각적으로 형상화해 왔다. 특히, 6·25전쟁으로 인한 원한관계를 어떻게 극복할 것인가를 작품 초기부터 지속적으로 모색하여 한국분단소설의 한 맥을 차지하고 있다고 하겠다.*

---

* 논문출처 : 「문순태 분단소설 연구」, 『한국언어문학』76집, 2011.

참고문헌

강만길, 『분단시대의 역사인식』, 창작과비평사, 1978.

강진호, 「탈분단시대의 문학논리」, 새미, 2001.

건국대학교 인문학연구원 통일인문학연구단 역음, 『분단극복을 위한 인문학적 성찰』, 선인, 2009.

김동환, 「소설에서 권력 언어의 문제」, 『고향과 한의 미학』, 태학사, 2005.

김영화, 『분단상황과 문학』, 국학자료원, 1992.

김윤식, 「원죄·원체험으로서의 6·25」, 『고향과 한의 미학』, 태학사, 2005.

김인환, 「『피아골』작품론 - 귀환의 의미」, 『피아골』, 정음사, 1985.

김학준, 「6.26전쟁에 관한 몇 가지 예비적 토론」, 『탈냉전시대 한국전쟁의 재조명』, 백산서당, 2000.

백낙청, 「통일운동의 문학」, 『민족문학의 새단계』, 창작과비평사, 1990.

백낙청, 『분단체제 변혁의 공부길』, 창작과비평사, 1994.

박선경, 「'성'과 '성담론'을 통해 본, 삶의 내면과 이면」, 『고향과 한의 미학』, 태학사, 2005. 149-169쪽.

박성천, 「문순태 소설의 한의 서사적 특징」, 『현대문학이론 연구』31집, 현대문학이론학회, 2007. 191-210쪽.

박성천, 「문순태 소설의 서사 구조 연구」, 전남대학교 박사학위논문, 2008.

송재일, 「비극적 한의 얽힘과 풀어내기」, 『고향과 한의 미학』, 태학사, 2005.

유임하, 『분단현실과 서사적 상상력』, 태학사, 1998.

이종석, 『분단시대의 통일학』, 한울아카데미, 1988.

임은희, 「문순태 소설에 나타난 생태학적 인식 고찰」, 『우리어문연구』31집, 우리어문학회, 2008. 363-400쪽.

임헌영, 『분단시대의 문학』, 태학사, 1992.

조구호, 「분단 극복을 위한 모색」, 『어문론총』45호, 한국문학언어학회, 2006. 543-566쪽.

조구호, 「화해의 방안과 과제」, 『현대소설연구』36호, 한국현대소설학회, 2007, 219-237쪽.

진순애, 『전쟁과 인문학』, 성균관대학교 출판부, 2006.

최창근, 「문순태 소설의 '탈향/귀향' 서사구조」, 전남대학교 석사학위 논문, 2005.
브루스 커밍스(김자동 역)(1986), 『한국전쟁의 기원』, 일월서각, 376쪽.

한국전쟁의 문신, 흑인혼혈인과 양공주

변 화 영(전북대)

1. 들어가는 말

문순태의 ≪문신의 땅≫ 연작은 '육이오가 남긴 이 땅의 문신'인 혼혈인이 등장한다. 해방 이후 미군정이 성립되면서 태어나기 시작한 '서양적' 혼혈인은 정전(停戰) 이후로는 급속히 증가했다. 미군부대가 장기 주둔한 곳 근처에는 어김없이 기지촌이 들어섰으며 이곳에서 혼혈인들이 태어났다. 물론 유엔군이나 미군병사의 강간이나 데이트 등에 의해 출생한 혼혈인들도 상당수다. 하지만 장기 주둔한 미군부대의 기지촌에서 태어난 혼혈인의 수는 압도적으로 많다. 이들 혼혈인들은 '순혈'의 한국인이라고 자인하는 '우리'들에 의해 단일민족의 신화를 허물어뜨리는 불결한 잡종으로 취급되었다.[1] 혼혈인은 흑백의 피부색에 따라 흑인혼혈인과 백인혼혈인으로 대별되었으며, 그 피부색은 탄생과 성장, 교육, 입양, 취직, 결혼, 그리고 죽음에 이르기까지 전 영역에 걸쳐 지대한 영향을 미쳤다.

---

1) 최강민, 『탈식민과 디아스포라 문학』, 제이앤씨, 2009, 11쪽.

'백인'혼혈인에 비해 '흑인'혼혈인은 흑갈색의 피부 탓에 말할 수 없는 고통과 핍박을 받았다. 흑인혼혈인 상당수는 출생하자마자 고아원이나 길거리에 버려졌으며, 교육이나 입양에서 적극적으로 배제되었고, 결혼과 취직에서도 심각한 차별을 받았다. 한국에서 태어나고 자랐으며 한국인 어머니의 성을 이어받았는데도 한국'사회'에서 흑인혼혈인은 '흑인'으로 취급되었다. 흑인혼혈인을 낳은 어머니 또한 아들의 피부색 때문에 기지촌에서는 하층계급으로 전락하였다. ≪문신의 땅≫에 등장하는 노태수도 이 같은 차별에 얽매인 흑인혼혈인들 중 한사람이다.

≪문신의 땅≫은 총 4편으로 이루어진 연작소설이다. 이 연작은 1987년에 발표된 <문신의 땅 1>을 비롯해 <문신의 땅 4>까지를 묶어 1988년 단행본으로 출간되었다. ≪문신의 땅≫은 '오십대의 초로 여인과 스물 남짓의 싱싱한 흑인 청년'이 한 집에 살고 있다는 소문으로 이야기가 시작된다. '50대와 20대', '초로와 싱싱한', '한국 여인과 흑인 청년'에서 보듯 나이와 젊음, 인종의 차원에서 서로 다른 두 사람의 동거는 보통 사람들의 생각으로는 의문을 자아낼 수밖에 없는 일이었다. 하지만 소문의 당사자들을 눈으로 직접 확인하지 못한 상황에서 합리적인 추정 과정 없이 두 사람의 관계가 불륜 소문으로 유포될 수 있었던 것은 청년이 '흑인'[2]이라는 인종에 근거한다.

서구 제국주의 백인들은 흑인들을 지배하기 위해 이성과 정신적 측면을 앞세워 우월감을 드러내는 한편, 자신들이 가지지 못한 성적 능력들을 흑인에

[2] 장기 주둔한 흑인병사와 한국인 어머니 사이에서 태어난 흑인혼혈아들은 멸시와 천대 속에서 자랐다. 생계유지를 위해 기지촌에서 벗어날 수 없었던 양공주들은 어쩔 수 없이 자신들의 성(姓)을 따서 아이의 이름을 지었다. 삼촌이나 외할아버지의 호적에 오른 흑인혼혈인은 아버지 부재에 비천한 어머니의 신분 때문에 가장 밑바닥 계층에 속할 수밖에 없었다. 요컨대 흑인혼혈인은 소수자 중에서도 인권의 사각지대에 위치한 소수자였다. 한국에서 낳고 자랐으며 반쪽은 어머니의 피를 이어받았는데도 이들은 여전히 흑인과 동급으로 취급되었다. 이러한 흑인혼혈인의 사회적 위치를 고스란히 보여주는 작품이 ≪문신의 땅≫ 연작소설이다.

게 투사했다. 80년대의 한국사회의 구성원들 또한 백인에 의해 유포된 흑인에 관한 고정관념을 믿고 있었다. '흑인은 더럽고 불결하지만 힘이 세다'라는 개념 중에서도 특히 '힘이 세다'라는 항목이 성적인 것과 강렬하게 결합·유포되었다. 이에 한국사회에서는 동물적이고 비천한 흑인의 이미지가 사실 여부를 떠나 예외 없이 하나의 믿음으로 강화되었다.3) 흑인에 대한 왜곡된 편견은 분단 이후 발표된 소설들에서도 인물을 형상화하는 데 그대로 적용되곤 했다.4)

미국사회에 고착된 '흑인'의 이미지가 한국의 '흑인혼혈인'들에게 투사되어, 이들을 둘러싼 소문은 여전히 악의로 얼룩져 있었다. '보는 것이 믿는 것이다'라는 말이 무색할 정도로 흑인혼혈인을 직접 '눈'으로 보고 함께 이웃하며 살고 있는데도 그를 바라보는 '우리'의 시선은 백인 중심의 공식기억에 뿌리내려져 있다. 흑인이 미국 내의 타자이듯 흑인혼혈인을 한국 내 타자로 치환하면서 '우리'는 이들을 국민국가의 틀 밖에 존재하는 '다른 인종'의 존재로

---

3) 한명환, 「한국소설의 흑인상을 통해 본 한국 가족의 탈경계적 전망」, 『탈경계 인문학』 제4권 3호, 이화여자대학교 이화인문과학원, 2011, 203쪽.

4) 송병수의 <쇼리 킴>(1957)에 등장하는 흑인병사 '불독'은 덩치가 크고 힘이 좋아 성행위가 어려울 정도로 묘사되어 있다. 이 같은 흑인의 지나친 성적 우월성은 동물적 이미지로 치환되어 이성 부재의 흑인성을 고정시키며 폭력과 범죄의 도화선이 되기도 했다. 하근찬의 <왕릉과 주둔군>(1963), 조해일의 <아메리카>(1972), 오정희의 <중국인 거리>(1979) 등에는 성관계에 있던 흑인병사가 비도덕적 행위를 자행하거나 폭력 및 살인을 행사하는 인물로 등장한다. 물론 전후 한국소설에서 흑인병사에 대한 형상화가 부정적으로 강조되는 것만은 아니었다. 송병수의 <인간신뢰>(1959)에서는 포로가 된 중공군 췌유를 죽이지 못하고 총을 내던지며 울음을 터트리는 인간적인 흑인병사가, 최일남의 <동행>(1959)에서는 낙오 중에 만난 6개월 된 아기와 개를 끌어안고 남하하다 얼어 죽는 돕프라는 흑인병사가 등장하기도 한다. 하지만 ≪문신의 땅≫ 연작이 발표된 80년대 후반까지도 흑인병사에 대한 이미지는 여전히 성적인 야만성이 강조된 채 고정되어 있었다. 안정효의 <은마는 오지 않는다>(1987)에서 클럽 여주인이 성매매 여성들에게 '흑인병사는 그게 아주 세서 놀기는 좋지만 무식하므로 되도록이면 백인병사를 상대하라'고 조언하는데 이는 흑인의 야만성을 단적으로 보여준 예이다.

취급하였다. 흑인혼혈인을 '우리'에 소속된 구성원이 아니라 외국인이자 비국민으로 바라보았던 것이다.

흑인혼혈인을 바라보는 '우리'의 시선은 그를 낳은 어머니를 바라보는 시선과 크게 다르지 않다. 아들의 '검은' 피부색으로 인해 죽을 때까지 '양공주'라는 신분에서 벗어날 수 없었던 흑인혼혈인의 어머니는 가장 밑바닥에 위치한 하위주체5)일 뿐이다. ≪문신의 땅≫에 등장하는 흑인혼혈인 노태수와 양공주 노마리아 또한 이러한 인종적 차별과 사회적 편견에 위치해 있다.

일반적으로 소설에 등장하는 주인공의 사회적 위치는 그를 바라보는 서술자의 시점과 종종 연결되곤 한다. ≪문신의 땅≫에서는 흑인혼혈인과 양공주를 바라보는 서술자의 3인칭 시점뿐 아니라 다른 등장인물들이 이들을 바라보는 1인칭 시점이 혼재해 있다. 3인칭 선택적 전지에서 3인칭 인물 시점으로 혹은 1인칭 주인공 시점에서 3인칭 인물 시점으로의 변이와 더불어 고정된 내적 시점에서도 시점의 변동이 나타난다. 그런데 문제는 기존의 '시점'으로는 ≪문신의 땅≫에서 발견되는 시점의 변이 양상이 갖는 특성을 구체적으로 살펴볼 수 없다는 것이다. '보이는 대상'이 '바라보는 주체'로 되거나 '바라보는 주체'가 '보이는 대상'이 되는 과정을 설명하기에는 '시점'의 접근으로는 사실상 미흡하다. 즉, '누가 보느냐'에서 '누가'라는 '주체'와 '보는 행위'인 '시

---

5) 미군정 수립 이후 한국전쟁을 치르는 동안 '우리'는 흑인을 백인과 다른 인종으로 받아들였다. 한국 땅을 밟은 흑인은 백인과 동급으로 대우할 수 없는 '인종'이었다. 흑인과 백인이 모든 일상에서 거의 분리되어 생활해야 한다는 미국의 인종차별정책, 짐 크로우법이 고스란히 한국에 뿌리내리게 된 것이다. 흑인은 백인에 비해 열등하고 불결하기에 식민지화해서 문명화해야 한다는 제국주의자들의 논리를 수용한 까닭에 기지촌을 드나드는 흑인병사의 경우 피부색에 따라 클럽과 술집의 출입이 제한되었다. 흑인병사를 상대하던 성매매 여성, 즉 양공주는 백인병사를 상대할 수 없었다. 백인병사와 잠자리를 하는 양공주는 흑인병사와 어울릴 수 없었다. 만약 이 계율이 깨진다면 백인병사들은 한국인 업주와 양공주를 상대로 업무 방해 및 정지는 물론 폭행도 서슴지 않았다. 미국의 흑백분리 정책은 한국의 기지촌에서도 엄격하게 지켜졌던 것이다. 이 과정에서 흑인병사를 상대하는 양공주는 기지촌에서도 가장 밑바닥에 존재하는 하위주체가 될 수밖에 없었다.

선'의 문제를 해결할 서사적 방법이 필요하다.

최근 시점(point of view)이라는 용어는 초점화(focalization)라는 용어로 대체되고 있는 추세이다. 미숙한 신조어인데도 초점화가 힘을 얻고 있는 것은 그동안의 시점 학자들이 '바라보는 주체'와 '말하는 주체'가 분리된 존재, 즉 관점과 서술의 혼동을 명확히 인식하지 못한 데 있다.[6] 초점화는 사건을 바라보는 주체(초점자)와 그것을 이야기하는 주체(서술자)와의 분리를 주장한 쥬네트에 의해 고안된 용어[7]이다.

≪문신의 땅≫에서 초점화가 주목되는 것은 서술자가 스토리에 개입하는 정도를 추정할 수 있는 거리(distance)나 혹은 독자인 '우리'가 누구의 서술을 듣는가 하는 목소리(voice)를 알 수 있는 서사 기법이이라는 데 있지 않다. 문제는 초점화가 소문을 바라보는 독자 '우리'의 '시선'과 관련되어 있다는 데서 비롯된다. ≪문신의 땅≫에서 소문은 '우리'의 시선이 개입되어 발화된 구술성의 담론일 뿐 아니라 '우리'와 스토리세계를 맺는 기본적인 매개체이다. 소문이 지닌 이러한 성격을 밝히려면 스토리의 층위와 서술의 층위를 잇는 초점화가 중요한 통로가 된다. 이에 ≪문신의 땅≫ 연작소설을 연구대상으로 하여 소문의 역할과 의의를 서사 기법을 통해 살펴본 후 흑인혼혈인과 양공주라는 존재를 독자와의 관계 속에서 탐색해 보고자 한다.

2. 흑인에 대한 상상력과 소문

≪문신의 땅≫ 연작은 한국인 여인과 흑인 청년의 동거를 둘러싼 소문으로 이야기가 시작된다. 소문의 내용은 '오십대 초로 연인이 스물 남짓의 싱싱한

---

6) S. 리몬-케넌, 최상규 옮김, 『소설의 시학』, 문학과지성사, 1985, 110쪽.
7) 제라르 즈네뜨, 권택영 옮김, 『서사담론』, 교보문고, 1992, 177-182쪽.

흑인 청년과 같이 살고 있다'는 것이다. 그런데 문제는 사람들이 두 인물의 동거를 부도덕한 관계로 둔갑시켜 소문을 부풀리는 것은 물론 '정사 장면을 상상으로 떠올리며' 자물쇠가 걸린 대문에 돌을 던지거나 그 앞에 똥을 싸놓기도 하는 등 폭력을 행사하는 데 있다. '눈'으로 확인하지 못한 대상에 대한 흥미와 호기심은 폭력으로 발전되기도 하고, 소문의 재생산에 관여되기도 하면서 산동네 사람들의 일상에 균열을 내는 원동력이 되었다.

50대 여인과 20대 흑인의 동거 소문이 난무하는 곳은 산동네이다. 소문의 형성지대인 산동네 아래는 고층 아파트가 즐비한 부자동네로 '번영의 80년대'를 여실히 보여주는 곳이다. 부자동네의 화려한 모습과 달리 한 세대나 뚝 떨어져 있는 듯 보이는 산동네는 전후 '궁핍의 50년대'를 상기시킬 정도로 형편없는 동네이다. 80년대의 문명에서 비켜나 있는 가난한 산동네는 담이 낮아 이웃과의 의사소통이 활발한 곳이기는 하지만, 한편으로는 산 위에 조성된 동네이기 때문에 고립되고 폐쇄적인 지역이기도 하다. 이러한 이중적인 성격의 공간에서 소문은 끊임없이 생산되고 증식된다. 동네 사람 둘만 모여도 두 사람의 정사장면을 떠올리며 사실여부와 관계없이 부적절한 관계로 몰아가는 동안 블록집의 초로 여인과 흑인 청년은 날조되고 왜곡되었다. 왕성한 생명력을 가지고 퍼져나가는 블록집의 소문은 향기 나는 '난과 같은 좋은 평판의 소문이 아니라 '곰팡이'에 비유되는 나쁜 평판의 소문8)에 해당된다.

사람들은 소문을 난이나 곰팡이에 비유한다. 난은 적당한 온도와 태양과 바람 속에서만 자라며, 곰팡이 또한 적당한 습기와 침침한 기

---

8) 소문은 로마신화에 나오는 여신 파마로 재현되곤 했다. 라틴어 파마(fama)라는 용어 자체가 이중적인 의미 지평을 지녔던 탓에 나쁜 평판이든 좋은 평판이든 모두 파마로 불렸다. 좋은 평판, 즉 보나 파마(bona fama)로서의 파마는 미덕을 입증했고 악평, 즉 파마 말라(fam a mala)로서의 파마는 나쁜 평판을 대표했다(한스 J. 노이바우어, 박동자 · 황승환 옮김, 『소문의 역사: 역사를 움직인 신과 악마의 속삭임』, 세종서적, 2001, 72-73쪽).

운 속에서만이 생겨나기 때문이다. 아름답고 향기로운 꽃을 피우는 난이나, 음식이나 옷, 가구들에 솜털처럼 생겨나는 미물의 하등균류인 곰팡이는 특수한 환경 속에서만 생명력을 갖는다. (…) 요즈막 서울의 외곽지 지하철 종점, 80년대의 경제 성장을 자랑할 때마다 텔레비전 화면에 어김없이 등장하곤 하는 신개발지의 고층 아파트 건물들이 발부리 아래로 내려다보이는 산동네에, 이상한 소문이 곰팡이 슬듯 퍼지고 있었다. 소문의 내용은 산동네 꼭대기 정수장(이미 폐쇄된 지 오래되었다) 밑의 단간 블록집에 오십대의 초로 여인이 스물 남짓의 싱싱한 흑인 청년과 같이 살고 있다는 것이었다. 산동네 사람들은 둘만 모여도 이 블록집의 초로 여인과 흑인 청년의 음습한 이야기로 무겁고 답답한 여름의 시간들을 메웠다.

　"늙은 여편네가 얼마나 음충스러우면 검둥이 청년을 데리고 사누."
　"그런 말 말어. 간내 난 늙은 암캐가 검둥이 노랭이 가려서 흘레허남?"
　"한 번 깜둥이 맛을 보기만 하면 노랭이 환둥이는 양이 안 찬다며?"
　산동네 어른들은 아이들의 귀를 피해가며 저마다 블록집의 초로 여인과 흑인 청년의 정사 장면을 상상으로 떠올리며 오징어를 질겅질겅 씹어대듯 지껄였다.(<문신의 땅 1>, 180-181 쪽)9)

　산동네 사람들은 초로 여인과 흑인 청년이 이사 왔다는 복덕방 곱사영감의 말을 바탕으로 집단기억 속에 자리한 자신들의 의견을 제시하거나 보태면서 함께 소문을 생산해나갔다. 산동네 사람들은 초로의 여인이 '늙은 여편네'라는 점, 흑인 청년은 젊다는 점만 '들어서' 알 뿐이지 그들이 어디에서 와서 무엇을 하고 사는지 아는 바가 전혀 없다. 소문의 당사자들을 대면하거나 접촉한 적이 없기에 소문은 입에서 입으로 전해지는 구술성에 의해 확장될 뿐이다. 그런데 구술성의 확장은 과거 '소문으로 들었던' 흑인에 관한 집단기억에 의존해 있다. '흑인은 힘이 세다', 즉 '흑인은 성적으로 세다'10)고 기억하고 있

9) 문순태, ≪문신의 땅≫, 도서출판 동아, 1988, 180-181쪽(본 논문의 인용문에 기입된 숫자는 이 책의 쪽수임).
10) 한명환, 앞의 논문, 206쪽(한국전쟁이 일어나는 동안 흑인병사에 대한 학습효과는

던 산동네 사람들은 어느새 초로의 여인을 '늙은 여편네'에서 '늙은 암캐'로 비하하기 시작했다. 그들이 초로의 여인을 성적 욕망을 주체하지 못하는 음탕한 '간내 난 늙은 암캐'로 몰고 갈 수 있었던 것은 여인의 성적 상대가 흑인이라는 데 있다.

분단과 전쟁 이후 한국사회에 유입된 흑인 관련 정보는 대부분 사실과 다르게 왜곡되어 있다. 흑인을 노예화한 백인 중심의 제국주의 국가에서 그렇듯 한국사회에서도 흑인은 '무식하고 비이성적이지만 힘이 세다'는 개념이 유포되었다. 그리고 이러한 개념은 정전 30년이 지났는데도 지속적으로 변형·재생산되었다. 특히 '흑인은 힘이 세다'에서 '힘'이 '성기'를 치환하면서 이는 '정력이 세다'라는 뜻으로 받아들여졌다. 흑인 청년에 대한 산동네 사람들의 선지식은 분단 이후 한국 땅에 뿌리내려진, 백인에 의해 '만들어진 흑인성'에 힘입은 바 크다. 일단 흑인과 성관계를 맺은 여성은 다른 인종(백인 및 황인)의 남성에게서 성적 만족감을 기대할 수 없을 정도로 흑인의 정력은 막강하다는 것이다. 흑인이 대단한 정력가라는 '소문을 들어서 알고 있던' 산동네 사람들로서는 초로의 여인을 '간내 난 늙은 암캐'로 치부하는 일이 어쩌면 당연한 결과인지 모른다.

초로 여인과 흑인 청년에 대한 산동네 사람들의 상상력은 신부와 수녀의 블록집 방문으로 끝이 나고 말았다. 두 사람이 부도덕한 관계가 아니라 '거룩한 모자 사이'임이 밝혀진 것이다. 신부가 '두 사람은 이 땅의 희생자이자 곧 우리들 자신'이라며 이들을 배척하지 말라고 간곡하게 부탁했지만 산동네 사람들의 반응은 냉혹했다. 청년의 '검은' 피부를 통해 초로 여인이 기지촌에서 일했던 양공주임을 간파한 산동네 사람들은 "그들과 같이 살 수가 없다"고 불만을 토로하면서 이들을 노골적으로 조롱하며 타자화 했다. '양갈보, 똥갈보',

---

한국인들에게 하나의 믿음처럼 퍼져갔다. 전시에 누군가가 "흑인은 성적으로 쎄다."라고 말했고 그에 대한 믿음은 '흑인은 성적으로 쎄다.'라는 사실을 일반화 시켰던 것이다).

'할로우 양갈보 새끼'라고 조롱하는 아이들의 놀림은 곧 어른들의 의식을 반영한 것으로 이 부정적인 호명에는 양공주와 흑인혼혈인을 바라보는 '우리'의 시선이 묻어나 있다.

> 블록집 주변을 서성거리거나 집 안을 기웃거리는 측은 이제 어른들이 아니라 아이들이었다. "양갈보 똥갈보.망구탱이 양갈보!" "할로우 깜둥이! 할로우 양갈보 새끼!" 산동네 아이들은 블록집을 지날 때마다 소리를 질러댔다. 어른들은 아이들을 나무라지도 않았다. 다만 아이들에게 "깜둥이를 조심해라. 붙잡히지 않도록 해야 한다. 산동네 안에서 힘으로 그 깜둥이를 당할 사람이 없을 게다." 하고 당부할 뿐이었다.(<문신의 땅 1>, 192-193쪽)

산동네 사람들은 '독수리가 토끼 굴 앞에서 토끼가 나오기를 기다리고 있었다'는 듯이 초로 여인과 흑인 청년이 대문을 열고 세상 밖으로 나오자마자 또 다시 아이들을 앞세워 흑인과 관련된 새로운 소문을 퍼뜨렸다. '산동네에서 힘으로는 깜둥이를 당해낼 사람이 없으니 조심하라'는 것이다. 물론 이 새로운 소문 또한 청년이 '흑인'이라는 인종적 차원[11]에서 비롯되었다. 흑인'혼혈인'인데도 산동네 사람들은 청년을 흑인으로 간주하면서 그를 아이들을 잡아먹는 괴물이나 귀신과 같은 존재로 둔갑시켜 소문을 양산했다.

백인 중심의 미국사회에서 전통적으로 내려온 '흑인' 관련 전설과 일화들이 폐쇄적인 산동네까지 전달되어 변형·반복될 수 있었던 것은 한국사회가 미국에 의해 전달된 지식[12]에 의존하고 있다는 증거이기도 하다. 산동네에서

---

11) 미국에서 흑인과 백인 부모 사이에 태어난 사람을 '혼혈인'이 아니라 '흑인'으로 간주되는(설동훈, 「혼혈인의 사회학: 한국인의 위계적 민족성」, 『인문연구』 제 52호, 영남대학교 인문과학연구소, 2007, 128쪽) 것처럼 한국에서도 한국인 어머니와 흑인 아버지 사이에 출생한 '흑인혼혈인'을 '흑인'으로 여겼다.

12) 한국인들이 선진 문화를 흡수할 수 있는 주요 통로는 지아이(GI)문화로 일컬어지는 미국의 하층문화였다. 그것은 자연스레 한국의 대중문화를 경유하여 한국인의

유포되는 흑인 관련의 부정 신화는 백인 지향적 긍정 신화와 짝을 이루지 않고서는 오랫동안, 그리고 뿌리를 내리며 한국사회에 재생산될 수 없는 일이다. 흑인은 백인과의 관계에서만 흑인이기 때문이다.[13] 3인칭 서술인 <문신의 땅 1>이 <문신의 땅 2>에서 1인칭 서술로 변화되는 것은 이러한 점과 깊이 관련되어 있다. 흑인 부정의 신화는 백인 긍정의 신화와 밀접하게 관련되어 있기에 <문신의 땅 2>에서는 백인 문화에 경도된 '나'가 사건들을 '바라보는' 초점자로 등장하게 된다.

3. 흑'백'의 위계성과 양공주

<문신의 땅 1>에서는 '전지적'이지 못한 3인칭 서술자가 등장한다. 서술자는 산동네 사람들의 소문 창출 과정을 객관적으로 지켜보면서 신중하게 서술하다가 흑인 청년이 '흑인혼혈인'임이 밝혀지자 선택적 전지를 통해 그를 초점화 한다. 이에 스토리 후반부에서는 흑인혼혈인 노태수가 초점 대상이 되기도 하고 초점자로 나서기도 한다. 서술자가 초점화한 노태수는 소문처럼 정력만 강한 야만인도, 아이를 잡아먹는 괴물도 아니었다. 그는 어머니의 몸에 새겨진 문신을 수술하기 위해 호텔의 나이트클럽에서 열심히 색소폰을 부는 효자였고, 산동네 사람들과 아이들의 배척과 조롱에도 웃음을 잃지 않고 일일이 인사하는 상냥한 청년이었다. 건실한 사회인이자 효자이며 상냥한 이웃인 노태수는 그러나 '우리'에게 소속될 수 없는 존재이다. 사람들이 그를 한

인식 속에 스며들었다. 특히 백인을 정의의 편으로, 흑인을 악당의 편으로 그리는 할리우드 영화의 파급 효과는 대단히 컸다. 그 과정에서 일부 한국인들은 피부 색깔이 검은 사람들을 열등한 인종으로 대하는 인종주의 태도를 배양했다(위의 논문, 146쪽).

13) 프란츠 파농, 이석호 옮김, 『검은 피부, 하얀 가면』, 인간사랑, 1998, 140쪽.

국인이라기보다는 흑인으로 인식하기 때문이다. 서술자가 소문을 화두로 삼아 그 대상자인 노태수를 초점화 할 수밖에 없었다는 것은 이렇듯 사람들, 즉 흑인뿐 아니라 '흑인'혼혈인을 바라보는 '우리'의 시선에 편견이 내재해 있음을 폭로하기 위해서였다.

<문신의 땅 2>에서는 노태수가 선량한 한국인임을 밝힌 3인칭 서술자가 돌연 '나'에게 서술의 권리를 넘긴다. '나'는 <문신의 땅 1>의 스토리세계에 존재하지 않던 인물이지만 노태수의 어머니 노마리아가 지닌 '문신을 최초로 확인한' 인물로 <문신의 땅 2>에서 초점자이자 서술자로 등장한다.

> 노마리아는 사타구니의 문신을 보여 주었던 것처럼 자신의 모든 삶에 대해 부끄러움 없이 비밀을 까발렸다. 그러나 그녀의 어떤 간결한 말도 멸시와 수치심으로 굳어진 내 마음을 흔들어 놓지는 못했다. 늙은 노마리아는 마땅히 자신의 상처를 수치로 안고 죽을 때까지 고통을 느끼며 살아야 할 것이라고 생각했다. 나는 그녀에 대해 털끝만큼의 동정심도 느낄 수가 없었다. 몸뚱이 전체가 문신으로 얼룩져 거대한 비단구렁이처럼 징그럽게만 느껴지는 그녀와 마주 앉아 있기조차 싫었다. 나는 노마리아가 커피를 끓여 준 것조차도 불결하게 생각되어 입에 대지 않았다. 그녀가 한사코 쥐어 주는 미국 지폐를 뿌리 치고, 언덕길을 더듬어 성당으로 내려오면서 나는 몇 번이고 어둠을 향해 침을 뱉었다. 성당으로 돌아왔을 땐 송별파티가 끝나고 봉사단원과 성당의 청년회 간부들이 신부님을 중심으로 둘러 앉아 담소를 나누고 있었다. 나는 그들에게 노마리아에 대한 이야길 하지 않았다. 그녀의 이야기는 입에 담기조차 불결하게 느껴진 것이다. 그 후로 나는 노마리아를 잊고 지내 왔다.(<문신의 땅 2>, 211쪽)

'나'는 의대 4년생으로 산동네에 의료봉사를 하러 갔다가 노마리아를 만났다. 노마리아는 자신의 집으로 '나'를 데려가더니 과거 미군이 일시적 소유의 기념으로 새긴 문신투성이의 몸을 보여주었다. '하트 앤 애로우'가 몸 여기저기에 새겨진 노마리아의 몸을 통해 그녀가 불결한 존재, 즉 양공주로 일했음을 알게 된 '나'는 "자신의 상처를 수치로 안고 죽을 때까지 고통을 느끼며 살아야 한다."며 동정심조차 보이지 않았다.

'나'는 산동네의 발부리 아래 위치한 부자동네에 살고 있다. '나'는 아침마다 토스트에 우유를 마시고 미국의 팝송을 즐겨 들으며 종종 미국 영화를 보면서 미국식 소비문화가 체질에 맞다고 생각하는 인물이다. 그러던 어느 날 '나'는 부산 미국문화원 방화사건으로 끌려가는 대학생들을 우연히 텔레비전으로 본 순간 일본 군인들의 '위안부'였던 이모할머니와 '양공주'였던 노마리아를 연거푸 떠올렸다. 기억의 되살리기 과정 속에서 '나'는 이모할머니가 불가항력에 의해 일제의 위안부가 되었듯이 노마리아 또한 어쩔 수 없이 미국의 양공주가 될 수밖에 없었던 존재임을 비로소 응시할 수 있게 되었다. 위안부와 양공주는 '그들'이 아니라 일본과 미국의 강점에 의해 '탄생된' '우리' 안의 '너'라는 깨달음이었다.

미국식 소비문화가 일상화된 시간 속에서 '나'는 아들이 미국 시민권자가 되기를 간절히 바라는 부모의 그늘 밑에서 자랐다. '나'는 미군부대의 통역관으로 일했던 아버지가 민주 어머니를 미군에게 소개시켜 거간비까지 챙겼던 지난 일을 기억하고 있다. 그런 아버지가 요즘 '나'에게 미국에서 의사자격증을 취득해 미국이라는 신세계에 성공적으로 진입하기를 적극적으로 권유하고 나선 것이다. 흑인들은 백인 세계로의 동화 과정을 통해 그 가치를 평가받는 존재가 되듯[14] '나' 또한 백인들처럼 음식을 먹고, 백인들이 듣는 음악을 들으며. 백인들이 보는 영화를 보면서 하루하루 살고 있기에 백인 중심의 미국사회에 쉽게 동화될 수 있으리라 확신하고 있었다. 그런 '나'가 미국문화원을 방화한 대학생들의 당당한 눈빛을 본 순간 머릿속에서 문신으로 얼룩진 노마리아의 몸이 떠올랐던 것이다. '나'는 서둘러 노마리아를 만나기 위해 블

---

14) 위의 책, 47쪽.

록집을 찾아 나섰다. 이는 자신의 생활이 미국에 종속된, 식민지적 삶이라는 사실을 깨달은 행보였다. 하지만 문신 제거를 희망하며 '나'를 기다렸던 노마리아는 열흘 전에 가출하고 없었다. 결국 '나'는 수치심을 무릅쓰고 자신의 문신을 최초로 보여준 노마리아에게 민족주의 남성성에 매몰된 '우리' 중 한사람으로 기억되고 말았다.

<문신의 땅 1>과 <문신의 땅 2>에서 보듯 80년대의 산동네에서는 흑인 부정의 소문이 떠도는 한편, 그 아래 부자동네에서는 백인 긍정의 '신화'가 사람들의 집단기억 속에 반복되면서 일상을 파고들었다. 특히 피부는 노랗지만 미국식으로 살다보면 백인에 동화될 수 있다는 믿음은 아메리카 드림을 꿈꾸는 '우리'의 욕망을 부추겼다. 그러나 이러한 이식문화에는 '우리'의 식민지적 현실이 은밀히 내재해 있다. 미국이 한국을 강점하지 않았다면 흑'백'의 위계성이 적용된 신화들이 뿌리내릴 수 없었기 때문이다. 한국의 신식민의 상황을 나타내는 대표적인 표지는 노마리아의 몸에 새겨진 문신이다.

> "좀 도와주십시오. 이 더러운 상처를 안고 땅에 묻히고 싶지 않아요. 나는 이 더러운 과거의 상처 때문에 목욕탕에도 못 간답니다. 이건 정말 내 인생의 더럽고 고통스러운 흔적이지요. 이제 살날도 얼마 남지 않은 것 같은데, 나는 죽음보다는 이 더러운 과거의 흔적과 함께 땅에 묻히게 될 것이 더 두렵답니다. 내가 죽었을 때 내 시신을 씻게 될 사람들이 이 문신을 보면 뭐라고 하겠어요. 이 문신을 지우지 못하고 죽으면 나는 저 세상에 가서도 수많은 지아이 놈들한테 시달리게 될 것만 같다니까요. 난 죽은 영혼이라도 한 남자, 그것도 우리나라 남자의 정숙한 아내가 되는 것이 소원이랍니다." 그러면서 그녀는 회색빛의 낡은 비닐 옷장에서 끈이 길다란 핸드백을 꺼내더니 십 달러짜리 미화 열 장을 내 앞에 내밀었다.(<문신의 땅 2>, 210쪽)

노마리아는 자신의 몸에 새겨진 문신을 지우고 싶어 했다. 그녀의 몸에 그려진 '하트 앤드 애로우'들은 미국 병사들의 일시적 점유의 흔적이기 때문이다. 말하자쪽, 노마리아의 문신은 양공주로 살았던 전력을 기억나게 하는 표지이자 미국 강점의 기록이다. 이러한 의미에서 노마리아의 문신 제거는 몸에 새겨진 제국 병사의 점유 흔적을 없앰으로써 양공주로서의 삶을 청산하고 민족주의 남성성의 시각에서 자유로워지려는 탈식민의 욕망을 담고 있다.15)

살아서 문신을 지우지 못한다면 죽어서도 미군들에게 점유되어 양공주로서의 종속적인 삶을 지속할 수밖에 없다는 절박감은 노마리아가 문신 제거에 열망하는 핵심적인 요인으로 기능한다. 현실적으로 힘들더라도 그녀의 몸에 새겨진 미군 점유의 흔적 '하트 앤드 애로우'는 수술로 제거할 수 있다. 그러나 그 점유의 직접적 산물인 '흑인혼혈인' 아들 노태수는 지울 수 없다. '흑인혼혈인' 노태수는 양공주 노마리아의 과거뿐 아니라 현재와 미래를 환기하는 '살아있는 문신'이자 그녀의 삶의 기록이기 때문이다.

4. 전복 전략으로서의 소문

≪문신의 땅≫ 연작은 스토리를 전달하는 서술자의 시점이 각각 다르다. 특히 <문신의 땅 1>과 <문신의 땅 2>의 시점은 동일하지 않다. 그렇다고 시점 변화를 통해 인물간의 심리적 거리가 조율되는16) 것도 아니다. <문신의 땅 2> 서사 안에서도 다양한 시점의 전이가 나타난다. 3장으로 구성된 <문신의 땅 2>에서 1장은 '나'가 주인공인 1인칭 시점이고, 2장은 서술자가 노마리아와 노태수의 스토리세계를 전달하는 3인칭 시점이며, 3장은 1장의

---

15) 손윤권, 「기지촌 소설의 탈식민성 연구」, 강원대학교 박사학위논문, 2010, 96쪽.
16) 박성천, 「문순태 소설의 서사 구조 연구—한의 극복양상을 중심으로」, 전남대학교 박사학위논문, 2008, 107쪽.

'나'가 다시 주인공으로 나서는 1인칭 시점이다. <문신의 땅 2>에서의 시점 변화는 1장과 3장의 초점자 '나'가 노마리아를 만나기 전과 후의 현실 인식이 어떻게 달라졌는지 하는 문제와 긴밀하게 연관되어 있다.

노마리아를 만나기 전의 '나'는 미국식 문화에 습속되어 한국사회의 구조적 모순이 무엇인지 깨닫지 못하는 신식민지인 중 한사람이었다. 하지만 미국 강점의 흔적을 지우고자 갈망하는 노마리아를 만나면서 일상에 균열이 나기 시작했다. 노마리아와의 만남을 통해 위안부였던 이모할머니가 내 '머리' 속에 기억의 대상으로 자리 잡았고, 미문화원 방화사건에 연루된 대학생의 당당한 '눈'을 통해 비로소 '나는 누구인가'를 제대로 인식하게 되었다. 즉, '나'의 '눈'[17]은 노마리아를 끔찍이도 불결한 타자로 보았던 '시선'에서 이모할머니처럼 망각돼서는 안 될 존재로 바라보는 '시선'으로 변화된 것이다.

<문신의 땅 2>의 1장과 3장에서 1인칭 서술이 취해진 것은 타자로서 자기 자신을 발견해야 한다는 데 그 서사 전략이 작동된다. '나'가 '누가 바라보느냐' 하는 초점자로 나서야 1장과 3장 사이에 삽입된 노마리아의 스토리가 '나'와 이웃해서 살고 있는 '너'의 이야기로 받아들여지면서 '나'의 선입견이 어디에서 기인한 것인지 자문해 볼 수 있기 때문이다. 1장에서 불결한 타자였던 노마리아가 3장에서는 '나'의 초점 대상이 되어 '내 모든 것을 팔아 수술비를 마련하고 싶은 존재'로 부상된 정황을 구체적으로 설명하기 위해서는 시점이라는 용어로는 미흡하다. 초점자와 서술자의 존재가 각 장마다 다른 <문신의 땅 2>뿐 아니라 초점자가 교호적으로 나타나는 <문신의 땅 3>을 타당성 있게 접근하기 위해서는 초점화라는 서사적 도구가 필요한 것이다.

<문신의 땅 3>은 3인칭 서술이다. 3인칭 인물 서술은 스토리세계에 존재

---

17) '우리'가 일상적으로 사용하는 '보다'라는 말에는 인지, 판단, 관찰이라는 의미가 포함되어 있다. 보는 것에는 일종의 인식행위가 언제나 공존하고 있는데(존 버거, 편집부 옮김, 『이미지: 시각과 미디어』, 동문선, 1990, 242쪽), 눈을 통해서 지식을 얻는다는 것은 '보는 것'에 의해 항상 영향을 받고 있음을 의미한다.

하는 한 인물을 초점화하는 경우가 대부분이지만 <문신의 땅3>에서는 두 인물이 차례로 초점화되는 인물 서술이다. <문신의 땅3>은 노태수, 그러니까 영세를 받은 노베드로[18]가 열흘 전 가출한 어머니를 찾아 기차를 타는 사건으로 이야기가 시작된다. 노베드로에게 어머니는 '유일한 하느님이었고 친구였으며 애인이었고 동시에 아버지'였다. 이복형 만기의 아버지가 죽자 어쩔 수 없이 어머니는 생계유지를 위해 기지촌에서 몸을 팔아야 했다. 그리고 피눈물을 흘리며 아들 둘을 키웠다. 그런 어머니이기에 이복형 만기가 살고 있는 고향으로 내려갔을지도 모른다는 기대를 품고 노베드로는 힘든 여정에 나섰다. 기차 안에서 만난, '양키 고 홈'을 외치다 대학에서 제적되었다는 오형에게 동류의식을 느끼며 노베드로는 일생 처음으로 자신에게 관심을 가져준 그에게 끌리기 시작한다.

서술자는 먼저 노베드로를 모든 사건을 바라보는 초점자로 내세운다. 서술자는 노베드로를 초점화하여 아기 울음에 좌불안석하던 일, 오형과 술을 나눠 마신 일, 기지촌에서 살던 일, 5살 위의 이복형에게 구타당하고 버려진 일 등을 전달하다가, 노베드로가 이복형이 살고 있는 청색 슬레이트집으로 사라지자 오형을 초점화하기 시작한다.

> 오형은 마을 앞을 가린 방풍림의 소나무 밑에 서서 노베드로가 청색 슬레이트집 안으로 들어가는 모습을 바라보고 있었다. 그는 제발 만기형이라는 사람이 노베드로를 반갑게 맞아주기를 빌었다. (…) 오형은 되도록 좋은 쪽으로만 상상하고 싶었다. 그러나 그와 같은 그의 상상과는 정반대의 일이 벌어지고 있었다. 오형은 분명 노베드로가 손으로 머리를 붙안은 채 청색 슬레이트집에서 누군에겐가 끌려나오

---

18) 노태수는 어머니와 함께 성당에서 세례를 받았다. 노태수의 영세명은 베드로이고, 어머니는 마리아이다. 《문신의 땅》에서 어머니의 이름은 호명되지 않았으나 아들 이름이 '노'태수라는 점을 미뤄보면 성은 '노' 씨라는 것을 알 수 있을 뿐이다. <문신의 땅 1>에서 모자지간임이 밝혀진 이후 노태수는 노베드로로 호명되고 있다.

고 있는 것을 보았다. 노베드로의 멱살을 잡은 남자의 오른손에는 작대기가 들려 있었다. (…) 그러나 노베드로는 조금도 반항하지 않았다. 막상 힘으로 겨룬다면 결코 노베드로가 약세가 아닌 듯싶었지만, 이상하게도 그는 일방적으로 맞고만 있었다.(<문신의 땅 3>, 260-261쪽)

서술자는 노베드로의 내면을 들락거리며 그의 행동뿐 아니라 의식까지 전달하다가 그가 이복형 만기가 살고 있는 청색 슬레이트집으로 들어가자 오형을 초점화한다. 오형은 노베드로가 집으로 들어가는 모습을 '바라보면서' 이복형이 반갑게 만나주는 장면을 '상상했다'. 그러나 현실은 그의 상상과 다르게 나타났다. 노베드로는 이복형에게 두들겨 맞으며 등장한 것이다. 노베드로는 '너 같은 껌둥이 동생이 없다'고 윽박지르며 심하게 매질하는 이복형에게 반항 한번하지 않고 고스란히 매를 맞고 있었다. 이를 악물고 모든 것을 참아 내는 노베드로를 '바라보며' 오형은 울화가 치밀어 올랐다.

'한갓 육이오가 남긴 이 땅의 문신에 불과한' 노베드로를 바라보며 오형은 한국 땅 어디서도 그를 받아주지 않는 현실에 가슴 아파했다. 오형은 사람들에게 배척당하고 가족에게마저 버림받은 노베드로를 따뜻한 시선으로 바라보고 있다. 서술자는 오형과 노베드로가 서로를 바라보는 따뜻한 '시선' 교환을 통해 상호 소통되는 과정을 가변적인 초점화[19]를 통해 성취하고 있다.

<문신의 땅 3>에 등장하지 않았던 어머니 노마리아는 <문신의 땅4>에서 고정된 내적 초점자[20]로 나선다. 서술자가 노마리아 한사람만을 초점화하면서 사건을 전달하는 것이다. 노마리아가 과거 기지촌에서 함께 일했던 최마리아를 찾아 ㅋ시에 도착하는 것으로 이야기는 시작된다. 노마리아처럼 영세를 받아 최마리아라는 영세명을 받은 최점순은 양공주로 일한 돈으로 부모형제를 먹여 살린 의지의 인물이다.

---

19) 제라르 즈네뜨, 앞의 책, 178쪽.
20) 위의 책, 177쪽.

"절대로 문신을 새기지 말아라. 우리 몸뚱이가 아무리 천하고 또 죽으면 어차피 썩을 육신이라고는 하지만 정신까지 팔아서는 안 된다. 몸에 문신을 새기도록 하는 것은 모든 것을 포기하는 것이 된다. 자존심도 정신도 포기하는 것이다. 우리 몸뚱이에 문신을 새기는 것은 우리가 죽은 후에까지도 양공주 노릇을 하면서 지아이들의 워커에 짓밟히게 된다는 것을 잊지 마라." 최점순은 그러면서 노마리아에게 자신의 몸에 새겨진 문신 하나하나에 대해서 얽힌 사연을 말해주었다. 그런데 훗날 노마리아가 생각해보니 자신의 몸에 새겨진 문신의 사연들과 비슷한 것을 알고, 기지촌을 떠나버린 최점순이 갑자기 그리워졌다.(<문신의 땅 4>, 272-273쪽)

노마리아가 최점순을 찾아 나선 이유는 그녀의 몸 또한 미군병사들의 문신으로 가득 차 있기에 그 문신들을 어떻게 처리했는지 알고 싶어서였다. 노마리아는 문신이 새겨진 몸으로 죽는다면 저세상에서도 영원히 제국의 병사들에게 강점되는 것으로 파악했을 만큼 현명했던 최점순을 찾아가 문신 지우는 방법을 의논해 보고자 했다. 그러나 최점순은 젊은 시절 긍지가 충만했던 과거의 그녀가 아니었다. 최점순은 부모형제를 부양한 것으로 만족한다며 양잿물로 문신을 제거하려던 미순이가 문신이 지워지지 않자 몸에 휘발유를 뿌리고 자살한 일을 꺼냈다. '몸뚱이의 문신을 죄다 지운다고 해서 네 마음속에 새겨진 문신까지 없어지는 것은 아니다'며 강변하는 최점순에게 실망한 노마리아가 대폿집을 나서며 이야기는 끝을 맺는다.

<문신의 땅 4>에서 노마리아의 동료 최점순 찾기는 <문신의 땅 3>에서 노베드로의 행방불명된 어머니 찾기와 대칭적 구조를 이루고 있다. 최점순을 만나 몸에 새겨진 문신을 지운다는 것은 결국 아들 노베드로의 존재를 부정하는 것임을 깨달은 노마리아는 아들의 소중함을 새삼 절감한다. 앞서 <문신의 땅 3>에서 어머니를 향한 노베드로의 사랑과 헌신의 서사가 필요했던 것은 이러한 이유에서였다.

<문신의 땅 3> 초반부에서 노베드로가 초점자이지만 그의 초점 대상은 오형이다. 이야기 후반부에서는 오형이 초점자이지만 노베드로가 초점 대상이 된다. 이러한 소통의 담론 구조로서의 초점화 현상[21]은 사실상 ≪문신의 땅≫ 연작 4편을 두고 볼 때 전반적으로 나타나는 현상이다. <문신의 땅 1>에서 서술자의 초점 대상이었던 노베드로는 <문신의 땅 3>에서 초점자로 나서면서 자기를 피하지 않는 '오형'과 만났고, <문신의 땅 2>에서 초점 대상 노마리아는 의대생 '나'가 기억해야 할 존재가 되었으며, <문신의 땅 4>에서는 초점자로 등장하는 노마리아가 아들 노베드로야말로 자신의 가장 소중한 혈육임을 인식하게 된다. 각 장의 관계들 속에서 흑인혼혈인 노베드로와 양공주 노마리아는 진공상태의 '그들'이 아닌, 의대생 '나'와 '오형'의 이웃이자 '우리' 안의 '너'로 부각될 뿐 아니라 스스로도 존중받아야 할 소중한 존재임을 깨닫는다.

초로 여인과 흑인 청년의 소문으로 시작된 ≪문신의 땅≫은 사실 이 땅에 사는 양공주와 흑인혼혈인의 삶을 이야기한 소설이라고 할 수 있다. ≪문신의 땅≫의 주제를 형상화 하는 역동적인 모티프이자 번영의 80년대에서 망각된 존재인 양공주와 흑인혼혈인을 초점화하여 기억의 대상으로 작동케 하는 소문은 누구보다도 '우리' 독자를 향해 열려 있다. 소설 밖의 '우리' 또한 백인에 의해 주입된 집합기억에 의거해 흑인을 경멸하고 순혈적인 가부장의 논리에 따라 양공주를 비하하면서 소문의 변형과 재생산에 동참한 주체이기도 하다. 바로 이러한 '우리'가 소설에 생명력을 불어넣는 독자로 존재하는[22] 탓에

---

21) 초점화에는 주체도 있고 대상도 있다. 주체(초점자)는 그 지각이 제시를 지향하는 행위자이고, 대상(초점 대상)은 초점자의 지각의 대상이다(S. 리몬-케넌, 앞의 책, 113쪽). 초점자가 초점 대상이 되기도 하고 초점 대상이 초점자로 나서기도 하는데, 고정 초점화, 가변 초점화, 복수 초점화는 초점자뿐 아니라 초점 대상에도 해당된다(같은 책, 117쪽).

22) H. 포터 애벗, 우찬제·이소연·박상익·공성수 옮김, 『서사학 강의』, 문학과지성사, 2010, 170쪽.

≪문신의 땅≫ 연작에 등장하는 서술자들은 다양한 서사 기법을 동원할 수밖에 없었다. 따라서 가변 초점화 혹은 고정 초점화를 취하거나 초점자와 초점 대상 간의 교호적 관계를 통한 초점화의 변이 양상이란 궁극적으로는 독자를 초로 여인과 흑인 청년에 호기심을 갖게 하면서 '우리'의 냉혹하고 불통의 '시선'이 전복되는 서사 전략으로 기능한다.

<문신의 땅 2>에서 '나'가 양공주 노마리아를 기억해야 할 대상으로 인식하듯 혹은 <문신의 땅 3>에서 오형이 노베드로와 서로 소통하며 친구가 되듯 ≪문신의 땅≫에 등장하는 서술자들은 양공주와 흑인혼혈인이 '우리' 밖의 타자가 아니라 '우리' 안에 존재하는 '너'라는 사실을 독자 '우리'가 잊지 않기를 간절히 바라고 있다. 불확실한 소문이 나돌 때 그 소문을 믿고 성급하게 유포하는 데 참여하여 행동하는 것은 그 자신이 소문의 희생양이 되는 것만큼이나 위험하고 치명적인 일이다.[23]

≪문신의 땅≫ 연작에서 부도덕한 소문을 신중하게 거리를 두고 전달하는, 신뢰할 만한 서술자들이 등장하는 것은 이들이 내포작가를 통해 내포독자뿐 아니라 소설 밖의 '우리'와 의사소통관계를 형성하는 유일한 서사적 존재이기 때문이다. 소설 밖의 실제작가 문순태가 전쟁의 실체와 흔적을 드러내는 데 성 모티프를 많이 사용한다[24]는 점에 비춰볼 때 선정적이고 자극적이며 치명적인 소문은 어쩌면 실제작가의 의도를 살펴볼 수 있는 서사적 고리라고 할 수 있다.

인간과 장소를 재현하고 있는 소설에서 제목은 함축적인 의미를 지니는 동시에 강력한 메시지를 제공한다[25]고 한다. 이런 맥락에서 볼 때, '육이오가

---

23) 미하엘 셸레, 김수은 옮김, 『소문, 나를 파괴하는 정체불명의 괴물』, 열대림, 2007, 212쪽.
24) 박선경, 「'성(性)'과 '성담론(性談論)'을 통해 본 삶의 내면과 이면—문순태 소설의 전쟁 모티프와 성폭력 모티프를 조명하며」, 『현대소설연구』 제23권, 한국현대소설학회, 2004, 162쪽.
25) 조철기, 「인간과 장소의 재현에 나타난 이데올로기와 편견」, 『사회이론』 41권, 한

남긴 이 땅의 문신'인 흑인혼혈인과 양공주가 만든 '문신의 땅' 위에서 '우리'가 숨 쉬며 살고 있는 것이 아닌지를 생각하지 않을 수 없다. 그렇다면 ≪문신의 땅≫에서 의사소통 관계에 있는 실제작가 문순태는 소문을 통해 흑인혼혈인과 양공주를 바라보는 순혈적이고 백인 중심적인 '우리'의 상상력을 점검하는 한편, 이들 또한 전쟁 이후 한국사회의 주역인 '우리'임을 밝히는 소통의 장을 마련했다고 할 수 있겠다.

5. 맺음말

본 논문은 문순태의 ≪문신의 땅≫ 연작을 대상으로 하여 이야기 제시의 화두인 소문을 서사 기법 중 하나인 초점화를 통해 접근해 보았다. 양공주와 흑인혼혈인의 동거 소문은 소설의 주제를 형상화하는 모티프이자 스토리세계와 독자의 실제세계를 연결하는 소통의 창이다. 소문은 흑인에 대한 '우리'의 상상력을 점검하는 기제로 기능하면서 흑인 부정의 소문이 백인 긍정의 신화를 유지하는 상관물임을 알 수 있었다.

≪문신의 땅≫에서 소문의 대상자인 초로 여인과 흑인 청년은 거룩한 모자 지간이지만 이들을 바라보는 '우리'의 시선은 곱지 않다. 아들의 '검은' 피부 탓에 노마리아가 양공주였다는 사실을 알게 된 <문신의 땅 2>의 '나'와 <문신의 땅 1>의 산동네 사람들, 즉 '우리'는 이들을 불결한 타자로 경멸하고 조롱하였다. 이러한 '우리'의 시선을 전복하기 위해 ≪문신의 땅≫의 작가 문순태는 스토리와 서술의 층위를 잇는 초점화를 전략적으로 사용하였다. <문신의 땅 1>에서는 흑인혼혈인을 초점화하여 흑인에 대한 '우리'의 상상력을 전경화 하였고, <문신의 땅 2>에서는 미국식 문화에 종속된 '나'를 초점자이

국사회이론학회, 2012, 209쪽.

자 서술자로 내세워 탈식민지적인 자기 발견을 꾀했다. 또한 <문신의 땅3>에서는 반미운동가 오형과 노베드로를 차례로 초점화하여 따뜻한 '시선'의 교환을 통한 이해와 소통의 가능성을 타진했으며, <문신의 땅 4>에서는 노마리아를 고정된 내적 초점자로 내세워 문신 제거의 열망이 동시에 신식민지에서 벗어나려고 노력하는 '우리'의 열망이 되어야 한다고 제시하였다.

≪문신의 땅≫에서 소문이 서사를 추동하는 역동적인 모티프로 사용된 것은 '우리'의 '시선' 때문이었다. 물론 이때의 '우리'는 백인 중심의 신화에 경도되어 미국의 신식민지가 가속화되는 것을 제대로 파악하지 못했던 80년대의 사람들만을 가리키지는 않는다. 이는 ≪문신의 땅≫을 매개로 의사소통 관계에 있는 '지금 여기'에 있는 독자도 포함되어 있다. 깊은 성찰 없이 양공주나 혼혈인과 관련된 소문에 무분별하게 '우리'가 참여하는 일은 예전이나 지금이나 비일비재하게 일어나고 있다. 이런 현실을 고려해 볼 때, 문순태의 ≪문신의 땅≫은 이후에도 여전히 '우리'에게 소통의 장을 마련할 여지를 안고 있다.*

---

* 논문출처 : 「한국전쟁의 문신, 흑인혼열과 양공주」, 『현대소설연구』57집, 2014.

참고문헌

1. 기본 자료

문순태, ≪문신의 땅≫, 도서출판 동아, 1988.

2. 논문 및 단행본

박선경, 「'성(性)'과 '성담론(性談論)'을 통해 본 삶의 내면과 이면—문순태 소설의 전쟁 모티브와 성폭력 모티브를 조명하며」, 『현대소설연구』 제23권, 한국현대소설학회, 2004, 159-182쪽.

박성천, 「문순태 소설의 서사 구조 연구—한의 극복양상을 중심으로」, 전남대학교 박사학위논문, 2008.

설동훈, 「혼혈인의 사회학: 한국인의 위계적 민족성」, 『인문연구』 제52호, 영남대학교 인문과학연구소, 2007, 125-160쪽.

손윤권, 「기지촌 소설의 탈식민성 연구」, 강원대학교 박사학위논문, 2010.

조철기, 「인간과 장소의 재현에 나타난 이데올로기와 편견」, 『사회이론』 41권, 한국사회이론학회, 2012, 195-223쪽.

최강민, 『탈식민과 디아스포라 문학』, 제이앤씨, 2009.

한명환, 「한국소설의 흑인상을 통해 본 한국 가족의 탈경계적 전망」, 『탈경계 인문학』 제4권 3호, 이화여자대학교 이화인문과학원, 2011, 193-219쪽.

미하엘 셸레, 김수은 옮김, 『소문, 나를 파괴하는 정체불명의 괴물』, 열대림, 2007.

H. 포터 애벗, 우찬제·이소연·박상익·공성수 옮김, 『서사학 강의』, 문학과지성사, 2010.

S. 리몬-케넌, 최상규 옮김, 『소설의 시학』, 문학과지성사, 1985.

제라르 즈네뜨, 권택영 옮김, 『서사담론』, 교보문고, 1992.

존 버거, 편집부 옮김, 『이미지: 시각과 미디어』, 동문선, 1990.

프란츠 파농, 이석호 옮김, 『검은 피부, 하얀 가면』, 인간사랑, 1998.

한스 J. 노이바우어, 박동자·황승환 옮김, 『소문의 역사: 역사를 움직인 신과 악마의 속삭임』, 세종서적, 2001.

광주라는 기억 공간[*]

광주라는 기억 공간[*]

심 영 의(전남대)

1. 5월과 기억, 그리고 소설

문학/문화는 모두 기억에서 출발한다. 기억은 문화의 근원이자 바탕이다. "기억은 과거를 표상하는 한 양식이며, 과거의 일을 재현하는 능력이다."[1] 기억과 망각은 문화 생산의 근본이 된다. 부분적으로는 잊히고 부분적으로는 기억되어 전해지는 것을 가지고 과거의 것을 재구성하려는 형식이 기억과 반복이다. 그런데 "역설적으로 기억과 망각은 항상 함께 작동한다."[2]

기억은 순수한 과거의 재현이 아니라 망각을 동반한 심리적 산물이기 때문

* 이 논문은 전남대학교 호남학연구원에서 발행하는 학술지(등재) 호남문화연구 제43
집(2008년 12월)에 게재된 것으로, 필자의 저서 『5·18과 문학적 파편들』(한국문화
사, 2016)에 재수록 되어 있다.

1) 나간채 외(2004), 『기억 투쟁과 문화운동의 전개』, 역사비평사, 15쪽.
   이해경, 「민요에서의 기억과 망각」, 최문규 외(2003), 『기억과 망각』, 132쪽.
2) 고봉준(2006), 『반대자의 윤리』, 실천문학사, 356쪽.

이다. 기억은 일차적으로 기억되는 순간의 우연성을 통과하면서 최초로 굴절되며, 나아가 현재와 과거라는 물리적인 간격을 통과하면서 다시 한 번 왜곡된다. 그러므로 기억은 결코 과거를 완벽하게 재현할 수 없다. 이렇게 보면 "역사 새로 쓰기나 역사의 새로운 규정 등은 망각하고자 하는 열정에 의해 촉발된, 과거의 기억에 대한 적대적인 구성물이 된다. 그 결과 역사/이야기, 기억은 처음에 지녔던 연속성과 정체성을 상실하게 되는데, 그것은 바로 현재의 관심과 이해에 무게의 중심을 둔 당사자가 시도하는 과거의 추방이다."[3]

그럼에도 불구하고 문학/문화는 변화무쌍한 일상 저편에서 중요한 것은 기억해내고, 안정적이지 못하고 우연적인 것은 망각함으로써 개인과 공동체가 이용할 수 있는 하나의 "의미체계를 세우는 기억의 능력을 통해 존재의 바탕을 얻는다."[4] 그런데 "기억된 역사적 사건은 기억 그 자체로서보다 객관적인 문화적 형상물로 재현된다."[5] 이렇게 재현은 단순한 기억의 재생이나 모방이 아니라 또 다른 하나의 실재를 만들어 내는 것이다. "기억과 문학적 상상력이 서로 교차하는 문학 텍스트는 스스로 하나의 '기억 공간'이 된다."[6]

그런데 '다시 기억하기'라는 고통을 통과한 작가들의 열정을 통해 가능했던 5·18의 기억은 자아/공동체를 하나의 주체로 재구성해 내는 한편 타자를 구축하기도 했다. 본고에서 5·18소설들에 보이는 각각의 기억들의 충돌과 그러한 과정을 통한 자아/공동체의 형성 과정을 모두 다루기는 역부족인 까닭에 우선 문순태의 5·18 소설들 - 「일어서는 땅」(1987), 「최루증(催淚症)」(1993), 『그들의 새벽』(2000)을 중심으로 광주라는 서사 공간이 기억의 개입 과정을 통해 어떻게 의미화 되고 있는가를 분석하기로 한다. 이러한 작업을

---

3) 조경식, 「망각의 담론, 기능 그리고 역사」, 최문규 외, (2003), 『기억과 망각』, 책세상, 300~301쪽.
4) 고규진, 「그리스의 문자 문화와 문화적 기억」, 최문규 외, 같은 책, 58쪽.
5) 나간채, 「문화운동 연구를 위하여」, 나간채 외(2004), 『기억 투쟁과 문화운동의 전개』, 역사비평사, 16쪽.
6) 박은주, 「기억과 망각의 역설적 결합으로서의 글쓰기」, 최문규 외, 앞의 책, 313쪽.

통해 5·18소설들이 기억과 망각의 변증법을 넘어 유의미한 흔적 기억으로 각인되고 또 재구성되어 한국문학사의 튼실한 자양분으로 '기억'될 수 있을 것으로 기대한다.

문순태는 등단 이후 6·25와 분단이 남긴 상처와 한의 해원을 소설의 화두로 삼아 온 작가이다. 그의 글쓰기는 결국 원체험의 공간인 고향을 근간으로 그곳에서의 행복과 불행 그리고 한스러웠던 과거와의 대화인 셈이다. 그 대화는 "아픈 상처 그리고 상처 이전의 삶을 복원하려는 희망을 담고 있다."[7] 작가에 대한 이러한 일반적인 평가는 본고에서 다루고자 하는 주제의 대상 작가/작품으로서의 적절성을 담보하고 있다. 무엇보다 그는 1980년 5월의 현장을 지켜보고 기록한, 학살 이후의 "침묵을 마음속에 간직했던"[8] '광주'의 기자이자 소설가이다. 그는 민중의 한과 그 힘에 대한 긍정적 자세를 견지하면서 광주라는 서사 공간의 의미를 천착하고 있는 광주의 '시모니데스' 다.

2. 죽음과 삶이 혼재하는 장소 / 공간

거듭 말하지만, 기억은 문화의 근원이자 바탕이다. 공간/장소는 그 기억의 근원이자 바탕이 된다. 공간 속에는 잊지 못할 기억들이, 우리들에게 잊지 못할 것일 뿐만 아니라 우리들이 우리들의 보물을 줄 사람들에게도 잊지 못할 그런 기억들이 있다. 그 속에는 과거, 현재, 미래가 응집되어 있다. 그리하여 "공간/장소는 기억을 넘어서는 것의 기억이 된다."[9]

---

7) 신덕룡, 「기억 혹은 복원으로서의 글쓰기」, 이은봉 외(2005), 『고향과 한의 미학』, 태학사, 31~32쪽.
8) 아스만(Aleida Assmann), 변학수·백설자·채연숙 역(2003), 『기억의 공간』, 경북대학교출판부, 376쪽.
9) 바슐라르(Gaston Bachelard), 곽광수 역(2003), 『공간의 시학』, 동문선, 184쪽. 인용

문순태의 「일어서는 땅」은 5·18 민중항쟁이 단순히 일회적이고 우발적인 사건이 아니라, 한국현대사를 가로지르고 있는 분단 모순의 연장선 위에서 발생된 것이라는 작가의 문제의식이 잘 드러난 소설이다. 여기서 작가는 여순사건과 광주항쟁에서 각각 아버지와 아들을 잃어버리는 화자를 등장시켜, 분단으로 인한 비극의 양상에 광주의 비극을 포개놓는다. 아니 분단뿐 아니라 그 분단의 원인이기도 했던 일본의 식민 지배에까지 시선을 둔다.

> 아버지와 형과 아들 토마스에 대한 그리움은 곧 바다 건너 쪽발이들을 겨냥한 날카로운 분노로 변했다. "이 모든 것이 그놈들 때문이다. 아버지와 형을 잃은 것도, 토마스가 모습을 감춘 것도 다 쪽발이들 때문이야. 내 형과 토마스는 그것을 알고 있었는데 왜 나는 아직까지 미처 모르고 있었을까. 우리가 싸워야 할 사람이 바로 그들이라는 것을 왜 모르고 있었을까.(「일어서는 땅」, 58쪽)

그 해 오월, 소식 없는 아들 토마스를 찾아다니다가 그의 자취방에서 아들의 일기를 읽다 말고 요셉이 고통스럽게 중얼거리는 부분이다.

주인공 '박요셉'은 한국근현대사의 부침을 고스란히 떠안고 있는 인물이다. 그의 아버지는 처자식을 남겨 둔 채 일제의 징용으로 끌려가서 돌아오지 않았고, 형은 스무 살 나이에 여순사건 때 반란군이 되어 개죽음을 당했고, 가난한 탓으로 제대로 가르치지 못해 구두닦이를 하면서 공부를 하던 아들 토마스는 구두통 대신 총을 메고 울부짖다가 흔적조차 찾을 길이 없게 되었다. 또한 그의 어머니와 아내는 동일한 삶의 궤적/기억에 몸부림친다.

어머니가 여순사건 당시 행방불명된 그의 형을 실성한 듯 찾아나서는 것처럼, 그의 아내 역시 아들 토마스를 찾아 헤맨다. 항쟁이 종결된 뒤에도 아내는

부분 중 '장소'는 '상자'로, '잊지 못할 기억'은 '잊지 못할 물건'으로 되어 있으나 필자가 본고에서 사용하는 용어와 그 의미가 크게 다르지 않다고 여겨 공간/장소로 고쳐 인용했다.

아들을 잃은 비통함에 절망한 나머지 일 년 중 열한 달을 의식 없이 지내다가도 어김없이 5월만 되면 잠시 의식을 되찾아 아들을 찾으러 광주로 가자고 보챈다. 그래서 이 소설에서 광주는 죽음과 삶이 교차 혹은 혼재하는 기억 공간이 된다. 그런 아내와 함께 광주로 가면서 요셉은 전에 어머니에게서 그랬던 것과 동일하게 아내 옆에서 왜소해진 자신의 모습을 발견한다. 그가 형을 찾아 헤매던 중 항구도시의 흙구덩이에 처박힌 형의 시체를 발견하지만 그대로 방치해 두고 집으로 돌아와 어머니에게는 그 일을 숨겼다. 이후 그는 하루도 마음 편한 날이 없었고 심한 자괴감으로 고통의 나날을 보내야 했다.

그가 그런 행동을 했던 것에 대해 정명중은, "그의 '차남의식'이 '형제살해'나 '부친살해'와 같은 근원적 원죄의식으로 치환되기 때문"[10]이기도 하거니와, 형과 토마스가 겹쳐짐으로써(형에 대한 죄의식과 오한이 아들 토마스에게로 그대로 전이됨으로써) 이 소설의 비극적 모습이 잘 형상화되고 있음을 지적하고 있다. 또한 "옳거니, 무등산이랑 토마스랑 우리 내외랑 함께 살기로 해야겠구만"이라면서 무등산을 광주로, 그들의 아들의 이미지로 상징화함으로써 5월의 아픈 역사가 살아남은 이들의 가슴 속에서 영영 지워지지 않을 것임을 다시 확인하고 있는데, 그 날에 살아남은 자들의 트라우마를 잘 드러내 보이는 부분이기도 하다.

주디스 허먼에 의하쪽, 외상 사건은 기본적인 인간관계에 대해 의문을 제기한다. 외상 사건의 피해자들은 가족, 우정, 사랑, 그리고 공동체에 대한 애착이 깨진다. 다른 사람과의 관계 안에서 형성되고 유지되는 자기 구성이 산산이 부서진다. 인간 경험에 의미를 부여하는 신념 체계의 토대가 침식당한다. 자연과 신성의 질서에 대한 피해자의 믿음이 배반당하고, 피해자는 존재의 위기 상태로 내던져진다. 이 단절을 극복하기 위해서는 연결의 복구가 필

---

10) 정명중(2006), 「5월의 재구성과 의미화 방식에 대한 연구」, 5·18기념재단, 『5·18민중항쟁과 문학·예술』, 281쪽.

수적이다. 살아남은 사람들은 다른 사람과 연결되어 있다는 느낌으로 존재감, 자기 가치감, 인격을 지켜 낼 수 있음을 배운다. 결속된 집단은 공포와 절망에 대항할 수 있는 가장 강력한 보호책을, 그리고 외상 경험에 대한 가장 강력한 해독제를 제공한다. 이 소설에서 "옳거니, 무등산이랑 토마스랑 우리 내외랑 함께 살기로 해야겠구만"이라는 화자의 다짐은 무등산으로 표상되는 피해자 집단의 "트라우마를 극복하고자 하는 '연결의 복구'를 의미"한다.[11]

소설 「일어서는 땅」에서 개인의 의지 밖에서 일어난 역사적 폭력에 속수무책으로 희생당할 수밖에 없었던 한 가족의 비극의 대물림을 보여주면서 작가가 아우르는 것은, 화자의 아들 '토마스'를 구두닦이라는 기층 민중으로 설정하여 "광주항쟁의 계급적 성격의 일단까지 내비치고 있다"[12]는 점에 있다. 그러나 뒤에 살펴보게 될 그의 장편소설 『그들의 새벽』에서도 살펴보겠지만, 문순태는 그 날 도청에서 죽어간 이름 없는 들꽃들이 "죽어서 영원히 빛을 발하는 땅속의 별이 되었다"고 생각하는 그의 무한한 애정을(구두닦이와 같은 사람들에 대한) 드러낼 뿐, 그가 항쟁 주체의 이데올로기를 문제 삼고 있는 것은 아니다. 그러므로 작가가 이 소설을 통해 강조하고 있는 것은, 한 가족의 비극의 원인에 분단 상황이 놓여 있다는 것이다. 더욱 문제되는 것이 광주라는 공간이 그러한 비극적 운명에 결박당한 장소라는 작가의 인식에 있다.

"인간의 사회적 삶은 공간에 뿌리를 두고 있으며, 공간은 또한 인간의 삶의 양태변화에 영향을 준다."[13] 인간이라는 존재가 "세계와 관계를 맺는 방식이자, 인간의 실존이 이루어지는 '생활세계'를 우리는 공간/장소"[14] 라 규정할 수 있다. 소설 「일어서는 땅」에서 죽은 아들을 찾으러 가는 길에 요셉은 무등

---

11) 허먼(Judith Herman), 최현정 역(2007), 『트라우마』, 플래닛, 97쪽 및 355쪽 참조.
12) 이성욱, 「오래 지속될 미래, 단절되지 않은 '광주'의 꿈」, 5·18기념재단, 앞의 책, 377쪽.
13) 국토연구원 엮음(2006), 『현대공간이론의 사상가들』, 한울아카데미, 12쪽.
14) 심승희, 「에드워드 렐프의 현상학적 장소론」, 국토연구원 엮음(2006), 같은 책, 40쪽.

산/광주를 두고, "흙과 돌과 바위와 나무와 풀로 이루어진 자연의 총체로서의 거대한 무더기라기보다는, 슬픔과 기쁨과 꿈과 기억들을 불러일으켜 주는 빛나는 생명체"(58-59쪽)로 호명한다. 그렇게 함으로써 광주라는 서사공간이 죽은 이를 찾아 헤매는 살아남은 자의 절망과 좌절을 넘어 그러한 비극을 딛고 일어서는 땅/기억 공간이 되기를 소망하고 있음을 알 수 있다.

3. 트라우마(trauma)와 죄의식의 생성 공간

대부분의 5·18소설들에서 광주는 죽음과 죽임의 공간으로 기억된다. 문순태의 「일어서는 땅」 역시 5·18로부터 5년이 경과한 때를 서사의 시점으로 삼아 결코 망각되지 않는 그러한 참상을 여실히 보여주고 있음을 앞에서 살펴본 바 있다. 그의 소설집 『시간의 샘물』에 수록되어 있는 단편 「최루증(催淚症)」은 13년이라는 시간의 흐름 속에서도 여전히 그날의 상처에서 진물이 흐르고 있음을 보여주고 있다. 이렇듯 "기억은 우리가 그것을 소홀히 한다 해도 결코 우리를 놓아주지 않는다."[15]

더구나 이 소설의 주인공은 사진관 주인이었던 오동섭이라는 인물이다. 그는 <보도>완장을 차고 그날의 역사적 사건들을 기록/기억해 두었던 것인데, 도청 안에 들어가 "형체를 알아볼 수 없을 정도로 얼굴이 짓이겨 지거나 뭉그러진 시신들이 여기저기 처참하게 눕혀져 있는 모습을 보았던 것이다.(「최루증(催淚症)」66쪽) 그 후 그는 해마다 5월이 되면 고질병이 도지듯 가슴이 벌렁거리면서 맥박이 빨라지곤 했다. 그러면서 생긴 병이 눈물샘의 통제선이 마비되어 버린 것처럼 눈시울이 온통 촉촉하게 젖는 최루증이었다.

본디 그는 눈물 많은 사람이 아니었던 것으로 소개된다. 6·25때 아버지와

---

15) 아스만(Aleida Assmann), 앞의 책, 540쪽.

형이 세상을 떠났을 때도 그는 결코 눈물을 보이지 않았었다. 그는 슬픔과 고통은 혼자 있으면서, 혼자 힘으로 이겨내는 것이라고 생각하는 인물이다. 그런 오동섭이 13년 전 5월, 시민군들이 진을 치고 있었던 도청 안에서 난생 처음으로 눈이 팅팅 붓도록 울었다. 슬픔 때문이 아니라 참을 수 없는 분노의 울부짖음 같은 것이었다. 여기서 우리는 광주라는 공간이 국가폭력에 무장으로 저항했던 장소로써, 그리고 그 근원에는 시민들의 도덕적·윤리적 분노가 자리하고 있었음을 다시 확인 할 수 있다.

사진사 오동섭은 그날로부터 13년이 지나 "광주의 유혈이 이 나라 민주주의의 밑거름이 되었다."는 대통령의 담화를 듣고 용기를 내어 그동안 비밀리에 간직해 온 사진들을 공개하기로 결심한다. 그는 공수부대의 군인이 착검을 하고 젊은이의 가슴팍을 찌르려고 하는 문제의 사진을 한꺼번에 스무 장이나 인화하여 각 신문사와 방송국에 전달한다. 팬티 바람의 스무 살도 미처 안 되어 보이는 앳된 청년이 길바닥에 무릎을 꿇은 채 겁먹은 얼굴로, 그의 가슴팍에 총검을 들이대고 있는 군인을 쳐다보고 있고, 건장한 체구에 역삼각형 얼굴의 군인은 총부리에 꽂은 칼로 당장 청년을 찌를 듯 매서운 눈초리로 꼬나보고 있는 사진이었다.

그는 자신이 보낸 사진이 실린 신문들을 보면서, 어떤 경우에도 진실은 땅속에 묻어둘 수 없다는 것, 역사가 그것을 용납하지 않는 다는 것을 깨닫는다. 그런데 낯모르는 이로부터 약간 흥분되고 경직된 목소리의 전화가 온다. 오동섭이 공개한 사진 때문에 "자신의 인생이 아주 망가지고 말았다는 것"이다. 기억이란 과거의 것을 정신 속에 보전하는 일이다. 개인의 심리적 차원에서 인간의 기억 속에는 대체로 과거의 일이나 정신적 과정의 일부만이 보존된다. 그러나 망각된 것으로 여겨진 과거의 체험들은 한 인간의 내면에서 완전히 사라지는 것이 아니라 인간의 정신 속에서 어떤 다른 형태로 잔존하는 것이다. 어떤 계기가 주어질 때 그 기억은 외부로 드러나서 그 기억과 관계된 사람들의 일상을 뒤 흔든다.

개인적 기억의 표출과 밀접한 관계에 있는 심리적 현상은 '은폐 기억'과 '강박적 반복'이다. 은폐 기억이란 꿈에서 억압된 무의식적 내용이고, 강박적 반복이란 잊고 있던 어떤 억압된 내용을 기억해 내야 하는 경우, 그것을 기억하지 않고 행동으로 그 억압된 내용을 반복하는 것을 말한다. 다시 말해 "억압은 처음부터 존재하는 방어기제가 아니라 의식의 정신 활동과 무의식의 정신 활동 사이에 확연한 간극이 생길 때 발생한다."16) 또한 "무의식 과정에서 이루어지는 과정들은 무시간적(無時間的)이다."17) 바꿔 말하쭉, 그 과정들은 시간적인 순서에 따라 일어나는 것도 아니며, 시간의 경과에 따라 변화되지도 않는다.

5·18 13주년이 되었을 때 그날의 트라우마를 갖고 있는 공수부대원 오치선이 사진사 오동섭을 찾아온다. 그는 오동섭이 공개한 사진이 신문에 나오기 전에도 악몽에 시달렸다고 고백한다. 그때 죽은 사람들이 살아나서 자신을 목매달아 죽이는 꿈을 수도 없이 꾸었다는 것, 그래서 완전히 술에 취해 살았다는 것, 그래서 죽은 사람들보다는 오히려 살아 있는 자신이 더욱 고통스러웠다고 말한다. 우리는 이러한 진술을 통해 가해자의 일원으로 광주에 파견되었던 계엄군들의 자의식 속에 남아 있는 '은폐 기억'과 '강박적 반복'의 양상에 주목하게 된다. 「최루중」의 오치선, 곧 이 폭력적 사건의 가해자 역시 피해자들 못지않게 극심한 죄의식에 시달린다. "그런데 여기에 와보니까 그때 죽은 사람들은 거 뭣이냐…… 그래요, 완전히 부활했고, 그 대신 나는 영원한 패배자가 되어 있구만요."(70쪽)라는 그의 진술을 통해 자기 존재의 부정에 이를 만큼 심각한 죄의식의 양상을 보인다.

양심의 형태로 우리의 의식에 각인되는 기억은 인간의 삶을 도덕과 책임감

---

16) 프로이트(Sigmund Freud), 윤희기 역(2004), 『정신분석학의 근본개념』, 열린책들, 139쪽.
17) 프로이트(Sigmund Freud), 같은 책, 190쪽.

에 사로잡히게 만들고, 인간의 모든 시야를 과거에 고착시키는 퇴행적 결과를 불러 온다. 따라서 오월의 트라우마의 양상과 그것을 어떻게 회복시킬 것인가에 대한 작가적 탐구는 작가에게 소설의 주인공들이 겪는 고통과 죄의식을 함께 겪는 고통의 감내를 요구한다.

오치선은 그때 자신의 폭력에 속수무책으로 당하던 청년의 사진을 확대해서 인화해 달라고 오동섭에게 요청하는데, 그의 생사를 확인해보고 싶다는 것, 그런 다음에 이제는 새 출발을 하고 싶다는 심정을 피력한다. 그러나 오동섭은 오치선이 진정으로 자신의 잘못에 대해 반성하고 용서를 비는 것이 아니라, 자신이 죄책감의 굴레로부터 벗어나서 새로운 삶을 살아보겠다는 이기적인 생각을 갖고 있다고 판단한다. 오동섭은 왼손을 잡는 그에게서 징그러운 이질감을 느끼며 손을 뿌리치고 만다.

「최루중」을 통해 작가는, 가해자나 피해자나 그날의 상처로부터 벗어날 수 없는 트라우마를 간직하고 있으나 아직은 진정한 화해의 길에 이르지 못했음을 보여준다. 고민 끝에 오동섭이 젊은이의 사진을 확대 인화해 두고 오치선이 다음 날 찾아오기를 기다리지만 그는 한 시간이 지나도록 오지 않는다. 사진사 오동섭은 사진 속의 젊은이를 눈시울이 핑 젖도록 오랫동안 들여다본다. 그러자 사진 속의 젊은이가 그에게 말을 걸어오지 않는가. "아저씨, 그를 기다리지 마세요. 그는 오지 않을 겁니다. 아직 올 때가 안 되었어요."(81쪽) 1980년 5월의 참상과 관련하여 아무 것도 해결되지 않은 상태에서 섣부른 화해의 움직임을 경계하는 작가의 의도가 이 부분에 단적으로 드러나 있음을 알 수 있다.

작가 문순태가 이렇게 1980년 5월 광주에서 있었던 국가 폭력의 기억을 망각의 창고에 가두지 않고 소설적 탐구를 통해 거듭 심문하는 것은, 광주라는 서사 공간이 거대한 폭력에 대항해서 끝내 지켜 내야 할 인간성의 옹호라는 본질적인 측면에서 매우 의미 있는 장소/공간으로 보고 있기 때문이다. 이렇듯 과거가 단순한 역사적 기록으로만 남아 있지 않고 우리와 함께 숨 쉬며 정서적 교감까지 가능하게 하는 것은 소설을 포함한 문학/문화의 기능이고 힘이라 할 것이다. 정치 행위가 언제나 하나의 체제를 유지, 혹은 정립하려는 데 그 목적이 있는 것이라면 문순태의 5·18소설들은, 바로 그러한 "체제가 가질 수밖에 없는 인간의 불편함, 혹은 구속을 벗어나고자 하는 것을 최대의 목표로 삼고 있다"[18]고 할 것이다.

4. 윤리적 분노와 저항의 공간

「일어서는 땅」, 그리고 「최루중」과 함께 『그들의 새벽』은 소설적 재현을 통해서 있어서는 안 될 비극적 세계, 곧 존재했던 세계를 치밀하게 그려내고 그럼으로써 그 너머에 있어야 할, 곧 아직은 존재하지 않는 세계를 떠오르게 하는 소설이다.

민중의 한과 그 힘에 대한 긍정적 자세를 견지하면서 5·18민중항쟁과 그 계승의 주체를 문제 삼고 있는 문순태의 『그들의 새벽』에 대해서 주목한 사람은 많지 않다. 심지어 동료와 후학들이 그의 정년을 기념하기 위해 엮은 『고향과 한의 미학』(태학사, 2005)에 실려 있는 작품론 어디에도 『그들의 새벽』에 대한 언급이 없다.

문순태는 1974년 『한국문학』 신인상에 「백제의 미소」가 당선되어 문단에 나온 이래, 역사소설에서부터 향토성이 짙은 고향 회귀의 예술 세계, 현대인의 소외와 자학적인 고독의식과 인간 존재의 나약한 방황을 다룬 작품들, 그

---

18) 김치수(1979), 『문학사회학을 위하여』, 문학과 지성사, 13쪽. 좀 더 부연하자쪽, (소설을 포함한) 문학은 눈에 보이는 경험된 현실의 구조를 드러낸다기보다는 체제가 표방하는 것 뒤에 감추어진 눈에 보이지 않는 현실의 구조를 보여주는 것일 때 그 존재 의의가 있다 할 것이다.

리고 사회 체제의 모순과 그 고발적 요소가 강한 소설과 분단 극복 의지를 담아내는 이야기까지 한국문학사에 큰 자취를 남길만한 많은 작품을 써오고 있는 작가이다. 문순태는 5·18민중항쟁 당시 전남매일신문 기자(편집부국장)였다. 그는 금남로의 현장에 있었고 취재노트를 오랫동안 땅속에 묻어두어야 했다. 그가 바라본 광주는 겉으로 드러난 것과는 달리 이름 없는 이들의 싸움이었다. 살아남은 자들은 명예를 부르짖고 5·18민중항쟁의 상품화로 영광의 훈장을 달았지만 정작 당시에 죽어간 하층민들의 존재는 아무도 기억하려고 하지 않는다. 영원히 기억되지 않을 그들의 죽음을 작가는 이 작품을 통해 어둠 속에서 오월의 햇빛 아래로 끌고 나온 것이다.

문순태의 『그들의 새벽』은 1980년 5월 27일 새벽 최후까지 목숨을 걸고 전남도청을 지킨 300 여명의 무장시민군 대부분이 하층민이었다는 사실에 주목한다. 이 소설은 이념이라고는 알지 못하는 이들이 목숨을 버린 까닭을 되짚으면서 광주의 실체를 더듬는다. 주인공 '기동'은 구두를 닦으면서 신문기자가 되려고 야학당에 다닌다. 시골 출신으로 가난했으나 성실했던 그는 짝사랑하던 호스티스 '미스 진'의 죽음을 목도하고 역사의 소용돌이로 뛰어든다. 그의 친구인 철가방, 구두찍새, 미용사 같은 야학당 학생들도 주변 사람들의 이유 없는 죽음에 분개해 총을 든다. 이들 대부분은 대학생이 떠나버린 도청을 지키다 최후를 맞는다. 작가는 이들의 심정을 "한 번도 사람대접을 받아보지 못한 이들이 도청을 사수하며 처음 받았던 박수, 평등한 세상에 대한 그리움, 인간적 자존심 회복 때문이 아니었을까."라고 짐작한다.[19] 이것이 『그들의 새벽』의 주요한 모티프이면서, 5·18민중항쟁의 진정한 '주제'란 이들 이름 없는 민중들이었다는 작가의 문제의식이다.

이 소설의 초점은 한 번도 제대로 된 사람대접을 받아보지 못했던 구두닦이 손기동과 술집 호스티스 미스 진, 그리고 그의 친구인 철가방, 구두찍새,

---

19) 문순태(2000), 『그들의 새벽』, 한길사, 348~349쪽. 작가후기 참조.

미용사 같은 뿌리 뽑힌 존재들에 놓인다. 그래서전체 32개의 소제목으로 되어 있는 『그들의 새벽』의 마지막 장의 제목은 「그들만의 새벽」으로 되어 있는 것이다.

또한 사람의 주요한 등장인물인 박지수 목사의 성격은 중간자적인 면모로 그려진다. 박지수는 도심에서 멀리 떨어진 외딴 동네의 개척교회, 빛고을교회의 목사다. 그는 사십을 바라보는 나이에 아직 결혼도 하지 않고 혼자 사는데, 교회에 머물러 있기보다는 불우시설이나 직업여성들을 직접 찾아다닌다. 때문에 일요일 예배시간에 찾아와 자리를 메워 주는 신도들은 인근 주민들이 아니라, 시내에 살고 있는 술집 종업원들이나 구두닦이, 양아치, 교회와 연관이 없는 불우시설 수용자들 그리고 야학당 학생들이 고작이다.

박지수 목사는 손기동과 미스 조와 월순이와 장영구 등의 뿌리 뽑힌 존재들과 야학의 강학인 대학생 박성도, 강미경 등을 연결해 주는 역할을 한다. 그는 항쟁의 막바지에 회색인의 태도를 보인다. 무기를 반납할 것인가 끝까지 저항할 것인가를 다투고 있는 그들에게 박지수는 다음과 같이 말한다.

> 내가 보기에 지금 상황은 일촉즉발의 막다른 고비인 것 같네. 계엄군의 진입은 정해져 있는 수순인 것 같아. 오늘밤이 아니면 내일이 될지도 모르지. 지난번에 계엄군이 도청을 빠져 나갈 때처럼 그들은 이번에도 그들 눈에 띄는 대로 총격을 가하게 될 것이 뻔하네. 많은 희생자가 나오겠지. 그리고 도청에 남아서 저항을 하는 사람은 살려 두지 않을 걸세. 그러니 총을 들었거나 들지 않았거나 도청에 남아 있는 것 자체가 목숨을 건 거나 마찬가지네. 그래서 하는 말인데…… 지금 우리가 생각해야 할 문제는 강미경 선생 이야기대로 도청에 계속 남아 있을 것인가 아니면 여기서 나갈 것인가 하는 것일세.(2권, 241-242쪽)

결국 박지수는 탱크를 앞세운 계엄군들의 도청 진압이 시작되었을 때 사지(死地)로부터 복도 끝으로 뛰어나간다. 이 소설에서 작가가 그를 비난하는 것은 아니다. 박지수는 최소한 '더 낮은 곳으로 임하라'는 하느님의 말씀을 실천한 종교인이고, 손기동처럼 끝까지 싸우다 죽어간 것은 아니지만, 마지막 순간까지 도청에 남아 그들과 함께 한 것은 사실이기 때문이다. 이 소설은 살아남은 이들의 윤리적 부채감을 따지는 것보다 '왜 그들이 총을 들었는가?' 하는 데에 초점이 맞추어져 있다.

> "우리가 뭣 땜시 총을 들었는지 그 이유를 알고 싶은 게요?" 박순철이 도로의 끝자락으로부터 시선을 회수하여 기동을 보며 반문했다. 기동은 그냥 희미하게 웃고만 있었다. 따지고 보면 그들이 왜 총을 들었는가에 대해서는 알고 싶은 생각이 별로 없었다. 기동이 자신이 현숙이의 죽음 때문에 총을 들었듯이 박순철과 그의 패거리들도 그만한 이유가 있었을 것이라고 짐작할 뿐이었다. 어쩌면 그들 식구들 중에서 누구인가 계엄군의 총에 맞아 죽음을 당한 것인지도 모를 일이었다. "그러니게 내가 총을 든 이유는…… 아니 우리 양아치들이 총을 든 것은 말하자면…… 세상이 꼴보기 싫어서라고 한다면 이해할 수 있겠소?" (중략) "솔직히 아니꼽고 치사한 세상 확 뒤집어뿔고 자퍼서…… 우리를 깔보고 무시하고…… 발가락 때만큼도 안 여긴 놈들을 싹 쓸어뿔고 자퍼서……" 그러면서 박순철은 시내 쪽으로 총부리를 들이대고 휘저어 보였다. 그때 그의 옆얼굴이 섬뜩할 정도로 두렵게 느껴졌다. "세상이 그 동안 우리한테 해준 게 뭐가 있소? 형씨는 덕본 것이 뭐가 있소? 으디 세상 사람들이 우리를 사람 취급이나 해줬소? 세상은 우리를 쓰레기 취급을 하지 않았소?" (중략) 기동이가 보기에 그는 세상에 대해 칼날 같은 원한과 적개심을 품고 있는 것이 분명했다.(2권, 233-234쪽)

위의 진술은 사실 5·18민중항쟁의 원인과 배경을 규명하는 것과 관련하여 매우 중요한 시사점을 주고 있다. 항쟁에 참가했던 기층민중의 일부가 위의 인용에서 볼 수 있는 것과 같이 세상에 대한 적개심을 품고 있었다는 것이 사실이라쪽, 5·18민중항쟁을 "의로운 정신의 계승·발전"[20]이라는 역사적 평가와는 다른 차원의 접근을 요구한다.

이 소설의 장점이라면 다른 '5·18소설'들이 언급하기를 꺼리는 미묘한 부분에까지 작가의 시선이 미치고 있다는 점인데, 그렇다고 작가가 광주를 계급혁명의 시각에서 바라보고 있는 것은 결코 아니다. 위의 인용에서 보이는 '박순철'의 발화는 그것 자체로는 모든 종류의 지배관계의 해소와 경제적으로 기초된 정의와 평등의 관계, 즉 계급 없는 사회에 대한 열망을 함축하고 있지만 그보다는 그의 작가적 정직함이 치우치지 않는 균형을 이루고 있는 것으로 보는 것이 옳을 것이다. 그는 "문학에 덧씌워진 환상에 현혹되지도 않지만, 급진적인 이념이나 이론의 틀에 갇히지도 않는다."[21]

기동은 아직 항쟁 초기기는 하지만 그 와중에도 영어 단어를 외우며 야학당에 도착한다. 교실에서는 보통 사람보다 한 옥타브 높은 고음에다 울림이 좋은 박성도 선생의 목소리가 흘러나오고 있다.

① "자 여러분, 내가 나눠준 선언문을 다 읽었지요?"
박성도가 학생들을 향해 물었으나 학생들의 대답은 어딘가 시원치가 않았다.
"자, 그러면 이 선언문을 읽고 무슨 생각이 들었는지 어디 누가 한번 이야기해 보시겠습니까?"
분명히 영어 시간인데도 박성도 선생은 영어를 가르치지 않고 학생들에게 선언문을 나눠 주어 그것을 읽게 하고 느낌과 생각을 말해보라는 것이었다. (중략) 그때 기동이가 스프링처럼 퉁겨 오르듯 벌떡 일어섰다.

---

20) 이상식, 「5·18광주민주화운동의 역사적 배경」, 『5·18민중항쟁과 정치·역사사회』, 5·18기념재단(2007) 2권, 14쪽. 5·18민중항쟁의 배경과 관련해서는 정치·역사사회·문화적 관점 등 다양한 측면에서의 학술적 연구가 많이 진행되었고, 그 결과물이 5·18재단에서 펴낸 학술논문집에 수록되어 있을 뿐 아니라 본고의 주제를 벗어난 것이므로 이와 관련한 더 이상의 논의는 생략한다.

21) 이는 황광수가 조정래의 소설세계를 살피고 있는 그의 책에서 조정래를 두고 한 말이지만 필자는 문순태에게도 그대로 해당되리라고 보아 인용한다. 황학수(2000), 『소설과 진실』, 해냄, 머리말 참고.

②"저, 선생님. 지금은 영어시간입니다. 그러니까 영어공부를 하는 것이 좋겠습니다. 사실 우리는 이런 선언문에 관심이 없습니다. 우리는 공부를 하기 위해 여기 왔으니께 공부를 가르쳐 주십시오." (중략)

박성도 선생은 여전히 당혹감과 실망과 절망감이 묘하게 엉킨, 망연한 시선으로 학생들을 바라보았다. 그렇다고 해서 그는 학생들의 태도를 탓하지는 않았다. (중략) 그들의 반응은 무지에서 비롯된 것이라고 생각하고 싶었다. 그리고 그 무지를 일깨워 세상을 바로 볼 수 있도록 안목을 열어주는 것이 자신의 책임이며 사명이라고 생각했다.

①"공부를 하자는 여러분들의 뜻 알고 있습니다. 여러분한테 공부가 소중하지요. (중략) 우리 자신들의 현실을 자각하지 못하고 영어 단어나 많이 외우면 무엇 합니까? 인간다운 대접을 받으면서 살 수 있게 하기 위하여, 특히 여러분들처럼 어려운 환경에 처한 민중을 위해서 (우리는) 궐기하였습니다. (중략)"

학생들은 한사코 박 선생의 눈길을 피하기 위해 고개를 깊숙이 숙여 버렸다. 그들은 박성도 선생의 말이 교과서 내용만큼이나 딱딱하고 공허하게 들렸다. 그리고 박 선생과 그들 사이에 건널 수 없는 사막처럼 아득한 거리감마저 느꼈다. 그것은 결코 가르치는 사람과 배우는 사람의 입장과 감정의 차이만은 아니었다. (중략)

②"제 꿈은 돈을 벌어서 대학 문턱 한번 밟아보는 것입니다. 그때…… 그러니께 후담에 대학생이 된 다음에, 저도 자유와 평등을 위해 데모도 하고 춤도 추고 미팅도 할 것입니다요. 그러나 시방은 대학생이 아니니께 그딴 것들은 생각하고 싶지가 않습니다. 아니 생각할 여유가 없습니다요. 그러니 우리들한테 제발 공부를 가르쳐 주십시오. 그 이상은 우리들한테 강요도 기대도 하지 마십시오. 우리는 오직 공부하기 위해 여기 왔으니께요." (1권, 161-166쪽)

항쟁을 처음 주도했던 이들, 지식인 계급을 대변하는 대학생 박성도(야학 강학)와 손기동들 간의 거리감이란, 위에서 살펴 본 것처럼, 매우 근본적인 것으로 그려진다. 5·18민중항쟁에서 선도적 역할을 담당한 세력은 학생들이었다. 그러나 군부의 엄청난 물리력 앞에 세의 불리를 느낀 이들은 항쟁의 실패라는 한계를 미리 설정하고 시 외곽으로 도피하거나 개인적 수준에서 항쟁에 참여한다. 학생 지도부의 이런 나약함에 비해 열악한 노동운동의 조건 속에 놓여 있던 노동자들은 투쟁의 전면에 나서게 되는데, 그것은 1980년 5월 20일부터 투쟁의 주력이 변화되기 시작하는 것으로 나타난다.

"21일 오후 4시경 최초로 편성된 무장 시민군의 구성은 노동자·목공·공사장 인부들과 구두닦이·웨이터·일용 품팔이 등등이었으며, 교련복을 입은 고교생들 그리고 가끔은 예비군복을 입은 장년층도 보였다."22) 항쟁을 처음 주도했던 대학생 그룹과 손기동 같은 노동자 계층의 근본적인 거리감이란 세계관의 차이도 있겠으나 이처럼 항쟁의 성격 변화와도 무관하지 않은 결과를 가져오게 된다.

위의 인용 ①은 '민중을 위해서'라는 야학의 강학 박성도의 말이고, ②는 '민중이기 때문'이라는 손기동들의 말이다. 그런 그들을 하나로 묶어준 것23)은 계엄군으로 투입된 공수부대원들의 치떨리는 만행이었다. '내가 깨달은 거는 현숙의 죽음이 바로 내 죽음이며 우리들 모두의 죽음이라는 것이여'와 같은 기동의 말이 모든 것을 웅변하고 있는데, 이 윤리적 분노와 단순성과 무명성은 기실 시민들의 자발적 단결과 투쟁의 중추적 내포로 기능하게 됨을 알 수 있다. 1807년에 나온 클라이스트의 노벨레(novella-간결하고 압축적인 줄거리를 담은 산문소설),『칠레의 지진』한 부분을 다음에서 보자.

---

22) 김세균·김홍명, 「광주5월민중항쟁의 전개과정과 성격」,『5·18민중항쟁과 정치·역사사회』, 5·18기념재단(2007), 3권, 409~411쪽.
23) 키틀러(Friedrich Adolf Kittler), 전동열 역, 「클라이스트 소설의 담론 전략-『칠레의 지진』과 프로이센」, 문학이론연구회(2002),『담론분석의 이론과 실제』, 문학과지성사, 190쪽.

"사실상 인간의 정신이 아름다운 꽃처럼 피어나는 듯했다. 눈이 미치는 데까지 들에는 모든 계층의 사람들이 서로 뒤섞여 있는 것을 볼 수가 있었다. 영주와 거지들, 귀부인과 농부의 아내, 관리와 날품팔이들, 수도승과 수녀들이 서로 동정하고 서로 도움의 손길을 내밀었다. 그것은 마치 모든 사람에게 닥친 불행이 그 불행으로부터 벗어난 모든 사람들을 하나의 가족으로 만든 듯했다."

이는 리스본에서 일어난 지진(지진의 신화)과 파리에서 일어난 혁명(혁명의 신화)을 하나로 묶어 주듯이(상황의 전도), 광주항쟁에서의 시민들의 혼연일체를 설명할 수 있는 측면이 있다고 생각된다.

5. 자아/정체성의 생성 공간

오월 광주를 그 대상으로 하고 있는 문순태의 소설들은 '광주'라는 서사 공간을 죽음과 삶이 혼재하는 장소, 트라우마(trauma)와 죄의식의 생성 공간, 윤리적 분노와 저항의 공간으로 의미화하고 있다. 가족의 행복과 평안한 일상을 소망하는 대부분의 작중인물들에게 그 해 5월 일주일간의 광주는 한낮의 적막을 깨고 들려오는 총소리의 두려움과 함께 혈육과 친구의 실종을 불러온 공포의 공간으로 각인된다. 가해자인 국가 폭력의 하수인들, 곧 공수부대원이나 계엄군들에 대해서는 야만적인 집단으로 기억되고 있다.

그들은 하나같이 "사람도 아니었다." 계엄군들은 시체를 암매장하며 지나가는 시위대를 조준사격으로 목숨을 빼앗고서 멧돼지를 사냥한 것처럼 "잡았다!"고 외치는 야만성을 드러낸다. 평범한 시민들은, 아무나 마구 때려잡아 선혈이 낭자한 젊은이들을 질질 끌어 트럭에 싣고 가는 계엄군들의 만행을 목도한 뒤에 자신도 모르게 "죽일 놈들!"이라는 신음을 토한다.

한편 자신도 피해자라고 생각하는 계엄군은 "더럽게 운이 없어" 그곳으로 차출되었을 뿐이라고 말한다. 그 때는 누구라도 그런 짐승 같은 짓을 할 수 밖에 없었다고 스스로를 합리화한다. 그렇다 하더라도 그가 광주에서 짐승 같은 짓을 했다는 사실은 기억-트라우마로 남아 사회로부터 스스로를 유폐하게 만든다. 또 다른 공수부대원 역시 그의 잘못이란, "쏘라는 명령"을 거역할 수 없었을 뿐이라고 생각한다. 어떤 계엄군은 자신의 눈앞에서 동생이 죽임을 당하는 것을 속수무책으로 지켜보아야 했다. 모두가 '광주'에서 일어났던 일이다. 진압군으로 광주에 투입된 그들 역시 피해자의 위치에 있다는 이 역설이 광주라는 역사적 공간의 비극성을 선명히 드러낸다.

과거를 마무리 지은 생존자는 이제 미래를 형성하는 과제에 직면한다. 살아남은 이들은 어쨌든 살아내야 하는 것이어서 광주는 비로소 삶의 공간으로 제시된다. 남은 문제는 그 날에 혈육과 친구를 잃은 이들의 가슴에 각인된 트라우마와 그것의 해원 가능성이 만만치 않다는 데 있다.

'광주'가 살육과 공포의 비극적 공간이라는 인식에서 나아가 응답과 소통의 공간으로 심화·확대되는 과정에서 얻게 되는 새로운 문화적 가치들이 있다. 우선 '공동체 의식'에 대한 새로운 발견을 들 수 있다. '5·18소설'들에서 보이는 항쟁 참여자들의 윤리적 분노의 근원에는 국가 폭력의 무자비성에 대한 인간 본연의 심성에서 나온 것임을 부인할 수 없다. 그것은 자연스레 인간의 존엄이라는 가치를 바탕으로 한 공동체 의식의 발현이다.

이와 같은 인권과 공동체 의식을 통한 건강한 시민사회의 구현이라는 보편적 가치 외에 광주라는 장소/공간의 특수성에 주목할 수 있다. 그것은 자주적 삶의 지향을 통해 분단을 극복하고자 하는 정치적 에너지의 저장소로서의 의미이다. 「일어서는 땅」에서 요셉은 "우리가 싸워야할 사람이 바로 그들"(58쪽)이라는 은유의 방식을 통해 5월이 현재적 그리고 미래적 가치를 얻기 위해 극복해야 할 대상이 무엇인가를 숙고하게 한다. 「최루중」의 주인공은 자신의 눈물이 5·18이(5·18이 표상하는 국가 폭력) 끝나기 전에는 결코 멈추지 않을 것이라고 생각한다.(64쪽)

　우리는 "사건을 통해 사물에 대해 아는 동시에 문화의 공간에서 의미를 발생시키게 된다."[24] "장소/공간이 기억을 되살릴 뿐만 아니라 기억이 장소를 되살리는 것의 경험을 통해 우리는 자아를 재구성할 수 있"[25]기 때문이다. 개인의 내적 동일성의 회복과 공동체의 복원을 위해 5·18민중항쟁과 관련된 트라우마의 치유는 필수적인 과제이다. 그런데 그것이 가능하지 않다면 우리는 무엇을 어떻게 할 것인가? 어떻게 해야 하는가? 문순태의 소설 『그들의 새벽』은 조심스럽게, 치유를 가능케 하는 연대가 여전히 세상 속에 존재한다는 희망을, '광주'라는 죽음과 죽임의 공간에서 제시하고 있다. 그것은 손기동이 "현숙의 죽음이 바로 내 죽음이며 우리들 모두의 죽음"이라는 깨달음/윤리적 분노와 목숨을 버리면서까지 도청/광주를 지켜내고자 했던 데서 확인할 수 있다.

　그리하여 문순태의 5·18소설을 통해 광주라는 서사 공간은 시간적 망각을 넘어 자아/정체성의 생성 공간으로, 한국문학사에 매우 독특한 의미 공간으로 기억(재구성)되고 있음을 알 수 있다. 문제는 작가들이 5월을 다시 기억하고 호명할 때 느끼는 고통의 압력이 결코 지워지지 않는 상흔-트라우마로 남는 다는 데에 있다. 누가, 어떻게, 무엇으로 이 상흔을 넘어설 수 있을 것인가.*

---

24) 나병철(2006), 『소설과 서사문화』, 소명출판, 369~370쪽.
25) 아스만(Aleida Assmann), 앞의 책, 25쪽.
* 논문출처 : 「광주라는 기억 공간」(「5·18소설의 기억공간 연구-문순태 소설을 중심으로-」, 『호남학연구』43집, 2008.

'5·18광주민주화운동'과 '기억'의 방식
—문순태의 5·18 관련 소설을 중심으로

전 흥 남(한려대)

1. 들어가며

이 글은 '5·18광주민주화운동'[1] 관련 소설 속에 나타난 광주를 '기억'의 측면에서 혹은 '서사적 진실'의 확보와 어떻게 관련되고 있는지를 고찰하는 데 주안점을 두고 있다. 이는 '5·18' 관련 소설 속에서 '광주'가 갖는 공간성과 상징성의 문제를 구명하는 문제와도 맞물려 있어 문화사회학적 입장을 견지한 것이기도 하다. 특히 이 글은 '5·18'과 관련된 문순태의 소설 <일어서는 땅>(1987), <최루증>(1993), <녹슨 철길>(1997), ≪그들의 새벽≫(2000) 등을 분석하는데 주안점을 두었다.

본고에서 문순태의 소설을 주목하려 한 것은, 지금까지 '5·18'관련 소설을 연구하는 과정에서 그의 소설이 미학적으로나 주제의식 면에서 주목할 만한

---

[1] 이 글에서는 '5·18광주민주화운동'을 문맥에 따라서 '5·18민중항쟁' 혹은 '5·18'로 사용하는 경우도 있을 것이다.

작품들임에도 불구하고 상대적으로 연구자들로부터 비평적 조명을 덜 받은 측면을 감안했다. 또한, 그는 지식인이자 작가로서 역사적 부채감을 안고 4편의 5·18 관련 소설을 썼다. 이는 '실체적 진실'을 확보하는 것 못지않게 '서사적 진실'의 확보를 통한 '기억의 투쟁'과도 무관할 수 없다고 본다. 동시에 '집단기억'의 방식을 통해 5·18의 지속적인 관심과 미래 세대 계승의 한 방식을 보여준 점에서도 주목할 만하다.

'5월 광주'가 반성적 역사로 지속적으로 갱신되기 위해서는 보편자로서가 아닌 개별 주체들의 기억에 대한 의미화가 분자적으로 이루어져야 할 것이다. 기억 연구는 한편으로는 다양한 차원의 내러티브들이 경쟁하고 공존할 수 있게 함으로써 기억이 여타의 힘없는 기억들을 억압할 수 없도록 하는 반사적 효과가 있기 때문이다. 기억 연구의 대가인 엔델 털빙(Endel Tulving)은 "기억이란 정신 속에서 진행되는 시간여행"이라고 지적했다. 기억은 과거에 일어났던 일을 현재화해서 다시 경험하는 것이다. 물론 여기서 '기억'은 언어를 써서 설명할 수 있는 '서술기억(declarativ memory)'2)을 염두에 둔 측면이 더 크다.

이 글 역시 이러한 맥락을 수용하면서 문순태의 '5·18' 관련 소설 속에 나타난 '기억'의 방식을 통해 '서사적 진실'의 확보 과정을 드러내고 동시에 '광주'의 서사공간은 소설 속에서 어떻게 의미화 되고 있는지를 추출하는데 주안점을 두려고 한다. 서사가 엮어내는 이야기는 어떤 무질서한 집합체로서 사건의 나열이 아니라 부분과 전체, 처음과 끝이 일관된 연결성을 갖게 하는 일종의 질서화 작업에 근거한다. 요컨대, 서사란 사건을 특정한 의미틀에 집어넣음으로써 그것을 이해하게 해주는 '인지적인 과정'이다. 이러한 인지적인 과정

---

2) 서술기억도 '의미기억'(semantic memory)과 '일화기억'(episodic memory)으로 나누어지는데, 이 글에서는 삽화기억에 보다 가까운 개념이다. 이것은 기억하는 사람 자신에 관한 기억, 과거 자신의 인생에서 일어났던 어떤 에피소드(일화)에 관한 기억을 포괄하고 있기 때문이다 삽화적 기억에는 언제나 행위자 또는 어떤 행위의 수용자로서 '자신'이 포함된다. 보다 구체적인 것은 석영중, 『뇌를 훔친 소설가』, 예담, 2011, 159-173쪽 참조.

은 체험을 명명할 수 있고 서로 관련된 사건들의 합성물로 구성하도록 해준다.

이런 맥락에서 보면 '서사적 진실'은 '역사적 진실'과는 다르다. '서사적 진실'은 상상력과 보다 밀접한 관련을 지닌다. '서사적 진실'은 '역사적 사실'과 부합하기도 하지만 소설이란 집의 규모와 균형을 위해서 작가에 의해 취사선택된다는 점에서는 '역사적 사실'과 부합되지 않는 경우도 있기 때문이다. 3) 본고에서 소설 속에 나타난 '기억'의 방식을 주목하는 것도 이러한 맥락에서다.

이 글에서 '5·18' 관련 소설 연구의 현황을 개관하거나 혹은 이와 관련된 연구물들도 적지 않기에 일일이 검토하는 것은 적절치 않다. 다만 정명중, 왕철, 김정숙, 한순미, 심영의 등의 글은 본고의 작성 과정에도 적지 않은 시사점을 제공해 주었다. 4) 특히 본고와 보다 직접적으로 관련되고 있는 심영의의 글은 주목할 만하다. 그의 글은 문순태의 소설을 통해 광주라는 서사 공간이 기억의 개입과정을 통해 어떻게 의미화 되고 있는가를 분석하는데 주안점을 두고 있어 본고와도 맥락을 같이한다.

인간의 정신 영역에 나타나는 기억과 망각의 심리적 과정은 억압과 반복, 자리바꿈, 쾌락의 원칙과 같은 심리적 메카니즘에 의해 일어나는 것으로써

---

3) 보다 구체적인 것은 김현진, 「기억의 허구성과 서사적 진실」, 최문규 외 『기억과 망각』, 2003, 217-236쪽 참조.

4) 정명중, 「5월 항쟁의 문학적 재현 양상」, 『민주주의와 인권』3권 2호, 전남대학교 5·18연구소, 2003; 「'5월 문학' 연구에 대한 비판적 고찰」, 『현대문학이론연구』 제22집, 현대문학이론학회, 2004; 「'5월'의 재구성과 의미화 방식에 대한 연구-소설의 경우」, 『5·18민중항쟁과 문학예술』, 5·18기념재단, 2006; 왕철, 「소설과 역사적 상상력-임철우와 현기영의 소설에 나타난 5·18과 4·3의 의미」, 『민주주의와 인권』 제2권 2호, 전남대학교 5·18연구소, 2002, 10; 김정숙, 「5·18민중항쟁과 기억의 서사화-8·90년대 중단편소설을 중심으로-」, 『민주주의와 인권』 제7권 1호, 전남대학교 5·18연구소, 2007; 한순미, 「고통, 말할 수 없는 것 역사적 기억에 대해 문학은 말할 수 있는가」, 『호남문화연구』제45집, 전남대학교 호남학연구원, 2009, 9; 한순미, 『미적 근대의 주변부: 추방당한 자들의 귀환』, 문학들, 2014; 심영의, 「5·18소설의 '기억 공간' 연구-문순태의 소설을 중심으로-」, 『호남문화연구』 제43집, 호남학연구원, 2008, 12.

왜곡이나 수정에 의해 이루어지는 꿈의 작업과 유사한 과정이라고 할 수 있다. 따라서 기억의 행위란 결코 지나간 것의 정확한 재현이 아니다. 지나간 것을 현재화하는 행위에는 언제나 애매함이나 불확실성이 따르기 마련이기 때문이다. 그러한 불완전한 기억에 도움을 주는 것은 바로 상상력이다. 그러나 상상력이 발현되는 순간 본래의 것은 진정성을 상실하기도 한다. 따라서 이러한 기억의 불완전성과 상상력 간의 관계는 동서양의 작가들에게 공통적으로 나타난다. 5)

그렇다면 문화로서의 기억은 왜 존재하고 작동하는 것일까. 그것은 자신의 흔적을 남기고 보존하려는 인간의 욕구, 다시 말해 망각되지 않으려는 욕구 때문이다. 결국 기억은 망각에 대한 필연적 반응인 셈이다. 이런 점에서 문순태의 5·18 관련 소설에 나타난 '기억'의 방식과 '서사적 진실'과의 관련성의 추출은 이와 관련된 연구에 시사점을 제공할 수 있을 것이다.

2. 유년의 기억, 반복되는 비극의 현장과 생명력의 공간 :
<일어서는 땅>

문순태의 <일어서는 땅>은 '80년 5월 광주항쟁 소설집'이라는 타이틀을 달고 나온 소설집 ≪일어서는 땅≫(인동, 1987)에 수록된 작품이다. 문순태로

---

5) 서양의 작가들까지 예를 들 수는 없지만 국내 작가의 다음과 같은 고백에서도 지나간 것의 현재화로서의 기억이 지닌 애매함과 불확실성을 읽어낼 수 있다. "그러나 소설이라는 집의 규모와 균형을 위해선 기억의 더미에서 취사선택은 불가피했고, 지워진 기억과 기억 사이를 자연스럽게 이어주기 위해서는 상상력으로 연결고리를 만들어 주지 않으면 안 되었다. 더 큰 문제는 기억의 불확실성이었다. --기억이라는 것도 결국은 각자의 상상력일 따름이라는 것을 깨닫게 된다."(박완서, ≪그 많던 싱아는 누가 다 먹었을까≫6쪽). 보다 구체적인 것은 최문규, 「문화, 매체, 그리고 기억과 망각」, 최문규 외, 『기억과 망각』, 책 세상, 363쪽 각주3)에서 재인용.

서는 '5·18 민중항쟁'을 소재로 처음으로 쓴 소설이기도 하다. 6) 작품을 분석하는 과정에서 밝혀질 터이지만, <일어서는 땅>은 작가 자전적 체험과 사건이 배어든 작품이다. 소설집 첫머리 '작가의 말'에서도 밝힌 바와 같이, 그는 80년 5월 전남 매일신문사 편집국 부국장 자리에 있었다. 데스크를 맡고 있는 입장에 있었다고는 하지만, 5·18 현장에서 기록하고 체험한 입장에서 누구보다도 5·18을 생생하게 경험하고 목도한 셈이다.

이 작품에 대해 한 연구자는 "5·18 민중항쟁이 단순히 일회적이고 우발적인 사건이 아니라 한국 현대사를 가로지르고 있는 분단 모순의 연장선 위에서 발생한 것이라는 작가의 문제의식을 잘 드러난 소설"7)로 평가한 바 있다. 적절한 지적이다. 이 작품에 등장하는 인물들의 관계와 면면을 보아도 그렇고, 한 가족의 비극이 대를 이어가며 반복되는 서사의 전개과정을 놓고 보아도 역사에 대한 거시적 조망이 자리했다는 점을 배제할 수 없다. 동시에 한 가족의 비극은 당연히 한 개인사 이전에 당대 민중의 삶으로 확대된다.

> 그는 남쪽 항구도시의 반란사건8) 때 행방불명이 된 아들을 찾아 한동안 정신없이 헤매었던 어머니를 생각해 보았다. 그리고 어머니와 아내를 비교해 보았다. 어머니와 아내는 다 같이 아들을 잃어버렸다. 그리고 마을 사람들로부터 미쳤다는 말을 들었다. 그러나 그는 어머니도 아내도 미쳤다고는 생각하지 않았다.(중략) 사십 년 전 어머니에게 형의 죽음을 말했지 못했던 것처럼 그는 아내한테 아들의 죽음을

---

6) 소설집 『일어서는 땅』은 '5·18민중항쟁'을 소재로 처음으로 펴낸 소설집으로서 의미가 깊다. 문순태의 소설 외에도 9명 작가들의 작품이 더 수록되어 있으며, 이들 작품의 의미와 관련해서는 정명중, 김정숙의 앞의 논문에서도 다룬 바 있다.
7) 심영의, 앞의 글, 238쪽.
8) 해방정국의 큰 비극적인 사건으로 비화되기도 했던 '여순사건'을 지칭한다. '여순사건'의 성격과 관련해서는 김득중, 「이승만 정부의 여순사건 인식과 민중이 피해」, 여수지역사회연구소, 『여순사건연구총서』, 제2집, 1999. 및 홍영기, 「여순사건에 관한 자료의 성격과 연구현황」, 『지역과 전망』 제11집, 전남 동부지역 사회연구소 자료집, 1999 참조.

인식시키려고 하지 않았다. 아내가 아들 찾기를 포기했을 때, 아내는 동면과도 같은 깊은 실신의 망각으로부터 영원히 깨어날 수 없다고 생각했기 때문이다. 9)

　다소 길게 인용한 대목은 소설의 모두(冒頭)에 해당한다. 작품의 구성과 얼개를 어느 정도 드러내 준다. 여순사건으로 형은 행방불명이 되고, '5·18 민중항쟁'으로 자신의 아들마저 행방이 묘연해진 엄청난 비극의 소용돌이에 휘말린 한 가족을 등장시켜 비극의 양상에 광주의 비극을 포개놓는다. 분단뿐 아니라 그 분단의 원인이기도 했던 일제강점기까지로 소급해 간다. 특히 이 작품에서 '여순사건'과 '5·18'을 등치시켜 놓음으로써 직접적으로 겪게 된 세대로서의 사건 서술의 핍진성을 도모한 측면도 있다. 동시에 두 사건이 갖는 비극의 유사성을 염두에 둔 측면이 더 크다.

　　1) 사십 년 전 어머니와 함께 항구도시의 산동네 기슭에 장작더미처럼 쌓여 있는 시체 무더기를 보고 한동안 심하게 구역질을 했던 일을 말하고 싶지가 않았다. 그의 아내도 육년 전 시체더미를 본 자리에서 마구 구역질을 하면서 눈이 뒤집히더니 이내 실신을 하지 않았던가(24쪽)

　　2) 사십 년 전 반란사건이 터졌던 항구도시는 고속도로의 남쪽 끄트머리에 있고, 토마스가 흔적도 없이 사라져 버린 우리를 위한 영의 탑이 있는 도시로 가자면 고속도로를 따라 북쪽으로 사십 분쯤 달려야 한다.(27쪽)

　인용한 장면들을 통해 짐작할 수 있듯이, 이 소설의 주인공 박요셉의 아버지는 일제 강점기에 노무자로 끌려가서 행방이 묘연해졌고, 자신의 형은 여

---

9) 문순태, <일어서는 땅>, ≪일어서는 땅≫, 인동, 1987, 19쪽. 앞으로는 인용 말미에 쪽수만 기입한다.

순사건 때 행방불명이 된 경우다(사실 박 요셉은 형의 시신을 확인했으나 어머니에게 알리지 않은 채 돌아와 평생을 죄책감을 안고 산다). 이제 자신의 아들마저 5·18 당시 행방이 묘연해진 경우로 대대로 이어지는 가족사의 불행이 서사의 중심이 된다. 어머니가 형의 행방을 찾으려고 거의 실성한 모습이듯이 아내는 토마스를 찾으려는 희망을 버리지 못한다. 매년 5월이 되면 아내 역시 6년째 거의 실성한 사람으로 변한다. 토마스 또래의 대학생들이 '5·18' 당시 토마스를 연상시키는 말을 전하면 상실감이 극에 오른다. 박 요셉은 '아비부재'의 시대를 살아온 세대로서 겪는 아픔도 있지만, 어머니는 이런 상실감을 형의 집착으로 대신한다.

> 그들 모자가 쌍암재 마루턱을 향해 작은 작음 모퉁이를 감고 돌 때 다시 총소리가 짜글짜글 산을 흔들었다.
> "엄니 그만 돌아가요."
> 박요셉이 어머니의 말기끈을 잡고 늘어졌다. 그러나 어머니는 끙끙 두 다리에 힘을 쏟아 내리며 계속 걸었다.
> "네 형을 못 찾으면 네 아버지도 만날 수 없단다. 네 형을 만나야 아버지도 만날 수 있는 겨."
> 박요셉은 그런 어머니의 말을 이해할 수 없었다. 형을 만나야 아버지도 만날 수 있다는 어머니의 그 말이 무엇을 뜻하는 것인지 몰랐다. 어린 박요셉의 생각에도 아버지는 노무자로 끌려가 죽은 것이 분명한 듯싶었는데, 죽은 아버지를 다시 만날 수 있다고 생각하는 어머니, 어쩌면 어머니는 형과 아버지를 혼동하고 있는 것인지도 모른다고 생각했다. 아니 형을 아버지로 잘못 생각하고 있는 것인지도 모를 일이었다.(29쪽)

어렸을 때 어머니가 형에 집착하는 이유를 이해하지 못했지만, 요셉은 아내와 함께 토마스의 행방을 수소문하기 위해 광주를 왕래하면서 조금씩 이해하게 된다. 앞에서도 서술한 바 있듯이, 이 작품의 특징은 '겹침의 구조'[10]

를 갖는다. 요셉의 어머니와 아내는 동일한 삶의 궤적을 밟고, 또 이 작품 여러 곳에서 형과 토마스를 동일 선상에 놓고 있음을 발견할 수 있다. 예컨대, 작가는 예전의 형의 자취방 분위기와 토마스 자취방 분위기를 병치시켜 놓거나, 형의 일기에 기록된 내용과 토마스의 일기에 기록된 그것이 거의 일치함을 제시하기도 한다. 여기에 하나 더 첨가할 것은 토마스와 무등산을 동일시하려는 장면의 삽입이다. 작품 결말부분에 이르면 토마스는 무등산이 품은 한 대상이 되는 것이다. 따라서 결말에 이르면서 자식을 잃은 부분의 상실감을 달래주는 위안의 대상이 바로 '무등산을 보는 것'11)이라는 설정은 의미심장하다. 특히 아내에게 무등산은 "흙과 돌과 바위와 나무와 풀로 이루어진 자연의 총체로서의 거대한 무더기라기보다는, 슬픔과 기쁨과 꿈과 기억들을 불러일으켜 주는 빛나는 생명체"(58-59쪽)였던 것이다. 요셉과 그의 아내에게 그랬든 것처럼 무등산은 그저 산이 아니라 자신의 아들마냥 하나의 생명체로서 반갑고 아린 존재다.

> 박 요셉은 아내와 함께 날마다 눈이 시리도록 무등산을 보면서 사는 꿈을 머리속에 그려 보면서 말했다. 세상 사람들 이 눈을 뜨기 전, 맨 먼저 일어나서 새벽의 빛으로 밝아 오는 무등산을 아내와 함께 두 팔로 힘껏 끌어안고 아침을 맞으며, 하루의 마지막 황혼으로 붉게 타오르다가 서서히 어둠속에 잠길 때 까지 그 산을 바라보는 길고도 황홀한 꿈을 꾸어 본 것이었다. 그리고 그 빛나는 꿈을 현실로 바꾸어 보

---

10) 김명중, 앞의 글(2002), 67쪽.
11) '무등산'에 대한 문순태의 애착은 유별나고 깊다. 자연히 그의 작품에서 반복적으로 등장한다. 무등산은 광주의 역사적 사건과 기억, 그리고 지역 사람들 사이에 전승되어온 집단적 기억인 설화와 신앙, 문화 등과도 밀접하게 결합되어 있다. 이런 점에서 문학 속의 지명과 자연(산)은 상상력의 산물로서 집단적 기억과 집단적 심상을 헤아려 볼 수 있는 자료가 된다. 따라서 문학 속의 지명 혹은 산(자연)은 작가의 지리감각, 역사의식, 감성구조, 나아가 지역의 정체성 변모 양상 등을 살필 수 있는 매개점이 될 수 있다는 점에서도 주목할 만하다. 이와 관련해서는 한순미의 「소설 속의 지명과 감성지도」, 『지명학』, 제19집, 한국지명학회, 2013가 주목에 값한다.

고 싶었다. (중략)

"옳거니, 무등산이랑 토마스랑 우리 내외랑 함께 살기로 해야겠구
만." 아내의 손을 잡고 버스에서 내린 박 요셉은 혼잣말처럼 말하면서
오랜만에 밝게 웃었다.(61쪽)

작품의 말미에 박 요셉의 아들 토마스와 '무등산'을 등치시킨 비유적 수사
는 '5·18'은 역사 속에 사라지는 것이 아니라 마치 무등산이 "거대한 육송의
우듬지처럼" 혹은 "땅에서 솟은 것이 아니고, 하늘의 구름 위에 태양과 함께
높이 떠 있으면서"(60쪽) 국가적 폭력에 사라진 영혼들을 위로하고, 지워지지
않는 '기억의 투쟁'12)으로 영원할 것을 암시한 것이다. 아들을 잃은 참척의
고통 속에서도 부부가 오랜 만에 웃을 수 있는 이유도 드러나 있다. 아들을 품
은 무등산은 오래도록 자신의 아들과 함께 하리라는 희망을 굳게 믿기에 가
능한 것이다. 그래서 소설 말미의 위 장면은 더 의미심장할 뿐 아니라 이 작품
의 주제와도 맞닿아 있다. 요컨대, "광주라는 서사 공간이 죽은 이를 찾아 헤
매는 살아남은 자의 절망과 좌절을 넘어 그러한 비극을 딛고 일어서는 땅/기
억 공간이 되기를 소망하고 있음을 알 수 있다."13)

---

12) '기억의 투쟁'은 '문화로서의 기억'과 밀접한 관련을 지닌다. '문화로서의 기억'은
   '의소통적 기억'과 '문화적 기억'으로 구분되는데, 전자가 생존해 있는 인간의 상호
   소통에 의한 기억이라면, 후자는 문화를 이끌어가는 다양한 매체에 의한 기억을 뜻
   한다. 따라서 우리가 기억이라는 용어를 사용할 경우 그것은 매체에 의존한 기억,
   즉 '문화적 기억'을 가리킨다. 이런 점에서 아스만의 『기억의 공간』은 문학작품과
   각종 텍스트, 신화와 종교적 제의, 기념물 및 기념장소, 문서보관소 등을 통해 기억
   의 개념, 기억의 매체, 기억 연구의 의의 등을 정리하고, 나아가 기억의 문화적 재현
   을 모색하고 있다는 점에서 시사적이다. 우리의 경우도 현대 뿐만 아니라 '상흔'으
   로 대표되는 과거의 사건(일제강점기, 여순사건 및 4·3사건, 그리고 한국전쟁 등)을
   연구하는데 참조점이 될 것으로 보인다. 구체적인 것은 최문규 외 『기억과 망각』,
   책세상, 2003, 362-363쪽 및 알라이스 아스만 지음, 변학수 채연숙 옮김, 『기억의
   공간』 그린 비, 2014, 198-468쪽 참조.
13) 심영의, 앞의 글, 242쪽.

3. '은폐기억'과 '강박적 반복'에 맞선 '기억 공간' :
\<최루중\>, \<녹슨 철길\>

문순태의 \<최루중\>[14]은 13년이란 시간의 흐름 속에서도 여전히 그날의 상처에서 진물이 흐르고 있음을 보여준다. 특히 5·18 관련 소설들을 몇 가지로 유형하거나 혹은 실체적 진실의 구명에 입각할 경우,[15] 대체로 피해자에 초점을 둔 경우가 많다. 이 소설은 가해자의 입장을 통해 가해자 역시 그 날의 트라우마(trauma)로부터 자유롭지 못한 점을 통해 화해의 문제까지 다루고 있다는 점에서 문제적이다. [16]

이 소설의 주인공은 사진관 주인이었던 오동섭이라는 인물이다.[17] 그는

---

14) 텍스트는 5월 문학총서 간행위원회 엮음, ≪5월 문학총서2-소설≫, 문학들, 2012로 한다.

15) 연구자 및 비평가의 관심에 따라 혹은 연구방법에 따라 5·18관련 소설을 유형화한 방식은 각기 다르기 때문에 일률적으로 말하기는 곤란하다. 다만, 일반적인 방식의 하나로 정명중의 경우(2002)를 들 수 있겠다. 이를테폭, 트라우마 문제를 다룬 소설들의 경우는 개인들의 원한과 아픔을 치유할 수 있는 공적 장치의 부재가 서사적 갈등의 해결과 결말에 어떻게 작용하는지 등에 주안점을 두어 5·18 관련 소설을 유형화해서 분석했다.

16) 가해자의 입장에서, 혹은 가해자를 등장시켜 5·18의 상처와 치유의 문제를 타진해 본 작품으로는 정도상의 \<십오방 이야기\> 역시 주목할 만하다. 가해자의 등장 유무가 중요한 건 아니다. 가해자의 등장 혹은 입장을 통해 소설 미학적으로 얼마나 의미심장한 주제에 도달했느냐가 관건이 된다. 정도상의 \<십오방 이야기\>는 1987년쯤에 쓰여진 작품이다. 소설 속의 작중인물로 가해자를 등장시켜 화해의 문제를 다루면서 작품의 완성도를 유지하고 있다.

17) 오동섭이라는 인물은 사진가 신복진을 모델로 한 것으로 추정된다. 문순태 작가 스스로 '5월문학총서' 출판기념회에서 \<최루중\>을 낭독하기 전에 신복진씨의 5·18 사진 공개와 관련한 일화를 소개한 바도 있다. 즉 "신복진이라는 사진가가 있었는데 그 양반이 5·18 사진을 가지고 계시다고 해서 그것을 세상에 드러내야 되겠다"라고 회고한다. 이것을 계기로 사진가 신복진씨가 죽음을 무릅쓰고 찍었던 5월의 생생한 현장이 세상에 알려진 것이라고 한다. 문순태는 이와 관련한 소설 \<최루중\>을 발표한 것이었음을 스스로 밝힌 바도 있다. 광주드림, 2012, 9. 5일자 참조.

<보도> 완장을 차고 그날의 역사적 사건들을 기록/기억해 두었던 것인데, 도청 안에 들어가 "형체를 알아볼 수 없을 정도로 얼굴이 짓이겨지거나 뭉그러진 시신들이 여기저기 처참하게 눕혀져 있는 모습을 보았던 것이다"

특히 이 소설에서 주목할 것은, 사진사 오동섭이 그날로부터 13 년이 지나 "광주의 유혈이 이 나라 민주주의의 밑거름이 되었다"는 대통령의 담화를 듣고 용기를 내어 그동안 비밀리에 간직해 온 사진들을 공개한 뒤 벌어지는 일련의 사건이다. 문제의 사진은 공수 부대의 한 군인이 착검을 하고 젊은이의 가슴팍을 찌르려고 하는 장면을 담은 것으로 당시 숨어서 어렵게 찍은 것이다. 오동섭은 문제의 이 사진을 스무 장이나 인화하여 각 신문사와 방송국에 전달한다. 팬티 바람의 스무 살도 미처 안 되어 보이는 앳된 청년이 길바닥에 무릎을 끊은 채 겁 먹은 얼굴로, 그의 가슴팍에 총검을 들이대고 있는 군인을 쳐다보고 있고, 건장한 체구에 역삼각형 얼굴의 군인은 총부리에 꽂은 칼로 당장 청년을 찌를 듯 매서운 눈초리로 꼬나보고 있는 사진이었다. 18)

그런데, 오동섭은 어느 날 신문에 난 사진을 보고 당시 진압에 참여했던 점버 차림의 사나이 오치선의 급작스런 예방을 받게 된다. 그는 이 사진 속에 등장하는 바로 그 사람으로서 "이 사진 때문에 제 인생이 아주 망가지고 말았다"(398쪽)며 자신의 억울한 입장을 토로한다. 그는 이 사진에 나오기 전에도 악몽에 시달리고 그 때 죽은 사람들이 자신을 목매달아 죽이는 꿈을 자주 꾸었다고 실토한다. 그래서 술에 의지하며 살 수 밖에 없었고, 또 "죽은 사람들보다는 오히려 내가 더 고통스러움을 당했지요. 정말 사는 게 아니었어요. 아무도 내 고통을 모를 것입니다"(399쪽)라고 하소연한다. 오동섭을 찾아온 이유는 자신도 그 젊은이의 생사가 궁금하니 그 사진을 한 장 확대해서 그 젊은이를 찾게 되면 용서를 빌어 그 죄책감으로부터 벗어나 새 출발할 수 있을 것

---

18) 5·18 관련 사진들 중에서 섬뜩한 장면의 하나로 5·18의 '실체적 진실'의 구명과 관련해서 언론매체에 의해서도 지속적으로 소개되기도 했다.

이라고 두서없이 말한다. 여기서 우리는 "광주라는 공간이 국가폭력에 무장으로 저항했던 장소로서, 그리고 그 근원에는 시민들의 도덕적·윤리적 분노가 자리하고 있음"[19]을 확인할 수 있게 된다.

이 작품에서 이렇게 가해자의 입장에서의 죄책감을 드러낸 대목을 통해 광주에 파견되었던 계엄군들의 자의식 속에 남아있는 '은폐기억'과 '강박적 반복'의 양상에 주목할 필요를 느낀다. 프로이드에 의하쪽, 개인적 기억의 표출과 밀접한 관계가 있는 심리적 현상은 '은폐 기억'과 '강박적 반복'이다. '은폐 기억'이란 꿈에서 억압된 무의식적 내용이고, 강박적 반복이란 잊고 있던 어떤 억압된 내용을 기억해 내야 하는 경우, 그것을 기억하지 않고 행동으로 그 억압된 내용을 반복하는 것을 말한다. 다시 말해 "억압은 처음부터 존재하는 방어기제가 아니라 의식의 정신 활동과 무의식의 정신 활동 사이에 확연한 간극이 생길 때 발생한다. [20]"

오치선이 오동섭을 찾아온 이유도 "진정으로 자신의 잘못에 대해 반성하고 용서를 비는 것이 아니라, 자신이 죄책감의 굴레로부터 벗어나서 새로운 삶을 살아보겠다는 의미"로 "순전히 이기적인 생각"이 더 많이 작용한 것이다. 오동섭 역시 오치선의 그러한 요구를 탐탁지 않게 생각한다. 하지만 사진을 공개한 뒤 여러 가지로 느낀 점도 있고 해서 다음날 오면 사진을 줄 수도 있다는 여운을 남기고 그 날은 헤어진다. 이렇게 구두 약속으로 이어지기 전에 오동섭은 오치선을 비롯한 당시 진압군의 행위를 강하게 질타하는 장면을 통해 5·18당시의 참상이 자연스럽게 드러난다.

　　"트럭에 싣고 가서 어떻게 했는데요? 당신들은 그때 젊은이들을 시민들이 보는 앞에서 옷을 벗기고 대검으로 찌르고 곤봉으로 치고 구둣발로 짓이겨서 초주검이 된 상태로, 마치 밀가루 포대를 싣듯 차곡

---

19) 심영의, 앞의 글, 243쪽.
20) 프로이트, 윤희기 역, 『정신분석학의 근본개념』, 열린 책들, 2004, 139쪽.

차곡 트럭에 쌓아서는 어디론가 사라졌지 않소. 그 젊은이들을 모두 죽여서 화장을 했다고도 하고 어딘가에 집단으로 매장을 했다고도 하는데 왜 당신이 이 젊은이의 행방을 나한테 묻는단 말이오."(403쪽)

오동섭의 질타에 오치선은 자신의 입장을 극구 변명한다. 자신은 대검으로 찌르지 않고 개머리판으로 머리를 쳤을 뿐이며, 그 뒤 트럭에 실려 보낸 터라 행방은 모른다며 자신도 억울하다는 입장을 피력한다.

> "우리는 군인이었어요. 그것도 사병이었어요. 군인이란 명령에 복종할 수밖에 없지 않습니까? 군인이 명령에 불복하면 어찌 되는지 모르십니까?"
> "명령에 복종했다는 말 한마디로 당신들의 행동이 정당했다 이거요"
> "잘했다는 건 아닙니다. 사실 우리한테 그런 명령을 내렸던 상관을 찾아서 보복을 하고 싶은 심정이라고요. 사실 개인적으로는 엄청 괴로움이 커요. (중략) 우리한테 그런 비인도적인 명령을 내렸던 상관들은 진급하고 훈장도 받고 돈도 벌고 권세 누리며 떵떵거리고 살았다는 것을 생각하면 정말로 분하고 억울해서 죽고만 싶답니다."(400쪽)

이렇게 이 소설은 그날 현장에 있었던 기억/기록자의 입장에서 가해자의 입장을 드러냄으로써 화해의 가능성을 조심스럽게 타진해 본 것이다. 13년 만에 대통령의 담화가 발표되던 날 아침, 용기를 내어 혼자 망월동 묘지를 참배하면서 그 사진을 공개하기로 마음먹은 사실도 이와 무관할 수 없다. 우선 오동섭 자신 역시 그 날의 죄책감으로부터 조금 벗어날 수 있는 계기도 되었기 때문이다. 자신도 "역사의 현장에 함께 있었으면서도 죽음의 대열에 동참하기는커녕, 그가 촬영했던 필름마저도 땅 속에 묻어두었던 부끄러움으로부터 벗어날 수 있는 것만으로 만족"(409쪽)했던 것이다. 문제는 그 사진의 공개로 인해 가해자로부터 죄책감을 안고 산다는 사실을 전해 듣고, 또 이렇게 그가 찍은 사진이 실린 신문을 보면서 깨달은 것도 있고 해서 오치선의 입장을 조금은 헤아리게 되는 것이다. 그래서 오동섭은 다음 날 문제의 사진을 인화해서 오치선에게 전달하기 위해 대봉투에 넣어 사진관으로 출발한다. 오치선이 사진 속 젊은이를 찾아내어 만나게 되는 장면을 상상해 보면서 위안도 받는다. 하지만 오치선은 약속시간에 나타나지 않는다. 결국 그때 사진 속의 젊은이가 그에게 말하고 있는 것 같았다. '아저씨, 그를 기다리지 마세요. 그는 오지 않을 겁니다. 아직 올 때가 안 되었어요.'(411쪽)라는 말을 통해 작가의 의도를 어느 정도 헤아릴 수 있다. 이는 "5·18의 참상과 관련하여 아무 것도 해결되지 않은 상태에서 섣부른 화해의 움직임을 경계"21)한 것으로 읽혀지기 때문이다.

앞의 작품 <최루중>은 사진사를 주인공으로 설정했쪽, <녹슨 철길>22)은 남평역장이 등장한다. 남평역은 소설이나 시 속에서는 간혹 사평역으로도 알려진23) 광주 외곽의 한적한 간이역이다. 남평역은 광주에서 순천, 부산을 잇는 경전선의 간이역이기도 하다. 따라서 광주를 출발해 부산을 왕래하는 완행열차들이 통과하는 만큼 광주로 가기 위해서 혹은 광주에서 광주 외곽의 시골 읍에 사는 주민들의 입장에서 자주 이용하는 친숙한 공간이다. 이곳 역장인 김만기 역장은 "5월 20일 막차에서 내린 손님들이 광주가 온통 생지옥이라고들 하면서, 아직 공포에 질린 얼굴로 몸을 떨기까지"(83쪽)한 이후로 열차가 며칠째 끊겨 걱정이다. 광주에서 내려오는 하행열차는 물론이거

21) 심영의, 앞의 글, 246쪽.
22) <녹슨 철길>의 텍스트는 최인철 · 임철우 엮음, ≪밤꽃≫, 이룸, 2000에 의존한다.
23) 곽재구의 시 <沙平驛에서>나 임철우의 소설 <沙平驛> 모두 작품의 실제 배경은 사평역이 아니다. 사평(沙平)에는 역이 없고 가까운 역으로 남평역이 있다. 그러나 문학을 사랑하는 사람들의 내면에는 사평역이 더 뚜렷하게 존재할 것 같다. 임철우는 곽재구의 시 <沙平驛에서>를 읽고 소설 <沙平驛>을 쓴 것으로 전해진다. 곽재구의 <沙平驛에서>는 남광주역이 소재가 되었다고 한다. 사평역이 남평역이든 남광주역이든 그것은 고단한 남도 사람들이 머물다 떠나는 간이역이라는 상징성을 지닌다.

니와 순천 쪽에서 올라오는 상행열차도 발이 묶일 정도로 심각해진 상태다. 더욱이 대학을 다니는 자신의 아들 준식이의 근황이 걱정돼 하숙집으로 전화를 하니 하숙집 아주머니는 무엇에 쫓기는 듯한 목소리로 간밤에도 준식이가 하숙집에 들어오지 않았다고 걱정하니 조바심이 더한다. "그 무렵 남평에는 광주를 빠져나오려는 사람들이나 광주로 아들을 데리러 간 사람들이 십리재에서 수도 없이 총에 맞았다는 소문"(84쪽)이 도니 김만기 역장은 열차가 들어오는 날 바로 준식이도 돌아오게 될 것이라고 굳게 믿는다. 하지만 3일째가 되어도 열차가 들어오지 않자 역장의 근심은 이만 저만이 아니다. 최병태 조역이 역장을 위로라도 할 겸 "티브이를 보면 세상이 아무렇지도 않던데요 뭐. 가수들은 여전히 엉덩판을 흔들어대며 신나게 노래를 부르고 코메디언들은 귀신 씨나락 까묵는 소리를 해삼써 웃기드만요"(86쪽)라고 위로하자 역장은 역정을 내고 만다.

> "열차가 끊기면 세상이 끝나는 거네. 사일구 때도... 오일육때도 열차통행이 멈추지는 않았다네. 홍수가 나서 철로가 끊겼다면 또 모를까... 철길이 썽썽한듸 열차가 통행을 멈추다니, 이런 난리는 없었어. (중략) 기차가 통행을 못헌 것은 고작 사흘 동안이었다니께. 그런듸 이참에는 오늘로 벌써 나흘째가 아닌가. 역원이 되어 기차소리에 잠이 들고 기차소리에 잠을 깨면서 30년을 살아 왔제만도 이런 일은 없었어. 그런듸도 태평천하여?"(87쪽)

김만기 역장은 6·25때를 떠올리며 열차가 오지 않는 점을 불길하게 생각한다. 역장은 열차를 간절하게 기다리는 이유를 자신의 아들이 돌아오기를 기다리는 마음 못지 않게 진심은 "-- 열차를 타고 아무 데나 마음대로 오고 갈 수 있는 세상"(99쪽)에 대한 소망에 있음을 드러낸다. 역으로 말하면 열차가 오지 않으면 그만큼 그의 희망도 멀어지고 마는 셈이다. 소설의 말미에 이러한 불안감은 더욱 증폭되고 '녹슨 철길'에 대한 불길한 징조로 이어진다.

> "세상에 이럴 수가---철로에 녹이 슬다니 ---철로에 꽃이 피었구만요."
> 최병태는 여전히 감탄의 소리를 연발하였다.
> "내 눈에는 철로에 온통 피를 뿌려놓은 것같이 보이네."
> "피를 뿌린 것 같다구요"
> "그렇다네. 철로에 녹이 슬 때는 사람이 많이 죽거든."
> 김만기 역장은 한숨을 내뿜듯 말하면서 고개를 들어 얼핏 십리고개 쪽을 보았다. 그 때 그는 다시 가슴을 뚫는 듯한 열차의 기적소리를 들었다. 바람 한점 불어오지 않는 정광리산 모퉁이 쪽에서 절경절경 디젤기관차가 긴 객차를 달고 바람을 쉥쉥 가르며 달려오고 있는 소리를 들은 것이다.(100-101쪽)

'철로에 녹이 슬 때는 사람이 많이 죽거든'이라고 김만기 역장이되뇌는 것은 그의 '기억'에 의존한다. 30년 전 장성역의 늙은 역장도 사흘째 끊긴 기차를 기다리다가 철로에 녹이 슨 것을 발견하고는, 녹슨 철꿰를 쓰다듬으면서 통탄했던 장면이 자꾸 연상되었기 때문이다. 역장은 녹슨 철길을 보면서 앞에서도 "철로에 녹이 슬면 큰 변고가 생긴다는듸---철로가 녹이 슬면 피를 많이 흘린다는듸. 철로에 녹이 슬면 온통 세상이 피로 얼룩진다는듸---."(96-97쪽)라고 주문처럼 동어반복적으로 말하는 것은 그만큼 '광주' 상황의 불길한 징조를 내포한 것이다. 지금 '광주의 상황'을 30여 년 전의 한국전쟁과 같은 변고에 비유한 것이다. 이는 어린 시절 한국전쟁을 겪은 세대로서 작가의 트라우마가 작동한 측면과도 연관된다. 24)

---

24) 문순태는 어린 시절 6·25를 겪으면서 가족들이 여러 번 이사를 다녀야 했고, 또 이데올로기의 갈등으로 인해 한적한 시골마을이 겪어야 했던 '아픈 기억'을 그의 산문(집)을 통해서도 생생하게 밝히고 있다. 특히 어머니의 지난한 삶을 통해서 이런 기억을 고스란히 드러내고 있다. 이와 관련된 문순태의 산문집으로는 ≪꿈≫(이룸, 2006)과 ≪생오지 가는 길≫(눈빛, 2009) 등이 있다.

김만기 역장으로서도 한국전쟁은 동족 간에 혹은 형제 간에 총부리를 겨누어야 했던 기억하고 싶지 않은 큰 '변고'이다. 결국 김만기 역장은 끝내 열차의 소리를 듣지 못한다. 다만, 디젤기관차가 긴 객차를 달고 오는 소리를 사람을 실은 열차 소리로 착각하고 "푸른 전호기를 펼쳐 들고 마구 흔들어 대면서 정광리산 모퉁이를 향해 뛰어 가는" 모습에서 안타까움을 더해준 것으로 이 작품은 끝난다.

앞에서도 분석한 바와 같이, <최루증>, <녹슨 철길>은 사진사로서 혹은 시골 간이역 역장으로서 '5월 광주'의 기억을 떠올리면서, 그러한 트라우마가 개인의 삶 영역에 어떻게 스며들고 있으며, 또 상처로 자리하고 있는지를 보여주고 있다. 다만, <최루증>은 보다 직접적으로 '5·18'의 참상을 드러내면서 가해자의 입장에서 겪는 '은폐기억'과 '강박 반복'의 무의식의 세계를 드러내면서 화해의 문제까지 접근했다는 점에서 차이가 날 뿐이다. 반면 후자는 비유의 장치를 동원하여 5·18의 참상을 드러내고 동시에 한국전쟁을 오버랩시키면서 비관적 전망을 보이고 있다. 두 작품 모두 '기억 공간'이 두 소설의 사건과 서사를 이어주는 매개로 작용하는 공분모를 지닌다.

4. 윤리적 분노와 저항의 '집단 기억' : ≪그들의 새벽≫

문순태의 ≪그들의 새벽≫은 1980년 5월 27일 새벽 최후까지 목숨을 걸고 전남도청을 지킨 300여 명의 무장 시민군 대부분이 하층민이었다는 사실에 주목한다. 이 소설은 이념이라고는 알지 못하는 이들이 목숨을 버려가면서까지 지키려 했던 까닭을 되짚으면서 '5·18'에 담겨진 '실체적 진실'과 역사적 의미를 묻는다.

특히 문순태의 ≪그들의 새벽≫은 '5·18' 관련 소설 중에서 그가 가장 심혈을 기울인 작품으로 보인다. 따라서 이 작품과 관련하여 작가의 다음과 같은 언급은 새겨둘 만하다.

나는 이 소설을 탈고하고 나서 20년 만에 비로소 무거운 짐을 벗어버린 듯 홀가분한 기분을 느꼈다. 마치 치유 불가능한 난치병을 앓고 난 기분이다. 앞으로는 5월에 대한 소설을 쓰지 않기로 결심했다. 그 첫 번째 이유는 대부분의 사람들로부터 5월 문학은 이제 식상했다는 말이 너무 듣기 싫기 때문이다. 두 번째는 거대한 역사적 경직성 때문에 소설적 형상화가 너무 어렵다는 것을 실감했기 때문이다. 진실 드러내기와 문학적 형상화 사이에서 나는 그동안 많은 갈등을 겪었다. 진실 드러내기보다 소설미학에 치중하게 된다면 영령들의 죽음을 욕되게 할 수도 있기 때문이다. 이 소설을 쓰기 위해 많은 자료를 수집했으나 그 자료들은 소설미학을 확보하는 데는 오히려 방해가 되기도 했다. 애써 모은 많은 자료들을 충분히 살리지 못한 것이 참으로 아쉽다. 25)(작가 후기)

작가 스스로도 앞으로 '5월에 대한 소설'을 쓰지 않기로 결심한 이면에는 '5·18' 관련 소설을 창작하는 과정에서 여러 가지로 중압감(혹은 부채감)이 작용했음을 미루어 짐작케 한다. '진실 드러내기'의 수위 조절도 부담스러웠거니와 소설 미학을 확보하는 문제도 사실성과의 충돌로 인해 녹록치 않았을 것이기 때문이다. 문순태는 이 소설을 끝까지 업보처럼 껴안은 것은 '체험적 고통'과 '역사적 부채감' 때문이었음을 스스로 고백한 점을 미루어 볼 때도 이 작품에 대해 우리의 관심과 분석이 필요한 이유이기도 하다.

작품을 분석하는 과정에서 드러날 터이지만, 이 소설의 초점은 한 번도 제대로 된 사람대접을 받아보지 못했던 구두닦이 손기동과 술집 호스티스 미스

---

25) 문순태, ≪그들의 새벽≫ 2, 한길사, 347쪽. 앞으로 인용은 여기에 의존하며 말미에 권수와 인용한 쪽수만 기입한다.

진, 그리고 그의 친구인 철가방, 구두찍새, 버스차장 아가씨, 미용사 같은 뿌리 뽑힌 존재들에 놓인다. 그래서 전체 32개의 소제목으로 되어 있는 ≪그들의 새벽≫의 마지막 장의 제목은 '그들만의 새벽'으로 되어 있는 것이다. 따라서 이 작품은 구두닦이, 철가방, 호스티스, 공장 직공 등 "밑바닥 청소년들이 무엇 때문에 마지막까지 도청을 사수하다가 끝내 죽음을 선택했을까 하는 의문을 풀어 보기 위해서"(작가 후기) 창작을 했던 만큼 살아남은 이들의 윤리적 부채감을 따지는 것보다 '왜 그들이 총을 들었는가' 하는 데에 초점이 맞추어져 있다.

소설의 제1권은 그들의 가정사와 생활상들을 조밀하게 소개하는데 지면을 할애하고 있다. 제1권의 말미에 들어서면서부터 본격적으로 이들의 투쟁과정이 조금씩 전개되고 있다. 제1권은 작가가 만들어 낸 허구적 인물이 정착해 가는 과정이 비교적 촘촘하게 그려져 있어 박진감이 덜하고 서사의 흐름도 완만한 편이다. 하지만 제2권에서는 객관적 사실을 수용하면서 서사를 전개하려고 애쓴 흔적들이 역력히 드러난다. 26) 무엇보다 이 소설에 일관되게 흐르고 있는 것은 5·18 당시 광주를 '윤리적 분노와 저항의 공간'27)으로 묘사되고 있는 점이다.

> "정말 미안합니다. 광주 사람들한데 너무 큰 죄를 지었어요. (중략) 이거는 데모 진압이 아니라, 완전히 빨갱이 토벌작전이라니까요. 광주에서 빨갱이들이 폭동을 일으켰다고 했는데 와서 보니 아니잖아요. 나도 한때는 제정신이 아니었답니다. 탈탈 굶은 끝에 건빵에 쏘주를 퍼마셨으니 제 정신이었겠어요? 미친 개였지요. 대한민국 군인이 된

---

26) 이미란은 이 소설이 "5·18이라는 거대한 폭력의 소용돌이에서, 그 경험의 자장에서 풀려나 비로소 객관적 시각의 형상화"를 통해 5·18의 총체적 조망을 확보한 점을 작품의 미덕으로 평가했다. 이미란, 「개인적 삶과 문학적 성취의 행복한 결합」, 『예향』, 2000, 8월호, 246쪽.
27) 심영의, 앞의 글, 247쪽.

것을 후회하고 있답니다. 나는 이제 다시는 광주에 못 올 것 같아요.정말 조국이 싫어졌어요."(제2권 111쪽)

시민군이 술집 앞을 지날 때 더러 술을 권하는 사람도 있었지만 술을 얻어 마시는 시민군은 한 명도 없었다. 거리에 술에 취해서 비틀거리는 시민들도 보이지 않았다. 거리의 모습이 달라졌다. 시민들도 달라져 보였다. 의식을 준비하는 사람들처럼 엄숙하고 근엄해 보였다. (중략) 그리고 언젠가는 계엄군이 다시 도시로 진격할 때 많은 시민군들이 죽음을 맞게 될지도 모른다는 생각을 떨쳐 버릴 수 없었다. 그런데도 이날 아치만은 내일에 대한 두려움은 잠시 접어 두고 있는 듯 했다.(제2권, 121쪽)

처음 인용한 대목은 진압 군인들의 고문으로 강당에 널부러져 있는 월순이를 등에 업고 근처 교회로 피신시켜 준 '안경쟁이 군인'이 내뱉는 말이다. 그는 군에 오기 전 대학시절 봉사활동 마치고 귀가 중 함께 탄 미니버스에서 봤던 월순이를 기억하고 연민의 심정으로 월순이를 구해주려 한 것이다. 군인은 그녀를 순박하기 만한 공장의 직원으로 기억하고 있다. 그는 급작스럽게 군에 입대해서 이번 진압군에 편성된 경우인데 월순이를 업고 뛰면서 그녀에게 건넨 말이다. '안경쟁이 군인'이 진압군의 입장을 대변하는 것은 아니겠지만, 그의 입을 통해 5·18 당시 광주가 어떻게 유린당하고 있는 지를 가늠케 한다. 이러한 사실은 화자의 진술28)을 통해서도 반복적으로 드러난다.

뒤의 인용은 시민군들이 폭도가 아닌 선량한 시민들로 구성되었음을 상기시켜 주는 대목이다. 당시 언론에 의해 시민군은 폭도로 왜곡과장되어 보도되는 경우가 다반사였다. 5·18 당시에도 진실공방으로 설왕설래 말들이 많았

---

28) 18일 오후 5시부터 밤 10시까지 공수대원들은 광주시민들에 대한 가장 잔혹한 탄압을 시작했다. 그들은 이미 사람이 아니었다. (중략) 더욱이 퇴근길의 많은 회사원들과 공무원들이 이유도 없이 공수대원들한테 붙잡혀 곤봉에 얻어맞고 군홧발에 차였으며 대검에 찔려 피를 흘리는 고통을 당했다.(제1권, 262~263쪽)

던 민감한 부분이다. 이런 점에서 보편자로서 행하는 역사의 폭력과 탈법화에 대항하는 것은 과거의 재현을 넘어 현재를 활성화하고 맥락을 창출하는 (대항)기억[29]이 소중한 이유다. 소설 속에서 시민들이 총을 든 이유는 주인공 기동에 의해 결말 부분에서 보다 직접적으로 표현되고 있다.

> "---도청에 있다가는 다 죽을지도 모르제. 그렇지만 이미 늦었어. 살기 위해서라면 처음부터 총을 들지 말았어야제. 암튼 우리는 도청에 남아 있을 수밖에 없게 됐어. 내가 나오면
> **--내가 도청에 남은 건 누구를 위해서가 아니라 내 자신을 위해서여. 지금까지 세상에서 천대받고 살아온 우리가 마지막 순간만이라도 떳떳해지고 싶은 건지도 모르제.**(고딕 글씨-인용자, 305쪽)

계엄군의 도청 진압이 현실로 다가온 시점에서 기동이는 삼순이와 실랑이를 벌인다. 결국 삼순이의 간곡한 만류에도 기동이는 도청 속으로 뛰어들고 만다. 기동이는 마지막 남은 자신의 자존심을 지키고 싶어 한다. 죽음을 목전에 두고 자존감이 그렇게 중요할 수 있는가하는 점은 차치하고라도 도청에 남은 대다수 시민군들의 생각과 의지를 대변한 말이다. 이러한 생각은 그 밖의 다른 인물들도 이와 유사한 말을 함으로써 연대의식을 드러낸다.

> **----요 며칠 동안에 태어나서 첨으로 사람대접 한번 잘 받어 봤지 않어요 어디를 가나 발에 채이고 똥 친 막대기 취급만 당해 오던 우리**

---

29) 푸코는 니체를 자신의 주장의 전거로 삼아 기억된 역사란 대부분 지배 권력 담론이 구성한 승리자의 역사임을 주장한 바 있다. 동시에 푸코는 이러한 역사의 공식적이고 지배적인 기억이 망각시킨 잃어버린 역사를 재구성할 수 있는 '대항 기억'이란 개념을 만들어냈다. 푸코에 따르쪽, '대항기억'은 기원이라 불리는 거대한 사회적 연속성에 맞서 오히려 우연적 요인들로 간주된 미세한 일탈들이 만들어내는 불연속적·단층적 출발점들에 대한 기억이다. 미셸 푸코, 『니체, 계보학, 역사, 지식의 전복에 관하여』(최문규 외, 『기억과 망각』, 2003, 198쪽 각주 75번에서 재인용).

였는디. 시민들 박수를 다 받어 보고 말이오. 태어나서 첨으로 그 많은 사람들한테 박수를 받어 봤소. 박수를 받을 때는 참말로 내가 옳은 일을 했는 모양이구나 하고 어깨가 으쓱해집디다.(중략) 우리가 언제 이런 대접 받어 봤는가요 **양아치 주제에 이만하면 참말로 사람 대접 잘 받은 거지라. 그러니 죽드라도 억울하게 생각 하지 맙시다."**(고딕 글씨 - 인용자, 제 2권, 279쪽)

박순철은 지금 여기서 한꺼번에 몰사를 당하느니 살아서 이러한 투쟁과정을 전해 주자고 손기동을 설득하려 한다. 인용한 대목은 박순철이 "도망치기 위해서라기 보담도 몰사헐 판국이 된다 치면 몇 사람이라도 도망쳐서 살아남을 수 있는 방도를 생각해 보자"(278쪽)면서 기동을 회유하는 과정에서 한 말이라는 점에서 이들의 대화는 의미심장하다. 박순철과 박목사는 손기동에게 1시간 후 함께 도청을 떠났으면 하고 간청하지만 손기동은 야학당 식구들과 여자들을 걱정할 뿐 흔들리지 않고 결국 남는다. 그렇다고 손기동은 박순철을 비겁자라고 비난하지는 않는다. 이러한 장면은 이 소설이 편향된 이념의 스펙트럼이나 도식적인 계급투쟁에 함몰되지 않으면서 균형 감각을 견지하고 있음을 가늠해 준다. 30)

이처럼 문순태의 『그들의 새벽』은 천대받고 소외된 민중들의 삶과 부당한 국가 권력과 폭력에 맞선 투쟁과정을 통해 자존과 연대의식의 중요성을 드러냄과 동시에 5·18의 객관적 형상화를 시도한 점에서 돋보인 문제적인 작품이

---

30) 문순태의 소설은 "문학에 덧 씌워진 환상에 현혹되지도 않지만, 급진적인 이념이나 이론의 틀에 갇히지도 않는다."(황광수, 『소설과 진실』, 해냄, 2000, 머리말). 위의 표현은 황광수가 조정래의 소설세계를 살피고 한 말이지만, 문순태의 소설 세계에도 그대로 적용된다고 볼 수 있겠다. 동시에 문순태의 소설에서 소외된 계층의 서민층이 주요 인물도 등장하는 것은 계급주의적(혹은 계급투쟁적)인 관점에 입각해 있다기보다는 그들에 대한 관심과 애정의 일단을 드러낸 것이고, 나아가 역사를 밀고 나가는 주체 세력으로 대다수 민중을 설정한 그의 역사관과 보다 밀접한 관련을 지닌다.

다. 또한 이 작품을 통해서 5·18 정신의 계승과 치유를 위해서는 '집단 기억'에 의한 '기억의 투쟁'과 도 맞물려 있음을 확인할 수 있게 된다는 점에서 문제적이다.

5. 나오며-제언

이 글은 문순태의 5·18 관련 소설에 나타난 '기억'의 방식을 통해 '5월 광주'를 어떻게 서사화하고 있으며, 또 이것이 갖는 문학적 의미를 고찰해 보았다. '서사적 진실'은 '실체적 진실'과는 일치하는 것은 아니다. 일치하는 경우도 있지만, 각기 경쟁과 긴장관계를 유지함으로써 '기억의 투쟁'에 복무한다면 보완의 차원을 넘어 상승효과를 거두게 될 것이다.

이 글에서 문순태의 5·18 관련 소설에 주목한 것도 '기억'을 통한 5·18의 문화사회학적 계승에 보다 주안점을 두고 싶었기 때문이다. 5·18에 대한 '기억'은 직접 체험한 당사자들도 각기 다르다. 더욱이 이 사건을 소재로 한 예술적 형상화는 다를 수 밖에 없을 것이다. 문학의 경우도 예외가 될 수 없다. "그것은 고통의 해결이나 제거가 아니라 고통을 주었던 부정적 역사와의 간격을 지탱하면서 수많은 사람들의 고통이 변질되지 않도록 애쓰는 것, 그리고 그것을 다시 반복해서 겪지 않으려는 눈뜬 성찰이다. 문학은 고통의 크기가 커지면 커질수록 역사적 기억에 대해 말하는 것을 지속해야 할 충분 한 이유를 갖는다."[31]

문순태는 5·18 당시 기자의 신분으로 현장을 생생하게 목격하고 기록했다. 지식인이자 작가로서 역사적 부채감을 안고 앞에서 분석한 4편의 5·18 관련 소설을 썼던 것이다. 그런데, 공교롭게도 5·18 관련 소설을 대략 7년여 마다 1

31) 한순미(2009), 앞의 글, 93-94쪽.

편씩 썼다. 이것은 '실체적 진실'을 확보하는 것 못지않게 '서사적 진실'의 확보를 통한 '기억의 투쟁'과도 무관할 수 없다. 나아가 이것은 '집단 기억'의 방식을 통해 5·18의지속적인 관심과 미래 세대 계승의 한 방식을 보여준 것이기도 하다. 이런 점에서 다음과 같은 한 연구자의 제언은 의미심장하다.

> '5월 광주'가 반성적 역사로 지속적으로 갱신되기 위해서는 보편자로서가 아닌 개별 주체들의 기억에 대한 의미화가 분자적으로 이루어져야 한다. 기억 연구는 한편으로는 다양한 차원의 내러티브들이 경쟁하고 공존할 수 있게 함으로써 기억이 여타의 힘없는 기억들을 억압할 수 없도록 하는 반사적 효과가 있다.[32] 나아가 그 '사건'과 시간적으로 멀어질수록 '기억'↔'상처'↔'치유'↔'진실'의 또 다른 서사가 필요하다. --중략-- 피해자와 가해자의 기억을 넘어, 남성과 여성의 기억, 가족의 기억, 저장기억과 기능기억의 겹침과 괴리 양상, 기억에 대한비유, 기억의 매체 등에 관한 세분화된 기억 연구가 후속적으로 이어져야 할 것이다. [33]

기억에 대한 다양한 주체들이 필요하고 공감할 수 있는 것은, 죽음(과거)-상처(현재)-미체험(미래) 세대를 이으며 시간을 넘나들게 하는 집단적 주체의 연대를 모색하는 일과도 밀접하게 관련되어 있다. [34] 나아가 이러한 작업은 사회학적 진상 규명으로부터 '5월' 자체가 제도화되지 않고, 끝없는 증식을 계속하도록 함으로써 문화적 기억으로 확대되는 효과를 낳는다. 문순태의 5·

---

32) 전진성, 「억압적 '역사'에 대한 재현의 정치학」, 『비평』, 2006, 12, 김정숙, 앞의 글 201쪽 재인용.
33) 김정숙, 위의 글, 201쪽.
34) 다행스럽게도 이러한 작업들이 5·18 미체험 세대 작가들에 의해 발전적으로 계승되고 있는 점은 고무적인 현상으로 받아들여야 할 것 같다. 이와 관련해서는 별도의 독립된 글이 요구되지만, 최근 한순미의 「지역문학 반란사건, 세계를 추방합니까」(『문학들』, 32, 2013년 여름호)는 젊은 작가들의 '변방의식 탈피'와도 관련되고 있는 점에서 시사해 주는 바가 크다.

18 관련 소설을 '기억'의 방식에 주안점을 두어 살펴본 이유도 여기에 있다. 다만 그의 작품을 분석하는 과정에서 기억에 대한 모형이 다소 단순화된 측면이나 '비유'의 양상을 면밀하게 고찰하지 못한 점은 아쉬움으로 남는다. 특히 기억에 대한 비유가 어떤 것이 있는지를 살펴본다는 것은 기억에 대한 여러 가지 모형이나 그 역사적 맥락 혹은 문화적 욕구나 해석 원형을 살펴보는 것과도 긴밀하게 관련되어 있기 때문이다. 이러한 점의 보완은 후일의 과제로 잠시 미룬다.*

---

* 논문출처 : 「'5.18광주민주화운동'과 '기억'의 방식-문순태의 5.18 관련 소설을 중심으로-」, 『현대소설연구』58집, 2015.

참고문헌

1. 기본자료

문순태, <일어서는 땅>, 한승원 외 ≪일어서는 땅≫, 인동, 1987.

문순태, <쳐루중>, 5월문학총서간행위원회 엮음, ≪5월문학총서2-소설≫, 문학들, 2012.

문순태, <녹슨 철길>, 최인철·임철우 엮음, ≪밤꽃≫, 이룸, 2000.

문순태, ≪그들의 새벽≫ 1-2, 한길사, 2000.

문순태, ≪꿈≫(산문집), 이룸, 2006.

2. 논문 및 저서

김득중, 「이승만 정부의 여순사건 인식과 민중이 피해」, 여수지역사회연구소, 『여순사건연구총서』, 제2집, 1999.

김정숙, 「5·18민중항쟁과 기억의 서사화-8·90년대 중단편소설을 중심으로-」, 『민주주의와 인권』제7권 1호, 전남대학교 5·18연구소, 2007, 201쪽.

김현진, 「기억의 허구성과 서사적 진실」, 최문규 외』, 『기억과 망각』, 책 세상, 2003

류보선, 『또 다른 목소리들』, 소명, 2006.

박성천, 『해한의 세계-문순태 문학 연구』, 박문사, 2012.

서경식, 『고통과 기억의 연대는 가능한가』. 철수와 영희, 2012.

석영중, 『뇌를 훔친 소설가』, 예담, 2011, 159-173쪽.

심영의, 『5·18과 기억 그리고 소설』, 한국문화사, 2009, 19-29쪽, 174-196쪽.

심영의, 「5·18소설의 '기억공간' 연구-문순태의 소설을 중심으로-」, 『호남문화연구』제43집, 호남학연구원, 2008, 12. 242-243쪽.

이미란, 「개인적 삶과 문학적 성취의 행복한 결합」, 『예향』, 2000, 8월호, 246쪽

장일구, 「역사적 원상과 서사적 치유의 주제학-5·18관련 소설을 사례로」, 『한국문학이론과 비평』, 제20집, 한국문학이론과 비평학회, 2003, 9.

전진성, 「억압적 '역사'에 대한 재현의 정치학」, 『비평』, 2006, 12. 100.

이승철, 「광주의 문학정신과 그 뿌리를 찾아서-·4」(『문학들』통권 36호, 2014년 여름호).

임명진,『한국 근대소설과 서사 전통』, 문예출판사, 2008.

왕철, 「소설과 역사적 상상력-임철우와 현기영의 소설에 나타난 5·18과 4·3의 의미」,『민주주의와 인권』제2권 2호, 전남대학교 5·18연구소, 2002, 10. 208-219쪽.

임성운,『남도문학과 근대』, 케포이북스, 2012.

정명중, 「'5월'의 재구성과 의미화 방식에 대한 연구-소설의 경우」,『5·18민중항쟁과 문학예술』, 5·18기념재단, 2006, 67쪽.

최문규 외『기억과 망각』, 책 세상, 2003, 362-363쪽.

한순미, 「지역문학 반란사건, 세계를 추방합니까」(『문학들』, 32, 2013년 여름호).

한순미,『미적 근대의 주변부: 추방당한 자들의 귀환』, 문학들, 2014.

한상훈, 「기억과 망각의 목적」,『호모메모리스』, 책세상, 2014, 105-124쪽.

홍영기, 「여순사건에 관한 자료의 성격과 연구현황」,『지역과 전망』제11집, 전남 동부지역사회연구소 자료집, 1999.

마리 오카 지음, 김병구 옮김,『기억·서사』, 소명, 2004.

미첼 푸코 지음, 이규현 옮김,『광기의 역사』, 나남출판, 2006.

알라이스 아스만 지음, 변학수·채연숙 옮김,『기억의 공간』, 그린 비, 2014, 198-468쪽.

제프리 K. 올릭 지음, 김경아 옮김,『기억의 지도』, 옥당, 2011.

조오게스 소렐 지음, 이용재 옮김,『폭력에 대한 성찰』, 나남, 2007.

쥬디스 헤르만 지음, 최현정 옮김,『트라우마』, 플래닛, 2007.

프로이트, 윤희기 옮김,『정신분석학의 근본개념』, 열린 책들, 2004, 139쪽.

망각과 소통, 그리고 해원(解冤)

—『41년생 소년』론

홍 웅 기(강원대)

1. 들어가며

현대를 살아가는 이들은 다양한 화두를 안고 살아간다. 현대인의 다양한
삶만큼 삶에 대한 화두는 다양하게 변주될 수 있을 것이다. 하지만 그 다양한
화두의 근저에 자리 잡고 있는 것은 공감하는 인간(Homo empathicus)이다.
현대사회를 가득채운 사회적 모순과 부조리함 속에서 공감하는 인간은 인간
다움이 무엇인지 자문할 수 있는 유효한 기제가 된다. 현대인이 당면한 부조
리함의 다양한 변주는 현대를 살아가는 이들이 감내해야 할 혹은 추구해야
할 인간의 가치에 대한 끊임없는 모색의 과정이어야 한다. 현대사회에 일상
화 된 사회적 모순이라는 불합리한 자산은 인간의 삶을 더욱 척박하고 가혹
은 현재적 삶으로 변모시킨다. 굴곡진 현대사회의 흐름은 그 가혹한 현실의
실체를 여실히 보여준다.

한국사회가 도약해야 하는 순간에 등장했던 변곡점들은 사회적 변화에 대

한 민중들의 열망을 좌절시켰다. 사회적 모순과 부조리함의 다양한 양태들은 철저하게 소수의 누군가의 이익을 위한 수단이었고, 방편이었다. 현대인이 감내해야 하는 오늘은 이러한 모순과 부조리함의 극단을 보여준다. 하지만 이러한 불합리함의 극단에서 인간의 삶이 지향해야 하는 올바른 삶, 혹은 "정의"로 명명될 수 있는 사회적 욕망은 보다 구체적으로 형상화되었다. 보다 온전하게 인간다움이라는 가치를 지키며, 개인들에게 주어진 각자의 삶을 영위하는 것이 가능할까? 그것이 가능하다면 현대인이 지향해야 하는 인간다움의 궁극적 실체는 어떻게 정의될 수 있을 것인가? 이러한 의문에 대한 답은 현대인의 일상에 상존해 있다. 사회적으로 억압되고 망각된 것들을 현재화하는 과정을 통해 이 땅에서 삶을 영위해야 할 이들이 추구해야 될 삶의 가치를 확인할 수 있다. 그리고 이러한 삶을 가장 명백하게 보여주는 방식의 하나가 문학이다. 문학은 삶의 일상적 순간에 내재된 다양한 가치들을 사유하고 음미할 수 있게 도와준다.

　물론 현대문명이 발전되면서 읽는다는 것의 중요성은 그 전에 비해 간과되고 있다. 읽기라는 행위가 이전과는 다른 맥락에서 논의되고 있는 듯 보이지만, 읽기를 통해 보다 많은 것을 숙고할 수 있다. 이를 가장 잘 드러내는 것이 소설이다. 소설 즉 이야기는 여전히 유효한 가치를 내재하고 있다. 소설읽기 혹은 이야기가 여전히 유효한 의미를 지닐 수 있는 것은 소설(이야기)이라는 것은 수많은 해석을 발생시키는 기계[1]이기 때문이다. 인간이 존재하고 살아가야 하는 삶의 과정처럼, 삶의 매 순간을 매혹시키는 무엇이 있고, 그 무엇에 대해 규정하고 설명하고자 하는 욕망이 인간에게 내재해 있다. 소설(이야기)에 내재한 욕망, 혹은 소설(이야기)을 통해 재현되는 욕망들은 다양한 방식들을 통해 재현되고 사유된다. 그 다양한 방식을 보여주는 작가들 중 하나가 바로 문순태[2]이다. 문순태는 문학을 통한 사유의 방식을 통해 극단의 상황에

---

1) 움베르트 에코, 『장미의 이름 창작노트』, 이윤기 옮김, 열린책들, 2004, 10쪽.
2) 주지하듯 문순태는 1960년 『전남일보』 신춘문예에 시를, 『농촌중보(전남매일 전신)』 신춘문예에 단편 「소나기」가가 당선되었으며, 1965년 『현대문학』에 김현승으로부터 시 「천재

놓인 인간 본연의 모습을 형상화한다. 치열한 삶의 한 가운데서, 비루하고 지리멸렬한 인간의 삶을 통해 모색되어야 할 가치에 대한 치열한 사유의 과정을 보여준다. 그는 "전라도의 힘은 민초들의 가슴에서, 한숨이 아닌 울부짖음과 함성이 되어 나왔다. 결코 가진 자들의 세력에서 나온 것이 아니라. 억눌리고 짓밟히고 빼앗기고 고통 받고 피 흘린 민초들의 멍든 가슴에 켜켜이 쌓여 응어리진 점액질 한(恨)이 힘의 원천이 된 것"[3])이라했다. 이 "전라도의 힘"은 문순태 문학의 기저를 형성하는 하나의 축이다. 그 힘을 바탕으로 그는 다양한 시공간을 통해 그의 이야기의 실체를 형성하는데, 그 힘은 한에 기초한다. 그것은 위정자들의 기억이 아니다. 삶의 현장에서 삶의 가치와 의미를 온몸으로 받아들여야 했던 민중들이 이야기이며 기억이다. 적어도 그의 문학적 흐름을 따르다보면 그의 문학적 토대를 형성하는 한이 무엇인지 가늠해 볼 수 있으며, 그의 소설에 내재된 "한에서 시작되어 그 한의 풀림으로 종결되는 순환적 구조를"[4])확인하게 된다.

문순태는 국가에 의해 억압된 기제를 일상적인 가치들로 의문을 제기한다. 좌우이데올로기의 대립이라는 한국적인 상황에서 국가는 개인의 기억을 가장 폭력적으로 억압해 왔다. 국가 권력에 의한 자행된 객관적 폭력은 일상적인 것들로 위장된 현실을 속에서, 민중을 억압하는 주요한 기제로 작용했다. 국가의 힘에 의해 재단된 사회적 기억은 연속된 존재로서 인간이 아닌 단절된 인간을 양산해왔다. 이는 다양성의 존재로서 인간이 아닌 국가이데올로기에 종속된 사유를 내재한 인간, 국가적 폭력에 순응하는 인간의 존재에 대한 의문으로 이어진다. 국가에 의해 통제된 사회적 기억은 좌우이데올로기의 극

들』을 추천받았다. 이후 1974년 『한국문학』 신인상에 단편 「백제의 미소」가 당선되었다.
3) 문순태, 「문학에 나타난 호남정신」, 『문학 속에 나타난 호남정신』, 광주광역시립민속박물관.2013, 9쪽.
4) 박성천, 「문순태 소설의 한(恨)의 서사적 특징」, 『현대문학이론연구』 제31집, 2007, 8. 193쪽.

단적 대립을 더욱 견고한 것으로 만들었다. 따라서 한국전쟁과 그로인해 파생된 다양한 문제들, 그리고 80년 광주에 대한 기억들을 재현하는 것은 단절된 개인이 아닌 지속된 개인으로 살아가고자 하는 하나의 욕구일 것이다. 그렇기에 그의 소설에서는 민중들의 삶은 여전히 이야기될 수 있는 그리고 이야기 되어야만 하는 대상이 된다. 따라서 일련의 문순태의 소설은 '현실 기피증 환자, 사회 공포증 환자'5)의 허상을 보여준다. 그러한 일상적인 삶의 허상들은 국가에 의해 자행된 다양하고 객관적인 폭력의 방식을 통해 망각된 인간다움의 가치가 여전히 유효한 가치임을 확인하게 된다.

2. 망각과 사유

인간 개인의 존재를 드러내기 위한 가장 효율적인 수단은 개인의 정체성을 드러낼 수 있는 공간 혹은 세계를 상정하는 것일 것이다. 작가는 이러한 특정한 공간 혹은 세계를 통해 자신의 존재를 드러내기 위한 토대를 형성하게 된다. 따라서 특정한 작가가 재현하는 공간은 제한적인 경우가 많다. 그것이 다양성을 내재하는 듯 보여도, 결국 작가에 의해 재현된 공간은 유사성을 지닌 제한적 공간들인 경우가 많다. 문순태의 소설도 여기서 자유롭지는 못하다. 물론 다양한 방식을 통해 작가의 인식과 사유를 보여주는 것은 부정할 수 없다. 하지만 다양한 사유와 인식을 통해 보여주는 것은 결국 인간의 문제이다. 일제강점기와 해방, 그리고 한국전쟁을 거치면서 간과되어 온 민중들의 삶이 이야기들, 그 이야기를 통해 국가적 기억과 개인의 기억의 차이를 명확하게 인식할 수 있는 토대를 만들어 주는 지점에 소설가 문순태가 위치한다. 그의

---

5) 신경임, 「文學과 민중 ―현대 한국 문학에 나타난 民衆意識」, 『민중문학론』, 문학과 지성사, 1984, 33쪽.

문학은 하나의 허구이지만, 결코 허구로 간주될 수 없다. 작가에게 허구는 현실을 살아가는 인간들에게 현재의 실체를 조망할 수 있는 토대를 구성해나가는 것이며, 그 속에서 만들어가야 할 미래가 무엇인가에 대한 명확한 방향성을 모색하게 해 준다. 인간은 결코 개인으로 존재할 수 없다. 인간은 세상과의 관계맺음의 방식을 통해 자신의 존재를 확인하고, 자신의 삶을 반추해야한다. 그 중심에 기억이 존재한다. 이 개인의 기억이 공통의 사유와 인식으로 전환되는 지점에서 문순태의 문학적 세계가 시작된다. 소설이란 그것이 옮겨놓고자 마음먹고 있는 모든 위치와 인간의 범주들이 만들어지고 있는 장소가 바로 사회이기 때문에, 그 사회와 직접적으로 관계되어 있6)음을 기억해야 한다. 소설은 특정하고 개별적인 공간을 생성해야 한다. 그것은 작가의 의지이다. 이 개별적 공간을 통해 작가는 자신의 목소리를 분명하게 드러낸다. 그리고 현실적인 삶의 추구해야 할 가치가 무엇인지, 현실적인 삶에서 간과하고 있는 삶의 본질이 무엇인지를 반추하게 된다. 문학은 여전히 삶의 가치를 추구하는 일련의 과정임을 명확히 인식해야 할 것이다. 문학은 우리가 살아가는 현재를 보다 명확하게 인식할 수 있도록 만들어 준다. 비로소 문학은 공감하는 인간의 유효한 방식이 된다. 타인의 경험과 사유를 통해 일상적인 삶에서 경험하지 못한 것을 공유해 나가는 과정에서 현재를 살아가는 이들이, 현대사회를 살아내야 했던 민중들이 감내해야 할 현재를 규정하게 된다. 문학을 통해 양립할 수 없는 양립 불가능한 여러 공간이 하나로 겹쳐지는 헤테로토피아적 공간7)으로 맥락화 된다. 모순적이고 이질적인 다양한 가치들이 혼재된 문학적 공간은 현대인이 살아야 할 현재와 다르지 않다.

문순태는 등단이후 한국사회가 망각한 것들에 대한 사유를 보여준다. 한국사회가 망각한 그것이 어떠한 상처였으며, 그 상처가 봉합되지 못한 채 곪아

---

6) 마르트 로베르, 『기원의 소설, 소설의 기원』, 김치수 · 이윤옥 옮김, 문학과 지성사, 1999, 35쪽.
7) 미셸 푸코, 『헤테로토피아』, 이상길 옮김, 문학과 지성사, 2016, 16쪽.

가고 있음을 자각하게 한다. 그는 끊임없이 상처받기 이전의 삶을 희망한다. 그러나 한국사회에 내재한 과거의 상처들을 부정하는 것은 결코 아니다. 그는 상처 이전의 삶으로 돌아갈 수 없음을 안다. 그 삶을 희망하는 것은 이 사회를 살아가는 이들이 망각하지 말아야 할 것들이 무엇인지, 사회적 기억이 왜곡된 지점이 무엇인지를 명확하게 인식하기 위한 방편으로 그 삶을 희망하는 것이다. 죽음과 혼란으로 점철된 한국사회의 상처는 기억으로 존재했고, 그 기억은 망각되고 있다. 한국사회가 나아가야 할 가치를 위해 그러한 상처는 극복되어야 할 대상 혹은 아무것도 아닌 것으로 훈육되고 망각되어 온 현실에서, 문순태는 자신만의 사유와 문학적 공간을 보여준다.

일제 식민지의 현실, 해방공간과 한국전쟁의 혼란, 5.18 민중항쟁에 이르는 긴 시간동안 폭넓은 사유를 통해 인간의 가치와 존엄의 실체를 보여준다. 개인의 욕망과 의지, 그리고 시대적 혼란을 통해서 인간이 지녀야 할 가치가 무엇인지를 반추하게 한다. 그의 시선을 과거에 머물러 있지만, 그 시선을 통해 논의되어야 할 문제는 아직도 현재형이다. 과거의 아픈 기억들로부터 해방되기 위해서는 망각된 기억들이 재현이 우선되어야 한다. 그리고 그 기억들은 현재에도 여전히 유효한 가치들을 지닌다. 존중받아야 할 인간의 존재가 존중받지 못한 시대의 아픔은 여전히 유효하고 반복된다. 그것은 개인의 의지에 의해 구명될 수 있는 대상이 아니다. 그러나 그러한 현실을 자각함으로서 현재를 살아가는 이들이 간과하는 삶의 가치와 의미에 대한 모색이 가능해진다. 한국전쟁으로부터 오랜 시간이 지난 지금, 여전히 한국전쟁의 상처들이 이야기되어야 하는 이유가 바로 여기에 있다.

3. 망각과 해원

한국전쟁의 상처는 시간이 흘러 과거의 사건이 되었다. 그 시간동안 과거의 사건은 의도적으로 망각되거나, 망각되어야 했다. 하지만 여전히 한국전쟁이라는 과거는 살아있는 현재의 사건으로 존재한다. 혹자는 시간의 경과를 통해 한국전쟁에 대한 객관적 거리가 확보되었다고 말한다. 하지만 현재 한국사회는 한국전쟁의 상처들로부터 결코 자유롭지 못하다. 휴전이라는 한국적 상황은 과거로부터의 상처들이 여전히 봉합되지 못한, 아직도 진행되고 있는 상처임을 명확하게 보여준다. "소설은 타락한 사회에서 타락한 형태로 진정한 가치를 추구하는 이야기"이다. 여전히 유효한 상처들은 인간의 존재를 몰락을 확인시켜준다. 전쟁이라는 극단의 상황에서 생존의 문제는 우선시될 수밖에 없는 가치이다. 생존이라는 문제는 서사물의 시간과 공간을 통해 명확한 실체를 생성한다. 물리적인 가치와 관념적인 가치의 상충을 통해, 소설의 인물들이 감내해야 하는 것들의 실체가 구명된다. "한사회의 구성원으로써 홍미를 가진 주체들이라면 자신들의 공간과 이 공간의 주체로 활약하며, 이 공간을 이해하는 자신들의 특징을 파악 할 수"[8]있다. 문순태의 소설에서 고향이 바로 그러한 역할을 수행한다. 『41년생 소년』[9]은 상처 가득한 고향에 대한 사유를 통한 사유를 보여준다.

『41년생 소년』이 보여주는 특이점은 괘종시계와 재봉틀을 통해 형상화된다. 삶이 위협받는 극단적인 순간에 달빛골짜기에서 가져온 괘종시계와 재봉틀은 귀남 일행이 죽음의 문턱에서 삶의 지탱해야 하는 하나의 희망이자 이유가 된다.

"이 마을에서 자네 아버님과 같이 괘종시계랑 재봉틀을 가지고 나

---

8) 앙리 리페프르, 『공간의 생산』, 양영란 옮김, 에코리브로, 2011, 60쪽.
9) 문순태, 『41년생 소년』, 랜덤하우스 중앙, 2007년. 이하 쪽수만 표기.

오던 때가 생각나네."

달빛골짜기 마을 앞을 지나가면서 내가 말했다.

"내가 가져온 것이었다면 진작 버렸을 거네."

"자네 아버님께서 저 시계를 벽에 걸어놓고 쳐다보시며 시간은 정해놓은 사람 것이라고 말씀하셨네."

"우리 아버지가 그런 유식한 말씀을 허셨단 말인가?"

"자네 부친 말씀대로, 나도 이제 내 시간을 정해야 할 때가 온 것 같네."

"죽겠다는 말같이 들리는구만."

"그동안 내 시간은 1950년에 머물러 있었는데 모레부터는 2005년으로 정했네."

"이 사람아, 금년이 2005년이여, 그거는 자네가 정한 시간이 아니라고."

"그렇지만 모레부터 내 시간은 비로소 2005년이라네."

"하필 왜 모레부텀이여?"

"내일 하루 까지는 1950년이니까."

(277~278쪽)

작가는 『41년생 소년』을 통해 그가 겪었던 소년 시절을 통해 역사의 아픔을 환기시킨다. 삶과 죽음의 경계에서 살아남았다는 것은 그 삶에 내재된 상처들을 함께 안고 살아내야 하는 것이다. 그렇기에 화자 "나"는 오랜 시간을 살아오면서도 여전히 1950년의 시간을 살고 있는 것이다. 그가 드러낼 수 있는 것과 은닉해야 하는 가치들. 그것들의 거리는 1950년의 시간과 2005년의 시간의 간극만큼이나 멀다. 그것은 감내할 수 없지만, 감내해야 하는 대상이 된다. 그것은 망각의 대상이지만, 결코 망각해서는 안 되는 가치를 지닌다. 기억의 깊숙한 속에 숨겨둔 그 순간의 기억은 과거에 머물러서는 안 된다. 그 기억을 현재로 이끌어 냈을 때, 그것은 해원의 가능성을 보여준다. 우리가 이념 혹은 관념이라 명명하는 것들은 사회적 공간과 그 공간의 생산에 개입을 할 경우 그것의 실체를 명확하게 판단할 수 있다. 기억의 편린들이 가리키는 50년대의 이념들이, 당대의 삶을 지배한 가치의 실체가 무엇이었는가를 재현함을 통해 당대적 현실과 소통하게 된다.

「징소리」의 순덕과 칠복을 압박하는 삶의 무게도 결국 그들의 감내해야 하는 삶의 실체와 다르지 않다. 『41년생 소년』의 "나"가 감내해야 하는 것도 결국 화자에게 주어진 삶의 무게일 뿐이다. 죽음이라는 것이 일상적 사건이 되어버린 전쟁이라는 현실에서 벗어나는 것은 한국전쟁에서 비롯된 상처를 극복하는 방법이 되지 못한다. 단지 전쟁에서 비롯된 상처를 망각함으로 그 상처가 더 이상 악화되지 않음을 믿고자 할 뿐이다. 한국전쟁이 안겨준 죽음의 상처로부터 벗어나는 것은 죽음을 극복하는 것은 죽음을 수용하는 것이다. 그러나 그 죽음을 수용하는 과정도 죽음만큼이나 폭력적이다. 이데올로기의 대립과 갈등은 죽음의 공포를 동반했다. 그들에게 이데올로기는 선택의 대상이 아닌 강요된 폭력일 뿐이다. 죽음의 공포 앞에 동의해야 하는 폭력이었고, 그 폭력에 수긍했기 때문에 죽어야 하는 폭력이었다. 이데올로기는 그것이 무엇인지를 설명하지 않는다. 단지 편가르기만 존재하는 폭력일 뿐이었다.

> "안골 사람들이 너무 많이 죽었어."
> "억울하게 죽었어. 좌익을 왼손잽이로, 우익을 오른손잽이로 알고 있는 무지헌 사람들이 죽었어. 서로 총을 들고 이편 저편 갈라져서 싸우는 거는 좋다 이거여. 헌디 무고헌 사람헌테 총질허는 것은 안되제, 언젠가는 억울한 죽음이 밝혀질 때가 있겠제."
> "그런 날이 올까?"
> "만호 말마따나 희망을 가져보세."
> "내 생각은 우리가 누구 편이 되는 것이 중요헌 것이 아니라, 누가 우리 편이 되어주느냐 허는 것이 중요허다고 봐."
> "자네는 누가 우리 편이라고 생각허는가."
> "우리 같이 무지렁이 농사꾼들 목숨을 함부로 쥑이지 않은 사람덜만이 우리 편이 되어줄 수 있다고 생각허네."

(266쪽)

아버지와 필식이 아버지가 믿었던 것들은 결국 허상이었다. 그들의 안정된 삶을 보장 할 것이라 생각했던 '백아산'도, 그들의 마을을 발전시켜줄 것이라 믿었던 '인석, 만호, 기훈'도 하나의 허상이었다. 그들이 생각하는 "무지렁이 농사꾼들 목숨을 함부로 쥐이지 않는 사람들"은 어느 곳에도 없었다. 안골사람들의 생존의 문제는 그들이 당면한 삶의 문제일 뿐이다. 해방과 한국전쟁을 통해 심화된 좌우이데올로기의 대립은 정치적 구호일 뿐이었다. 민중들에게 좌우이데올로기의 대립은 공감할 수 없는 관념이었다. 그들은 "좌익을 왼손잽이로, 우익을 오른손잽이로 알고 있는 무지헌 사람들"이었고, 그들의 삶은 여전히 고단하고 비루한 삶이었다. 좌우이데올로기의 최대 피해자는 그것의 실체를 구분하지 못하는 민중들이었다. 그들은 이념적 실천이나 대의를 알지 못했다. 단지 그들의 현재적 삶보다 윤택한 삶을 살고자 하는 소박한 소망을 가진 이들이었다. 이데올로기는 그들에게는 폭력이었고, 그들의 생존을 위협하는 위험 요소일 뿐이었다. 민중들에게 이데올로기는 국가로 명명되는 권력의 객관적 폭력일 뿐이다. 그것의 실체를 진단하거나 확인할 기회가 없는 극단의 공포를 동반한 폭력. 그 이상 혹은 그 이하의 의미를 지니지 못한다. 이러한 국가적 이데올로기가 제시하는 이상적 공간은 현실화 될 수 없는 허상일 뿐이다. 오랜기간 민중의 삶의 지배해 온 권력의 폭력은 그 이전에도 그리고 지금도 그들에게 복종을 강요한다.

이러한 폭력의 틈에서 일상적 삶을 희망할 수 있는 재봉틀은 귀남의 어머니에게는 삶의 원동력이 된다. "어머니가 바라는 좋은 세상"이라는 것이 무엇인지 알 수 없다. 그것이 "오기는 할 것인지도 의문"이지만, 그러한 허상을 몽상할 수 있다는 것만으로 삶은 지탱될 수 있는 것이다. 필식이 아버지의 "괘종시계"도 이와 유사하다. 그들이 살아가는 죽음의 시간과는 다른 시간을 상정함으로 그들은 잠시나만 위안을 얻을 수 있게 된다. 일상적인 삶에 대한 욕망은 그들만의 피안의 방식을 생성한다. 삶을 지탱하고 구성하는 원동력은 그들이 선택한 피안의 방식 혹은 공간을 통해 명백한 사실로 확신된다.

> 필식이 아버지 말대로 어머니는 재봉틀을 보자 무척 좋아했다. 손
> 잡이를 돌려보기도 하고 요모조모 들여다보면서 냄새를 맡아보기도
> 했다. 어머니는 재봉틀에서 기름 냄새가 참기름 냄새처럼 고소하다고
> 했다. 남의 물건인데도 잔뜩 욕심이 나는지 나를 나무라지도 않았다.
> "재봉틀은 재산 목록 1호인디, 이 값진 것을 왜 버리고 갔을까. 얼렁
> 난리가 끝나서 좋은 시상 오면 이 재봉틀로 우리 귀남이 귀동이 새 옷
> 버틈 맹글어줄 거다."
> 나는 어머니가 말하는 좋은 세상이란 어떤 세상일까 하고 생각해
> 보았다. 어머니가 바라는 좋은 세상이 오기는 할 것인지도 의문이었
> 다. 필식이 아버지도 태엽을 감은 괘종시계를 윗목 벽 한 가운데 높직
> 이 걸어놓았다. -중략-
> "시간을 살려논께 좋구먼. 시간이라는 거는 따로 주인이 있는 것
> 이 아니고 정해놓은 사람 것인 겨. 우리가 지금 시간을 열두시로 정
> 하면 그거는 우리 시간이 되는 거여."

(237~238쪽)

재봉틀과 괘종시계는 전쟁이라는 치열한 삶의 현장, 죽음의 공포로 가득한
일상의 사건의 공간을 변모시킨다. 미래를 전망할 수 없는 현실이 아닌, 확신
할 수 있는 미래에 믿음, 그것은 그들이 전쟁이라는 현실을 감내할 수 있는 원
동력이 된다. 그들의 삶에 내재된 다양한 삶의 양태들은 그들의 의지에 따라
다른 의미를 부여할 수 있다. 민중들의 삶은 거창한 정치적 수사를 필요지
않는다. 단지 그들의 일상적인 삶을 지탱하는 것, 또는 그들의 일상적인 삶을
지속적으로 영위할 수 있는 방편들에 대한 다양한 모색의 일부가 된다. 그것
이 인간들이 추구해야 하는 삶의 단면이며 현실을 감내하는 방식이다.

인간적인 삶의 주요 특징은 삶 자체가 언제나 사건들로 가득[10]하다는 것

---

10) 한나 아렌트, 『인간의 조건』, 이진우 외 옮김, 한길사, 2007, 152쪽.

이다. 그 사건이 어떠한 의미를 내재하고 있는 가는 부차적인 문제가 된다. 내일을 기약할 수 없는 생존의 현장에서, 그보다 먼 미래를 희망할 수 있다는 것은 인간적인 삶이기에 가능한 역설일 것이다. 그리고 이 역설적 사건을 통해 그들이 살아가는 시공간의 의미는 구체성을 띤다. 문귀남의 일행에게 그들이 직면한 죽음의 공포를 극복할 수 있는 것은 기약할 수 없는 내일이라는 허구를 통해 가능하다. 인간의 삶에 대한 최소한의 배려도 존재하지 않는 시대에 인간적인 삶의 지탱하고자 하는 본연의 욕구라는 것은 그들의 삶의 그래도 계속될 수 있음을 희망하는 것은 그들이 처한 현실을 극복할 수 있는 하나의 원동력이 된다. 전쟁이라는 극단의 상황은 인간을 단지 생존을 목적을 목적으로 하는 존재로 몰락시켰다. 인간이 지켜야하는 최소한의 도리라는 것은 더 이상 존재하지 않는다.

한국전쟁의 극단적 상황은 인간으로서 살아가야하는 최소한의 가치가 무엇인가를 반성하게 만든다. 그리고 그 최소한의 가치를 지탱하는 것은 그들의 삶에 내재한 슬픔이었다. 귀남 일행은 한국전쟁의 시간과 다른 '우리 시간'을 통해 그들이 처한 현실로부터 잠시나마 안위를 얻을 수 있는 것이다. 그들이 모색하는 새로운 삶의 조건들은 죽음이라는 극단의 공포 속에서 삶을 지탱할 수 있도록 만들어주었다. 그들의 안전을 보장해 줄 수 있는 공간의 부재는 역설적으로 그들이 스스로의 삶을 모색하고 지탱하도록 만들어주는 기제가 된다. "삶의 양식은 말로 표현되는 일이 드물고 의식적인 행위"[11]를 통해 구체화된다. 귀남의 어머니의 '재봉틀'이나 필식이 아버지의 '시계'는 그들의 생명이 위협받는 순간에도 결코 포기할 수 없는 삶의 토대가 된다. 그들은 의식적으로 전쟁의 혼란으로부터 벗어날 수 있는 허구를 상정함으로 그들이 처해있는 현실을 극복하고자 노력하는 것이다.

인간과 비인간의 "경계들과 차이들의 혼란은 동시에 누구에게나 해당될

---

11) 이푸-투안, 『토포필리아』, 이옥진 옮김, 에코리브로, 2011, 206쪽.

수 있는 새로운 삶의 가능성들을 연다. 누구에게나 제공된 새로운 가능성들 중 하나는 자기의 방식으로 예술과 삶의 기초를 세우는 것"[12]이라면 작가가 선택한 삶의 가능성은 명확해진다. 온전한 인간으로서의 삶을 살아간다는 것은 그들이 처한 현실에 굴복하는 것이 아니라 그들의 삶의 영유할 수 있는 자유의 공간을 생성하는 과정을 통해 만들어지게 된다. 이에 대해 박성천은 "문순태 소설에서 '인물과 플롯을 담아내는' 서사화의 과정은 주체의 한을 극복하는 과정에 수렴"[13]되는 것으로 파악한다. 소설 속 인물들이 살아가는 삶의 지난한 과정들은 극단의 상황에 처한 이들이 그 극단을 극복하기 위한 일련의 허구가 된다. 그리고 이 허구는 많은 것을 담아내게 된다. 그 허구를 통해 구체화되는 것 중 하나가 바로 한일 것이다.

> "우리 아버지의 평생 동안 시간을 모두 땅에 묻어버린 기분이네, 아버지 장례를 두 번 치른 것만 같구먼."
> 해가 설핏해져서야 달빛골짜기를 떠나면서 필식이가 약간 가라앉은 목소리로 입을 열었다. 나는 아버지의 시간, 이라는 말을 곱씹어 생각해본다. 필식이가 아버지의 시간을 땅에 묻었다면 나는 어머니의 고통스러웠던 삶의 흔적을 깨끗이 지워버린 기분이다.
> "따지고 보면 그 고물 시계는 우리 어머니의 것이기도 했네."
> "알고 있어. 우리 아버지가 도망칠 때 버린 것을 자네 어머니께서 가져오셨제. 내가 땅굴촌에 갔을 때, 자네 어머니가 돌려주셨지 않은가."
> 우리는 고물 시계와 재봉틀을 달빛골짜기 마을에 묻고 떠났다. 내가 고물 시계와 재봉틀을 땅에 묻자고 했을 때 필식이는 반대했다. 아무 데나 버리면 될 것을, 죽은 사람 장사 지내는 것처럼 수고스럽게 땅을 파고 묻을 필요가 있느냐는 것이었다. 나도 처음에는 그렇게 생각했다. 어차피 집에 다시 가지고 가기도 뭣해. 그냥 아무 데나 버릴까 싶기도 했다. 그렇지만 오래된 괘종시계와 재봉틀은 필식이와 나에게

12) 자끄 랑시에르, 『문학의 정치』, 유재홍 옮김, 인간사랑, 2011, 84~85쪽.
13) 박성천, 『해한의 세계, 문순태 문학 연구』, 박문사, 2012, 63쪽.

단순한 물건이 아니라는 생각이 들었다. 분명 의미 있는 유형물인 것이었다. 비록 낡은 고물이지만 필식이 아버지와 내 어머니의 삶과 깊은 연관이 있었다. 그리고 그 자식들인 필식이와 나의 삶에도 무형으로 연결되어 있다는 느낌이었다. 그런 소중한 것을 아무 데나 버릴 수는 없었다. 나는 부모의 삶과 연결된 것들에 대해 최소한의 존엄과 예의를 표하고 싶었다.

(273~274쪽)

그들이 공유하는 삶의 흔적들은 그들이 걸어내야 하는 삶의 무게가 된다. 그들에게 고물 시계와 재봉틀은 "단순한 물건"이 아닌 "의미 있는 유형물"이기 때문에 그것들을 떠나보내는 것은 그들에게 하나의 의식이 된다. 이 의식의 과정에서 "의미 있는 유형물"을 버릴 수 있는 공간은 그것들과 최초로 대면한 달빛골짜기 마을뿐이다. "기억할 수 없는 것보다 더욱 안타까운 것은 아무것도 남아 있지 않기 때문이다. 볼 수 없음은 완전 소멸과 같다."(275쪽) 귀남과 필식이 떠나보내야 하는 것은 그들의 살아온 과정이고, 어쩌면 그들의 지난한 삶의 한 부분을 소멸시키는 것과 다르지 않다. "시간은 정해놓은 사람의 것"(277쪽)이다. 귀남은 그 스스로를 1950년대의 그 시간에서 존재시켜왔다. 어쩌면 과거의 굴레에서 벗어나지 못한 삶일 수 있지만, 그 과거의 시간은 현재의 그를 무엇보다 명확하게 규정해준다. 그것은 2005년 현재의 시간을 살고자 하는 순간에도 여전히 유효한 명제가 된다. 그렇기에 "내일 하루까지는 1950년"(277쪽)이고, 이어야 한다. 귀남은 스스로의 삶을 감내해야 할 현실의 시간을 1950년에 유예하는 방식으로 자신을 규정하고 있는 것이다. "불면에 시달리기는 해도 기억들을 망각"(284쪽)할 수 없는 이유도 여기에 있다. 과거의 기억들은 귀남의 현재를 구성하는 토대이기 때문이다. 과거로부터 벗어나고자 하는 욕망과 그것을 망각해서는 안 된다는 당위성 속에서 그가 반복하는 것은 벗어나고자 하는 욕망도, 망각해서는 안 된다는 당위성도 아니다. 그 스스로 어떤 사람으로 자리매김하고자 하는가에 대한 치열한 다툼의 과정일 뿐이다.

4. 나오며

인간에게 욕망이라는 것은 자신을 규정하는 근원적 힘을 내재한다. 그렇기에 욕망이 존재하는 방식은 다양하다. 인간이 욕망하는 대상은 고정되어 있지 않다. 그것은 끊임없이 미끄러진다. 따라서 욕망의 본질이 무엇인지 규정할 수는 없다. 그것은 항상 다른 형태로 유효한 의미를 지니게 된다. 인간은 "세계 공간의 조그마한 부분을 점유하고 있는 한 사물일 뿐 아니라, 세계에 거주하면서 세계를 지배하고 창조하는 존재"[14]이다. 문순태가 보여주는 망각된 것들에 대한 현재화는 한국전쟁 이후 한국사회에 내재한 망각된 가치들이 지닌 유효성이 무엇이었는가를 자문하게 만든다. 죽음이라는 공포가 일상화된 시공간에서 죽음을 인식하고 사유하는 것은 오랜 시간이 지났더라도 여전히 힘든 일이다. 죽음의 공포는 결코 무감각해질 수 없는 상처이며, 그 상처를 끌어안고 살아야 하는 이들에게 그것은 망각할 수 없는 현재가 된다. 엘리아데에게 죽음은 소멸이 아니라 실존적 차원의 변화이며, 다른 종류의 삶[15]으로 규정된다. 하지만 일상적인 삶에서 죽음은 결코 다른 종류의 삶으로 치환될 수 없다. 현실을 인식하는 주체가 그 현실을 인식하고 응대하는 방식, 그 과정을 통해 많은 의미들이 생성되고 현재화된다. 좌우이데올로기의 대립과, 삶과 죽음의 갈림길에서 살아남은 이들이 끌어안아야 하는 상처들의 실체를 통해 인간이 지켜야 할 가치와 의미가 무엇인지 충분한 사유가 가능해진다.

문순태가 이끌어내는 한국전쟁에 대한 기억은 여전히 유의미하다. "그의 회상은 과거를 기억함으로써 잊고, 잊음으로써 기억하는 일"[16]이다. 과거는 회상

14) 이푸-투안, 『공간과 장소』, 구동회·심승희 역, 도서출판 대윤, 1999, 64쪽.
15) 엘리아데, 『종교형태론』, 이은봉 역, 한길사, 1996, 246쪽.

혹은 설명의 대상이 아닌 여전히 종결되지 못한 사건의 일부로 그 존재가 각인된다. 일상적인 삶에서 망각된 것은 민중들의 삶에 내재된 상실된 욕망의 흔적이며, 현대인이 추구해야 하는 삶 본연의 모습일 것이다. 그의 소설은 망각된 것의 재현 혹은 현재화를 통해 우리가 감내해야 할 현재를 상정하게 된다. 그리고 과거의 한국 사회가 그러한 것처럼, 한국의 현대사회도 다양하고 이질적인 것들의 충돌이 상존하는 모순적인 공간임을 부정할 수 없을 것이다. 전쟁이라는 극단의 환경은 다양한 삶의 양태들이 충돌하는 헤테로토피아적 공간이 된다.

한국전쟁은 이제는 기억의 저편으로 사라지고 있다. 한국전쟁을 통한 삶의 치열한 현장이, 전쟁이라는 죽음의 공포로부터 당대를 살아간 이들이 지키고자 했던 가치가 무엇이었는지 이제는 망각되고 있다. 혹자는 그 속에서 한의 정서를 발견한다. 그것이 전라도의 힘이 실체로 명명 될 수도 있다. 하지만 문순태의 서사가 끌어오는 힘의 원천은 인간이다. 현재를 살아가는 이들이 목도하는 현실의 고통들을 감내할 수 있는 힘이 무엇인지를 문순태 소설은 보여준다. 그의 소설을 통해 형상화되는 한의 정서들이 지향하는 것은, 현실의 고통과 아픔을 감내하고 살아내야 하는 운명의 실체를 가늠하게 해준다. 남은 이들과 떠나버린 이들 사이의 간극에서 발견되는 운명의 실체를 결코 유쾌할 수 없다. 하지만 그것이 인간이 직시해야 하는 대상임은 분명하다. 그 과정을 통해 인간은 과거와 소통하고, 그 아픔을 치유할 수 있는 여력을 얻게 된다. 그렇기에 문순태의 소설은 망각과의 소통이며, 해원의 과정을 보여준다. 그 속에서 '공감하는 인간'으로 인간의 위치를 확인하게 된다.*

---

16) 박진, 「기억의 재구성과 역사의 서사화」, 『41년생 소년』, 랜덤하우스 중앙, 2007, 309~310쪽.
* 논문출처 : 「망각과 소통 그리고 해원-『41년생 소년』론-」, 『문예연구』2015년 가을호.

제3부

문순태 소설의 생태학적 인식과 사운드스케이프

문순태 소설에 나타난 생태학적 인식 고찰

-—성과 여성, 자연을 중심으로

임 은 희(한양대)

I. 서론

문순태 작품에서 '성과 여성 그리고 자연'을 쟁점화 하여 살펴보는 것은 '자생적 생태주의자'로서 작가의 무의식에 내재되어 있는 생태학적인 의미를 찾을 수 있다는 점이다. 그의 작품에는 자연의 소재들이 많이 등장하여 생태학적인 문제인식을 빈번하게 드러내는데도 불구하고 그동안의 논의에서는 집약적으로 다뤄지지 않았다. 작가 스스로도 생태주의 운운하기 전부터 "삶의 한 부분"으로 자연을 보고 있으며, 자신을 스스로 '자생적 생태주의자'로 자칭하기[1]도 한다. 이는 그의 작품세계가 의도적으로 생태문제를 주제화하지

---

[1] 이은봉 외 엮음, 김형중, 「역사는 소설의 영원한 주제다」, 『고향과 한의 미학-문순태의 소설 세계』, 태학사, 2005, pp.313-4. 김형중은 문순태와의 대담을 통해 작가의 동화에는 생태주의적인 감수성이 부각되었음을 지적한다. 따라서 작가의 작품세계가 변모할 거라는 징후로 해석할 여지를 물어본다. 이에 작가 문순태는 생태주의적인 감성은 작품세계의 변모라기보다는 후경에 있었던 것이 전경화된 것이라며, 자

않더라도 무의식적으로 모든 생물의 본질적인 가치를 인정하고 그 본질에 좀 더 다가가 삶을 이해하려는 생태학적 인식을 지향하고 있음을 엿볼 수 있다. 이처럼 작가가 의도하지 않았지만 작가의 무의식에 내재되어 있는 생태학적인 의미를 작품을 통해 찾는 것은 작품을 좀 더 다양하게 읽어내어 문순태 소설을 다각적으로 규명하는데 논고의 의미가 있다.

문순태 작품에 대한 기존 논의는 대부분 고향상실의 문제의식과 그것을 통한 근대화의 조명에 머물러 있다[2].특히 문순태는 '한'의 작가로 규정되고 있다. 그는 민족사의 토착적 삶과 향토적 정서에 기초한 "한의 문제를 정통으로 다루며 체계화한 작가"로 정의[3]되고 있다. 작가 스스로도 '홀 맺힌 역사의 한을 푸는 해한자'[4]이길 자처한다. 여기에서 한의 현실을 토착적 삶과 향토적 정서에 기초한다는 점과 한을 풀어내고자 하는 작가의 의지를 주목해야 한다. 거기에 생태지향적 의미가 담겨있기 때문이다. 특히 본고의 논의와 관련하여 주목해 볼 기존의 논의 가운데 하나는 그의 작품을 성과 성담론을 통해 해석해 낸 박선경의 논의이다[5].여기에는 전쟁테마 소설을 중심으로 성을 통해 금기위반인 폭력(전쟁)과의 연관성을 살피고 있다. 전쟁과 같은 격변기를

연과 더불어 살았던 자신의 삶에 있어 생태주의적 주제는 그 자체로 이미 자연스럽게 감수성에 녹아들어있어 자연이 삶의 한 부분임을 언급한다. 이를 통해 볼 때 문순태 작가에게 있어 생태주의적인 의식은 작가의 무의식에 내재된 중요한 문제인식임을 살필 수 있다.
2) 송재일, 「비극적 갈등과 화해의 미적 구조-문순태 철쭉제의 인물과 배경분석을 중심으로」『어문연구』15집, 1986.
문석우, 「고향 상실에 나타난 신화성-라스푸친의 마쪼라의 이별과 문순태 징소리를 중심으로」『비교문학』30집, 2003.
이은봉 외 엮음, 「고향과 한의 미학-문순태의 소설 세계」태학사, 2005.
최창근, 「문순태 소설의 '탈향/귀향'서사연구」, 전남대학교 석사논문, 2005, 2.
3) 이은봉 외 엮음, 위의 책,p.302.
4) 이은봉 외 엮음, 위의 책,p.302.
5) 박선경, 「'성'과 '성담론'을 통해 본 삶의 내면과 이면-문순태 소설의 전쟁 모티브와 성폭력 모티브를 조명하며」,『현대소설연구』제23호, 2004, 9.

살아가는 개개인들의 상처는 성을 통해 더욱더 덧나고 있으며, 그것은 성 결합을 통해 화해되어야 함을 역설하면서 이런 과정에서 여성의 아픔과 상처는 고려하지 않았다는 점에서 남성중심적 한계를 보이고 있음을 밝히고 있다. 이 논의에서는 여성의 아픔과 상처라는 한 부분만을 편파적으로 해석한 경향이 엿보인다. 한 으로 형상화된 여성의 아픔과 상처가 치유되는 과정에서 생태학적인 의미를 지향하고 있음을 간과하고 있다.

생태비평이론은 김욱동[6]과 이남호에 의해 한국 문학에 미친 영향관계로 규명되기 시작하였다. 그는 '적색에서 녹색으로'라는 구호를 생태의식의 출발점으로 두고 문학과 생태학의 관계를 규명한다. 그는 녹색 문학을 연성 녹색문학과 강성녹색문학으로 나누는데 "연성 녹색문학이란 생태의식을 묵시적으로 전달하고 강성 녹색문학이란 그것을 직접적으로 드러내 놓고 명시적으로 전달하려는 문학을 말하며 그는 후자가 전자에 비해 더욱더 의미를 지니는 것"으로 평가한다. 이에 이남호는 생태학을 피상생태학과 심층생태학으로 구분한 노르웨이 환경론자 아르네 네스의 견해에 기대어 모든 참된 문학작품 속에는 심층생태학의 자연관이 내재되어 있음을 강조한다. 따라서 참된 문학은 "환경문제를 피상적으로 고발하는 것이 아니라 문학의 녹색 본질을 구현"하는 것이며, 생태 위기 시대에 바람직한 문학의 기능을 수행할 수 있다. 그러나 그의 논의는 녹색문학에 대한 개념에 치중하여 생태문학에 대한 개념 정리가 분명치 않다. 이에 대한 연구는 1990년대 이후 생태문제가 환경문제와 결부되면서 활발하게 진행되고 있다.

최근 생태학적 연구는 산업화로 인한 자연파괴의 실상을 구체적이며 실제적인 차원에서 다뤄져야 한다는 관점에서부터 생태학의 차원에서 생물과 무생물 그리고 인간 사이의 관계를 탐구하는 관점 그리고 동양철학을 기반으로

---

6) 김욱동, 『문학 생태학을 위하여』, 민음사, 1999.
   김욱동, 『생태학적 상상력』, 나무 심는 사람, 2003.
   이남호, 『문학은 녹색이다, 녹색을 위한문학』, 민음사, 1998.

한 생명사상이나 우주적 영성의 차원에서 바라보는 관점 등 다양한 범주에서 이루어지고 있다.7) 또한 생태학이 페미니즘과 동일한 존재기반을 가졌다는 인식 하에 남성중심의 문명 속에서 모두 타자였다는 동일한 기반을 갖고 페미니즘과 결합하여 현실의 문제점에 대한 대안으로 새롭게 논의되고 있다. 이러한 생태의식의 반영은 전통적인 여성성에서 왜곡된 여성상을 재정립하여 여성의 주요 특징인 생산과 돌봄, 부드러움의 원리를 인간뿐만 아니라 식물, 동물까지 생명 있는 모든 것을 아우르는 범주로 확대되어 사용8)하고 있다. 이와 관련하여 문순태 소설을 생태학적으로 보는 기존의 견해에서는 환경문제를 다룬 몇 작품을 통해 피상적으로 생태의식을 규명9)할 뿐이다. 문순태 소설은 녹색문학의 범주에 들거나 혹은 연성 녹색문학의 범주에 귀속시킬 수 있는 몇몇의 작품으로 한정하고 있다. 하지만 그의 소설에서 생태학적 의미를 탐구할만한 작품들은 상당수 존재한다. 물론 김종성의 논의10)처럼, 그 작품들이 단 순히 자연물을 소재로 쓰여졌기 때문에 생태학적 의미를 담고 있다는 것은 아니다. 그러나 그의 성에 대한 인식이 대지의 속성과 동일시되어 유기적인 세계 인식을 보여준다는 점에 있어서는 주목할 만하다. 또한 모

---

7) 황국명, 「90년대 소설론 그 치욕과 영광, 삶의 진실과 소설의 방법」, 『문학동네』, 2001.
   이소영, 「황순원 소설에 나타난 생태의식 연구」, 고려대학교 석사논문, 1998.
   김정숙, 「한국 현대소설의 생태비평적 연구」, 충남대학교 석사논문, 1999.
   곽경숙, 「한국 현대소설의 생태학적 연구」, 전남대학교 박사논문, 2001.
   변혜경, 「오영수 소설의 생태의식」, 서강대학교 석사논문, 2002.
   구자희, 「한국 현대 생태소설 연구」, 경원대학교 박사논문, 2003.
   이은실, 「한국 현대 생태소설 연구」, 동덕여자대학교 박사논문, 2003.
8) R.통, 이소영 외 편역, 『자연·여성·환경: 에코 페미니즘의 이론과 실제』, 한신문화사, 2000.
9) 이은실, 위의 글, 여기에서는 문순태 작품 <낯선 귀향>을 들어 생태계 파괴가 원인으로 가정이 파괴되는 내용을 다룬 작품으로 간략하게 소개만 되고 있다.
10) 김종성, 「한국 현대소설의 생태의식 연구」, 고려대학교 박사논문, 2003. 이 논의에서는 자연친화적이거나 생명을 논한 작품이 모두 환경생태문학이라 볼 수 없다고 보고 있다. 따라서 산업 근대화 시기 이전에 발표된 작품들을 이 범위에 포함시켜 논의하는 것은 문제적임을 밝힌다.

든 생명체가 총체적으로 유기적인 관계를 지닌다는 생태학적인 시선은 주체와 타자의 관계를 화해로 이끌어나가는 동인이 된다는 점도 간과할 수 없다. 그것은 문순태 소설에서 주요하게 거론되는 '한'의 응어리를 해소하는 과정이 화해를 지향한다는 점과도 일맥상통한다. 그의 작품에 드러나는 한 맺힘은 역사의 비극적 사건에 의해 배태된 것이며, 그렇게 해서 맺힌 한을 풀어내어 건강한 삶의 모습으로 복원하고자 하는 과정에는 인간과 자연이 조화롭기를 바라는 심층생태학의 의미와 맞닿아 있다. 특히 비생태적인 역사적 사건에서 훼손된 여성이 자연과 조우할 때 에코페미니즘의 의미도 내재한다. 여기에는 인간과 인간간의 조화와 평등을 지향하는 생태학적 지평이 놓여있다.

본고에서는 문순태의 70-80년대 작품 가운데 '성과 여성, 자연'을 언급하고 있는 작품을 중심으로 생태의식을 규명해보고자 한다.

여기에는 자연과 인간의 조화로운 세계에 대한 깊이 있는 천착과 조망이 드러날 것이다. 이는 생태문학의 본질에 좀 더 다가서고자 함이다. 1970-80년대에는 개발 위주 정책이 중시되던 시절이어서 환경친화적 발상에 대한 천착이 요구되는 시점이라는 점에서 이 시기의 작품을 살펴보는 것은 의미 있는 작업이라 사려 된다. 또한 이와 같이 그의 문학을 새롭게 조명하는 것은 그의 문학을 단순화하여 위축시키기보다는 좀 더 다양화된 의미를 소생시키는 데 기여할 것으로 본다.

II. 성의 분출과 자연과의 공생 – 철쭉제

「철쭉제」[11]는 현직검사인 '나'가 아버지의 유해를 찾기 위해 30여년 만에 고향으로 돌아오는 귀향소설이다. 이 작품에서는 '나'가 아버지를 죽였던 박

---

11) 『철쭉제』, 『피울음』 일월서각, 1983. 이후 인용된 부분은 페이지만 기입하겠음.

판돌과 함께 6일간 등정한 아버지의 유해가 묻힌 '지리산'이라는 자연공간과 여성의 성에서 생태학적 의미를 추출할 수 있다.

먼저 '나'는 지배적인 속성을 구축하고 있는 반생태적 인식을 지닌 인물이다. 그러나 아버지의 유해가 묻힌 '지리산'이라는 자연공간에서 자연과 합일된 인물인 지관 박영감과 함씨와의 만남을 통해 타자에 대한 시선이 수직에서 수평적 시선으로 변이된다. 이는 "모든 자연은 독특한 가치를 지니고 있으며 모든 생물은 평등하다"[12]는 심층생태학의 의미를 담고 있다. '나'의 의식의 변이는 아버지의 원수인 박판돌과 같이 등정한 창녀 미스현과의 관계변화를 통해서도 살펴볼 수 있다.

주인공 '나'는 고향에 돌아오기 전인 도시에서 과거 부친을 살해했던 박판돌을 복수하기 위해서만 살았다. '나'가 살아왔던 과거 30년 동안의 광주에서의 생활은 '어금니 부드득 갈며'(p.37) 박판돌에게 원한을 갚기 위한 세월이었고, '나'는 박판돌을 복수하기 위한 집념으로 가슴 뭉글리며 살아왔다. 그래서 '나'가 검사가 된 것도 '나'자신의 만족과 행복 보다는 박판돌을 처벌하기 위한 지위를 얻기 위해서였다. 따라서 도시에서의 '나'의 삶은 오직 개인적인 욕망이나 사회적인 계급구조에 의해 인간을 가치 평가하는 종적인 삶이었다. 지리산에는 검사인 나, 접대부였던 미스현과 박판돌, 젊은 인부, 지관 박영감과 함께 등정한다. 이처럼 신분과 계층이 다른 존재들이 서로 어울린다는 것은 도시에서는 허용되지 않는다.

처음 '나'는 박판돌을 '뱀의 혓바닥을 날름거리듯 눈을 허옇게 까뒤집으며 달려든' '입주둥이 내밀고 뚱해 있는' '성난 사냥개처럼 캥캥거리며 아무나 물

---

12) 정정호, 『탈근대인식론과 생태학적 상상력』, 한신문화사, 1997, p.384. 여기에서 드발과 세션스의 주장을 재수록하고 있는데 그들은 지배적 세계관과 심층생태학의 차이를 밝히고 규정한다. 심층생태학은 자연과의 조화를 지향하고 모든 자연은 독특한 가치를 지니고 있으며 생물동이 평등하며 보다 큰 자아실현을 위한 봉사와 비 지배적인 과학관을 지니고 있음을 정의한다.

어뜯을 것 같은'(p.40)인물로 바라본다. 그러나 산, 눈, 철쭉꽃 이라는 자연현 상이 어린 시절 그와 나눴던 행복의 시절과 겹쳐지면서 사나운 동물로 비하하여 바라봤던 박판돌에 대한 나의 인식이 변이된다.

① 나는 박판돌의 알록달록한 남방셔츠의 등짝을 보고 산을 올라가면서, 문득 어렸을 때 그의 **등에 업혀** 다닌 기억들을 떠올렸다. 어린 나는 지리산이 온통 허연 눈덩이로 덮여 하늘이 거북스럽게 보일 정도로 눈이 오는 날이쯤, 그의 **등에 업혀** 학교엘 가곤 했었다. …… 그 때 그의 등은 지리산 노고단만큼이나 널찍한 것 같았었으며, 쾨쾨하고 땀 냄새 나는 그의 튼튼하고 널찍한 등에 업힌 채 깜박깜박 잠이 들기도 했었다.(p.27)

② 칠팔월이 되면 지리산 계곡은 철쭉꽃으로 빨갛게 물들여지곤 했었다. 머슴 판돌이는 산에서 **철쭉꽃을 안아름씩 꺾어다 주었었다.** 그때까지만 해도 판돌이는 나를 **도련님 도련님 하며 끔찍이나 잘해 주었다.**(p.43)

① ②는 그를 향해 복수의 칼날만을 갈았던 지난날의 시간들 속에는 존재하지도 않았던 박판돌에 대한 인식이다. 눈, 철쭉꽃이란 자연 속에서는 아버지를 살해했던 박판돌이 아버지와 같은 존재로 다가온다. 험난한 길을 헤쳐나갈 든든한 등을 지닌 '끔찍이나' 잘해 주었던 그런 인물로서이다. '나'의 박판돌에 대한 감정이 '미움'이라는 부정성에서 '아버지와 같은 든든함과 편안함'이라는 긍정성으로 변이되고 있음을 보여 준다.

또한 '나'가 창녀인 미스현에 대해 바라보는 시선도 박판돌을 향한 것과 동일하게 나타난다. 사회적인 시선에 의한 계급적 구조 속에서 바라본 미스현은 창녀이며 불결함을 일으키는 대상이다. 근대화의 이항대립이 가져온 접대부와 종업원이라는 하층계급에 대한 저급한 시선이다. 이러한 시선은 시대가 변해도 전혀 바뀌지 않는 부권사회의 잔재이다. 그런 사회 안에서의 타자에 대한 수직적 시선이 자연에서는 평등적 시선을 지향한다.

> ① 나는 그 여자가 **싫었다.** 미스 현이라는 그녀는 입성이나 행동거지로 보아 가정집 여자가 아닌 어디 술집 접대부나 시골 다방 종업원 같아 보였다. 얼굴은 제법 반반하게 생겼으나 사람 됨됨이며 말하는 뽐새가 해반들하게 닳아진 여자였다.(p.47)
> ② 미스현은 반야봉을 내려가면서까지 입술에 루우즈를 발랐다. 보아줄 사람들도 없는 산에 와서까지 고추장을 바르는 그 천덕스러움이 이상하게도 **꽃처럼 아름답게 느껴졌다.**(p.64)

이상 ①②에서 보여준 바와 같이 지리산을 오르기 전의 미스현에 대한 불결한 감정은 희석되고 그러한 감정이 아름다움으로 바뀐다. 이는 성매매인이라는 사회적인 계급에 의해 위계화 된 미스현이 아니라 평등한 인간 미스현으로 다가오기 때문이다. 이러한 인식은 자연과의 합일을 통해 인간에 대한 이해로 나아간다.

> 나는 눈앞에 펼쳐진 철쭉꽃밭에서 아이들처럼 뛰어다니고 싶은 충동을 느꼈다. 몸이 빨갛게 꽃물이 들도록 들처럼 뛰어다니고 싶은 충동을 느꼈다. 몸이 빨갛게 꽃물이 들도록 뒹굴고 싶었다. (p.56)

'나'의 몸이 철쭉이 되어 빨갛게 물들여지는 감각적 전이가 이뤄짐으로써 주객이 합일된다. 이제 '나'는 복수가 아니라 어린 동심의 세계로 돌아가서 자유로울 수 있는 세계를 꿈꾼다. '나'는 산과의 합일을 통해 인간의 욕망적 갈등을 벗어나 자연의 경이로움을 느끼며, 타자를 일방 적 입장이 아닌 상호소통 속에서 용서하며 포용하게 된다.

'나'가 의식의 긍정적인 발전을 갖게 된 지리산의 공간적 의미는 지관인 박영감과 천왕봉의 신선인 함길만에 의해 그 의미가 가중된다. '나'는 자연과 합일된 자연인인 두 인물과의 만남을 통해 '자연의 순리 안에서의 나'를 자각한다. 지관 박영감은 한평생 지리산에서만 살 수 있는 그래서 산과 혼융일체가 된 인물로서 지리산이라는 자연과 합일된 인물이다. 그는 "산에서야 미운 사람이 없제"(p.66) "산에 올라와 보면 미움은 한갓 바람과도 같다"는 생각(p.69)이 든다면서 산 즉 자연의 포용력이 인간의 부정적인 감정마저 감싸 안아 인간간의 갈등이 부질없는 것이 라는 자연의 거대한 의미를 들려준다.

더군다나 산과 더불어 살아가는 신선 함길만의 만남은 나에게 "지리산에 대한 생명감을 더욱더 강하게 느끼"(p.100)게 한다. 그는 "한 세상 백년을 다 살아도 삼만 육천 오백일 밖에 안 됩니다. 그 짧은 동안을, 짓 밟고, 모함하고, 미워하며 살아갈 필요가 없습니다"(p.103)라며 지리산이라는 자연 속에서 체득된 인간 삶에 대한 가르침을 전해준다. 그것은 인간의 욕망이 "한줌의 흙이요 바람이요 구름인 것"(p.104)으로 인간과 자연은 순환하는 유기적인 존재임을 일깨워준다. 결국 내가 박판돌을 복수하기 위해 살았던 지난날의 증오의 삶이 부질없는 헛된 삶이었다는 자각과 함께 '나'는 "덩치 크고 의연한 지리산에 비해 한갓 연못이나 개천에 떠 사는 소금쟁이거나, 산짐승에 붙어 피를 빨아먹는 산거머리와 같다"는 생각을 한다.(p.105) '나'는 비로소 내 자신의 존재가 먼지보다 더욱더 작아지는 느낌을 받는다.

이상 '지리산'이라는 자연공간은 도시공간의 삶을 제시한 '나'의 모습 을 통해 대비적으로 제시되고 있는데 그 의미는 다음과 같다.

도시(마을)공간	자연공간
방울재, 광주	지리산
직선적 시간, 종적	순환적(원형적) 시간, 횡적
반목과 불신	공생
불평등	평등
보복과 복수(대립)	용서와 화해(화합)

자연공간인 지리산은 순환적인 시간과 타자인 자연과 공존하며 평등적 관계를 지향하여 서로를 용서와 화합으로 이끄는 공간이다. 지리산을 통해 자연화 된 '나'는 인간과 자연이라는 권력관계 즉 중심과 주변의 서열이 해체된다. 중심이 해체되고 객체에 스스로 동화된 '나'는 세계와 완벽한 합일을 경험하게 된다. 이처럼 생태계는 인간과 식물, 동물과 우주가 생명에너지를 통해 서로 유기적인 관련성을 지님으로써 근대의 인간중심주의, 남근중심주의가 해체되는 공간이다.

이와 같이 '나'의 세상을 향한 분노는 자연공간인 지리산에서 화해로 전이된다. 특히 박판돌과 '나'의 갈등이 반목과 화해를 이루는 계기로 '성'은 중요한 역할을 한다. 성의 상처는 자연의 훼손으로, 성의 분출은 대지의 생명력과 동일시되어 상징화되고 있다.

박판돌의 어머니 넙순의 강간사건은 기존의 30년간 '나'를 지탱해 준 한의 실체를 밝혀주며 여성의 성의 상처가 자연의 훼손과 동일시되어 표현되고 있으며 그것은 바로 전통 사회가 여성의 성을 도구화하여 폭력적으로 행사하고 있음을 보여준다.

박판돌의 어머니인 넙순은 '나'의 조부인 박참봉에게 강간을 당한다. 그것은 신분계층의 차별로 인한 하위계층에 대한 차별적 폭력이다. 박참봉은 그녀가 박판돌의 아버지 박쇠에게 시집을 갔을 때에도 박쇠가 자신의 아들을 따라 사냥을 가는 날은 어김없이 넙순을 사냥하듯 덮쳤다. 인간이 자연을 사냥하며 무참히 자연을 짓밟듯, 계급사회에서는 양반이 천민을 강압적으로 성을 폭행하여 훼손하는 것과 등가의 원리이다. 이처럼 폭력적 성을 행사한 박참봉의 행위는 처벌되어야 함에도 불구하고, 오히려 넙순이의 죄과로 전가된다. 그녀는 박쇠가 휘두르는 낫에 의해 손이 잘리는 육체적 훼손을 당하며 죄의식과 자책감으로 죄인처럼 살아간다. 그동안 넙순은 여러 번 박참봉의 겁탈을 피하기 위해 지리산 속에서 화전이라도 일구며 살자고 남편을 졸랐었다. 그러나 박쇠는 "참봉 어른 눈에 쏙 들어갖고 내 이름 석자가 버젓하게 족보에 오르게 "할 거라며 그것이 내가 세상에 생겨난 보람이라며 넙순이를 나무랐다. 그러나 넙순이가 '나'의 조부로부터 처녀시절부터 겁탈을 당해 온 사실이 박쇠에게 밝혀지고 난 후 그것을 만회하기 위해 박참봉은 박쇠와 박판돌을 족보에 올려주겠다는 조건을 내세운다. 넙순의 성의 겁탈은 족보에 올릴 이름 석자로 만회되는 폭력이 난무하는 현실이다.

그러나 그런 박쇠는 '나'의 부친 즉 참봉 아들과 멧돼지 사냥을 함께 나간 날 살해당한다. 자연과 더불어 살아가는 동물이 인간에 의해 무참히 사냥되듯, 하층계급을 향한 무자비한 폭행과 '강간'에 의한 여성의 성적 훼손 또한 동일한 의미를 지닌다. 넙순의 강간이라는 상징적인 의미를 통해 엿볼 수 있는 계층 차별적 전통사회에서 여성을 강탈하는 시선은 하위계층에 대한 인간멸시와 동등한 의미를 띠고 있으며 그것은 인간에 의해 사냥된 동물과 동등한 가치를 획득한다.

그런 박판돌의 어머니 넙순과 같은 여인은 현대 사회에서는 지리산을 같이 등정한 창녀인 '미스현'과 동일하다. 족보라는 이념적 가치에 의해 성이 도구화된 넙순과 돈이라는 현실적 가치에 의해 성이 도구화 된 여성의 의미에서 등가적 가치를 지닌다. 박판돌이 아버지의 허망한 욕심을 비난하며 '족보 대신 돈을 갖기로 작정'했다면서 돈만 있으면 문벌 좋은 집안에 얼마든지 이름을 올릴 수 있지 않느냐는 말을 한다. 이 는 시대의 변화에 따른 가치변이를 드러낸 말이다.

전통사회에서 남성의 폭력적인 성은 현대사회에서는 창녀라는 계층을 통해 사회적으로 공인된 채 자행된다. 그것은 '나가 미스현을 바라보는 경멸적인 시선에도 드러난다. 모든 남성의 성의 배설을 묵묵히 받아들여야 하는 미스현의 직업적 특성은 불결함이라는 부정적 인식으로 현현되며, 그녀를 거부하는 '나'의 순결함과 대비되어 그녀의 부정성은 두드러진다. 그러나 미스현과 지리산을 등정하면서 같이 등정했던 노소와 빈부귀천을 막론한 여러 남자와의 동침이 그다지 불결하게 그려지지 않았다는 점과 결국 산을 같이 올라갔던 젊은 인부와 진정한 사랑을 찾게 되는 결말은 '미스현'이라는 인물에 대해 새로운 의미를 부여할 수 있다. 특히 나의 경멸적인 시선에도 불구하고 나의 성의 분출을 거부하지 않고 받아들이는 미스현의 행위는 상징성을 획득한다. 그것은 인간의 윤리로는 해석될 수 없는 문제이기 때문이다. 따라서 인간의 시선을 초월했다는 측면에서 미스현의 태도는 자연과 동일한 속성을 띠고 있다. 피해자이면서 가해자인 모든 것들을 포용하며 흡수하는 건강한 대 지의 모습이다.

> 달빛 속에서 그들의 모습이 너무나 뚜렷하게 보였다. 그들의 숨소리까지도 들려오는 듯 했다. 나는 텐트자락 사이로 시선을 팽팽하게 잡아당겨 그들을 지켜보았다. 야릇한 마음의 동요가 있었다. 혈관의 움직임이 발동기 소리처럼 빨라지면서 **심장이 쿵쿵 뛰었다.** 불현듯 중학교 삼학년 때 **무당에게 덮침을 당했던 순간이 떠오르면서** 그 때의 어리둥절했던 감정이 이제야 숨가쁘게 꿈틀거리는 것 같았다. 처음엔 무당이 **무섭게 느껴졌었는데** 그 일이 며칠밤째 계속되는 동안 섬찌근한 무섬중이 가라앉으면서 **발가락이 간지러운 만큼의 야릇한 흥분** 속에 들떠 있기도 했었던 것 같았다. 그러나 그런 야릇한 흥분은 잠깐이었다. 낮에 그녀가 고깔을 쓰고 알록달록한 무당옷을 입고 벌렁벌렁 춤을 추고 꽹과리 두들기는 것을 보면 **무섬중이 되살아나곤 했었다.**(p.76)

무척 추한 동물의 징그러움을 느꼈을 뿐인 미스현과 박판돌의 성적인 행위를 바라본 '나'의 의식의 변이과정이다. '나'는 그들의 모습에서 과거 어렸을 때 겪었던 무당과의 금기된 성행위를 기억하게 되고, 그 당시 겪었던 감정과 동일시된다. 억압과 쾌락이 교차하는 에로티즘의 경지에서 그동안 억제했던 성적 억압을 '창자속의 내용물들의 역한 감정'처럼 미스현에게 모두 쏟아 부었다. 그녀는 "내 눈에 쾌자자락 너홀거리는 무당"(p.76)이 제의를 하듯 "내가 하라는 대로 시체처럼 가만히 누워" 나의 욕망의 배설물을 흡수한다. 물론 그녀가 성매매자였기에 자신의 몸을 남성의 성적 충족 대상으로 제한하여 행위한 것으로 본다면 그 것은 비생태적이라 할 수 있다. 그러나 그것은 나와의 거래를 위한 성행위이기 보다는 내가 대상과의 동등한 입장에서 사랑의 주체자로 성을 행사할 수 있게 하는 '살풀이 무당'의 모습으로 그려지고 있다. 이러한 미스현은 뭇 사나이들을 차별 없이 받아들임으로써 세속적인 명예, 신분, 젊음과 늙음 등을 용해해 버리는 인물이다. 그녀는 나와 박판돌이라는 양반과 머슴의 봉건적 신분제와 나와 젊은 인부의 상류와 밑바닥의 위계적 계급 양상, 나와 박영감이라는 젊음과 늙음이라는 세대마저 해체한다. 13) 그러나 과거 성의 억압 때문에 여성과는 동등한 사랑을 이룰 수 없었던 성적 결핍자인 '나'를 진정한 주체자로 살아갈 수 있게 채워주며 포용해주는 대지모의 모습이 더 강하다. 미스현의 나를 향한 행위는 그동안 "여자에게 인격을 느껴보지 못했던" 성적 결핍자인 나를 치유하는 제의적인 성의식으로 보여진다. 이러한 미스현의 모습이 생태페미니즘에서 말하는 건강한 생산성으로 이어지는 자연의 풍만한 생명력까지는 가지 않지만, 과거 무당에 의한 성의 억압으로부터 해방되지 못해 대상과의 진정한 사랑을 이뤄내지 못 한 정신적 성불구였던 '나'를 치유하여 성적 생명력을 회복시켜주고 있다는 점에서 생태적인 의미를 부여할 수 있다. 이런 점에서 인간의 성이 치졸한 인간간의 욕망으로 치부하기 보다는 자연과 공생하는 생명력으로 의미화 된다.

모든 욕망을 산에 배설해버린 '나'는 그제야 타자인 박판돌과 수평적인 시선에서의 소통의 문을 연다. '나'는 타자인 박판돌을 향한 일방적인 증오보다는 그의 넋두리를 듣게 되는 상호소통적인 여유를 갖게 되 며 진실에 다가간다.

과거 박판돌은 아버지의 죽음에 대한 진실을 밝히기 위해 신분을 숨기고

---

13) 서석준, 위의 글, p.52.

'나'의 집안의 머슴으로 들어온다. 그는 그동안 자신에게 잘한 박 참봉 네가 자신의 집안을 파괴시킨 장본인이 아니길 바란다.

> 그러고 우리 아버지를 어디서 쥑였느냐고 성질을 냈어요. 사실 그 때 지는 어르신네께서 거짓말로라도 지 아버지를 절대 쥑이지 않았다고 말하기를 맘속으로 얼마나 바랬는지 몰라요 그란디 … 그란디 말입니다. 어르신께서는 지가 그렇게 바랬던 것과는 달리 우리 아버지를 세석평전에서 엽총으로 쏴 쥑였다고 쉽게 고백을 허시고 말았어요.(p.118)

박판돌의 넋두리에 담긴 진실을 알아버린 '나'는 그동안 '나'의 아버지를 죽였다고 생각한 그를 향한 복수의 칼날이 허무한 욕망의 세월이었음을 인식하고 오히려 주객이 전도되어 자신이 그의 가해자임을 알게 된다. 박판돌을 처벌하기 위해 갔던 '나'는 박판돌의 어머니인 넙순이를 겁탈한 사람이 바로 '나'의 조부인 박참봉이란 사실과 그의 아버지를 죽여 매장해버린 사람이 바로 나의 아버지란 삶의 진실을 알게 된다. 이제 나는 주위의 존경과 부러움을 삼던 '참봉댁 자손'에서 손가락질 받아야 마땅한 '권력을 남용한 파렴치한 집안의 자손'으로 전환된 위치에 자리 매김 된다. '나'는 법과 정의의 수호자인 검사에서 그것을 파괴시킨 살인자의 아들로 전락한다. 이게 바로 아버지의 죽음에 대한 잔혹한 진실이다. 지리산이라는 공간이었기에 가능한 진실된 목소리다.

> 나는 지금껏 사랑과 미움이 쾨쾨한 냄새를 피며 썩고 있는 도시에서 바라다 보이는 산에 대해 그저 무의미한 주검 같은 것을 느꼈을 뿐이었다.…… 지리산에 올라서야 산은 거대한 생명체라는 것을 알 수 있었다. (p.64)

이제 그에게 산은 거대한 생명체일 뿐이다. 결국 그는 그 누구도 피해자와 가해자가 될 수 없는 텅빈 기표를 향해 살아온 자신의 삶이 어리석고 무모했음을 깨닫는다. 나는 도시에서의 자신의 삶에 대한 무가치함과 상대적으로 산 즉 자연에 대한 의미를 깨닫는다. 땅속에는 수억 마리의 미생물이 살고 있고 땅위에서는 덤불과 나무들에 갖가지 식물과 동물들이 서식하며 유기적으로 살아간다. 이런 공간에서는 삶과 죽음, 인간과 자연이라는 이항대립은 무너지고 상생과 공존이라는 화합의 세계만이 존재할 뿐이다.

> 참 신통허구만! 관도 없이 가매장을 했는디도 이렇게 뼈가 깨끗헐 수가 잇담! 지관 박영감은 뼈위의 흙을 조심스럽게 긁어내며 감탄을 하는 투로 말했다. 그런데 이 어찌된 일인가. 흙과 돌멩이를 들어내자 철쭉뿌리가 여러 겹으로 유골을 친친 감고 있지 않겠는가. 거무 튀튀한 철쭉 뿌리가 이리저리 꼬여가며 뿌연 유골을 전선줄로 동여매 놓은 듯 감겨 있었던 것이다. 마치 수없이 많은 뱀들이 뒤엉켜 있는 듯 싶었다. 허이 이럴수가! 결국 철쭉 뿌리들이 관 노릇을 해준 게로구만! 철쭉 뿌리가 아무리 길고 잘 엉킨다고 하지만 이럴수가... 뿌리들은 돌멩이를 비껴 흙덩이를 뚫고 유해를 꽉 끌어안 듯 여러 겹으로 친친 감겨 있었다. (p.90)

아버지의 시체는 썩어서 흙과 하나가 되고, 꽃이나 나무는 이 흙 속에 뿌리를 내려 영양분을 공급받는다. 결국 사람은 죽어서 꽃이 되고 나무가 되는 셈이다. 꽃과 나무만이 아니다. 흙 속에 온갖 미생물이 살고 있다는 점을 생각한다면 사람의 생명은 죽었다고 없어지는 것이 아니라 다른 형태로 끊임없이 이어진다고 할 수 있다. 이것은 태초의 우주창조 행위 속에 반복과 회귀를 거듭하는 자연의 순환구조와 동일한 인간의 삶의 양식을 상생과 공존을 통한 인간과 자연이 조화되어 있는 세계의 모습으로 잘 제시하고 있다. 이는 이곳이 6·25때 많은 사람이 암매장되었고 그럴 때마다 철쭉의 꽃빛은 더욱더 붉어졌다는 지관 박영감의 전달을 통해 생사의 흐름조차 순환되고 있음을 보여 준다. 인간의 피가 철쭉의 잎으로 환생된다는 것은 모든 생명체가 유기적인 관계를 이루고 있으며 이는 삶과 죽음의 이분화 된 경계를 해체하여 죽은 뒤 의 존재마저 아우르고 있는 생태학적 인식을 보여준다.14)이는 전체 생태계 속에서 생명체를 유기적으로 사유할 수 있게 해주며 삶과 죽음을 연기적으로 사유함으로써 유기체와 무기체의 차별성을 해체하는 불교적인 세계관에 담 긴 생명의식15)과도 동일하다. 생명현상을 연기적으로 사유하여 주체와 타자 의 관계를 대립이 아닌 상생의 관계로 바꾸어 준 불교에서의 사유는 생태학 적인 인식에서 중요하다.16)자연에 대한 태도가 인간중심을 벗어났을 때 자연 의 일부인 인간은 자연의 법칙 즉 생물학적 법칙을 따름으로써 자연생태계와 조화를 이루어야 한다는 믿음을 전제17)로 자연과 합일한다. 이와같은 인식을 통해 이제 '산'이란 자연이 '나'공존하는 다정한 존재로서 다가오게 된다. '나 는 어려서 문득 무섭게만 생각되어졌던 지리산이 오히려 어머니의 품처럼 포

---

14) 조나다 반즈 지음/문계석 옮김, 『아리스토텔레스의 철학』, 서광사, 1989, pp.118-120 참조. 아리스토텔레스는 인간중심적인 서구 이론에서 벗어나 자연생명체를 좀더 유기 적으로 사유하고자 했다. 그는 자연의 세계는 생물과 무생물간의 명확한 경계가 없이 끊임없는 연속성을 지니고 있다고 밝히고 있다. 조르쥬 바따이유/조한경 옮김, 『에로 티즘』, 민음사, 1997, pp.59-60참조. 바따이유 또한 아리스토텔레스가 죽음과 부패를 땅과 물에서 어떤 생물들을 생성시키는 거라는 믿음에 동의하면서 인간의 육체는 죽음 을 통해 새로운 생명을 예고하며 생명이란 다른 생명의 부패의 산물로 보고 있다. 따라 서 죽음에 따르는 부패는 새로운 존재를 태어나게 하는데 물질을 순환시킨다고 보고 있다. 그래서 자연은 부패의 세상이며 우리는 거기에서 태어나서 거기로 돌아간다.

15) 송상용 외, 「불교의 생태관: 연기와 자비의 생태학」『생태문제와 인문학적 상상력』, 나남출판사, 1999, pp.139-145 참조. 여기에서는 불교적인 여러 양상 가운데 불교의 연기적인 생사관의 특성을 생태의식과 관련지어 논하고 있다.

16) 김해옥, 「생태인문학의 가능성과 이효석의 「산」을 통해 본 생태학적 상상력」『한 국언어문화』, 22집, 2002, 12.이효석의 「산」의 분석을 통해 불교적 세계관이 생태 매커니즘의 전 영역을 조망할 수 있는 새로운 패러다임을 형성할 수 있다고 밝힌 바 있다.

17) 카프라, 김용정·김동광 역, 『생명의 그물』 범양사, 1998, pp.53-54.

근하게 느껴졌다'(p.104) 어린 시절에 산은 아버지를 먹여 삼켰던 무서운 존 재였다. 그래서 '나' 중심에서 본 자연은 늘 인간을 해치는 존재였다. 그런 자 연의 이치를 올바르게 깨닫게 된 현재의 '나'는 '지리산'이 내 가슴에 품어지 는 자연과 인간이 합일되는 생태학적 공간임을 보여준다. 이러한 인식의 전 환으로 '나'는 인간세상에서 중시한 계층 간의 차별과 권력의 야욕조차 부끄 럽다는 생각을 갖게 된다.

> 나는 박영감한테 제발 그 검사라는 말 좀 떼라고 호통이라도 치고
> 싶었지만 기실은 박영감한테 그런 말을 하기조차도 내 자신이 부끄러
> 워 눈을 감아버렸다.(p.120)

'나'는 '족보'나 '검사직'과 같은 이념적인 것들이 인간다운 삶을 방해하는 부질없음을 깨닫게 된다. 지리산을 벗어난 용강에서 주인공은 판돌의 손을 잡고 아버지 대신 사과함으로써 입산 전의 적개심은 호해로 귀결된다. 물질 과 영혼을 이원론적으로 구분하여 영혼과 생각을 지닌 인간만이 자연을 지배 할 수 있다는 인간우월주의를 주장한 데카르트의 견해를 벗어난다. 오히려 이 작품에서는 인간의 영혼을 일깨워 원형적인 삶의 구도 안에서 타자와의 공생을 꾀하며 모든 생명체를 유기적인 관계로 바라보고자 하는 생태학적 지 평을 제시하고 있다. 여기에는 자연에 대한 카프라의 '존재의 사슬'[18]이란 인 식을 읽어 낼 수 있다. 거기에 인간의 '성'이 자리하고 있으며 특히 성의 건강 한 행위가 대지의 포용력 · 생명력과 동일시되어 자연의 삶과 어우러진 상생 과 공존을 통한 생태학적인 지평까지 나아가고 있다. 이것은 소설의 공간인

---

18) 카프라, 위의 책, pp.54-56.존재의 사슬은 모든 세계에 존재하는 사물이 위계질서
   에 의해 연결되어 있는데 이 사슬의 중요성은 단 한 개의 고리라도 제거되면 우주
   의 질서가 와해된다는 것이다. 이러한 연속성은 자연과 인간이 유기적인 관계망 속
   에 존재하고 있음을 의미한다는 것이다 이러한 생명체를 좀 더 많이 확충할수록 풍
   요로운 세계로 나아간다는 것이다.

'지리산'을 통해 더욱더 의미화 된다. 이는 인간 존재의 본질에 대한 보다 더 객관적인 인식과 생물의 다양화를 인정하여 인간, 남성 혹은 서구문화가 중심이라는 지배적 세계관에 탈피하여 중심이 아닌 주변에 대한 인정과 관심에 본질을 두는 심층생태론의 입장과 맞닿아 있음을 살필 수 있다.

III. 성의 치유와 보살핌의 미학 - 「어머니의 땅」, 『징소리』

「어머니의 땅」[19] 에서는 동학 난과, 6·25로 인한 빈곤의 문제가 여성의 '성'과 관련하여 서술되고 있다. 여기에는 6·25전쟁이라는 역사적 질곡에서 비롯된 이데올로기적 수난을 여성의 성의 상처로 상징화함으로써 인간의 잔인한 폭력성을 보여준다. 상처로 얼룩진 여성의 성은 생명력을 상실한 대지로, 훼손된 대지가 생명력을 회복하는 과정은 여성의 성의 상처가 치유되는 과정으로 치환된다. 또한 여성의 성은 궁핍한 가족을 살리기 위한 질긴 생명력으로 균열된 가족을 포용하는 대지의 속성 을 내재한다. 따라서 여기서의 여성인 어머니는 근본 생태론자 폭스가 말했던 "인간과 자연세계 간의 <부드러운>경계선"[20]을 인식하는 인물이다. 생태학적 위기를 극복해내는 여성적 가치를 지닌 여성으로 해석해 볼 수 있다. '나'는 과거 어머니의 얼룩진 삶에 대한 부정적 태도를 자연을 거부하는 행동으로 나타낸다.'나'는 '어머니가 해마다 올린 그 호박덩굴이 보기 싫어' 땅이 없는 아파트로 이사한다. 이처럼 땅을 거부 하는 행위를 통해 '나'의 반 생태적 인식을 엿볼 수 있다.

그러나 어머니는 '나'에 반한 자연친화적인 행동을 점층적으로 보여준다.

---

19) 문순태, 『어머니의 땅』『피울음』, 일월서각, 1983.이후 인용된 부분은 책 페이지만 기입하겠음.
20) 앤드로 톱슨, 정용화 역, 『녹색 정치사상』, 민음사, 1993, pp.81-84.

첫 번째, 아파트를 이사 온 후 나물을 캐러 가지 않았던 그녀는 "새장에 갇힌 새처럼" "기력이 쇠진"해짐으로써 그녀의 몸은 몰라보게 늙어버린다. 아파트에 적응하지 못하며 생명력을 상실하는 그녀는 아파트를 나가는 행위를 빈번하게 보여준다. 그 이유가 들나물을 캐어오거나, 농촌의 보리이삭, 벼이삭을 줍기 위해서이다. 따라서 아파트를 나가 자연과 더불어 살아가는 그녀의 모습은 문명화된 공간에 대한 저항적 몸짓으로 해석할 수 있다. 두 번째, 그녀의 문명에 대한 저항이 자신뿐만 아니라 타자에게도 적극적으로 행해진다는 점이다. 그것은 그녀가 손자에게 행하는 행위에서 나타난다. 그녀는 소나무 가지토막이나 찔레순과 칡 순을 벗겨서 기겁하는 두 손자에게 아이스크림 대신 먹인다. 이는 공장이라는 기계화된 공간에서 생산되는 음식을 거부하는 행위로 볼 수 있다. 이처럼 자연친화적 행위가 자신에게만 그치는 것이 아니라 타자의 행동화를 요구하고 있다는 점에서 문명에 대한 적극적 저항으로 볼 수 있다. 세 번째, 그러한 문명에 대한 거부가 무의식의 세계에서도 지향되고 있다는 점이다. 같은 동 10층에 살고 있는 집사할머니의 죽음과 그녀의 가장 친한 벗인 까치 할매의 죽음으로 병원에 입원한 그녀는 "도시생활에서 사용하고 보았던 물건들을 옛날 시골에 있었던 것으로 발음이나 내용이 비슷한 것과 대체시켜 표현"함으로써 자연에 대한 강한 지향을 보여준다. 그녀는 정신착란 속에서 '의사를 두루마기 입은 의원, 주사를 침, 시계를 쇠불알, 라디오를 나발대, 냉장고를 살강, 택시를 도롱태'라며 옛날 시골어를 사용한다. 이는 그녀가 외면뿐만 아니라 무의식까지도 문명에 대한 저항이 확대되고 있음을 보여준다. 네 번째, 그녀의 강렬한 저항적 몸짓은 땅에 대한 강한 애착으로 나타난다. 땅은 고향으로 대치된다. 그녀에게 고향은 "죽어서 천당 가기가 살아서 고향가기 만치나 어려운 것"같은 역설적 의미로서의 간절함이다. 그러한 고향땅은 과거의 역사 속에 유린된 자신의 '성'과 동일하다.

"동학굴 밭은 혜순이 압씨 것이 아니다. 월전리 사람덜도 다 안다. 그 밭은 바로 이 천한 에미의 몸뚱이 같은거. 그 밭에 뿌린 이 에미의 눈물이 열동이도 더 될거여. 그런 밭은 묵히는 것은 천하고 늙은 에메의 몸뚱어리를 길바닥에 내친 것이나 마찬가지여."(p.191)

고향에 있는 동학굴 밭에 얽힌 내력은 "치욕스러운 어머니의 몸"의 역사였으며 그것은 "치욕보다는 한스러움"이다. 정참봉의 창살에 죽임 당한 할아버지와 그 원수를 갚겠다며 동학에 가담하며 한평생을 바쳤던 대장장이 아버지, 그런 원수였던 정참봉네의 씨받이의 대가로 받은 비탈자갈밭 서마지기이다. '나'의 자연에 대한 거부는 훼손된 과거의 상처에 대한 거부이며, 그것은 대립을 지향하는 삶의 모습이며 반생태적이다. 그러나 어머니는 자신의 성의 상처를 땅을 보살피는 행위로 치유한다.

나는 희끗희끗한 어머니 머리의 가르마처럼 호미질로 가지런히 고랑을 파놓은 어머니의 밭을 둘러보며 마음속으로 외쳐불렀다. 그리고 젊었을 때 밤마다 내가 아버지 몰래 더듬고 했던 어머니의 젖가슴처럼 포실하고 부드럽게 느껴지는 밭의 흙을 조심스럽게 밟았다. 나는 잡초를 뽑고 말끔하게 땅을 파놓은 어머니의 밭을 보자 어머니를 찾은 것처럼 조금씩 기분이 달뜨기 시작했다.(pp.217-218)

아무 소리 없이 가출한 어머니는 무성하게 자라 황폐해진 그 밭을 건강한 생명력이 있는 밭으로 만들어 놓는다. 그것은 마치 '묵정밭처럼 황폐해져 있을 어머니의 몸과 마음'을 치유해놓은 듯 했다. 그녀는 멍들어진 무늬만의 가족인 '나와 정참봉의 씨받이 딸인 혜순'을 위해 그 밭에서 난 '개똥참외'를 참나무 밑에 남겨 놓았다. 나는 "이 밭에 씨를 뿌리는 한 어머니는 영원히 살아계실"거라는 땅의 생생한 생명력과 어머니의 생산적인 건강함을 느낀다. 바슐라르는 돌과 대지의 속성을 비교하면서 돌을 남성적 속성으로 간주하데 비해 대지는 여성적으로 의미화하면서 대지의 포용력을 언급하였다. 여성은 부드러운 덩어리로 만들어져있으며 여성적인 것의 끈질김을 이해하고 여자의 운명적인 행위를 헤아리게 되면 어둠으로부터 부드럽고 강한 모습이 떠오르게 된다며 여성 즉 대지는 남성 즉 돌을 받아들여 하나로 만든다[21]고 하였다. 돌의 속성처럼 세상을 대립의 개념으로 살았던 '나'는 어머니의 대지와 같은 따스한 품에 안기면서, 과거에 죽이고 싶을 정도로 미웠던 혜순에게 진정 한 가족애를 느낀다.

여성의 성의 상처가 땅을 통해 치유되는 생태학적인 시선은 『징소리』를 통해 인간에 대한 이해로 확대된다. 징소리[22]에서도 일반적인 근대화라는 역사적 사건이 여성의 성의 상처로 상징화되고 있다. 이는 사회의 문명화가 인간의 잔인한 폭력에 의해 비롯되었음을 의미하려는 장치로 해석될 수 있다. 더군다나 이런 근대화가 생태계의 파괴를 가져오며 이것인 원인이 되어 가정파괴를 초래하였음을 나타내고 있다. 그런 가정의 파괴는 고향상실과 등가적 의미를 나타내며, '징'의 상징성과 더 불어 생태지향적인 의미를 획득할 수 있다.

먼저 공간적인 면을 살펴보면 배경인 고향 방울재는 근대화에 의한 댐건설로 물에 가라앉아버린다. 인위적인 경제개발이란 미명 하에 개발된 고향 방울재는 땅을 통한 자연친화적인 공간에서 인간목적을 달성하기 위해 자연을 수단으로 사용하는 공간으로 변이된다. 이는 파괴를 전제로 한 재생산의 과정이 생태계를 파괴한다는 마루쿠제의 논의[23]를 대변한다. 변이된 공간에서는 인간이 철저히 소외되며, 가정이 해체된다. 이와 같은 가정의 해체는 칠복의 처인 순덕의 성의 유린으로 상징화된다.

---

21) Gaston Bachelard, 이가림 역, 『꿈꿀권리』, 열화당, 1980, p.44.
22) 「징소리」일송 포켓북, 2006.이후 인용된 부분은 페이지만 기입하겠음.
23) 허버마트 마르쿠제, 문순홍 편저, 「정신문석학적 생태학」『생태학의 담론』, 솔 출판사, 1999, p.51, 마르쿠제는 사회와 개인이 지닌 파괴적 속성을 규명함으로써 환경문제가 '창조적 파괴'를 지향하는 현대 산업 문명의 생산과정에서 형성되었음을 전제로 삼고 있으며 그러한 과정이 환경위기에 봉착하게 했다고 밝히고 있다.

땅의 온기를 마시며 온 마을이 더불어 살았던 방울재의 마을 사람들은 '마을이 물에 잠기는 순간 지나온 삶과 앞으로 남은 삶이 모두 물거품 속에 사그라지는 것만 같았다. 마을이 잠기는 것을 끝까지 지켜보고 남아있던 마을 사람들은 부모를 잃었을 때보다 더 슬프게 울었다'(p.201) 땅의 상실은 부모를 잃은 것보다 더한 아픔으로 다가오고 자연과 인간이 친화적이었던 방울재는 자연과 인간의 대립된 공간으로 변질된다. 인간 중심적인 자연의 모습이다.

① 금줄을 두른 마을 앞 뒤 당산의 늙은 팽나무와 방울재에서는 칠복이 혼자만이 들어올린 큰 들독이 보였고 이엉을 입힌 돌담과 판돌이네 탱자나무 울타리 군데군데 말라붙은 쇠똥이 널린 고샅들, 빨간 고추가 널린 초가지붕이며 두껍다리 옆 그의 집도 보였다. 외양간에 매여있는 송아 지가 음매하고 우는 소리, 꿀꿀대는 돼지, 꼬꼬댁꼬꼬 닭이 알 낳는 소리, 바람 모퉁이 공터에서 아이들이 공치기를 하며 와자지껄 떠들어대는 시끌시끌한 소리, 고샅이 쩡쩡 울리도록 아이들 이름을 부르는 소리, 이 자식 저 자식 죽일 놈 살릴 놈 욕을 퍼부어대며 싸우는 소리들이 귀에 쟁쟁하게 들려왔다. 발그무레하게 꽃이 핀 살구나무가지들 사이로 훨쩍 열린 순덕이네 싸리문과 살구꽃처럼 환한 순덕이의 탐스러운 얼굴도 보였다.(pp.21-22)

② 산자락 모퉁이 옛날 창평 고씨 재각이 있던 편편한 곳에 즐비하게 늘어선 매운탕집 주막들을 바라보았다. ..... 새로 생긴 방울재 매운탕집들 앞으로는 아카시아 숲이 휘움하게 울타리처럼 둘러쳐져 있고, 아카시아 숲 너머로는 호남고속도로와 연결되는 좁장한 신작로가 뻗쳐들어오고 그 길을 따라 낚시꾼들이 타고 온 자가용차들이 집 둘레 여기저기에 번쩍번쩍 햇빛을 쪼개어 날렸다.(p.18)

①에서는 자연과 조화롭게 살아가는 방울재의 모습이다. 마을 사람들이 각자 존재하는 것이 아니라 전체가 어우러져 살아가는 모습이다. 댐에 의해 사라져 버리고 칠복의 머릿속에 남아있는 고향이란 점에서 이것은 자신이 마음

속에 지향했던 고향에 대한 기원이며 땅에 대한 그리움으로 해석해볼 수 있다. 그가 지향하는 고향은 인간과 자연과의 친화가 존재하는 에코토피아의 원형으로 제시되고 있는 유기체적인 세계이다. 그것은 '징'이라는 악기의 청각적 전이를 통해 더욱더 의미화 된다. 이 공간에서 울리는 칠복이의 징소리 또한 '하늘에서 울려오는 것만큼이나 신비스러워 지상에 있는 생명을 가진 모든 것들의 마음을 징그럽고 후련하게 씻어주는'(p.79)화합의 소리로 다가옴으로써 에코토피아의 세계를 지향한다. 그러나, 변이된 ②의 공간에서는 징소리가 소음이 되어 각자의 삶을 방해할 뿐만 아니라 친구가 서로의 적이 되어 개인적인 안일과 행복만이 우선시된다. 서로간의 심금을 울렸던 칠복의 징소리는 낚시질 하러 오는 사람들을 쫓아내어 생계를 위협하는 소리로 다가온다. 그가 징소리로 댐에서 낚시를 하는 낚시꾼들을 훼방하는 태도는 생태위기에 대한 저항적 몸짓으로 자연과 합일된 그래서 서로간의 정이 듬뿍 배어있는 자연의 공간을 되찾고자 하는 열망이다. 그의 행동은 근대 인간 문명의 본질인 산업주의를 비난하는 근본 생태론적인 관점과 경제논리와 시장 논리에 기인한 생태위기에 대한 경종[24]임을 보여준다. 칠복은 결과만을 중시하는 경제 제일주의의 극단화된 산업 자본주의의 경쟁구도에 의해 철저히 소외된다. 그는 오랜 세월을 절친한 친구관계로 지냈던 '덕칠이, 봉구, 팔만이'에 의해 마을에서 쫓겨난다. 결국 땅을 통해 결속되었던 인간관계는 철저히 파편화된다. 철저한 경제원칙에 의해 근대화된 방울재는 인간과 자연이 이원화되어 자연이 도구화되고 있음을 상징적으로 제시하고 있다. 댐에 있는 고기라는 자연의 한 형태가 삶의 수단이 된 마을 사람들에게 옛 고향친구인 칠복은 자신의 생을 위협하는 도구적 존재에 불과할 뿐이다. 이것은 일방적인 근대화에 의한 공동체의 해체라 할 수 있다. 진정한 자연적인 상태의 근대화란 공동체가 가지고 있는 한계점을 극복하고 그들 스스로가 더 바람직한 공동체

---

24) 전혜자, 「이남희의 생태담론 연구」『김동인과 오스커리즘』, 국학자료원, 2003, p.252.

를 만들기 위해 그 마을의 정서 화합을 우선시하는 노력으로 나타난다. 그러나 인위적 형태와 욕구는 발전이란 이름으로 인간의 본능을 통제하고 자연을 말살하여 파편화를 초래한다.

이처럼 인간이 땅을 잃어버린다는 것은 가정에서의 어머니를 잃는 것으로 의미화 되어 나타나는데 그것은 성의 유린으로 상징화된다. 고향이 댐건설로 수몰된 이후 허칠복의 아내 순덕은 가족의 생계를 위해 고 향을 떠나 도시의 식당에 일하러 나간다. 그녀는 도시란 공간에서 투박한 남편과는 달리 달콤한 미끼를 던진 식당주방장 강만식의 유혹에 의해 성을 유린당한다. 성이 훼손된 그녀는 더 이상 집을 찾아갈 수 없다. 남편을 배신한 자신의 행위를 스스로가 용서할 수 없기 때문이다.

> 댐만 생겨나지 않았다면 고향 방울재가 물에 풍당 잠기지도 않았을 것이고, 그랬다면 고향 등지고 광주까지 밀려나와 식당에 나가지도 않았을 것이며, 더더구나 강만식이 같은 못된 남자도 만나지 않았을 게 아닌가.(p.57)

댐 건설이라는 근대화로 인한 고향 즉 대지의 훼손은 순덕의 성의 훼손과 등가의 상징성을 띠며 그것은 가정의 파괴를 의미한다. 작가는 땅과 아내를 잃은 칠복의 파괴된 삶의 모습을 통해 파행적인 근대화의 모습을 찾고 있다. 그것은 땅의 훼손 즉, 고향의 상실로 인한 떠돌이의 삶과 여성의 성의 유린으로 상징되었고, 자연이 인간에 의해 수단화되는 현실이다. 순덕의 삶에서 주목해야 할 것은 그녀가 근대화의 폭력에 의해 자신의 성이 유린된 것을 인식하고 그러한 성을 치유하는 방식이다. 여기에는 생태학적 의미가 담겨있다. 인간을 배려하지 않는 근대화로 인해 가정도 잃고 자신의 삶까지 망가진 순덕은 자신을 이렇게 만든 그 대상을 향해 폭력을 휘두르기 보다는 오히려 자신의 죄의 대가에 대해 자신보다 못한 타자를 포용함으로써 극복해내는 '보살핌'의 가치를 보여준다. 그녀는 추위가 엄습한 어느 날 자신의 가게 앞에서 추위에 떨며 거의 얼어 죽어있는 거지 부자를 포용하여 돌봄으로써 그들의 생명을 구하는 행위를 한다. 누구도 거들떠보지 않은 거지의 모습에서 자신의 남편과 딸의 모습을 보게 되며, 그 부자의 생명을 살리기 위해서는 어떠한 짓도 서슴지 않을 모성애를 발휘한다. 그녀는 죽은 사람처럼 싸늘하게 느껴진 그 사내에게 옷을 훌훌 벗고 죽어가는 이들을 감싸 안는다.

> 순덕이는 몸이 불덩이처럼 뜨거워졌고, 그 뜨거운 체온이 사내와 아이의 얼어붙은 몸을 서서히 녹였다. 그녀는 반듯하게 누워 있지를 못하고 사내와 아이 쪽으로 번갈아 몸을 뒤척이곤 했는데, 돌아 누울 때마다 팔로 허리를 힘껏 껴안아 주곤 했다.(p.74)

이상에서 순덕이는 가게 밖에서 죽어가고 있는 거지 사내와 아이를 통해 전남편 칠복과 금순의 얼굴이 떠오르며 그들을 꼬옥 살려내야겠다는 의지가 생긴다. 순덕이 타자인 모든 것을 소외시키거나 사물화하지 않고 포용하며 공존하고자 하는 유기체적 세계인식은 주목할 필요가 있다. 자신의 가족을 벗어나 타자에 대한 배려와 사랑을 보여준 순덕의 행위는 부드러움, 돌봄이라는 인간적 특성들을 배양하여 상호의존을 통해 자기 이익을 위해서가 아니라 타자를 의식하는 삶을 구축하자는 생태 페미니즘의 메시지를 담고 있다.[25]이러한 여성의 속성은 남성의 권위주의적 속성과는 다른 끊임없는 변화의 영속성, 포용성, 다양성, 열려진 세계, 부드러움, 상호침투, 감각성, 자연성이 바탕이 되고 있는 생태학적 상상력이다[26].

역사 속에서 늘 훼손되어 있는 여성의 상처가 여성을 남성과 대척관계로 만드는 게 아니라 남성을 이해하고 포용하는데서 에코 페미니즘의 의미가 있

---

25) 정정호, 앞의 글, pp.389-390.
26) 이덕화, 「여성문학과 생명주의」『여성문학연구』제3호, 태학사.

다. 에코페미니즘은 이분법적이고 대립주의적인 세계관 및 인간관을 극복하고 사랑과 협동, 상호주의, 연대, 미래에 대한 책임, 타인에 대한 배려, 돌보아 주는 태도와 같은 새로운 가치에 의해 자연과 인간에서도 똑같이 실현[27]되는 것을 지향한다. 제도화된 성의 구분을 넘어서는 순덕의 따뜻한 인간적 친화감은 남성성의 세계와 갈등하면서 그 세계의 모순과 한계를 첨예하게 인식하여 궁극적으로는 그 세계의 상처와 균열을 깊이 포용의 힘으로 감싸 안는 둥근 원의 세계를 보여준다.[28] 더 나아가 그녀의 행위는 자아와 타자의 경계를 무화 시켜 상처 입은 현실을 돌봄의 윤리로 치유함으로써, 댐으로 막힌 썩은 땅이 된 마을이 치유될 가능성이 있음을 시사하고 있다. 이처럼 한의 극복을 통한 세계와의 화합에는 여성이 지닌 새로운 가치가 내재하고, 그것에 대한 지향의지를 밝히고 있다. 이를 통해 볼 때, 작가 문순태의 대부분의 소설이 '남성적 시선에 의한 여성상이 지배적이어서 대의를 위한 희생적인 삶이 강요된 우상화된 모성성을 지닌 여성상이 대부분'[29]이라는 평가는 정정되어야 한다. 물론 그의 작품에서 여성의 희생성이 강하게 부각된 것은 사실이지만, 그것을 모성성의 우상화로 해석한 것 또한 남성적 시선을 결코 벗어나지 못한 해석이다. 오히려 그러한 여성의 일면을 긍정적으로 해석하여 대립된 세상에 대한 새로운 대안인 '돌봄의 힘'을 그리고 있다는 점을 주목해야할 것이다. 그것은 여성의 강한 긍정적 힘이기 때문이다.

칠복의 '징'의 의미에는 작가의 생태학적 세계관[30]이 두드러지게 나타난

---

27) 송명희, 「『도요새에 관한 명상』과 에코페미니즘」, 『타자의 서사학』, 푸른사상, 2004, p.26.
28) 박혜경, 『이인화 된 세계 속에서 여성의 자기 정체성 찾기』, 『페미니즘 문학비평』, 프레스 21, 2000, pp.65-66.
29) 이은봉 외 엮음, 앞의 책, pp.149-169참조.
30) 전규찬, 「문화와 자연의 不二 테제」『문화/과학』 여름호, 2004, p.48. 생태론적 세계관은 이전의 근대적 세계관과는 달리 생물/생명/자연, 공동체 관계, 총체적, 일원론, 관조적/직관적/전체적, 다선적, 순환론적, 유기적, 연기적, 가치중심, 의미성, 윤리성의 성격을 지닌다.

다. 이것은 둥근 원모양인 악기라는 점에서도 순덕의 둥근 공간의 의미가 지속되고 있음을 살필 수 있다. 칠복은 '징'소리를 통해 집나간 아내를 찾아 나선다. '징'이라는 전통적 악기에서 드러나는 소리는 인간간의 틈새를 껴안아 화합을 유도한다. 순환론적인 삶의 인식처럼 둥근 원모양을 한 징에서 나오는 소리는 땅을 잃고 흩어져 살아가는 사람들의 원심적인 구실을 한다. 그 소리는 자연의 소리이자, 고향의 소리이다. 또한 징소리는 '파도소리'(p.50)'신비스러워 지상에 있는 생명을 가진 모든 것들의 마음을 싱그럽고 후련하게 씻어주는 소리이다. 징소리는 모든 시민들이 일손을 멈추고 여름날 아침 햇살과 함께 피는 남보라 색 나팔꽃처럼 경건하게 기도하는 모습으로 고개를 떨궈야 하는 소리'(p.79)로 '잊혀진 고향에서 불어오는 한 줄기의 바람소리'(p.79)처럼 자연을 들려주는 소리[31]이다. 근대화된 삭막한 사회에 한줄기의 자연을 불어넣어주며, 자연에 대한 경이로움까지 일깨워주는 소리이다. 이와 같은 징소리는 '자동차와 공장굴뚝에서 내뿜는 매연으로 거무죽죽하게 가라앉아있는 도시'의 일상에서 일과 돈에 파묻혀 살아가는 삭막한 사람들에게 고향을 상기시키고 옛날 사람들 얼굴이 하나하나 살아나게 한다. '징'의 원형적인 모습처럼 징소리 또한 원형의 모습으로 직선적인 삶을 살아가는 사람들에게 원형적인 삶의 모습을 일깨워줌으로써 삶의 여유를 준다. 이 소리는 근대화된 도시에서 개인의 안일과 물질적 가치에 물들어 있는 인간에게 자연과 인간이 화합된 세상으로 회귀하고자하는 인간의 본능을 자극한다.

---

31) 이어령 교수 또한 징소리를 자연의 소리로 간주하여 예비군 나팔 소리나 시가지를 달리는 불자동차의 소리와 대립적인 의미를 내포하고 있음을 밝히고 있다. 전통과 문명, 생명적인 것과 물질적인 것과 소박성과 허위성의 대립을 통해 주인공 허칠복이 고향을 탈환하기 위한 치열한 몸부림이 작품의 본질을 이루고 있음을 밝히고 있다. 또한 징소리를 불의에 할거하는 소리, 정의를 외치는 소리 폐쇄된 사회에서 자유로운 삶을 외쳐대는 소리로 상징화되고 있다고도 본다. (이은봉 외 엮음, 앞의 책, p.39참조) 또한 징소리를 신화적 의미로 보아 인간이 인간답게 살아가기 위한 공동체적 이상세계의 갈망, 산업사회가 받은 물신주의의 거부, 비인간화된 사회에서 인간화의 부르짖음의 상징화로 해석한다.(이은봉 외 엮음, 앞의 책, p.363 참조).

'징'이란 전통적 소제를 통해 개인적 가치보다는 공동체의 삶을 지양하며 그런 공동체의 삶의 지향에는 땅에 대한 애착과 그리움을 담고 있다. '뼈가 오그라들도록 흙을 파고 싶어도 땅이 없는'(p.239) 방울재 사람들은 이미 물에 가라앉아버린 고향, 그 흙에 대한 그리움에 해년마다 고향에 돌아와 용소에 빠져 죽는다. 물에 가라앉아 버린 고향 즉 땅으로 돌아가기 위함이다. 그들의 행위는 자연의 한 부분으로 돌아가기 위함이며 인위적인 근대화를 향한 저항적 태도라 볼 수 있다. 시멘트나 회색건물에 갇혀있는 삶이 아니라 흙 즉 자연과 더불어 살고자 하는 의지로 해석할 수 있다.

징소리를 통한 칠복의 근대화에 대한 저항적 몸짓은 고향을 팔아넘긴 손판도의 행위를 변화시킨다. 거기에는 땅을 통한 자연지향적인 삶과 그들이 그리는 이상적인 에코토피아에 대한 지향의지가 나타난다. 댐건설'로 인해 자연과의 소통이 차단되어 버린 근대화, 인간에 의해 도구화 된 자연이 되어버린 이원화된 공간을 거부하며 인간과 인간이, 인간과 자연이 하나가 되어 공동체를 이루며 살아가는 고향을 향해 그들은 서슴지 않고 자신의 몸을 댐에 던진다. 이런 마을 사람들의 행위는 프라이가 언급했던 생명의 물처럼 신의 나라로 재현된 에덴동산을 사중으로 흐르는 강물을 의미하여 세례의식으로 재현되는 재생과 정화의 의미이기[32]보다는 인위적인 근대화에 대한 거부로 해석할 수 있다. 그들은 자연과 더불어 살아가고자 한 유기체적인 세계관을 바탕으로 에코토피아를 지향하고 있다. 자신의 안일만을 위해 고향 즉 땅을 저버렸던 손판도의 현실에 대한 인식은 그들의 죽음의 의미를 더욱더 상기시켜준다.

흐리지도 넘치지도 않고 댐에 갇혀 있는 호수의 물이 시궁창의 물처럼 썩어버리게 될지도 모른다는 생각이 찐득거리는 거미줄처럼 자꾸만 엉겨 붙었다. 호수의 물이 썩게 되면 자신의 몸속의 피도 죽어버

---

32) 이은봉 외 엮음, 앞의 책, p.352. 여기에서는 『징소리』의 인물들을 신화비평을 통해 살피고 있는데, 인물들이 물에 빠진 행위를 재생의 의미로 해석하고 있다.

릴지도 모른다고 생각했다.(p.353)

손판도가 느낀 고향의 파괴는 산업화로 인한 자연의 파괴이자 자신의 생명에 대한 위협이다. 그는 막혀 있던 댐을 터버림으로써 인위적인근대화가 가져올 인간의 파멸에 대한 좀 더 적극적인 저항 행위를 나타 낸다. 의도적으로 목적에 의해 갇혀 있는 물이 아니라, 자연의 순리에 의해 흐르는 물로 바꿈으로써 자연스럽게 천행의 흐름을 따르며 인간과 자연이 더불어 살아가는 세상의 이치를 따르고자 한다. 그것은 인간과 자연, 주체와 타자사이의 생명체계를 균형적으로 유지하여 이 지상에서 조화로운 삶을 살아가려는 이상적인 모습으로 생태문학이 지향하는 세계, 즉 에코토피아이다. 인간과 자연의 화합과 주체와 타자 사이의 화합이라는 전망은 지배와 대립을 넘어서 상호 공존과 공생을 모색하는 생태문학의 에코토피아와 접목할 수 있는 공통의 영역이다.

인간과 자연, 주체와 타자 사이의 생명 체계를 균형적으로 유지하여 이 지상에서 조화로운 삶을 살아가려는 이상이 "에코토피아"이다. 이러한 "에코토피아"의 삶의 영역은 분화된 현대 사회에서 자본주의의 시장 논리에 잠식당하지 않고 유일하게 자율성을 유지할 수 있는 예술의 영역, 특히 문학을 통해서 가능하다. 그러한 이상적인 고향이 문순태의 '고향'의 의미다. 그의 유토피아는 원시적이고 자연과 인간이 친화된 건강한 농촌의 모습으로 제시되어 있다. 근대문물이 지배적인 도시와 대비된 이상적인 공간이 제시되어 있는데 그러한 이상향은 늘 자연과 인간의 공존에서 비롯되어 있다. 그의 소설에서는 자연을 파괴한 생태의 문제를 고발하기 위한 목적성을 띠고 있기 보다는 고향상실의 한을 작품 속에 승화시킴으로써 근대화로 인한 인간성의 파괴와 잃어버린 고향의 근원적인 지향점을 생태문학이 지향하는 에코토피아의 세계로 그림으로써 인위적인 산업화에 대한 폐해를 지적하고 있다.

V. 맺는말

이 글은 문순태 소설에 나타난 생태의식의 양상과 그 의미를 '성과 여성 그리고 자연'을 통해 밝히고 있다. 그의 소설의 생태학적 상상력은 고발성의 생태문학이라는 적극적인 환경문제까지는 나아가지 않았다. 하지만 생태계에 대한 관심을 촉구할 수 있는 문제의식이 있기에 의미가 있다. 생태학적 인식은 인간과 인간 내지는 인간과 자연과의 얽혀있는 갈등을 해소하는 방식에도 드러난다. 따라서 문순태 소설에서 가장 중요한 문제는 한 맺힘 즉 그 누군가를 가해자와 피해자로 규정지을 수 없는 피맺힌 역사를 겪어내면서 인간과 인간 간에 빚어질 수밖에 없는 한의 응어리이다. 이렇게 맺힌 한을 화해로 이끌고자 하는 과정에는 심층 생태학의 의미와 맥을 닿고 있다.

작가는 전통 사회, 6·25전쟁, 근대화를 여성의 성의 상처로 상징화하고 있으며 그것은 인간의 잔인한 폭력성을 의미한다. 이것은 마치 자연의 훼손과도 동일시하여 인간의 자연에 대한 화해를 통해 인간간의 회복을 지향하고 있다.

「철쭉제」에서는 지배적인 속성을 구축하고 있는 반생태적 인식을 지닌 '나'가 '지리산'이라는 공간을 통해 공존을 지향하는 심층생태학의 의미를 지니고 있다. 성의 분출이 대지의 포용력과 자연의 생명력과 동일시되어 유기체적인 세계관의 모습을 드러내고 있다.

「어머니의 땅」에서는 역사 속에서 상처로 얼룩진 어머니가 자연을 통해 치유하는 방식을 통해 가족의 위기를 극복해내고 있다. 그러한 어머니의 치유방식에는 땅의 생생한 생명력이 드러나며 생태학적 위기를 극복해내는 여성적 가치를 지닌 인물로 의미화 할 수 있다.

『징소리』에서는 근대화가 생태계의 파괴를 가져왔고 그것은 가정의 파괴로 이어진다. 그것이 여성의 성의 유린으로 상징화된다. 그러나 제도화된 성의 구분을 넘어서는 순덕의 따뜻한 인간적 친화감은 남성성의 세계와 갈등하며 그 세계의 모순과 한계를 첨예하게 인식하면서도 궁극적으로는 그 세계의 상처와 균열을 깊은 포용으로 감싸 안는 둥근 원 의 세계를 보여준다. 더 나아가 그녀의 행위는 자아와 타자의 경계를 무화시켜 상처 입은 현실을 돌봄의 윤리로 치유함으로써, 생태페미니즘이 지향하는 망가진 자연의 회복이나 억압받는 여성의 해방만이 아닌 개인 모두의 조화, 평화, 평등을 이루어내는 전망을 제시하고 있다.

문학이 생태학과 만날 수 있는 지점은 자연 속의 다른 개체군과 인간 개체군이 공존 상생할 수 있는 그래서 인간 개체군이 모든 것을 지배해야 한다는 인간 개체군 제일주의의 지배논리에서 벗어나 생태계의 안정화를 회복하는 일일 것이다. 문순태 소설에서는 '성과 여성과 자연'의 모습에서 모든 생명체가 총체적으로 유기적인 관계를 유지하고자 하는 생태학적인 세계를 지향하고 있음을 살펴볼 수 있었다. 이는 그의 정신적세계가 의도적으로 생태문제를 주제화하지 않더라도 모든 생물의 본질적인 가치를 인정하고 그 본질에 좀 더 다가가 삶을 이해하려는 생태학적 인식을 지향하고 있기 때문이다. 그는 자연 속의 여러 개체군과의 갈등을 통해 상생과 공존의 논리가 인간 개체군에게 얼마나 중요한 것인가를 감동적으로 형상화하였다. 이는 한국 소설과 생태학이 만날 수 있는 중요한 지점이라 생각한다.＊

＊ 논문출처 : 「문순태 소설에 나타난 생태학적 인식 고찰」, 『우리어문연구』30집, 2008.

참고문헌

「철쭉제」『피울음』일월서각, 1983

「어머니의 땅」『피울음』, 일월서각, 1983.

『징소리』일송 포켓북, 2006.

김욱동,『문학 생태학을 위하여』민음사, 1999.

Gaston Bachelard, 이가림 역,『꿈꿀권리』, 열화당, 1980

고영섭외,『생태문제와 인문학적 상상력』, 나남출판사, 1999,

R. 통, 이소영 외 편역,『에코 페미니즘 연구』, 한신문화사, 2000,

신덕룡,『환경위기와 생태학적 상상력』실천문학사, 1999.

이은봉 외 엮음,『고향과 한의 미학-문순태의 소설 세계』태학사, 2005.

조나다 반즈 지음, 문계석 옮김,『아리스토텔레스의 철학』, 서광사, 1989.

조르쥬 바따이유, 조한경 옮김,『에로티즘』, 민음사, 1997.

조세핀 도노빈, 김익두 · 이월영 역,『페미니즘 이론』문예출판사. 1994.

정정호,『탈근대인식론과 생태학적 상상력』, 한신문화사, 1997.

카프라, 김용정 · 김동광 역,『생명의 그물』, 범양사, 1998.

허버마트 마르쿠제, 문순홍 편저,『생태학의 담론』솔 출판사, 1999.

김정숙,「한국 현대소설의 생태비평적 연구」, 충남대학교 석사논문 1999.

김해옥,「생태인문학의 가능성과 이효석의「산을 통해 본 생태학적 상상력」『한
        국언어문화』, 22집, 2002, 12.

곽경숙,「한국 현대소설의 생태학적 연구」, 전남대학교 박사논문, 2001.

구자희,「한국 현대 생태소설 연구」, 경원대학교 박사논문, 2003.

문석우,「고향 상실에 나타난 신화성-라스푸친의『마쪼라의 이별 과 문순태 징
        소리』를 중심으로」『비교문학』30호, 2003.

박선경,「'성'과 '성담론'을 통해 본 삶의 내면과 이면-문순태 소설의 전쟁 모티브
        와 성폭력 모티브를 조명하며」,『현대소설연구』, 제23호, 2004, 9.

변혜경,「오영수 소설의 생태의식」, 서강대학교 석사논문 2002.

송재일,「비극적 갈등과 화해의 미적 구조-문순태 철쭉제의 인물과 배경분석을
        중심으로」,『어문연구』, 15호, 1986.

서석준, 「「철쭉제」 연구; 용서과 화해에의 길」 『고황논집』, 8, 1991.

송명희, 「『도요새에 관한 명상』과 에코페미니즘」, 『타자의 서사학』, 푸른사상, 2004.

이소영, 「황순원 소설에 나타난 생태의식 연구」, 고려대학교 석사논문 1998.

이은실, 「한국 현대 생태소설 연구」, 동덕여자대학교 박사논문 2003.

이덕화, 「여성문학과 생명주의」, 여성문학연구 제3호, 태학사.

전규찬, 「문화와 자연의 不二 테제」, 『문화/과학』 2004, 여름호.

최창근, 「문순태 소설의 '탈향/귀향'서사연구」, 전남대학교 석사논문, 2005.2

황국명, 「90년대 소설론 그 치욕과 영광, 삶의 진실과 소설의 방법」, 문학동네, 2001.

한국의 소리 커뮤니케이션: 징소리의 메시지*

김 성 재(조선대)

1. 서론

한국의 소리 매체 중에서 쇠북(鐘) 소리가 "영혼의 소리"라면(김성재, 2004), 징소리는 "하늘의 소리"로 통한다. 징소리는 인간세상의 뜻을 천신(天神)에 전달하는 용도로 사용된다. 우리의 조상들은 농악(農樂)과 무악(巫樂)에서 징을 울림으로써 인간의 소리를 하늘에 전달해왔다. 농악은 한국사회에서 가장 오래된 전통을 가진 종교적 놀이이고, 집단의식에서 싹튼 예능양식으로 농경생활이 시작되면서 발달한 문화의 한 양식으로서 공동체적 염원을 결집하는 진취적인 행위, 신명(神明)으로 노동의 고통을 극복하는 재생과 생존의 예능이다(정병호, 1986, 17쪽). 농악의 악기는 신을 부르고 잡귀를 몰아내는 악기이기에 사람의 기운을 북돋아주는 주술음악적(呪術音樂的) 기능을 가지고 있었고, 신명은 춤을 통해 소외된 존재의 고독과 고통을 풀어 기쁨으

* 이 논문은 2003학년도 조선대학교 학술연구비의 지원을 받아 연구되었음.

로 승화시키는 가운데 나온다. 천신과의 커뮤니케이션 매체라는 관점에서 볼 때 농악과 밀접한 관계를 맺고 있는 무악('굿의 음악')의 징소리는 새로운 무당의 탄생을 알리는 강신굿(降神굿: 내림굿)에서 시작해 마을의 평안(당굿)과 집안의 복(안택굿)을 빌고, 죽은 사람의 혼을 위로하는(오구굿) '굿'을 동반하는 소리로 기능한다(황루시, 1992; 손태룡, 2000).

몸울림 악기(體鳴樂器)로서 웅장하고 부드러운 음색을 가진 징은 궁중에서는 대금(大金)이라고 불리며, 왼손에 들거나 틀에 달아 놓고 오른손에 솜 망치 모양으로 된 채를 들고 치는데, 주로 장단(長短)의 강박(强拍)에서 친다. 종묘제례악 중 정대업(定大業)[1]의 아헌(亞獻) 및 종헌(終獻)악, 풍물(농악), 무악, 불교음악, 대취타(大吹打: 軍樂) 등에 다양하게 쓰이며, 최근에는 사물(四物)놀이에도 사용되고 있다(권오성, 2000). 우리나라에서 징은 삼한시대 이전부터 영농이 이루어지면서 발생한 농악에서 꽹과리, 장구, 북과 함께 사물(四物) 악기로 사용되어 왔으며, 농악에서 무악으로 변형된 형태라고 할 수 있는 굿에서 중요한 기능을 수행해 왔다(손태룡, 2000).

한편 강준일(1994)에 의하쪽, 속악(俗樂)의 장단을 담당하는 사물(四物)은 두 개의 쇠악기(징과 꽹과리)와 두 개의 가죽 악기(장고와 북)로 구성되어 있으며, 사상(四象)의 원리를 따른다. 징은 태양(太陽), 꽹과리는 소양(少陽), 장고는 소음(少陰) 북은 태음(太陰)의 악기로서 쇳소리는 양(陽)에 속하여 머리(神)를 울리고, 가죽은 음(陰)에 속해 몸(精)을 울림으로써 이 두 소리가 잘 어우러져야 음양의 조화가 이루어진다고 한다. 또한 음양의 조화는 살아 있는 모든 것이 "생기를 지닌다"는 생기론(生氣論)의 요체가 된다.

---

1) 조선 전기 세종 때 창작된 무공(武功)을 찬양한 무악(武樂)으로서 성종 때(1493년) 편찬된 『악학궤범』에 따르면 아헌은 진고(晉鼓: 북)를 열 번 침으로써 시작되고, 종헌에는 대금(징)을 열 번 침으로써 끝난다(손태룡, 2000, 230쪽). 이와 유사한 맥락에서 징은 북과 함께 군중(軍中)에서 사용되었는데, 북은 전진을 뜻하고 징은 후퇴를 의미한다고 전해진다.

따라서 징은 양(陽)의 악기로서 기층 민중들의 음악이라고 할 수 있는 농악과 무악에서 신(神)을 향해 메시지를 전달하기 위해 사용되었고, 조선시대에 이르러 궁중음악에 도입되었음을 알 수 있다. 특히 농민들로 구성된 마을 공동체에는 인간적 삶을 서로 연결시키는 '두레'가 있었고, 두레가 있는 곳에는 두레 풍물이 있었다. 두레 풍물을 기반으로 기층 민중들은 일과 상호작용하는 언어로 음악문화를 창출함으로써 문화감수성을 획득하였고, 두레 풍물이 열리는 판은 신명이 열린 판이자 자유와 해방의 공간이었다(노동은, 1995, 96쪽). 여기서 징 소리는 물체(징)와 물체(징채) 또는 인간의 기(氣)와 물체(징과 징채)를 부딪쳐서 소리로 그 기를 확인하는 데 가장 강하면서 놀이판의 호흡을 조정하는 장단을 이끈다.

커뮤니케이션학적으로 볼 때 징소리는 공기라는 원초적인 매체를 통해 방사되는 고체 전달음이고, 그 메시지는 이 소리가 내포하고 있는 의미를 청자에게 전달하기 위해 시간적으로(장단에 맞추어) 구성된 코드(code)를 통해 수행되는 청각적인 자극이라고 할 수 있다.[2] 우리 민족이 창조해온 소리의 뿌리를 찾기 위한 시도로서 징소리의 메시지 연구는 지금까지 우리 학계에서 전혀 주목받지 못한 소리 커뮤니케이션 연구의 주변영역이다. 그래서 이 연구는 징소리를 통해 실천된 우리 민족의 문화적 감수성 획득과 천신과의 커뮤니케이션 현상을 19세기 조선의 철학자이자 악학자(樂學者)인 혜강 최한기(惠岡 崔漢綺, 1803~1877)에 의해 창시되고 노동은(1994; 1995)이 체계화한 '음악기학론'(音樂氣學論)에 따라 비언어적 기호인 소리가 우리의 문학작품 속에서 어떤 의미를 창출하고 있는지를 살펴봄으로써 커뮤니케이션학적으로 해석할 수 있는 가능성을 제시해 보고자 한다. 여기서 징소리라는 기호는 우리의 소리 커뮤니케이션에서 신호 또는 상징으로서 특정한 의미를 메시

---

2) 여기서 메시지(message)의 개념은 정보나 기호(또는 상징체계로서 코드)가 아니라, 조직화된(구성된) 기호나 코드를 통한 자극이라는 논의(차배근, 1993, 398~410쪽)에 기초하고 있으며, 징소리는 일종의 청각적 메시지라고 할 수 있다.

지로 전달하기 때문에 미드(Mead, 1983)의 "상징적 상호작용주의"의 핵심요소인 "유의미한 상징"으로 간주될 수 있다.

따라서 이 연구는 먼저 민족음악론(民族音樂論)의 정수라고 할 수 있는 음악기악론과 커뮤니케이션을 위한 "유의미한 상징"으로서 징소리에 대해 알아보고, 징소리에 우리민족의 애환을 가장 많이 담고 있는 문학작품인 문순태(1993)의 연작소설『징소리』, 조정래(1995)의 장편소설『아리랑』그리고 유정자(1991)의 시집『징소리에 실려올 꽃의 숨소리』에 나타난 메시지를 해석한다. 이 작품들이 선택된 이유는 우선 이들이 일제강점기 36년과 30년 동안의 군사정권 시절 우리민족의 의식 속에 형성된 한을 가장 잘 묘사하고 있다고 평가되기 때문이다. 또 다른 이유로는 1차적으로 관찰(해석)된 징소리의 메시지를 다시 관찰하기 위해서다. "구성주의적 체계이론"에서 사용되는 방법론은 모든 관찰자(해석자)가 고유한 관찰기준을 가지고 제1차 관찰(해석)을 수행하지만, 그러한 관찰은 순진하고(자의적이고) 불완전하기 때문에 제2차 관찰(관찰의 관찰)을 통해 제1차 관찰이 남겨둔 인식지평을 보완할 수 있다는 사실을 주지시킨다(Luhmann, 1990, pp. 68~121). 따라서 작품 속에서 작가가 관찰한 징소리의 1차적 의미를 연구자가 다시 해석(관찰)하는 것은 제1차 관찰에서 남겨둔 해석의 자유공간을 제2차 관찰에 의한 2차적 의미를 통해 보완할 수 있는 장점이 있다.

2. 음악기학론(音樂氣學論)

징소리는 청각을 통해 느끼는 울림으로서 잡음과 같은 자연적인 소리가 아니라, 음의 조화와 의미전달을 목표로 인간에 의해 창조된 인위적인 소리라고 할 수 있다. 따라서 여기서 다루는 징소리는 인간의 의도를 반영하여 인간들 간의 의미 공유를 목표로 수행되는 커뮤니케이션의 관점에서 인위적인 소리이다. 음악기학론의 창시자 최한기는 그의 저서 『신기통』(神氣通)과 『기학』(氣學)에서 제규(諸竅: 인체의 아홉 가지 구멍)는 기를 통하고, 통하는 것은 서로 응(應)한다고 했으며, 기학은 인간 형질의 기를 신체를 통해 천지운화와 비교·중험하는 단계와 앎과 깨달음으로 천지와 인간간의 기의 균형(통합)을 이루며, "미루어 헤아린다"는 추측(推測)으로 인식지평을 확대하는 학(學)을 제시했다(노동은, 1994, 56쪽). 특히 신통론에서 악(樂)은 천지운화(天地雲火)의 기와 인간형질의 기가 통하지 못하는 답답한 심신의 기운, 곧 기화로 통하지 못하는 온갖 맺힘을 풀어낸다. 이러한 신통론과 기학으로부터 음악(音樂)은 인식적·윤리적·미적 요소로 매개하는 악(樂)이 음향적 재료를 이루는 음(音)을 기화(氣化)를 통해 질서를 부여하는 2중 구조로서 음의 매개성과 기화성(氣化性)으로 질서를 부여하고 신체를 통해 깨달음을 이끌어내는 '음악기학'을 탄생시킨다.

> "음악기학이란 음의 기화(氣化)로서 신체와 대기(大氣)의 체험을 통하여 인간의 인식지평을 확대하고 그 전일체계를 실행으로 옮기는 음악이론[學]이자 실제적 실천[行]이다. 음악기학은 음악의 氣를 배움[學]의 대상으로 삼을 뿐만 아니라 또 다시 실천[行]으로 실현하는 심신일원음악(心身一元音樂)이자 우주일원음악(宇宙一元音樂)이다."(노동은, 1994, 49쪽) (...) "음악기학(音樂氣學)이란 단적으로 음(音)과 악(樂)을 기화로서 신체화하고 그 신체화를 통하여 앎과 깨달음(知·覺)을 수행하는 악학(樂學)이다."(노동은, 1994, 57쪽)

최한기의 음악기학론은 음과 악을 깨닫고 신체화하는 철학적 이론을 제시하지만, 노동은(1995)은 여기서 한 걸음 더 나아가 기(氣)의 움직임, 곧 기화를 장단론(長短論)으로 체계화한다.

"최한기의 음악기학론(音樂氣學論)에 의하면 기(氣)를 의도적으로 발생시켜 확인할 수 있는데, 사물과 사물(또는 물체와 물체), 또는 기와 사물(또는 물체)을 부딪쳐서 소리로 그 기를 확인한다고 한다. 자연적으로 발생되는 것은 기와 기, 기와 사물(또는 물체)이 부딪치는 경우가 있고, 기 혼자 날릴 때도 아주 작지만 소리를 낸다고 한다. 소리는 벌써 기와 물(物; 사물이나 물체)의 부딪는 결과이기 때문에 기의 발생을 뜻한다. 이러한 기의 움직임, 곧 기화(氣化)를 어떻게 음악적이고도 사람 '몸' 중심으로 처리할 수 없을까를 역사적으로 고민하고 합의하여 오늘에 이어진 것이 '장단'이다. 기와 물을 진지하게 선택하여(부딪쳐) 몸의 호흡 구간에 길고(長) 짧게(短) 수화(數化)시킨 것이 바로 '장단'이다."(노동은, 1995, 98쪽)

음악기학론에서 기(氣)는 "기운기, 공기기, 숨기, 기질기, 마음기, 기후기, 절후기, 맡을기"등의 다양한 의미를 가지고 있듯이, 인간과 우주 간 모든 현상계의 생성·변화를 가져오는 근원적인 물질이자 그것의 생리와 심리작용을 일으키는 기능의 근원으로 파악될 수 있다(노동은, 1994, 51~52쪽). 간단히 말해서 기는 스스로 운동하여 모든 것을 '살아 있음'으로 변화시키는 물질이다. 두레 풍물은 기화작용이 일어나는 음악 중 하나로서 기화가 지배하는 세계를 열어준다(노동은, 1995, 97쪽). 노동은(1995)은 최한기의 음악기학론에서 발전시킨 장단을 <그림 1>이 보여주는 것처럼 호흡구간의 단위('한 배')를 8분의 12박자에서 8분음표 세 개씩 묶은 4방(方), 8분음표 하나씩 계산한 12각(角), 또 1각을 세 개씩 분할하여 36분각(分角)으로 나누어 설명한다.

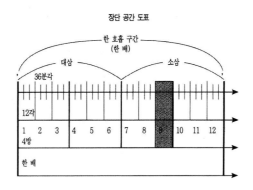

<그림 1> 장단 공간 도표[3]

여기서 중요한 문제는 한 배의 호흡구간을 어느 정도의 길이로 잡으며 장단 타법의 원리가 어디에 있느냐는 두 가지 과제를 푸는 것이다. 그 하나는 호흡조절이고, 다른 하나는 음양(陰陽)의 관계성이다(노동은, 1994, 60~65쪽). 호흡조절은 단순한 산소호흡이 아니라, 천지운화(天地雲火)의 기를 호흡하여 인체 형질의 기를 생생하게 움직이려는 의도에서 수행되는 호흡조절이며, 호흡수는 연령이나 성별에 따라 달라지지만 1분 동안 13~22회 정도라고 한다. 음양의 관계성은 사물의 운동적 속성을 하나의 완결된 속성으로 보지 않고, 음양이라는 양극성(兩極性)의 관계에서 인식함을 의미한다. 천지간의 자연현상들(예: 땅과 하늘, 달과 해, 습함과 건조함, 물과 불, 밤과 낮, 어두움과 밝음 등)간의 관계성은 '1차적 상관관계'이고, 1차적 상관관계에서 추측(推測)한 속성(예: 내려옴과 올라감, 가라앉음과 떠오름, 쇠진과 충만, 흐림과 맑음 등)은 '2차적 상관관계'다. 이러한 관계들은 서로 대립하는 속성을 가지고 있지만, 동전의 양면처럼 한 쪽이 대립하는 쪽을 동시에 가지고 기화한다. 따라서

---

3) 출처:『한국근대음악사 1』(100쪽), 노동은, 1995, 서울: 한길사.

음양의 관계성은 상대적이고, 사물은 두 가지 속성을 가지고 기화하지만 서로 대립함으로써 균형을 유지하면서 변화함을 의미한다. <그림 1>에서 8분의 12박자 중 9박 째에 ■로 표시한 것은 기화의 흐름을 이 공간에서 쳐서 모아지게 함으로써 다음 한 배의 호흡을 예비해 주고 있음을 뜻한다. 이러한 특징 때문에 6박까지의 '대삼'과 뒤의 6박까지의 '소삼'으로 구분하였는데, 이는 음양의 상관관계를 나타낸다.

풍물에서 한 배, 4방, 12각, 36분각은 어느 악기이건 연주할 수 있는 장단의 영역이지만, 징은 한 배 1점을 쳐서 호흡을 조정하고, 꽹과리는 12분과 36분각의 공간을 넘나들면서 풍물의 장단을 세분한다. 다시 말해서 꽹과리는 징의 장단 질서에 따라 36분 공간 내에서 자유로울 수 있다. 징은 놀이판의 주체인 기화를 '한 배'로, 곧 소리가 시작하여 끝나는 구간을 사람의 한 호흡에 맞춘 호흡 단위로, 구분하여 전체 호흡을 조정하는 악기이기 때문이다. 따라서 징은 판(또는 판굿)에서 모든 풍물패의 발놀림에 따른 호흡 조정의 질서를 규율한다.

이처럼 음악기학론을 통해 본 징소리는 우리 기층 민중들의 놀이판에서 심신일원음악의 기화와 음양의 조화를 이끌어냄으로써 발놀림에 따라 호흡을 조정하는 데 주도적인 역할을 해왔다. 더 나아가 징소리는 천지운화의 기와 인간형질의 기가 통하지 못하는 인간의 온갖 한(맺힘)을 풀어내는 메시지를 전달해 왔다.

3. 커뮤니케이션을 위한 유의미한 상징으로서 징소리

징소리는 비언어적 기호(Zeichen; sign)로서 상징적으로 중개된 상호작용인 인간 및 (의인화된) 천신과의 커뮤니케이션을 수행하는 데 사용되는 매체라고 할 수 있다. 여기서 기호는 의미가 귀속되어 있는 물질적인 현상이라고 파악될 수 있으며, 어떤 것을 의미하고 기호 자체와는 다른 어떤 것을 지시한다(Burkart, 1983, p. 29). 매체는 그 속에서 코드, 곧 두 사람 이상의 약속에 의해 다른 현상을 대리/대표하는 현상인 상징을 조작/규율하는 상징체계가 작동하는 구조이다(Flusser, 1996/2001, p. 289). 커뮤니케이션은 상호작용적으로 일어나는 의미중개과정이라고 정의될 수 있다(Burkart, 1983, p. 24).

감각적으로 인지될 수 있고 물질적인 형식으로 구체화된 것은 자연적 또는 인위적이건 의미 운반체로서 모두 기호로 사용될 수 있다. 기호는 커뮤니케이션 과정에서 '신호-기능'(Signal-Funktion)과 '상징-기능'(Symbol-Funktion)을 수행한다(Burkart, 1983, pp. 31~39). 기호의 기능이 커뮤니케이션 파트너의 태도에 직접적인 영향을 줄 때 신호로 나타난다. 다시 말해서 신호는 어떤 것을 목표로 하는 기호, 곧 행동을 촉구하는 기호다. 따라서 신호는 물질적인 현상으로서 특정한 반응을 유발하기 위해 사용된다. 이러한 반응은 인간들 간의 합의를 통해 사전에 결정되어 있을 수 있거나, 본능적으로 소질이 있거나 학습과정을 통해 조건 지어질 수 있다.

이에 반해 기호가 어떤 것(대상, 상황, 사건)을 대표/대리할 때, 곧 '대표-기능'을 수행할 때 상징으로 나타난다. 상징 또는 대표기호는 지시하는 대상을 대표한다. 이는 상징이 각 대상, 사물과 사건의 상황을 대신해 나타나고, 의식 속에서 견해, 상상, 사고를 불러일으킬 수 있다는 것을 의미한다. 물론 상징으로서 기호가 나타나는 것은 오직 약속(관습)을 기반으로 할 때만 가능하다. 곧, 각각의 대표/대리는 약속에 토대를 두고 있으며, 커뮤니케이션 과정에 참여하는 자들이 그 약속에 대한 지식을 가지고 있어야 한다.

기호가 신호로 기능하느냐 아니면 상징으로 기능하느냐는 그 종류와 특성보다는 어떻게 사용되느냐에 달려 있다. 특히 인간 커뮤니케이션에서 기호는 신호로만 사용되지 않고 상징으로 사용될 수 있는 가능성이 열려 있다. 곧, 인간은 기호와 기호를 통해 중개되는 의미에 반응할 뿐만 아니라 이 의미를 '이해할' 수 있다. 여기서 이해한다는 것은 기호에 특정한 사고, 견해, 상상 등을 의미내용의 형식 속에서 귀속시킬 수 있는 능력을 뜻한다. 특히 인간 커뮤니케이션 과정에서 상징의 대표-기능으로부터 발전된 상황은 큰 의미를 갖는다. 인간은 상징을 이용해 객체(대상, 사고, 견해, 상상 등)를 대표할 수 있다. 곧, '상징화'할 수 있다. 따라서 인간은 상징이라는 '우회로' 위에서 어느 때라도 그리고 실제로 현존하지 않는 객체를 소유할 수 있다. 곧, 상징형성을 통해 인간은 자연적이고 추상적인 상상을 의식 속으로 불러들일 수 있다.

또한 상징은 단순한 기호가 아니라, 특정한 인간에게는 상황과 인생역정에 따른 추가적인 의미내용을 구성할 수 있게 한다. 한 상징의 의미는 개별적인 인간들의 공간-시간 맥락에 의해 결정된다. 따라서 다양한 인간들이 한 대상을 어떻게 다루느냐에 따라 동일한 대상의 의미는 달라질 수 있다. 미드(Mead, 1973)의 "상징적 상호작용주의"에서 한 대상의 의미는 인간들 간에 일어나는 사회적 산물이며 다양한 정의 및 해석 과정의 결과물이다. 따라서 상징으로서 기능하는 기호는 단순히 하나의 특정한 대상을 대표하지 않고 이 대상에 대한 특정한 관계와의 결합 속에서 대표한다. 환언하쪽, 하나의 기호는 다양한 인간들에게 무조건 동일한 것일 필요가 없는 주관적으로 경험하는 실제를 상징화한다. 무수한(사회적) 상호작용들이 존재하기 때문에 모든 개별적인 인간은 많은 숫자의 정의와 해석들을 되돌아본다. 이러한 경험들의 총체로서 모든 인간은 비축된 상징들, 곧 의식 속으로 불러낼 수 있는 '의미-집합체'를 소유하고 있다. 인간들이 커뮤니케이션적 상호작용 과정에서 서로 커뮤니케이션적으로 행위할 때, 그들은 그들 행위의 일반적인 의도(이해)와 일치하는 의미를 서로 공유하려고 한다. 이러한 목적을 위해 그들은 상징으로서 기호를 사용해야 한다. 그럼으로써 상호간에 존재하는 또는 비축된 의미들을 의식 속에서 현재화시킬 수 있다. 따라서 두 사람이 서로 커뮤니케이션을 하려고 한다쪽, 그들은 상징적으로 중개되어 서로 관계를 맺는다. 무엇보다도 그렇게 시도된 상징적으로 중개된 상호작용은 커뮤니케이션 파트너들이 그들의 커뮤니케이션적 행위의 목적에 도달할 때, 곧 그들이 각각 중개하는 의미들을 이해하려는 목표가 달성될 때 성공적이다. 그러나 이러한 이해는 두 커뮤니케이션 파트너들이 의식 속에서 동일한 의미를 현재화시킬 때만 가능하다. 따라서 인간 커뮤니케이션은 커뮤니케이션 파트너들에게 동일한 객체(대상, 상황, 상상, 견해, 아이디어 등)를 상징화하는 기호의 비축(備蓄)을 전제로 한다. 이러한 전제조건을 충족시키는 상징을 미드는 "유의미한 상징"(signifikantes Symbol)이라고 부른다. 유의미한 상징은 기호의 배후에 있는 아이디어(특정한 상상의 내용)를 표현하고, 커뮤니케이션 파트너에게 이 아이디어를 불러일으키게 하는 기호다(Mead, 1973, p. 85).

위에서 살펴본 기호학적 논의와 상징적 상호작용주의를 징소리라는 기호를 이용한 커뮤니케이션에 적용할 때, 징소리는 크게 신호-기능과 상징-기능을 수행한다. 먼저 징소리는 서론에서 언급된 것처럼, 궁중음악(아헌)과 대취타(군악)에서 음악의 끝을 알리거나 후퇴를 알리는 신호로 기능했음이 확인된다. 곧, 징소리는 커뮤니케이션 파트너의 행동을 촉구하려는 목적을 위해 사용된다. 이에 반해 두레 풍물을 주도했던 징소리는 음악기학론적 의미에서 심신일원음악의 기화와 음양의 조화를 이끌어냄으로써 발놀림에 따라 호흡을 조정하는 장단을 통해 신명을 상징화하는 상징-기능을 수행한다. 동시에 유의미한 상징으로서 징소리는 두레 풍물이라는 기층 민중들 간의 소리 커뮤니케이션에서 천지운화의 기와 인간형질의 기막힘인 한(맺힘)을 풀어내는 메시지를 전달해 왔다. 환언하쪽, 징소리는 기층 민중들 상호간에 존재하는 '의미-집합체'로서 비축된 상징인 한을 그들의 의식 속에서 현재화시키는 기능을 수행한다. 더 나아가 징소리는 농악과 무악(굿 음악)에서 인간들과 뿐만 아니라 의인화된 천신과 커뮤니케이션하기 위해 인간세상의 의미를 담은 상징을 하늘을 향해 울려 퍼지게 하는 청각적 매체로 기능한다.

4. 문순태의 『징소리』에 나타난 징소리의 메시지

문순태는 단편 3편과 중편 3편으로 이루어져 있는 연작 소설 『징소리』에서 한국 농촌의 근대화 과정에서 대규모 댐건설로 생겨난 수몰지역 실향민들의 아픔을 담아냈다. 그는 단편소설 『징소리』(1978년, 『창작과비평』, 여름호)를 시작으로 1979년 『저녁 징소리』와 중편 『말하는 징소리』 및 『무서운 징소리』를 썼으며, 1980년 단편 『마지막 징소리』와 중편 『달빛 아래 징소리』를 집필해 그 해 『징소리』라는 제목으로 묶어서 출간했다. 이 작품은 전남 장성의 수몰지역 실향민들에게 맺힌 '한'을 징소리로 풀어내고 있다. 문순태는 '창작노트'에서 그의 소설 주제인 '한'을 주자(朱子)의 오성(五性), 곧 기쁨, 분노, 욕심, 두려움 그리고 슬픔의 감정이라고 밝힌다(문순태, 1993, 307쪽). 음악기학적으로 보쪽, 징소리는 이 작품 속에서 기(氣)가 통하지 못하는 실향민들의 온갖 맺힘, 곧 한을 풀어내는 기화(氣化)의 커뮤니케이션 매체로 작용하고 있다. 아래에서는 한풀이로서 기화가 징소리를 통해 어떻게 구현되고 있는지 6편의 중·단편 소설의 내용을 따라 추적된다.

1) 『징소리』

"방울재 허칠복(許七福)이가 고향을 떠난 지 삼 년 만에 미쳐서 돌아와 징을 두들기며, 댐을 막은 뒤부터 밀려드는 낚시꾼들을 쫓아댔다. 덩실덩실 춤을 추며 징을 두들기는 칠복이의 모습은 나무탈을 쓴 도깨비 같다고들 한다. 그리고 그가 그렇게 된 것은 고향을 잃은 서러움, 아내를 빼앗긴 원한 때문이라고 한다. (...) 그가 징을 치고 껑충껑충 거릴 때마다 졸래졸래 아비를 따라 다니는 여섯 살 난 그의 딸이 징소리에 맞추어 춤을 추듯 움죽거렸다. (...) 호숫가에서 띄엄띄엄 한가하게 낚싯줄을 드리운, 얼추 헤아려도 여남은 명이 넘을 것 같은 낚시꾼들은 난데없는 징소리에 벌떡벌떡 일어서서는 화가 머리끝까지 치민 얼굴로 각시바위 쪽으로 칠복이를 꼬나보았다. 징 징 징...... 징 징 징...... 마치 하늘 어느 한구석이 무너져내리는 소리 같기도 하고, 수많은 사람들이 떼지어 울부짖는 소리와도 같은 징소리는 호수 안통 방울재 골짜기를 샅샅이 쥐흔들었다."(9쪽~10쪽)

이 소설의 첫 부분을 형성하고 있는 위의 문장들에서 나타나고 있듯이, 고향과 아내를 잃은 허칠복의 한풀이는 어린 딸과 함께 징소리 장단에 맞추어 추는 춤과 징소리의 청자(聽者) 낚시꾼과의 적대적인 커뮤니케이션에서 실현된다. 여기서 징소리는 하늘 한 구석이 붕괴되는 소리 또는 한 무리의 인간들이 토해내는 울부짖음처럼 청자에게 강하고 위협적인 자극을 상징함으로써 한풀이의 메시지를 전달하고 있다.

"한사코 가기 싫다는 칠복이 부녀를 억지로 버스에 태워 쫓아보낸 그날 밤, 방울재 사람들은 잠을 이룰 수가 없었다. (...) 봉구는 잠결에 아슴푸레하게 들려오는 징소리에 퍼뜩 놀라 일어나 앉았다. (...) 땅껍질을 두드리는 빗방울소리 사이사이로, 징소리가 쉬지 않고 큰 황소 울음처럼 사납고도 구슬프게 들려왔기 때문에 잠시도 눈을 붙일 수가 없었다. 어쩌면 바람소리와도 같은 그 징소리는 바로 뒤란의 아카시아숲께에서 가깝게 들린 것 같다가도 다시 댐 쪽으로 아슴푸레 멀어져가곤 했다. '바람소린지, 징소린지.' (...) 징소리는 점점 더 가깝게, 그리고 때로는 상여소리처럼 슬프게 들렸는데, 그 소리에 잠을 이루지 못한 방울재 사람들은, 그게 어쩌면 그들한테 쫓겨간 칠복이의 우는 소리일지 모른다는 생각들을 다같이 했다. 그 생각과 함께 징소리가 더욱 무서워졌으며 아침을 맞기조차 두려웠다."(32~33쪽)

소설의 말미를 장식하고 있는 이 단락에서 징소리를 통해 한편으로는 고향에서 쫓겨나가는 칠복이의 분노와 슬픔이, 다른 한편으로는 마을 사람들의 공포와 연민이 서로 교차하는 대칭적인 커뮤니케이션의 구조가 형성된다. 독자에게 긴 여운을 남기고 있는 징소리는 송신자 칠복이의 분노와 슬픔이 상징화된 메시지를 담고 있으며, 이 소리의 청자 방울재 사람들에게는 공포와 연민이 상징화된 메시지로 기능한다.

2)『저녁 징소리』

"그러나 순덕이는 분명히 잠결에 징 징 울어대는 징소리를 들었다. 방울재 윤초시네 마당밟기를 할 때처럼 온통 욱신거렸다. 징 징······· 안산 너덜경 허물어지는 것 같은 소리로 보아 순덕이 남편 칠복이가 징채를 잡은 것이 분명했다. 칠복이는 언제나 흰 두루마기를 입고 학처럼 경중거리며 춤추듯 징을 두들겨팼다. (...) (37쪽) 칠복이는 늘, '징소리는 우람하면서도 은은하게 퍼져야 제맛이 아는 벱이유. 에밀레종이 아무리 유명한 종이라도 치는 사람에 따라 소리가 다르디끼, 방울재 징도 내가 아니면 암도 이 소리를 못 낼 거유.'하면서 징을 머리 위로 높이 쳐들고 징 징 징 징채를 휘두르면서 마치 백양사(白羊寺) 범종처럼 세상을 일깨우듯 은은하고 우람하게 그 소리가 땅위로 하늘로 멀리멀리 퍼져나갔다."(43쪽) (...) 다시 징소리가 들렸다. 선잠을 깨어 정신이 또랑또랑한데도 고막이 떨려왔다. 그것은 흥겹거나 경쾌하지도 않고, 자식을 잃은 늙은 어미의 흐느낌처럼 한스럽게 들렸다. 칠복이의 징소리는 언제나 그렇게 가슴을 쥐어짜듯 계면조(界面調) 가락으로 구슬프게 들렸다.(47쪽) (...) '앞으로는 말여, 순덕이를 만나고 싶으면 말여, 징소리로 부를 꺼인께 그리 알아. 징소리를 듣고 여그꺼정 나온 거 보니께, 내 말을 잘도 알아듣는구먼그려!'(48쪽)"

징소리는 이 작품 속에서 집안의 복을 비는 안택굿(마당밟기)에서 신명(神明)을 만들어내고, 범종(梵鐘: 쇠북)의 맥놀이 현상에서처럼 하늘을 향해 은

은하게 멀리 퍼져나가는 효과를 이용한 천신과의 커뮤니케이션을 수행하고 있으며, 헤어져 사는 아내 순덕을 구슬픈 한의 소리로 불러내는 신호로 작동하고 있다. 그래서 징소리의 메시지는 신명나는 굿을 동반해 집안의 복을 빌고, 천신을 일깨우며, 애타게 연인을 부르는 호소의 신호를 담고 있다.

3)『말하는 징소리』

"그 소리는 하늘에서 울려오는 것만큼이나 신비스러워 지상에 있는 생명을 가진 모든 것들의 마음을 싱그럽고 후련하게 씻어 주었다. 그 소리를 들을 때, 모든 시민들은 일손을 멈추고, 여름날 아침 햇살과 함께 피는 남보라색 나팔꽃처럼 귓바퀴를 신선하게 세웠다. 시민들은 경건하게 기도하는 모습으로 고개를 떨구곤 했다. 이제 시민들은 날마다 정오만 되면 어김없이 울려퍼지는 그 소리를 귀가 아닌 가슴으로 들었다. (...) 그것은 잊혀진 고향에서 불어오는 한줄기의 뭉클한 바람이었다. 울부짖음과 함께 이름만 생각나는 고향사람들의 얼굴이 찢겨진 선전 포스터처럼 희미한 모습으로 머릿속에서 펄럭였다. 비로소 잊혀진 고향이 떠올랐다. (57쪽) (...) '대낮에 옥상에서 징을 치다니 원, 자네 모자라도 웬만큼 모자라는 사람이 아닌 거 같아.' '지는 마누라를 불렀습니다.' (...) '마누라를 부르다니?' '지 마누라는 지가 치는 징소리를 알아듣기 땀시.' (61쪽) (...) '징채잡이라면 방울재 안통에서 지를 따를 사람이 없습니다. 지는 징을 칠 때 무작정 두들겨패는 것이 아니고, 말로다가 칩니다요.' (...)'글타니께요. 아까 옥상에서 칠 때는 마누라 돌아오소, 잘못을 용서할 것께 돌아오소 험시로 쳤지요.' (...) '옛날 고향에서는 징징 울어라, 풍년 들게 울어라, 징징 울어라, 태평하게 울어라, 징징 울어라, 액년 쫓게 울어라 험시로 징을 쳤읍죠'. 그는 움죽움죽 어깨까지 들썩이고 나더니 다시, '풍년을 빌거나 귀신을 쫓을라면 머니머니 혀도 징소리가 젤이라요. 북, 장고 두드림서 사흘 굿헌 거보담 징치고 하루 굿헌 것이 낫다는 말 있드끼, 징소리를 내야만 토신이 좋아허재요.' (63쪽) (...) 머리끝에서 발부리에까지 한줄기의 소리가 그의 핏줄을 타고 온몸에 퍼지면서, 고향을 잃은 분함 마음, 아내를 잃은 슬픔이 징소리와 함께 하늘과 땅으로 울부짖음이 되어 흩어졌다. (71쪽) (...) 그들은 손바닥만한 회색 하늘에서 고향 사람들의 희미한 얼굴을 떠올리려고 해 보았지만 은딱지를 구겨 던진 것 같은 한 가닥 구름에 가려 아무것도 살아나지 않았다. 그럴 때마다 그들은 가슴이 답답했고, 그 답답한 가슴을 징소리가 녹여주는 듯싶었다. 징소리는 철판이 되어 버리다시피 한 그들의 가슴을 거세게 후려치며 잃어버렸던 고향을 끊임없이 일깨워 주었다. (72쪽)"

이 작품에서 징소리는 크게 세 가지 메시지를 포함하고 있다. 첫째, 광주 도심의 11층 건물 옥상에서 매일 정오에 울려퍼지는 징소리는 고향을 등지고 도시에서 살고 있는 실향민들의 가슴 속 깊은 곳에 자리한 고향의 옛 추억을 상기시켜주는 유의미한 상징으로서 힘든 도시생활에서 맺힌 한을 시원하게 풀어주는 기화(기의 움직임)의 메시지를 담고 있다. 둘째, 징소리는 징잡이 칠복(건물의 수위)의 구두 언어(말)를 동반하면서 상대방과 대화를 나누듯이 집 떠난 아내를 애타게 부르고, 무악(굿의 음악)이 수행했던 것처럼 마을의 풍년과 평안을 외치며, 액운과 귀신을 쫓는 신호로 작용한다. 셋째, 징소리는 징잡이 칠복이 품고 있는 실향의 분노, 아내를 잃은 슬픔을 하늘과 땅을 향한 울부짖음이 상징화된 기화의 메시지를 내포하고 있다.

4)『무서운 징소리』

"두 여자는 징소리 때문에 죽었는지도 모를 일이었다. 징소리만 울리지 않았다라도 그들 모녀는 죽지 않았을 것이었다. 그것은 고향을 잃은 사람들의 한맺힌 울음소리였다. 한평생을 거의 살아버린 시골 여인들의 매듭진 손끝에서 빚어진, 높고 맑은 가을 하늘에서 내리꽂히는 햇살처럼, 부드럽고 윤기나는 명주 실꾸리가 감겼다간 풀리고,

풀렸다가 감기듯 하는 징소리가 사람을 죽이다니, 참 알 수 없는 일이었다. (117쪽) (...) 강촌댁은 다시 슬플 때나 기쁠 때나 남편의 무덤을 찾곤 하였다. (...) '여보, 그 때 모양 내게 다시 힘을 줏이오. 무서운 회오리바람으로 정을 뗄 때같이, 내가 당신 옆에 땅을 지키고 살아갈 수 있게 힘을 주란 말이요. 당신이 힘을 주쪽, 당신을 찾는 것도 오늘밤이 마지막인 줄 앗시오.' 맹 계장의 어머니는 애원하듯 말했으나, 무서운 회오리바람은 결코 살아나지 않았다. 회오리바람 대신에 마을 쪽에서 징 징 징 ...... 징이 울었다. 죽은 남편이 그녀를 간절하게 부르는 소리 같았다. 힘이 쫙 빠졌다. 남편이 부르는 소리처럼 간절하게 우는 징소리가 그녀의 몸에서 서서히 혼을 빼가는 것 같았다. '무정헌 사람, 무정헌 사람. 살아갈 힘을 주란게, 자기헌티로 오라고......' 맹 계장 어머니는 힘없이 일어서서 비칠비칠 대밭을 내려왔다. 징소리는 그치지 않고 어둠을 쫓기라도 하듯 울어댔다. 그 소리는 마치 삶의 마지막 슬픔을 쥐어짜는 상여소리처럼 들렸다. 맹 계장 어머니는 어호너호 슬프게 어우러진 상여소리 같은 징소리를 들으며 집에 돌아와, (...) 딸 길녀한테 새 옷을 입힌 다음, 헛간에서 새끼 타래를 가져와 모녀가 하나가 되게 여러 겹으로 칭칭 동여맸다. '길녀야, 무서워하지 말거라잉. 쪼그만 참으면 좋은 곳으로 간다.' 맹 계장 어머니는 딸한테 그렇게 말하고 준비해 놓은 성냥통을 집어들었다. 징소리가 맹 계장 어머니를 재촉하였다. 맹 계장 어머니는 오래 오래 징소리를 간직하고 싶었다. 징...... 징...... 징...... 칠복은 집을 나가면서 징을 머리 위로 쳐들고 징채를 후려쳤다. 무섭게 가라앉은 밤공기가 무겁게 출렁이면서 마을을 쥐흔들었다. (...) 그는 마치 대보름날 저녁에 방울재 사람들이 아랫마을 박골 사람들과 횃불싸움을 하러 갈 때처럼 자진모리 가락으로 징을 울렸다."(190~191쪽)

이 중편 소설에서 징소리는 두 가지 상이한 상징으로서 징잡이와 청자 간에 오해의 커뮤니케이션을 불러일으키는 메시지를 담고 있다. 제 목숨처럼 아끼던 징을 잃어버렸다가 다시 찾은 기쁨 때문에 신명이 난 칠복이가 울리는 징소리는 고향의 횃불놀이를 상기시키는 환희의 메시지를 내포하고 있다.

이에 반해 도시(광주)에 사는 아들(맹계장)의 꾐(칠복에게 미숙한 노처녀 여동생을 맡기고 광주로 모시려는 술수)을 알아차린 늙은 과부에게 징소리는 고향을 떠나야 하는 절망의 소리이자 저승의 남편이 이승에서 살만한 가치를 상실한 아내와 딸을 자기 곁으로 오라는 슬픈 상여소리와 같은 죽음의 소리를 상징화한다. 전자가 징소리를 통해 신명의 기화를 상징하는 메시지를 담고 있다쪽, 후자는 고향을 잃을 생의 마지막 슬픔, 곧 죽음의 기화가 상징화된 메시지를 전달하고 있다.

5) 『마지막 징소리』

"순덕이가 버스에서 내리자 징 징 징 징소리가 들려왔다. 백암산(白岩山) 일곱 골짜기를 갈퀴질하듯 샅샅이 훑고 내려온, 한겨울 바람처럼 가슴을 섬뜩하게 찌르는 징소리, 순덕이는 눈을 들어 하늘을 보았다. (...) 징소리는 하늘에서 햇살을 타고 내려오고 있는 듯싶기도 하였다. 흉년에 아기를 굶겨 죽인 어머니의 배고픈 울음, 고향을 잃은 사람들의 슬픈 울부짖음이나 전장에 아간 아들의 전사통지서를 받고 눈물은 메말라 버린 채 숨만 가쁜 늙은 어머니의 목쉰 울음소리 같기도 하고, 긴긴 겨울밤 오동나무 잎이 휘휘휘 바람에 떠는 소리에 잠 못 이루고 대처로 돈벌이 간 남편을 기다리는 가난한 아낙의 긴 한숨, 때로는 순덕이처럼 다른 남자와 눈이 맞아 자식까지 버리고 집을 나간 아내를 원망하는 남편의 뼈를 깎아내는 듯한 탄식과도 같은 징소리. 그 소리는 백암산 일곱 골짜기에서 바람을 타고 흘러나오는 것 같기도 하고, 하늘에서 꽂혀 내리는 햇살에 섞여 지상으로 내려오는 것 같기도 하였다. 버스에서 내린 순덕은 징소리가 들려오는 방향을 찾느라고 두렷두렷 고개를 돌려가며 갈 바를 정하지 못하고 서 있었다. 징소리는 바람과 함께, 질기고 가는 명주실꾸리처럼 풀렸다가 감기고 감겼다가 다시 풀리곤 하였다. '저 징소리가 어디서 울려온다요?' (...) '징소리라뇨? 내 귀에는 아무 소리도 들리지 않은데요?' 경운기를 몰고 가던 젊은이는 팽팽한 눈으로 순덕이를 질러보며 반문했다. (197~198 쪽) (...) 어둠 속에서 남편이 불쑥 뛰쳐나올 것만 같았다. 봉구네 매운 탕 집을 향해 가다 말고 어느덧 자취도 없이 어둠에 묻혀 버린 할미산 밑 호수 쪽으로 몸을 돌렸다. 호수 쪽에서 징소리가 들려왔다. 징소리 가 들려오자 그녀의 머릿속이 아침 이슬 머금은 나팔꽃처럼 맑아졌 다. 순덕은 바쁜 걸음으로 호수를 향해 갔다. 징소리는 중모리에서 휘 몰이로, 휘몰이에서 다시 자진모리로 거칠고 빠르게 울려왔다. (...) 징 소리는 호수 속에서 울려왔다. 순덕이는 떡갈나무 가지들을 한 움큼 휘어잡고 오도카니 서서 징소리가 울려나오고 있는 검은 호수를 들여 다보았다. 경중거리며 징채를 휘두르는 남편의 모습이 보였다. 눈물 이 크렁한 어머니와 흰 두루마기 자락을 나풀거리며 학춤을 추는 아 버지, 호도껍질처럼 쭈글쭈글한 얼굴에 노기를 담은 할머니의 모습도 보였다. 방울재 사람들이 모두 모였다. 남편 칠복이가 두들겨 패는 징 소리에 맞춰 온통 방울재 사람들이 한 덩어리가 되어 덩실덩실 춤을 추고 있었다. 순덕이는 갑자기 그들과 어울리고 싶어졌다. 그러나 순 덕이가 헤어졌던 방울재 사람들을 다시 만나기 위해 물속으로 뛰어들 었을 때 징소리가 뚝 멎어 버렸다."(210~220쪽)

이 단편소설에서 하늘과 땅 그리고 물속에서 순덕(칠복의 아내)에게 들려 오는 환청(幻聽)의 징소리는 신명의 상징으로서 참혹한 처지에 놓인 인간의 한을 표출하고, 굿판에서 풍물패의 발놀림에 맞춰 호흡을 조정하는 기화의 기능을 수행하고 있다. 우선 징소리는 굶어죽은 어린 자식을 그리워하는 힘 없는 한탄, 실향민의 울부짖음, 자식의 전사통지서를 받은 노모의 통곡, 겨울 밤 객지로 돈벌이 나간 남편을 기다리는 가난한 아내의 한숨, 딴 남자와 눈이 맞아 집을 나간 아내를 원망하는 남편의 탄식이 상징화된 메시지를 담고 있 다. 한편 징소리는 마을의 굿판을 연상시킴으로써 천지운화(天地雲火)의 기 를 호흡하여 인체 형질의 기를 생생하게 움직이게 하는 장단과 음양의 관계 성(여기서는 남편 칠복과 아내 순덕)에 따라 대립을 통한 조화를 상징하는 기화의 메시지를 함축하고 있다. 전자가 한의 기화라쪽, 후자는 신명의 기화라고 할 수 있다. 특히 호수 속에서 들려오는 환각(幻覺)의 징소리는 순덕에게 남편과 가족에 대한 옛 추억에 대한 표상(表象)으로서 환영(幻影)의 신명을 상징화함으로써 시청각적으로 얼버무려진 죽음의 메시지를 담아내고 있다.

6)『달빛 아래 징소리』

"'아무렇지 않다가도 고향에만 돌아오면 정신이 휙 돌아 버리거든요.' (...) '그눔의 징 때문이라고들 하데요. 징에 방울재 귀신이 붙어 있다고 하던가......?' '방울재 귀신?' '나도 칠복이자식이 밤에 징을 치면 그 소리가 꼭 귀신 우는 소리 같아서 소름이 쫙 끼친다니까요. 박씨는 귀신 우는 소리 같은 징소리가 무섭지 않던가요?' '무섭긴...... 자네 그 오뉴월 장마철에 돌담 무너지는 소리 같은 노랫소리보다 훨씬 좋던걸.' '저눔에 징을 물속에 처넣어 버리든지 해야지 안 되겠어요.'" (224쪽) '칠복이!' 손판도(댐의 야간경비원: 필자 주)가 고개를 쳐들며 불렀다. '왜 그런가?' '갑자기 자네 징소리를 듣고 싶구만.' (...) '판도 자네는 내 징소리를 싫어하지 않는가.' '싫어했었지. 징소리만 들리면 죽은 사람이 되살아나는 기분이었거든.' '그런데 왜?' '달라졌어. 이젠 무섭지가 않으니까.' (...) '그렇잖두 낼 아침 동이 트면 뚝이 무너지도록 징을 칠 생각이었네. 징을 더 쳐야 우리 여편네가 올 모양이구만. 내 징소리가 백 리 밖에 있는 여편네의 가슴을 망치질하듯 때려 줘야만 돌아올 모양인가 원!' '징소리가 백 리 밖까지?' '그까짓 백 리가 뭐여! 나를 잊지만 않았다면 천당에 가 있어도 내 징소리를 들을 수 있을 거로구만.' '허긴, 이제야 말이네만 자네가 남도시에 있을 때도 날이 궂은 날이면 가끔 징소리가 들려오는 것도 같데만.' '그랬어? 자네가 내 징소리를 들었단 말이재? 그렇다면 자네도 고향을 아주 잊은 것은 아니구만그려. 자네 맘속에도 고향이 벼룩알 만큼은 살아 있구만그려.' (274쪽) (..) 손판도는 죽은 여자의 얼굴을 들여다보다 말고 소스라쳐 고개를 둑 쪽으로 돌려버렸다. 칠복의 아내였다. '죽었는가?' 밤새 아내를 기다리던 칠복이가 큰 소리로 물었다. (...) 손판도는 말없이 천천히 물속으로 들어가서 빳빳하게 물 위에 누워 있는 칠복이의 아내를 두 팔로 떠받쳐 조심스럽게 보트 위에 올려놓았다. 그리고는 두 발을 텀벙거리며 보트를 밀고 백암산 골짜기에서 흘러내려오는 흙탕물 물살을 거슬러 상류 쪽으로 올라갔다. '판도. 이 사람아, 둑 쪽으로 나오지 않고 어디로 가는가?' 그가 죽은 칠복이의 아내를 보트에 싣고 상류로 올라가자, 둑 위에서 손판도의 행동을 지켜보고 서 있던 칠복이가 화가 난 목소리로 버럭 고함을 질렀다. '칠복이...... 내가 올 때까지 꼼짝 말고 땜에서 기다리고 있으소잉. 그리고 엊저녁에 나한테 징을 쳐주겠다고 약속을 했는데, 지금 좀 쳐줄란가?' 보트를 밀고 상류로 거슬러 올라가며 손판도가 큰 소리로 말했다. 그가 둑에서 멀리 떨어져갔을 때, 갑자기 징소리가 방울재 하늘을 쥐혼들었다. 칠복이의 징소리는 멀고먼 불귀의 북망산으로 가는 상여소리처럼 슬프게 울었다."
(289~290쪽)

연작 소설 『징소리』의 마지막 중편인 이 작품에서 징소리는 네 가지의 복합적인 메시지를 함축하고 있다. 첫째, 징소리는 수몰지역 실향민들이 호수로 변한 고향으로 돌아와 물속으로 몸을 던져 자살하는 사태의 원인으로서 귀신을 상징화하는 무서움의 메시지를 담고 있다. 둘째, 징소리는 도시에서 살고 있는 실향민들에게 고향의 추억을 떠올리게 하는 상징으로서 강한 향수의 메시지를 담아낸다. 셋째, 징소리는 아내를 애타게 부르는 "하늘의 소리"로 상징화됨으로써 이승의 백 리를 넘어 저승의 천당에까지 전해지는 격렬한 소환(召還)의 메시지를 담고 있다. 마지막으로 징소리는 아내를 천상으로 보내는 슬픈 상여소리를 상징화함으로써 사별의 메시지를 담아내고 있다. 이처럼 징소리는 공포, 향수, 소환, 사별이라는 한의 기화를 상징화하는 격한 감성의 메시지로 작동하고 있다.

5. 조정래의 『아리랑』에 타나난 징소리의 메시지

조정래(1995)의 대하소설 『아리랑』의 제2부 '민족혼'(4권) 첫머리에서 지진이 호랑이 울음소리에 비유되듯이 우리의 민족혼은 우렁찬 소리로 묘사된다. 이 소설의 작가는 사그라진 우리 민족혼의 재생이 신명으로 고통을 극복하는 농악의 생명력에서 발견될 수 있다는 데 주목하고 있다(김창식, 2000, 310쪽). 무엇보다도 정월 대보름날에 울려 퍼지는 징소리는 넓고 깊은 긴 울림으로 민족혼을 불러일으키는 기화를 상징화한다.

> "박건식은 달이 징으로 보였다. 귀에서는 징소리가 징징징징 울려대고 있었다. 징소리를 따라 온몸이 스멀스멀해지면서 피가 뜨거워지고 있었다. 징소리는 쇳소리 중에서도 가장 폭이 넓고 깊이가 깊은 소리였다. 태산이고 파도이면서 애간장 타는 속울음이고 천리 밖의 넋을 부르는 소리였다. 한 번 쳐서 수백겹의 파장을 이루는 그 넓고 깊은 소리의 긴 울림은 아련하고 아슴하고 아득하기가 사람의 혼을 빼가는 것 같았다. 그 소리에 들려 밥맛조차 잃고 징채를 잡아보려고 허덕거렸던 열서너 살 그때의 세월이 그리웠다. '이놈아, 니 그리 쇳소리에 미치다가 소리패 따라나스겠다.' 아버지의 노여움이었다. '와따, 쟈가 누구 아덜인디 그리 천하니 될라고 허겠소. 소리 알아듣는 재주 타고 났당게 지 허고 잡은 대로 냅두써요. 동네 풍물얼 울리자도 재주꾼이 있어야 할 것 아니겠소.' 어머니의 역성이었다. 아버지는 다짐을 받고서야 징채를 잡게 해주었다. 자신도 소리패를 따라나서고 싶은 생각은 없었다. 소리패의 정처없이 떠돌아다니는 배고프고 서글픈 행각이 전혀 마음에 들지 않았던 것이다."(4권, 15쪽)

유년 시절 작중 인물이 체험했던 농악(풍물)의 감흥과 추억을 생생한 장면으로 묘사하고 있는 이 소설의 짧은 단락에서 징소리는 혼(魂)의 소리로 상징화된다. 무엇보다도 정월 대보름날 장엄하게 떠오르는 보름달이 징으로 보이고 환청의 징소리를 듣는 징잡이 박건식의 무의식 속에서 우리의 민족혼은 뜨거운 피로 되살아나고 있다. 쇳소리 중에서 가장 깊고 넓은 소리로서 징소리는 태산처럼 웅장하고 파도처럼 일렁이는 맥놀이(beat)를 형성하면서 애간장 타는 속울음 소리, 천리 밖의 넋을 부르는 소환의 소리, 아련한 추억 속으로 인간의 혼을 앗아가는 상징으로 기능한다. 이처럼 징소리는 칸트(Kant)적 의미[4]에서 장엄(숭고)함(Erhaben)으로 다가와 인간의 영혼을 빼앗아갈 정도로 깊은 감동을 불러일으키는 상징으로 작용한다. 그래서 징소리는 식어버린 우리의 피를 뜨겁게 해 우리의 혼을 다시 불러일으키는 민족혼의 기화를 상징화함으로써 숭고한 메시지를 전달한다.

6. 유정자의 『징소리에 실려올 꽃의 숨소리』에 나타난 징소리의 메시지

유정자(1991)의 시집 『징소리에 실려올 꽃의 숨소리』에 나오는 세 편의 시 - <징소리(1)>, <징소리(2)>, <징소리(3)> (76~81쪽) - 에서 징소리는 '빛줄기'(햇살), '화살의 춤사위', '어머니의 이야기들', '꽃의 숨소리', '목소리' 등으로 표현되고 있다. 윤병로(1991)는 연작시 <징소리> 3편을 "인간 심령의 간절한 울림으로 혹은 대자연의 합창으로 서정적 화음을 드러낸다"(127쪽)라

---

4) 칸트(1993, pp. 9~13)는 인간의 감정을 크게 변화시키는 데 두 가지 느낌이 있다고 했다. 그 하나는 숭고(장엄)함(Erhaben)이고, 다른 하나는 아름다움(Schön)이다. 칸트에 의하면 밤은 숭고하고, 낮은 아름답다. 조용한 여름밤 갈색 하늘의 그림자를 뚫고 나온 떨리는 별빛과 둥근 얼굴 형상을 하고 외롭게 떠 있는 달은 서서히 친근감, 세상에 대한 경멸, 영원함의 감정을 불러일으킨다. 이에 반해 햇빛이 찬란한 낮은 분주한 열정과 즐거움의 감정에 휩싸이게 한다. 그래서 숭고함은 감동시키고, 아름다움은 흥분시킨다.

고 해석하면서, 징소리의 이미지를 향수의 음향으로 간주한다. "시인의 어린 시절을 아득히 되씹어 음미하는 향수 짙은 음향으로 깊이 새기게 한다"(129쪽). 또한 그는 징소리의 메시지를 소리의 주의환기 기능으로 보고 있다. "<징소리>가 뿜어대는 의미는 세련된 한 폭의 동양화처럼 은은하고도 정밀하게 펼쳐지면서 각별한 심상을 환기시켜준다 하겠다"(129쪽).

"징소리(1)

맴돌아 일어서는/떨리는 빛줄기/늑골을 지나 퍼져 흐르는 화살의 춤사위 가슴 한가운데 뚫린/동전만한 생채기에서/아무것도 퍼올리지 못하는/답답함으로/아무것도 들을 수 없는/적막함으로/쏟아내는/잠재울 수 없는 눈물 강신의 힘을빌어/솟아오르는/피의 모반 속에서/오히려 자유롭게 오히려 뜨겁게/껴안을 수 있는 너와 나/살아 있는 날의/공허를 노래한다."(76~77쪽)

"징소리(2)

내 유년의 강가엔/하얗게 서리 내린/갈꽃이 피고/어머니의 징은 울고 어머니의 옥색치마 폭에/흐르는 별빛을 주워 담은/모양새 고운 대광주리 속에서 전설 같은 이야기들이/승천을 꿈꾸며/나래짓을 배우고 있었는지도 모른다.

젖비린내 나는/순하디 순한 가슴으로/징소리를 찾아 노을은 그리도 곱게 타오르고/푸른 혓바닥을 넘실거리던 강물이 세상의 거짓을 모두 휘몰아/아픈 상처까지 핥으며/물보라를 일으켜/폭포로 떨어져 가던/이유를 알겠다."(78~79쪽)

"징소리(3)

　　천지를 뒤엎어/하얗게 더 하얗게/설산에서 울려오는 소리가/춤을 춘다. 희다못해 투명해진/나뭇가지들은 얼음옷을 입고/수액을 빨아 올리는/숨가쁜/꿈추의 몸부림이 휜히 보이는 수정집 속에서도/징은 우는데 손에 닿을 듯 잡힐 듯/멀어져 가는/어딘가 피어 있을 에델바이스 꽃 한 송이/징소리에 실려올/꽃의 숨소리를 나의 빈잔에/뿌듯이 차오를/목소리를 찾아/눈꽃같이/하얀 치마폭을 휘날리며 산을 오른다."(80~81쪽)

　　<징소리 1>에서 징소리는 한편으로 "떨리는 빗줄기"처럼 가슴 속으로 파고들어 "화살의 춤사위"처럼 예리한 자극을 상징화함으로써 가슴 속 깊은 곳에 맺혀 있던 한을 눈물로 풀어내는 기화의 메시지를 담아낸다. 다른 한편으로 이 시에 등장하는 징소리는 무악(巫樂)에서 새로운 무당의 탄생을 알리는 강신(降神)굿에서처럼 뜨거운 피의 모반(謀反)으로 용솟음쳐 삶의 공허에 저항하는 노래로 상징화됨으로써 꿋꿋한 생의 저항이라는 기화의 메시지를 내포한다. 이처럼 눈물의 한풀이와 생의 저항을 상징화하고 있는 징소리는 "인간 심령의 간절한 울림"으로 간주될 수 있다.

　　<징소리 2>에 등장하는 징소리는 시인의 유년 시절 어머니가 들려주던 추억의 이야기들이자 어머니의 숨결로 상징화된다. 그 이야기들은 승천하면서 '하늘의 소리'인 징소리로 묘사된다. 또한 시인은 '젖비린내 나는' 순한 마음으로 징소리를 찾아 나서고, 징소리는 불타는 저녁노을에 반사되어 흐르는 강물처럼 거짓을 추방하고 상처를 어루만지며 물보라를 일으키며 폭포로 떨어져 강약과 장단의 소리를 상징화한다. 이처럼 징소리는 한편으로 어머니의 포근한 숨결(기)이 담겨 이야기가 젖먹이 아동의 귀를 스치며 하늘로 울려 퍼지며 천신과의 커뮤니케이션을 가능케 하는 메시지를 담고 있다. 다른 한편으로 저녁 징소리는 한 순간 잔잔히 흐르는 강물처럼 인간의 거짓과 마음의

상처를 치유한 후 그 순간이 지나면 거친 물소리를 내는 폭포처럼 사라지는 강약과 장단의 기화를 이루어내는 메시지를 내포하고 있다.

<징소리 3>에서 묘사되고 있는 징소리는 하얀 눈이 덮인 설산에서 춤처럼 강약과 장단에 맞추어 울려 퍼짐으로써 꽃의 숨소리라는 메시지를 전해온다. 추운 겨울 투명한 공간 속에 갇혀 꼽추처럼 몸부림치고 있지만, 징소리에 봄의 메시지, 곧 꽃의 숨소리를 들려줄 주인공을 찾아 시인은 산을 오른다. 그래서 꽃의 숨소리로 작용하고 있는 징소리는 시인이 느끼는 삶의 공허를 해소해 주는 상징으로서 기화의 메시지를 담아낸다.

7. 결론

이 연구는 우리민족의 신명과 한의 메시지를 인간과 천신에 전달하고 문화적 감수성을 표현하는 징소리 커뮤니케이션 현상을 조선의 철학자 최한기에 의해 창시되어 우리 민족음악의 부활을 꾀한 노동은이 체계화한 '음악기학론'과 미드(Mead)의 "상징적 상호작용주의"에 따라 분석하려는 시도다.

최한기의 음악기학론은 사물과 사물 또는 기와 사물을 부딪쳐서 소리로 그 기를 발생시켜 기의 움직임, 곧 기화를 확인하는 민족음악론이라고 할 수 있다. 노동은은 이 기화를 음악과 결부시켜 사람의 '몸' 중심으로 처리해 '장단'으로 발전시켰다. 징소리의 장단은 호흡의 기본 단위인 '한 배'를 조종함으로써 굿판과 풍물패에서 발놀림에 따른 호흡 조정의 질서를 규율한다.

한편 미드(Mead, 1973)의 "상징적 상호작용주의"는 한 대상의 의미는 인간들 간에 일어나는 사회적 산물이며, 경험된 실제는 비축된 상징들('의미-집합체')을 통해 상징화된다. 상징적으로 중개된 상호작용, 곧 커뮤니케이션은 파트너들 간에 동일한 객체(대상, 상황, 상상, 견해, 아이디어 등)를 상징화하는 기호의 비축을 전제로 한다. 다시 말해서 커뮤니케이션은 이러한 전제조건을 충족시키면서 기호의 배후에 있는 아이디어를 표현하고, 커뮤니케이션 파트너에게 이 아이디어를 불러일으키게 하는 기호인 "유의미한 상징"을 통해 수행된다. 이러한 의미에서 징소리는 음악기호론의 요체인 기층 민중들의 신명과 한의 기화를 상징화하는 유의미한 상징이라고 할 수 있다.

문순태의 연작소설 『징소리』에서 묘사되고 있는 징소리는 이 작품 속에서 기(氣)가 통하지 못하는 실향민들의 온갖 맺힘, 곧 주자가 얘기한 오성(五性)인 기쁨, 분노, 욕심, 두려움 그리고 슬픔의 기화가 상징화된 메시지를 전한다.

조정래의 대하소설 『아리랑』에 나타나는 웅장한 징소리는 거친 파도와 같은 맥놀이를 형성함으로써 일제 하에 신음하는 농민들의 슬픈 한을 풀어주고, 식어버린 민족혼을 다시 일깨우는 기화가 상징화된 메시지를 담아낸다.

유정자의 시집 『징소리에 실려올 꽃의 숨소리』에 수록된 <징소리 1, 2, 3>에서 징소리는 '심령의 간절한 울림'으로서 시인의 가슴 속 깊이 맺혀 있던 한을 눈물로 풀어내고, 유년 시절 어머니가 들려주던 추억의 이야기이자 어머니의 숨결을 회상시키며, 겨울 산에 다시 찾아올 꽃의 숨소리로 다가오는 기화가 상징화된 메시지로 작용한다.

음악기호론과 상징적 상호작용주의를 적용해 우리의 문학작품에 나타난 징소리의 다양한 메시지 해석에서 내릴 수 있는 결론은 우선 우리의 징소리가 실내악이나 궁중음악에서처럼 폐쇄된 공간에서 연주되는 서양의 악기들과는 달리 열린 공간인 '굿판' 또는 '마당' 혹은 '들판'에서 하늘을 향해 울려 퍼진다는 사실이다. 이는 우리의 징소리가 인간들 간의 커뮤니케이션뿐 아니라 의인화된 천신과의 커뮤니케이션을 동시에 수행하는 매체로 작동하고 있음을 뜻한다. 그래서 우리의 기층 민중들이 사용해온 징소리의 상징은 천지 운화의 기와 인간형질의 기가 통하지 못하는 인간 감성의 온갖 맺힘인 한을 풀어내는 기화가 상징화된 메시지를 전달해 왔다. 징소리를 통해 전달되는 기화 메시지의 수용자가 인간과 천신이라는 사실에서 우리민족의 관대(寬大)함과 담대(膽大)함이 잘 드러난다. 다시 말해서 징소리는 인간에 대한 한풀이(보복)의 소리라기보다는, 하늘과 함께 호흡하는 방법을 일깨워주는 넓고 높은 숭고미(崇高美)를 함축하는 하늘의 소리라고 할 수 있다.

또한 징소리는 유의미한 상징으로서 우리 기층민중들의 소리 커뮤니케이션 현장인 놀이판에서 발놀림에 따라 호흡을 조정함으로써 신명의 기화를 이끌어내 왔다. 이 때 상징으로서 징소리는 징이라는 악기가 내는 단순한 소리 기호가 아니라, 우리 기층민중들이 처한 농경사회적 상황과 힘든 노동과정과 그들의 인간관계 속에서 발생한 추가적인 의미내용을 소리 커뮤니케이션을 통해 구성함으로써 사회적 의미를 갖는다. 곧, 징소리의 상징은 노동의 고통을 극복하기 위한 우리 기층 민중들의 소리 커뮤니케이션의 과정 속에서 신명이라는 대상을 대표해 왔다.

이처럼 징소리를 통해 하늘을 향한 열린 공간에서 일어나는 신명과 한풀이의 소리 커뮤니케이션 현상은 다른 어떤 나라에서도 찾아보기 어려운 우리의 고유한 의미-집합체이자 유의미한 상징을 기반으로 형상된 민족문화라고 할 수 있다. 그러한 의미에서 여기서 다루어지지 않은 우리의 전통 악기(예: 사물에 해당되는 북, 장고, 꽹과리 등)를 매체로 수행되는 소리 커뮤니케이션 연구는 지속적인 관심 속에서 계속 진행되어야 할 것이다.*

---

* 논문출처 : 「한국의 소리 커뮤니케이션 '징소리'의 메시지」,『한국언론정보학보 31집, 2005.

참고문헌

강준일 (1994), 전통음악가치체계로의 원론적 접근. 민족음악연구회 (편),『민족음악의 이해 3』(28~44쪽). 서울: 민족음악연구회.

권오성 (2000),『한민족음악론』. 서울: 학문사.

김성재 (2004), 한국의 소리커뮤니케이션: 쇠북(鐘) 소리의 메시지.『한국언론학보』, 48-1호, 258~283.

김창식 (2000),『대중문학을 넘어서』. 서울: 청동거울.

노동은 (1994), 음악기학(음악기학) I. 민족음악연구회 (편),『민족음악의 이해 3』(45~103쪽). 서울: 민족음악연구회.

노동은 (1995),『한국근대음악사 1』. 서울: 한길사.

문순태 (1993),『징소리』. 서울: 천지서관.

손태룡 (2000),『한국음악 개론』(증보판). 서울: 민속원.

유정자 (1991),『징소리에 실려올 꽃의 숨소리』. 서울: 귀인사.

윤병로 (1991), 서정성에 철저한 삶의 찬가 - 유정자의 시집「징소리에 실려올 꽃의 숨소리」에 부쳐. 유정자 (1991).『징소리에 실려올 꽃의 숨소리』(126~137쪽). 서울: 귀인사.

정병호 (1986),『농악』. 서울: 열화당.

조정래 (1995),『아리랑』제4권. 서울: 해냄.

차배근 (1993),『커뮤니케이션학개론(상)』. 서울: 세영사.

황루시 (1992),『한국인의 굿과 무당』. 서울: 문음사

Burkart, R. (1983), Kommunikationswissenschaft. Wien/Köln: Böhlau Verlag.

Flusser, V. (1996), Kommunikologie. 김성재 역 (2001).『코무니콜로기: 코드를 통해 본 커뮤니케이션의 역사와 이론 및 철학』. 서울: 커뮤니케이션북스.

Kant, I. (1993), Beobachtungen über das Gefühl des Schönen und Erhaben. Frankfurt a. M.: Hain.

Luhmann, N. (1990), Die Wissenschaft der Gesellschaft. Frankfurt a. M.: Suhrkamp.

Mead, G. H. (1973), Geist, Identität und Gesellschaft. Frankfurt a. M.: Suhrkamp.

문순태의 『피아골』에 나타난 생태학적 상상력[*]

박 찬 모(순천대)

Ⅰ. 들어가며

문순태의 소설세계는 '고향'과 '한'으로 집약된다.[1] 한으로 대변되는 민중들의 정서와 애환이 작가의 해한 의지와 함께 탈향과 귀향이라는 서사 구조 속에 용해되어 있기 때문이다.[2] 그리고 고향과 한을 추적할 때 만나게 되는 것이 6·25전쟁이다. 작가의 대표작인 『물레방아 속으로』(1981), 「철쭉제」(1981), 『달궁』(1982), 「피아골」(1985), 『41년생 소년』(2005) 등이 분단소설의 범주에서 논의되고 있는 것은 이런 맥락에서이다.[3] 이들 작품 속에는 전

* 이 논문은 2007년 정부(교육과학기술부)의 재원으로 한국연구재단의 지원을 받아 수행된 연구임(KRF-2007-361-AM0015)

1) 이은봉 외 엮음(2005), 『고향과 한의 미학』, 태학사.
2) 최창근(2005), 「문순태 소설의 '탈향/귀향' 서사 연구」, 전남대 석사학위논문; 박성천(2008), 「문순태 소설의 서사 구조 연구 – 한의 극복양상을 중심으로」, 전남대 박사학위논문.
3) 조구호(2011), 「문순태 분단소설 연구」, 『한국언어문학』 제76집, 한국언어문학회.

쟁과 분단에서 기인하는 깊은 상처와 원한이 형상화되어 있다. 그렇지만 문순태
의 분단소설에 대한 연구가 『달궁』과 「철쭉제」 등 몇몇 작품에 집중되어 있으며,
『피아골』에 대한 심층적인 연구가 없다는 점은 아쉬운 대목이 아닐 수 없다.[4)]

그간 『피아골』에 대한 연구가 영성했던 까닭에 대해서는 작품의 출간을
전후하여 등장한 빨치산 소재 작품인 『지리산』(1985, 이병주), 『겨울골짜기』
(1987, 김원일), 『남부군』(1988, 이태), 『태백산맥』(1989, 조정래) 등과 관련
지어 설명할 수 있을 듯싶다.[5)] 이들 작품들은 반공주의적 금제를 넘어서 빨
치산에 대한 이념적 왜곡상을 걷어내고 그들의 인간적 지위를 복원시켜 역사
적 장으로 편입시켰다는 점[6)]에서 학계의 집중적인 주목을 받았음은 주지의
사실이다. 이에 비해 『피아골』에서는 이전의 작품들에서 드러난 기법, 즉 원
한과 해한의 화해 구조를 위해 "어떤 정신적·이념적 알맹이를 담지 않는 문순

---

4) 주요 연구성과로는 김동환(1994), 「권력관계의 구조화와 분단소설의 한 양상 – 문순
태의 『달궁』, 『철쭉제』론」, 『문학사와 비평』 제3집, 문학사와 비평학회; 최영자
(2011), 「권력담론 희생자로서의 아버지 복원하기 : 황순원 『일월』, 김원일 「노을」,
문순태 『피아골』을 중심으로」, 『우리문학연구』 제34집, 우리문학회; 한순미(2014),
「용서를 넘어선 포용」, 『문학치료연구』 제30집, 한국문학치료학회 등이 있다. 이외
에도 문순태의 노년소설에 대한 연구로는 전흥남(2012)의 「문순태의 노년소설에 나
타난 '노인상'과 소통의 방식」(『국어문학』 제52집, 국어문학회)이 있으며, 또한 그의
5·18문학에 대한 연구로는 주인(2003)의 「5·18문학의 세 지평 : 문순태, 최윤, 정찬 소
설을 중심으로」(『어문논집』 제31집, 중앙어문학회)와 심영의(2008)의 「5·18소설의
"기억 공간" 연구 – 문순태 소설을 중심으로」(『호남문화연구』 제43집, 전남대 호남문
화연구소) 등이 있다.

5) 이들 작품들이 각종 잡지에 발표된 해는 좀더 이르다. 참고로 『지리산』은 1972년 9월
부터 1977년 8월까지 『세대(世代)』에 60회에 걸쳐 연재되었으며, 「허망한 정열」이
1981년 『한국문학』에 발표되고, 이후 연재분과 「허망한 정열」, 그리고 원고지 3,000
매 분량이 추가되어 1985년 발간되었다. 『겨울골짜기』는 「빼앗긴 사람들」(『숨은 손
가락』, 문학과지성사, 1985), 「적」(『외국문학』, 1985. 12.), 「내부의 적」(문예중앙,
1987. 3)을 바탕으로 재구성된 소설이다. 『태백산맥』은 1983년부터 1989년까지 『현
대문학』과 『한국문학』에 연재되었다.

6) 유임하(1998), 『분단현실과 서사적 상상력-한국현대소설의 분단인식연구』, 태학사,
1998, 228~229쪽 참조.

태의 소설기법"[7])이 또다시 반복되는 듯한 인상이 짙다. 특히『징소리』연작
과 그 이후의 작품에서 드러나고 있는, "패배의 아픔을 내면으로 돌려 삭이는
자의 침울한 미학"과 그 바탕에 깔린 "반역사주의적인 형태"와 "반이성주의
적인 태도"[8])가 분단소설의 새로운 장을 개척한 것으로 평가받는 여러 작품들
과 선명한 대조를 이루면서 그의 작품들이 연구자의 관심 밖으로 멀어졌으리
라는 추측이 가능한 것이다. 이는 1987년 6월 항쟁 이후 사회적·정치적 민주
화와 더불어 이념적 금기의 빗장이 느슨해지고, 이에 따라 마르크스주의의
영향 아래에서 분단과 6·25전쟁은 물론 한국의 근현대 사회적 구조를 이념적
인 맥락에서 본격적으로 접근하고자 했던 8·90년대의 연구 풍토에서 기인하
는 측면이 없지 않다. 그렇지만 탈냉전 시대의 도래와 거대 담론의 몰락 이후
연구자들 간의 이념적 입장 차이로 인해 6·25전쟁이 쟁론과 갈등의 요소로
비화되었다는 진단과, '구원의 관점'에서 평화와 통일, 그리고 생명을 위한 사
회적 실천이 필요하다는 제언을 참고하자쪽,[9]) 정치적 이념을 초월하거나 포
괄할 수 있는 새로운 관점의 모색도 필요할 것으로 보인다. 환언하자쪽, 앞서
언급한 80년대 후반의 분단 문학이 거둔 성취와 학계의 평가를 "특정 권력 논
리나 이념을 넘는 보편 가치"[10])로서 비판적으로 점검하는 한편, 그간 연구에
서 도외시되었던 '무이념적 인간'[11])들을 다룬 작품에 대한 새로운 관점에서
의 접근의 필요성이 제기되고 있는 것이다.

　　그리고 이러한 맥락에서, 작가 문순태의 생태주의적 감수성에 주목하여

---

7) 임헌영, 「문순태의 작품 세계」, 이은봉 외 엮음, 앞의 책, 54쪽 참조.
8) 이동하, 「실향의식과 '한'의 미학-연작소설『징소리』」, 위의 책, 177~180쪽 참조.
9) 박명림(2006), 「전쟁에서 평화로, 다시 생명과 인간으로 」,『한국사 시민강좌』제38
　　집, 일조각, 275쪽과 281쪽.
10) 위의 논문, 273쪽.
11) 작가는『41년생 소년』을 통해 "무이념적 인간들의 억울한 죽음에 대한 해원"과, 이
　　들의 "차디찬 고혼(孤魂)을 쓰다듬어 위로한 다음 자존을 되살려주어야 할 때"라고
　　밝히고 있다. 문순태(2005), 「내 안의 소년을 만나러 가는 여행」,『41년생 소년』, 랜
　　덤하우스중앙, 6쪽.

"작가의 무의식에 내재되어 있는 생태학적 의미"를 규명한 연구는 시사하는 바가 크다.12) 특히 생태학적 시선이 주체와 타자를 화해로 이끄는 동인이며, 해한이 인간과 자연이 조화롭기를 바라는 심층생태학적 의미와 맞닿아 있다는 논급은 매우 유의미하다. 생태주의적 관점은 '특정 권력의 논리나 이념'의 영향권을 초탈한 '보편 가치'를 지니고 있을 뿐만 아니라 문순태의 소설에 등장하는 해한의 동인 혹은 기제를 면밀하게 탐색할 수 있는 방법론을 제시해 줄 수 있을 것으로 판단하기 때문이다.13)

이에 본고 또한 생태학적 관점과 시각의 연장선상에서, '빨치산' 소재 문학의 계보14)를 잇고 있는 『피아골』을 대상으로 작품 속에 형상화된 인물들에 대한 분석을 통해 해한의 기제 밑바탕에 있는 생태학적 상상력을 보다 면밀하게 규명해보고자 한다. 이를 위해서 2장에서는 배달수를 중심으로 '산생활'에 참여했던 인물들의 이념성 여부와 그 지향 등을 작가의식과 관련지어 검토하고, 이어지는 3장에서는 배달수의 생명 인식과 배만화의 역사적 자각에 투영되어 있는 생태학적 함의를 고찰해 보고자 한다.

---

12) 임은희(2008), 「문순태 소설에 나타난 생태학적 인식 고찰」, 『우리어문연구』 제30집, 우리어문학회.
13) 조구호는 인물들 간의 화해와 해한이 작위적이라고 지적한다. 앞의 논문 참고. 아울러 한순미는 문학치료학의 관점에서 문순태의 소설을 지리산 계열과 백아산 계열, 그리고 생오지 계열로 나누어 분석하면서, 지리산 계열에 속하는 『피아골』이 "해한에 쉽게 이를 수 없다는 그 한계 지점을 자각하는 데에서 끝맺고 있"다고 지적하고 있다. 문학 공간을 계열화하여 문순태의 소설 세계 전모를 해명하려는 유효한 시도로 평가되지만, '자기서사-서사의 다기성-통합서사'로 이어지는 문학치료학적 관점을 도식적으로 적용하기 위해 지리산 계열의 소설에 나타난 작가의 화해 의지를 지나치게 평가 절하하고 있다는 점을 지적하지 않을 수 없다. 한순미, 앞의 논문 참고.
14) 김복순에 따르쪽, 빨치산 소재 문학은 남북한 문학사에 있어 그 계몽 형성과정이 다르다. 남한의 경우, 빨치산 문학의 계보는 해방 전 박영준의 「밀림의 여인」(1941)와 이태준의 「첫 전투」(1949)로 이어지고, 해방 후에는 이병주의 『지리산』, 김원일의 『겨울골짜기』, 조정래의 『태백산맥』, 이태의 『남부군』 등으로 이어진다. 김복순(2002), 「이병주의 『지리산』론 - '지식인 빨치산 계보와 『지리산』」, 민족문학사연구소 현대문학분과 편, 『1970년대 장편소설의 현장』, 국학자료원, 116쪽 참조.

II. 무이념적 인물군상과 전쟁의 폭력성

『피아골』15)은 '딸의 이야기'와 '아버지의 이야기'로 구성되어 있다. 전자에서는 할머니가 돌아가신 후 친모 김지숙을 따라 서울로 올라갔던 만화가 아버지의 행적을 찾기 위해 지리산 피아골로 귀향하는 이야기를, 만화를 초점화자로 삼아 전개되고 있다. 그리고 후자에서는 만화의 아버지인, 지리산 깊은 골에 위치한 청수암(晴秀庵)에서 불목하니처럼 살아가고 있는 배달수의 모습과 그의 과거사가 펼쳐져 있다. 스토리의 시간상 '아버지의 이야기'가 먼저임에도 '딸의 이야기'가 서술상 앞서고 있는데, 이는 딸의 삶이 아버지의 삶과 결부된 운명적인 것임을 제시하고자 하는 의도16)와 함께 가족사적 파국과 불행에서 기인하는 만화의 탈향과 귀향을 통해 배달수의 과거사에 대한 궁금증을 증폭시킴으로써 그의 기구한 운명에 독자의 관심을 집중시키기 위한 서사적 전략의 결과로 보인다.

배달수의 할아버지인 배문출과 아버지 배성도는 모두 지리산 사냥꾼이었다. 배문출은 황현(黃玹)의 순국 이후 의병에 참여하여 피아골에서 죽음을 맞고, 배성도는 '기미년 만세운동'이 일어나자 어머니와 아내 몰래 집을 나간 후 돌아오지 않았다. 배달수의 할머니는 남편이 총을 가진 사냥꾼이었기에 난리통에 죽음을 당한 것으로 믿고 아들 배성도가 포수가 되는 것을 원치 않았지만, 결국 아들 역시 사냥총을 장만한 후 행방불명이 되고 만 것이다. 그렇게 배달수는 유복자로 태어났고, 그 역시 "사냥꾼의 피내림"(206) 덕분[때문]에 사냥에 남다른 솜씨를 보였다. 『피아골』 또한 『징소리』 연작에서 징채잡이의 아들인 허칠복과 장필수가 등장하듯 대를 이어 사냥꾼이 되는 인물들을

---

15) 문순태(1985), 『피아골』, 정음사. 이후 작품을 인용할 경우 본문에 쪽수만 기입하고자 한다.
16) 조구호, 앞의 논문, 237쪽.

내세우고 있다. 이와 같은 인물 설정은 배달수의 10대조 할아버지가 정유재란 때 왜병들과 싸우다 순절하고, 배문출이 "할아버지의 거룩한 혼령에 먹칠을 하게 될 것만 같"(199)아 기병(起兵)에 동참했다 피아골에서 최후를 맞이한 것에서 알 수 있듯이, 지리산 골짜기의 포수 또한 국난의 세파에서 자유로울 수 없는 존재들임을 암시하기 위한 포석인 것이다.

배달수 또한 할아버지처럼 총을 지닌 명포수가 되는 것이 소원이었다. 그러던 어느 날 나무를 팔기 위해 장에 나간 배달수는 우연히 국방경비대원을 모집하는 벽보를 보고, 그날 지원 입대하여 여수로 가게 된다. 이후 그는 여순반란 사건에 휩싸여 '반란군'이 되고, 인민군의 퇴각 후에는 군경 토벌대에게 붙잡혀 '지리산 공비의 자수자'들로 구성된 '보아라 부대'의 일원이 되어 빨치산을 토벌하게 된다. 그리고 전쟁이 끝나자 비로소 그는 '자유'의 몸이 된다. 지리산의 명포수가 되고 싶다던 소박한 꿈이 그를 전쟁의 한복판에 몰아넣은 것이며, "덫을 놓기 싫어 지리산을 떠난 그가 이번에는 시대의 덫에 걸"[17]린 셈이었다.

그렇다면 그가 국방경비대에서 반란군 무리와 함께 빨치산이 되고, 이후 보아라 부대의 일원이 될 수밖에 없었던 까닭은 무엇이었을까.

> (가-1) 배달수는 아침이 되어 경찰서가 불에 타느라 검은 연기가 바다를 덮고 있는 것을 보고서야 비로소 자신의 행동을 알아차렸다. …(중략)… 왜 그때 도망치지 않았었는지 모를 일이었다. 어둠을 찢는 총소리와 미친 듯한 함성에 가벼운 흥분을 느꼈던 것 같기도 하였다. 호기심도 있었다. 하나의 덩어리가 되어 움직이고 있는 무리에서 이탈하기가 싫었는지 몰랐다.(218쪽)

> (가-2) "내가 있고 인민도 있는 게여. 내가 살고 난 다음에야 대중이

---

17) 김인환, 「귀환의 의미」, 『피아골』, 앞의 책, 346쪽

있단 말야. 나는 아직 내 힘으로 우리 어머니 한 분도 편안허게 해 드리지 못하고 있단 말이여. 나는 말이여, 나헌티 힘이 있다쪽, 내 힘으로 헐 수만 있음사 우리 어머니부텀 편안허게 모시고 싶다 이 말이여. 우리 어머니 한 분 제대로 모시지 못한 주제 꼴에 무신 인민 대중을 위허겄느냐 그말이랑께!"(312쪽)

(가-3) "공산주의가 뭔지 아는가?" // "모릅니다요."
"그럼 민주주의가 뭔가?" // "모릅니다요. 아 참 압니다요."
"뭔가?" // "이승만 대통령 편입니다요."
배달수의 말에 문순묵 대장은 한동안 말없이 멀뚱한 표정으로 그의 얼굴을 쳐다보았다.
"공산주의가 뭔지도 모르면서 왜 싸웠는가?"
그가 다시 물었다.
"살기 위해서 싸웠습니다요" …(중략)…
"살아 남을라면 죽어라 하고 용감하게 싸우는 수밖에 없습니다요. 그래야 살 수가 있습니다요."
문순묵 대장은 실소인지 한숨인지 피식 입바람을 내며 소리 내어 웃었다.(324~325쪽)

(가-1)에는 14연대가 '제주도 폭동' 진압을 거부하고 여수시를 점령한 후, 배달수가 그들 '무리'에서 벗어나지 못한 이유가 드러나 있다. 예기치 못한 상황에 대한 심정적 동요와 호기심, 그리고 일종의 군중심리에 그의 발목이 붙잡혔다는 것이다. (가-2)는 구례 출신으로 여수에서부터 생활을 함께 했던 이병대가 빨치산에게 필요한 목적의식과 사상성이 결여되어 있다며 배달수를 힐난할 때, 배달수가 대꾸하는 말이다. '인민'이나 '대중'은 목숨을 부지한 이후의 일이며, 또한 어머니조차 제대로 부양하지 못한 주제에 인민 대중을 위한다는 것은 어불성설이라는 것이다. (가-3)은 인민군의 퇴각 이후 피아골 부대가 궤멸되자 홀로 피아골 토굴에서 은거하던 그가 잠시 집으로 내려왔다가, 피밭마을을 수색하던 보아라 부대에 잡혀 심문을 받는 구절이다. 이미 보

아라 부대원이 된 이병대의 조언도 있었던 터라, 그는 서슴없이 이승만 편임을 밝히고 단지 살기 위해 싸웠다는 점을 솔직히 토로한다. 이처럼 배달수가 반란군이 되거나 보아라 부대의 일원이 된 배경에는 제주도 양민 학살을 거부한다는 인도적·민족적 명분도, 그리고 우익인사와 경찰의 횡포에 대한 분노도, 전근대적 신분 관계에서 비롯된 원한도, 빨치산의 비인간성과 악마성에 대한 경멸 따위도 존재하지 않는다. 이뿐만이 아니다. 그에게는 공산주의나 민주주의 따위의 사상적 고민도 존재하지 않는다. 그가 전쟁의 소용돌이 휩싸여 빨치산과 군경 양측에게 각각 총부리를 겨눌 수밖에 없었던 까닭은 오직 총을 갖고 싶다는 욕망과, 어머니를 위해서라면 무조건 살아남아야만 한다는 생존 본능 때문이었다.

이러한 무이념적 태도를 배달수에게서만 찾을 수 있는 것은 아니다. 피아골 중대본부 책임자에서 보아라 부대원이 되고, 휴전 이후 경찰이 되는 이병대 또한 그와 크게 다르지 않다. 포로로 잡힌 배달수에게 자수를 독촉하며 "그 길만이 사는 길이여"(324)라는 생존의 절박함이 묻어있는 그의 조언은 배달수의 사상성을 추궁하던 그의 언행과는 확연한 차이가 있는 것이며, 그의 전향 이유를 짐작케 해주는 대목이다. 배달수와 마찬가지로 이병대에게도 "좌익도 우익도 그들의 꿈이 아니었"고 "희망은 오직 살아남는 것뿐이었"으며, 지리산만이 "자신의 목숨을 숨길 수 있는 길"(271)이었던 것이다. 이렇게 보자면『피아골』에는,『태백산맥』에서 등장하는 강동기나 마삼수 등과 같은 소작농처럼, 비인간적인 삶을 강요하는 사회의 구조적 모순을 혁파하고 인간다운 삶을 누릴 수 있는 세상을 건설하기 위해 투쟁하는, 인민해방의 역사를 믿고 죽음을 두려워하지 않는 인물들의 형상[18]은 찾아보기 힘들다. 다만 좌우익의 극한적 대척점에서 그 경계를 넘나들며 생존을 위해 분투하는, '시대의 덫'에 걸려

---

18) 조구호,「현대소설에 나타난 '지리산'의 문학적 형상화와 그 의미」,『어문논총』제 47집, 한국문학언어학회, 2007, 236쪽.

버린 인물군상들의 위태로운 삶과 생존 본능만이 전경화 되어 있는 것이다.

  (나) "좋소. 그러면 내가 여러분들헌테 물을 텐게, 솔직이 말해 주씨
요. 사실 우리는 언제 죽을지 모르는 몸이요. 다행히 북에서 밀고 내려
오기라도 헌다면 몰라도, 자칫하면 지리산 귀신이 될지도 모르는 처
지에 있소. 그래서 허는 말인되, 죽을지 살지 모르는 이 마당에, 우리
가 처녀 총각으로 죽어서 몽당귀신이 되거든 억울허다고 생각해
서……" …(중략)…
  "물론 살아서 돌아가고 싶은 생각은 나도 여러분들과 같소. 아니 내
가 더 할지도 모르요. 그리고 나는 대장으로서, 다같이 살아 남을 수
있도록 싸울 것이요. 허나……"
  "허나 뭣입니까?"
  "내 생각은 우리 대원들 가운데서, 서로 원하는 사람이 있으쪽, 대
원들끼리 혼인을 허자는 것이요"(288~289쪽)

 6·25전쟁이 발발하기 전, 군경토벌대를 '몰살'시킨 그는 부대를 구한 '영
웅'으로서 피아골 부대장이 된다. 그 이후 부대 내에서 '작은 사건'이 발생한
다. 순천에서 중학을 졸업하고 초등학교 교사를 하다가 입산한 김태복과, 순
천에서 여학교를 다니다가 여순사건 때 반군들과 함께 입산한 손점순이 규율
을 어기고 부적절한 관계를 맺고 있던 현장이 대원들에게 발각된 것이었다.
그 둘에게는 즉결처분만이 기다리고 있었다. 그러나 배달수는 엘리트 출신인
김태복을 구할 방도를 찾기 위해 궁리를 거듭한다. 그리고 그가 대원들에게
제안한 것이, (나)에서 볼 수 있는 바와 같이, 빨치산들 간의 혼인을 허용하자
는 것이었다. 배달수가 여대원들을 설득한 끝에, 결국 피아골 부대에는 김태
복·손점순 짝을 포함해서 일곱 쌍의 부부가 탄생하게 된다. 이렇듯 배달수의
터무니없는 제안을 수용하는 빨치산들의 모습에서 그들의 이념적 태도와 투
쟁의 이유가 배달수의 그것과 다르지 않음을 확인할 수 있다. 전쟁의 목적과

명분도 모르는 채 오직 생존만이 싸움의 이유이자 희망인 상태에서 처녀 총 각으로 죽어 "몽당귀신"(288)이 된다는 것은 이들에게도 죽음 못지않은 두려 움이었던 것이다.

작품에 형상화된 인물들의 이러한 무이념적 성격과 관련하여 여순사건의 사회적·정치적 발생 배경, 구빨치산들의 입산 배경과 이념적 성향, 그리고 6·25전쟁 전의 구빨치산들의 활동 방식과 군경의 진압 과정 등에 대해서 그 실체적 진실에 육박해 들어가고자 하는 작가적 탐구 의식의 부재를 비판하기 란 어렵지 않다. 또한 문학사적인 측면에서도 '지식인의 이데올로기적 선택' (『지리산』), '전쟁과 이데올로기, 국가권력의 원초적 폭력성'(『겨울골짜기』) 과 '치열한 내적 고민을 지닌 인물들의 형상'(『남부군』), 그리고 '민중 평등과 반외제 자주의 민중적·민족적 염원'(『태백산맥』) 등을 거론하며 작품의 한계 를 지적하는 것 또한 무리가 아니다. 그렇지만, 인간의 존엄성을 짓밟는 성폭 력 묘사를 통해 빨치산들의 야수성, 비인간성, 잔혹함을 재생산함으로써 그 들에 대한 증오감과 적대감을 증폭시켰던 대중서사물들[19]과 비교하자면 이 작품이 반공주의의 이념적 자장에서 벗어나 있다는 점은 분명하다.[20] 더불어 작가가 고향상실의 한을 적극적으로 주제화한 작가라는 점을 고려하자쪽,

---

19) 대표적인 예로 이강천 감독의 <피아골>(1955)을 들 수 있다. 이 영화는 토벌대의 공습을 피해 온 여대원을 겁탈해서 죽이고, 그것을 숨기기 위해 무고한 다른 대원을 죽이는 등 빨치산의 성폭력이 다양한 모습으로 등장한다. 강성률은 <남부군>이 등 장하기 전까지, 한국 영화에 등장하는 빨치산은 짐승 같은 살인마의 형태에서 벗어 나지 못했으며 이것이 <피아골>의 참고한 결과임을 지적한다. 강성률(2006), 「빨 치산에 대한 극단적인 두 시선 - <피아골>과 <남부군>」, 『내일을 여는 역사』 제 26집, 서해문집, 216~217쪽 참고.

20) 빨치산을 성적 유린과 폭력을 일삼는 동물적인 광기가 서린 호색한으로 묘사한 장 면은 반공 영화뿐만이 아니라 <수치>(구상) 등에서도 드러나는데, 이러한 장면 묘사는 라캉(Jacques Lacan)의 정신분석학에 바탕에 둔 지젝(Slavoj Zizek)의 반유대 주의 분석에서 드러나는 바와 같이 타자가 과도한 주이상스를 경험할 것이라는 환 상에 바탕에 두고 있는 것이다. 손 호머, 김서영 옮김(2006), 『라캉 읽기』, 은행나 무, 170~171쪽 참고.

'짝맺기' 삽화는 구성원 모두가 하나의 가족처럼 모여 사는, "차별이 아닌 평등, 경쟁이 아닌 협력, 비정함이 아닌 자비와 사랑이 넘치는 공간"[21]을 꾸리고자 하는 민중들의 소박한 염원을 반영하고자 했던 작가 의식의 소산이라고 할 수 있다. 자연스러운 사랑조차 금지하는 강제적 규율에 대한 부대원들의 원초적인 반감이 서술자와 작중인물의 진술을 통해 드러나고 있는 점이 이를 방증한다. 규율을 위반한 두 사람을 향한 부대원들의 냉정한 태도에 대해 그들의 "본능적인 투기"와 "화풀이"(285)에서 비롯된 태도라는 서술자의 논평과, "사랑한다는 것 때문에 죽어야 한다는 것은 너무 억울합니다"(286)라는 김태복의 항변에는 규율이라는 형식이 강제하는 타율적 억압에 대한 부정적인 시각이 함축되어 있다. 이는 곧 타율적 작위성의 비정함에 대한 비판과, 사랑이라는 자발적 상호관계성에 대한 옹호가 내포된 것으로서, 작가는 빨치산들의 짝맺기를 통해 근원적인 삶의 양식으로서의 "비시간적인 순간에로의 상징적 회귀"[22]를 실험하고 있는 것이다. 이런 맥락에서 보자쪽, 무이념적 인물군상과 이들의 '짝맺기'는 사회역사적 상황에 대한 작가적 탐구의식의 부재에도 불구하고, 불가피하게 전쟁에 휘말릴 수밖에 없었던 민중들의 시련과 고난, 그리고 그들이 지향하는 소박하지만 이상적인 염원을 형상화하고자 했던 작가적 노력의 결과라고 할 수 있다.

그러나 생존 본능과 소박한 삶의 염원은 전쟁이라는 특수한 상황에서 또다시 예기치 못한 파장과 비극적 결과를 초래한다. 단지 총을 갖고 싶어서, 후에는 "지리산에서 비명에 죽어간 우리 조상님들의 원혼"(300)이 씌워 만신이 된 어머니를 위해 반드시 살아야만 했던 배달수. 생존만을 일차적인 목적으로 했던 그의 행동은 의도치 않은 끔찍한 사건을 불러 온다. 빨치산으로서 군경 진압군을

---

21) 신덕룡, 「기억 혹은 복원으로서의 글쓰기」, 이은봉 외 엮음, 앞의 책, 36쪽 참고.
22) 성현자는 "M. Eliade가 말하고 있듯이, 작가가 추구하고 있는 근원적인 삶의 양식은 비시간적인 순간에로의 상징적 회귀를 통해서 실천하고" 있다고 지적한다. 성현자, 「「징소리」 이미지 고」, 위의 책, 184쪽.

기관총으로 사살하고, 이후 토벌군으로서 빨치산을 몰살시킨 사건이 그것이다.

> (다-1) 용기 있다는 것은 잔인하다는 말과 같을지 모른다. 배달수는
> 용감하게 싸워서 이긴 것이 아니라, 잔인하게 학살한 것과 다를 바 없
> 었다. 본능적으로 자신의 생명을 지키기 위해, 잔인하게 죽였다. 그러
> 나 그 자신은 오직 죽지 않고 살아 남았다는 생각만으로 잔인성에 대
> 해서는 무감각해 있었다. 어쩌면 그것은 그 자신 마음의 소행이 아니
> 고, 무기가 한 짓으로 생각하고 있는 것인지도 모른다. 그가 한 짓이
> 아니고, 총이 그들을 무더기로 죽게 만들었으니, 자신은 잘못이 없다
> 고 생각하고 있는 것인지 모른다.(283쪽)

서술자는, 배달수가 군경 진압군을 기관총으로 '몰살'한 것에 대해서 그가
자신만의 생명을 지키기 위해 무감각한 태도로 잔인하게 타자를 학살하였으
며, 잔혹성을 무기에게 책임 전가함으로써 잘못을 회피하고 있다고 지적한
다. 『달궁』에서 극락산의 영검이 약해진 원인이었던, 그리고 『징소리』 연작
에서 '징소리'와 대비되던 '총소리'가 공히 "인간의 작위적인 이데올로기와 물
질문명이 만들어낸 인간 파멸의 소리"[23]로 상징되고 있음에 비해, 『피아골』
에서 '총=무기'는 비윤리적 잔인함과 비정함을 전가받는 극악한 파멸적 사물
이 된다. 배달수가 자신의 '용기=잔인'과 '무감각'에서 비롯된 행동의 결과를
직시하게 되는 것은 또 다른 참극을 통해서이다.

보아라 부대의 일원이 된 후, 배달수는 빨치산 부대원들과 함께 생활하던
피아골 토굴을 없애 버리고 싶다는 생각에 그곳에 망설임 없이 수류탄을 투
척한다. 흙더미만 튀어 오를 것이라는 그의 예측과 달리 흙더미와 함께 절단
된 신체 부위들이 허공으로 치솟아 사방으로 흩어졌다. "이 새끼, 배달수는
너는 사람 사냥을 하러 온 게야?"(327)라는 부대장의 격정적인 비난에서 알

---

23) 오세영, 「산업화와 인간상실 - 『징소리』」, 위의 책, 207쪽.

수 있듯이, 부주의한 그의 행동이 결과적으로 스무 명이 넘는 빨치산의 목숨을 빼앗은 '사람 사냥'이 되어버린 것이다. 기관총 '사냥' 때와 달리 생명에 대한 어떠한 위협이 존재하지 않은 상황에서 부대원들조차 납득할 수 없는 행동을 한 셈이었다. "이 세상에는 네놈같이 사람을 많이 쥑인놈도 없을 꺼여"라는 이병대의 비아냥이 총알처럼 그의 심장에 박혀든다.

> (다-2) 그 자신이 생각해 보아도 옛날의 배달수는 죽어 버렸는지도 모를 일이었다. 전쟁을 통해 세상이 자주 바뀌는 사이에, 다른 사람들한테 손찌검 한 번 못 했던 그가 수많은 사람들을 간단히 죽일 수 있었던 것은 분명히 옛날의 배달수가 죽어 버렸다고밖에 달리 말할 수가 없었다. …(중략)… 자신의 생명이 구차스럽게 여겨질 만큼 모든 욕망을 잃어버렸다. 이미 그에게는 새로운 삶에 대한 희망을 잃어버리고 있었다. 어떻게 해서든지 자신만은 살아 남아야겠다는 생명의 애착도 없어졌다. …(중략)… 생명에 대한 애착도, 삶에 대한 미래의 희망도 잃어버린 그는 전투 때마다 앞장을 섰다. 다른 사람들은 그런 배달수를 가리켜 용감한 전사라고 말을 했으나, 그 자신이 생각하기에 그는 용감해진 것이 아니었다. 그것은 자신의 포기였다.(328~329쪽)

배달수는 이 두 번째 사건으로 생명에 대한 집착이 가져온 참담한 결과를 직시한 까닭에 사건 이후 생명에 대한 애착과 미래에 대한 희망을 상실한 채 전투에 참가하게 된다. 그렇지만 이러한 '욕망'의 상실과 그에 따른 '자신의 포기'로 인해 역설적으로 전투마다 선두에 서게 된다. 과거 군경토벌대의 몰살 이후 '영웅'으로 칭송받았듯이 그는 또다시 타인들로부터 '용감한 전사'로 인정받고, 종내에는 "빨치산 토벌의 공을 세운 댓가"(329)로 고향으로 돌아오는 '자유'를 얻게 된다. 이번에는 생존에 대한 본능적 집착이 아닌 그것과의 절연과 '자신의 포기'로 그는 전쟁의 전공(戰功)과 포상, 그리고 생존을 부여받은 셈이다. 실상 서술자가 언급하는 '자신의 포기'는 전공 따위에는 일체 관심이 없는, 배달수의 행위에 담긴 무목적성과 무의지성을 강변하는 데에 그치는 것이 아니다. 그것은 행위의 결과에 대한 책임을 능동적으로 떠맡을 수 있는 윤리적 주체의 망실을 함축하고 있는 것으로서 전쟁의 과정에서 필연적으로 직면할 수밖에 없는 주체의 파국을 암시한다. "전쟁을 통해 세상이 자주 바뀌는 사이"라는 구절이 뒷받침하듯이, 작가는 피아간의 구별을 떠나 인간의 생명을 직접적인 파괴의 대상으로 삼는 전쟁이 생존본능의 유무나 그것에 대한 집착 여부와 상관없이 윤리적 주체의 파탄으로 귀결되고 있음을 배달수의 행동과 내면을 통해 드러내고 있는 것이다. 요컨대 자신들의 의지와 무관하게 전쟁의 소용돌이에 휘말릴 수밖에 없었던 무이념적 인물군상들은 스스로의 생존을 위해 맹목적인 살상을 수행할 수밖에 없었으며, 이와 같은 전쟁의 폭력성으로 인해 그들의 소박한 염원과 함께 주체성조차 파탄에 봉착하고 있는 것이다.

아울러 덧붙이고 싶은 점은, 배달수의 할머니를 죽음에 이르게 한, "장작을 패듯 노루새끼의 목을 찍"(204)던 유년 시절의 광포한 '동물 사냥'이 두 차례의 '사람 사냥'으로 고스란히 반복되고 있으며, 배달수의 이러한 행동에 그 어떤 이념적 맹신도 없었지만 동시에 생명에 대한 존중과 외경심 또한 존재하지 않았다는 점이다. 곧 총에 대한 욕망 때문에 '시대의 덫'에 걸린 배달수의 무이념적 태도와 생존 본능, 그리고 '자신의 포기'에는 타자의 생명을 경원시하는 태도가 음험하게 잠복되어 있었던 것이다. 달리 말해 그의 총이 결코 이념의 맹목성에 의해 격발된 것은 아니지만 그 표적이 생명이었다는 점을 그는 의식하지 못했던 것이다.

3. 정령적 생명 인식과 역사적 해원

전쟁이 끝나고 자유의 몸이 되어 피아골로 돌아온 배달수를 기다리고 있는 것은 "죄과의 아픔"이 아니라 "뜻밖의 은혜로운 행운"이었다. 김지숙과 어머니, 그리고 갓 태어난 딸 만화가 살고 있었던 것이다. 그러나 그는 "엄청난 비극"(300)을 두려움 속에 예감하며 자신의 아버지가 홀연히 집을 나섰듯 지리산으로 종적을 감추어 버린다. 그가 예감한 "엄청난 비극"은 오가치라는 인물의 삶을 통해 미루어 짐작할 수 있다.

오가치는 만화가 '까치이모'라고 부르는 인물로서, 김지숙이 '까치언니'라고 불렀던 빨치산이었다. 그녀 또한 피아골 부대가 궤멸될 때 김지숙과 함께 포로로 잡혔으나 그녀와 함께 풀려났고, 이후 홀로 피아골에서 주막을 차려 생계를 꾸려나갔다. 만화의 할머니가 돌아가시면서 까치이모에게 만화를 부탁할 만큼 만화 할머니와 각별한 관계를 유지하던 인물이기도 했다. 그렇지만 마을 사람들의 눈에 비친 까치이모의 행실은 패악 그 자체였다. 가정의 파국은 개의치 않는다는 태도로 마을 남정네와 통정을 일삼고, 급기야 연곡사 설월스님을 유혹해 '땡추'로 만든 인물이었던 것이다. 그런 까닭에 마을에서 쫓겨나 읍내에서 여관을 운영하고 있는 까치이모에 대한 마음 사람들의 감정은 매우 좋지 않다. 그렇지만 오가치는 연곡사 인근 주민들의 시선과 속내에는 아랑곳하지 않고 그곳 한 켠에 여관을 세워 운영할 계획을 세워 놓고 있다.

> (라) "꼴착 사람들한테 앙갚음을 허느겨!"
> 까치이모가 마치 몸서리치는 지난 일을 상기하기라도 한 듯 이를 악물고 얼굴을 무섭게 구기며 말했다.
> "앙갚음이라뇨? 골짜기 사람들이 뭘 잘못했기에요?"
> 만화는 까치이모가 골짜기 사람들한테 쫓겨났다는 말을 떠올리며 반문했다.

"연곡사 꼴착의 모든 사내놈덜 말이다. 꼴착 안에서 젤로 좋은 집을 지어 놓고 그놈덜한테 앙갚음을 허느게! 옛날에 나 젊어서 주막집 허고 있을 때, 그놈덜이 을매나 나를 무시했는나 아냐?" …(중략)…

만화는 까치이모의 속마음을 알 수 없어 답답한 듯 말했다.

"그럴수록 그놈덜 앞에 보란드끼 살어야제! 그래야 앙갚음이 되는 거니께!"

"이만하면 잘 사시지 않어요. 골짜기 사람들에 비하면 몇 배나 잘 사시는 거죠."

"모르는 소리! 내가 떵떵거리고 잘 사는 꼴을 그놈덜 눈구멍에 멍이 들게 날마다 뵈어 줘야 되는겨!" …(중략)…

"나는 말이다. 내 살을 섞은 사내놈이면 땡추가 아니라 부처님이라도 앙갚음을 하고 말 거여!"

"그 앙갚음이 결국은 까치이모한테 되돌아오고 말 거예요."

(185~186쪽)

그녀는 젊은 적 자신의 잘못된 행실을 오직 '사내놈덜'의 욕정 탓으로 돌리고, 그들 중 부처가 있다하더라도 그에게 '앙갚음'을 하겠다는 것이다. 그녀가 타지인 연곡사 골짜기 주막에서 감내했어야 할 경제적 고통과 정신적·육체적 수모는 어렵지 않게 짐작할 수 있을 것이다. 그렇지만 까치이모의 '앙갚음'이 초래할 마을 공동체의 분열과 혼란 또한 자명해 보인다. 피아골을 찾는 등산객과 관광객을 대상으로 여관을 운영함으로써 물질적 재화를 축적하고, 경제적 위신과 위력으로 앙갚음을 하겠다는 오가치의 생각은 상호 신뢰와 부조 속에서 공동체적 미덕과 생명력을 유지하는 마을로서는 커다란 재앙임이 틀림없다. 그리고 만화가 우려하는 바와 같이, 까치이모의 앙갚음은 자신에게 되돌아와 다시 앙갚음의 연쇄로 이어질 개연성이 다분한 것이다. 아마도 배달수가 예감한 '엄청난 비극'은 이와 같은 '앙갚음'의 악순환이었을 것이다. 그가 무참히 죽인 사람이 얼마나 많았던가.

그가 그의 죄값으로 인해 '앙갚음'을 받지 않기 위해서는 스스로 '죄닦음'을 할 수밖에 없다. 자신 때문에 무당이 된 어머니와 '은혜로운' 처자식을 버리고 그가 지리산으로 들어간 까닭은 이 '죄닦음'을 위해서이다. "너는 죄진 것 없는겨. 시국이 죄제, 워쩨 네가 죄인이냐?"(331)는 어머니의 말과 달리 그는 '시국'의 탓으로 죄를 전가하지 않을뿐더러, 자신의 '죄'를 망각하지 않는다. 피아골 단풍제에 어김없이 찾아오는 것은 지난날을 잊지 않기 위한 것이며, 그는 그렇게 "보이지 않는 속죄의 눈물"(331)을 흘렸던 것이다.

(마-1) 산은 해가 지면서 어둠 속에 숨을 거두었다가, 다시 해가 떠오르면 늘 새로운 모습으로 되살아났다. 배달수는 하루하루 그 산의 모습이 변하고 있는 것을 알고 있었다. …(중략)… 배달수는 어둠이 완전히 벗겨지자, 산의 모습은 방금 하늘에서 내려와 옷을 벗은 선녀의 모습처럼 너무 신비스러워 쳐다보기조차 두려웠다. 배달수는 경건한 자세로 마치 부처님 앞에 무릎을 꿇고 앉듯, 두 손을 합장하고 어둠 속에서 새로운 모습으로 깨어나고 있는 지리산을 쳐다보았다. 그는 지리산이 어둠과 함께 올라갔다가, 인간들 모르게 새벽에 다시 내려오는 것처럼 느껴졌다. 어둠 속에서 그 웅장하고 신비스러운 모습을 드러낼 때마다, "아, 지리산은 하늘로부터 내려오는구나. 하늘의 기둥처럼 지상에 내려오는구나"라고 생각하였다.(188-189쪽)

(마-2) 배달수는 지리산의 어디에서고 산의 신령스러운 혼을 느낄 수가 있었다. 한여름 높은 산 양지쪽에 노랗게 피는 노랑꽃 만병초나, 독있는 미치광이 풀이며, 껍질이 매끌매끌한 황백색의 붉은 말뚝버섯, 장구밤이나 고욤을 쪼아먹으며 우는 개똥지빠귀새의 울음소리, 독이 많은 살모사, 지리산의 철쭉꽃에만 붙어 사는 긴꼬리제비나비, 갈참나무의 나무진을 빨아먹고 사는 들신선나비와, 떡갈나무 잎에 맺힌 아침이슬, 으름덩굴 밑의 잡초에서까지 때로는 두렵고 때로는 반가운 산신령의 그림자를 느낄 수가 있었다.
그러기에 그는 한부로 짐승을 잡거나 욕심껏 약초를 캘 수가 없었다. 그저 자신의 한 목숨 지탱할 만큼만, 산신령께 늘 죄스러운 마음으

로 덫을 놓고 약초를 캐는 것이었다.(190쪽)

(마-3) 꿀참나무숲을 지나자 붉나무며, 단풍, 구실잣밤나무, 물푸레
나무, 자귀나무 등이 촘촘히 들어찬 잡목숲이 나왔다. 그는 산길을 추
어오르면서도 붉게 물든 단풍나무를 볼 때마다 한참 동안씩이나 걸음
을 멈추어 서서, 지리산에서 단풍잎보다 더 붉은 피를 흘리고 죽어 간
수많은 사람들의 넋들을 생각했다. 6·25전쟁 때, 그 자신이 죽였던 사
람들의 생각들도 머릿속에서 말라빠진 낙엽처럼 부스럭거렸다.
배달수는 약초를 캐거나, 토끼며, 오소리, 너구리 등 산짐승들을 잡
기 위해 덫을 놓을 때마다, 지리산에 떠도는 수많은 중음신(中陰神) 혼
령들의 소리를 들을 수가 있었다. 그 혼령들은 깊은 산의 고요한 정적
속에서 바람에 실려 들려왔다.(195쪽)

(마-4) 서초머리 배영감이 자기는 지리산의 일부라고 믿고 있었기
때문에, 때로는 그 지리산이 자신의 마음속을 들락날락할 수도 있을 것
으로 생각하였다. 그의 마음의 산은 바로 지리산인 것이었다.(205쪽)

(마-1)에서는 배달수가 숙연하면서도 경외로운 마음 자세로 지리산을 바라
보는 모습이 담겨 있다. 날마다 새로운 생명을 얻은 지리산이 선녀처럼 하늘
에서 내려와 신비로운 자태를 드러내고, 하늘에서 내리뻗은 기둥처럼 웅장함
기품을 드러내고 있는 것이다. 그에게 지리산은 변화무쌍한 생명체이면서 또
한 '하늘의 연속체'인 것이다. 특히 "아, 지리산은 하늘로부터 내려오는구나.
하늘의 기둥처럼 지상에 내려오는구나"라는 배달수의 탄성은 자형적(字形
的)으로 '무(巫)'[24]를 연상케 하는데, 삼라만상에도 신령(神靈)이 깃들어 있다
는 샤머니즘적 혹은 정령신앙적 우주관이 그의 시선에 깔려 있음을 (마-2)에
서 확인할 수 있다. 그는 풀, 곤충, 새, 뱀, 심지어 나뭇잎에 맺힌 아침이슬에

---

24) 유동식은 무(巫)라는 한자가 천인융합을 상징하고 있다고 본다. 유동식(1978), 『민
　속종교와 한국문화』, 현대사상사, 59쪽 참고.

서까지 "산의 신령스러운 혼"과 "산신령의 그림자"를 느끼고, (마-3)에서 볼 수 있듯이, 바람에 실려 온, 죽은 사람의 혼령인 중음신의 소리까지 듣는다.25) 곧 그는 샤머니즘적 우주관 속에서 지리산을 초자연적 존재인 신령의 구현체이자, 사령(死靈)이 머무는 정령적 공간으로서 인식하고 있는 것이다.

우주만물에 정령이 깃들어 있는 배달수의 이러한 시선에는 생태학적 함의가 충만하다. 덫을 놓고 약초를 캐는 데에도 '죄의식'이 수반되는 까닭은 지리산의 모든 만물이 영적 가치를 지니고 있기 때문이다. 이렇듯 지리산을 바라보는 배달수의 경건한 시선에서 인간의 가치만을 중요시하며 자연을 대상화하는 인간중심주의(anthropocentrism)를 찾기란 쉽지 않다. 오가치에게 지리산이 관광객을 유인할 수 있는 관광 매력물이자 경제적 부를 축적할 수 있는 수단에 불과한 것이라쪽, 배달수에게 지리산은 외경심이 전제된 경배와 공존의 대상인 것이다. 특히 도구적이고 효용적인 관점과 무관하게 제각각의 방식으로 생명을 이어가는 곤충과 식물들을 (마-2)처럼 분류 없이 열거하거나, 숲을 이루는 개체들을 하나하나 호명하는 (마-3)은 지리산에서 죽은 익명의 민중들과 그 삶의 양태를 환기시킨다는 점에서, 만물에 대한 외경심이 과거 자신의 행동에 대한 속죄의식과 별개의 것이 아님을 엿볼 수 있다. 특히 "죄스러운 마음으로 덫을 놓"을 때마다 "중음신의 혼령들의 소리"를 듣고 있는 그의 모습에서 외경심에 수반된 참회의 태도가 명징하게 드러난다.

그리고 그의 정령적 생명 인식은, (마-4)에서 볼 수 있는 바와 같이, 자신을 지리산의 일부로서 여기며 산과 하나가 되는, 곧 정령과 사람을 일체로 인식하는 신인융합(神人融合)의 유기체적 우주관으로 확장된다.26) 지리산 단풍

---

25) 김옥성은 기왕의 연구성과를 바탕으로, 샤머니즘의 '영(靈)'은 초자연적인 존재로서, 신적 존재인 신령(神靈), 사람의 영혼으로서의 생령(生靈)과 사령(死靈), 그리고 생물과 기타 삼라만상에 깃들고 있는 영혼이나 정령, 힘 등으로 매우 다양하고 유동적인 의미를 갖고 있다고 지적한다. 김옥성(2011), 「김소월 시의 샤머니즘 생태학적 상상력」, 『문학과 환경』 10권 1호, 문학과환경, 39~40쪽 참조.
26) 유동식, 앞의 책, 59쪽 참고.

이 더욱 붉어지는 까닭을 "피아골에서 죽은 원혼들의 한이 더 붉어"진 결과로 보는 배달수의 입장은 인간의 피가 단풍잎으로 환생하는, 다시 말해 삶과 죽음의 경계를 넘어 자연과 인간이 유기적으로 순환하는 생태학적 인식을 보여주는 것이다.[27] 죽어서 "피아골의 새"(334) 혹은 "쑥부쟁이나 철쭉꽃"(114)되고자 하는 그의 염원 또한 생사를 초월한 생명의 순환성과 자연의 공생성을 깨달은 결과라고 할 수 있다. 샤머니즘적 제의가 신령과 자연물을 섬김으로써 문제를 해결하고 화해에 이르고자 하는 공생적 세계관에 바탕을 두고 있다는 점을 고려하자쪽,[28] 배달수가 피아골 단풍제에 해마다 참석하는 까닭은 "지리산에서 단풍잎보다 더 붉은 피를 흘리고 죽어 간 수많은 사람들의 넋"의 진혼과 해원을 위한 것이자, 그들과의 공생을 위한 것이라고 할 수 있다. 결국 그는 우주만물에 깃든 초자연적 생명에 대한 경외심 속에서, 그리고 그가 체득한 우주만물의 순환성과 공생성에 대한 믿음을 바탕으로 중음신들의 해한을 위한 죄닦음을 수행하고 있는 것이다.

샤머니즘적 우주관을 바탕으로 한 그의 생명에 대한 인식은 앞서 살펴본 오가치는 물론 김지숙의 그것과도 확연하게 대별된다. 김지숙은 배달수가 없는 피아골에서 삼 년여를 머물다가 그곳을 떠나고, 만화가 열 두 살이던 무렵에 다시 피아골을 찾아 그녀를 데리고 상경한다. 상경 이후 김지숙은 만화의 "핏발선 눈"(50)과 폭력적인 행동을 볼 때마다 기겁을 하며 만화에게 욕설을 퍼붓는다: 무당이었던 할머니를 빼닮은 그녀의 눈과, 진압군에게 기관총을 난사했던 배달수의 살인귀적 행동을 상기하며 매몰차게 그녀를 쏘아붙이는 것이다. 그리고 그녀는 만화가 중학교에 들어가자마자 의붓아버지와의 관계를 핑계로 만화를 하숙집에 맡기고, 만화가 대학을 졸업한 이후에는 남편 변사장의 비서를 시켜 생활비를 입금하는 방식으로만 만화와의 관계를 유지할

---

27) 임은희, 앞의 논문, 379쪽 참조.
28) 임재해(2001), 「전통 민속문화에 나타난 자연과 인간 – 순환·공생·생극의 생태학적 논리」, 『환경과 생명』, 70쪽.

따름이었다. 경제적 후원만이 그녀의 유일한 역할이었던 것이다. 이러한 그녀의 태도는 남편 변사장의 태도와 궤를 같이하고 있다.

> (바) 그는 회사 사원에게나 집의 자녀들에게 "사람이나 동물이나 산다는 것 자체가 곧 싸움이다. 그러니 힘을 길러야 한다. 힘이 없으면 행복의 대열에 낄 자격이 없는 것이다"라고 늘 연설조로 강조하고 있는 터였다. … (중략)…
> "찐은 애완용이긴 하지만 사나운 개가 틀림없어. 한판 좋은 싸움이 될 거라구"
> 변사장이 침이 마른 목소리로 서둘렀다.
> "그까짓 개새끼 한 마리 가지고 뭘 그리 망설여. 찐이 죽으면 내가 개값을 물어 줄게"
> 변사장은 찐의 죽음을 돈으로 보상해 주겠다는 거였다. 그는 매사를 힘과 돈으로 결정하려는 위인이었다. 만화는 마음속으로 그러는 변사장을 두려워하고 있었다. 만일 전쟁이 터져서 변사장 같은 사람이 싸움터에 나가서 부하들을 지휘하게 된다면 어찌되겠는가 싶어 섬칫섬칫 모골이 일어서곤 하였다.(82~83쪽)

어느 날 만화가 자신이 기르던 애완견 '찐'을 데리고 방문했을 때, 변사장은 자신이 기르던 검은 고양이 '살로메'와 찐의 싸움을 권유한다. (바)에서 볼 수 있는 바와 같이, 약육강식의 논리를 인간의 삶에 적용시켜 행복을 승자의 특권으로 간주하는 변사장이다. 그에게 '동물싸움'은 우승열패의 사회진화론적 논리를 일상 속에서 검증하고, 그 '대가'로 돈 몇 푼을 치르면 되는 자못 행복한 소일거리였다. 변사장은 생태계 피라미드의 정점에 위치한 인간중심주의적 교만과, 자본의 위력으로 인간 관계를 생태계의 피라미드로 위계화하는 폭력, 그리고 생명조차 교환가능한 계량적 가치로 치환하는 반생태적인 인간의 '지배 속성'[29]을 고스란히 드러내고 있는 것이다.

---

29) 사회 생태주의자인 머레이 북친(Murray Bookchin)은 자연의 지배가 인간의 지배로

그리고 이렇듯 매사에 모든 것을 "힘과 돈"으로 해결하려는 그의 태도에 모골이 송연해짐을 느끼면서도 만화는 그 싸움에 응하게 된다. 결과는 변사장 고양이 살로메의 완승으로 끝나고, 만화는 홧김에 살로메를 내동댕이쳐 처참하게 죽이고 만다. 그 모습을 지켜보던 만화의 어머니는 "지 애비도 꼭 저년 모양으로 생사람을 쳐죽였을 것"(85)이라며 만화에게 또다시 경멸적인 욕설을 퍼붓는다. 동물싸움을 수수방관하던 그녀가 만화의 돌발적인 행동을 보며 내뱉은 욕설은, 풍요롭고 윤택한 생활을 보장해주는 변사장의 지배 속성에 그녀가 편승해 있을 뿐만 아니라, 동시에 변사장이 찐의 목숨을 "개값"으로 대체하듯이 "온라인 예금통장"과 "어머니 노릇"(53)이 등가적 교환의 결과였다는 점을 드러내는 발화에 다름 아니다. 곧 김지숙에게 만화와의 모녀 관계는 '예금 통장'으로 교환 가능한 것이며 그것만이 혈육으로서의 대가였던 것이다. 이런 측면에서 김지숙에게는 만화와 함께 공유하고 순환할 혈연적 기억 따위는 존재하지 않는다. 오가치의 기억이 복수의 빌미라쪽, 김지숙의 형해화된 기억은 망각의 흔적이자 내면화된 지배 속성의 결과인 것이다. 둘 모두는 시장 논리와 교환 원리를 그 바탕에 두고 있다는 점에서 반생태적이며, 이 점에서 배달수의 그것과 대별되는 것이다.

그리고 어머니 김지숙의 망각은 만화로 하여금 아버지에 대한 그리움과 궁금증을 증폭시키는 계기가 됨으로써 그녀의 귀향을 촉발한다. 그녀가 18년 만의 귀향에서 설월스님과의 만남을 통해 자신이 "순절한 의병의 후예"(119)

부터 비롯되며, 위계 질서와 지배에 대한 비판과 해체가 현 생태위기를 해결할 수 있는 유일한 길이라고 주장한다. 따라서 그는 권위의 거부, 국가에 대한 혐오, 상호 부조, 권력 분산, 정치에의 직접 참여 등 아나키즘의 자연론적 사회관을 바탕으로 시장경제의 비도덕성과 기술의 반문화성을 비판한다. 방영준(2003), 「사회생태주의의 윤리적 특징에 관한 연구-머레이 북친을 중심으로」, 『국민윤리연구』 제53호, 한국국민윤리학회 참조. 그리고 차봉준은, 북친이 간파한 바 있는, 생명의 가치를 심각하게 훼손하는 인간의 '지배 속성'에 주목하여 조세희 소설에 나타난 생태적 인간관계의 단절을 분석한다. 차봉준(2007), 「조세희 소설의 생태학적 상상력 연구」, 『현대소설연구』 제34집, 170~173쪽 참조.

임을 알게 되었을 때, 무당의 손녀로서의 부끄러움을 떨쳐버리고 '핏줄'에 대한 자긍심을 갖게 된다. 그의 조상들이 공적 역사을 통해 승인받(을 수 있)는 애국적 주체였다는 점에 자랑스러움을 느꼈던 것이다.

> (사) "영선이란 참혹하고 억울하게 죽은 사람의 넋을 말한답니다. 영선들의 한을 풀어주지 않으면 영선은 계속해서 영선을 부르게 되지요. 한 곳에서 사람이 계속 죽는 것은 그 때문이랍니다. 아마 피아골에는 한 맺힌 영선들이 들끓고 있겠지요. 언제 다시 새로운 영선들을 부르게 될지 모릅니다."(135쪽)

그렇지만 그녀는 민지욱 기자를 만나 "지리산에 묻힌 억울한 죽음의 역사"(135)에 대해서 듣고는, "참혹하고 억울하게 죽은 사람의 넋"인 영선(靈仙)들을 떠올린다. 그녀가 어릴 적부터 피아골에서 듣곤 했던, 창칼이 부딪히는 금속성의 날카로운 마찰음과 총소리·대포소리에 섞여 있던 뜻모를 아우성과 비명이 정유재란·동학혁명·의병항쟁, 그리고 6·25전쟁 때 억울하게 죽어간 영선들의 울부짖음임을 알게 된 것이다. 이처럼 설월스님과의 대화를 통해 느꼈던 자긍심은 민지욱을 만남으로써 선조들의 "피맺힌 한"(135)과 "한맺힌 영선"에 대한 인식으로 변화되는데, 이 점은 각별한 의미를 지닌다. 할머니의 '붉은 눈'을 피내림 받아 무당, 곧 샤먼(shaman)이자 영매(靈媒)로서의 "영검스러움"(50)을 지닌, 더불어 아버지 배달수처럼 유기체적 우주관을 지니고 있던 그녀가[30] 인간과 초자연적 존재들의 갈등과 부조화를 조절하면서 상호간의 화해를 유지하는 데에 주도적인 역할을 하는 영매로서의 자아를 깨달아가고 있다는 점,[31] 그리고 그러한 자각의 매개체 역할을 하고 있는 존재가 역사

---

30) 만화의 다음과 같은 말을 통해 이를 확인할 수 있다. "피아골의 단풍이 유난히 더 붉은 것은 억울하게 떼죽음당한 혼령들의 피맺힌 한 때문일지도 모르죠. 지리산 세석평전의 철쭉이 육이오 때 죽은 이들의 넋이 붉게 피어난 것처럼 말예요"(136쪽)
31) 샤머니즘 생태학의 인간관에 대해서는 김옥성, 앞의 논문, 40쪽 참고.

의식과 그 탐구열을 지닌 민지욱 기자라는 점, 이 두 가지를 통해서 만화가 역사적인 맥락에서 민중들의 수난사에 천착함으로써 그들의 해원을 추구할 가능성을 엿볼 수 있기 때문이다. 민지욱과의 거역할 수 없는 "운명의 덫"(177)을 예감한 그녀가 "새로운 모험을 위해 미지의 땅으로 떠나는 기분"(177)으로 그에게 몸과 마음을 내맡기는 모습은 그와 같은 그녀의 미래를 상징하는 삽화라고 할 수 있다. 달리 말하쪽, 작가는 배달수의 샤머니즘적 우주관이라는 생태학적 지평 위에, 기자 신분의 민지욱이라는 인물을 매개로 만화로 하여금 억울하게 죽어간 민중들을 삶을 복원하고 해원할 수 있는 역사적 시각과 역할을 부여하고 있는 것이며,[32] 곧 지리산에 유폐된 배달수의 속죄와 참회를 넘어설 수 있는 기억의 사회화 혹은 역사화를 도모함으로써 중음자와 영선들의 진혼과 해원을 추구하고 있는 것이다.[33] 결국 이렇게 보자쪽, 작가 문순태는 『피아골』에서 정령적 생명 인식 위에 역사적 시각을 지닌 영매로서의 역할을 접목시켜 인물들을 성격화하고 서사화함으로써, 생태학적 함의가 충만한 샤머니즘적 우주관과 영적 자아관을 동인으로 삼아 민족적 갈등과 상흔을 화해와 해한으로 이끌고자 했던 것이다.

---

32) 임동확은 문순태의 문학 세계를 움직여온 주요 축의 하나로서 '신문기자적 자세와 경험'을 언급한다. 작가 자신 또한 "기자와 작가는 사회와 역사, 인간 문제를 포괄적으로 다룬다는 점에서는 동일하다. 그러나 전자가 있는 현실을 그대로 드러내야 하는 데 그치다쪽, 후자의 경우 그걸 재창조해 보여준다는 점에서 다르다. 하지만 내게 있어, 기자생활은 좋은 소설을 쓰기 위한 좋은 토대이자 환경"이었음을 토로한 바 있는데, 이는 작가의 역사적·사회적 현실 정향성을 유추할 수 있는 대목이다. 임동확, 「미래의 역사를 여는 전초작업으로서 고향찾기」, 이은봉 외 엮음, 앞의 책, 295~299쪽 참고.
33) 주디스 허먼은 심리적 외상을 준 사건이나 사고를 철저히 기억해서 다시는 그런 일이 없도록 하는 기억의 해법이 제대로 된 해법이며, 외상으로 파괴되었던 인간 공동체의 의미를 되살리게 된다고 지적한다. 주디스 허먼, 최현정 옮김(2012), 『트라우마』, 열린책들, 6쪽.

4. 나가며

지금까지 살펴본 바와 같이 『피아골』에 등장하는 인물들은 민족 혹은 민중이라는 숭고한 이념의 노예이거나, 국가라는 정체(政體) 앞에 포박된 하수인은 아니다. 응징과 절멸의 대상으로서의 실체적 악은 더더욱 아니었다. 단지 전쟁의 목적도 모르는 채 명분도 찾지 못한 채 전쟁의 소용돌이에 휘말려 생존을 위해 맹목적으로 싸워야만 했던 인물들이다. 문순태 작가는 전쟁의 참화 속에서 생존을 위해 좌우익을 넘나들 수밖에 없었던 민중들의 시련과 함께 이들의 소박하지만 이상적인 염원을 형상화하고 있다. 또한 『피아골』은 생존 본능의 유무나 그것에 대한 집착 여부와 상관없이 대량 살상과 윤리적 주체의 파탄으로 귀결되고 있는 전쟁의 폭력성과 부당성을 고발하는 한편 생존 본능에 음험하게 잠복되어 있는 생명 경시 태도도 놓치지 않았다.

전쟁이 끝난 후 배달수는 지리산을 초자연적 존재인 신령의 구현체이자, 사령이 머무는 정령적 공간으로 인식한다. 그는 샤머니즘적 우주관을 바탕으로 모든 생명체를 경배와 공존의 대상으로 바라보고, 나아가 삶과 죽음의 경계를 넘어 자연과 인간이 유기적으로 순환하는 생태학적 시선으로 우주 만물을 바라봄으로써 과거 자신의 죄를 참회하고 있었던 것이다. 또한 배만화는 민지욱 기자를 통해 정유재란에서 6·25전쟁으로 이어지는 '죽음의 역사'를 인식함으로써 지리산에서 억울하게 죽어간 영선들의 존재를 자각하게 되고, 이들의 해원을 예비하고 있는 것이다. 곧 작가는 아버지 배달수의 정령적 생명 인식과 그의 딸 배만화의 역사적 인식과 영적 자각을 통해 중음자와 영선에 대한 속죄와 해원을 시도하고 있는 것이다. 이는 『피아골』에서 시도되고 있는 화해와 해한이 샤머니즘적 세계관에서 연원하고 있다는 점을 의미하는 것으로서, 곧 이것이 해한의 동인이자 기제인 것이다.*

---

* 논문출처 : 문순태의 <피아골>에 나타난 생태학적 상상력」, 『호남문화연구』57집, 2015.

참고문헌

1. 단행본

김복순(2002), 「이병주의 『지리산』론-'지식인 빨치산' 계보와 『지리산』」, 민족문 학사연구소 현대문학분과 편, 『1970년 장편소설의 현장』, 국학자료원.

유임하(1998), 『분단현실과 서사적 상상력-한국현소설의 분단인식연구』, 태학사.

이은봉 외 엮음(2005), 『고향과 한의 미학』, 태학사.

손 호머, 김서영 옮김(2006), 『라캉 읽기』, 은행나무.

주디스 허먼, 최현정 옮김(2012), 『트라우마』, 열린책들.

2. 학술논문

강성률(2006), 「빨치산에 한 극단적인 두 시선-<피아골>과 <남부군>」, 『내일 을 여는 역사』 제26집, 서해문집, 214~221쪽.

박명림(2006), 「전쟁에서 평화로, 다시 생명과 인간으로」, 『한국사 시민강좌』 제 38집, 일조각, 259~286쪽.

박성천(2008), 「문순태 소설의 서사 구조 연구-한의 극복양상을 중심으로」, 전남 대 박사학위논문.

방영준(2003), 「사회생태주의의 윤리적 특징에 관한 연구-머레이 북친을 중심으 로」, 『국민윤리연구』 제53호, 한국국민윤리학회, 285~308쪽.

임은희(2008), 「문순태 소설에 나타난 생태학적 인식 고찰」, 『우리어문연구』 제 30집, 우리어문학회, 363~400쪽.

조구호(2011), 「문순태 분단소설 연구」, 『한국언어문학』 제76집, 한국언어문학 회, 351~372쪽.

조구호(2007), 「현대소설에 나타난 '지리산'의 문학적 형상화와 그 의미」, 『어문 론총』 제47집, 한국문학언어학회, 225~249쪽.

차봉준(2007), 「조세희 소설의 생태학적 상상력 연구」, 『현대소설연구』 제34집, 한국현대소설학회, 163~179쪽.

최창근(2005), 「문순태 소설의 '탈향/귀향' 서사 연구」, 전남대 석사학위논문.

한순미(2014), 「용서를 넘어선 포용」, 『문학치료연구』 제30집, 한국문학치료학 회, 165~195쪽.

제4부

문순태의 노년소설에 나타난
소통의 미학과 치유

문순태의 노년소설에 나타난 '노인상'과 소통의 방식

전 흥 남(한려대)

1. 머리말

노년기에 접어든 작가들이 노년의 삶과 일상을 소재로 주목할 만한 작품들을 창작한 경우가 적지 않다.[1] 작가 스스로 노년기에 접어든 만큼 '노년의 삶'이 작품의 소재로서 익숙한 것인지 아니면 나이가 들면서 창작의 경지도 높아져 좋은 작품을 쓰는 것인지 그 인과관계를 정확하게 따져볼 자리는 아니다. 다만, 노년기에 접어든 작가들의 노년소설을 통해 인간의 삶과 사회현상 그리고 세상을 꿰뚫어 보는 작가의 안목과 연륜이 묻어있음을 발견할 수 있을 뿐 아니라 수작(秀作)이 적지 않은 문학현상에 대해 우리는 주목할 필요를 느낀다.

노년소설의 주요 소재가 죽음의 문제를 비롯해 우리 삶의 본질을 환기시켜

---

[1] 노년소설의 창작에 지속적인 관심을 기울이면서 수작(秀作)을 발표한 경우를 든다쪽, 박완서, 문순태, 최일남, 한승원, 김원일, 김문수, 홍상화, 오정희 등을 들 수 있다.

주는 화두를 자연스럽게 등장시키는 점은 소홀히 할 수 없는 요소다. 작가 역시 자연인으로서 노년기를 맞는다. 노년의 기준이 각기 다르다고는 하지만, 대체로 60세 이상 혹은 65세의 전후를 기준으로 하여 그 이상의 연령대를 지칭할 때, 우리나라 노인의 경우 유년시절에 한국전쟁을 겪거나 더 거슬러 올라가면 일제 강점기를 겪으면서 정신적으로 많은 시련을 겪은 세대다. 따라서 노년기에 접어든 작가들이 자신의 경험과 삶을 올올이 창작품으로 형상화 했을 경우 그것이 갖는 문학적 의미와 자산을 소홀히 할 수 없는 측면을 지닌다. 더욱이 우리나라는 고령화 사회로의 진전 속도가 가파르게 진전되면서 노인문제는 주요한 사회문제로 대두되고 있는 추세다.[2] 따라서 우리의 역사·사회적 특성을 고려해 볼 때 노년의 삶이 안고 있는 문제를 문학에서 관심을 보이는 것은 지극히 마땅하다. [3] 노인들이 우리 사회의 발전에 기여해 온 측쪽, 사회적 소외, 경제적 빈곤, 건강악화, 노인학대 등과 관련해서 현대소설에서는 어떻게 묘사하고 대상화해 놓고 있는지를 따져볼 필요가 있는 것이다.[4]

---

2) 우리나라에서 노인문제가 노인복지 관련 학계나 전문가들에 의해 사회문제로 인식되기 시작한 것은 노인 인구가 급증하기 시작한 1970년대 초반의 일이다. 이 글은 노년소설 속에서 노인문제를 어떻게 다루고 있으며, 또 여기에 대한 문학적 대응연구에 초점을 두고 있지는 않다. 다만, 노년의 삶에 얽힌 여러 국면을 문학의 소재로 다루는 담론 방식을 고찰하는 과정에서 노인문제와 관련된 부분을 언급하는 경우가 있을 것이다.

3) 문학적 관심을 떠나 사회적인 당위성을 지닌다. 사람이 늙지 않을 수 없으며 늙지 않는 사람도 없다. 노후의 편안한 삶은 각 개인의 능력에 달린 문제로 볼 수도 있겠으나, 최소한 노인들이 사회로부터 버림받고 푸대접받는 사회 풍토는 지양해야 마땅하다. 노인으로부터는 삶의 경륜을 배우고, 젊은이는 도전과 패기를 일깨워줌으로써 조화를 이룰 때 그 사회는 건강하고 미래도 밝을 것이다.

4) 노년문학 연구와 관련하여 주목할 만한 선행연구들이 축적되어 있지만, 서정자의 업적을 빼 놓을 수 없을 것 같다. 그는 『하강과 상승 그 복합성의 시학』에서 1985년부터 1994년까지 『현대문학』과 『문학사상』에 발표된 단편 1200편 중 54편의 노년소설을 찾아내어 연구대상으로 삼아 분석해서 노년소설 연구와 관련하여 주목할 만한 논점을 제공해 주었다. 보다 구체적인 것은 서정자, 『한국 여성소설과 비평』, 푸른사상, 2001, 613-614쪽; <노년소설목록> 참조. 이외에도 최근의 노년소설 연구와 관련해서는 최명숙, 『한국현대노년소설 연구』(경원대 박사학위논문, 2006, 2) 및

이런 맥락에서 이 글은 문순태의 소설집『울타리』5)에 수록된 노년소설들의 분석에 주안점을 두려고 한다. 6) 문순태의 소설은 노년소설로서의 성격과 조건을 두루 구비하고 있을 뿐 아니라 노년의 삶에 얽힌 여러 측면을 다양하고 심도 있게 접근하고 있는 점에 주목함으로써 노년소설의 가능성을 가늠하고 그 지향점을 추출할 것으로 기대되기 때문이다.

한편, 노년소설의 범주 및 그 대상과 관련해서 연구자들마다 조금씩 관점의 차이를 보이고 있다. 하지만 노년소설은 노인들이 주요 인물로 등장하고 작품의 소재 역시 노년의 삶에 초점을 두고, 화자도 노인들이 설정된 경우가 많다는 점에 대해서는 대체로 이견이 없다. 7) 이 글에서 분석대상으로 삼고 있는 문순태의 노년소설도 이러한 유형으로부터 크게 벗어나지 않고 있다.

전홍남,『한국현대노년소설연구』, (집문당, 2011)가 주목에 값한다.

5)『울타리』는 2002년 소설집『된장』을 낸 후 5년 만에 상재된 문순태의 소설집으로 2006년 정년을 맞으며 냈다. 이 글에서 언급하는 노년소설을 포함하여 9편의 주옥같은 작품들이 수록되어 있다. 이 소설집으로 작가는 2006년 요산문학상을 수상하기도 했다.

6) 작품을 분석하는 과정에서도 드러날 터이지만, 소설집『울타리』에 실린「늙으신 어머니의 향기」,「느티나무와 어머니」,「은행나무 아래서」,「대나무 꽃 피다」등을 통해서 문순태 노년소설의 특징들이 그 윤곽을 드러내고 있다. 이외에도 소설집『된장』에 실린「그리운 조팝꽃」과『생오지 뜸부기』에 실린「대바람 소리」도 노년소설의 관점에서 주목할 만하다. 이러한 작품들에 대해서도 이 글에서 부분적으로 언급하게 될 것이다.

7) 변정화는 노년소설의 개념 규정과 그 유형을 비교적 명확히 하고 있다. 먼저, 노인의 개념과 그 연령선을 규정한 다음, 노년소설의 세부 요건으로는 노년의 인물이 주요 인물로 나타나야 할 것, 노인이 당면하고 있는 제반 문제와 갈등이 서사골격을 이루고 있을 것, 노인만이 가질 수 있는 심리와 의식의 고유한 국면에 대한 천착이 있을 것 등을 설정한다. 노년소설의 개념 및 유형화와 관련해서 보다 구체적인 것은 변정화,「시간, 체험, 그리고 노년의 삶」, 문학을 생각하는 모임,『한국문학에 나타난 노인의식』, 백남문화사, 1996, 176-177쪽.; 최명숙, 앞의 논문, 11-14쪽; 전홍남, 앞의 책, 17-24쪽. 참조.

2. 노년소설에 나타난 노인상, 그리고 건강성

문순태의 노년소설에 대해서는 작품을 구체적으로 분석하는 과정에서도 드러나겠지만, 무엇보다도 작품 속의 인물들이 건강성을 지니고 있다. 비록 육체적으로 버겁고 힘겨울지라도 정신은 비루하지 않는 의연함과 포용력을 지닌다. 이것은 노년의 삶에 대한 과장이나 미화가 아니라 작품 속의 인물을 통해 자연스럽게 드러나고 있다. 작가 역시 이제 노년기에 접어든 만큼 특별하게 노년소설을 염두에 두면서 창작한 것은 아니겠지만, 자연스럽게 노년의 삶을 소재로 옮겨간 경우로 추측된다. 작가 스스로 비교적 노년기에 접어든 시기에 쓴 소설집 『울타리』에 실린 「늙으신 어머니의 향기」, 「느티나무와 어머니」, 「은행나무 아래서」, 「대나무 꽃피다」 등은 노년소설로서의 성격과 특징을 두루 갖추고 있다. 소설집에 실린 절반이 노년소설에 해당하는 셈이다. 자연히 주요 등장인물이 노인들이고 이야기의 소재 역시 노년의 삶과 밀접하게 관련되어 진행되고 있다.

위에서 열거한 작품들은 노년소설로서 요건을 두루 갖추고 있을 뿐만 아니라 작품성 또한 빼어난 경우에 해당한다. 「늙으신 어머니의 향기」, 「느티나무와 어머니」, 「은행나무 아래서」 등은 여성 노인을 초점화하여 노년의 삶과 소재에 서사의 초점을 기울이고 있다. 이중에서도 「느티나무와 어머니」는 우리 사회가 다문화 사회에 접어들고 있으며, 또 노년에 접하는 문화충격과 관련된 소재라는 점에서 인상적이다. 그야말로 국제적인 다문화 가족이 되는 사회를 모티프로 하고 있는 셈이다. 나의 가족은 "멕시칸 장인과 아프리카 2세 장모, 베트남 출신의 입양 딸, 드리비다와 아리안 혈통을 지닌 인도 출신 며느리, 한국 출신인 나와 흑인 아내, 황색인과 흑인 사이에 태어난 아들 헨리, 공통점이라고는 영어를 사용하고 모두 머리카락이 검다는 것뿐, 얼굴 모습이나 피부색깔은 물론 감정과 생각, 가치관까지도 달랐다. 한마디로 우리 가족은 민족과 혈통을 초월한 개체로서 인생의 동반자"(77쪽)로 구성되어 있다는 말에서 짐작할 수 있듯이, 문화의 차이를 극복하고 한 가족으로 다시 태어나기까지의 어려움과 진통이 잘 그려져 있다. 차이를 인정하지 않고 자기중심적일 때 관계의 단절로 이어진다. 관계의 단절과 불화는 자기중심적인 태도에서 비롯되고 있음이 「느티나무와 어머니」를 포함하여 문순태의 노년소설에 일관되게 흐르고 있다. 관계의 단절은 당연히 차이에 대한 이해와 포용, 곧 타인의 삶에 대한 각성과 소통을 위한 섬세한 노력이 수반될 때 극복될 수 있다. 소설집『된장』에 수록된 「그리운 조팝꽃」도 이런 맥락에서 읽혀진다. 앞에서 열거한 문순태의 노년소설들은 「그리운 조팝꽃」과 같은 유형의 작품에 해당하거니와 이것의 확대·재편이라고 해도 과언이 아니다. 관계의 단절을 극복하고 이해와 관용을 통한 소통의 방식에 대해 고민하고 있다는 점에서 공분모를 지니기 때문이다. 「그리운 조팝꽃」은 문순태 노년소설의 원형(原型)에 해당하는 작품이라고 해도 과언이 아니다.

「그리운 조팝꽃」의 주요 줄거리를 들여다보자. 노부부가 살고 있는 거실에는 가족사진이 걸려 있지 않고 조팝꽃이 그려진 그림이 한 폭 걸려 있다. 어린 손자들이 그 그림에 대해 물어 봐도 노부부는 함구로 일관한다. 아픈 가족사가 그 그림의 사연과 얽혀있기 때문이다. 고등학교에 다니던 둘째 아들이 조팝꽃이 그려진 그림을 화방에서 찾아오다 광주항쟁 때 죽고 만다. 그 사건을 겪은 후 가족사진 대신에 그림을 거실에 걸어놓은 것이다. 세월이 지나 출가한 가족들의 성화에 못 이겨 노인은 그 그림을 떼어 놓고 가족사진을 찍은 사진을 걸기로 마음을 먹는다. 하지만 번번이 그 계획을 실행하지 못하고 수포로 돌아간다. 가족들이 가족사진을 찍기로 단단히 마음먹고 아들 딸 내외를 기다리는 도중에 노인은 산책을 나가려고 아파트를 나서다 우연히 쓰레기통 주변에 버려진 앨범을 발견한다. 교장으로 정년퇴임할 때 친구들이 선물로 준 바로 앨범을 그 집 며느리가 내다버린 것이다. 노인은 친구가 죽고 난 후 그 앨범이 아파트 쓰레기 통 근처에서 뒹굴고 있는 모습을 본 후 그날 돌연히 아내와 함께 여행길에 나선다. 대합실에서 두 노인은 사진을 찍고 아들 딸 내외와 손자들이 기다리고 있는 집을 등지고 둘만의 오붓한 여행길에 나선다. 아내도 남편의 이러한 마음을 이해하고 기꺼이 동행한다. 이 작품은 말미에 노년의 삶과 의미를 되새겨 보게 하는 의미심장한 출발로 결말을 맺는다.

> "여행은 나중에 가기로 하고 그만 집으로 갑시다. 아이들이 기다릴 텐데---"
> "애착을 버리자고 말한 건 누군데 그래?"
> 나는 단호하게 말하며 아내를 떼밀다시피 하여 순천행 버스에 올랐다. 나는 아내의 마음을 잘 알고 있었다. 그렇지만 둘만의 여행을 위해서 모든 아쉬움을 접기로 했다. 나는 고향에 도착하면 먼저 조팝꽃 무더기 속에 얼굴을 묻고 아내와 함께 사진을 찍고 싶었다. 그 생각을 하자 조팝꽃을 뚝배기에 수북이 담아 손으로 집어 먹던 어머니의 모습이 떠올랐다. 그리고 보니 지금이 한창 조팝꽃 피는 계절이 아닌가. 나는 갑자기 조팝꽃이 먹고 싶었다.[8]

「그리운 조팝꽃」은 조팝꽃에 얽힌 가족사를 통해 노년의 삶이 후손들에게 어떤 의미를 지니는가를 돌아보게 하는 작품이다. 배고픈 시절 조팝꽃에 얽힌 '나'와 어머니의 사연은 가슴을 아리게 하는 장면이다. 노년기에 접어든 내가 왜 갑자기 조팝꽃을 먹고 싶어졌는지는 어머니와 얽힌 사연을 통해 그 실마리가 밝혀진다.

> 나는 어머니가 조팝꽃을 쌀밥이라고 하면서 먹던 모습을 평생 잊지 못했다. 배가 고프거나 어려운 고비를 만날 때면 뚝배기에 조팝꽃을

---

8) 문순태, 「그리운 조팝꽃」, 『된장』, 이룸, 2002, 84쪽.

가득 담아 손으로 집어 먹던 어머니의 모습을 떠올리며 참아냈다. 내가 초등학교 교사가 될 수 있었던 것도 따지고 보면 어머니의 그 조팝꽃 때문이었다. 나는 지금도 흰 쌀밥을 먹을 때마다 꾀꼬리가 이곳저곳 나뭇가지를 옮겨 다니며 낭자하게 울어대는 모내기철, 산비탈 밭둑에 멍울멍울 피어나는 조팝꽃을 떠올리곤 한다. 그 무렵이면 밥을 먹다가도 어머니 생각에 문득문득 목울대가 후끈거려왔다. 쌀밥이 흰 조팝꽃잎으로, 때로는 어머니의 얼굴로 피어나곤 하였다.(66-67쪽)

「그리운 조팝꽃」은 노년기에 접어든 나의 관점에서 참척(慘慽)을 당한 아픈 가족사와 어머니의 가난한 삶을 오버랩 시키면서 서사가 진행되고 있듯이, 「늙으신 어머니의 향기」도 이런 맥락에서 읽혀질 수 있는 작품이다. 다만, 「그리운 조팝꽃」에서는 노년의 '나'가 화자이자 초점인물이라쪽, 「늙으신 어머니의 향기」는 화자인 '나'의 관점에서 어머니의 삶을 부각시킨다. 아들인 '나'의 관점으로 서술된 냄새를 모티프로 한 소설이다. 아내는 어머니가 머문 자리에 지독한 냄새가 난다며 외출을 갔다 오면 문을 열기에 바쁘다. 심지어 노골적으로 불쾌감을 드러내기도 한다.

> "어머니의 냄새는 보통 냄새가 아니어요. 두엄 썩는 냄새, 아니 제초제 냄새를 맡고 있는 것 같아요. 집에 있으면 냄새 때문에 식욕도 떨어지고 생머리가 지끈거려요. 병이 나겠다니까요. 꼭 무서운 바이러스 같다고요".
> 내 귀에는 언제나 아내의 찌증 섞인 투정이 윙윙거리게 마련이다.
> "세상에 제초제 냄새라니----"
> 나는 아내의 엄살이 좀 지나치다 싶었다. 하기야 온종일 어머니의 냄새에 파묻혀 집안에 들어박혀 지낸다는 것은 고역임을 알고 있다. 그렇다고 어머니의 냄새를 바이러스와 제초제에 비유하다니9)

---

9) 문순태, 「늙으신 어머니의 향기」, 『울타리』, 이룸, 2006, 13-14쪽. 앞으로 『울타리』에 수록된 노년소설을 인용하는 경우 이 소설집에 의존할 것이며, 인용은 말미에 작품명

'나' 역시 어머니의 냄새를 모르는 바 아니나 아내처럼 맡기 거북할 정도는 아니다. 아내의 이러한 반응에도 '나'는 소극적인 태도를 취하는 것으로 나타난다. 혼자서 심하다고 생각할 따름이지 어떠한 행동도 하지 않는 것이다. 이 작품의 갈등구조는 어머니의 냄새와 아내의 냄새로 나타난다. '늙음'을 의미하는 '어머니'와 '젊음'을 의미하는 '아내' 사이에서 '나'는 갈등하는 것으로 그려진다. 어머니와 아내의 대립은 오래 전부터 사사건건 대립한다. 그것이 극명하게 드러나는 부분은 집에 있는 화초와 분재를 다 뽑아버리고 어머니가 그 화분에 고추와 가지 모종 등을 심은 것이다. 어머니에게 화초는 산이나 들에 가면 얼마든지 볼 수 있는 것으로 인식되는 것이다. '흙 한 주먹이 아쉬워' 안타까워하는 어머니의 살아온 날과 아내의 삶은 본질적으로 다른 것으로 볼 수 있다.10) 어머니의 냄새를 몰아내기 위해 아내는 갖은 방법을 다 쓴다. 결국 아내는 처형의 병구완을 핑계로 처형 집에 가서 돌아오지 않는다. 이러한 상황을 더 이상 방치할 수 없는 '나'는 아내를 데려오고 어머니의 냄새를 없애게 위해 어머니를 동생 집에 며칠만이라도 모셔다 드리자고 제의하는 것으로 현실화된다. 결국 '나' 역시 아내의 성화에 못 견디고 어머니와 대화중에 이 사실을 실토하고 만다.

> "나한테서 냄새가 나냐?"
> "모르셨어요?"
> "아주 심해요."
> "어떤 냄새?"
> "모르겠어요."
> 어머니는 고개를 좌우로 돌려 가며 자신의 몸에서 나는 냄새를 맡느라 연신 코를 벌름거리며 킁킁거렸다.
> "아무 냄새도 안 나는듸. 절대로 내 몸에서 나는 냄새가 아녀."

을 기입하고 인용한 쪽수만 적는다.
10) 최명숙, 앞의 논문, 74쪽.

어머니는 '절대로'라는 말에 힘을 주어 단호하게 부인했다.

"자 어디, 한번 맡아 봐."

그러면서 어머니는 상반신을 내 앞으로 바짝 꺽으며 재촉했다. 나는 더 할 말이 없어 부지런히 숟가락질만 해 댔다.

"이놈아, 에미한테서 나는 냄새는 에미가 자식 놈들을 위해서 알탕갈탕 살아온, 길고도 쓰디쓴 세월의 냄샌겨."

어머니는 깊은 한숨을 섞어가며 말했다. 쓴디쓴 세월의 냄새라는 어머니의 말이 명치끝을 후벼 팠다. 길고도 쓰디쓴 세월의 냄새라니

(「늙으신 어머니의 향기」, 30쪽)

어머니와 대화중에 어머니에게서 냄새가 난다고 얼떨결에 내가 실토하고 마는데, "쓰디 쓴 세월의 냄새"라는 어머니의 말에 나는 망연자실해지며 잠시나마 냄새로 어머니에 대해 품었던 마음을 접는다. 아내는 여전히 유독 '나'의 어머니 냄새가 독하고 맡기 거북하다고 요란을 떤다. 당연히 나는 아내와 어머니 사이에서 입장이 곤란한 경우가 한 두 번이 아니다. 하지만 아내는 여전히 어머니의 냄새로 스트레스를 받는다. 결국 새로 이사한 아파트로 동생 부부가 한 달간 어머니를 모시기로 한다. 그런데 어머니가 집을 비운 사이 아파트의 한 구석에서 보따리를 발견한다. 보따리 속에는 "녹슨 호미와, 오래된 손저울, 함석 젓 주걱, 판자로 짠 손때 묻은 되, 때에 전 흰 다후다 천의 돈 주머니, 짙은 밤색의 나일론 머풀러, 땟국에 전 앞치마 등이"(35쪽) 들어 있다. 또한 "검정 고무줄로 친친 묶여 있는 돈주머니를 풀고 그 속에서 손바닥만 한 수첩"도 발견된다. 화자인 '내'가 대학 다닐 무렵 도붓장수를 하며 아들 뒷바라지를 하며 작성했던 빛바랜 외상 장부 수첩인 것이다. 어머니의 삶의 흔적이 묻어있는 '보따리', '역거운 냄새'의 근원지는 바로 그 보따리로 드러난다. 보따리 안에서 나온 자질구레한 물품들은 자식들을 키우기 위해 치열하게 살아온 사람의 향기임을 '나'는 비로소 인식하게 된다. 과거의 기억이 묻은 물품들을 간직하고 사는 어머니의 행동이, 젊은 사람의 눈에는 노망으로 밖에 보

이지 않지만, 어머니의 과거를 아는 '나'에게는 사람의 향기로 느껴지는 것이다.

그런데 동생한테서 어머니가 갑자기 사라졌다는 전갈을 받는다. 다급한 마음에 나는 어머니를 찾기 위해 고향으로 발길을 돌린다. "땅의 혼령들로 가득한 그곳에서 어머니의 냄새가 바람처럼 훅 덮쳐왔다"(39쪽)는 결말 부분의 서술을 통해서 화자인 '나'는 자신의 근원과 뿌리가 어디에서 연유하고 있음을 절감한다. 이 작품에서 화자인 '나'가 어머니의 삶을 서술함으로써 핍진성을 갖는다.[11] 아들은 어머니의 삶을 평생 지켜보고 누구보다도 어머니의 삶을 이해하는 대상이기 때문이다. 예전의 어머니의 향기를 아내는 기억하지 못하고, 어머니의 질박한 삶을 공유할 수 없지만, 아들인 '나'는 할 수 있는 것이다. 무조건 국도를 달려 고향으로 향하는 아들의 모습은 부모모시기를 번폐스러워하는 현실에 많은 것을 시사해 준다.

3. 노년소설의 서술 특성과 소통의 방식

작가 역시 자연인으로서 나이를 먹는 만큼 노년기에 접어든 작가들 중에서 노년의 삶과 일상을 소재로 한 소설들을 발표하는 경우가 적지 않다는 점을 앞에서도 서술한 바 있다. 작가 스스로 노년기에 이르러 노년소설을 발표하

---

11) 문순태의 노년소설에서 여성 노인이 자주 등장하고, 여성 노인의 삶이 핍진하게 그려진 경우가 많다. 한국인의 정서상 어머니의 삶 속에서 온갖 수난과 역경 및 가난이 올올이 드러난 경우를 감안한 설정이겠지만, 작가 스스로 어머니의 삶에 대한 각별한 사모의 정과 어머니의 인생관을 작품을 통해 구현한 측면과도 연관된다. 문순태의 노년소설 4편이 집중적으로 수록되어 있는 소설집 『울타리』의 서문에서도 작가의 이러한 생각이 스며있다. 또, 2010년 10월경 구순의 노모님을 여의고 난 뒤 가진 필자와의 인터뷰를 통해서 이러한 생각을 밝힌 바도 있다. 보다 구체적인 것은 전흥남, 「문순태 선생의 서재를 찾아-'생오지'에서 문학의 향기를 맡고, 나눔의 정신을 배우다」, 『소설시대』18호, (한국작가교수회, 평민사, 2010, 11), 65-75쪽 참조.

는 것이 자연스러워진 셈이다.12) 노년소설의 소재는 죽음의 문제를 비롯해 우리 삶의 본질을 환기시켜 주는 화두를 꺼낸다. 작품의 수준 또한 수작(秀作) 인 경우가 많다. 13) 이런 점에서 노년소설을 주목함으로써 노년 소설이 갖는 문학적 함의 나아가 문학사적 의미를 모색해 볼 필요를 느낀다. 특히 이 글에 서 본격적인 분석의 대상 작가로 주목한 문순태는 근래 들어 노년소설을 활 발하게 창작했을 뿐 아니라 노년소설의 한 지향점을 제시해주는 측면도 소홀 히 할 수 없다. 그의 소설 속에 나오는 등장인물의 건강성과 소통을 위한 열림 의 자세는 일반적인 노인상의 편견을 넘어 검질긴 생명력을 확보하면서 자연 스럽게 공감을 유도하기 때문이다. 특히 자연의 순리를 좇고 순응하는 노년 상을 창출하고 가치를 부여하는 방식은 적지 않은 시사점을 제공해 준다.

「대 바람 소리」에 나오는 오동례 여사는 결혼한 지 5년 만에 고기잡이 나 간 남편이 죽은 후 버스터미널 화장실 청소부를 비롯해 갖은 고생을 하면서 도 딸을 대학원까지 마친 80세의 노인이다. 힘든 세파를 헤쳐 오느라 정신없 이 살다가 지금은 딸과 함께 살면서 우연히 만난 노신사, "곧고 푸른 대나무 같은 사람"(93쪽)을 만난 뒤 반해서 부쩍 멋을 부리고 일종의 상사병(?) 까지 앓는다. 오동례 여사의 신산(辛酸)한 삶을 자연의 일부에 비유한 다음과 같은 묘사를 통해서 인간과 자연이 융화되는 모습이 드러난다.

오동례 여사는 걸음을 멈추고 하늘을 향해 푸르게 솟구쳐 뻗은 팽

---

12) 노년기에 이른 작가들에게 노년소설 창작의 당위성을 강조하려는 것이 아니다. 작 품의 소재는 영역의 제한을 받아서는 안 되기 때문이다. 작가의 역량과 특장을 얼 마나 잘 발휘할 수 있느냐가 관건이어야 한다. 다만, 노년기에 이른 작가들 스스로 노년의 삶과 관련해서 혹은 노년의 작중인물 창출에 보다 핍진성을 갖는다는 점에 서 순기능적인 측면을 강조할 뿐이다.

13) 노년기에 접어든 작가들이 노년의 삶과 일상을 주요 소재로 해서 노년소설을 창작 한 경우 비교적 젊은 작가들이 노년소설에 부합하는 작품을 쓴 경우보다 상대적으 로 서사의 핍진성과 호소력을 갖는다. 이것은 작품의 수준이나 완성도와도 자연스 럽게 관련이 된다.

나무 우듬지를 쳐다본다. 푸름이 고혹적일 만큼 아름답다. 나무는 저렇듯 고목이 될수록 아름다운데 사람은 왜 노추해지는가 싶어 저절로 한숨이 터져 나왔다. 그녀는 손으로 나무껍질을 어루만져 본다. 피부는 비록 까끌까끌하지만 범접할 수 없는 경외감과 경건함이 느껴졌다. 그녀는 살며시 나무 몸통에 귀를 대본다. 쏴쏴쏴 나무의 숨소리가 들렸다. 그것은 분명 바람소리가 아니었다.[14)]

문순태의 소설에서 인간과 자연의 어우러짐과 일체는 노년소설에 국한되는 것은 아니다.[15)] 인용문을 통해서도 드러나듯이, 나무와 인간, 자연과 인간의 삶이 유리되지 않거니와 자연의 순리에 순응하는 삶이 주는 지혜를 노년의 삶을 통해 그의 소설은 더욱 웅숭깊게 묘사(描寫)해 놓는다.

또한, 문순태의 노년소설은 서술자가 작중인물과 비교적 객관적 거리를 유지하면서 서사를 진행시키는 경우가 많다. 비교적 서술자의 과도한 개입을 자제하는 편이다.[16)] 객관적인 관찰자의 입장에 충실하면서 서사를 진행시켜 나가는 경우가 많다. 서술자의 개입이 드러난 경우라고 하더라도 소극적이다. 「느티나무와 어머니」의 한 대목을 보자.

어차피 인생은 어두운 밤길에서 혼자만의 암중모색이 아닌가. 나

---

14) 문순태, 「대 바람 소리」, 『생오지 뜸부기』, 책 만드는 집, 2009, 88쪽.
15) 문순태의 소설에 나타난 자연의 생태 묘사와 인물의 성격부여 양상, 나아가 자연과 인간의 어우러짐 및 융화 그리고 작품의 미학성과의 관련성을 구명하는 문제는 별도의 지면이 요구된다.
16) 서술자의 서술상황 개입의 정도와 작품의 미학성 관계를 일률적으로 말하기는 곤란하다. 작품의 형식미학적 차원에서 종합적으로 다룰 사안이라는 점을 감안해야 하기 때문이다. 또한, 구술문화에 바탕을 둔 사고의 표현의 특성 중에서 객관적 거리의 유지보다는 감정적이고 논쟁적인 참여의 성격이 강한 점에 주목하여 살펴볼 경우 미학적 장치와 결부되는 점도 있다. 이를테즉, 염상섭의 『삼대』나 채만식의 『태평천하』의 경우 '엮음'의 양상과 구술성과를 관계를 논하면서 서술자의 서술상황의 개입 문제를 구술성의 일반적 특성에 입각하여 점검할 수 도 있기 때문이다. 보다 구체적인 것은 임명진, 『한국근대소설과 서사전통』, 문예출판사, 2008, 171-195쪽 참조.

역시 어머니의 뜻을 무시하고 내 맘대로 내 인생을 살아왔으니까. 다
만 내가 준비해야 할 것은 자식에 대한 맹목적인 사랑과 집착에서 벗
어나는 일뿐이다. 그런데 그게 그렇게 쉬운 일이 아니라고는 생각하
지 않는다.(「느티나무와 어머니」, 98쪽)

부모의 반대를 무릅 쓰고 혹인 아내를 맞아 아들을 낳음으로써 어머니의
원망과 관련한 나의 소회를 적시한 대목이다. 나의 생각을 드러낸 일부분으
로 서술자의 개입은 소극적인 선에서 머문다. 물론 이것은 어디까지나 상대
적이다. 경우에 따라서는 내포작가(the implied auther) 또는 화자를 통해 자
연스럽게 작가의 생각이 작품 속에 용해되어 있다. 문순태의 소설은 전통적
인 소설 문법과 형식에 비교적 충실한 편이다. 다만, 독자와의 소통을 증대시
키는 한 방안으로 화자의 시선을 통해 작가의 생각이 스며있다는 점을 주목
해야 할 것이다.

문순태의 소설에 나타난 노인들은 타자에 대한 이해와 포용을 통한 소통에
무게중심을 둔다. 서사화의 방법도 서술자의 개입을 자제하면서 독자들이 공
감하도록 유도한다. 동시에 화자인 '나'의 관점을 통해서 노녀의 인물을 관찰해
나간다. '나'를 서술 자아나 초점화자로 설정하는 방식을 동원한다. 따라서 '나'
는 관찰자적 시점을 유지하는 경우가 많다. 소설집 『울타리』에 실린 노년소설
중에서 3인칭을 등장시킨 경우는 「대나무 꽃 피다」 1편에 그친다.[17] 1인칭 화

---

17)『생오지 뜸부기』에 실린 「대 바람 소리」 역시 「대나무 꽃 피다」와 여러 면에서 유
사점을 보인다. 3인칭 인물과 시점을 통하여 노년의 삶과 의미를 부각시키고 있을
뿐 아니라 노년을 대나무(꽃)에 비유한 점도 인물의 성격창조와 자연스럽게 부합
한다. "저 곧고 푸른 대나무도 60년쯤 되면 일생에 딱 한 번 꽃을 피우고 죽는답니
다. 꽂꽂함과 푸름을 지탱하기 위해 땅의 양분을 다 빨아들이고 나서 마지막으로
향기도 없고 열매도 맺지 못하는, 검불같이 보잘 것 없는 꽃을 딱 한번 피우고 죽는
다고 하니, 사람과 비슷하지 않아요? 사람도 자식 키워 뒷바라지 하고 사람답게 살
다가 환갑 넘으면서부터는 기력이 쇠진하지요. 하기야 평생 꽃 한 번 피워보지 못
하고 죽는 사람도 있지만---"(「대 바람 소리」, 90쪽)

자를 설정하되 부인물(副人物, foil character)을 통한 관찰자의 관점을 유지하면서 서사의 활력을 불어넣는다. 이러한 서술방식은 과거와 현재가 수시로 넘나들고 있거나 혹은 과거와 현재의 교차시점이 자연스럽게 이어지는 특장을 발휘하는데 기여하기도 한다. 「느티나무와 어머니」의 한 대목을 더 보자.

> "이번에 가면 어머니 어머니한테 잘 말씀드리세요. 손자인 헨리를 보면 어머니의 생각이 달라질지도 모르지 않아요. 어머니의 마음이 풀어지면 다음에 우리 셋이서 함께 가기로 해요. 아니지. 헨리가 결혼하면 산드라도 데리고 갑시다."
> 공항에 나온 아내가 한 말이었다. 그러나 나는 어머니가 헨리를 보면 마음이 달라질 것이라고는 기대하지 않는다. 어머니는 결코 흑인 손자를 인정하지 않을 것이기 때문이다. ---(중략)-- **25년 전, 내가 결혼 승낙을 얻기 위해 아내의 부모를 만나러 갔을 때 그것을 알아차렸다.** 아내 밴자민의 어머니는 내 앞에서 하양, 검정, 갈색 다 두고 왜 하필 동양 노랑이냐면서 나를 밖으로 내쫓다시피 하지 않았던가. 밴자민은 장모님한테 피부색은 서로 달라도 피는 붉다는 말로 설득을 하려고 애썼지만 쉽지 않았다.
> 헨리는 처음 만나게 될 할머니에 대해서 별로 묻지 않았다. 제 엄마한테서 할머니에 대한 이야기를 들었을지도 몰랐다. ---(중략)-- -헨리가 유치원에 다니던 때였다. 친구들로부터 아버지가 노랑이라고 놀림을 받았다면서 울고 왔다. 그때 헨리가 자기는 검정인데 왜 아빠는 노랑이냐고 따졌다. 그러면서 **한국의 할머니도 노랑이냐고 물었다.** --(중략)-- **그 후 헨리는 내 앞에서 할머니 이야기를 다시 꺼내지 않았다.**
> **"헨리, 뭘 그렇게 생각하니?"**
> "아무 생각도요. 대디"
> 헨리는 창밖으로부터 서서히 시선을 회수하여 나를 보았다.(78-79쪽)

인용문에서 고딕표시로 된 전후를 중심으로 과거로 이야기를 소급해 가는 과정을 보면 장면전환이 자연스러운 서술 양상을 보인다. 이렇듯 문순태의 작품은 화자가 작중인물과의 거리를 유지하면서 독자의 관점에서 생각하고 판단할 여유를 남겨둔다. 타인의 삶에 대한 이해와 소통의 방식에 몰두하는 인간상이 작품 속에서 용해되어 여러 모습으로 출몰하는 것이다.

「느티나무와 어머니」의 경우만 보더라도 새로운 가족 형태, 즉 외국인 며느리를 인정할 수 없는 어머니와 외아들인 나 사이에는 불화가 생길 수 밖에 없다. 아들을 위해 자신의 삶을 희생했다는 어머니와 이를 알면서도 새로운 삶을 살아야 하는 아들 사이의 화해는 무엇보다도 타인의 삶에 대해 섬세하게 접근하고 이를 바탕으로 이해의 폭을 확장하기 위한 노력이 선행되어야 가능하다.

「은행나무 아래서」도 이러한 맥락에서 읽혀지는 작품이다. 타인의 삶에 대한 차이를 인정하고 이것을 받아들일 때 이해와 소통의 길이 열린다. 「은행나무 아래서」에서 화자가 내뱉는 다음과 같은 대목을 통해서도 작가의 이러한 생각이 스며있다고 본다.

> 진정한 아름다움이란 다른 것끼리 평화롭게 어울리는 것이며 궁극에는 서로가 같아지거나 하나가 아닌가 싶었다. 더욱이 인생은 시작과 끝자락에서 똑 같아지는 것이라고 생각했다. 어쩌면 이 세상은 거대한 조화로움의 세계가 아닐까 싶었다. 사랑과 미움, 슬픔과 기쁨, 빠른 것과 느린 것, 뜨거운 것과 차거운 것, 만남과 헤어짐, 넘침과 모자람, 절망과 희망, 생과 사, --(중략)-- 등은 극단적 대립이 아니라, 하나가 되기 위하여 적당하게 밀어내고 끌어당김을 계속하는 것은 아닐까. (「은행나무 아래서」, 60쪽)

성격이나 살아온 과정이 전현 다른 두 여성 노인이 화해에 이르기 위해서는 타인에 대한 이해와 관용이 전제될 때 가능한 것이다. 이러한 이해와 소통의 길을 찾는 과정이 『울타리』에 실린 노년소설에 일관되게 흐르고 있다. 그러한 여정은 타인의 존재를 새롭게 인식하는 것으로 나아간다. 이를 통해 현재와 과거의 삶을 연결하고, 현재의 삶을 조화롭게 만든다. 여기에 중요하게 작용하는 것 중 하나가 추억이다.[18] 추억이란 나를 중심으로 이루어지기보다는 남과 함께 살며 겪었던 공동의 영역이기 때문이다. 체험을 공유하고 있다는 것은 곧 더불어 사는 삶의 근거가 마련되어 있음을 의미한다. 이런 점에서 문순태의 노년소설에서 각 인물의 행위를 이끌고 있는 것은 고향과 어머니 그리고 느티나무로 대표되는 유년의 기억이다. 유년시절의 체험과 이에 대한 향수가 문순태 소설의 바탕이 되는 공간을 형성하고 있는 것이다.

4. 맺음말

지금까지 문순태의 노년소설의 분석을 통해 소설에 나타난 노인상과 소통의 방식을 추출하는데 주안점을 두어 접근해 보았다. 노년기에 접어든 작가들이 노년의 삶을 소재로 작품화 한 경우 작품의 문학성은 물론이거니와 작품의 수준이 비교적 높은 점도 주목할 만한 문학현상으로 보았다. 더욱이 우리나라의 노인의 경우 유년시절에 한국전쟁을 겪거나 더 거슬러 올라가면 일제 강점기를 겪으면서 정신적으로 많은 시련을 겪은 세대다. 따라서 노년기에 접어든 작가들이 자신의 경험과 삶을 올올이 창작품으로 형상화 했을 경우 그것이 갖는 문학적 의미와 자산을 소홀히 할 수 없는 측면을 지닌다. 동시에 우리나라는 고령화 사회로의 진전 속도가 가파르게 진전되면서 노인문제가 주요한 사회문제의 하나로 대두되고 있는 추세다. 본고에서 문순태의 노년소설에 주목한 것도 이러한 맥락에서다.

앞에서 살펴본 문순태의 소설은 노년소설로서의 성격을 두루 구비하고 있다. 무엇보다도 작품 속의 노인들은 대체로 건강성과 검질긴 생명력을 갖고 있다. 격동의 현대사를 거쳐 오는 동안 여러 형태의 트라우마(trauma)[19]를 안

---

18) 신덕룡, 「소통과 화해의 길 찾기」, 『울타리』 해설, 360쪽.

고 있건만 서로의 상처를 들춰내 덧내는 것이 아니라 용서와 화해의 인간성을 복원하려는 건강성을 지닌다. 그렇다고 문순태의 작품 속에 나타난 노인상은 노년의 삶을 과장하거나 미화한 것과는 거리가 멀다. 노년의 삶을 소재로 하면서 때로는 진솔하게 노년의 삶이 안고 있는 여러 형태의 소외와 밀려남, 무력감[20]을 드러내기도 하지만, 다양한 노년상의 설정을 통해 노년의 삶이 안고 있는 다양성과 다층성을 제대로 아우르고 있다는 점에서 시사적이다. 이것은 노년소설의 한 유형으로서 중요한 의미를 지니거니와 노년소설의 가능성을 가늠해 보는 데에도 유익한 점을 지닌다. 과거 노년소설의 모습과는 일정한 차별성을 보이고 있기 때문이다. 동시에 문순태는 근래 들어 노년소설을 활발하게 창작해 왔을 뿐 아니라 노년소설의 지향점을 제대로 짚고 있다는 점에서 문제성을 지닌다.

따라서 이 글은 문순태의 노년소설에 한정해서 노년소설을 분석한 제약점도 있지만, 그의 소설이 노년소설의 가능성과 지향점의 단초와도 연결될 수 있음을 주목했다. 이외에도 이청준, 한승원, 박완서, 최일남, 오정희, 홍상화, 이청해의 노년소설들로 분석의 대상을 넓혀 조명해 간다쪽, 현대 한국노년소설의 가능성과 문제성 및 전망을 추출하는데 보다 많은 시사점을 제공해 줄 것으로 보인다. 이것은 별도의 지면을 통해 서술하게 될 것이다.*

---

19) 문순태의 소설 속에는 여러 형태의 트라우마들이 등장한다. 그 중에서도 '광주 항쟁'과 관련된 작품들로는 「일어서는 땅」, 장편 『그들의 새벽』, 「최루중」등을 들 수 있을 것이다. 그의 소설들은 '광주'라는 서사공간을 죽음과 삶이 혼재하는 장소, 트라우마와 죄의식의 생성 공간, 윤리적 분노와 저항의 공간으로 의미화하고 있다. 보다 구체적인 것은 심영의, 『5·18기억과 그리고 소설』, 한국문화사, 2009, 182-196쪽 참조.
20) 노년에 닥쳐오는 무력감의 원인과 증상에 대한 보다 구체적인 것은, 김경은, 「노인 무력감의 현상 연구」, 이화여자대학교 박사학위논문, 1995. 및 박영주, 「여성노인의 무력감과 사회적 지지와의 관계」, 『한국노년학연구』, 한국노년학연구회, 2001, 78쪽 참조.
* 논문출처 : 「문순태의 노년소설에 나타난 '노인상'과 소통의 방식」, 『국어문학』 52권, 2012.

참고문헌

김윤식 · 김미현 엮음, 『소설, 노년을 말하다』, 황금가지, 2004.

문순태, 『된장』, 이룸, 2002.

문순태, 『울타리』, 2006.

문순태, 『생오지 뜸부기』, 책만드는집, 2009.

김경수, 「쓸쓸한 그리고 인간적인─노년소설의 가능성에 대하여」, 『넥스트』 34호, 2006.

김윤식, 「한국 문학 속의 노인성 문학」, 『소설, 노년을 말하다』, 황금가지, 2004.

류종렬, 「한국 현대 노년소설 연구사」, 『한국문학논총』, 2008.

박영주, 「여성노인의 무력감과 사회적 지지와의 관계」, 『한국노년학연구』 제10권, 한국노년학연구회, 2001.

변정화, 「시간, 체험, 그리고 노년의 삶」, 문학을 생각하는 모임, 『한국문학에 나타난 노인의식』, 백남문화사, 1996.

서정자, 「하강과 상승 그 복합성의 시학」, 『한국여성소설과 비평』, 푸른 사상, 2001.

우한용, 『한국현대소설 담론 연구』, 삼지원, 1996.

양진오, 「해원하는 영원과 죽어가는 노인들」, 『전망의 발견』, 실천문학사, 2003.

임명진, 『한국근대소설과 서사전통』, 문예출판사, 2008.

임춘식, 『현대사회와 노인문제』, 유풍출판사, 1991.

전흥남, 『한국현대노년소설 연구』 집문당, 2011.

전흥남, 「문순태 선생의 서재를 찾아-'생오지'에서 문학의 향기를 맡고, 나눔의 정신을 배우다」, 『소설시대』 18호, 한국작가교수회, 평민사, 2010.

정동호, 「죽음에 대한 철학적 성찰」, 정동호 외, 『철학, 죽음을 말하다』, 산해, 2004,

장미영, 「고령화시대의 선진적 노년문화 조성을 위한 소설독서교육 방안」, 『국어문학』 제41집, 2006,

정진웅, 『노년의 문화인류학』, 한울아카데미, 2004.

최명숙, 『한국 현대 노년소설 연구』, 경원대학교 박사학위논문, 2006.

한국노년학회 편, 『노년학의 이해』, 대영문화사, 2000.

황국명, 「한국소설의 말년에 대한 사유」, 『오늘의 문예비평』, 2008년 가을호, 통권30호,

시몬드 보부아르, 홍상희 박혜영 옮김, 『노년』, 책세상, 2002.

문순태의 노년소설과 '생오지'의 생명력

-『생오지 눈사람』을 중심으로

전 흥 남(한려대)

1. 들어가며 : 생오지의 공간성과 생명력의 원형(原型)

소설집『생오지 눈사람』은 비교적 근래에 쓴 문순태의 소설 10여 편의 가작(佳作)이 수록되어 있다. 소설집의 첫머리를 장식한 작품으로 <생오지 눈사람>이 자리한 것도 예사롭지 않다. 생오지를 공간적 배경으로 한 작가의 웅숭깊은 뜻이 헤아려지기 때문이다. 생오지의 공간성에 대한 작가의 무한한 애정은 열 번째 소설집『생오지 뜸부기』를 내면서 밝힌 작가의 머리말에도 함축되어 있다.

현실은 핍진 상태이지만 아직 이 공간에는 원초적 생명력이 넘치고 있다. 넓은 하늘 밖에 보이지 않는 이 골짜기에 들어와 살면서, 나는 삶의 공간에 대해 많은 생각을 하게 되었다. 삶의 무대는 무한하나, 존재의 뿌리를 내린 공간은 유한하다는 것을 알게 되었다. 특히 나는 요즘 자연의 소리 공간에 깊은 관심을 갖기 시작했다. 우리는 산업사회

를 거치면서 눈에 보이는 풍경, 즉 '랜드스케이프'에만 신경을 썼지,
소리 풍경(사운드스케이프)에는 무관심해 왔다. 생명 가진 것들이 가
장 건강하게 살 수 있는 공간은 자연의 소리가 70% 이상 보존되어 있
는 곳이라야 한다.

소설집 『생오지 뜸부기』를 낸지도 6년여 시간이 지난 지금도 작가의 이러
한 고백과 관점은 여전히 유효하다. 소설집 『생오지 뜸부기』에는 '자연의 소
리가 옴씰하게 살아 있는 건강한 생명의 공간을 소설로 형상화한' 작품들로
엮어져 있다쪽, 열한 번째 소설집 『생오지 눈사람』역시 그러한 연장선상에
있다. 다만, 이번 소설집에는 '과거와의 만남과 화해를 통하여 삶의 근원으로
가는 길'에 직면해 있는 점이 좀 더 두드러져 있다. 물론 이러한 과정에서 생
오지가 갖는 공간성은 여전히 '문화적 기억 공간'으로서 확장성을 갖는다. 이
를테면 '기억 혹은 복원으로서의 글쓰기'에 해당하는 경우도 있고 혹은 '기억
의 재구성과 역사의 서사화'와 관련되는 경우들로 변주(變奏)되어 있기에 결
과적으로 '삶의 근원'과 '본질'을 종합하고 있는 셈이다.

여기서 '삶의 근원'은 철학적이거나 관념적인 사유의 대상이기보다는 우리
네 삶이 어디에 가치를 두고 살아야 하며, 정작 중요하게 생각해야 할 것이 무
엇인지, 그리고 인간은 단독자(單獨者)이기도 하지만 서로 부대끼며 더불어
사는 존재라는 점을 부각시키고 있다. 현실은 날로 강퍅하고 힘든 점도 있지
만 '그럼에도 불구하고' 우리 인간은 여전히 서로가 위로하고 포용하는 공동
체 사회를 지향해야 한다는 점에 방점을 찍고 있다. 이번에 수록된 소설에서
유독 노인이 화자(혹은 초점화자)나 주요 인물로 등장하는 빈도수가 높은 것
도 이와 무관하지 않다.

문순태의 소설에서 이른바 노년소설의 범주에 드는 작품들을 창작하고 관
심을 기울인 것은 소설집 『된장』(2002)의 <그리운 조팝꽃>으로 거슬러 올
라가고, 정년을 맞으며 낸 소설집 『울타리』(2006)에 수록된 소설들을 통해서

도 이미 예고되어 있었다. 작가 스스로 비교적 노년기에 접어든 시기에 쓴『울타리』에 실린 <늙으신 어머니의 향기>, <느티나무와 어머니>, <은행나무 아래서>, <대나무 꽃피다> 등은 노년소설로서의 성격과 특징을 두루 갖추고 있는 수작(秀作)들이다. 소설집『울타리』에 실린 절반이 노년소설의 유형에 해당하는 셈이다. 자연히 주요 인물이 노인들이고 이야기의 소재 역시 노년의 삶과 밀접하게 관련되어 있다. 여성 노인을 초점화하여 노년의 삶과 소재에 서사의 초점을 기울이고 있는 공통점을 지닌다.[1]

이번 작품집에 수록된 소설들 또한 노년소설의 범주에 드는 작품들이 많은 편이다. 한편으로는 소설집『울타리』의 속편이면서 또 다른 측면에서는『생오지 뜸부기』의 속편의 성격을 지녔다. 작품을 구체적으로 들여다보는 과정에서도 드러날 터이지만, 이번 소설집에 수록된 소설이 일이관지하게 관통하는 한 줄기는 인간에 대한 따뜻한 시선, 자신을 포함한 모든 타자에 대한 신뢰와 관대이다. 그것을 통한 화해의 세계가 주조음(主調音)을 형성할 때 우리 사회는 좀 더 인간다운 삶이 가능할 것이라고 이 소설집을 통해서 전망한다. 또한 인간들의 욕망에 의해서 강제된 경계를 다양한 화해의 방법으로 허물기를 시도한다. 문순태의 소설의 이러한 지향점은 그의 소설에 일관되게 흐르고 있는 지점이기도 하지만 이번 소설집은 타인에 대한 신뢰와 포용, 그리고 관대가 전보다 더 깊고 심오해졌다는 점을 놓치면 안 된다. 이런 점에서 작가의 이러한 변화를 마치 예견하듯이 서술한 어느 평자의 언급은 여전히 유효하다.

---

[1] 문순태의 노년소설에서 여성 노인이 자주 등장하고, 여성 노인의 삶이 핍진하게 그려진 경우가 많다. 한국인의 정서상 어머니의 삶 속에서 온갖 수난과 역경 및 가난이 올올이 드러난 경우를 감안한 설정이겠지만, 작가스스로 어머니의 삶에 대한 각별한 사모의 정과 어머니의 인생관을 작품으로 구현한 측면과도 연관된다. 2010년 10월경 구순의 노모님을 여읜 뒤 가진 필자와의 인터뷰를 통해서 작가의 이러한 생각을 밝힌 바 있다. 보다 구체적인 것은 전홍남,「문순태 선생의 서재를 찾아-'생오지'에서 문학의 향기를 맡고, 나눔의 정신을 배우다」,『소설시대』18호, 한국작가교수회, 평민사, 2010, 11, 65-75쪽 참조.

생오지 계열 소설 속에 나타나는 생태성이 초기 소설의 방울재나 노루목 등의 공간에서 엿보이는 생태적 성격과 다르다는 점을 파악하는 것에서 찾아진다. 다시 말하쪽, 90년대 후반을 기점으로 하여 문순태의 소설은 생오지와 같은 생태공간을 중심으로 용서와 화해를 생명과 인간의 층위에서 고민하고 그것을 단지 역사적인 문제로서가 아니라 자연과 인간의 관계망 속에서 다시 성찰하기 시작한다[2].

위의 언급은, 문순태 소설의 중심 주제인 '용서와 화해'의 문제를 소설의 공간 변모 양상에 주목하여 읽고 그 과정을 문학치료학적 관점으로 접근하고자 한 것인데, 그의 소설을 통해 역사적 트라우마의 치유 가능성까지 모색한 점에서 시사하는 바가 크다. 진정한 화해의 방식을 인간과 자연의 긴밀한 짜임관계를 통해 보여주고 있는 점을 주목한 것이기도 하다. 이런 점에서 문순태의 소설에서 생오지 공간은 작가와 독자가 주요한 소통매개로서 어떤 기억에 대한 동질성을 확인하고 그 기억을 보존, 재생산하는 공간으로서 역할에 한정할 수 없는 측면을 지닌다. 근래 쓰인 '생오지 계열 소설'의 경우는 더욱 그러하다.

<생오지 눈사람>은 9개월 전 자살사이트에서 우연히 알게 된 동년배 가출 소년·소녀가 등장한다. 동수는 고등학교 2학년을 중퇴하고 치킨 배달을 하고 있었고, 고등학교 3학년인 혜진은 주유소에서 알바 중이었다. 한 달 동안 카카오톡으로 대화를 나누다가 용기를 내어 만난 그들은, 동시에 감탄사를 뱉으며 거듭 놀란다. 온전하지 않은 가정에, 그들의 일터가 한동네에 있다는 것에 놀라고, 나이가 같은 것에 다시 놀라고, 두 사람 모두 어둡고 눅눅한 반지하방에 살고 있는 것에 또 놀란다. 혜진은 알콜 중독자 아버지와 같이 살고 있었고, 동수는 치매를 잃는 외할머니와 살고 있는 등 처지도 비슷했다. 내

---

2) 한순미, 「용서를 넘어선 포용-문순태 소설의 공간 변모 양상에 대한 문학치료학적 접근」, 『문학치료연구』 제30집, 한국문학치료학회, 2014, 172쪽.

일을 기약할 꿈조차 빛이 바랜 두 사람이었다. 혜진이가 같은 처지의 자신들을 가리켜 "우리는 똑같은 흙수저네."라고 쿡쿡 웃으며 말하자, 동수가 "우리는 흙수저도 아닌 똥수저야."라고 했고 그들은 서로를 가리키며 한바탕 배꼽을 잡고 웃는다.

이렇게 열악한 환경이 비슷한 두 젊은이가 자살하기 위해 한적한 생오지까지 흘러 들어오게 되지만 뱃속의 아이를 생각하게 되고, 또 홀로 남은 가족들 걱정 때문에 자살을 실행하지 못하고 만다. 자살을 미룬 두 젊은이가 생오지에서 만난 사람들(노인들)과 부대끼며 삶의 의욕을 찾고 새로운 삶을 설계한다는 내용이 이 소설의 중심서사이다.

소설에서 두 젊은이가 극단적인 선택을 하려고 했으나 생오지에서 터를 잡고 생오지 노인들과 정을 주고받으면서 새 삶을 일궈가는 과정은 따사로우면서 눈물겹다. 생오지에서는 사람을 소중하게 생각하고 서로를 배려하는 따뜻한 정으로 이어져 있기에 희망이 움튼다. 과거에 비해 많이 나아졌다고는 하지만 아직도 농촌의 현실은 노인층이 많은 편이다. 자연히 노인들이 외롭게 홀로 사는 경우들이 더 많기 마련이다. 그런데 동수와 혜진이 마을에 정착하면서 마을도 조금씩 활력을 찾게 된다. 동수와 혜진은 자신들을 반기고 사람 대접해 주는 마을 사람들을 보면서 자신들 역시 소중한 인격체로서의 삶을 깨닫고 활력을 찾게 된 것이다. 소설의 마지막 장면은 서기(瑞氣)로움이 가득하다.

> 혜진이가 집 밖에까지 나와 옴씰하게 눈을 맞고 기다리고 있다가 동수를 맞았다. 혜진은 머리에 눈을 듬뿍 인 채 언제나처럼 두 팔로 아랫배를 느슨하게 감싸 안고 있었다. 동수가 보기에 생오지에 온 후로 눈에 띄게 배가 불러온 것 같았다.
> "추운데 왜 나왔어?"
> "누워있는데 아기가 밖에 나가자고 발길질을 해서....빨리 세상 구

경을 하고 싶은가봐."

혜진이 어색하게 웃으며 동수 옆으로 바짝 다가섰다.

"배롱나무 밑에다 눈 무덤을 만들었어."

-중략-

"벚꽃보다 더 아름다워"

"보고 싶어?"

"응."

"배롱꽃이 피려면 아직 여섯 달은 더 기다려야하는데?"

"여섯 달이면 여름이네? 그 때쯤이면 우리 아기 백일도 지나서인
데...

그래도 배롱꽃을 보고 싶어."

혜진이가 오랜만에 배롱꽃잎처럼 살포시 웃으며 말하자, 동수가 왼
팔로 혜진의 어깨를 힘주어 감싸며 집 안으로 들어섰다. 눈발이 더욱
굵어지면서 바람이 건듯 불었다. 지붕마다 눈이 쌓인 생오지가 거대
한 눈 무덤으로 보였다. 눈 무덤 속에서 생오지 노인들이 큰 소리로 울
부짖듯 동수의 이름을 외쳐 불러대는 소리가 여기저기서 들려오는 것
같아 한동안 마을 안쪽을 두리번거렸다.[3](밑줄표시-인용자)

소설의 결말부분이다. 생오지는 때로는 눈이 많이 와서 교통마저 두절되는
외딴 곳으로 알려져 있지만 더 이상 오지가 아니다. 사람들로 붐비는 도시는
아니지만 따뜻한 정이 흐르고 생명력이 가득한 공간으로 재생되고 있다. 생
오지는 작가의 고향이기에 남다른 애착을 보인 공간으로서 작품속의 생오지
는 새롭게 거듭 태어나는 생명력의 공간성을 지닌다. 욕망과 경쟁과 변화를
추구하는 세상과 좀 거리를 둔, 자연과 인간이 잘 어우러진 공간으로서 원시
성을 지닌다. 생오지는 삶이 끝나는 죽음의 공간이 아니라 새로운 생명들이
태어남과 죽어감을 반복하는 순환의 공간으로 형상화된다.

---

3) 문순태, <생오지 눈사람>, 『생오지 눈사람』, 도서출판 오래, 2016, 43쪽. 앞으로 문
순태의 작품 인용은 별도의 언급이 없는 한 여기에 의존할 것이다.

이 작품 외에도 <자두와 지우개>, <은행잎 지다> 등도 생오지 혹은 생오지 근처가 갖는 공간성과 서정성이 조화를 이룬 수작(秀作)으로 주목할 만하다.

<자두와 지우개>는 노년소설의 얼개와 구성을 잘 구비하고 있는 작품으로서 손색이 없다. 노년의 연령선이 조금씩 다르지만 적어도 60대 중반을 넘긴 경우로 봐도 대체로 무리는 없다. <자두와 지우개>는 초등학교 시절 동창생과의 추억과 애틋함이 옴씰하게 배어있는 작품이다. 단정적으로 말해 두 쪽, 노년의 사랑과 우정을 이렇게 순수하고 아름답게 묘사하고, 또 작중인물 역시 우아함과 격조를 띤 경우를 만나기가 쉽지 않다.

이야기는 칠순에 가까운 노인('나')이 아내와 사별하고 홀로 고향에 내려와 사는데 자신의 삶의 흔적들이 묻어있는 물건들을 모아놓은 '오동나무 상자'를 찾는 것으로 시작된다. 화자가 찾는 상자 속에는 어머니가 생전에 내 삶의 추억거리들을 모두 모아놓은 것들이 들어있다. 어머니는 사과상자보다는 약간 크고 뒤주보다는 작은 오동나무 상자에 깔끔하게 옻칠까지 하고는 그 안에 추억거리들을 넣어 붕어 모양의 열쇠를 채우고 방에 신주단지처럼 모셨다. 어머니는 학창시절 화자가 쓰던 물건들을 버리지 않고 하나하나 소중히 보관할 때마다 "훗날, 네가 어렸을 적에 쓰던 물건들이 쓰레기가 되지 않도록 해야 쓴다. 훗날 사람들이 네가 쓰던 물건들을 보고 많은 것을 배우고 뒷이야기를 허도록 해야 쓴다." 라고 주문을 외우듯 되풀이했다. 결혼한 지 6년 만에 남편을 잃고 아들 하나 믿고 의지하며 살아온 어머니의 모든 꿈은 '내'가 위대한 사람이 되는 것이었다.

어머니의 기대와 달리 '나'는 평범한 삶을 살다가 이제는 아내와 사별하고 고향으로 돌아와 외롭게 살고 있는 노인이다. 그런데 초등학교 여자동창 자두가 생오지에서 살고 있다는 사실을 알면서 나는 생기가 돈다. 자두에게 선물로 받았던 고무지우개를 떠올리게 하고, '오동나무'를 찾은 것도 자두가 초등학교 때 화자에게 주었기 때문이다. 화자는 어머니와 함께 k시로 이사를 간 3년후 쯤에 자두도 가족들과 함께 고향을 떠났다는 소식을 접한 후 40여년 동안 까맣게 잊고 있었다. 그런데 아내와 사별하고 고향으로 온 지 얼마 안 되어 산책을 갔다가 초로의 여인이 된 자두가 폐가가 된 집에 정착하고 있다는 사실을 알게 된 것이다. 화자는 일주일에 한번씩 교회에서 오는 미니버스를 타고 자두와 자연스럽게 만나게 된다. 자두를 묘사한 소설의 한 대목을 보자.

> 자두가 온다. 고샅을 나와 마을 앞 큰길로 들어서는 모습이 마치 **매화 꽃잎만한 배추흰나비 한 마리가 햇빛 속에서 날개를 팔랑거리는 것 같다.** 느티나무 가까이 올수록 나비의 모습이 점점 커지더니, 자두가 어느새 단발머리 어린 소녀로 변했다. 자두가 시골 학교로 처음 전학 왔을 때 모습 그대로다. 발가락 쪽에 힘을 주고 땅껍질을 벗기듯 가볍게 튕겨 오르며 폴짝폴짝 걷는 모습이 영락없이 소녀시절 자두 모습이다. --(중략)--어느새 자두의 모습이 교복차림의 중학생으로 바뀌는가 싶더니, 갈래머리로 변한 얼굴에 여드름이 돋고 가슴이 봉긋해진 처녀가 되었다. --(중략)-- 내가 서 있는 느티나무 가까이 다가오고 있는 자두는 금세 황토색 염색을 한 개량한복 차림에 반백의 할머니로 변했다. 내가 한 눈에 볼 수 있는 길 위에서 그녀의 반세기에 가까운 시간이 빠르게 흘렀다. 그 시간의 축적 위에 자두의 인생이 파노라마처럼 스쳐지나갔다. 인생이란 시간의 흐름과 함께 변화하는 것이 아닌가 싶다.
> 아담한 키에 환갑 넘은 나이답지 않게 허리를 곧게 펴고 사뿐사뿐 걸어오고 있는 자두는 한사코 내 시선을 피해 주위를 두리번거린다. 햇빛에 그슬려 얼굴이 거무죽죽해 보였으나 큰 눈이며 적당한 콧대로 인해 눈에띄게 자태가 곱다. 4)(강조표시-인용자)

환갑을 넘긴 자두의 생애를 한편의 파노라마처럼 생생하게 묘사하고 있다.

---

4) 문순태, <자두와 지우개>, 앞의 책, 102-103쪽.

문순태 소설의 묘사는 사물과 정경이 한 눈에 보이듯 생생하게 조합해서 그리고 있다는 점에서 인상적이다. 아니 묘사가 타의 추종을 불허할 정도의 경지다. 노인의 심리상태와 설렘이 풍경과 잘 어우러져 한 폭의 수채화를 연상케 한다.

일반적으로 노년에 이르면 설렘이 줄어든다고 한다. 설렘이 줄어드는 건 노년기에 접어들고 있음을 가늠해 주는 한 요소이기도 하다. 대체로 노년기에 이르면 매사 심드렁하고 의욕도 줄어들기 마련이다. 자연스러운 현상이다. 하지만 이것을 당연하게만 생각하는 삶도 왠지 허전해 보인다. 노년기에 빼놓을 수 없는 것이 추억이다. 그래서 노년세대는 추억을 먹고 산다고 한다. 가슴 설레이는 추억을 간직하고 사는 노년의 삶에 있어 나이는 숫자에 불과하다. 생물학적으로는 노년이지만 마음은 청춘인 셈이다. 초로의 노인들이 추억을 매개로 우정과 애틋함을 주고받는 장면은 가슴 찡하고 참신하다.

그날 교회에서 예배를 마친 신도들은 새터에서 혼자 살다가 세상을 뜬 여든 아홉 살 할머니의 장례식에 참예했다. --(중략)-- 나는 버스 안에서 내게 닥쳐올 죽음에 대해서 생각했다. 사실 나는 아내가 세상을 뜬 후부터 죽음의 그림자가 줄곧 내 주위를 맴돌고 있다고 느끼기 시작했다.--(중략)-- 나이가 들수록 가까운 사람에게 상처를 남기지 않도록 하는 것이 현명할 것 같다. 그러나 죽을 때 외롭지 않기 위해서는 그렇게 할 수도 없는 일이 아닌가.
그날 밤 나는 용기를 내어 자두한테 전화를 걸었다.
"전화해서 미안헌데... 정말 내 소원 한번 들어줘. 같이 밥 먹으면서 옛날이야기나 좀 허드라고. 내일 저녁 어때? 6시에 비석거리에 나와 있으면 내가 차 갖고 나갈게."
나는 책을 읽듯 빠른 속도로 말을 하고 가슴 조이며 반응을 기다렸다. 다행이 자두는 전화를 끊지 않았다. 텔레비전 연속극을 보고 있었는지 낮은 톤의 배경음악이 전류를 타고 촉촉하게 흘러나왔다. 여자 울음소리도 뒤섞여 나왔다.

> "내 말 듣고 있어? 다른 뜻은 없어. 죽기 전에 둘이 얼굴 마주보며
> 밥 한번 먹고... 커피도 한잔 마시면서..."
> 자두가 전화를 끊지 않았다는 것을 알게 되자 나도 모르게 더듬거
> 렸다.
> "내일은 안 되고..."
> "그래? 그럼 언제? "
> 다급하게 묻고 있는 내 목소리가 쩌렁쩌렁 울릴 정도로 컸다.
> "금요일 저녁에.... 우리 집으로 와."
> **"자두 집으로?"** 5)(강조표시-인용자)

자두가 마을에 산다는 소식에 설레임도 잠시 헛소문에 두 사람은 마음고생을 좀 하기도 한다. 그래서 얼마의 시간이 지난 뒤 '내'가 용기를 내는 장면이다. 고딕체로 표시된 부분에 유의해서 보면 이야기의 연결과정이 물 흐르듯 자연스럽다. 노년에 이르니 사람에 대한 배려의 소중함을 깨닫게 하는 장면이기도 하다. 또 노년에 이르면 죽음에 대해 마주할 경우가 많다. 곁에 있던 친구들이 하나 둘 떠나는 모습을 보면서 밀려오는 허전함과 쓸쓸함에 먹먹할 때가 많다. 그렇다고 마냥 회피할 수만도 없다. 자연스럽게 죽음을 받아들일 수 있어야 한다. 그런데 노년에 이르면 주변의 죽음에 슬픔과 외로움을 겪기도 하지만 추억을 매개로 활력을 찾는다. 위의 인용문을 통해서도 드러나듯이, 문순태 소설의 서사는 이러한 연결이 자연스럽고 작위적이지 않은 특장을 지닌다. 세상풍파를 다 겪어왔건만 초등학교 여자 동창과의 순정을 이어가는 장면은 곱고도 정겹다. 소설의 결말에 이르면 초등학교 시절 주고받았던 목걸이와 고무지우개를 매개로 서로의 순정을 확인하면서 두 사람의 사랑과 우정은 꽃을 피운다.

<은행잎 지다>는 조금 독특한 내용을 담고 있다. 이 작품은 49세쯤 되는

---

5) 앞의 책, 105-106쪽.

여성이 화자로 등장한다. 이 여성은 삶이 순탄치 못했으며 여러 직업을 전전하다 지금은 말기 암환자를 돌보는 요양보호사다. 이 작품은 여성화자와 그녀가 고라니라고 부르는 시한부 청년과의 우의(友誼)를 그린 소설이다. 청년은 췌장암 말기 환자로 3개월 전 대학병원 호스피스 병동에서 그녀를 처음 만났다. 그는 훤칠한 키에 눈에 띌 정도로 잘 생긴 꽃미남이었다. 그 무렵 이 여성은 1년여 동안 79세의 폐암말기환자 간병에 심신이 메말라 있었다. 그런데 이상하게도 고라니를 본 순간 그의 옆을 지켜주고 싶어졌다. 화가 지망생인 고라니는 호스피스 병동에서 누워 죽음을 기다리기 싫다고 무등골로 내려오게 된다. 무등골에는 그의 외할아버지가 20년 전 정년퇴직을 하고 내려와 살던 황토집이 있기 때문이다. 고라니는 췌장암 말기로 3개월 시한부 진단을 받았다. 하지만 그는 암선고를 받고 백일째 되는 날에 이곳에 친구들을 불러 이른바 '백일잔치'를 하겠다고 한다. 청년이 이렇게 삶의 활력을 찾기 시작한 것은 요양보호사로 있는 여성의 헌신과 사랑이 크다. 말기 암환자의 고통을 곁에서 지켜보면서 청년의 아픔을 자신의 아픔으로 승화하는 다음 장면을 보자.

얼마나 잤을까. 맨홀에 빠진 고라니의 살려달라는 비명을 듣고 소스라치며 잠에서 깨어보니 주위가 깜깜했다. 내가 잠든 사이에 고라니가 불을끈 모양이었다. (중략) 고라니의 손이 점점 배꼽 아래쪽으로 미끄러지듯 서서히 더듬어 내려가더니 잠시 치골 불두덩 위에 멈췄다. 고라니의 숨이 점점 거칠어졌고 꼴깍 꼴깍 마른 침 삼키는 소리가 들렸다. 그가 조심스럽게 내 불거웃을 쓰다듬었다. 손가락 끝이 바르르 떨렸다. (중략) 내 몸은 여자로 태어난 후 처음으로 오르가즘의 꼭짓점에서 포말처럼 산산이 부서졌다. 나는 그 순간 수치심도, 죄책감도, 부도덕하다는 생각도 없었다. 다만 나는 여자로서가 아닌, 어머니의 입장이 되어 따뜻한 모성애로 고라니를 받아들여 품어 안은 것이었다. 돌아올 수 없는, 먼 길 떠나는 고라니를 위해 마지막 위로가 되었으면 싶을 뿐이었다. 겨울을 기다리는 황량한 들판처럼 허허로운 고라니의 순결한 마음에 꽃잎 같은 점 하나를 찍었다는 생각을 했다.

(중략)

"고마워요…… 미안해요…… 고마워요…… 정말 미안해요."

한참 후에 그는 고맙다는 말과 미안하다는 말을 여러 차례 되풀이
했다.

"꼭 엄마 같아요. 전 엄마의 사랑을 받지 못했거든요."

"그래 엄마라고 생각해. 나도 아들처럼 생각할게."6)

추하거나 불결하지 않는 느낌을 주는 묘사다. 화자를 통해서도 "어느덧 두
사람의 울음이 방안에 흥건했다. 울고 나자 수치심도, 부도덕함도, 무렴함도,
안타까움도 함께 씻겨 내려간 듯 오히려 기분이 개운해졌다."고 서술하고 있
듯이, 독자들 역시 비슷한 감정을 가지기 마련이다. 이렇게 자신의 고통을 함
께 나눈 정을 생각하면서 청년은 백일잔치를 위해 마지막 생명에 불을 댕겨
고통을 참아가며 혼신을 다해 그림을 그리기 시작한다. 드디어 청년은 백일
째 되는 날 가족들과 친구들을 집으로 초대해서 그림 전시회를 무사히 마치
고 결국 여성 화자는 지상에서의 청년의 마지막을 지켜본다는 내용으로 꾸려
져 있다.

이렇게 문순태의 소설은 좌절과 시련속에서도 서로 의지하며 새로운 생명
력을 싹 틔우기도 하고, 추억을 매개로 나이는 숫자에 불과한 초로의 우정과
사랑을 그리기도 하고, 또 젊은이의 시한부 삶을 정리해 가는 과정을 통해 삶
의 다양한 모습을 축조해 내고 있다. 이러한 인물들이 만들어가는 따뜻한 세
계와 생오지의 공간성은 유기적인 연결성을 갖는다. 그의 소설 속에 나오는
인물들의 시선과 포용력은 생오지가 갖는 공간성과 합일될 때 가능한 지점이
기도 하다. 다음에 살펴볼 노년소설에 이르면 이러한 세계를 지향하는 그의
작가의식이 더욱 더 다양하고 인상깊게 드러날 것이다.

---

6) 앞의 책, 148-149쪽.

2. 관용과 따뜻함의 미학, 노년소설의 정수(精髓)

노년의 기준이 각기 다르다고는 하지만, 대체로 60세 이상 혹은 65세의 전후를 기준으로 하여 그 이상의 연령대를 지칭할 때, 우리나라 노인의 경우 유년시절에 한국전쟁을 겪거나 더 거슬러 올라가면 일제 강점기를 겪으면서 정신적으로 많은 시련을 겪은 세대다. 그들은 격동기의 현대사와 변화를 온몸으로 겪은 세대이다. 작가 역시 자연인으로서 노년기를 맞는다. 따라서 노년기에 접어든 작가들이 자신의 경험과 삶을 올올이 창작품으로 형상화 했을 경우 그것이 갖는 문학적 의미와 자산을 소홀히 할 수 없는 측면을 지닌다.[7] 노년소설의 주요 소재가 죽음의 문제를 비롯해 우리 삶의 본질을 환기시켜 주는 화두를 자연스럽게 등장시키는 점도 소홀히 할 수 없는 요소다. 나아가 노년기에 접어든 작가들의 노년소설을 통해 인간의 삶과 사회현상 그리고 세상을 꿰뚫어 보는 작가의 안목과 연륜이 묻어있음을 발견할 수 있을 뿐 아니라 수작(秀作)이 적지 않은 문학현상에 대해 우리는 주목할 필요를 느낀다.[8] 노인들이 우리 사회의 발전에 기여해 온 측쪽, 사회적 소외, 경제적 빈곤, 건강악화, 노인학대 등과 관련해서 현대소설에서는 어떻게 묘사하고 대상화해 놓고 있는지를 따져볼 필요가 있기 때문이다.[9] 하지만 작금의 현실은 강퍅하

---

7) 노년기에 이른 작가들에게 노년소설 창작의 당위성을 강조하려는 의미는 아니다. 작품의 소재는 영역의 제한을 받아서는 안 되기 때문이다. 작가의 역량과 특장을 얼마나 잘 발휘할 수 있느냐가 관건이어야 한다. 다만, 노년기에 이른 작가들 스스로 노년의 삶과 관련해서 혹은 노년의 작중인물 성격화 과정이 보다 더 핍진성을 갖는다는 점에서 순기능적인 측면을 강조하고 싶을 뿐이다.

8) 노년기에 접어든 작가들이 노년의 삶과 일상을 주요 소재로 해서 노년소설을 창작한 경우 비교적 젊은 작가들이 노년소설에 부합하는 작품을 쓴 경우보다 상대적으로 서사의 핍진성과 호소력을 갖는다. 이것은 작품의 수준이나 완성도와도 자연스럽게 연결되기도 한다.

9) 문학적 관심을 떠나 사회적인 당위성을 지닌다. 사람이 늙지 않을 수 없으며 늙지 않는 사람도 없다. 노후의 편안한 삶은 각 개인의 능력에 달린 문제로 볼 수도 있겠으나,

게 변하고 있다. 노인들은 뒷전으로 밀리기 일쑤다. 문순태의 소설에 등장하는 노인들이 대체로 삭막한 사회로 변해가는 세태를 따뜻하게 포용하고 관대하는 건강성을 유지한 것도 이러한 세태의 역설적 반영일 것이다. 문순태의 소설 <시소 타기>에 등장하는 여성 노인도 그러한 경우에 해당한다.

1층 33평에서 홀렁하게 혼자 사는 조소래 할머니는 단독주택에 살다가 5년 전 이곳 아파트로 이사 왔다. 조소래 할머니가 화단이 있는 1층을 고집한 것도 모란 재배 전문가였던 남편이 단독주택에 심어두었던 다섯 그루를 옮겨 심고 싶었기 때문이다. 그런데, 이 아파트에 말썽꾸러기 재벌이라는 소년(동네 노인들은 도둑고양이라고 부른다)이 살고 있다. 어느 날 조소래 할머니는 홀로 놀이터에서 놀고 있는 소년과 시소를 타게 된다. 시소를 함께 타는 동안 모처럼 웃는 소년의 모습을 보면서 자신의 마음도 뿌듯하다. 그런데 그 근처를 지나던 아파트 경비원을 보자 불안해하는 소년을 본다. 조소래 할머니는 마치 자신의 손자인양 손목을 잡고 자신의 아파트로 소년을 데려온다. 할머니는 화단 쪽 창문을 활짝 열고 모란꽃을 내려다보면서 소년에게 말을 건넨다.

> **"모란꽃은 씨를 뿌리고 나서 구 년이 지나야 꽃을 피운단다. 구 년만에 여덟 개의 꽃잎이 피는데 이것을 팔중이라고 한단다. 그리고 해가 거듭할수록 꽃잎이 많아져 천중, 만중이 된단다. 만중이 되면 꽃잎이 너무 무거워 꽃이 제대로 고개를 쳐 들 수조차 없게 되지. 꽃이 피어 만중이 되기까지는 꼬박 십사 년이 걸린단다. 제대로 꽃을 완성시키는데 십사 년이 걸리는데 하물며 사람이야 사람구실 하기 까지는 오죽 세월이 오래 걸리겠냐.** 재벌이 너도 서두르지 말고 열심히 살면 언젠가는 네 이름대로 재벌이 될수 있을 게야." (중략)
>
> "백삼 호 모란꽃 할머니 맞죠? 별 일 없지요? 여기 경비실인데요. 혹시 쫌 전에 놀이터에서 같이 있던 아이가 백구 동 도둑고양이 아니었남요? "경비원의 목소리가 어쩌나 찌렁찌렁 울리던지 꼬맹이 귀에까

최소한 노인들이 사회로부터 버림받고 푸대접받는 사회 풍토는 지양해야 마땅하다.

지도 들렸다. 조소래 할머니가 호도를 먹고 있는 꼬맹이를 보았다. 순
간 꼬맹이의 눈알이 바삐 움직였다.

"아녀요. 우리 손자 놈인디요"

"아, 그래요. 도둑고양이 보면 경비실로 연락 주세요."

할머니는 신경질적으로 송수화기를 놓고는 텔레비전을 켠 다음 리
모콘을 꼬맹이 손에 쥐어주었다. 10)(강조표시-인용자)

소년은 양어머니의 홀대 속에서 마음대로 집에 못 들어가는 경우가 다반사
이고 배고픈 날도 많다. 동네에서는 말썽을 피우기 일쑤다. 양어머니의 방치
에도 불구하고 소년은 보육원에는 들어가기 싫어한다. 인용한 장면에서는 그
러한 소년을 자신의 손주처럼 연민의 정으로 안아주는 할머니의 따뜻함이 배
어있다. 모란꽃은 할머니의 남편으로 등치되기도 하지만 어린 소년의 이미지
와도 겹쳐진다. 모란이 꽃을 피우기 위해 기다림이 요구되듯이 말썽꾸러기
소년에게도 주위에서 따뜻한 배려를 받으면 장차 꽃을 피울 날에 대한 기대
를 하게 한다.

<아버지의 홍매화>는 초로의 남성이 화자로 등장한다. '나'(화자)는 매화
축제에서 홍매화를 본 뒤부터 머릿속에서 아버지의 매화나무가 어른거린다.
아버지는 서른넷에 아랫마을에 사는 여자 오빠에게 발동기를 사주고 머리를
얹어 열 아홉살 홍매를 기생집에서 데려왔다. 화자가 초등학교 입학하던 해
에 그 집에 홍매화를 심어 지금은 60년이 넘어 제법 교묘한 자태를 갖추고 있
을 것으로 짐작된다. 그런데 누나가 그 집에 살면서 홍매화를 다른 사람에게
팔아버렸다는 사실을 알고 상심이 크다. 누대로 살던 집까지 판 아버지가 홍
매와 함께 살던 집터를 그대로 남겨둔 것은 홍매에 대한 애착이 컸을 것으로
헤아린다. 하지만 한국전쟁으로 집안이 기울자 홍매는 아버지 곁을 떠나고
아버지는 홍매를 찾아 사나흘 아니면 열흘이나 보름만에 거지꼴로 돌아와서

---

10) 문순태, <시소타기>, 앞의 책, 81-82쪽.

몸살을 앓곤 했다. 화자는 어머니를 불행하게 만들고 가정을 파탄나게 한 홍매지만 아버지의 지극한 사랑에 대해 한편으로 이해하게 된다. 누나가 판 홍매화를 찾고 주인에게 사정을 얘기해서 아버지의 묘소에 심은 뜻도 아버지의 지극한 사랑을 조금은 헤아려지기 때문이다. 돌이켜 보면 나이가 들면서 하찮게 생각했던 것들도 소중하다는 것을 절감했던 것이다. 비록 화자에게 다정다감하지 않았던 아버지이지만 세월이 흘러 자신도 노년에 이르고 보니 아버지의 정이 새삼 그립고, 아버지의 속 깊은 마음과 아픔도 헤아려지게 된 것이다. 아버지를 생각하는 그리운 마음을 화자를 통해 다음과 같이 표현하고 있다.

> 지난날의 기억들이 다 그리웠다. 어려서, 홍매 때문에 아버지한테 구박을 받고 속을 끓여 눈물 마를 날이 없는 어머니를 볼 때마다, 두 주먹을 불끈 쥐곤 했던 분노와 원망과 미움마저도 아련한 그리움으로 살아났다. 어머니를 불행하게 만들었고 가정의 평화를 깨뜨려 친지들로부터 지탄 받았던 아버지와 홍매의 사랑마저도 슬픈 전설이 되어 그리움의 붉은 꽃으로 피어난 듯싶었다. 비록 축복이 아닌 비난 속에 피어난 사랑이라 할지라도 이 세상 모든 사랑은 오랜 시간이 지나면 전설이 되어 기억 속에 그리움으로 살아남게 되는 것인지도 몰랐다.11)

소설 속의 지문처럼 나이가 들면 지난 시절에 대한 회환과 그리움이 있기 마련이다. 아버지에 대한 허물과 원망하는 마음도 세월의 흐름 속에 막연한 그리움으로 대체된다. 이처럼 위의 작품은 아버지가 생전에 심은 홍매화를 매개로 아버지의 신산한 삶을 반추하면서 부정(父情)을 생각하는 화자의 정서가 잘 드러나 있다. 어느덧 노년기에 접어든 화자의 심경이 홍매화(혹은 홍

---

11) 문순태, <아버자의 홍매화>, 앞의 책, 57쪽.

매)와 조합을 이루며 서사가 진행된다. 하지만 작금의 현실은 소설의 장면처럼 노년기에 접어든다고 해서 모든 것이 그립고 소중한 것들로 아로새겨져 있지 않다. 외로움과 쓸쓸함이 일상으로 다가오는 경우들도 적지 않다. 어쩌면 그러한 일상의 반복이 더 많을 것이다. 때론 전화를 기다리면서도 받기 싫은 경우도 부지기수다. 이러한 노년의 정서를 잘 표현한 작품이 <휴대폰이 울릴 때>이다. 여기서 전화는 사람들과의 부대낌을 은유화한 장치이다. 전화가 오지 않는 날은 사람들과 단절되는 것 같아 불안하고 외롭다. 그러나 정작 사람들과의 만남을 회피하고 싶은 경우도 많다. 오랜만에 받아보는 전화에서 친구의 부음 소식을 들으면 외롭고 쓸쓸한 마음의 여운이 더 길다. 이런저런 핑계를 대며 연락을 못했던 것에 대한 미안함과 회한이 밀려오기도 한다. 이런 점에서 <휴대폰이 울릴 때>는 노년의 쓸쓸함과 허허로움이 짙게 배어있는 소설이다.

이런 맥락에서 <돌담 쌓기>도 노년소설의 범주에 드는 가작(佳作)이다. 사립학교 교사로 재직하다 3년 전 정년을 한 남성의 시각에서 아버지가 초점화의 대상이다. 홀로 사는 85세의 아버지를 모시기 위해 아내와 함께 시골에 내려와 살고 있는 남성 화자의 시각에서 서사가 진행되고 있다. 화자의 아버지는 30여 년 동안 시내버스 기사를 해서 4남매를 대학까지 보냈을 만큼 억척스런 삶을 일구어 왔다. 그런데 아버지는 어머니를 여의고 난 전후로 '돌담 쌓기'를 지속한다. 그런데 아버지가 쌓는 돌담이 좀 이상하다. "대문이 있었던 집 앞은 막을 생각을 하지 않고 양쪽 옆에만 돌로 쌓겠다는 것"이고 "돌담으로 집을 둘러쳐 막지 않고 집 앞과 뒤는 그대로 둔 채 양쪽만 막겠다니"고 하니 화자는 그런 돌담을 무엇 때문에 쌓겠다고 하는 것인지 이해할 수가 없어 무심한 편이다. 담이 아니라 바람의 통로를 만들고 있는 것 같기도 했다. 더욱이 아버지가 쌓는 담은 높이가 허리춤에도 미치지 못해 담 같지가 않다.

그런데 아버지는 돌을 쌓기를 시작하면서부터 다른 사람으로 변해가는 것 같다. 그 전까지 아버지의 인생관은 건강하고 즐겁게 사는 것이었다. 하지만 지금은 비록 고통스럽더라도 뜻있게 살아야한다는 게 아버지의 생각인 것 같다. 화자도 그런 아버지의 '돌담 쌓기'를 조금씩 이해한다는 내용이 이 소설의 중심 서사이다. 그럼 아버지의 '돌담 쌓기'에 담겨있는 의미는 무엇인가? 화자의 입을 통해 "아버지가 새로 쌓은 돌담은 경계를 막는 벽이 아니라 지나가는 마을 사람들이며 파란 보리밭, 바람과 물소리와 이야기하기 위해 문을 열고 길을 튼 것이라는 생각"이 든다. 화자의 자식들이 모처럼 내려온다는 소식에 아내는 아들이 좋아하는 수수부꾸미 만들어 줄 생각에 들뜨고, 자신은 손주에게 주려고 땅에 떨어진 자두 꼬투리를 매다는 모습을 보고 "인생이란 평생 마음을 쌓는 것인지도 모르겠다"고 혼잣말처럼 나지막하게 중얼거리는 아버지의 말을 곰곰이 되씹어 보게 된다. 학수고대하던 아들은 회사에 급한 일이 생겼다며 못 내려온다는 소식을 전해온다. 상심한 화자는 아버지의 돌담 쌓는 심정도 헤아려지고 아버지의 '돌담 쌓기'를 거들게 된다. 이런 과정을 겪으면서 "인생이란 그냥 특별한 변화 없이 똑 같은 모습으로 잔잔히 흐르는 물이거나 바람, 시내버스나 자전거의 한결같은 움직임이 아닐까 싶다"는 화자의 생각을 통해 이 소설의 주제를 암시해 준다. 이처럼 이 소설은 초로의 시각에서 팔순을 넘긴 아버지의 '돌담 쌓기'를 통해 인생의 의미를 곱씹어 보는 내용이다. 전체적으로 잔잔하면서도 웅숭깊다.

앞에서도 일별(一瞥)한 바와 같이, 문순태의 소설은 노년소설의 성격을 두루 구비하고 있어 시사적이다. 무엇보다도 작품 속의 노인들은 대체로 건강성과 검질긴 생명력을 갖고 있다. 격동의 현대사를 거쳐 오는 동안 여러 형태의 트라우마(trauma)를 안고 있건만, 서로의 상처를 들춰내 덧내는 것이 아니라 용서와 화해의 인간성을 복원하려는 건강성을 지닌다. 그렇다고 문순태의 작품 속에 나타난 노인상은 노년의 삶을 과장하거나 미화하려고만 하지 않는다. 그것은 작금의 현실과는 거리가 멀기 때문이다. 그의 노년소설은 노년의 삶을 소재로 하면서 때로는 진술하게 노년의 삶이 안고 있는 여러 형태의 소외와 밀려남, 무력감을 드러내기도 하지만, 다양한 노년상의 설정을 통해 노년의 삶이 안고 있는 다양성과 다층성을 제대로 아우르고 있다. 이것은 노년소설의 한 유형으로서 중요한 의미를 지니거니와 노년소설의 가능성을 가늠해 보는 데에도 유익한 점을 지닌다. 12) 과거 노년소설의 모습과는 일정한 차별성을 보이고 있기 때문이다. 문순태는 근래 들어 노년소설을 활발하게 창작해 왔을 뿐 아니라 노년소설의 지향점을 제대로 짚고 있다는 점에서도 그의 노년소설은 문제성을 지닌다.

3. 맺음말

노년기에 접어든 작가들이 노년의 삶을 소재로 작품화 한 경우 작품의 문학성은 물론이거니와 작품의 수준이 비교적 높은 점도 주목할 만한 문학현상이다. 더욱이 우리나라의 노인의 경우 유년시절에 한국전쟁을 겪거나 더 거슬러 올라가면 일제 강점기를 겪으면서 정신적으로 많은 시련을 겪은 세대다. 따라서 노년기에 접어든 작가들이 자신의 경험과 삶을 올올이 창작품으로 형상화 했을 경우 그것이 갖는 문학적 의미와 자산을 소홀히 할 수 없는 측면을 지닌다. 이 글에서 문순태의 노년소설에 주목한 것도 이러한 맥락에서다.

문순태의 노년소설 속의 노인들은 대체로 건강성과 검질긴 생명력을 갖고 있다. 격동의 현대사를 거쳐 오는 동안 여러 형태의 트라우마(trauma)를 안고 있건만 서로의 상처를 들춰내 덧내는 것이 아니라 용서와 화해의 인간성을

---

12) 문순태 외에도 노년소설의 창작에 지속적인 관심을 기울이면서 수작(秀作)을 발표한 경우를 든다쪽, 박완서, 최일남, 한승원, 김원일, 김문수, 홍상화, 오정희 등을 들 수 있겠다. 보다 구체적인 것은 전흥남,『한국현대노년소설연구』, 집문당, 2011 참조.

복원하려는 건강성을 지닌다. 그렇다고 문순태의 작품 속에 나타난 노인상은 노년의 삶을 과장하거나 미화한 것과는 거리가 멀다. 노년의 삶을 소재로 하면서 때로는 진솔하게 노년의 삶이 안고 있는 여러 형태의 소외와 밀려남, 무력감을 드러내기도 하지만 다양한 노년상을 설정한다는 점에서 시사적이다. 노년의 삶이 안고 있는 다양성과 다층성을 제대로 아우르고 있는 셈이다. 이것은 노년소설의 한 유형으로서 중요한 의미를 지니거니와 노년소설의 가능성을 가늠해 보는 데에도 유익한 점을 지닌다. 과거 노년소설의 모습과는 일정한 차별성을 보이고 있기 때문이다.

　문순태는 근래 들어 노년의 삶을 소재로 한 작품들을 비교적 활발하게 창작해 왔을 뿐 아니라 그의 소설은 노년소설의 지향점을 제대로 짚고 있다는 점에서 문제성을 지닌다.『생오지 눈사람』역시 그러한 점에서 문제성을 지닌다. 문순태의 노년소설은 따뜻함과 관용이 배어 있다. 한마디로 사람냄새가 난다. 소설 속에 등장하는 노년기에 이른 작중인물들의 면면을 보면 인간에 대한 신뢰와 사랑이 깔려 있다. 인간은 서로 의지하며 더불어 사는 존재로 그려져 있다. 그렇다고 그의 소설은 현실을 외면하지는 않는다. 노년기에 이르면 밀려오는 외로움과 죽음에 대해서도 더 이상 회피하지 않는다. 정면으로 응시하면서 인간의 유한함을 통해 지금보다 더 서로 사랑하고 관대해 질 것을 넌지시 주문한다. 그래서 문순태의 소설을 읽으면 삶의 지혜가 묻어나고 가슴이 따뜻해진다. 동시에 향후 다음과 같은 과제도 주어진다.

　첫째 노년기에 쓴 '생오지 계열' 소설이 갖고 있는 생태성과 그것의 변모양상을 고찰하는 작업이 수행되어야 할 것이다. 문순태 소설의 풍경묘사와 서사성은 잘 빚어진 항아리와 같이 그 정합성이 뛰어나다. 이러한 서술이 갖는 특장과 미학성을 구명하는 문제도 향후 문순태 문학의 핵심 과제로 보인다.

　둘째, 노년기에 쓴 노년소설이 갖는 문제성과 그 지향점을 제대로 짚고 넘어갈 필요를 느낀다. 문순태의 노년소설은 노년이 화자로서 등장해서 노년의 삶이 갖는 여러 모습을 다층적으로 제시함과 더불어 포용과 관대의 시선을 통해 노년소설의 지향점을 제시하고 있기 때문이다.

셋째, 문순태는 노년소설 창작과정에서 '우리말 어휘사전'을 족히 만들 정도로 우리 고유의 말을 발굴하고 복원하는데 정성을 많이 기울였다. 이러한 점을 염두에 둔 우리말의 발굴과 복원에 대한 관심이 요구된다. 특히 인간성이 날로 메마르고 삭막해지는 작금의 현실에서도 그의 노년소설을 읽으면 따뜻한 시선과 포용의 정신이 중요하다는 점을 절실하게 깨닫는다. 나아가 관용과 포용의 정신을 부각시키는 과정에서 자칫 공허해 질수도 있건만 소설 속의 인물에 동화되어 전해지는 그 울림은 결코 공허해지지 않는 묘한 흡인력과 공감을 유도한다. 이는 소설을 향한 작가의 구도자적 자세와 치열성에서 품어져 나온다는 점을 아무리 강조해도 지나치지 않다.*

* 논문출처 : 「문순태의 노년소설과 '생오지'의 생명력-<생오지 눈사람>을 중심으로-」, 『돈암어문학』31집, 2017.

참고문헌

문순태, 『생오지 눈사람』, 도서출판 오래, 2016.

_____, 『생오지 뜸부기』, 책만드는집, 2009.

김윤식·김미현 엮음, 『소설, 노년을 말하다』, 황금가지, 2004.

김경수, 「쓸쓸한 그리고 인간적인-노년소설의 가능성에 대하여」, 『넥스트』34호, 2006, 140-147쪽.

김윤식, 「한국 문학 속의 노인성 문학」, 『소설, 노년을 말하다』, 황금가지, 2004.

박영주, 「여성노인의 무력감과 사회적 지지와의 관계」, 『한국노년학연구』, 제10권, 한국노년학연구회, 2001, 78쪽.

변정화, 「시간, 체험, 그리고 노년의 삶, 」, 문학을 생각하는 모임, 『한국문학에 나타난 노인의식』, 백남문화사, 1996, 176-177쪽.

양진오, 「해원하는 영원과 죽어가는 노인들」, 『전망의 발견』, 실천문학사, 2003, 77-86쪽.

임명진, 『한국근대소설과 서사전통』, 문예출판사, 2008 171-195쪽.

임춘식, 『현대사회와 노인문제』, 유풍출판사, 1991, 42-43쪽.

전홍남, 『한국현대노년소설 연구』, 집문당, 2011, 17-24쪽.

_____, 「문순태 선생의 서재를 찾아- '생오지'에서 문학의 향기를 맡고, 나눔의 정신을 배우다」, 『소설시대』18호, 한국작가교수회, 평민사, 2010, 65-75쪽.

정동호, 「죽음에 대한 철학적 성찰」 정동호 외, 『철학, 죽음을 말하다』, 산해, 2004, 17-69쪽.

장미영, 「고령화시대의 선진적 노년문화 조성을 위한 소설독서교육 방안」, 『국어문학』제41집, 2006, 279-282쪽.

정진웅, 『노년의 문화인류학』, 한울아카데미, 2004.

최명숙, 『한국 현대 노년소설 연구』, 경원대학교 박사학위논문, 2006, 11-14쪽.

한순미, 「용서를 넘어선 포용-문순태 소설의 공간 변모 양상에 대한 문학치료학적 접근」, 『문학치료연구』제30집, 한국문학치료학회, 2014, 172쪽.

황국명, 「한국소설의 말년에 대한 사유」, 『오늘의 문예비평』, 2008년 가을호, 통권30호, 73, 75-76쪽.

시몬드 보부아르, 홍상희·박혜영 옮김, 『노년』, 책세상, 2002.

용서를 넘어선 포용[*]

— 문순태 소설의 공간 변모 양상에 대한 문학치료학적 접근

한 순 미(조선대)

문학작품 속의 공간은 단지 물리적 배경에 그치는 것이 아니라 작중인물들의 체험 공간이자 내적 세계가 투영된 상징 공간이다. 바흐친의 크로노토프(chronotope)라는 개념이 말해주듯이 공간은 시간과 함께 작품의 근원적 의미 생성의 원리로 기능한다.[1] 바흐친의 크로노토프 개념과 함께 문학 주제학(thematology)에서 다루어지는 제재, 모티프, 주제들이 대부분 공간적이라는 사실은, 공간의 의미기능이 얼마나 심층적이며, 또 그 해석이 얼마나 문화적·심리적 맥락과 연관되어 있는가를 보여준다.[2] 나아가 작품 속의 공간은 작가

---

* 이 논문은 2008년 정부(교육과학기술부)의 재원으로 한국연구재단의 지원을 받아 수행된 연구임(NRF-2008-361-A00006).
이 글은 2013년 12월 28일 건국대학교에서 열린 한국문학치료학회 제122회 학술대회에서 발표한 글이다. 이 글은 그동안 한국문학치료학회를 중심으로 제기되어 온 문학치료연구의 여러 관점과 방법론을 통해서 문학연구의 방법론을 열어보기 위해 기획된 것으로, 문학치료학의 관점에서 역사적 트라우마 연구와 문학공간 연구를 함께 접근할 가능성을 살피는 시론에 해당한다.
1) 김병욱, 「언어서사물에 있어서의 공간의 의미」, 『내러티브』2호, 한국서사연구회, 2000.9, 160-162쪽.
2) 최시한, 「근대 소설의 형성과 '공간'」, 『현대문학이론연구』32집, 현대문학이론학

와 독자가 주요한 소통 매개로서 어떤 기억에 대한 동질성을 확인하고 그 기억을 보존, 재생산하는 '문화적 기억공간'[3]으로서 역할을 하기도 한다.

작중인물이 이동하는 공간이 작품의 내적 구성과 의미에 기여한다쪽, 한 작가의 소설 전체에서 공간이 변모하는 양상은 작가의식과 세계관 그리고 소설의 주제 변화와 밀접하게 연관된다. 그러므로 한 작가의 소설세계에서 공간이 변모하는 양상을 살피는 일은 작가의 문제의식이 무엇이며 문제 해결의 방식과 방향을 가늠할 수 있는 작업이 된다. 뿐만 아니라 문학작품 속의 공간은 작품 바깥의 사회현실과 독자의 수용력이 상호작용하면서 서사적 확장과 변모를 거듭한다.

이와 같은 점은 문학작품과 인간의 제반 문제를 '서사'로 연결하고 그 문제의 해결 과정 또한 서사를 중심에 놓는 문학치료학의 관점에서 문학 공간을 살필 여지를 준다. 또삿 작품서사와 자기서사의 상호관계를 바탕으로 작품서사를 통한 자기서사의 회복을 지향하는 문학치료학의 관점은[4] 작가의 문제의식이 어떻게 달라지고 있는지, 그 감성적 추이를 분석해 볼 수 있는 시각을 제공한다. 이 글은 그러한 문학치료학 연구의 목적과 방법론을 토대로 문학

회, 2007, 11쪽.

3) Aleida Assmann, 변학수 외 역, 『기억의 공간』, 경북대학교출판부, 2003, 392쪽.

4) 문학치료학에서는 문학작품을 인간의 삶에서 나타나는 여러 문제들을 해결할 수 있는 중요한 도구로 여긴다. 문학작품의 바탕에 내재되어 있는 '작품서사(作品敍事)'와 인간의 삶에 바탕이 되는 '자기서사(自己敍事)'로 나누어 살피고, 인간의 문제를 이해하고 해결하기 위한 매개로서 작품서사를 중시한다. 그리하여 문학치료학은 작품서사를 통해 자기서사를 온전하고 건강하게 변화시키는 일, 즉 건강한 자아를 회복함으로써 궁극적으로 인간관계의 회복과 치유를 지향한다. 이런 목적 하에 시작된 문학치료학은 현재 다양한 연구 분야와 접점을 이루면서 연구의 방법과 범위를 심화, 확장하고 있다. 문학치료연구의 성과를 2011년도 『문학치료연구』에 게재 논문을 중심으로 살핀 논문에 따르면 문학치료연구는 문학연구 영역, 문학교육연구 영역, 임상연구 영역에서 다채롭게 전개되어 왔음을 볼 수 있다.(정운채 외, 「2011년도 『문학치료연구』 게재 논문의 학술적 가치와 성과」, 『문학치료연구』26집, 한국문학치료학회, 2013, 425-461쪽)

치료학의 관점에서 소설의 공간 변모 양상을 읽음으로써, 작가의식과 문제의식의 변화 그리고 작품의 안과 밖을 연결하면서 문학 공간 연구의 한 방법을 모색할 수 있으리라는 기대를 가지고 출발한다. 분단 트라우마와 그 치유의 가능성을 다양한 서사 공간을 중심으로 펼쳐온 문순태 소설을 그 대상으로 삼고자 한다.

논의에 앞서 그동안 축적된 문순태 소설 연구를 간략하게 정리해 본다. 문순태 소설은 주제, 상징, 문체, 서사, 성(性) 등 다양한 각도에서 연구되어 왔는데[5] 본격적인 논의는 탈향과 귀향, 해한의 시각에서 일관된 주제의식과 반복되는 서사를 분석한 연구, 한으로 형상화된 여성의 아픔과 상처 치유 과정에 담긴 생태적 지향성을 밝힌 연구, 6·25로 인한 원한과 상처가 어떻게 극복되고 있는지를 확인하는 연구 등을 통해 이루어졌다. 앞의 논의들이 분단소설에 주로 초점을 맞추어 왔다면 격동의 현대사를 거치는 동안 여러 형태의 트라우마를 안고 있는 노년의 삶을 통해 용서와 화해의 인간성을 복원하려는 노력의 일환으로 건강성을 읽어낸 노년소설 연구도 주목할 만하다.[6]

선행 연구에서 볼 수 있듯이 문순태 소설은 주로 분단과 전쟁, 근대화로 인한 실향민의 애환과 한의 정서, 비극적인 역사 기억을 극복하는 과정을 보여준다고 평가되어 왔다. 다시 말해 전쟁과 분단으로 인한 역사적 트라우마와 극복, 용서와 화해의 모색이 문순태 소설을 관통하는 중심 줄기라 할 수 있다.

---

5) 김정자, 「'한'의 문체, 그 맥락의 오늘-황석영, 이청준, 문순태를 중심으로」, 『국어교육』57권, 한국어교육학회, 1986, 255-290쪽; 박선경, 「'성'과 '성담론'을 통해 본 삶의 내면과 이면-문순태 소설의 전쟁 모티브와 성폭력 모티브를 조명하며」, 『현대소설연구』23호, 한국현대소설학회, 2004, 159-182쪽 등.

6) 이은봉 외 엮음, 『고향과 한의 미학-문순태의 소설 세계』, 태학사, 2005; 최창근, 「문순태 소설의 '탈향/귀향'서사 연구」, 전남대학교 석사학위논문, 2005; 박성천, 『해한(解恨)의 세계: 문순태 문학 연구』, 박문사, 2012; 임은희, 「문순태 소설에 나타난 생태학적 인식 고찰-성과 여성, 자연을 중심으로」, 『우리어문연구』제30집, 우리어문학회, 2008, 363-400쪽; 조구호, 「문순태 분단소설 연구」, 『한국언어문학』76집, 한국언어문학회, 2011, 351-368쪽; 전흥남, 「문순태의 노년소설에 나타난 '노인상'과 소통의 방식」, 『국어문학』52집, 국어문학회, 2012, 287-309쪽.

이 점은 달리 말해 문순태 소설이 '원죄의식'을 타자에 대한 폭력으로 전환시키는 메커니즘 속에 있는 분단 트라우마를 어떻게 치유할 것인가 하는 문제를 고뇌해 왔으며,[7] 특정한 집단이 서로에게 전파시키고 있는 트라우마, 또는 트라우마화가 일어나도록 만드는 그 무엇에 관한 문제를 지속적으로 소설화 해왔다고 할 수 있다.[8]

본 논문에서는 특히 문순태 소설이 분단 트라우마의 극복을 추구하는 과정에서 적지 않은 내적 변화를 겪어 왔으며 그런 내적 변화가 소설 공간의 변모 양상을 통해 드러나고 있다는 점에 주목한다. 이로써 문학치료학에서 시도된 역사적 트라우마 연구, 즉 역사적 사건의 충격과 트라우마를 어떠한 방식으로 다루고 있으며 역사적 트라우마를 극복하는 원리는 무엇인지를 밝혀, 역사적 트라우마를 유발시키는 서사로부터 역사적 트라우마를 극복하는 서사로의 변화를 추구하는 관점[9]와 연결되는 지점을 검토할 계획이다.

알다시피, 문순태 소설 공간은 6·25 체험이 자리한 고향을 중심으로 여러 '서사적 공간'으로 변주된다. 용서와 화해를 가로막는 분단 문제를 해결하기 위한 과정 속에서 다양한 문학 공간이 마련되는데, 공간의 변모 양상은 작가 의식과 사회현실 변화와 관련이 있으며 그것은 소설 전반의 변화를 보여주는 변곡점에 해당한다. 물론 서사론에서 공간 문제에 접근할 때에는 현실 세계의 공간과 서사 세계에 투영된 공간 사이에 맺어질 함수 관계를 파악하는 데

---

7) 김성민·박영균, 「분단의 트라우마에 관한 시론적 성찰」, 『시대와 철학』 21-2호, 한국철학사상연구회, 2010, 15쪽.

8) 다음 논문에서는 프로이트가 사용한 '트라우마'라는 용어를 케빈 아르브흐, 도미니크 라카프라의 논의를 거쳐 '역사적 트라우마'의 근본적 특징을 규명하면서 의미 있는 지적을 남기고 있다. (박영균·김종군, 「코리언의 역사적 트라우마에 관한 연구방법론」, 『코리언의 역사적 트라우마』(통일인문학연구총서 8), 건국대학교 통일인문학연구단, 선인, 2012, 32-33쪽; 19-69쪽)

9) 정운채, 「문학치료학과 역사적 트라우마」, 『통일인문학논총』55집, 건국대학교 통일인문학연구단, 2013, 7-25쪽; 하은하, 「역사적 트라우마와 관련된 문학치료연구 현황」, 『문학치료연구』27집, 한국문학치료학회, 2013, 89-113쪽.

논점이 있음을 주지해야 하겠지만[10] 이에 관한 자세한 논의는 뒤로 미루고 이 글에서는 우선 분단 체험을 중심으로 한 소설들을 세 계열의 소설 공간으로 나누어 살필 예정이다. 지리산, 백아산, 생오지 계열의 소설이 그것이다.[11]

논의에 앞서 이 세 계열의 소설을 중심으로 문순태 소설의 전개 과정을 간략하게 정리해 본다. 초기소설은 「백제의 미소」(1973)의 '아장(兒葬)골'과 '분원리 각시샘', '방울재'와 '노루목', 연작 『징소리』(1978-1980)의 '방울재', '까치산', '할미산', 장편 『타오르는 강』(1980-1981)의 '새끼내', 「난초의 죽음」의 '월강리(月江里)', 「물레방아 속으로」와 「달빛 골짜기의 통곡」(1981)의 '월곡(月谷)' 등처럼 토속적이고 서정적인 상징공간을 무대로 하여 삶의 터전을 상실한 실향민의 애환과 한의 정서를 그리고 있다.

분단의 역사적 트라우마가 부각되기 시작한 것은 '지리산'을 무대로 한 『달궁』(1982)에서부터이다. 『달궁』(1982), 『철쭉제』(1983), 『피아골』(1985) 등 지리산 계열의 소설은 동학에서 식민지배에 이은 전쟁과 분단이 야기한 트라우마와 극복을 중심 주제로 삼고 있다.[12] 그런데 『철쭉제』 등 분단 소재 작품들을 묶어낸 창작집 『피울음』(1983)의 '저자 후기'에서 작가는 오랫동안 관심을 가져온 '해한'에 대해 다음과 같은 견해를 덧붙인 바 있다.

---

10) 장일구, 『서사공간과 소설의 역학』, 전남대학교출판부, 2009, 13-45쪽, 217-240쪽.
11) 소설 속의 공간 유형을 나누는 기준은 역사적 경험, 지역적 차이 등에 따라 다양하게 마련될 수 있다. 가령, 황순원의 경우 전쟁과 분단의 경험은 대구와 부산 등지에서 피난 생활을 하면서 전쟁의 치욕과 분단의 비극을 반성적으로 성찰하고 평화와 화해, 화합과 융합으로 가는 과정으로 나타난다. 공간적 배경은 포로수용소, 피난지, 빨치산 활동지, 수복지 등으로 분류될 수 있다.(박덕규, 「6·25 피난 공간의 문화적 의미-황순원의 「곡예사」 외 3편을 중심으로」, 『비평문학』39호, 106-132쪽) 반면 호남지역 작가들의 경우 '지리산'일대를 중심으로 한 분단소설이 많은 것이 다른 지역 작가들과 변별되는 특징이다.
12) "고향에서 역사로, 역사에서 다시 고향으로 순환하고 수렴하는 구조를 지닌 그의 소설은 이때부터 탄생한다. 또 그가 한국인의 삶에 내재한 '한'의 문제에 천착하게 된 것도 이 지점이다."(문순태/임동확 대담, 「미래의 역사를 여는 전초작업으로서 고향찾기」, 『고향과 한의 미학-문순태의 소설세계』, 태학사, 2005, 302쪽)

우리의 역사에서 뉘우침과 속죄와 화해와 용서가 없다면 이 엄청난 핏빛 점액질민족(粘液質民族)의 한은, 원한을 낳고 복수를 되풀이하여, 영원히 해한(解恨)이 되지 않은 채 두 개의 한의 땅덩어리로 남게 될 것이다. 나는 여기 수록된 6·25 소설을 쓰면서 이제 우리 분단이 빚은 민족적 한을 없애버려야 한다는 생각을 되풀이하였다. 한을 비록 생명력 있는 극복의 의지로 승화시킬 수 있다고 하더라도, 결코 우리 마음속에 오래 키워야 할 것은 못되기 때문이다.

(…) 6·25의 역사적 의미나 이념적 평가 등을 도외시하지는 않습니다만 농촌현장에서의 실상을 작가적 안목으로 그린다면 이렇게 되고, 따라서 해한, 한풀이야말로 1980년대적 정서가 아니었나 생각했습니다. (…) 광주항쟁 등을 겪으면서 그것도 10여 년 지나고 보니 (…) 이런 역사의 격동 속에 있던 인물이 귀향하여 환경문제와 씨름하게 됩니다. 생명운동이죠. 이것은 현장 이탈이 아니라 저는 보다 근원적인 현장 속으로 뛰어 들어가는 것으로 보고 이번 소설을 씁니다. 요컨대 역사적 현장과 격변이란 세월이 지나면서 그 의미를 퇴색시키기 마련인데 진정으로 그 의의를 살리려는 한 인간상의 진실성을 그리려는 거지요.13)

위에서 우리의 눈길을 끄는 대목은 1992년 당시 작가가 80년대 초반에 쓴 분단소설들에 대해 "6·25의 역사적 의미나 이념적 평가"를 도외시하지는 않지만, 6·25가 남긴 원한과 복수를 "뉘우침으로 해한"할 수 있다는 그 한풀이가 "1980년대적 정서"가 아니었나 생각한다고 말한 부분이다. 이것을 간단하게 여길 수도 있겠지만, 여기서 우리는 지리산 계열의 소설에서 지속해온 해한의 문제가 1980년대라는 시대적 조건과 정서에 묶여 있는 것이며 그것은 한편 시대적 한계이기도 하다는 작가의 고백을 들을 수 있다. 아울러, 그는 「고향과 역사와 한」이라는 글에서 "화해니, 용서니, 사랑이니 하는 것 따위로

---

13) 문순태/임헌영 대담, 「민족적 解恨의 작가, 문순태」(≪계간 문예≫ 1992년 여름호), 『고향과 한의 미학-문순태의 소설세계』, 태학사, 2005, 275-277쪽, 293쪽; 269-294쪽.

한을 풀 수는 없다. 그것은 곧 한을 약화시키는 것과 같다."고 언급하면서 해한으로 마무리할 수 없는 지점을 다시 강조한다. 그도 그럴 것이, 1980년 오월광주의 경험은 분단 트라우마가 극복되지 않은 채 여전히 지속되고 있는 현재형이라는 사실을 뚜렷하게 확인시켜 주었기 때문이다.

앞서 읽은 작가의 말은 지리산 계열 소설 이후를 가늠할 수 있는 하나의 단서가 된다. 1980년이 10여 년이 지난 후, 문순태의 소설이 역사의 격동을 겪었던 인물들의 귀향 이야기를 통해서 환경문제, 생명운동, 인간의 진실성을 새롭게 그리는 방향으로 초점을 옮겨간 것은 어쩌면 자연스러운 흐름처럼 보인다. 1990년대 후반에 출간된 소설들에서는 역사에 대한 관심을 여전히 유지하면서도 '인간'과 '자연'으로 방향을 옮겨, 분단의 문제를 한국사회의 현실 변화 속에서 다시 고뇌하기 시작한다.14) 문순태는 "6·25의 마지막 체험 세대로서" "소년 시절을 통해 역사의 아픔을 환기시켜보고 싶었다."고 말하면서 다음과 같은 소설의 과제를 제시한다.

> 이제는 오랫동안 망각해온 무 이념적 인간들의 억울한 죽음에 대한 해원(解冤)이 이루어져야 한다고 말하고 싶다. 우리가 새로운 시대를 열고 통일을 성취하기 위해서는 뼈아픈 자기반성을 통해 역사의 상처를 치유하는 것부터 시작해야 한다. 이것이 살아 있는 우리들의 과제이기도 하다. 지금은 그들 앞에 머리 숙여 사죄하고 차디찬 고혼(孤魂)을 쓰다듬어 위로한 다음 자존을 되살려주어야 할 때인 것이다.
> 나는 소년 시절 내가 겪은 6·25의 체험을 통해 전쟁은 인간성을 파

---

14) 이 점은 문순태 소설의 경우에만 해당하는 일은 아닐 것이다. 박완서의 경우도 이전에 과거의 상처에서 벗어나지 못한 화자의 모습과 달리 92년『그 산이 정말 거기에 있었을까』에서는 개인적 체험이 민족사의 큰 흐름과 결합하고 작가의 시선 역시 사회와 민족의 현실로 확장된다. 작가의 문학 행위가 자신의 한풀이와 상처 치유만을 목적으로 할 수 없는 것이라는 점에서 이런 변화는 매우 의미 있는 것이라 할 수 있다.(강진호, 「기억 속의 공간과 체험의 서사-박완서의 「그 여자네 집」을 중심으로-」, 『아시아문화연구』제28집, 경원대학교 아시아문화연구소, 2012, 3쪽)

괴시키기도 하지만 전쟁의 상처는 절망을 딛고 일어설 수 있는 힘과 용기와 희망이 될 수도 있음을 말하고 싶다. 뼈저린 참회만이 역사 발전을 가져오는 것처럼 고통은 자기 치유력이 될 수 있기 때문이다.15)

이 시기의 소설들에서는 "무이념적 인간들의 억울한 죽음에 대한 해원"과 "차디찬 고혼을 쓰다듬어 위로하는 것"을 과제로 삼으면서 "뼈저린 참회만이 역사 발전을 가져오는 것처럼 고통은 자기 치유력이 될 수 있"다는 태도를 견지한다. 요컨대, 백아산 계열의 소설들은 처참하게 죽은 원혼들을 위무하고 그들이 왜 그렇게 억울하게 죽어야만 했는지, 그처럼 받아들이기 힘들었던 이념적 혼란과 판단중지의 상태를 그려내고자 시도한 결과다. 어린 시절의 직접적인 경험이 투영된 「흰거위산을 찾아서」(1997)와 『41년생 소년』(2005) 등 백아산 계열의 소설에서는 참혹한 전쟁의 경험을 자기서사로 대응하려 시도했던 지리산 계열의 소설과 달리 이념적 혼란을 그대로 직시하고 그 기억이 변모하는 과정을 확인하는 작업에 바쳐진다.

마지막으로, 문순태 소설이 지리산에서 백아산을 거쳐, 고향 '생오지'로 돌아온 것은 어떤 의미가 있을까. 그 물음에 대한 하나의 답은 『된장』(2002)과 『생오지 뜸부기』(2009) 등 생오지 계열 소설 속에 나타나는 생태성이 초기소설의 방울재와 노루목 등의 공간에서 엿보이는 생태적 성격과 다르다는 점을 파악하는 것에서 찾아진다. 미리 말하면 1990년 후반을 기점으로 하여 문순태 소설은 생오지와 같은 생태공간을 중심으로 용서와 화해를 생명과 인간의 층위에서 고민하고 그것을 단지 역사적인 문제로서가 아니라 자연과 인간의 관계망 속에서 성찰하기 시작한다.

문순태 소설이 지속적으로 제기해 온 용서와 화해의 문제는 공간의 변모 양상을 통해 읽을 때 그 구체적인 내면 변화가 잘 드러난다. 이를 통해 우리는

---

15) 문순태, 「내 안의 소년을 만나러 가는 여행」(작가의 말), 『41년생 소년』, 랜덤하우스중앙, 2005, 6-7쪽.

문순태 소설이 어떤 시대적 조건과 사회의 현실 변화를 수렴하면서 복잡한 내적 진통을 겪어 왔는지를 읽어볼 수 있다. 이를 이 글에서는 문학치료학의 관점에서 접근하여 역사적 사건으로 인한 충격을 '자기서사'를 통해 재해석 하면서, 다시 상처의 원점으로 회귀하여 '서사의 다기성'[16)에 주목하는 과정을 거친 후, 어떻게 경험과 기억을 객관화 하는 방식의 '통합서사'[17)에 이르게 되었는지를 살필 것이다. 이 글은 그 과정을 살피는 순서로 전개된다.

2. 경험의 재구성과 '자기서사': 원한의 뿌리, 지리산

『달궁』(1982), 『철쭉제』(1983), 『피아골』(1985) 등 지리산 계열 소설의 주요 무대인 지리산은 아버지들의 아픈 역사 기억이 자리한 장소로 형상화 된다. 지리산 계열의 소설은 지리산을 무대로 하여 동학에서 한국전쟁에 이르는 깊은 원한의 뿌리를 더듬고 드러내는 노력에 바쳐진다.

이 계열의 소설에서 비극적인 역사 기억을 어떤 관점에서 재구성하고 있는지를, 같은 시기에 나온 「살아 있는 길」(1982)[18)을 통해 엿볼 수 있다. 이 소설의 작중 화자 노태순 교수는 새로 뚫리는 도로의 이름을 어떻게 지을 것인

---

16) 정운채는 인간관계에서 선택의 갈림길에서 다양한 경우의 수가 생겨나듯이 그러한 선택의 갈림길에서 다양한 경우의 서사가 만들어진다고 보고, 이를 서사의 다기성(多岐性)이라고 부른다.(정운채, 「서사의 다기성(多岐性)을 활용한 자기서사 진단 방법」, 『고전문학과 교육』10집, 한국고전문학교육학회, 2005, 107-138쪽)

17) 전쟁 체험을 두 가지 말하기 방식, 즉 상대를 가해자로 지목하여 철저하게 비난하는 분단서사의 말하기 방식과 온정에 입각해서 사건의 전모를 객관화하여 말하는 통합서사를 지향하는 말하기 방식으로 나누어 볼 수 있다면 통합서사를 지향하는 후자의 말하기방식은 분단의 트라우마를 치유하는 데 기여할 수 있는 것이다.(김종군, 「한국전쟁 체험담 구술에서 찾는 분단 트라우마 극복 방안」, 『문학치료연구』27집, 한국문학치료학회, 2013, 140쪽)

18) 문순태, 「살아 있는 길」, 『달궁』, 문학세계사, 1982, 254쪽.

가를 고민한다. "역사적인 정서와 자연 환경적인 정서"를 함께 담은 지명을 짓는 것은 쉽지 않은 일이기 때문에 고민은 그만큼 깊어질 수밖에 없다. 그러던 중, 새 도로명의 유력한 후보로 두 명의 역사인물이 거론된다. 같은 고향에서 동문수학하였고 이조 때 좌의정을 지낸 송설강(宋雪江)과 우의정을 지낸 길백토(吉白土) 선생은 한때 서인과 동인 편으로 나뉘어 다툰 적이 있다. 그들의 갈등 관계는 그것으로 끝나지 않고 의병과 친일, 좌익과 우익의 대립에 이르기까지 후손들에게까지 지속된다. 결국, 시장의 제안에 따라 재벌 회장의 호를 딴 도로명으로 결정되지만 개통식이 열리는 날 아무도 그 길을 걷지 않는 장면으로 이 소설은 마무리된다.

앞서 읽은 「살아 있는 길」은 두 가지 점에서 지리산 계열 소설을 읽는 데에 주요한 시사점을 준다. 하나는 역사 속의 갈등과 대립이 현재까지 지속되고 있는 문제라는 것이고, 다른 하나는 그런 역사의 굴레에서 어떻게 벗어날 수 있을 것인가에 관한 물음이다. 새로운 길과 역사가 시작되기 위해서는 이 두 가지 문제가 선결되어야 한다는 것이 바로 지리산 계열 소설에서 제기하는 주요한 문제의식이기도 하다.

먼저 『달궁』의 무대인 '달궁'은 극락산에서 여러 갈래로 뻗어내린 한 지맥이 할미봉을 뭉뚱그리고, 그 산 아래 남평 문씨(南平文氏)의 선산과 재각이 있으며, 재각 아래로 미륵강이 흐르는 마을이다. 그러나 총소리가 난 뒤로 평온하던 달궁 마을에서는 노래 소리가 사라진다. 달궁 사람들은 그런 이유를 전쟁 때 총소리에 놀란 극락산의 영검이 약해졌고 달궁[月宮] 마을의 운세가 달[月]이 기운 것 같이 쇠락했기 때문이라고 생각한다. 거슬러 올라가면 갑오년 동학혁명 때에도 달궁 사람 넷이 관군과 싸우다가 극락산으로 도망을 쳤으나 돌아오지 못했고, 일제 시대에 징용을 피해 극락산에 들어가 연명을 했다는 사람도, 6·25 때 극락산으로 입산을 한 청년들도 아무도 달궁으로 돌아오지 못했다.

달궁에 고속도로가 뚫리고 전깃불이 들어오자 도시로 나가려고 하는 사람들은 더 많아졌다. 하지만 극락산만 넘어가면 모두 잘 될 것으로만 알았던 달궁 사람들은 어디에서도 잘 살지 못하고 달궁으로 되돌아온다. 소설의 주인공 순기도 마찬가지다. 순기는 6·25 때 어머니와 함께 극락산을 넘어간 후로 4.19 때 당한 부상 때문에 출세를 하지 못하게 되었고 캐나다로 농업 이민을 떠날 준비를 하고 있다. 그러던 참에, 순기는 할아버지 문참봉의 송덕비(頌德碑)를 허문다는 소식을 듣고 30년 만에 고향 달궁을 찾아온다. 할아버지의 송덕비를 헐어내라고 가장 극성을 부린 사람은 옛날 순기네 머슴이었다가 6·25가 끝난 후 떼돈을 벌어 달궁에 돌아와서 주조장을 하고 있는 김만복이다.

이렇게 달궁은 식민지배, 전쟁과 근대화로 인해 훼손되었고 마을 사람들은 서로 원한 관계로 묶여 있다. 달궁 사람들은 달궁에서도 살지 못하고 달궁을 떠나서도 살지 못한다. 소설의 말미에, 정아가 달궁을 떠나면서 순기에게 보낸 편지는 달궁 마을이 겪은 역사를 어떻게 극복해 나가야 할 것인지에 대한 하나의 방법을 제시하고 있다.

> 저는 송덕비를 헐어 옮기지 않았으면 했습니다. 왜냐하면 달궁에는 꿈처럼 아름다운 과거와, 미움과 아픔의 과거가 함께 있어야 하기 때문입니다. 그래야 뉘우칠 수가 있으니까요. 뉘우침의 역사는 언제나 더 새롭고 더 나은 것을 창조하기 때문이죠. (…) 달궁은 아름다운 곳이기는 하지만 슬픈 이야기가 너무 많아서 싫어요.19)

정아는 아름답지만 슬픈 달궁처럼, 아름다운 과거와 미움과 아픔의 과거가 함께 있어야 한다고 말한다. 그녀가 순기 할아버지의 송덕비를 그대로 두자고 한 것도 잘못된 역사를 그대로 보존하고 기억함으로써 그것을 새로운 역사를 창조하는 힘으로 삼자는 생각에서였다. 그러나 정아의 편지를 읽는 순간, 순기는 "치욕과 모멸"을 느낀다. 두 사람 사이를 가로막는 오랜 갈등의 뿌

---

19) 문순태, 『달궁』, 문학세계사, 1982, 186쪽.

리는 여전히 풀리지 않은 채로 지속될 수밖에 없는 것이기 때문이다. 이 오랜 원한의 뿌리를 없애지 않으면 돌아갈 수 있는 고향은 없는 거나 마찬가지인 것이다. 지울 수 없는 원한과 실향의식은 곧 가해자와 피해자 간의 용서와 화해가 영원히 지연될 수밖에 없는 난제이다.[20]

『달궁』에서 순기와 김만복의 관계는 『철쭉제』(1983)[21]에서 박검사와 박판돌의 관계로 동일하게 반복된다. 이 소설은 지리산 솔매마을에서 화엄사-반야봉-연하천-세석평전-천왕봉을 무대로 하여 전개되는데, 박검사와 박판돌의 내적 갈등에 초점을 맞추고 있다. 이들의 갈등은 여순사건과 한국전쟁 당시의 처참한 현장으로 거슬러 올라간다.

박판돌을 복수하려 했던 '나'(박검사)는 박판돌의 어머니를 겁탈한 사람이 자신의 조부이며 판돌의 아버지를 죽인 사람이 자신의 아버지라는 사실을 알게 된다. 박검사는 지리산 골짜기에 떠도는 박판돌의 아버지 박쇠의 원혼과, 그런 아버지의 원혼을 달랠 길 없어 괴로워하는 박판돌이한테 죽은 아버지를 대신해 용서를 빌고 싶어 한다. 하지만 박검사는 세석평전 철쭉의 깊은 뿌리가 유골을 얽어매고 있는 것처럼 그들의 관계가 단지 가해자와 피해자로 나눌 수 없는 것임을 확인한다. 원한의 뿌리는 "거대한 생명체"처럼 복잡한 관계로 얽혀 있는 것이기 때문이다. 따라서 소설의 마지막 부분에서 박검사가 박판돌에게 철쭉꽃을 건네고 미안함과 사죄의 뜻을 전하는 장면을 두고, 두 사람의 화해를 의미한다거나 "자연의 포용력이 인간의 부정적인 감정마저 감싸안아 인간간의 갈등이 부질없는 것이라는 자연의 거대한 의미를 들려준

---

20) 문순태는 이렇게 말한다. "달궁은 우리 모두의 고향이다. 그곳으로 다시 돌아가고 싶지만 우리를 받아들이지 않는다. 우리는 어쩌면 영원히 우리들의 고향인 달궁에 돌아갈 수 없는 뿌리 뽑힌 실향민일지도 모른다. 우리는 왜 고향을 잃었는가. 고향에서 뽑혀진 우리들 뿌리의 혼(魂)이 정처없이 떠돌음하는 것을 왜 슬퍼하지 않는가."(문순태, 「다시 달궁에 가기 위하여」(작가의 말), 『달궁』, 문학세계사, 1982, 278쪽)

21) 문순태, 『철쭉제』, 『제3세대 한국문학』(21), 삼성출판사, 1983.

다"[22]고 읽는 것은 성급한 결론이 될 수 있다.

이어지는 『피아골』(1985)은 원한과 복수가 중첩된 지리산을 다시 무대로 삼아 원한의 뿌리에 대한 탐색을 지속한다. 이 소설은 무당의 손녀인 배만화라는 여인의 '아버지의 근원 찾기' 과정으로도 읽힌다. 만화의 아버지 배달수는 자신의 의지와 상관없이 빨치산에 가입하여 많은 사람들을 학살하였는데, 그가 지리산으로 귀환한 것은 지리산의 일부가 됨으로써 자기 속죄와 참회를 위한 선택이었다. 따라서 "지리산의 흙 한 줌 지리산의 잡초 한 포기, 지리산의 바람, 지리산 골짜기의 물 한 방울이라도 되고 싶었다."고 말하는 배달수에게 지리산으로 돌아간다는 것은 결코 자연과 하나가 되고 싶다는 그런 뜻이 아니다. 그것은 역사 속에서 희생된 수많은 사람들의 넋과 하나가 된다는 것, 즉 참회와 속죄로서의 자연 회귀를 의미한다. 지리산 피아골은 이런 곳이기 때문이다.

> "지리산에 묻힌 억울한 죽음의 역사 말입니다."
> "아, 있지요. 아주 많이 있지요. 동학 농민군도 지리산에서 많이 죽었고, 을사보호조약 이후에 일어난 의병들, 그리고 육이오 때에도…… 그런데 이상하게도 피아골 골짜기에서 거의 떼죽음을 당했다니까요. 그래서 피아골은 떼죽음의 골짜기지요."
> "영선이 영선을 불러들인 게로군요."
> "영선이라뇨?"
> 만화는 영선(靈仙)에 대한 민지욱의 물음에 즉각 대답을 하지 않고 잠자코 걷다가 한참 후에야,
> "영선이란 참혹하고 억울하게 죽은 사람의 넋을 말한답니다. 영선들의 한을 풀어 주지 않으면 영선은 계속해서 영선을 부르게 되지요. 한 곳에서 사람이 계속 죽는 것은 그 때문이랍니다. 아마 피아골에는 한 맺힌 영선들이 들끓고 있겠지요. 언제 다시 새로운 영선들을 부르게 될지 모릅니다."
>
> (…)

---

22) 임은희, 앞의 논문, 372쪽.

"그렇게 믿고 싶어요. 피아골에서 죽은 영선들의 한이 풀리지 않는 한 피아골 단풍은 백 년 뒤에도, 아니 천 년 만 년 뒤에도 계속 붉을 거예요."[23]

동학, 의병, 6·25의 역사 속에서 떼죽음의 골짜기가 된 피아골은 아직도 억울하게 죽은 '영선(靈仙)'들이 들끓고 있는 곳이다. 배만화는 억울하게 죽은 영선들의 한을 풀어주지 않으면 영선들은 새로운 영선들을 부르게 된다고 말한다. 떠도는 넋들의 원한이 풀리지 않는 한, 피아골은 또 다른 죽음들을 불러들이는 곳일 뿐이다. 이것은 원한의 고리를 끊고 과거의 역사와 화해하는 일이 아직 요원한 작업임을 말해준다. 이렇듯 지리산 계열의 소설은 깊은 원한을 풀지 못한 채 아버지들의 역사 속의 갈등이 우리의 과제로 남아 있음을 확인시켜 준다. 이는 지리산 계열의 소설에서 보여주고 있는 화해의 한계 지점이기도 하다.

문순태 소설 속의 지리산은 작가가 직접 겪은 한국전쟁의 경험과 기억을 자기서사로 재구성한 서사 공간이다. 이는 역사적 트라우마로 인한 경험과 충격을 자기서사를 통해 재해석함으로써 원체험의 기억에 대응한 결과라고 할 수 있다. 그러나 지리산 계열의 소설은 원한의 역사가 반복되고 있는 현실에서 어떻게 용서와 화해를 끌어낼 수 있을 것인지, 다시 말해 해한에 쉽게 이를 수 없는 그 한계 지점을 자각하는 데에서 끝맺는다. 이를 화해의 방법적 인식에서 요구되는 고통스러운 화해의 경로 혹은 화해논리의 모색이 부재하다는 사실을 보여준다고 한 것은 설득력 있는 지적이다. 지리산으로 귀향하는 행로는 '자아의 역사적 신원 찾기', 즉 비극에 희생당한 혈연으로서의 가치를 재확인하는 수준에 머물러 있는 것이다.[24]

---

23) 문순태, 『피아골』, 정음사, 1985, 135-136쪽.
24) 유임하, 『분단현실과 서사적 상상력-한국 현대소설의 분단인식 연구』, 태학사, 1998, 149쪽, 264쪽; 119-285쪽.

지리산 계열의 소설이 갖는 의미는 다음과 같은 인식과 과제를 남겨주고 있다는 데에 있다. 『달궁』의 순기와 『철쭉제』의 박검사처럼 우리가 피해자이면서 가해자라는 인식과, 『피아골』의 영선들이 되풀이 되고 있는 현실의 굴레를 어떻게 벗어날 수 있겠는가라는 자각적 물음이 그것이다. 여기에는 용서와 화해가 가능하기 위해서는 분단과 전쟁의 구체적인 실상을 재확인해야 한다는 요청이 내포되어 있다. 이 지점에서 문순태 소설은 고향 백아산의 체험을 다시 이야기하기 시작한다.

3. 원점 회귀와 '서사의 다기성': 이념의 공백, 백아산

앞서 읽은 것처럼, 지리산 계열의 소설은 원체험의 공간인 백아산과 생오지 계열의 소설보다 먼저 씌어졌다. 그런 이유는 원체험의 기억과 흔적을 그대로 드러낼 수 없는 막막한 상황에서 자전적 경험 공간의 재구성을 통한 자기서사를 준비함으로써 트라우마의 충격을 해석한 과정이었다고 해석할 수 있다. 즉, 원체험의 강도를 허구적 공간 서사로 재구성함으로써 자기치유의 가능성을 시도했다고 볼 수 있을 것이다. 또 지리산 계열의 소설은 잃어버린 고향과 아버지의 뿌리를 찾으면 찾을수록 그 깊은 상처를 해원하는 것이 얼마나 어려운 일인지를 자각하기에 이르는 과정을 현시한다.

지리산 계열에서 보여준 화해의 한계 지점을 백아산 계열의 소설은 다른 시각에서 숙고하기 시작한다. 그러면 먼저 작가에게 백아산은 어떤 경험과 기억을 새겨준 곳이며, 백아산의 기억은 소설 속에서 어떻게 그려지고 있는지를 차례대로 읽어보자.

백아산에는 전남유격대 총사령부가 주둔하고 있다고 했다. 우리 마을의 젊은이들 중 상당수가 백아산으로 입산을 했다. 내 또래 아이들의 우상이었던 N형도 P형도 일찍이 백아산으로 갔다. 우리들이 백아산으로 들어가야 할 수 있다고 주장한 사람들은 자식이나 가까운 친척이 입산을 한 가족들이었던 것 같았다. 우리 할머니도 한사코 백아산으로 가자고 성화였다. 전남유격대 사령부가 있는 물골(수리)에는 우리 고모가 살고 있었기 때문이었는지도 몰랐다.[25]

마을이 불탔을 때 지수 아버지는 흰거위산으로 가야만이 살 수 있다고 했다. 많은 사람들이 그 말을 믿고 지수 아버지를 따라갔다. 그러나 지수 아버지를 따라 흰거위산으로 들어간 사람들은 거의 죽고 말았다. 그들은 결국 일부러 죽음을 찾아 흰거위산으로 들어간 것처럼 된 것이었다. 흰거위산으로 들어가는 도중에 죽은 사람들도 많았다. 장기호 어머니도 지수 아버지를 따라 흰거위산으로 가는 도중에 토벌대의 총에 맞아 죽음을 당했다. 흰거위산에 들어갔다가 살아나온 사람은 지수네 가족뿐이었다. 많은 사람들을 이끌고 흰거위산에 들어간 지수 아버지가 그곳이 죽음의 산이라는 사실을 알아차렸을 때는 이미 그를 따라왔던 사람들이 거의 죽고 없어진 후였다. 그들이 그렇게도 동경했던 흰거위산은 결국 죽고 없어진 후였다. 그들이 그렇게도 동경했던 흰거위산은 결국 죽음만을 보여주었을 뿐이었다.[26]

무등산과 백아산 중간에 있어서 빨치산토벌작전 당시 소개하여 살아남을 수 있었던 작가의 기억 중에서 우리는 다음과 같은 점을 주의 깊게 읽어볼 필요가 있다. 사람들이 전남유격대 총사령부가 있는 백아산으로 들어갔고 남아 있는 가족들 또한 그들을 따라 들어가야 한다고 주장한 이유가 무엇이었는가에 대한 것이다. 그런 것은 그 사람들의 자식이나 친척들이 그곳으로 입산했기 때문이라는 설명이다. 그리고 당시 흰거위산에 들어가면 살 수 있을 것이

---

25) 문순태, 「골짜기마다 떠도는 고혼들」, 『나를 울린 한국전쟁 100장면-내가 겪은 6·25전쟁』(김원일·문순태·이호철·전상국 공저), 눈빛출판사, 2009, 77-78쪽.
26) 문순태, 「흰거위산을 찾아서」, 『시간의 샘물』, 실천문학, 1997, 209-210쪽.

라는 희망 때문에 들어간 사람들이 많았지만 그들은 흰거위산에 가지 못한 채 길을 잃거나 죽음을 당해야만 했다. 이렇듯 당시의 백아산은 뚜렷한 이념적 잣대로 파악할 수 없는 혼란스러운 곳이었으며 그곳으로 들어간 사람들의 행적에 대해서도 쉽게 판단할 수 없는 이념의 공백지대였던 것이다. 그런데, 지금 그 산에 왜 다시 가보고 싶은 것인가. 그렇게 해서 다시 찾아간 백아산은 이제 어떤 빛깔로 보이는가.

> 한때 이 고장의 많은 젊은이들에게 희망이 되어주기도 했던 백아산. 이곳에 오면 새로운 세상이 열릴 것처럼, 꿈 많은 젊은이들을 불러들였던 산. 오랜 세월이 흐른 뒤에 다시 보니, 너무도 평범한 산이 아닌가. 지금 이 산은 시작도 끝도, 꿈도 절망도 없는 무극(無極)한 원초의 모습 그대로가 아닌가. 햇살에 비쳐 보이는 백아산의 빛깔은 흰색과 검은색, 붉은색과 푸른색 등 이 세상의 모든 색깔을 흡수하고 섞어 하나로 아우른, 가뭇없는 현(玄)의 빛깔이었다.
> "우리 아버지랑 자네 식구들이 여기를 빠져나가고 며칠 있다가, 백아산 토벌 작전이 대대적으로 벌어졌었네. 그때 지리산으로 미처 이동하지 못한 빨치산 전투부대원들과 피난민들이 엄청 죽었네."[27]

백아산은 좌와 우, 선과 악, 그 어느 편에도 서지 않은 채로 살아가는 장우암 노인처럼 그 자체로 무극(無極)의 공간이자 모든 색깔을 흡수한 현(玄)의 빛깔로 형상화 된다. 이 부분을 과거의 기억과 화해할 수 있는 가능성을 보여주고 있다고 읽을 수 있을지도 모른다. 그러나 그것이 곧 상처와 고통의 극복을 의미하는 것이며 원한과 복수로 뒤얽힌 관계의 화해를 뜻하는 것은 아니다. 그보다 백아산 계열에서 상처의 원점으로 반복 회귀하는 과정은 역사적 트라우마가 생성된 그 순간의 '서사적 다기성', 즉 분단 트라우마가 생성되는 다양한 갈림길을 재현한다. 여러 분기점에서 어떤 길을 선택하고 혹은 거부

---

27) 문순태, 『41년생 소년』, 랜덤하우스코리아, 2005/2007, 276-277쪽.

했는가를 점검함으로써 과거의 기억과 현재의 모습에 대한 성찰적 이해가 동시에 가능해진다.

이처럼 문순태의 원형적 체험 공간이라고 할 수 있는 백아산(白鵝山, 흰거위산)을 무대로 한 「흰거위산을 찾아서」(1997)와 『41년생 소년』(2005) 등에서는 지리산 계열에서 온전히 서사화 될 수 없었던 작가 개인의 성장과 전쟁 당시의 실제 경험을 좀 더 뚜렷한 모습으로 현상한다. 지리산 계열의 소설에서는 비교적 분명하게 인물 간의 갈등 관계가 드러난 것에 비해 백아산 계열의 소설에서는 한두 사람 사이의 원한 관계가 아니라 훨씬 복잡하게 얽힌 관계를 보이는 것도 그 때문이다. 이 소설들에서 인물들 간의 갈등보다는 내적 서술이 많아지고 있는 것 또한 백아산의 기억이 그만큼 간결하게 정돈될 수 없을 정도로 압도적인 경험의 실체에 해당하기 때문에서였을 것이다.

백아산 계열의 소설은 이처럼 아버지들의 역사를 해원하고 가해자와 피해자 간의 용서와 화해를 보여주는 것보다 지리산 이야기에서 잘 드러나지 않았던 이념의 공백 지대인 고향의 역사적 실체에 다가서려는 노력에 할애된다. 이로 미루어 보아 실제로 백아산의 경험이 지리산보다 앞서 있는 것이지만, 지리산 계열의 소설을 백아산 계열의 소설보다 먼저 쓴 것은 지리산이라는 보편적 공간으로 서사의 지평을 넓힌 후에야 비로소 경험의 실체를 말할 수 있었던 것으로 읽을 수 있다. "53년 전 학살사건"의 "악몽"을 뒤늦게 쓰게 된 것은 이제 겨우 그 고통의 실체와 마주할 수 있게 되었다는 말이기도 하다.

이 점에서 문순태를 "역사적인 트라우마가 공적인 기억 속으로 통합된 뒤에도 왜 자꾸만 서사화될 수밖에 없는지, 역사가 왜 언제나 거슬러 올라가 다시 씌어져야 하는지를 알고 있는 작가"[28]로 평한 것은 의미 있는 지적이다. 백아산 계열의 소설은 상처의 원점을 지속적으로 환기시킴으로써 다기한 선

---

28) 박 진, 「기억의 재구성과 역사의 서사화」(작품 해설), 『41년생 소년』, 랜덤하우스 코리아, 2005/2007, 307쪽.

택의 순간을 포착한다. 이와 마찬가지로 지리산 계열의 소설에서처럼 가해자와 피해자의 대립을 통해 용서와 화해의 문제를 보는 것이 아니라 우리 모두가 가해자라는 의식으로 그 지평을 옮겨 간다. 이제 용서와 화해는 모두가 가해자라는 입장에서 새롭게 점검해야 할 과제인 것이다.

4. 경계의 소멸과 '통합서사': 포용의 자리, 생오지

문순태 소설이 원한의 뿌리를 찾아 갈등 관계를 확인하고 다시 역사적 경험의 실체를 확인하는 과정을 거친 후, 마지막으로 자연의 생태에 관심을 기울이게 된 것은 어떤 의미를 지니고 있는가. 고향 '생오지' 이야기를 마지막으로 쓰게 된 것은 지리산, 백아산 계열의 소설과 변별되는 용서와 화해의 지평을 숙고한 결과로 읽을 때 훨씬 더 의미 있게 해석될 수 있다. 그것은 앞서 말한 대로 바로 모두가 가해자라는 입장에서 원한과 상처로 얼룩진 역사를 다시 성찰하고 그 대안을 생태공간의 재해석을 통해 얻어내고 있기 때문이다.

생오지 계열의 생태공간이 의미하는 바는 초기소설에 등장하는 '방울재', '노루목'과 같은 공간과 비교해 볼 때 선명하게 보인다. 초기소설의 공간인 방울재와 노루목은 떠나온 고향의 순수함을 환기시키는 장소로서 그 이면에는 잃어버린 고향, 자연, 역사에 대한 그리움이 자리해 있다. 「징소리」에서 방울재에 울리던 '징소리'가 사라지는 광경은 근대화에 의해 상실된 고향과 공동체에 대한 향수를 동시에 함축하고 있다. 이러한 점을 「황홀한 귀향」(1981)에서는 상징적으로 묘사하고 있다. 학골[鶴洞] 사람들은 학이 마을을 지켜 주기 때문에 큰 난리에도 피해가 없었는데, 개발 근대화로 인해 학이 사라진 이후부터는 그렇지 못하다고 생각한다. 노인이 단소 소리에 날아 든 학들에게 몸을 맡긴 채 죽는 장면은 더 이상 회복할 수 없을 정도로 훼손된 생태환경과 농촌공동체의 현실을 여지없이 보여준다.

그런데 생오지 계열의 소설에 등장하는 생태공간은 잃어버린 고향에 대한 향수와 공동체에 대한 그리운 갈망만을 뜻하지 않는다. 생오지 계열의 소설은 5월의 상처를 안고 살아가는 한 사내가 거북재 마을로 귀향한 이야기를 담은 『느티나무 사랑』(1·2, 1997)에서 시작되어 『된장』(2002)에서 본격적으로 전개된다. 『된장』에 실린 작품들은 초기소설에서처럼 토속적 정서를 짙게 환기시키지만 그것은 표면적인 것에 불과하다. 그리고 이전의 소설에서 역사적 사건으로 인한 갈등과 대립, 이를 해결하기 위한 용서와 화해의 방식이 추구되었다면 여기에 수록된 소설들은 '과거와의 만남과 화해를 통하여 "삶의 근원"으로 가는 길'29) 찾기에 해당한다.

생오지 계열의 소설에서는 용서와 화해를 사유하는 지평을 역사적인 문제로만 국한하는 것이 아니라 일상적 삶에 내재된 보편적인 감성의 영역으로 확장한다. 표제작 「된장」에서 우물에 빠진 아들 순철의 죽음으로 인해 고통스러운 나날을 보낸 어머니는 아들을 잃은 자신의 아픔과 어떻게 화해할 수 있을 것인가라는 물음을 던진다. 어머니가 과거의 아픈 상처와 화해하는 방식은 다음과 같이 이루어진다.

> "괴롭고 슬픈 기억은 묻어둔다고 해서 잊혀지는 것이 아니다. 잊기 위해서는 이겨내야만 한다. 내가 이 집에 눌러 살자면 이 집에서 겪었던 모든 고통을 내 것으로 품어야 한다고 생각했다. 처음에 우물을 다시 파기 시작 했을 때는 에미도 겨우 아문 상처를 다시 건드리는 것만 같아서 견디기 어려웠다. 그렇지만 지금은 달라졌다. 물을 길을 때마다 우물에 빠진 순철이를 건져 올리는 기분이란다. 이제 순철이는 이 집에서 에미와 함께 있단다."30)

---

29) 박철화, 「빈자리, 혹은 과거와 현재의 공존(共存)」, 『문학적 지성』, 이룸, 2004, 190쪽.
30) 문순태, 『된장』, 이룸, 2002, 130쪽.

즉, 과거의 아픔을 이겨내고 아픔과 화해하는 길은 아픔을 내 것으로 품고 견디는 방식을 통해서이다. 어머니가 고통의 우물을 길어 올리는 행위는 과거의 기억을 망각의 저편으로 떠나보내기 위한 것이 아니라 그것을 온전히 현재의 순간으로 되돌려 놓기 위해서인 것이다. 그것은 가해자와 피해자 간의 용서와 화해의 문제를 고민하기 이전에, 자기 자신의 고통스러운 기억과 더 힘겹게 마주함으로써 견디는 것, 다시 말해 자기 자신의 기억과 먼저 화해하는 것이 그만큼 중요하다는 사실을 보여준다. 이처럼 이 작품에서는 복잡한 맛이 어우러진 '된장'처럼 고통과의 화해를 "신념이나 선택의 문제가 아니라 관용과 포용"[31]을 바탕으로 추구한다. 고통과 상처를 감싸 안는 '포용'은 자신 그리고 양자 간의 용서를 넘어선 것, 그것은 모든 대립적 경계가 소멸되고 융합되는 지점에서 출현하는 화해를 뜻한다.

포용의 정신은 이어지는 소설집 『생오지 뜸부기』(2009)에서 고향 '생오지' 이야기를 이끌어가는 심층적 동력으로 수용된다. 이 소설집에 실린 작품 가운데 단편 「눈향나무」는 포용의 정신이란 어떤 것인지를 중층적인 시간 구성을 통해 엮어내고 있어서 주목된다.

화자인 '나'는 400년 동안이나 오래된 묘지 옆에 홀로 죽은 듯 누워 있는 향나무다. 사람들은 누워 있다고 해서 '눈향나무'라고 부른다. 깊은 산속에 있기 때문에 사람들에게 발견되지 못한 채 아직 살아 있는 '나'는 세석평전 능선에 위치한 관음굴(觀音窟)에 앉아서 지리산 곳곳을 내려다본다. 그런 '나'의 시선에 겨울 산 눈더미에서 죽을 고비를 맞은 두 사람, 약초꾼 '홍가'와 목각장이 불모(佛母) '안가'가 들어온다. 추위에 떨며 관음굴로 들어온 그들은 오래전 그들의 조상들과 반대되는 상황에 놓여 있다.[32] 동학군을 죽였던 안달복의

---

31) 문순태, 「작가의 말」, 『된장』, 이룸, 2002, 4-5쪽.
32) 안가와 홍가의 조상과, 눈향나무인 '나'의 인연은 이런 내력을 지니고 있다. '나'는 임진왜란 때 죽은 돌쇠 장군의 무덤을 쓸 때 심어졌고, 돌쇠 장군의 시제 때 향으로 피워졌다. 원래 돌쇠 장군은 포작(鮑作)이었는데 임란 때 수군에 동원되어 이순신

후손 불모 안가가 동학군의 후예인 약초꾼 홍가를 살리기 위해 헌신을 다하고 있는 것이다. 안가의 손에 의해 관음상으로 태어난 '나' 또한 홍가의 몸을 따뜻하게 해주기 위해 스스로를 불태우려고 한다. 이렇게 안가는 가해자로서의 역사를 스스로 속죄하고 용서를 구하고 있다쪽, 눈향나무는 자신의 몸을 살라 이름 없이 죽어간 민중들의 넋을 위무하기 위해 노력한다. 이들 각각이 보여주고 있는 희생은 가해자와 피해자의 대립을 넘어서 있다. 눈향나무의 목소리가 전해주듯, 안가가 하고 있는 목각 작업은 바로 가해자의 입장에서 용서와 화해를 수행하고 있는 것이다.

> 그(안가)는 그대로 두면 썩어 없어질 죽은 나무를 찾아내어, 나무가 아닌 다른 것으로 새롭게 태어나게 하는 것을 보람으로 생각하며 살고 있다. 죽어 있는 것에 영혼과 생명을 불어넣는 것이야말로 사람이 할 수 있는 가장 고귀하고 아름다운 일이라고 믿고 있는 터였다. 그는 살아 있는 것과 죽은 것의 경계를 허물고자 하는 것인지도 모른다. 어쩌면 이 세상 안에 있는 모든 것은 살아 있으면서 죽어 있고 죽어 있으면서 살아 있다고 생각하는 것인지도. 아니 삶과 죽음, 증오와 사랑, 부도덕과 도덕의 경계까지도 없애려고 하는 것인지도.[33]

눈향나무의 시선을 통해 이 소설에서 말하고 있는 화해는 모든 대립과 경계가 소멸된 포용의 정신이다. "삶과 죽음, 증오와 사랑, 부도덕과 도덕의 경

의 부하가 된 사람이다. 그러나 역사는 한 사람의 영웅을 만들었고 돌쇠 장군의 이름은 잊혀졌다. 돌쇠 장군의 종손이 동학군에 가담한 후로는 집안이 몰락하고 말았고 6·25 전쟁 후부터는 시제도 지내지 않고 있다. 약초꾼 홍가는 돌쇠 장군의 19대 직계손이다. 눈향나무는 마음의 끈으로 홍가를 불렀고, 향기를 발산하여 불모 안가의 손을 거쳐 관음보살로 태어나게 되었다. 안가와 홍가의 인연은 동학란으로 거슬러 올라간다. 갑오년 농민 전쟁 때 약초꾼 홍기표의 증조부 홍기표는 동학군이었고 불모의 증조부 안달복은 동학 토벌군 대장이었다. 동학 패잔병들을 추격하던 안달복은 도망치는 홍기표를 끝까지 쫓아가서 붙잡아 목을 자른 일이 있었다.

[33] 문순태, 「눈향나무」, 『생오지 뜸부기』, 책만드는집, 2009/2013, 63-64쪽.

계"가 없는 지점은 가해자와 피해자의 대립이 소멸된 곳에서 관용과 포용의 마음으로 모든 것들을 껴안는 방식의 용서와 화해를 의미한다. 과거 역사와 화해한다는 것은 우리 모두가 가해자라는 입장에서 희생된 모든 사람들의 상처를 보듬는 가운데 그들에게 진정 용서를 구하는 참회와 속죄의 행위를 말한다. 이 점이 바로 문순태의 후기소설이 자연과 인간의 화해를 보여주면서도 일반적인 생태학적 의미를 넘어서고 있는 대목일 것이다. 이렇듯 지리산과 백아산 이야기를 거쳐 이르게 된 생오지 계열은 초기소설 속의 방울재와 변별되는 성찰 공간, 즉 대립을 융합하고 포용하는 생태공간을 바탕으로 한다.

> 나는 죽은 소나무 밑동부리를 쓰다듬어주고 앉았다. 슬픔 때문인지 분노 때문인지 심장 맥박이 빨라진다. 맥박이 요동치는 소리가 들리는 것 같다. 해저처럼 깊은 정적 속에서 소리를 내는 것은 내 몸뿐이라는 생각이 들자 갑자기 몸이 오싹해진다. 너무 무서워 소리를 지르고 싶지만 생각뿐이다. 순간 소리가 죽어버린 세상을 상상해본다. 무덤 속같이 소리가 없는 세상은 너무 무서워서 살아갈 수가 없을 것 같다. 나는 새삼스럽게 새소리며 물소리, 바람 소리, 내 몸 안의 소리들 자체가 거대한 하나의 생명체임을 깨닫는다.[34]

위에서 읽을 수 있듯이, 자연은 인간과 대립하는 객관화된 실체도 아니며 인간이 언젠가 돌아가야 할 그런 곳도 아니다. 자연의 소리가 그쳐버린 세상이 끔찍한 두려움과 공포를 주는 이유는 바로 자연과 인간이 하나로 묶여 있다는 인식에서 나아가 자연이 곧 인간 삶의 한 부분이고, 인간 또한 자연의 흐름 속의 일부분이라는 자각 위에서 비롯된 것이다. 그동안의 소설적 흐름을 상기해볼 때, 오염되지 않는 생오지의 소리풍경에 관심을 갖게 된 것은 용서와 화해로 종결될 수 없는 아픔의 역사를 자연과 인간의 관계에서 다시 해결하고자 하는 작업으로 읽힌다. 그것은 진정한 화해의 방식을 인간과 자연의

---

34) 문순태, 「생오지 뜸부기」, 『생오지 뜸부기』, 책만드는집, 2009/2013, 120-121쪽.

긴밀한 짜임관계를 통해 보여주고 있다고 말할 수 있다.

이상에서 읽어본 것처럼, 작가의 실제 체험 공간은 생오지-백아산-지리산 순서로 배열될 수 있지만, 서사 공간은 방울재-지리산-백아산-생오지 순으로 전개되어 왔다고 할 수 있다. 방울재와 생오지는 작가의 원체험이 자리한 고향 공간과 크게 다르지 않는 곳으로, 문순태 소설의 처음과 끝에 자리한 서사 공간이다. 이런 서사 공간의 배치를 통해서 우리는 문순태 소설이 자기서사에서 서사의 다기성, 그리고 통합서사로 나아가는 여정을 볼 수 있고, 원한과 복수에서 용서와 화해의 가능성을 추구하는 가운데 용서를 넘어선 포용에 이르는 감성적 추이를 그려볼 수 있다. 이것은 적대성의 치유가 행해야 할 방향은 차이의 인정을 전제로 민족공통성을 생산하는 통합적 서사를 모색하는 데 있으며 분단체제가 낳은 비정상적 산물이라는 자각과 동반되는 상호존중이라는 보다 성숙된 차원을 의미하는 통합서사[35]로서의 치유의 길을 뜻한다고 말해도 다르지 않을 것이다.

5. 나오며: 반성과 과제

이 글에서는 문순태 소설을 관통하는 중심 주제인 '용서와 화해'의 문제를 소설의 공간 변모 양상에 주목하여 읽고 그 과정을 문학치료학적 관점으로 해석하고자 했다. 이를 위해 문순태의 소설을 지리산, 백아산, 생오지, 이 세 갈래의 공간으로 나누어 살폈다. 문순태 소설의 공간 변모 양상은 용서와 화해에 이르는 기나긴 여정과 함께 전개되는데, 그 안에서 역사적 트라우마의 치유 가능성이 모색된다.

---

35) 강미정·이병수, 「한국인의 식민·분단 트라우마 양상과 치유 방향」, 『코리언의 역사적 트라우마』, 앞의 책, 116쪽.

하지만 문순태 소설의 공간이 지리산에서 백아산으로, 백아산에서 생오지로 옮겨가는 과정에는 용서와 화해가 쉽게 해결될 수 없는 문제라는 인식이 깊게 자리해 있다. 그런 것은 6·25 당시의 체험에서 비롯된 용서와 화해의 문제가 80년 광주 오월의 경험과 90년 후반 한국 사회현실의 급격한 변화로 인해 적지 않은 변화를 일으켰기 때문이다. 2000년대 이후 생오지 계열의 소설에서는 가해자와 피해자라는 대립 속에서 용서를 넘어선 포용을 화해의 방식으로 제시한다.

이와 같이 문순태 소설의 공간 변모 양상은 원한에서 포용으로 나아가는 과정, 그리고 분단 트라우마와 그 치유의 여정으로 읽힌다. 이를 문학치료학의 관점에서 보았을 때 다음과 같이 해석될 수 있다. 지리산 계열과 백아산 계열의 소설에서는 갈등과 대립으로 얼룩진 분단의 자전적 경험을 재구성함으로써 원한의 뿌리를 찾고, 여기서 다시 상처의 기원으로 원점 회귀를 반복하면서 여러 갈래의 선택 지점에 놓인 이념의 공백을 드러냄으로써 용서와 화해가 얼마나 어려운 일인지를 다기성의 서사를 통해 보여주고 있다. 이런 과정을 거쳐 이른 생오지 계열의 소설에서는 용서와 화해의 방식을 가해자와 피해자의 대립이 아니라 그 경계를 소멸시킬 수 있는 융합 지점으로서의 포용을 제시하면서 상호존중의 통합서사에 이르게 된다.

이처럼 문순태 소설은 작가 자신의 분단 트라우마의 경험을 자기서사로 구축하고 이를 끊임없이 작품서사가 상호작용함으로써 체험 공간을 다시 쓰는 과정을 보여주었다고 할 수 있다. 이를 통해 과거와 현재에 대한 성찰을 통한 미래의 기획을 새롭게 시도한다. 이렇게 보았을 때 문순태 소설의 공간 변모 과정은 그 자체로 곧 문학치료학의 주요한 관점을 내포하고 있다고 할 수 있다. 아쉽게도 이 글에서는 소설 공간의 변모 양상에 치중한 나머지, 여러 작품들의 공간을 꼼꼼하게 분석하지 못했다. 최근 다시 출간된 장편『타오르는 강』에서 개항지 목포와 인천, 나주 영산강 일대, 만민동공회가 열린 서울, 광주학생독립운동이 일어난 광주 등 전국 각지를 연결하여 '한의 민중사'를 조명하고 있는 소설을 비롯하여 앞으로 문순태의 여러 작품들에서 실제 공간, 경험 공간, 그리고 서사적 공간 형상이 맺고 있는 관계를 살피는 연구가 보완되어야 할 것이다.

이 방면의 연구가 동시대의 다른 작가들과의 비교 연구를 통해 이루어진다쪽, 원한과 복수에서 용서와 화해로 나아가는 서사의 지평을 폭넓은 시각에서 조망해볼 수 있을 것이다. 김원일, 박완서, 송기숙, 윤흥길, 이청준, 최인훈, 한승원, 황석영 등의 소설에서 용서와 화해의 문제가 어떤 내적 변화를 겪으면서 전개되어 왔는지를 살펴보는 작업을 다음의 과제로 우선 계획해 본다. 이들의 소설에서 공간은 전쟁과 분단 체험의 구체적인 장소이자 끝없는 반성과 성찰을 요구하는 사유의 장소로서 고향, 운명, 한(恨), 역사적 기억과 치유의 맥락을 비교할 수 있는 주요한 매개 지점인 것은 분명해 보인다. 역사적 경험을 공유한 동시대 작가들의 소설세계에서 용서와 화해의 문제가 작가의식과 공간인식의 변모에 따라 어떻게 전개되었는지를 변별력 있게 드러낼 수 있는 후속 연구를 기약한다.*

---

* 논문출처 : 「문순태 소설의 공간변모양상에 대한 문학치료학적 접근 」, 『문학치료연구』 30집, 2014.

참고문헌

1. 주요 작품집

문순태, 『달궁』, 문학세계사, 1982.

문순태, 『피울음』, 일월서각, 1983.

문순태, 『제3세대 한국문학』(21), 삼성출판사, 1983.

문순태, 『피아골』, 정음사, 1985.

문순태, 『시간의 샘물』, 실천문학, 1997.

문순태, 『된장』, 이룸, 2002.

문순태, 『41년생 소년』, 랜덤하우스코리아, 2005/2007.

문순태, 『생오지 뜸부기』, 책만드는집, 2009/2013.

2. 작가의 글과 대담

문순태, 「골짜기마다 떠도는 고혼들」, 『나를 울린 한국전쟁 100장면-내가 겪은
　　　　6·25전쟁』(김원일·문순태·이호철·전상국 공저), 눈빛출판사, 2009.

문순태·임헌영 대담, 「민족적 解恨의 작가, 문순태」(≪계간 문예≫1992년 여름
　　　　호), 『고향과 한의 미학-문순태의 소설세계』, 태학사, 2005.

문순태·임동확 대담, 「미래의 역사를 여는 전초작업으로서 고향찾기」, 『고향과
　　　　한의 미학-문순태의 소설세계』, 태학사, 2005.

3. 논문과 저서

강미정 · 이병수, 「한국인의 식민·분단 트라우마 양상과 치유 방향」, 『코리언의
　　　　역사적 트라우마』(통일인문학연구총서 8), 건국대학교 통일인문학연구
　　　　단, 선인, 2012, 71-116쪽.

강진호, 「기억 속의 공간과 체험의 서사-박완서의 「그 여자네 집」을 중심으로-」,
　　　　『아시아문화연구』28집, 경원대학교 아시아문화연구소, 2012, 1-19쪽.

김병욱, 「언어서사물에 있어서의 공간의 의미」, 『내러티브』2호, 한국서사연구
　　　　회, 2000.9, 160-162쪽.

김성민 · 박영균, 「분단의 트라우마에 관한 시론적 성찰」, 『시대와 철학』21-2호,
　　　　한국철학사상연구회, 2010, 15-49쪽.

김정자, 「'한'의 문체, 그 맥락의 오늘-황석영 , 이청준 , 문순태를 중심으로」, 『국어교육』57권, 한국어교육학회, 1986, 255-290쪽.

김종군, 「한국전쟁 체험담 구술에서 찾는 분단 트라우마 극복 방안」, 『문학치료연구』27집, 한국문학치료학회, 2013, 115-145쪽.

박덕규, 「6·25 피난 공간의 문화적 의미-황순원의 「곡예사」 외 3편을 중심으로」, 『비평문학』39호, 한국비평문학회, 2011, 106-132쪽.

박선경, 「'성'과 '성담론'을 통해 본 삶의 내면과 이면-문순태 소설의 전쟁 모티브와 성폭력 모티브를 조명하며」, 『현대소설연구』23호, 한국현대소설학회, 2004, 159-182쪽.

박성천, 『해한(解恨)의 세계: 문순태 문학 연구』, 박문사, 2012, 188-203쪽.

박영균 · 김종군, 「코리언의 역사적 트라우마에 관한 연구방법론」, 『코리언의 역사적 트라우마』(통일인문연구총서 8), 건국대학교 통일인문학연구단, 선인, 2012, 32-33면; 19-69쪽.

박 진, 「기억의 재구성과 역사의 서사화」(작품 해설), 『41년생 소년』, 랜덤하우스코리아, 2005/2007, 299-310쪽.

박철화, 「빈자리, 혹은 과거와 현재의 공존(共存)」, 『문학적 지성』, 이룸, 2004, 186-195쪽.

신덕룡, 「기억 혹은 복원으로서의 글쓰기」(작품 해설), 『시간의 샘물』, 실천문학, 1997, 318-330쪽.

유임하, 『분단현실과 서사적 상상력-한국 현대소설의 분단인식 연구』, 태학사, 1998, 119-285쪽.

이은봉 외 편, 『고향과 한의 미학-문순태의 소설세계』, 태학사, 2005.

임은희, 「문순태 소설에 나타난 생태학적 인식 고찰-성과 여성, 자연을 중심으로」, 『우리어문연구』30집, 우리어문학회, 2008, 363-400쪽.

장일구, 『서사공간과 소설의 역학』, 전남대학교출판부, 2009, 13-45쪽, 217-240쪽.

전흥남, 「문순태의 노년소설에 나타난 '노인상'과 소통의 방식」, 『국어문학』52집, 국어문학회, 2012, 287-309쪽.

정운채, 「서사의 다기성(多岐性)을 활용한 자기서사 진단 방법」, 『고전문학과 교육』10집, 한국고전문학교육학회, 2005, 107-138쪽.

정운채 외, 「2011년도 『문학치료연구』 게재 논문의 학술적 가치와 성과」, 『문학
　　치료연구』26집, 한국문학치료학회, 2013, 425-461쪽.

정운채, 「문학치료학과 역사적 트라우마」, 『통일인문학논총』55집, 건국대학교
　　통일인문학연구단, 2013, 7-25쪽.

조구호, 「문순태 분단소설 연구」, 『한국언어문학』76집, 한국언어문학회, 2011,
　　351-368쪽.

최시한, 「근대 소설의 형성과 '공간'」, 『현대문학이론연구』32집, 현대문학이론
　　학회, 2007, 5-26쪽.

최창근, 「문순태 소설의 '탈향/귀향'서사 연구」, 전남대학교 석사학위논문, 2005.

하은하, 「역사적 트라우마와 관련된 문학치료연구 현황」, 『문학치료연구』27집,
　　한국문학치료학회, 2013, 89-113쪽.

한국소설학회 편, 『공간의 시학』, 예림기획, 2002.

Aleida Assmann, 변학수 외 역, 『기억의 공간』, 경북대학교출판부, 2003.

제5부

문순태 소설 속의 고향과 한(恨), 그리고 여성 담론

잃어버린 고향을 찾아가는 작가

최창근

역사에서의 가해자와 피해자는 누구인가?

문순태는 1970년대에 등단해 지금까지 수많은 장편과 단편작품을 발표했으며 동시에 문학인으로서의 사회적 역할에도 충실한 작가이다. 한 작가가 평생에 걸쳐 발표한 수많은 작품을 하나의 주제로 묶는다는 것은 거의 불가능에 가까운 일이다. 작가의 문학적 성장과 함께 그의 작품세계도 더욱 넓고 깊어지며 심오해지기 때문이다. 그러나 그럼에도 불구하고 작가가 평생에 걸쳐 중요하게 생각하거나 지키고 싶은 가치 또는 문학을 통해서 회복하고 싶은 세계가 은연중에 보이기도 한다. 그런 면에서 문순태가 1970~80년대에 발표한 다양한 소설들을 아우르는 비교적 일관된 요소는 결국 '탈향과 귀향의 서사'라고 할 만하다.

1945년 일제강점으로부터의 해방 후 한국사회가 걸어온 길은 단순히 험난했다는 말로는 다 설명할 수 없는 여정이었다. 좌우 이데올로기의 갈등으로 인한 동족상잔의 비극은 물론이고 근대화의 과정에서 개발과 발전이라는 명목하에 수많은 폭력과 고통의 역사가 이어졌다. 그리고 이루 말할 수 없는 폭력의 역사에서 가장 큰 아픔을 감내해야 하는 것은 대부분 힘없는 민중들이었다.

민중에게 가해진 폭력의 일반적인 결과중 하나는 그들에게서 끊임없이 고향을 뺏어갔다는 것이다. 일제강점기의 조선인은 이역만리의 전선에서 또는 만주나 하와이 등 낯선 땅에서 생을 마감해야 했으며 해방 후에는 남북으로 나눠져 이산의 아픔을 겪어야만 했다. 전쟁이 끝나도 탈향의 역사는 쉽사리 끝나지 않아서 70~80년대 산업화 시대에까지 이어진다. 고향에서 농사를 지으며 소박한 삶을 살아가던 민중은 가난에 몰려서 또는 도시 개발과 건설을 이유로 땅을 뺏기고 고향을 떠나야 했다. 이처럼 지배 권력의 폭력은 민중이 정든 고향을 떠나는 탈향의 형태로 구체화된다.

문순태는 '탈향'을 고리로 이 땅의 역사가 걸어온 길과 그 과정에서 겪은 민중의 고통을 파헤치는데 심혈을 기울여 왔던 작가이다. 그의 소설에서 '탈향'의 원인은 주로 50년대의 한국전쟁과 70~80년대의 산업화와 관련을 맺고 있다.

「잉어의 눈」의 주인공이 고향을 떠나게 된 것은 한국전쟁으로 인한 좌우 이데올로기의 갈등 때문이다. 주인공 '나'의 어머니는 전쟁이 나고 좌익에 합류한 마을 사람 '황새'에게 강간을 당하자 자결로 생을 마감한다. 어머니의 죽음 이후 '나'는 아버지와 함께 정든 마을을 떠나 수 십 년 동안 돌아오지 않았으며 그의 머리에서는 어머니의 억울한 죽음도, 고향에 대한 기억도 모두 사라졌다.

「철쭉제」의 주인공도 전쟁의 와중에 아버지를 잃고서 쫓기듯 고향을 떠나야 했다. 이 경우에는 아버지를 죽인 사람이 자기 집안의 머슴 '박판돌'이었다는 사실이 더욱 비극적이라고 할 수 있다. 주인공의 집안에서 머슴살이를 하던 박판돌은 전쟁으로 세상이 바뀌자 자신의 주인을 위협해 산으로 끌고 가 죽이는 패륜을 저지른다. 주인공의 아버지는 지리산 깊은 곳 세석평전에서 죽창에 찔려 억울한 죽음을 맞이하게 된다.

「징소리」의 경우는 근대화의 여파로 고향을 잃은 사람들이 등장한다. 방울재라는 마을에 터를 잡고 살아오던 마을 사람들은 댐 공사로 인해 고향이 물에 잠기자 여기저기로 뿔뿔이 흩어져 바다 위의 부표처럼 유랑하는 삶을 살게 된다. 죽어서도 고향을 잊지 못하는 이들에게 방울재는 목숨과도 바꿀 수 없는 소중한 공간이었다. 그러나 국가권력은 경제개발을 위해 너무나도 손쉽게 그들의 고향을 물속에 수장시켜 버렸다. 소설 「징소리」는 공동체가 파괴된 후의 삶이 얼마나 피폐해질 수 있는지를 적나라하게 보여주면서 한 인간에게 고향이라는 곳이 얼마나 중요한 공간인지를 보여준다.

위에서 언급한 세 편의 소설 이외에도 문순태의 작품에서 '탈향' 모티프가 들어간 경우는 「황홀한 귀향」, 「말하는 돌」, 「어머니의 성」, 「유월제」, 「미명의 하늘」, 「거인의 밤」, 「난초의 죽음」, 「고향으로 가는 바람」 등 그 수가 적지 않다. 어쩌면 그가 쓴 거의 대부분의 소설이 어떤 식으로든 탈향 또는 고향과 관련된 모티프를 내포하고 있다고 말하는 편이 적당할 것이다. 그가 탈향을 주요 소재로 사용한 이유는 일차적으로 소설 속 가해자와 피해자의 구도를 분명하게 하기 위함이다. 즉 고향을 떠나야 했던 피해자와 고향을 떠나게 만든 가해자를 선명하게 제시해 주기 때문이다. 나아가 피해자가 겪는 고통의 깊이도 역시 구체적으로 이해할 수 있도록 해준다.

그러나 문순태의 소설을 가만히 들여다보면 서사기법 상으로 상당히 흥미로운 또는 당혹스러운 점을 발견하게 된다. 소설 속 인물이 탈향을 하게 된 원인과 인물들 간에 있었던 갈등을 하나 둘 따라가다 보면 우리 역사에서 폭력의 가해자와 피해자가 진정 누구인지 파악하기 어려운 지점을 맞닥뜨리게 된다. 특히 전쟁의 혼란 속에서 고향을 떠난 경우를 그리고 있는 소설을 보면 단순히 피해자와 가해자의 구도로 이 문제를 이해하는 것이 매우 곤란하다는 것을 깨닫게 된다.

「잉어의 눈」에서 자살한 어머니는 다름 아닌 한마을에 사는 주인공 친구의 아버지에 의해 욕을 당한 후 생을 마감한 것이다. 그러나 30년 만에 찾아온 친구가 이야기한 또 다른 진실은 주인공이 미처 몰랐던 아버지에 대한 비밀이었다. 아버지는 아내를 욕보인 남자를 잔인하게 죽여서 복수한 후 마을을 떠난 것이었다. 비밀이 폭로됨과 동시에 아버지의 숨겨진 이면이 베일을 벗듯 드러난다. '나'의 아버지는 한국전쟁당시 공비토벌 작전에 참여해 수많은 인민군을 죽인 과거가 있으며 이를 부끄러워하지 않고 자랑으로 여기는 사람이었다. 사로잡은 포로의 눈을 파낸 후 절벽에서 떨어져 죽게 하거나 박격포로 적의 머리를 날리는 등 그 잔인함이 도를 넘은 것은 물론이거니와 시체에서 빼낸 금니를 훈장처럼 목에 걸고 다니기도 했다. 그런 아버지가 자신의 아내를 욕보인 남자에게 잔인한 복수를 하고 고향을 떠난 사실을 알고 주인공은 선뜻 아버지를 편들 수 없는 자신을 발견한다.

「철쭉제」에서 주인공의 아버지를 죽인 살인자 박판돌 역시 자신의 아버지를 억울하게 잃은 사연을 가지고 있다. 그리고 여기에서도 그의 아버지를 죽음에 이르게 만든 것은 바로 주인공의 아버지였다는 놀라운 사실이 밝혀진다. 박판돌의 아버지는 양반 족보에 아들의 이름이 올라서 아들이 자신과 같은 머슴이 아니라 조금이나마 사람답게 살도록 하기 위해서 평생 남의 집 종살이도 마다하지 않는 순박한 인물이었다. 그러나 천한 머슴이 가문의 족보에 이름을 올리는 것이 싫었던 주인공의 아버지에 의해 지리산 이름 모를 산골짜기에서 총으로 비참하게 살해당한 것이다. 박판돌은 억울하게 죽은 아버지의 원수를 갚기 위해서 전쟁이라는 혼란을 틈타 살인을 저지른 것이다.

「징소리」는 단순히 하나의 사건이 아니라 방울재라는 공간을 배경으로 그곳에서 살아가는 민중들의 지독히도 얽히고설킨 원한과 화해의 굴레를 배경으로 하고 있다. 또한 방울재는 역사가 민중에게 가한 길고도 잔인한 폭력의 피바람을 정면으로 맞아온 곳이기도 하다. 칠복이를 버리고 다른 남자와 눈이 맞아 도망간 아내 순덕이, 흑심을 품은 마을 청년에게 욕을 당한 순덕의 엄마, 전쟁 중 죽은 가족의 복수를 위해 칠복이의 아버지와 마을 사람을 대창으로 찔러 죽인 동네친구 점례, 전쟁 중 강간을 당해 아버지도 모를 자식을 낳은 강촌댁, 인민군에 붙어 죄 없는 마을 사람들을 죽인 손판도의 아버지와 그런 아버지를 죽인 마을 사람들 그리고 베트남전에 참전해 수많은 여자를 능욕하고 자신도 불구가 된 손판도 등 「징소리」는 이루 헤아릴 수 없는 원한과 복수로 점철되어 있는 현대 역사의 축소판이다.

이쯤 되면 이 지옥 같은 삶에서 진정한 가해자가 누구인지 또 진정한 피해자가 누구인지 판단한다는 것은 불가능에 가까워진다. 피해자였던 사람은 실상 가해자였고, 가해자는 어떤 면에서는 또 다른 의미의 피해자였다. 이 복잡한 진실의 실체를 독자 스스로 깨닫도록 하기 위해서 소설은 피해자인척 위장된 시선을 이용해 서사를 이끌어간다. 독자는 이야기를 풀어가는 화자인 주인공이 고향을 떠나야만 했던 이유에 대해서 궁금증을 가지고 소설을 읽기 시작할 것이다. 그리고 그 비밀을 알았다고 생각한 순간 독자는 새로운 문제 즉 이 피해자가 진정한 피해자인가에 대한 의문에 처하게 된다.

가해자가 피해자인척 위장되어 있다가 결국에는 또 다른 의미의 가해자로 밝혀지는 과정은 문순태 소설에서 자주 나타나는 서사 구도이다. 이 같은 구도는 신문지상에서 접하는 사건이 가지는 '사실'과 '진실'의 구도와 흡사하다. 마치 신문에 실린 살인범이 죄인이라는 '사실'과 그를 살인범이 되게 만든 '진실'이 별개로 존재하는 것처럼 말이다. 세상의 관심은 흔히 살인범의 죄가 가지고 있는 잔인성만을 이야기하며 살인범을 만드는 사회의 구조적인 문제에 대해서는 면죄부를 준다. 이러한 사회에서는 끊임없이 살인범이 만들어질 수밖에 없다.

가해자와 피해자를 파악하기 힘들게 만든 것은 아마도 작가의 영리함일지도 모른다. 「잉어의 눈」이나 「철쭉제」, 「징소리」에서 가해자이면서 한편으로 피해자이기도 한 문제의 인물들은 일차적으로는 좌익 또는 북한군에 가담한 인물들이다. 이러한 인물들을 처음부터 전면에 내세워 옹호하고 그들의 억울함을 이야기하기에는 소설이 발표된 무렵의 시대적 상황이 녹록하지 않았을 것이다. 따라서 우선은 이 사연 많은 인물들을 가해자로 만드는 것이 서사를 이끌어 가는 부담을 줄일 수 있다. 그리고 그들이 살인을 할 수 밖에 없게 된 과정을 독자가 간접적으로 파악하게 함으로써 그들의 억울한 사연을 이해할 수 있도록 하는 방법을 쓰고 있다.

가해자가 피해자로 변하는 서사는 일종의 '낯설게 하기'라고 할 수 있는데 독자의 고정관념이나 선입견에 강렬한 충격을 주며 인식의 전환을 초래하는 효과를 유발한다. 그리고 작가가 미처 말하지 못한 소설의 빈틈을 독자의 상상력으로 메꾸는 작업을 통해 글의 전체적 의미가 완성되도록 하고 있다.

그 안에서 독자는 흔히 빠질 수 있는 이분법적 논리가 역사의 현실을 이해하기에는 부적합하다는 사실을 자연스레 발견하게 된다. 이분법의 논리에서 벗어난다면 역사에 대한 주체의 인식의 폭은 상당히 넓어지게 되며 인류의 역사에서 끊이지 않았던 폭력의 원인이 어디에 있는지도 어렴풋이 알 수 있다.

「잉어의 눈」에서 주인공의 아버지가 인민군을 잔인하게 죽였던 자신의 삶을 정당화하고 자랑거리 삼아 이야기하는 것에서 알 수 있듯이 폭력은 이데올로기의 당연한 결과이다. 그리고 이데올로기는 주체가 믿는 세계관이며 옳다고 여기는 신념이기도 하다. 타인에게 가해지는 폭력이 대부분 자신이 옳고 선하다는 이 단순한 믿음에서 출발한다는 사실은 수많은 역사에서 발견할 수 있다. 작가는 그러한 신념과 이데올로기, 이기주의가 가지고 있는 위험성을 영리하게 파악하고 있는 것이다. 지금이야 어느 정도 이러한 시각이 형성되고 있지만 20년 전만 해도 이는 상당히 무모한 접근이라고 할 수 있으며 작가가 가지고 있는 역사적 시각의 진실성을 발견할 수 있다.

박판돌이 자신의 주인을 그토록 잔인하게 죽인 것은 결국 마찬가지로 억울하게 죽은 아버지의 원수를 갚기 위한 것이었다. 그의 아버지가 죽게 된 과정을 읽다보면 작가가 말하지 않았던 민중의 억울한 처지가 그려지기 마련이다. 여자노비를 양반 남성의 성적 노리개정도로 여기는 사회적 인식, 평생을 일해도 정당한 보수를 받을 수 없는 불공평한 대우, 신분의 차별을 타고난 운명으로 강요하는 사회적 제도, 피지배계층의 일방적 희생과 의무를 강요하는 이데올로기, 사소한 잘못에도 가차 없이 내려지는 처벌 등 민중에게 가해지는 폭력의 규모는 한 인간이 감당하기에는 너무 무거운 것이었다.

전근대적 사회 체제는 오로지 약자가 흘린 피로 유지되어 왔다. 조선왕조 500년의 거대한 고목도 결국 백성의 희생을 자양분 삼아 깊은 그림자를 드리운 것이다. 대의와 질서를 이유로 피지배자들의 끝없는 복종만을 강요하고 그 어떠한 보상도 주지 않은 비정한 세상이 이어져왔다. 타인을 위해 자신의 목숨을 버리는 것이 마치 숭고한 의무처럼 여겨지는 시대에서 개인의 생명이란 일종의 수단으로 사용되었다. 특히 여자에게는 한층 더 가혹하게 이와 같은 폭력이 적용되었다.

문순태의 소설에서 너무나도 자주 그리고 적나라하게 나오는 여성에 대한 폭력과 성적 착취는 지금까지 여성이 당해왔던 폭력의 역사 그 자체이다. 「징소리」에 등장하는 수많은 여인들은 모두 굴곡진 역사의 산증인들이다. 남성들도 전란이나 그 외의 사건에서 고통을 받았으나 여성은 여기에 더해 남성에게서 받은 성적 착취의 고통까지도 겪으며 살아야 했다. 그러나 여성은 특히 어머니는 남성보다 강인한 생명력으로 치욕을 견디며 살아가는 존재이기도 하다. 「징소리」의 강촌댁은 바로 그와 같은 강인한 여성의 상징이다.

식량을 자루에 가득 채운 두 명 중에서 나이가 지긋하고 턱에 수염이 검실검실 난 사내가 왁살스럽게 강촌댁의 팔을 나꿔챘다. 강촌댁은 아기를 안은 채 방바닥에 팽개쳐졌다. 키가 작달막하고 젊은 사내가 그녀의 품에서 아기를 빼앗아 방구석에 밀쳐버렸다. 강촌댁이 울부짖으며 아기를 끌어안으려고 하자, 나이 많은 사내가 발로 그녀의 가슴팍을 눌렀다. 그녀는 발에 밟힌 채 뻐르적거렸다. 사내들은 차례로 사지를 휘저으며 울부짖는 그녀의 배에 올라탔다. 강촌댁은 눈에서 번갯불이 튀는 것을 마지막으로 정신을 잃고 말았다.(「징소리」)

우리 역사의 비극이 불러온 또 하나의 현상은 남성의 부재이다. 사회적 혼란의 와중에 남성들은 대부분 죽고 가정을 책임지는 것은 여성인 경우가 많았다. 여성 역시 강간이나 매춘의 위험에 노출되어 있지만 이 치욕을 평생 안고서도 그 모진 목숨을 버리지 않은 것이다. 이 땅의 어머니에게는 먹여 살려야 할 자식이 있고 해마다 농사를 짓고 지켜가야 할 땅과 조상이 잠들어있는 묘소가 있기 때문이다. 어떤 경우에는 자신이 보호해야 할 자식이 강간으로 인해 잉태한 경우일 수도 있지만 어머니는 이마저도 포기하지 않는다. 강촌댁도 강간으로 잉태한 자신의 병든 딸을 평생 보살피는 모성애를 발휘한다.

전쟁, 전복과 혼돈의 순간

평생을 고통만 받아온 민중들은 자신의 억울함을 호소할 길도 없었다. 그런 그들에게 전쟁은 억압적 사회제도 속에서 고통 받은 약자의 설움과 분노를 분출할 수 있는 절호의 기회였다. 한국전쟁은 바위처럼 단단한 기존 질서를 일거에 해체해버리고 지배와 피지배의 관계를 극적으로 역전시킨 순간이었다. 이 전복의 순간이 약자가 자신의 목소리를 낼 수 있는 유일한 기회인 것이다. 전쟁이 아니었다면 이 땅의 민초가 자신의 억울함을 호소할 기회는 여전히 없었을 것이라는 점을 생각한다면 전쟁의 의미가 그들에게 어떤 것이었는지도 충분히 알 수 있게 된다.

전근대적 질서로 유지되는 사회는 민중에게 일체의 말할 권리를 주지 않는다. 말할 권리는 오로지 왕과 장군, 양반과 지식인 등 한 사회의 지배계층을 구성하는 힘 있는 자들에게만 주어져 온 것이 동·서양의 공통된 진실이다. 말할 권리는 한편 기록할 권리 또는 기록될 권리이기도 하다. 따라서 역사는 기록할 권리가 있는 자들에 의해서 기록될 권리가 있는 자들을 선별하는 선택의 역사이기도 하다.

기록할 권리를 가진 자들은 자신들의 특권을 정당화하고 이익을 영구화하기 위해 그들만의 이데올로기를 높이 쌓아올리는데 전력을 기울여왔다. 역사의 비극은 이 배타적이고 특권적인 가치를 위해 자신의 몸과 생명을 바쳐가며 희생한 피지배자들의 죽음에 있다. 그리고 진정한 아이러니는 그들의 죽음이 아름다운 말로 포장되고 숭고한 희생으로 치켜세워지며 지배이데올로기를 더욱 공고히 하는데 사용된다는 점이다. 희생에 대한 온갖 미화는 이러한 죽음을 마치 위대한 행위인 것처럼 묘사해 너도나도 자신의 목숨을 버리게 하는 웃지 못 할 상황을 초래하기도 한다.

문학과 역사가 숨기고 있던 차별의 실체를 밝힌 랑시에르는 그의 저서『문학의 정치』에서 '말할 수 없는' 사람에게 말할 권리를 주는 것이 문학의 사명이라고 거침없이 주장한다. 그가 관심을 가진 대상은 그동안 문학이 외면한 이 사회의 힘없는 약자들이었다. 그리스 시대로 거슬러 올라가도 문학에서 민중은 철저히 소외받는 존재였다. 문학의 대상은 영웅적 인물에 한정되었고 기록될 만한 가치가 있는 위대한 이야기만이 선택받았다.

아리스토텔레스가 말하는 미메시스의 본질은 모방할 가치가 있는 것들에 대한 문학적 재현의 기술이었던 것이다. 이를 위해 고귀한 인물들의 행동과 말을 사실적으로 묘사하고 그들이 겪은 이야기를 흥미진진하게 기록하는 다양한 기법들이 발전해 왔다. 플롯이란 미메시스적 문학 기법의 정점에 위치하는 것이다. 하나의 사건을 인과적인 흐름, 즉 '그럴듯함' 또는 '진실임직함'의 원리로 엮는 플롯은 반복적이며 우연적인 민중의 일상과 대비되며 영웅들의 행동에 유의미성과 가치를 부여한다.

그러나 이 '그럴듯함' 또는 '진실임직함'이라는 문학의 기준은 좋고 나쁨, 귀천의 기준이라는 일종의 폭력으로 작용해 온 것을 부인할 수는 없다. 이름 없는 민중들에 대한 차별은 플라톤도 예외는 아니었다. 플라톤은 『국가』에서 장인들은 하루 동안 해야 할 작업이 너무 많기 때문에 일 이외에 그 어떠한 것도 할 수 없다고 잘라 말하며 그들의 사회적 참여를 금지하고 있다. 플라톤에게 사회를 지배할 수 있는 책임과 권리를 가진 인물은 역시나 유능하고 고상한 영웅들이었던 것이다.

문학은 이러한 과정을 통해 수 천 년 동안 고귀한 삶과 비천한 삶을 가르는 기준으로 군림해 왔다. 그러나 누가 문학에 그러한 자격을 주었는가 생각한다면 의문이 들 수밖에 없다. 이 세상에 가치 있는 삶과 가치 없는 삶을 가를 수 있는 기준이라는 것이 애초부터 존재할 수는 없다. 오히려 자신에게 가해지는 지배계층의 폭력과 수탈을 묵묵히 견디며 그 끈질긴 삶의 끈을 놓지 않는 민중의 삶이야말로 숭고하고 고귀한 것이라는 점은 너무나도 자명하다. 묵묵히 의무를 지키고 자신의 책임을 다한 그들의 희생이야말로 기록될 가치가 있는 것이다.

문순태의 작품에서 비로소 민중은 수천 년 동안 문학이 소외시켰던 자신의 삶을 이야기할 권리를 부여받는다. 자신들을 대표한다고 여겼던 사람들이 사실은 그들을 지배하는 자들에 지나지 않았다는 진실을 알고 나서 그들 스스로 자신의 대표자가 되려는 것이다. 따라서 문학은 이제 그동안 일체의 기록에서 철저히 소외되었던 민중의 이야기에 정당한 지위를 되돌려주는 것을 자신의 사명으로 삼아야만 한다. 기록되어야 할 대상은 누군가에 의해 선택된 의미 있는 것 또는 그럴듯한 것이라고 여겨질 만한 것 들 뿐만이 아니라 민중의 삶 그 자체여야만 한다.

새로운 시대의 문학으로 랑시에르가 제시한 골동품점의 문학, 쓰레기장과 하수구의 문학이 가진 의미를 곰곰이 되새겨볼 필요가 있을 것이다. 시대와 공간을 달리하는 물건들이 특별한 규칙도 없이 섞여있는 골동품점은 각각의 사물이 어떤 위계도 귀천도 없이 자신들의 이야기를 전달하고 있다. 쓰레기장과 하수구는 도시의 온갖 잡동사니들이 흘러들어오는 곳이지만 어떤 곳보다 그 시대의 내밀한 속살과 진실들을 이야기해주고 있다.

말할 기회가 없었던 존재들은 자신들의 이야기를 신체에 새겨서 기록하거나 들어줄 누군가를 위해서 끊임없이 방랑의 길을 떠나야 한다. 누구에게도 관심을 받지 못한 존재가 자신의 이야기를 들려주기 위해서 유령처럼 떠도는 것을 랑시에르는 '말없는 돌'에 비유한다. 이 돌은 '문학적'이라는 선택의 기준이나 그럴듯함의 외피를 갖지 못한 채 정처 없이 이곳저곳을 헤매며 자신의 이야기를 들려주고 싶어 한다.

돌은 자신이 헤쳐 온 경험을 그 표면에 하나 둘씩 새기고 수 천 년 동안 바람과 물에 패인 상처를 있는 그대로 간직하며 살아간다. 세상의 모든 돌들은 가치의 유무 따위로 그것을 기록할지 결정하는 기준에 얽매이지 않은 채 어느 누구도 관심을 주지 않는 여행의 흔적을 자신의 표면에 기록하고 있다.

민중들 역시 이 '말없는 돌'처럼 평생을 살아가면서 겪은 수많은 고통과 상처를 있는 그대로 자신의 신체에 새기며 살아왔다. 문순태의 작품 「말하는 돌」은 그런 의미에서 이 '말없는 돌'로 비유되는 민중의 삶에 대한 적절한 사례라 할 수 있다.

전쟁의 소용돌이 속에서 주인집을 지키기 위해 몸 바친 황바우는 오히려 주인인 부면장을 죽인 살인자라는 누명을 쓰고 억울한 죽음을 당한다. 황바우의 죽음은 가혹한 운명이 인간에게 부여하는 고통의 실체를 잘 보여준다. 신분제라는 전근대적 질서를 수긍하며 자신의 역할을 묵묵히 수행해나가던 그는 전쟁이라는 전복의 순간에도 부면장의 집을 외로이 지키는 인물이었다. 그러나 이러한 노력에도 불구하고 그는 실제로 부면장을 죽인 마을 청년들의 간계에 의해 목숨을 잃고 어느 산속에 버려지는 운명을 겪게 된 것이다. 자신을 신분제의 질곡에 처하게 만든 질서를 수호하려다 죽어간 것이 황바우의 운명이다.

황바우의 아들은 원통하게 죽은 아버지의 시신을 찾아 수습한 후 후일을 기약하며 고향을 떠났다. 그리고 수십 년이 지나 고향에 돌아온 아들은 아버지의 시신을 찾아 이장을 하고나서 과거 시신을 찾기 위해 가져다 놓았던 돌을 가지고 집으로 돌아가려 한다. 수석은커녕 정원석도 되지 못할 못생기고 크기만 한 돌이 아버지 황바우가 살아온 삶을 기록하고 증언해주는 '말하는 돌'이라고 할 수 있다.

> "어쩐지 그 돌에 우리 아버지의 혼이 들어 있을 것 같아서…… 그리고 자네와 나 두 사람의 우정과, 월곡리 마을 사람들의 마음도…… 그 돌이라도 집에 갖다 놔야 고향을 잊어버리지 않을 것 같아서 ……"(「말하는 돌」)

문순태의 소설에서 자주 나오는 소재인 '징'도 민중의 울분과 분노를 대신 표현해 주는 중요한 모티프이다. 고대로부터 민중의 삶은 무가치한 것으로 치부되었기 때문에 그들이 하는 말은 말이 아니라 소음이나 짐승의 울부짖음에 지나지 않았으며 아무도 귀담아 듣지 않았다. 문자화된 언어로는 자신들의 억울함을 말할 기회가 없었던 민중들에게 징소리는 가슴 속에 묻어둔 서러움을 표현하는 유일한 수단이었다. 그래서 허칠복은 징을 몸의 일부로 또 목소리의 대용으로 생각하며 가슴이 답답할 때마다 징을 치며 울부짖었다. 그는 징으로 헤어진 마을 사람들을 찾고, 집나간 아내 순덕이를 부르고, 하늘 나라에 있는 아버지와도 이야기를 할 수 있었다. 또한 징소리는 삶의 무게에 지쳐있는 민중에게 살아갈 힘을 주는 원동력이기도 했다.

방울재에서 칠복이는 여러 가지 징소리를 냈다. 그는 늘. "나는 말여. 징으로 슬픈 소리 기쁜 소리 다 낼 수 있단 말여!" 하며 어깨를 들먹이며 자랑스럽게 말했다. 그는 징소리로 말을 할 수 있다고 했다. 그리고 순덕이도 그가 징을 울려 말하는 몇 마디는 알아들을 수가 있게 되었다. (「징소리」)

징소리는 이 땅의 민중이 당한 고통의 상징이다. 칠복의 아버지 허쇠는 답답한 마음에 징을 치다 산사람을 부른다는 오해를 받고 억울한 죽음을 당하기도 한다. 그러나 징소리는 이 모든 비극과 불행을 자신의 울음으로 녹여내고 서로를 용서할 수 있는 힘을 준다. 징소리는 민중들의 한을 녹여주는 노래이고 서로를 이어주는 연대의 외침이기도 하다. 고향을 떠난 이들에게 고향을 떠올릴 수 있도록 하는 것도 바로 징소리의 힘이다.

징소리는 매일 낮 12시 반만 되면 도시의 한복판에 있는 가장 높은 빌딩 칠보증권 11층 옥상 한 곳에서 한가지 울림으로 퍼졌지만 80만 시민들은 저마다 각기 여러 가지 소리로 들었다.
고향을 잃은 사람들에게는 고향 사람들의 목소리로, 억눌린 사람들에게는 자유의 울부짖음으로, 슬픈 사람들에게는 울음 대신 환희의 소리로, 실의에 빠진 사람들에게는 용기의 외침으로 들렸다.(「징소리」)

고향을 되찾기 위한 여정

'탈향'이 문순태의 소설에서 자주 등장하는 소재라면 '귀향'은 그의 소설에서 가장 중요한 주제라고 할 만하다. 문순태는 불쌍한 민중에게 그들이 잃어버린 고향을 되돌려 주기위해 노력한다. 고향을 떠나야만 했던 이유를 살피는 소설의 여정은 결국 그들에게 고향을 돌려주는 것으로 끝을 맺는 경우가 많다.

물론 과거와 같은 고향은 일종의 유토피아적 상상에 불과할 수도 있다. 이미 세상은 근대적 합리성과 자본주의가 판치고 개인의 욕망을 충족하는 것이 당연시 되었기에 이를 과거처럼 되돌린다는 것은 불가능에 가까운 것이 현실이다. 또한 고향을 되찾고 싶은 마음에는 전근대적 질서를 미화하는 퇴행의 의식이 포함되었을 위험도 내포되어 있다. 무엇보다 공동체라는 것이 가지는 질서와 조화가 사실은 힘없는 사람의 희생을 은밀히 강요하는 것이기 때문이다. 그럼에도 고향이 가지고 있는 의미는 현대를 살아가는 인간이 한번쯤 되새겨 볼 필요가 있는 가치이다.

주체에게 고향은 어쩌면 매우 양가적 의미를 가진 공간일지도 모른다. 만약 공동체를 강조한다면 이 안에서 주체는 질서와 조화를 위해 자신이 지켜야 할 희생과 의무만을 강요받을지도 모른다. 그러나 이 희생과 의무가 주체에게는 소속감을 주고 이 안에서 주체는 일종의 안정을 느낄 수도 있다.

반면 공동체가 주는 의무의 고통을 거부한다면 고향은 하루라도 빨리 떠나고 싶은 공간일 것이다. 고향으로 대표되는 전근대적 전통사회는 자신의 욕망에 충실하고 싶은 개인을 가두고 있는 감옥이 될 수도 있다. 이 때문에 많은 사람들이 자신이 원하는 삶을 살기위해 무작정 도시로 떠나기도 했던 것이다. 도시는 그들에게 어떤 의무도 지우지 않고 자유를 추구할 수 있도록 해주는 매력의 공간이다.

그러나 아무리 고향을 싫어하는 경우라도 고향에 대해 가지고 있는 일말의 향수와 애정을 부정할 수는 없다. 이는 고향이라는 공간이 주체가 세상에 나와 가장 처음 접한 공간이고 또한 세계를 인식하는 중심으로서 어머니의 자궁 안처럼 안정감을 주는 곳이기 때문이다. 고향에서 살아가는 동안 주체는 세계와 분리되지 않고, 심지어 그의 운명과도 분리되지 않은 일체감을 경험하게 된다.

물론 주체가 느끼는 일체감은 성장하면서 세계와 자신 사이에 놓인 심연을 깨닫는 순간 사라지게 되지만 그럴수록 과거의 경험은 다시는 만나지 못할 연인처럼 그리움을 자극하게 마련이다. 따라서 주체와 고향과의 분리는 어떤 형식으로든 그의 삶을 뿌리부터 뒤흔드는 일대 사건이자 위기로 다가오는 것이다.

주체가 고향과 분리되는 고통은 슬프지만 현재도 일상적으로 일어나고 있는 일이다. 신도시와 뉴타운의 광풍은 개발과 발전이라는 논리로 그곳에서 살고 있는 힘없는 약자를 가차 없이 몰아냈다. 수 십 년 동안 살았던 정든 곳을 다른 어떤 것도 아닌 국가권력에 의해 강제로 떠나야만 했던 사람들은 다시 예전처럼 정붙일 곳을 찾지 못하고 쓸쓸히 여생을 살아가야만 한다. 그들의 남은 생에서 가장 슬픈 것은 삶의 리듬과 의미를 공유했던 정든 이웃을 상실해버렸다는 점이다.

계절의 변화를 함께 맞이하며 겨울이 오면 모여서 김장을 담그고, 서로의 아이들이 크는 것을 지켜봐주던 이웃, 급할 땐 소소하게 돈을 꾸고 빌려주는 이웃, 슬플 땐 슬픔을 나누고 기쁠 땐 그 기쁨을 배로 즐기던 믿음직한 이웃들로 이루어진 연대의 공동체를 잃어버리게 되는 것이다. 정든 땅, 정든 마을, 정든 골목을 떠난 이들은 이제 어디에서도 그전과 같은 심리적 안정감을 가질 수 없다. 이들을 고향에서 쫓아내며 쥐어준 몇 푼의 돈으로는 어디에서도 그와 같은 이웃을 구할 수 없다.

그리고 이제 어떤 형식으로든 그러한 고향은 존재할 수 없다. 자본주의적 욕망은 모든 인간을 자기밖에 모르는 개인으로 찢어놓았고 인간은 돈과 쾌락밖에 모르는 탐욕의 노예가 되었다. 현대인에게는 경쟁으로 인한 성취감은 있을지 모르나 누군가와 함께 한다는 신뢰나 연대는 이제 먼 과거의 전설이 되어 버렸다. 도시는 온갖 지역에서 온 사람들이 돈을 벌기 위해 모여드는 근대적인 자본주의의 공간이기 때문에 서로가 서로를 짓밟고 올라가기 위해 치열하게 경쟁을 하는 곳이다. 이 때문에 문순태 소설 속의 많은 인물들은 모두

도시에서 적응하지 못하고 실패를 경험한다. 그리고 우리는 더더욱 전설처럼 되어버린 그 고향을 그리워하고 있는지도 모른다.

전쟁의 폭력이든 개발의 논리든 고향을 떠난 주체는 이제 평생 고향을 떠올리며 그곳으로 돌아갈 순간만을 기다리게 된다. 「징소리」의 인물들이 꿈을 꾸듯, 귀신에 홀린 듯 알 수 없는 힘에 이끌려 고향으로 돌아와 생을 마감하는 모습에서 죽어서라도 고향땅을 밟고 싶은 소박한 소망을 느낄 수 있다. 한갓 미물도 '수구초심(首丘初心)'의 마음을 갖는다는 것을 생각한다면 고향의 의미는 우리 모두에게 더욱 크게 다가오기 마련이다.

「황홀한 귀향」의 최두삼이 장님 아내를 잃어버린 고통 속에서 자신도 다른 이의 아내를 겁탈하며 씻을 수 없는 죄를 지었던 고향을 군이 찾으려 했던 것은 고향에서야 비로소 편안한 죽음을 맞이할 수 있기 때문일 것이다. 그래서 그는 자신을 배반하고 죽음과도 같은 고통을 주었던 그 고향을 찾아가 마지막 숨을 거둔 것이다.

학들이 그의 어깨와 팔에 내려앉았다. 머리와 가슴과 다리에도 내려앉았다. 머리에 내려앉은 학이 끌질을 하듯 그의 이마를 쪼았다. 피가 흘렀다. 피를 보자 그의 단소 소리가 더욱 슬프고 아름답게 흘렀다. 다른 학들도 그의 온몸을 쪼아대기 시작했다. 검은 빛 부리의 끝이 송곳처럼 날카롭게 살점을 찍었다. 학들은 그의 사지를 갈기갈기 찢은 다음 몸속의 내장들을 모두 꺼내 놓았다. 그러나 최두삼 노인은 황홀했다. 눈을 감자 핏빛 황혼이 그의 온몸을 포근히 덮어 주었다. 황혼에 덮인 그는 단소 소리를 들으며 감미로운 미소를 지었다.

"아버지, 마을에 사람이 살고 있어요. 장님 노파가 나이 많은 처녀와 살고 있어요!"

숨을 헐떡이며 황혼을 밟고 뛰어온 만기가 아버지를 등에 업으려고 했을 때, 이미 숨을 거둔 최두삼은 단소를 쥔 채 콩깍지처럼 가볍게 옆으로 허물어졌다.(「황홀한 귀향」)

작가 문순태가 그의 소설을 통해서 끈질기게 추구해 온 것은 어쩌면 영영 찾을 수 없는 고향을 다시 찾는 것이 아닐까 한다. 이때의 고향은 루카치가 『소설의 이론』 서문에서 말했던 "별이 빛나는 창공을 보고 갈 수 있고, 또 가야만 하는 길의 지도를 읽을 수 있었던 시대는 얼마나 행복했던가'라고 노래했던 바로 그 고향이다. 개인과 세계가 분리되지 않고 자신의 운명에 대해 겸손했던 세계, 엄마의 품처럼 '나'를 보호해주고 세계에 대한 확신을 주었던 아름다운 고향이 작가가 찾는 고향이라 할 수 있다.

그리고 그가 그토록 끈질기게 고향을 찾는 이유는 아마도 이름 없는 민중에게 마지막 안식처나마 되돌려주고 싶었기 때문일 것이다. 고통뿐인 삶을 살아가는 민중이 서로의 상처를 감싸주고 격려하며 짧은 인생을 편안히 마감할 수 있는 고향은 너무나도 소중한 곳이다.

한편으로 지금까지의 역사와 문학이 다루지 않았던 민중의 삶을 세밀하게 기록하고 그들을 역사의 주인공으로 복권시키고자 했던 것이 그의 작품이 지니는 진정한 의의라고 할 수 있다. 랑시에르가 말했던 민중이 주인공이 되는 문학의 정치, 진정한 민주주의의 정치, 말할 수 없는 자를 말하게 하는 문학의 정치는 어쩌면 문순태의 문학에서 그 가능성을 찾을 수 있을지도 모를 일이다.*

---

* 논문출처 : 「잃어버린 고향을 찾는 작가」, 『문예연구』 2015년 가을호.

고향상실에 나타난 신화성
—라스푸친의『마쪼라의 이별』과 문순태의『징소리』를 중심으로

문 석 우(조선대)

I. 서론

고대인들은 우주 질서를 관찰하면서, 탄생, 삶, 죽음의 개념을 자신들의 삶과 동화시켜 왔다. 자연 현상은 인류에게 가장 근본적인 법칙인 영원 회귀의 법칙을 알려 주었다. 우주 질서의 흐름에 동화하는 상상력에 의해 창조된 신화는 인간에게 자연과의 결합을 가능하게 하였다. 그렇지만 오늘날과 같이 발달된 과학 문명에서 인간의 삶은 인간과 자연을 동일시하는 원시적 상상력을 고갈시켰으며, 인간을 단순히 물질적 행복을 추구하는 존재, 죽음을 향해 가는 존재로 파악하여 현실과 대면하는 인간은 감당할 수 없는 두려움을 가지게 되었다. 이러한 유한한 인간 삶의 조건 속에서 "순환적인 자연 현상에 동화되는 삶을 추구하는 신화적 문학은 인간의 삶과 자연이 조화를 이루는 인간의 근원에 대한 탐색이라는 측면에서 우리에게 중요한 의미를 준다."1)

---

1) 신화는 자연과 동일시하는 원시적 사고에 바탕을 두고 있다. 이것은 엘리아데가 "고

비록 시대와 공간이 다르고 변했다 하더라도, 태초 이래로 우리의 정신 깊숙이 자리 잡은 경험은 원형으로 존재하고 있기 때문이다.

신화 주제학2)이란 신화적인 주제가 문학의 원형으로 존재한다고 전제한다. 원형이란 인간과 세계의 관계에서 발생하는 근원적이고 본질적인 것을 말하며 상징에 의해 매개된다. 곧 원형적인 것이란 보통 상징적인 의미를 지니고 있으며 인간은 이러한 상징을 통해 자신의 특수한 상황에서 벗어나 일반적이고 보편적인 것에서 자신을 열게 되는 것이다. 그런 의미에서 상징은 개인적인 경험을 신성한 것에로, 초월적인 것에로 연결하는 통로가 된다.

나아가 신화 주제학은 현대와 같은 인간 상실의 시대에 삶의 총체성을 회복하는 계기가 된다. 우리 일상생활의 대부분을 차지하는 비합리적인 부분을 추동하는 힘을 인간의 무의식으로 설명한다쪽, 신화란 이러한 무의식의 구조와 유사하다는 점에서 볼 때 논리적인 힘이 작용하지 않은 존재 방식을 표현하게 된다. 인간 실존의 큰 부분인 무의식에서 불러일으키는 충동들에 의해 인간 행동의 기본적인 패턴이 형성된다는 것은 신화가 지닌 의미가 무엇인지를 이해할 수 있게 한다. 현대소설에서 신화에 대한 회귀가 비합리적인 것, 마성적인 것, 유령적인 것을 통해 인간의 개별화, 분열을 극복할 수 있는 신비를 주제화할 수 있다.3) 신화적 주제학이 갖고 있는 이러한 특성 때문에 신화 주제학은 고

대인의 뚜렷한 특징은 자기 자신을 우주 및 우주의 리듬과 뗄 수 없이 관련지어 있다고 느끼는 데서 찾아볼 수 있다."고 말한 데서도 잘 나타나 있다. M. 엘리아데, 『우주와 역사』, 정진홍 역, 현대사상사, 1976, p.4.

2) 주제학(Thematics)이란 명칭은 원래 러시아 형식주의자인 보리스 토마쉐프스키에 의해서 처음으로 언급되었다. 러시아의 비교학자 빅토르 쥐르문스키의 표현을 빌리쪽, '주제 다루기의 논리'는 지속적이며 인류학적이고 심리적인 표본에 상응하는 비슷한 모티브 형성과 인물의 구도와 갈등의 해소를 강요한다. 하나의 모티프나 하나의 특징은 한 가지 이상의 주제를 전달할 수 있으며 동일한 주제가 아주 다양한 모티프와 특징에 의해 전달될 수 있다. 쉬클로프스키 외, 『러시아 형식주의 문학이론』, 한기찬 역, 월인제, 1980, pp.96-98.

3) 위르겐 슈람케, 『현대소설의 이론』, 원당희, 박병화 옮김, 문예출판사, 1995, pp.73-75.

전문학과 현대문학의 내적 연속성을 수립하는 작업이 될 수 있을 것이다.

우리는 신화적인 서사문학에서 플롯의 전개, 등장인물, 결말의 방식, 이미지와 상징 체계 등이 매우 비슷한 경우를 보게 되는데, 이는 기존의 문학적 전통을 따르고 있기 때문이다. 그리고 오늘날 우리가 신화에 대한 관심을 갖는 것은 그것이 인간의 원초적인 사고와 표상을 담은 이야기이기 때문이다. 따라서 "위대한 문학 작품은 신화의 원형으로 복귀하려는 경향이 있다"[4]는 말에서 암시되고 있듯이 우리는 신화에서 원형을 추적하고 현대문학 연구에 이를 응용해봄으로써 작품을 좀 더 깊이 이해해 보려고 한다.

플로위는 라스푸친의 『마쪼라의 이별』에 나타난 요소를 비극성과 신화성이라고 보았으며, 그 중에서도 신화성을 보다 강조했다. 그는 "라스푸친이 『마쪼라의 이별』을 통해 현대의 신화를 창조하고 있다"고 평가하면서 이런 특징을 신화시학(mythopoetic)이라고 규정했다.[5] 우리가 태초 이래로 보유해 왔지만 망각하여 그 가치를 놓쳐 버린 기원의 세계를 회복하기 위해 그의 소설 『마쪼라의 이별』에서 인간과 자연의 융합 외에도 고향상실에 대한 원시성의 회복을 실현하고자 한다. 그의 작품에서는 신화적 모티프가 후기 작품까지도 제공되고 있는 것으로 보아 그의 문학세계에서 중요한 핵심으로 자리 잡고 있음을 알 수 있다. 그의 이러한 신화적 주제를 통해 우리에게 인간 존재의 우주적 세계와의 동일한 관념을 발전시키는 한국문학과 라스푸친 문학의 상관관계를 비교 연구할 수 있도록 고려하기에 충분하다.

노드럽 프라이(Nortrop Frye)의 말을 인용하쪽, "동일한 반복의 패턴, 즉 그 하나의 생명의 죽음과 재생의 패턴에 다른 모든 순환적인 패턴이 대체로 동화되어진다. 물론 이러한 동화는 서구문화에서보다도 환생의 교리가 일반적

---

4) Robert D. Denham(ed.) Northrop Frye on Culture and Literature(Chicago: The University of Chicago Press, 1978), p.74.
5) Polowy T, *The Novellas of Valentin Rasputin: genre, language and style*(New York: Peter Lamg. 1988), p.101.

으로 받아들여지고 있는 동양문화와 더욱 밀접한 관련이 있을 것이다."6) 이
러한 시각은 서양과 동양간의 수평적 문학의 상관관계로 이끌어 주는 중요한
요소들을 던져 준다. 특히 소설속에 드러난 신화를 통해 기원의 관념을 제시
하고 수몰지구 사람들의 고향상실을 다루고 있다는 측면에서, 우리는 한국
작가 중에서도 향토적 전통에 자신의 세계를 깊이 뿌리내리고 있는 문순태의
작품『징소리』를 그 비교대상으로 삼을 것이다.

　한국과 러시아에서는 근대화와 산업화 과정에서 소외된 농촌 사회의 절박
하고 평범한 사람들의 운명을 다루려는 문학들이 생겨났다.7) 특히 두 작가의
작품에서는 산업화과정에서 변화가 어떻게 농촌의 순박한 사람들에게 영향
을 미치며, 이들은 그 변화에 어떻게 반응하는가? 그리고 이들의 운명은 과연
어떻게 되었는가? 하는 문제가 고향상실과 관련하여 신화적인 관점에서 다루
어지고 있다. 두 작가는 실제로 농촌이라는 공간에서 태어났고 근대화 건설을
위해 농촌을 개조하려는 국외자로서가 아니라 각자 시베리아 원주민 출신이
나 농사꾼의 아들로서 자신의 조상이 살았고 그의 후손들이 살게 될 삶의 터
전인 고향 땅에 대해 고민하는 보편적인 인간의 시각에서 바라본다. 이 글에
서는 자연에 대한 인간의 이해가 신화적 인식을 통해 어떻게 이루어지는지 살
펴보고, 아울러 신화적 모티프를 통해서도 비교해 보려는데 목적이 있다.

　라스푸친은 신화와 영혼 탐구의 재해석을 통하여, 문순태는 신화적 삶과
샤먼의 무속으로부터 출발한 탐구를 통해 소설에서 인간의 정체성을 확인하
려는 것으로 보인다. 그렇다쪽, 이러한 인간과 자연의 조화와 인간본성으로
의 회귀를 다룬 신화적 소설 속의 모티프와 상징들은 무엇인가? 그 해답을 찾

---

6) Northrop Frye, *The Educated Imagination,* Bloomington, Indiana University Press,
　1964. p.194.
7) 러시아에서는 이들을 농촌소설(деревенская проза)작가라고 부르기도 한다.
　Н.Н. Котенко, Валентин Распутин: очерк творчества, Москва,
　Современник, 1988, с.111.

기 위하여, 연구대상이 되는 문순태와 라스푸친의 작품 배경을 간략하게 설명하고 한국과 러시아의 신화적 배경을 바탕으로 한 물과 불의 모티프, 신화적 영성체로서 대왕낙엽송과 징소리의 상징성을 비교하며, 수몰지역의 시간과 공간을 넘나들며 삶을 영위하는 신화적 인물들을 중심으로 분석하도록 한다.

Ⅱ. 라스푸친과 문순태의 작품 배경

발렌친 라스푸친은 시베리아 출신의 농촌 산문작가이다. 그의 전-후기 작품들을 비교해보면 몇 가지 특징들을 발견할 수 있다. 전기 작품들에서는 농촌을 배경으로 하고 있는 반면에 후기에서는 도시를 공간적 배경으로 하고 있다. 또 전기에는 전지적 시점을 채택하여 주로 여주인공들을 중심으로 사건을 서술하고 있는 반면에, 후기에는 사색적이고 내면적인 일인칭 남자 주인공의 시점이 주된 서술 방식이다. 전기 작품들은 소비에트 체재의 집단화, 산업화, 현대화에 의해 위협받는 농촌 마을이나 농촌 사람들의 운명을 다룬 중편들을 발표했으며, 후기 작품들은 주인공이 물질세계를 초월하고 영적인 차원으로 발전해 가도록 만드는 신비스런 개인의 경험을 주로 묘사하였다.[8] 특히 전기 작품들은 지방색이 두드러진 언어와 민속, 민간 신앙, 신화와 전설 등을 활발히 수용하여 독특한 예술세계를 창조하였다. 중편『마쪼라의 이별』은 1976년에 발표된 작품으로 앙가라 강 안에 있는 작은 섬 마쪼라가 수력발전소의 건설로 인해 수몰되는 이야기이다. 작가의 고향 부근에서 실제로 있었던 사건을 소재로 다루고 있으며, 작가는 여기에서 새로운 제도의 도입에 쉽게 적응해 가는 젊은 세대와 그와 반대로 옛 전통과 기독교 신앙을 간직하면서 고향에

---

8) Winchell M., "Live and Love: The Spiritual Path of Valentin Rasputin", SEEJ, 1987, winter, p.534.

대한 귀속 본능을 지닌 구세대간의 상이한 반응을 통해 현대문명을 비판한다. 작가는 섬의 파괴를 자연현상으로 보기보다는 관료주의의 제물이며 물질만능의 비도덕성과 비인간화 현상 등 현대사회의 병폐로 이해하고 있는 것처럼 보인다.

문순태는 호남 농촌출신의 향토작가이다. 작가의 고향은 무등산 너머 담양군 남면이며, 소설의 배경은 장성댐의 수몰지구이다. 그의 작품은 주로 농촌 지방의 삶의 실상에 바탕을 둔 현실 세계에서, 삶에 내재해 있는 한의 문제를 집요하게 추적한다는 점에 그 특징이 있다. 주요 작품으로는 '흑산도 갈매기', '미명의 하늘', '말하는 징 소리', '물레방아 속으로', '철쭉제', '달궁', '타오르는 강', '아무도 없는 서울' 등이 있다. 연작소설『징소리』는 1978년에 발표된 작품으로 장성댐이 건설되면서 농토를 잃어버리고 아내마저 달아나자 어린 딸을 업고 무일푼으로 호수 가로 돌아 온 이래, 징을 울려 낚시꾼들을 방해하다 매를 맞곤 하는 미치광이가 아내를 기다리며 고향을 그리워하는 이야기를 다루고 있다.

문순태의 연작소설『징소리』의 소재는 바로 고향을 잃어버린 사람들의 이야기인 반면에 라스푸친의『마쬬라의 이별』은 고향을 상실하기 직전까지의 마을 사람들의 방황과 고통을 이야기하고 있다는 점에서 시간과 공간적인 차이점을 보인다. 하지만『마쬬라의 이별』에서는 수몰이후에도 떠나지 않으려는 노파들을 포함하여 일부 마을사람들의 죽음을 상징적으로 암시하는 선에서 결말을 짓고 있는 것에 비해『징소리』에서는 수몰 이전의 상황들도 회상의 기법으로 되살리고 있어서 전체적인 가능하다는 점이 다르다.

III. 슬라브 신화와 한국 신화의 비교

신화는 아득한 옛 조상들의 세계관, 그들의 삶과 활동을 어떻게 이해하고 평가할 것인지 그 특성을 밝히는 데 가능성을 열어 준다. 인간은 과거를 연구하면서 동시대의 문화와 자신에 대한 특성을 더 잘 이해하게 된다. 신화라는 용어는 고대 신화학9)에 따르는데 러시아에서는 баснословие라 부른다.10) 신화적 의미에서는 고대 그리스와 로마 서사시들, 신들과 문화적 영웅들에 대한 주제를 다룬 작품들에서 인용한 것들이 암시되었는데, 신과 영웅들의 행위는 인간의 행복이나 생활수단의 창조 및 획득을 위해, 집단적 생활의 전통을 바탕에 두고 있다. 그러나 러시아 문화는 일반적으로 슬라브 문화처럼 그리스의 '일리아드'와 '오디세이아'나 독일-스칸디나비아 서사시와 같은 고대 스칸디나비아 신화학적 서사시들을 알지 못했다.11)

러시아 민중의 신화학은 평범한 일상생활에서 민간신앙과 미신, 의식과 의례, 그리고 일상적인 교류에서 사용된 언어에서 실현되었다. 구어의 민중창작, 영웅서사시인 브일리나와 마법이야기, 전설과 구비문학, 또한 모든 고대 러시아문학과 조형예술은 신화학의 보고였다.

대자연의 위력과 맞서 싸울 힘이 없었기에 의지나 호소할 대상을 찾게 되었던 고대 슬라브인들은 구름과 대지, 숲과 강, 가축의 외양간, 집 등에서 많은 신격으로 의인화된 또 다른 힘에 의존하게 되었으며 자연의 위력 또한 그 '힘'의 지배를 받도록 염원했다. 이렇게 해서 슬라브 민족에게 공통된 하나의

---

9) 신화학 Mythologie은 신화를 연구 대상으로 하는 학문으로 두 가지 의미를 지니는데, 하나는 한 민족이나 한 시대의 신화적 전설의 집합이고, 또 다른 하나는 신화의 학문적인 연구나 묘사를 말한다. 안진태, 『신화학 강의』, 서울, 열린책들, 2002, p.53.

10) Шуклин В., *Русский Мифологический Словарь*, Екатеринбург, Уральское изд., 2001. с.4.

11) 러시아신화 연구에는 20세기초부터 여러 학자들이 활발하게 참여하고 있지만 아직 충분히 종합되고 체계화되어 있지 않다. 그것은 다음과 같은 이유로 설명된다. 첫째, 기독교의 보급으로 교회와 정부는 러시아의 모든 신화적인 신들과 영웅들을 이교도적이고 미신과 같은 부정적인 세력으로 대하고 억압했다. 둘째, 20세기에 시작된 신화학을 종교와 관련시킨 종교와의 투쟁 때문이었다. 이교도의 신화에는 수많은 천상의 신, 대지의 신, 지하의 신들이 존재하며 슬라브인들은 절대적인 유일신을 알지 못했다. *Шуклин В., Русский Мифологический Словарь*, Екатеринбург, Уральское изд., 2001. с.4.

신화, 즉 매우 소박하고 일상적인 생활조건에 적합한 신화가 서서히 형성되었던 것이다.

슬라브 신화의 기원에서는 원시적이고 이원론적인 창조신화가 발견된다. 그것은 생명을 부여하는 힘으로서 빛과 어둠의 대립으로 나타내는 선한 신(Бело бог)과 악한 신(Чёрно бог)이다. 러시아 민속학자 아파나시예프는 이것이 러시아를 포함한 슬라브권의 공통된 신격이었다고 주장한다.[12] 슬라브 신화에 있어서 하늘과 땅은 우주의 골격을 이루고 있으며, 두 영역은 그들의 세계관에 있어서 하늘의 지주, 세계수(樹)라는 이미지와 관련되어 있다.

동슬라브의 신화에는 그리스와 이란 문화의 영향으로 '뻬룬'(천둥과 번개를 다스리는 신)과 '벨레스'(가축의 신)의 우상들이 뿌리를 내렸고 10세기말에는 블라지미르의 판테온의 신격으로 이어진다. 초기 슬라브족의 판테온은 그리스의 고대 신처럼 쥬피터, 마르스, 아르테미스와 일치한다. 기독교가 들어오기 이전에 등장하는 신격들로는 스뜨리보그, 다쥐보그(태양신), 스바로그(불신), 호르스(태양신), 모꼬쉬(땅의 어머니 신) 등이 존재하였다. 그러나 러시아정교가 지속된 후에도 민중에는 이교신앙이 존재했고, 수많은 신들과 선악의 정령들 속에서 자신들의 정신적 세계를 구현하였다.[13]

인격화는 신화학적 인식의 발전과 관련된 의례적-의식적 관습에 있어서

---

12) А.Афанасиев, *Поэтическая воззрения славян на природу*, в трёх томах, Москва, Индрнк, 1994, первый том, c. 92.

13) 대부분의 슬라브 신들은 이름에 비해서 불분명한 경우가 많다. 도상학적이나 문화적인 자료가 남아있는 반면에 신화적인 면으로는 찾아볼 수 없다. 그들의 우상은 남성신들인 뻬룬Perune, 호르스Khursu, 다쥐보그Dazibogu, 스뜨리보그Stribogu, 시마리글루Simariglu 등과 여신인 모꼬시가 존재했다. 그러나 988년, 블라디미르 공후가 기독교화한 이후로 키예프에서 우상숭배는 사라져갔다. 뻬룬은 알려진 신들 중에서 유일한 슬라브와 러시아의 신이다. 비를 내리게 하는 것은 페룬의 민담의식에서 중요한 일이었고, 특히 발칸-슬라브에서는 아직도 전해 내려온다. Jaan Puhvel, Comparatine Mythology, Baltimore and London: The John Hopkins University press, 1944, p.233.

더욱 복잡한 단계인데, 생동감이 상대적으로 분리되면서 짐승이나 인간의 모습을 띤 존재로 나타난다. 이런 존재들은 자연의 힘을 지배하며 인간생활에 영향을 끼친다. 인간이 행동하고 생각하고 경험하는 모든 것은 실질적으로 신화학적인 인격화가 된다.[14]

또한 재생과 소멸의 힘을 분리시켜 세계의 이원성에 대한 개념을 낳았다. 신화에는 하늘-땅, 낮-밤, 생-사, 흰색-검은색 등 대립된 개념들이 공존한다. 신화의 주인공에게는 실제로 적대자들이 존재한다. 이렇게 신화학의 개념에는 모든 것을 이해하는 원리들, 즉 이원성과 대립의 원리들이 구성되어 있다.[15] 코스모스(우주)가 카오스(혼돈)와 대립될 뿐 아니라 이승과 저승도 대립된다. 이승은 항상 세계(우주)의 중심과 대지의 중심으로 지각된다. 신화의 이원성과 이면성은 죽음과 부활의 신화학적 원리와 일치한다. '마슬레니짜'의 축제가 겨울의 소멸과 봄의 부활을 재현하는 것과 같다. 이니시에이션(통과제의)[16]을 바치는 의례들, 결혼식 및 장례식, 인간이 건강(재생)과 질병(죽음)을 지향하는 마술사의 행위, 주문들의 다양한 형태들은 이와 비슷한 신화

---

14) 슬라브 민족은 우주와 인류, 신들이 모두 한가지 유일한 성립법칙에 의해 생겨났다고 믿었는데, 그 발생의 뿌리는 원초적 카오스이다. 이런 믿음은 서구 신화와 구별되는 중요한 이유이다. 즉 고대 그리스 로마 신화에서 올림푸스의 신은 인간과 협력, 분쟁하는 일종의 상호 관계를 가지며 자연력의 형상이라기 보다 인간의 형상에 가까웠다쪽, 고대 슬라브족의 신들은 자연력의 의인화очеловечение의 형상으로 나타난다. 그들은 자신의 생명이 자연에 달려 있다고 생각했으며 자연의 해를 입지 않으려는 시도가 자연 숭배의 경향으로 나타났다. Н.М. Николаенко, "Культурологическиекорни русского космизма", *Сибирское пространство мифов*, Омск, 2000, с.10-13.

15) Там же, с.8.

16) 이니시에이션이란 인류학적 개념에서 유래한 것으로서 원시사회에서 성인이 되기 위해 치르는 예식이다. 엘리아데는 이런 신화적 입사식은 입사단계, 시련단계, 죽음단계, 재생단계를 거친다고 보았으며, 그 단계들은 입사단계로서의 분리단계, 시련단계로서의 전이단계, 죽음과 재생단계를 합한 통합단계로 대치해 볼 수도 있다. Eliade M., *Rites and Symbol of Initiation: The mysteries of Birth and Rebirth*, (New York: Harper Yorch book, 1965), pp.1-136.

학적인 바탕을 갖고 있었다.

우리나라의 신화에서 세계와 인간은 신에 앞서 존재한다. "세계가 있고 인간이 있은 연후에 신은 하늘에서 하강한다. 단군의 아버지 환웅이 그렇고 수로와 혁거세가 그렇고 주몽의 부신(父神) 해모수 또한 예외는 아니다."17) 역사적인 문헌들에 나타나 있는 신화들을 보쪽, 우리 신화는 좁게 동북아, 넓게는 북반구와 밀접한 관련을 지니면서 형성된 듯한 증거들을 보여준다. 퉁구스족이나 몽고족, 그리고 原시베리아족과의 친연성(親緣性)을 보이고 있는 한편 그밖에 유럽과 아시아 북부에 걸쳐 있는 종족들과의 사이에서도 적잖은 친근성을 보여주고 있다.18) 이러한 신화의 비교에 있어서 동북 아시아지역은 어로 및 수렵문화에 유목문화를 지니고 있었으며 이른바 기마족 문화도 이 지역의 것이다. 고구려의 청동기들이 스키토 시베리아문화의 영향을 받고 있는 것은 우리 상고대문화가 이 지역과 관련되어 있음을 의미한다. 고구려는 그 신화와 제의(祭儀) 등에 있어 어로와 수렵문화를 한때 누리고 있었음을 보여주고 있다. 단군신화 속의 곰의 존재는 동북부 아시아지역과 서쪽으로는 북유럽에서 동쪽은 북미에까지 곰 사냥을 에워싼 곰의 제의를 연상시켜 준다. 곰이나 호랑이 등의 동물들은 샤먼의 영혼을 인도하여 천계나 지하세계를 왕래할 수 있다. 주몽이 하늘을 왕래할 때나 땅위를 다닐 때 말을 탔다는 고구려신화는 이런 샤먼의 말에 대해 확인해준다. 이럴 때 동물들은 같은 종류의 동물을 위한 보호자가 되는 것만이 아니고 샤먼이나 인간의 보호자가 되는 것이다.19) 이것이 바로 보호령(保護領)으로서의 동물이다. 현재에도 전승되고 있는 한국 민간신앙의 '업사상'에 보호령은 그 자취를 남기고 있다. 업이란 한 집안을 보호하고 그 집에 복을 내린다고 믿어지고 있는 동물이다. 족제비, 두꺼비, 뱀 등으로 표현되는 동물로 경상도에서는 '지킴이'라고도 부른

---

17) 김규열, 『한국의 신화』, 일조각, 1993, p.2.
18) 같은 책, p.121.
19) 같은 책, p.123.

다. 업을 죽이거나 다치거나 하면 동티가 나고 재앙을 당하게 된다고 한다.[20] 업이 한 가정의 보호령이라면 산신령인 호랑이는 한 마을의 수호신이다. 마을의 수호신은 농경문화의 전통을 이어오면서 민간신앙의 대상도 변하여 마을 앞의 당산나무로 바뀔 수도 있다. 또한 농촌마을의 공동제사는 단군신화의 유형을 간직하면서 북방 유라시아 샤머니즘의 원리를 강렬하게 투영하고 있다. 그 "세계수, 우주목인 신화적 모티프나 천신이 하늘에서 나무나 산 위에 내린다는 모티프에 있어서 단군신화는 북방 유라시아적이다. 서낭굿, 당굿, 당산굿 등이 그것이다."[21] 이런 마을 공동체가 한국사회의 전통성 속에서 고구려신화를 비롯한 상고대 신화는 하나의 원형으로 남아 있다. 즉 동물신화와 농경문화의 복합이던 신화적 요소가 전통성의 바닥에 깔려 있는 것이다. 신화적 원형이란 용어를 융(Jung C.G.)은 '집단적 무의식의 구조'라는 개념으로 사용했고, 그 뒤를 이어 엘리아데는 신의 모범적 모형이나 모본 paradigm의 개념으로 사용하면서 제의가 신에 의해 이루어진 천지창조 행위를 모방 반복하는 것이라 하였고 제의 또는 신화의 원형을 천지창조를 한 신의 행위 자체로 보았다.[22] 그러나 한국의 민속학자 김태곤은 신의 천지 창조가 행위가 발견되지 않은 한국의 신화나 민간신앙, 무속에는 이런 엘리아데의 개념을 적용하기 어렵다고 보고, '만물의 존재 근원에 대한 원형 사고 패턴'의 의미로 사용하였다.[23] 한국인은 예로부터 '모든 존재는 미분성(未分成)[24]을 바탕으로 서로 바뀌어 순환하면서 영구히 지속한다'고 믿는 사고의 틀을 가지고 있다고 하였다.

---

20) 같은 책, p.123.
21) 같은 책, p.127.
22) 엘리아데, 같은 책, pp.4-5.
23) 김태곤, "한국무가의 원형", 『구비문학3』 (성남: 한국정신문화연구원, 1980).
24) 무속은 인간을 애초부터 하나의 영과 육의 융합체로 간주, 인식하고 있다는 점이다. 언어와 사고와 세계관이 서로 밀접하게 연관되어 있다는 사실은 이미 밝혀진 바 있다. 김진우, 『인간과 언어』, 서울, 집문당, 1992, pp.421-431.

우리의 신화에는 세계의 개벽신화가 없으니 그 상대개념인 종말신화도 없다. 인간의 삶과 죽음이 기정 사실로 존재하고 자연이 이미 주어져 있는 상태에서 신의 출현이나 신성인물의 출현이 이야기되고 있다. 한국 신화가 오늘날 세계의 개벽과 종말, 인간의 창생과 죽음에 관한 신화를 가지지 못한 것은 사실이지만, 신화를 낳을 만한 터전인 신화적 사고를 지니고 있으며 무엇보다도 인간의 제약성을 넘어서서 시공에 걸쳐 멀리 내다보는 투영을 하고 있다.[25]

그런데 라스푸친의 작품에서 발견되는 신화적 요소들은 슬라브 신화와 시베리아 부족신화가 혼합된 형태이며 오히려 시베리아의 샤머니즘적 요소에 가깝다. 따라서 두 작가의 작품을 매개로 한 한국 신화와 시베리아의 샤먼적인 신화의 비교가 가능할 것으로 생각된다. 시베리아의 샤머니즘과 한국의 민간 신앙은 유사성을 보이고 있으나 다만 차이점이 있다즉, 시베리아 샤먼의 정령은 조류와 물고기, 동물 등의 자연물이 주류를 이루고, 그 형상이 그것들의 자연물 그대로인 데 비해 한국의 민간 신앙(무속)은 하늘, 해, 달, 별 등의 천체와 바다, 강, 물, 산, 바위, 땅 등의 자연물과 인신(人神)등이 주류를 이루는 것이 다르다. 따라서 "시베리아 샤먼의 신은 자연물 그대로의 즉물적인 영(靈)인데 비해, 한국민속의 신은 자연물이라 하더라도 인간의 형상으로 나타나는 인격적인 영이어서 인위적 상황이 가미된 인격적 영이라 할 수 있다."[26]

그러면 앞으로 이런 한국과 러시아의 신화를 바탕으로 두 작품에 나타나는 신화적 배경과 물과 불의 모티프, 신화적 영성체들을 중심으로 고향상실과 고향을 지키려는 업, 또는 지킴이들의 신화적 요소들이 지닌 상징성을 고찰해 본다.

---

25) 김열규, 같은 책, p.8.
26) 김진영외, 『민속문학과 전통문화』, 도서출판 박이정, 1997, p.132.

Ⅳ. 물과 불의 모티프, 그리고 신화적 영성체

1. 물의 모티프

소설에서 이미지는 작품의 중요한 상징적 세계를 이루는데, 이미지 분석을 통해 상징적 이미지를 추출해 내는 것은 작품의 본질을 파악할 수 있게 해준다. 특히 두 작품에서 주된 모티프는 '물'의 이미지이다. 물은 생명의 근원이며 풍요의 원천으로서 영원한 삶의 기쁨을 상징하는 긍정적인 이미지이며, 신화, 민속, 그리고 종교적 상징과 관련을 맺기도 하지만, 두 작품에서는 '물'이 부정적인 이미지로 나타난다.

물은 홍수와 범람을 통해 파멸을 불러오지만, 새로운 창조의 모태이다. 일체의 것을 획득하기 위해 일체의 것을 잃는 역설적인 물의 속성에서 죽음, 파멸과 함께 재생, 환생의 의미가 나타난다. 물을 통해서 죽음과 동시에 재생, 바로 삶의 세계를 함께 보여준다. 그러나 '물'의 이미지를 통해 볼 때 죽음은 단순히 그 자체로서 끝나는 것이 아니다. 그것은 '씻음'과 그에 의한 새로운 '탄생'의 의미를 지닌다. 프라이는 "암시적 상징에 있어 '생명의 물'은 신의 나라로 재현된 에덴 동산을 사중으로 흐르는 강물을 의미해서 세례 의식으로 재현된다."27)고 주장하며 물의 이미지를 재생의 의미로 보았다. 나아가 "물은 타락, 죄악이나 부정함 등의 부정적인 요소를 씻어 내고 깨끗이 정화시켜 새로운 탄생을 가능케 하는 의미도 지닌다."28) 문순태의『징소리』에서 주인공 허칠복의 아내 순덕이 스스로 익사하는 행위는 몸을 더럽히고 남편과 자식을 버렸던 자신의 부정함을 씻어 내고 새로운 탄생을 상징화한 것으로 볼 수 있다.

먼저『마쪼라의 이별』에서 자연의 힘으로 나타나는 물의 모티프는 앙가라

---

27) 신상철,『현대시와 '님'의 연구』, 시문학사, 1983, p.20 재인용.
28) 아지자외,『문학의 상징, 주체사전』, 장영수 옮김, 청하, 1989, p.149.

강, 비, 개울, 안개 등과 같은 여러 가지 모습으로 등장한다. 그리고 물의 이미지는 대규모의 수력발전소 건설 계획에 의해 결국은 마쪼라 섬을 수장시키는 재앙으로서의 부정적인 기능을 맡고 있다. 러시아어로 'мать'(어머니) 또는 복수형인 'матери'라는 어원을 지닌 마쪼라(матёра)의 수몰은 '어머니의 익사'라는 의미작용을 불러일으킨다.[29]

어머니의 익사는 여주인공인 노파 다리야 자신의 어머니에 대한 회상에서 나타나는데, 다리야의 어머니는 육지에서 섬인 마쪼라로 시집을 온 후로 죽을 때까지 물을 무서워했다고 기억한다.

> "주위는 온통 앙가라 강물뿐이었어… 어머니는 죽을 때까지 결코 익숙해지지 않았지. 우리는 어머니를 놀리곤 했어. 우리에게 앙가라 강은 집과 같은 곳이어서 익숙한데. 어렸을 적부터 여기서 자랐으니까. 하지만 어머니는 이렇게 말씀하시곤 했어. '오 내게 재앙이 닥쳐올 거야, 괜한 두려움이란 없는 법이란다.' 그러나 그 말은 틀렸어. 우리 집에서는 아무도 익사한 사람은 없었어… 그런데 이제 와서야 어머니의 그 두려움이 헛된 게 아니었다는 생각이 드는군… 그게… 지금에 와서야…" 다리야는 평정을 잃고 말을 더듬거렸다."(с.198)[30]

고인이 된 다리야의 어머니는 평소 물로 인한 재앙을 두려워했는데, 그것은 공연한 불안감이 아니라 바로 현실로 나타났다는 사실을 다리야는 비로소 깨닫는다. 그리고 만약 어머니의 묘지를 비롯한 마쪼라 섬 모두가 물에 잠겨 버린다쪽, 그것은 어머니와 조상들에게 있어서 두 번째의 죽음을 의미하게 되는 것이다.

슬라브족의 민속에서 가장 수치스러운 죽음은 익사하는 것인데, 그 이유는

---

29) 김은희, 『발렌친 라스푸친의 「마쪼라와의 이별」에 나타난 신화성 연구』, 한국외국어대학교 석사학위논문, 1997. p.7.
30) 앞으로는 본문의 원어 인용문은 다음의 원본에 따른다. Валентин Распутин, *Собрание сочинений в трех томах*, том 2, Москва, Молодая гвардия, 1994.

물의 흐름 속에서 영원한 고통을 겪으며 영혼을 잃어버리기 때문이다. 따라서 마지막 안식처는 반드시 마른 대지에 마련해야 했으며, 습지에 고인의 무덤을 안치하는 것도 고인에 대한 죄악이라 여겼다.

또한 노파의 회상 속에서도 러시아의 신화적 요소가 발견된다. 노파 다리야가 마을과 함께 곧 수몰될 조상들의 묘지에서 섬을 내려다보며 회상에 잠겨 있을 때, 젊은이들이 축제가 열릴 때마다 자주 노닐던 목초지를 바라보면서 문득 이름만 기억나는 한 청년에 대한 소문을 머리에 떠올린다.

> "축제 때는 마을 사람들이 모두 마차를 타고 뜨거운 태양 아래서 휴일을 보내려고 여기로 몰려왔고, 젊은이들은 높은 절벽에서 검푸른 물 속을 향해 뛰어들기도 했다. 언젠가 오래 전 여름철에 쁘로냐라는 한 청년이 이 절벽으로 다시는 되돌아오지 못했고, 그 때부턴 수년 동안 여기서는 밤마다 루살까의 남편인 듯한 이가 배회하면서 조용히 그리고 분명치 않은 소리로 누군가를 부르고 다닌다는 옛 풍설이 전해진다......"(с.201)

여기엔 러시아 신화에서 전해 내려오는 물의 요정 루살까에 대한 이야기가 삽입되어 있다. 『마쪼라의 이별』에서 처음 마을의 수몰에 대한 불길한 소문이 떠돌기 시작하고 갈등이 고조되는 시기가 6월 초순경인데, 러시아정교의 달력으로는 성령강림제 무렵이며 민속의 절기로는 루살까 주간(русальная неделя), 또는 루살까(русалка)라고 부르는 시기이다.[31] 이 시기엔 제대로 장례를 치르지 못한 망자들을 위해 장례식을 치르곤 했다.

---

31) 러시아인들은 주변의 자연환경이나 환경에 깃들어 있는 여러 정령들을 숭배해 왔다. 숲의 정령 뽈레보이, 집의 정령 다마보이, 물의 정령 바쟈노이 등이 그 예이다. 루살까는 물에 살고 있다고 믿어지는 금발머리의 아름다운 나체모습의 처녀로, 세례 받지 않은 사람이나 유산된 아기, 물에 빠져 죽은 처녀 등의 정령이다. Jvanits, L.J. *Russian Folk Beliefs*, New York; M. E. Sharpe, 1989, pp.65-82.

이 소설에서 나타난 물의 이미지는 창조 신화의 이미지와 대립되는 종말 신화의 이미지로 볼 수 있다. 그 종말 신화의 원형은 홍수 설화이다. 그것은 성서를 비롯한 유럽 세계에서 뿐만 아니라 아시아에 속하는 시베리아 지역의 종말 신화로도 널리 알려져 있다.[32] 그러나 이 소설에서 가장 중요한 물의 이미지는 재앙으로서의 기능이다. 수력발전 댐의 건설에 따라 마쪼라의 마을이 수몰될 것이라는 소문이나 소설의 처음부터 묘사되는 앙가라 강의 묘사는 재앙에 대한 예고다. 작가 라스푸친은 환성적인 결말로 독자에게 해석의 몫을 남기고 있지만, 보고둘과 노파들이 마쪼라 섬과 함께 물밑으로 사라져 버리는 운명을 맞이할 거라는 것을 암시적으로 보여준다.

> 보고둘은 문 쪽으로 다가가서 문을 열어 젖혔다. 활짝 열린 문으로 진공상태에서 나오듯이 안개의 외로운 울부짖음이 밀려들었다. - 그 것은 지킴이가 이별을 고하는 마지막 음성이었다.(c.354)

여기에서 문 바깥에서 안쪽으로 밀려들어오는 공허는 짐승이 아가리를 벌린 듯한 모습으로 묘사되며, 그것의 실체는 안개이다. 안개는 물의 모티프와 동일한 연장선상에서 볼 수 있다. 이렇게 물은 노인들의 공간으로 침입해 들어오는 재앙의 실체로 기능하고 있다. 물의 재앙은 노인들에게 뿐만 아니라 젊은이들에게도 일어난다. 뻬뜨루하와 빠벨, 주크 등은 마쪼라로 가는 도중에 짙은 안개로 강 위에서 길을 잃고 만다. 대개의 경우 홍수와 같은 물의 수단에 의해 갱생과 재생이 실현되는 것은 신화에서 자주 보는 양상인데, 『마쪼라의 이별』에서는 재생의 기능이 약화되어 있다.

---

32) 알타이 계열의 여러 이야기들에서도 성서와 마찬가지로 큰 홍수가 그 땅 위의 모든 생명을 파괴했으며, 그 중에서 한 사람이 탈출하여 새로운 인류의 조상이 되었다는 사실을 언급하고 있다. 또 신이 한 사람에게 나타나 재앙을 예고해 주면서 배를 만들라고 지시한다. Holmberg U., Finno-Ugric, *Siberian of Mythology of All Races*, Vol.4 in 13 volumes, New York : Cooper Square Publishers, 1961, pp.361-370.

한편 우리나라에서 물과 관련하여 탄생한 신으로는 우선 신라 4대 왕인 탈해(脫解)가 있다. 그는 용성국의 왕자로 태어났으나 알로 태어났기에 버림을 당한다. 인간의 몸에서 알이 태어났으니 상서로운 일이 아니며 불길하게 생각한 나머지 왕자라 차마 그를 죽이지 못하고 궤에 실어 바다에 띄워 추방해 버린다.33) 물의 부정적인 이미지는 『징소리』에서도 댐의 호수, 비, 안개 등 여러 가지 모습으로 유사하게 나타난다. 마을이 수몰된 지 3년이 되는 시점에서 2년 전부터 해마다 중굿날 밤이면 장성댐의 실향민들이 한 명씩 수몰된 고향의 댐을 찾아와 익사한다.(p.228)34)

또한 주인공 칠복의 장모가 되는 순덕이 어머니의 익사 사건이 묘사된다. 마을에서 기우제를 지내는 어느 날 밤에 마을 청년 바우에게 겁탈을 당한 일이 알려지면서 뒤늦게 사정을 알게 된 남편이 낫을 휘두르며 위협하는 바람에 그녀는 놀라서 가출한 뒤 미쳐 버린다. 어린 딸 덕분에 천신만고 끝에 순덕이 어머니는 고향을 찾아왔지만, 승천하지 못한 큰 이무기가 산다는 방울재 앞 용소에 빠져 죽는다.(p.215) 이 역시도 물이 부정적인 이미지로 작용하고 있다.

그것은 순덕이 집안의 다음 세대에게도 이어진다. 수몰지구인 고향을 떠나 도시의 식당에서 일하던 칠복이의 아내 순덕은 식당 주방장 강만식의 유혹에 빠져 가출했다가, 세월이 흐른 뒤에 자신의 잘못을 크게 뉘우친 후 남편을 찾아 고향 방울재로 돌아온다. 그녀의 불행 또한 물의 이미지와 혼합되어 나타나 있다.

잡목 숲 모퉁이를 돌자 장성호가 목포 앞바다처럼 한눈에 펼쳐왔다.… 바로 이 호수만 아니었던들 그녀가 다른 남자와 눈이 맞아 가족이 풍비 박산 되지도 않았을 것이라는 생각이 들자, 손을 담그면 퍼런 물이 묻어 나올 것처럼 검푸른 호수에 오줌이라도 찰찰 내질러 버리고 싶었다.

33) 바다를 떠돌던 탈해는 마침내 신라 땅에 도착하여 한 노파의 구원을 받는다.
34) 이하 문순태의 원문은 문순태, 『징소리: 문순태 연작소설』, 천지서관, 1993에 따른다.

순덕이는 방울재가 물에 잠기던 때를 잊을 수가 없었다. 야금야금 아랫당산에서부터 마을을 삼키는 그것은 물이 아니라 산불보다 더 무서운 괴물이었다. 마을이 물에 잠기는 순간, 그녀는 지나온 삶과 앞으로 남은 삶이 모두 물거품 속에 사그라지는 것만 같았다. 마을이 잠기는 것을 끝까지 지켜보고 남아 있던 마을 사람들은 부모를 잃었을 때보다 더 슬프게 울었다.(p.201)

그러나 그녀는 부정한 몸으로 남편 앞에 다시 설 수가 없어, 옛날에 그녀의 어머니가 그랬던 것처럼 댐에 몸을 던져 죽음으로써 속죄한다. 따라서 『징소리』에서 물의 이미지는 전체적인 재앙으로서의 부정적인 의미 이외에도 타락, 죄악이나 부정함 등의 부정적인 요소를 씻어 내고 정화시켜 새로운 탄생을 가능케하는 기능으로 발전되어 있어 신화에서 자주 볼 수 있는 재생이 실현되고 있음이 발견된다. 또한 순덕이의 죽음은 영원한 시간으로 뛰어드는 자연과의 동화의 순간에 들어선다. 그 순간 순덕이와 고향사람들, 그리고 남편 칠복이와의 대립과 갈등은 해소가 되면서 시간을 초월하여 영원의 원형에 융화하게 된다. 즉 우주창조 전에 있던 무질서의 재연을 통해 원형의 무대에 동화하려는 원형반복의 행위로 보여진다. 여기에서 순덕의 죽음이라는 자연과 인간의 합일상태를 통해 영원회귀로 돌아가려는 인간의 구원의식을 엿볼 수 있다.

2. 불의 모티프

불은 인간의 삶의 기원으로 벽난로, 화덕, 아궁이로 우리의 일상생활과 깊이 관련되어 왔다. 고대신화의 번개신 주피터를 언급하지 않더라도, 프로메테우스의 신화처럼 수많은 신화들이 불의 사용을 다루고 있다. 불의 타오르는 생명력은 그것을 대체시키는 또 하나의 살아 있는 근원을 파괴해야 하는 양극단성, 즉 불에 의한 창조력과 불에 의한 파괴력을 갖고 있다.[35]

『마쪼라의 이별』에서 대단원은 다리야가 자신의 오두막집을 마지막으로 단장하는 부분이다. 마침내 수력발전 댐을 건설하기 위해서 마을을 정리하려고 들어온 외지인들은 집집마다 불을 놓는다. 다리야 노파의 오두막도 예외가 아니어서 결국 불로 사라질 운명이다. 그러나 그들이 불태우기 전에 다리야는 마치 인간의 장례식을 준비하듯이 평생동안 살아온 오두막을 경건한 마음으로 단장한다. 그녀는 망자에게 수의를 입히듯 하얗게 석고를 칠하고 전나무로 장식을 한 후 마지막 밤을 오두막과 함께 보낸다. 이튿날 방화자들이 오두막에 불을 지르려고 왔을 때, 노파는 자기 집의 문턱만은 넘어 들어가지 말 것을 신신당부한다.

> "다 됐수다." 그녀는 말했다. "불을 놓으시구려. 허나 집안으로는 한
> 발자국도 들여놓아선 안돼…"(c.330)

이것은 마쪼라 섬의 또 하나의 지킴이인 그녀가 외지인들에 의해서 경계가 파괴되는 것을 금기시하고 있음을 보여준다. 마쪼라 마을 사람들은 어떤 대상에 대한 경외심을 갖고 영적인 삶의 양식을 중요하게 여기는데 반해, 외지인들은 그런 삶의 형식을 이해하지 못하거나 부정하는 곧 불경한 인간들로 나타난다. 『마쪼라의 이별』에서 외지인들은 혁명의 기치아래 옛 것을 서슴없이 파괴하는 새로운 가치관을 지닌 건설자들이다. 그래서 그들은 마을에 남아 있는 낡고 무가치하다고 여겨지는 대상들을 불로 태워 없애 버리는 것이다.

그 대표적인 것으로 마을의 수호신이자 지킴이로서 마을에 우뚝 서 있는 대왕 낙엽송을 파괴하려는 행위가 그것이다. 처음에 외지인 일꾼들은 도끼로 낙엽송을 쓰러뜨리려고 시도하지만, 워낙 크고 견고해서 도끼 날이 퉁겨 나오자 마침내 나무에 석유를 붓고 불을 지른다. 도끼와 마찬가지로 불의 상징

---

35) 아지자외, 같은 책, p.172.

성은 농촌에 변화를 야기하는 동일한 요소로 작용한다. 대왕 낙엽송뿐만 아니라 마을의 공동 묘지와 물레방앗간, 오두막 등 마쪼라 섬 전체를 뒤덮는 불과 연기는 전통적인 생활 양식에 대한 파괴를 상징하는 재앙의 의미를 띠고 있다. 도시에서 건너온, 도시를 상징하는 외지인들, 타인들은 '뿌리 없는 사람들'[36]이다. 그들은 견고한 뿌리를 지닌 대왕 낙엽송과 긴밀한 연관성을 갖고 있는 마을의 노인들과 서로 대립되는 이미지로 나타난다.

마을 내의 또 다른 방화자는 삐뜨루하이다. 그의 이름은 러시아의 인형극에서 우스꽝스러운 역할을 수행하는 인물과 같다. 이 소설에서도 그는 어리석고 경박한 청년으로 등장한다. 그는 자신의 오두막을 박물관으로 팔아서 돈을 챙기려 하는데, 결국 자신의 뜻을 이루지 못하자 홧김에 어머니 까쩨리나를 내쫓고 오두막에 스스로 불을 지른다.

『징소리』에 있어서도 불의 이미지는 마을 사람들의 삶의 터전을 파괴하는 재앙의 이미지로서 기능한다. 칠복이는 자신의 잃어버린 징을 찾아 주는 대가로 맹 계장과 그의 어머니의 농사를 지어 주기로 약속한다. 맹 계장 어머니 강촌댁은 6·25사변 때 남편을 살해한 마을 사람 박천도에게 복수하려고 평생 동안 온힘을 다해 마을의 토지를 사들인다. 그러나 고향에 미련이 없던 맹 계장은 늙은 노모 강촌댁의 속마음을 모른 채 그녀를 도시로 모셔 가려고 마지막 비상수단으로 노모가 평생 일해서 번 돈으로 산 땅을 박천도에게 팔아 버린다. 강촌댁은 자신의 분신과도 같았던 땅을 상실하자 더 살아갈 의욕을 잃은 데다 고향을 떠나기 싫은 마음까지 겹쳐 정신박약아인 노처녀 딸과 함께 집에 불을 질러 자살해 버린다. 이때 마을의 지킴이 허칠복의 눈에 비치는 불의 이미지는 마을을 순식간에 재앙속에 빠뜨려 버리는 물의 이미지와 혼합되어 고향상실의 상징으로 나타난다.

---

36) 노인들은 종종 뿌리 있는 나무에 비유된다. "예고르는 위협을 가하면서 시커멓게 된 나무 뿌리 같은 손가락을 보론쪼프의 코에 찔러 댔다."(c.187)

숨쉬는 소리 대신에 어둠 속에서 불길이 펄럭이는 소리와, 와지끈 뚝딱 불붙은 서까래며 문지방 내려앉은 소리만이 심장을 때렸다. 그 것은 맹 계장의 고향이 영원히 불타 없어지는 소리였다... 와지끈 퍽, 대들보가 내려앉자 마지막 불길이 어둠 속에 수많은 불티를 날리며 하늘로 치솟았다. 칠복의 눈에 그 불길은 그의 구향 방울재를 순식간 에 덮어 버린 물바다로 보였다.(p.196)

또한 방울재 사람들이 더 버티지 못하고 바람에 휩쓸리는 나뭇잎처럼 마을을 떠나 버리던 날, 마을의 이단아인 손 판도는 마을의 빈집에 불을 놓으며 뛰어다닌다.(p.262). 그는 육이오 때 마을 청년들에 의해 양부모가 대창으로 찔려 죽을 때 어느 마을 사람의 간청으로 겨우 목숨을 건지고 양부모에게서 성장하지만 후에 자신의 과거를 알게 되면서 마을의 망나니로 온갖 못된 짓을 저지른다. 10여년만에 고향을 찾아온 그는 마을의 전통적인 생활양식의 파괴자로 나타난다. 그는 고향을 파괴하는 외지인, 침입자로 다시 변형되어 등장한 것이다.

이렇게 두 작품에서는 불의 이미지가 등장인물들에 의해서 모두 고향을 파괴하는 부정적인 이미지로 나타나고 있음을 알 수 있다. 그리고 수몰지구 사람들의 죽음과 마을의 파멸은 외적인 요인인 근대화 과정에서 일어나는 필연적인 결과로 물과 불의 이미지와의 결합에 의해 현실세계와 끊임없는 갈등과 대립을 하게 되고, 여기서 그것들은 영원회귀의 순환구조를 지닌 자연으로 귀화함으로써 현실을 극복하는 양상을 보이고 있다.

3. 신화적 영성체

신화적 영성체로서 『마쪼라의 이별』에 등장하는 대왕 낙엽송과 『징소리』에서 농악기구인 징소리가 상징하는 의미를 살펴본다. 대왕 낙엽송은 마쪼라 마을의 한 가운데 있는 영적인 존재로서, 그리고 방울재 마을 앞 팽나무와 징소리는 마을사람들에게 영향을 주는 영적인 존재와 음향으로서 유사한 기능을 하고 있음을 발견하게 된다.

3.1 대왕 낙엽송

나무의 존재는 곧 섬의 존패와 직결되어 있다. 마쪼라 섬과 대왕 낙엽송의 관계를 다음 인용문에서 살펴보자.

> 목초지에 서 있는 이 낙엽송이 없는 마쪼라의 섬과 마을을 상상하는 것은 불가능한 일이었다.… '대왕 낙엽송' 때문에 섬이 강바닥에 굳게 붙어 있을 수 있고, 그것이 서 있는 한 마쪼라는 그대로 서 있을 것이라는 믿음이 언제부터 생겼는지는 알 수 없다(c.317)

이렇게 대왕 낙엽송은 고대로부터 인류의 무의식 속에 자리해 있던 생명나무 혹은 우주목이나 세계수(樹)라는 원형적 모티프의 구현체임을 알 수 있다.[37] 이 나무는 또한 영혼의 매개체가 된다. 나무는 그 속성상 지하와 지상의 세계, 그리고 천상의 세계라는 세 영역 모두에 속해 있기 때문에 영혼의 세계로 향하게 하는 사다리 역할을 한다. 우주목을 상징하는 나무나 장대들을 세워 놓고 그것을 신성시하는 풍습은 아시아뿐만 아니라, 시베리아 지역 곳곳에서도 찾아볼 수 있다. 그것은 곧 구별된 장소인 성소를 말하는 것이다. 또한 라스푸친이 살고 있는 바이칼 호수 부근의 여러 민족들의 토착 종교가 샤머니즘이라는 사실과 실제로 작가는 에벤크족, 부랴트족, 야쿠트족 등의 시

---

37) 세계수는 세계를 떠받드는 기둥이다. 하늘이 내려앉지 않게 하고 땅이 가라앉지 않게 지탱해 주는 나무, 이 나무가 있기에 하늘과 땅, 세계와 우주는 틀을 형성하고 유기적으로 관련된 기관으로 의식된 것이다. 우주공간을 역학적으로 조직화된 거대 구조물로 보려고 하는 노력이다. 김열규, 같은 책, p.45.

베리아 토착 민족들의 신화와 민속을 작품 속에 많이 반영하고 있다는 사실은 이런 신화 해석의 가능성을 부여해 준다.

마쪼라라는 공간의 중심에는 대왕 낙엽송이 자리잡고 있다. 그것은 곧 마쪼라의 존폐 여부와 직결되는 존재이다. "나무줄기는 회백색을 띠었고, 힘이 있어 보이고 넓게 퍼진 뿌리들은 서로 이리저리 꼬인 채 조금이라도 상한다거나 속이 비어 있다는 느낌도 주지 않은 채 튼튼하게 서 있었다."(c.318) 그러나 대왕 낙엽송은 힘세고 영원한 것으로 묘사되는 동시에 생장점인 우듬지가 뇌우로 인해 잘려 나감으로써 생명력을 상실한다. "바로 거기에는 나무의 대왕처럼 세 아름이나 됨직한 수 백 년 묵은 거대한 낙엽송이 힘찬 가지를 똑바로 뻗고 있었고, 우듬지는 벼락에 맞아 잘라져 있었다."(c.200)

낙엽송의 우듬지가 잘려진 것에 대해서 마을에 전해 오는 전설이 소개된다. 낙엽송은 언젠가 발생했던 엄청난 뇌우와 번개에 의해서 쓰러진 것이다. 생명력을 상실한 나무의 신화적 모티프는 마쪼라 마을에 대한 첫 묘사에서도 나타난다. 이 때 마을은 베어지고 뿌리 뽑힌 나무에 비유된다. 낙엽송처럼 뿌리뽑히고 잘려나간 나무로 비유되는 마을 역시 생명력을 상실한 채로 묘사된다. "마을은 이미 사라져 가고 있다. 밑둥이 잘린 나무처럼 마을이 뿌리를 잃은 채 자연의 법칙을 떠나 사라져 가는 것이 눈에 보인다."(c.171) 결국 신화적 공간인 마쪼라 섬의 결함은 신화적 영성체인 대왕 낙엽송의 생명력 상실을 통해서도 나타나며 고향 상실의 상징성을 고조시킨다.

문순태의『징소리』에 있어서도 마을의 어귀에 서 있는 거대한 당산나무나 귀목이 등장한다. 민속 신화의 요소를 떠올리게 하는 마을 앞 큰 느티나무, 12개의 장승, 윗 당산의 각시 샘에서의 제례식 등이 그것이다. 방울재 마을의 중심에는 마을 앞 늙은 팽나무가 자리 잡고 있는데, 그 마을에서 추방당했던 댐의 수문을 관리하는 경비원 손 판도는 정부의 토지수용령에 따라 자신의 보상금을 받자 태도를 바꿔 마을 사람들을 설득하다가 끝내 마지막 부락제를 지낸 다음날 군청직원들을 몰고 와 금줄을 두른 늙은 팽나무에 큰톱을 들이 댄다.(c.261) 그 팽나무는 방울재가 생기면서 심은, 오백년도 더 된 고목으로 해마다 마을 사람들이 부락제사를 올리곤 하는 곳이다. 그런데 마을 사람이 한데 모이는 공동체의 상징인 늙은 나무의 파괴는 마을 사람들에게 구심점의 상실과 마을 공동체 정신의 붕괴를 의미한다. 손 판도는 늙은 팽나무에 큰톱을 들이대는 순간 먼저 죽이지 않으면 내가 죽게 된다는 생각을 한다. 마을 사람들은 시체보다 더 처참하게 쓰러져 누운 팽나무를 바라보며 슬픈 얼굴로 괴로운 신음소리를 길게 낸다. 손 판도는 이어서 마을의 큰 나무들을 모조리 잘라 버린다. 이렇게 마을의 수호자인 팽나무의 생명력 상실은 수몰될 운명을 지닌 방울재라는 신화적 공간의 상실을 예고하고 있다.

하지만 『징소리』에서 마을 사람들을 한데 어울리게 하고 영혼을 구원해 주는 신화적 영성체는 다름 아닌 소리의 이미지로서 나타나는 징소리이다. 그래서 "신화적 사고는 죽음에 대한 끊임없는 완강한 부정으로 이해할 수 있으며, 생명의 단절없는 통일과 연속성에 대한 확신이자 삶에 대한 가장 격렬한 긍정"[38]이라고 말한 카시러의 주장은 일리가 있다. 바로 신화의 이런 면이 문학 속에 자리 잡을 때 문학에 강한 생명력을 부여하기 마련이다.

3.2. 징소리의 신화적 상징성

신화적 영성으로서 징소리는 인간다운 인간의 외침이다. 그것은 단순한 금속성의 울림이 아니라, 방울재 사람들의 혼의 울음이며, 동시에 인간다운 영혼을 잃어버린 사람들에게 그 혼을 다시 일깨우려는 깨우침의 소리이기도 하다. 고향의 지킴이 허칠복은 타향을 떠돌면서 아내가 더욱 간절하게 보고 싶을 때, 그리고 자신이 외로울 때나 고향 사람들을 만나고 싶을 때, 고향이 그리

---

38) E. 카시러. 『인간이란 무엇인가?』, 최명관 역, 서광사, 1988, p.137.

울 때 미친 듯 징을 쳐 댄다. 그것은 고향을 잃은 방울재 사람들이 목 놓아 우는소리처럼 들리기도 하며, 어찌 보면 바로 인간의 소리 그 자체이기도 하다.

상징성으로서의 징소리는 고향을 부르는 소리이다. 비록 고향은 이제 현실적 공간에 존재하지 않고 그 상실의 아픔 또한 크지만 주인공 허칠복은 '잊지만 않는다면 고향은 없어지지 않는다'고 말한다. 그 고향은 현실적 공간의 고향을 말하기보다 원초적인 인간 본성으로의 회귀를 의미하는 것인지도 모른다. 작가 문순태는 고향을 "모든 것을 용서하고 화합하는 새로운 세계"39)로 바라보기 때문이다.

또한 잊었던 고향을 연상시키는 징소리는 바로 인간존재의 본성을 일깨우는 소리다. 그것은 공동체적 이상을 갈망하는 소리인 동시에 산업화의 뒤안길에 밀려 뿌리 뽑힌 삶으로부터 인간회복을 간절히 소망하는 부르짖음이기도 하다. 한때 정오만 되면 남쪽도시의 칠보증권 건물 옥상에서 칠복이에 의해 어김없이 울려 퍼졌던 징소리는 고향을 망각하고 살던 도시사람들에게 자신들의 고향에 대한 회상과 추억을 일깨워 주는 상징성을 지니기도 한다.

> 그것은 잊혀진 고향에서 불어오는 한줄기의 뭉클한 바람이었다. 고향 사람들의 울부짖음이었다. 울부짖음과 함께 이름만 생각나는 고향 사람들의 얼굴이 찢겨진 선전 포스터처럼 희미한 모습으로 머릿속에서 펄럭였다. 비로소 잊어버렸던 고향이 떠올랐다.(p.57)

오랜만에 징소리를 듣게 된 칠보증권의 박철 사장은 잊어버린 고향을 회상하며 오랜 도시생활에서 잃어버린 인간성을 회복시켜 줄 마법의 소리로 인식한다.

> 나도 그 동안 고향을 잊어버리고 있었네. 그런데 오랜만에 저 징소리를 듣고 나니 다시 고향이 생각나고 옛날 사람들 얼굴이 하나하나 살아나는구만. 고마운 소리지. 저건 마법의 소리일지도 몰라. 고향을

---

39) 문순태외, 같은 책, p.38.

잊고도 이만큼 성공했는데 저 소리를 들으니 내가 그 동안 헛살았구
나 하는 생각이 든단 말일세.(p.82)

그러나 반대로 징소리는 어떤 사람에겐 공포를 일으키는 소리로 작용하기
도 한다. 칠보증권 총무과장 장필수에게 징소리는 부친인 장쇠에 대한 과거
의 회상을 불러일으킨다. 어린 시절 어머니와 박포수와의 불륜관계와 그로
인해 부친의 박포수 타살 사건 등을 떠올리게 만들며 끊임없이 삶의 고통을
확인시켜 준다. 그래서 징은 한때 그에 의해 실종되는 수난을 당하기도 한다.

징소리는 흉년에 아기를 굶겨 죽인 젊은 어머니의 배고픈 울음, 고향을 잃
은 사람들의 슬픈 울부짖음이나 전쟁터에 나간 아들의 전사통지서를 받고 눈
물이 메말라 버린 채 숨만 가쁘게 내쉬는 늙은 어머니의 목쉰 울음소리 같기도
하고, 긴긴 겨울밤 오동나무 잎이 바람에 떠는 소리에 잠을 이루지 못하고 대처
로 돈벌이 간 남편을 기다리는 가난한 아낙의 긴 한숨, 때로는 순덕이처럼 다른
남자와 눈이 맞아 자식까지 버리고 집을 나간 아내를 원망하는 남편의 뼈를 깎
아 내는 듯한 탄식(p.197-8)과도 같은 인간 정신을 상징하기도 한다.

또한 징소리는 불의에 항거하는 소리, 정의를 외치는 소리, 폐쇄된 사회에
서 자유로운 삶을 외쳐 대는 소리로 상징화되고 있다.[40] 개인의 이익을 위해
마을을 파멸시킨 박천도 사장을 타도하기 위해 마을 사람들이 몰려갈 때 징
소리는 그를 응징이라도 하듯이 당연히 울려 퍼진다. 결국 징소리의 신화적
의미는 고향을 인간존재의 양식으로 파악하고 인간이 인간답게 살아가기 위
한 공동체적 이상세계의 갈망, 산업사회가 빚은 물신주의의 거부, 헤어진 사
람과 다시 만나고 싶은 부름, 비인간화된 사회에서 인간화의 부르짖음으로
상징화되고 있음을 알 수 있다. 다음 장에서는 두 작품의 신화적 공간으로서
고향과 고향의 지킴이로서 나타난 신화적 인물들을 살펴본다.

---

40) 문순태 외, 같은 책, p.39.

V. 신화적 공간과 신화적 인물

1. 신화적 공간

두 소설에서 사건이 일어나는 공간은 대부분이 농촌이며 등장인물들의 고향이다. 『마쪼라의 이별』에서 도시를 대표하는 새 정착촌은 '그곳'(там) 이라는 지시어로 단순하게 서술될 뿐이지만, 고향인 농촌은 신화적 공간임을 암시하는 모티프와 이미지들로 가득 차 있다. 도시를 대표하는 새 정착촌은 소문이나 등장인물들의 이야기 속에 존재할 뿐인 타자의 공간이지만, 농촌을 대표하는 마쪼라 섬은 화자나 주인공들의 눈에 비치는 그대로 직접적이고 구체적으로 묘사될 뿐만 아니라 그들의 감정이 이입되는 공간이다. 따라서 마쪼라는 도시와 대립된 농촌이기 보다 영혼이 교감되는 영적인 장소로 여겨진다.

앞에서 어원을 살펴보았듯이 마쪼라에 내포된 '어머니' 이미지는 숭고한 존재로서의 어머니 이상의 의미를 갖는다. 고대 사회에서는 대지나 자연을 어머니로 비유해 왔다. 이런 숭모사상은 러시아뿐만 아니라 시베리아 지역에서도 존재한다. 작가 라스푸친이 태어난 이르쿠츠크 지역을 포함한 시베리아 지역에서도 대부분 모계 사회의 흔적을 보이고 있다.41) 라스푸친이 큰 관심을 둔 주제 가운데 하나는 땅과 대지에 관한 것이다. 그가 땅과 자연을 어머니로 묘사하고 있는 사실은 창작 시기 전반에 걸친 여러 작품들 속에서 발견된다. 예를 들쭉, 『영원히 살아서 영원히 사랑하라』(век живи - век люби) 에서 타이가로 첫 여행을 하는 소년 싸냐는 기차를 타고 숲으로 가는 터널을 지나면서 '자궁(утроба) 속에 들어와 있는 듯한 경험을 한다.42) 시베리아 지

---

41) O. Nahodil, "Mother Cult in Siberia", ed. V. Dioszegi, *Popular Beliefs in Siberia*(Bloomington: Insiana University Press, 1968), p.461.

42) В. Распутин, <*Век живи - век люби*>, Избранные в 2 томах, Мо-сква, Художественная литература, 1990, с.108.

방에는 물새나 오리 혹은 까마귀 등이 물밑에 내려가 흙을 한 입 물고 나오니 그것이 땅이 되었다는 창조신화[43]가 존재하는데, 『마쪼라의 이별』에서는 다리야 노파의 회상을 통해 이상적인 공간으로 나타난다.

> 등뒤로 커다란 앙가라 강 위 어딘가에선 증기선이 뱃소리를 내고 있었고, 들판에 서 있는 한 그루의 외로운 나무로부터 까마귀 한 마리가 날아올랐다. "망망대해에, 부얀 섬에…" 다리야에게는 옛날의 무서운 주술 기도문이 갑자기 떠올랐다.(c.203)

여기에서 '부얀'이라는 지명은 러시아 민간전승에 나오는 타계(他界)의 섬이다.[44] 시베리아 지방의 창조신화에 나오는 원형적 모티프와 관련된 섬 마쪼라를 시베리아의 신화적 상상력과 연관 지을 수 있다. 또한 마쪼라섬 마을의 기원은 구비전승에 의해서 알려져 있을 뿐인데, 사람들이 그 기원을 알 수 없다는 사실에서 이 공간을 미지의 신화적 공간으로 상상하도록 만든다. 그러나 마쪼라의 창조 신화는 수몰이라는 현실을 역설적으로 보여줄 뿐 아니라 비극적인 종말 신화를 예고하기도 한다. 종장에서 화자 역시 불에 타 버린 마을과 공동묘지를 지키며 죽음의 세계로 항해 하는 혼돈의 세계에 대한 모습과 화재와 연기로 뒤덮인 마을을 바라보며 이렇게 설명한다.

> 그러나 이제는 마을 한가운데에도 검은 연기를 내는 구멍이 입을

---

43) Holmberg U., Finno-Ugric, *Siberian of Mythology of All Races*, Vol.4 in 13 volumes, New York : Cooper Square Publishers, 1961, p.324.

44) Winchell M., Ibid., p.541. 그밖에 이 섬에는 시조로서의 새, 세계수로서의 떡갈나무와 그 위력, 치료의 신통력을 가진 돌, 뜨개질에 의한 세계창조나 재생이라는 원초적 세계의 구성요소가 내포되어 있다. '부얀'이라는 말은 buj에서 파생된 것으로 '활기', '생명력'의 이미지를 지니며 동시에 '묘지'를 뜻하기도 한다. 이철, "신화와 전설에 나타난 러시아인의 세계관". 『슬라브연구』, 제13권, 러시아연구소, 1997, pp.44-45.

크게 벌리고 있었고, 시선을 둘 곳을 찾지 못해 우물에 빠지기라도 한
듯 저 멀리 광활한 앙가라 강으로 이어지는 것이었다. 마쪼라는 두 갈
래로 나눠진 것이다.…(c.294)

이런 서술은 소설의 도입부에서 마쪼라의 운명을 예고하는 다음과 같은 묘사
와 일치한다. "계절의 끝없는 순환 속에서 또다시 봄이 돌아왔다. 그러나 마쪼
라에는 섬과 마을의 이름이 같은 이곳에는 마지막으로 찾아온 것이다."(c.171)

『징소리』에서 방울재 역시 주인공의 고향이자 신화적인 공간으로 나타난
다. 즉 이 공간은 신화적 인물인 허칠복에 의해 때때로 시간을 초월하거나 시간
의 영향을 받지 않는 보편적인 장소를 의미하기도 한다. 등장인물이나 주제, 플
롯과 함께 사건의 활동영역이기도 하지만, 소설에서의 공간은 고향[45]이다. 그
곳은 오랜 세월의 풍상을 거쳐온 샤머니즘과 정령들이 마을을 수호하고 있는
장구한 역사를 지닌 공간이다. 고향 방울재의 방울 이미지는 징소리의 소리 이
미지를 연상시키며 때때로 주관적이고도 관념적인 공간으로 미화되곤 한다.

근 백 년을 이어온 방울재 마지막 장승제였다.…18대를 이어 살아
왔다는 방울재 마을 앞 큰 느티나무 주위에는 열 두 개의 장승이 부락
수호신으로 서있었고, 방울재 사람들은 마을이 생긴 이래로 해마다
정월 열 나흗날 밤에 일년 동안의 풍년과 건강을 기원하는 장승제를
지내 왔었다.(p.68)

---

45) 문순태는 고향을 단순히 현실적 공간으로만 파악할 것이 아니라 한 걸음 더 나아가
서 인간존재 양식의 개념으로 이해하고자 한다. 즉 고향은 우리가 태어나서 자라난
곳일 뿐만 아니라 우리 자신의 존재의 본질일 수 있다는 것이다. 궁극적으로 말해
서 고향의 철학적 개념은 '인간 본래의 모습'이라는 것이다. 따라서 고향을 상실했
다는 사실은 단순히 태어났던 곳으로 되돌아가자는 것이 아니라 우리의 본래 모습,
즉 인간성을 되찾자는 의미로 해석된다. 문순태외, 『열 한 권의 창작노트: 중견작
가들이 말하는 「나의 소설 쓰기」』, 도서출판 창, 1991, pp.20-21.

이렇게 방울재는 해마다 공동제사를 지내 온 현실적인 고향으로도 나타나기도 하고, 46) 고향이 수몰된 이후에 실향민들이 늘 꿈을 꾸며 찾아가고 싶어하는 곳, 삶에 지칠 때 자신들에게 희망과 삶의 의욕을 주는 영원한 안식처로서의 추상적인 공간으로 나타나기도 한다. 또한 작가 문순태에게 있어서 공간은 "인물의 성격, 사상, 정서와 절대적인 관계를 보일 뿐 아니라 그 인물들이 공간에서 체험한 역사를 통해서 삶의 변질된 과정이나 결과까지도 영향을 주는 장소"이다.47) 이에 반해 농촌마을과 대립된 도시의 이미지는 섬짓하고 무서운 곳(p.19)이거나 사람 살 데가 아닌 곳(p.45)으로 나타난다.

그러나 『마쪼라의 이별』에서는 신화적 모티프들이 형상화되어 있지만, 신화가 갖는 특성인 회귀와 순환적 구조를 따르지 않고 있다. 다만 소설의 도입부에서 작가가 언급하였듯이 신화적 공간의 종말을 보여주는 것으로만 그친다. 다시 말하자쪽, 창조 신화의 공간에서 종말 신화로 진행하고 다시 순환하여 반복을 보여주는 과정을 보여주지 않는다. 반면에 문순태의 『징소리』에서는 신화적 모티프들이 마을 방울재가 수몰된 이후에도 마을사람들의 고향에 대한 그리움에 의해 반복되어 나타남을 발견할 수 있다.

2. 신화적 인물

신화는 인간 실존의 수수께끼에 도달하려고 한다. 얼룩진 현실과 순결한 피조물인 본래적 현실 사이의 불일치라는 수수께끼에 도달하려고 하는 것이다.48) 신화는 이야기를 통해 이런 과정을 더듬는다. 『마쪼라의 이별』에서 주인공은 노파 다리야이다. 그녀는 마을에 한 두 명 정도는 꼭 있게 마련인 그런

---

46) 신화의 祭儀的인 표현이 농촌사회의 마을 공동체이다. 서낭굿이나 당산굿 등도 여기에 속한다. 김열규, 같은 책, p.127.

47) 문순태외, 같은 책, p.22.

48) 폴 리쾨르, 같은 책, p.161.

카리스마적인 존재이다. 그러나 신화적인 관점에서 볼 때, 소설에서 중요한 역할을 하고 있는 신화적 인물은 불가사의한 인물인 보고둘이다. 작가 라스푸친은 그를 이렇게 묘사하고 있다.

> 보고둘이 언제 마쪼라에 처음 나타났는지 기억하고 있는 사람은 이젠 그렇게 많지 않다. 이미 지금에 와서는 보고둘이 항상 이곳에서만 빈둥거리고 있으며, 또한 마을 사람들은 이제는 고인이 된 다른 사람들에 의해 저질러진 죄악이나 다른 어떤 것으로 인해 이 마을에 유산으로 남겨진 것으로 여겼다.... 오랫동안 마을 사람들은 보고둘을 옛 노인으로 알았다. 그는 마치 신이 몇 세대 동안에 걸쳐 한 사람만이라도 목표를 세워 정성을 다해 온 것처럼 이미 오랫동안 처음 나타났을 때의 모습을 그대로 보존한 채 변치 않았다.(c.189-190)

마쪼라 섬이 언제부터 있었는지 불분명한 것처럼 보고둘이 나타난 것도 언제부터인지 분명치 않다. 마을 사람들이 조상들 또는 신이 그를 보냈다고 생각하거나 그의 늙지 않는 모습에서도 그는 신화적인 인물로 드러난다. 보고둘의 존재는 처음 노파들이 마을의 수몰이라는 재앙에 대해 언급할 때 나타난다. 그는 러시아어를 잘 하지 못하고 그의 말은 대화라기 보다 때때로 '꾸르바'나 그와 유사한 단어를 섞어 가며 내뱉는 편으로 러시아에서 신성하게 여겨졌던 성바보[49]의 형상과 유사하다. 또한 작가는 나무, 특히 뿌리의 모습을 보고둘에게 형상화시키고 있다.

---

49) 샤먼과 성바보(юродивый)의 관계에 대해서는 톰슨의 연구를 참고할 것. '성바보'란 미치광이, 백치처럼 행동했던 인물로서 러시아에서는 종종 성자로 여겨지기도 했다. 톰슨은 시베리아의 샤머니즘과 연관시켜 그 외형적 특징, 샤먼 또는 성바보가 되는 과정, 엑스터시 상태에서의 초자연과의 접촉, 마술적 능력, 특별한 소리를 지르거나 북 또는 종을 치는 행위 등 샤먼과 성바보의 유사성을 들어서 그 관련성을 추적하였다. 참고: E. Thomson, "Russian Holy Fools and Shamanism" in ed., F. J. Oinas, American Contribution to the 9th International Congress of Slavists, Kiev, Sept., 1983, Vol.2 : Literature, Poetics, History, Slavica, 1983, pp.691-706.

보고둘은 눈 위에도 맨발로 돌아다녔고, 돌멩이와 가시도 상관치
않았다. 그의 검고 넓적한 두 발은 살갗의 형상을 잃고 몹시 단단해져
서 마치 오래된 뼈 위에 새로운 뼈가 자라나 석질화된 것처럼 여겨졌
다.(c.189-190)

보고둘은 알타이 창조 신화에 등장하는 새나 샤먼의 형상임과 동시에 기독
교적인 의미에서의 신성도 지닌 인물이다. 이것은 시베리아 지역에 러시아정
교가 전파되기도 했지만, 원주민들 본래의 종교인 샤머니즘이 여전히 공존하
고 있기 때문에 나타나는 혼합현상에 기인하는 것으로 보인다. 이밖에도 다
리야와 노파들은 보고둘을 '목발 짚은 성령'(c.211)이라고 부르기도 한다. 그
와 관련된 일화를 들쪽, 그는 아이들이 잡아온 뱀에 맨발을 들이대며 뱀을 희
롱한다. 뱀은 그의 발을 물려고 하지만 보고둘의 발은 뱀에게 물리지 않는
다.(c.219) 이 일화는 창세기에서 최초로 그리스도에 관하여 예언된 구절의
알레고리로 볼 수 있을 것이다.50)

다리야 뿐만 아니라 마을의 노파들은 보고둘에게 항상 먹을 것을 남겨 놓
곤 하는데, 이것은 마을 사람들이 명절 때가 되면 우주목에 공양하는 것과 같
다. 그런데 노파들이 보고둘을 공양하는 것은 마치 성육신한 신에 대한 공양
처럼51) 신성한 것으로 비유된다.

        ....실제로 그녀들에게 있어서 그는 죄 많은 그리스도의 형상으로 사
    람들을 시험하기 위해 결국 땅으로 내려온 신과 같은 존재였다.(C.191)

---

50) 야훼 하느님께서 뱀에게 말씀하셨다. "...나는 너를 여자와 원수가 되게 하리라. 네
    후손을 여자의 후손과 원수가 되게 하리라. 너는 그 발꿈치를 물려고 하다가 도리
    어 여자의 후손에게 머리를 밟히리라."(『공동번역 성서』, 대한성서공회 발행,
    1977, 창세기 3장 15절) 이 구절에서 여자의 후손이란 그리스도를 뜻하며, 이것은
    성서의 이미지에서 뱀 또는 용으로 나타나는 사탄에 대한 언급이다. 그리스도에 대
    한 첫 예언인 이 구절을 원시복음이라 한다.
51) M. 엘리아데, 『상징, 신성, 예술』, 박규태 역, 서광사, 1991, p.89.

그런데 수몰지구 섬 고향마을의 마지막 지킴 이로서 보고둘의 운명은 비극적으로 묘사된다.

> 보고둘은 마을에서 가장 가까운 방에서 잠들고 있었다. 창문과 벽을 통하여, 들이쉬고 내뿜는 두 가닥의 커다란 코고는 소리가 들려왔고, 지킴이는 이 소리를 들으며, 그전에 이미 감지했던 사실을 다시 한번 재확인했다. 보고둘은 결국 이곳 마쪼라에서 죽음을 맞을 것이며, 지킴이처럼 그도 역시 마지막 여름을 보내고 있는 것이리라.(c.212)

신화적 인물인 보고둘에게서는 이 세상에만 속하지 않고 이승과 저승을 오가는 중개자로서의 긍정적인 의미뿐만 아니라 저승으로 인도하는 부정적인 사자(死者)의 이미지도 감지된다. 고향마을 사람들은 보고둘을 "이미 고인이 되어버린 조상들로부터 얻은 선물"로 인식하는데, 이것은 보고둘의 존재가 저승에 뿌리를 두고 있음을 의미한다.

또한 다리야가 보고둘을 앞에 앉혀 놓고 돌아가신 부모, 고인이 된 친척과 상인 등에 관한 긴 회상을 하는 장면의 미묘한 분위기에 주목할 필요가 있다. 다리야는 "멍한 시선으로 고개를 보고둘 쪽으로 들었으나 눈은 허공을 쳐다보고 있는 것이, 마치 그를 알아보지 못하거나, 혹은 그가 왜 이곳에 왔는지 이해하지 못하는 것 같았다."(c.192)는 표현을 발견할 수 있는데, 이것은 보고둘의 정체가 실존하지 않는 인물일 수도 있음을 암시한다. 이 때 다리야는 보고둘과 식탁에 마주 앉아 있는데, 식탁에는 보고둘에게 그 전날 따라 놓은 차가 그대로 놓여 있다. 그것은 마치 사자(死者)숭배를 위해 공양을 바치는 풍습처럼 실존하지 않으므로 먹고 마실 수도 없는 존재에게 음식을 대접하는 것과 유사하다. 이렇게 볼 때 보고둘은 생명력을 상실한 죽은 사람의 이미지도 함께 지니고 있다.52)

---

52) 김은희, 같은 글, p.49.

결국 작가는 마쪼라의 마지막 지킴이의 역할을 맡고 있는 신화적 인물인 보고둘에게 죽음과 파멸의 암시를 부여함으로써 마을 사람들에게 마쪼라 섬의 수몰과 고향상실을 예고하고 있다고 보여진다.

『징소리』의 경우에 신화적 인물은 방울재 마을의 징채잡이었던 허칠복이다. 그는 주변 사람들에 의해 때로는 고향이 그리워 미쳐 버린 얼간이(p.224)로 묘사되기도 하고, 아무렇지 않다가도 고향에만 돌아오면 정신이 휙 돌아 버리는 인물로 나타나기도 한다. 어쩌면 덩실덩실 춤을 추며 징을 두들기는 칠복이의 모습은 나무 탈을 쓴 도깨비 같기도 하다고 사람들은 말한다.

> 아무도 기다리는 사람이 없는 고향에 여섯 살 난 딸아이를 업고 불쑥 바람처럼 나타난 그는 물에 잠겨 버린 지 삼 년째가 되는 방울재 뒷동산 각시바위에 댕돌같이 앉아서는, 목이 터져라고 마을 사람들의 이름을 하나하나 불러대는가 하쪽, 혼자서 고개를 끄덕거려 가며 오순도순 귀신 씨나라 까먹는 소리를 중얼거리다가도, 불컥 고개를 쳐들어 하늘을 찔러 보고, 창자가 등뼈에 달라붙도록 큰 소리로 웃어대고, 느닷없이 징을 두들기며 경중경중 도깨비춤을 추었다.(pp.9-10)

『징소리』의 도입부에 소개된 신화적 인물 허칠복의 모습이다. 그런데 이상한 것은 그의 성질이 염병을 앓아 귀머거리가 된 사람처럼 물렁해지고, 바보처럼 느물느물해진 것이다.(p.10) 이렇게 여러 신화적 요소들을 지닌 칠복이도 역시 보고둘처럼 성바보, 또는 샤먼의 형상으로 나타난다.

바보의 기능과 역할에 대해 연구한 이재선은 그것이 인간의 어리석음과 약점에 대한 해학적인 인식과 자기 반사의 아이러니 기능을 한다고 보았다.[53] 특히 현자 바보의 이야기에서 바보는 바보로서 인지되는 것이 아니라 보다 생산성의 잠재력을 지닌 미숙 상태의 인간 또는 지력을 갖춘 인간으로 나타

---

53) 이재선, 『한국문학주제론』, 서강대학교출판부, 1991, p.357.

남으로써 기존의 상위 문화나 지적인 문화에 대한 풍자와 아이러니를 동반한
다는 것이다.

또한 댐을 지키는 방울재 출신의 경비원 손 판도의 눈에 비치는 허칠복은
살아 있는 사람이 아닌, 이미 몇 년 전에 김구만이나 최순필이와 함께 죽은 유
령처럼 보이기도 하고, 그에게서 어둡고 희미한 죽음의 그림자를 엿보기도
한다.(p.237) 어느 날 허칠복은 손 판도와 대화를 나누며 마치 샤먼처럼 이미
물에 빠져 죽은 순필이와 구만이가 반드시 찾아올 것이라고 장담한다.

> 조금 전에 저쪽에서 구만이랑 순필이가 둑을 향해서 오고 있었단
> 마시... 내 여편네뿐만 아니라 순필이, 구만이도 돌아올 걸세. 조금 전
> 에 그 두 사람이 호수 위를 걸어다니는 것을 분명히 봤단 말이시. 그때
> 나도 호수로 걸어 들어가려고 했었네.(p.269)

알타이와 시베리아의 장송의례에서 샤먼이 맡는 역할은 사자가 이승의 삶
에 대한 미련을 끊지 못할 경우에 등장하는데, 이 경우 안내자로서의 권능을
행사할 수 있는 것은 오직 샤먼뿐이다. 그 이유는 첫째, 샤먼은 저승길을 여러
차례 왕래하여 지하계로 통하는 길을 잘 알며, 둘째, 샤먼만이 그 눈에 보이지
않는 혼을 잡아채어 새로운 사자들의 땅으로 안내할 수 있기 때문이다.[54] 신
화적 인물 허칠복은 늘 징을 몸에 지니고 다니며 고향의 지킴이 역할을 한다.
칠복이 남쪽 도시의 칠보빌딩 옥상 위에서 화려한 수문장 옷으로 치장하고
정오에 징을 치는 모습은 마치 무복을 차려입은 후 무고를 들고 사자의 잠을
깨우거나 그 영혼을 찾는 샤먼의 모습과 흡사하다. 샤먼은 무고를 울림으로
써 우주가 있는 곳으로 날아가며 무고와의 신비스런 관계를 통해서 조상에게
다가간다고 한다. 여기에서 무고가 상승이라는 상징을 드러내고 있음을 알
수 있다.[55] 다시 말하면 그렇게 함으로써 자신과 조상들 사이의 시간을 초월

---

54) 엘리아데, 『샤머니즘: 고대적 접신술』, 이윤기 옮김, 까치, 1993, pp.199-200.

하고 신화가 전하는 원초적인 상황을 재현시키는 것이다.

허칠복은 고향이 물에 잠겨 버렸다고 해서 없어져 버린 것은 아니므로 잊지만 않는다면 고향은 결코 없어지지 않는다고 말하곤 한다. 또 어느 땐 문득 현대인들이 고향을 잊은 건 부모를 잊은 거나 마찬가지라며 현자처럼 이야기하기도 한다.(p.271) 소설의 결말에서 그는 댐의 경비원을 맡아 달라는 손 판도의 간절한 요청을 무시하지만, 결국 손 판도가 자살해버리자 댐의 수문을 관장하게 되고 고향의 지킴이로서 다시 거듭 태어날 것으로 암시된다. 즉 손 판도가 큰비가 내린 다음 날 아침에 익사한 순덕의 시체를 칠복이 몰래 배에 실은 채 그에게 징을 쳐 달라고 부탁하며 상류로 사라져 버림으로써 자신의 죽음을 암시하고 있다.

이제까지 살펴본 것처럼 두 작품에서 보고둘과 허칠복을 신화적 인물로 볼 수 있는 요소는 충분하다. 그들은 각각 샤먼이나 성바보의 이미지 등의 모습으로 형상화되기 때문이다.

VI. 결론

본문에서 살펴본 바와 같이 고향상실을 주제로 인간의 정체성과 영혼의 세계를 다루고 있는 두 소설, 문순태의 『징소리』와 라스푸친의 『마쪼라의 이별』에서 신화적인 여러 특징을 발견할 수 있었다. 슬라브 신화와 시베리아 신화, 한국신화와 샤머니즘, 무속 등을 살펴봄으로써 인간과 자연의 합일과 영혼의 세계를 폭넓게 이해할 수 있었다. 고향상실을 주제로 영혼의 세계에 대한 탐구와 인간이 인간답게 살아가는 공동체적 이상세계로 향해 가는 두 작가의 문학세계에서 다같이 신화라는 하나의 테두리 속에 넣을 수 있는 이들의 문학

---

55) 같은 책, p.167.

전통은 기존의 신화를 재해석하면서 자신들의 새로운 신화를 창조해 가는 토대가 되고 있었다. 신화는 문학기법으로서 인간이 자신에 대한 인식뿐만 아니라 자신과 외부세계와의 관계를 다루는 데 가장 적절한 방법 중 하나라고 할 수 있다.

두 소설에서 고향상실을 주제로 신화적인 관점에서 보았을 때, 마쪼라나 방울재라는 섬과 마을의 신화적 공간, 그리고 신화적 인물인 보고둘과 허칠복은 공통적으로 성바보나 샤먼으로서 신화적 인물의 원형적 요소를 지니고 있었다. 두 작가는 영혼의 안식처인 고향을 지키려는 간절한 마음과 급격히 변해 가는 사회에서 잊혀져 가는 우리의 소중한 정신적 유산과 가치들의 중요성을 독자들에게 깨우쳐 준다. 『마쪼라의 이별』에 있어서는 시베리아 지역 사람들의 정신 세계에 내재하고 있는 창조 신화와 종말 신화의 이미지와 관련되어 있고 신화적 모티프들이 형상화되어 있지만, 신화가 갖는 특성인 회귀와 순환적 구조를 따르고 있지 않다. 즉 창조 신화의 공간에서 종말 신화로 진행하고 다시 재생을 통한 순환의 과정을 보여주지 못하고 있다. 반면에 문순태의 『징소리』에서는 마을이 수몰된 이후에도 신화적 모티프들이 정화와 재생 등을 통해 반복, 순환되어 나타나 있었다. 이렇게 라스푸친은 비록 작품에서 죽음과 종말 이후의 연장되는 세계를 인정하고 순환의 여지를 남겨 놓고 있긴 하지만, 그에게서는 신화적 순환구조의 고리가 미약하다는 사실이 발견된다. 특히 소설의 신화성을 고찰해 볼 때, 그가 탐구하는 영혼의 세계는 물활론적인 자연과 깊이 관련되어 있음을 알 수 있었다.

문순태는 장성댐 수몰지구의 실향민들이 겪는 고달픈 삶의 궤적을 묘사하고 단순한 고향 상실감뿐만 아니라 고향의 역사와 문화와의 단절에서 오는 위기의식과 절망감, 그리고 거대한 댐 앞에 뿌리뽑힌 인간존재에 대한 원한 맺힌 감정을 표현했다. 그의 작품도 역시 신화적인 관점에서 여러 해석이 가능하다. 문순태는 창작노트에서 "우리가 살고 있는 시대의 살아 있는 현실을 어떻게 하면 보다 생생하게 소설 속에 수용하느냐"[56] 하는 문제를 고민했다고 술회한다. 그는 우리 시대의 고향이 안고 있는 문제들, 즉 역사와 현실 속에서 고향 사람들이 겪어 왔던 총체적인 아픔을 직접 느껴 보고, 또 그 역사의 실체와 부딪히며, 그 아픔의 내용들을 신화적인 모티프를 통해 문학으로 형상화하고자 했던 것이다. 여기에서 고향은 단순히 현실적인 세계나 마음의 고향이라는 이미지를 초월하여 우리에게 영혼세계를 탐구하고 인간다운 세상의 이상세계를 꿈꾸는 현대인들에게 미래의 안식처로 상징화되고 있다. 결국 문학작품에 대한 신화성의 접근은 인간의 본래적인 속성을 망각해 가는 현대인들에게 자신들의 삶을 부단히 성찰하도록 하는데 도움을 줄 것이라 생각한다.*

---

56) 문순태외, 같은 책, p.17.
* 논문출처 : 「고향상실에 나타난 신화성 -라스뿌찐의 『마쪼라의 이별』과 문순태의 『징소리』를 중심으로-」, 『비교문학』30권, 2003.

참고문헌

『공동번역 성서』, 대한성서공회 발행, 1977.

김열규, 『한국의 신화』, 일조각, 1993.

김은희, "발렌친 라스푸친의 『마쬬라와의 이별』에 나타난 신화성 연구", 한국외
　　국어대학교 대학원 석사학위논문, 1997.

김진영외, 『민속문학과 전통문화』, 서울, 도서출판 박이정, 1997.

김진우, 『인간과 언어』, 서울, 집문당, 1992.

김태곤, "한국무가의 원형", 『구비문학3』(성남: 한국정신문화연구원, 1980).

나경수, 『한국의 신화연구』, 서울, 교문사, 1993.

라스푸친 B., 『마쬬라의 이별 - 마리야를 위하여』, 권철근 역, 중앙일보사, 1990.

문순태, 『징소리: 연작장편소설』, 천지서관, 1993.

문순태외, 『열한권의 창작노트: 중견작가들이 말하는 「나의 소설 쓰기」』, 도서
　　출판 창, 1991.

신상철, 『현대시와 '님'의 연구』, 시문학사, 1983.

앨리아데 M., 『상징, 신성, 예술』, 박규태 역, 서광사, 1991.

앨리아데 M., 『샤머니즘: 고대적 접신술』, 이윤기 옮김, 까치, 1993.

앨리아데 M., 『우주와 역사』, 정진홍 역, 현대사상사, 1976.

위르겐 슈람케, 『현대소설의 이론』, 원당희, 박병화 옮김, 문예출판사, 1995.

이광풍, 『현대소설의 원형적 연구』, 집문당, 1985.

이재선, 『한국문학주제론』, 서강대학교출판부, 1991.

질베르 뒤랑, 『신화비평과 신화분석: 심층사회학을 위하여』, 유평근 옮김, 살림,
　　1998.

카시러 E., 『인간이란 무엇인가?』, 최명관 역, 서광사, 1988.

폴 리쾨르, 『악의 상징』, 양명수 옮김, 문학과 지성사, 1994.

Eliade M., Rites and Symbol of Initiation: The mysteries of Birth and Rebirth, (New
　　York: Harper Yorch book, 1965.

Holmberg U., Finno-Ugric, Siberian of Mythology of All Races, Vol.4 in 13
　　volumes, New York : Cooper Square Publishers, 1961.

Jvanits, L.J. Russian Folk Beliefs, New York; M. E. Sharpe, 1989.

Nahodil O., "Mother Cult in Siberia", ed. V. Dioszegi, Popular Beliefs in Siberia(Bloomington: Insiana University Press, 1968).

Northrop Frye, The Educated Imagination, Bloomington, Indiana University Press, 1964.

Polowy T, The Novellas of Valentin Rasputin: genre, language and style (New York: Peter Lamg. 1988)

Robert D. Denham(ed.) Northrop Frye on Culture and Literature(Chicago: The University of Chicago Press, 1978)

Thomson E., "Russian Holy Fools and Shamanism" in ed., F. J. Oinas, American Contribution to the 9th International Congress of Slavists, Kiev, Sept., 1983, Vol.2 : Literature, Poetics, History, Slavica, 1983.

Winchell M., "Live and Love: The Spiritual Path of Valentin Rasputin", SEEJ, 1987, Winter.

Афанасиев А., Поэтическая воззрения славян на природу, в трёх томах, Москва, Индрнк, 1994.

Николаенко Н.М., "Культурологическиекорни русского кос-мизма", Сибирсксое пространство мифов, Омск, 2000.

Распутин В., Собрание сочинений в трех томах, том 2, Моск-ва, Молодая гвардия, 1994.

В. Распутин, <Век живи - век люби>, Избранные в 2 томах, Москва, Художественная литера, 1990.

Котенко, Н.Н., Валентин Распутин: очерк творчества, Моск-ва, Современник, 1988.

Шуклин В., Русскии Мифологический Словарь, Екатеринбу-рг, Уральское изд., 2001.

전통 사회, 인식에서 '여성', '여성 몸'이 갖는 의미

—문순태 소설을 통해 본, '여성'에 대한 기존 남성의 인식 -

박 선 경(한라대)

1. 여성의 '성'에 대한 기존인식을 찾아서

한국인에게 있어 '성(性)'은 아름다운 관계이거나 사랑 행위와 관련되기보다는 부끄럽고 감추어야 하는 때로는 죄악시되기도 함을 고려할 때, 우리는 몸에 대한 기본적인 권리와 그에 관련한 담론(공적인)조차 거의 부재하고 있다는 성찰에 다다르게 된다. 역사적 기록물이나 그 많은 문학작품들이 '벗은 몸'과 관련된 '성기 중심'의 성(性)은 물론이고 관계적 사랑[1] 혹은 사랑에 대한 감정과 표현이 극히 제한되어 있었음을 몸과 성에 대한 자료조사를 통해 알 수 있었다.

'사랑'이란 개념마저도 개개인의 관념 속에 추상적으로 존재할 뿐, '성애'에 관해 본격적으로 혹은 구체적으로 논의된 바 없음도 지적할 수 있다. 한 단적인 예로 여성이 느끼는 성애와 성욕에 관한 어떠한 서사물 조차 찾을 수 없음

---

1) 심영희,『위험사회와 성폭력』, 나남출판사, 1998, pp.207-209.

을 상기하며, 우리 문화권 내에서 실존의 구현체인 '몸'에 대한 인식과 성에 관련한 담론이 불모지에 가깝다는 것을 알 수 있었다.

불교철학의 육관(六官)이나 육상(六相), 육식(六識)에 따라 생겨난 색계(色界)나 도교의 체(體)와 심(心)과 정(精)을 닦는 수련이나 성리학의 오관(五官)에 따른 오욕칠정(五慾七情) 등 몸을 통한 인식과정과 세계와의 의사소통 통로로서의 '몸'은 인간의 세계인식의 토대이자 곧 존재 그 자체임을 선조들은 일찌감치 부터 논의해 왔다. 심지어 세계는 몸의 감각기관을 통해 수용되고, 인식된 마음의 허상에 지나지 않는다고 인식함으로써 몸 담론을 한의학, 불교학, 성리학 등 다원적으로 구축해 왔다. 또한 성(性)과 몸은 인간 삶의 토대 중심에서 작동하면서, 감성은 물론 인지와 이성(理性)조차 몸의 장기(臟器)를 통해서 조절된다는 것을 우리 선인(先人)들은 인식해 왔다. 즉 '몸은 인간의 정체성을 확인하는 공간이자 주체가 실존하는 토대로, 몸과 성은 인간 주체가 형성되는 시발점이자 세계 내에서 존재하는 귀환점이 된다.'[2]

그러나 유교적 이데올로기와 근대 이후 기독교 사상이 만연하고 팽배했던 우리의 현실로서는 '성(性)'과 관련한 사랑은 공적 지배담론에서 도외시 되었다. 성에 관련하여 패쇄적인 문화적 특성을 지닌 우리의 문화 앞에서, 인간의 실존 및 자유를 추구해야 하는 문학인들마저도 '성'적 본능, '몸'의 욕망에 관련해서는 그 본연의 자유로움을 추구하거나, 그에 대한 실험적 작업마저 거의 하지 않아왔다.[3] 이는 유교나 기독교의 관념적이고 추상적인 특성이 영혼(정신)과 육신을 분리하며, 문학은 도덕적 교훈이나 미학적 추구라는 형이상학적 관념 추구를 형이하학적보다 우위에 두어왔기 때문이라 여겨진다.

교회와 국가의 허용 안에서만 성을 허락했던 전통적인 문화 규범은 푸코의

---

2) 메를로 퐁티, 『몸, 몸의 세계 세계의 몸』, 일지사, 2004, p.227.
3) 성(性)은 애매한 분위기로서 삶과 공존한다. 성(性)과 실존 사이에는 상호침투가 있다. 즉 실존은 성 속으로 확산되고, 성은 실존 속으로 확산된다.
  양해림, 『몸의 현상학』, 한국현상학회 편, 철학과 현실사, 2000, p.221.

'섹슈얼리티가 권력 즉 규율적 힘에 지배받으며, 그것이 권력 작동의 강력한 무기로 사용되어 왔다'는 지적에 걸맞는 것이었다. '성'에 대한 체제의 통제에 대해 우리 사회는 오랫동안 침묵해 왔고, 그런 관계로 '성'은 이중적인 양상을 띠어왔다. 교회와 법률의 테두리 안에 평생의 약속을 한 뒤이거나 은밀하게 불법으로 자행되는 '성'의 행사가 이루어졌다. 표현의 자유와 실존적 자유를 추구하는 문학에서조차 성과 몸에 대한 제도적 통제에 대해 저항해오지 않았다는 점은 우리 문화의 고유한 독자성이 아닐까 싶기도 하다.

사랑과 관련된 '성'이란 타인과 공실존을 이루는 토대로, 개인이 자기의 성을 소유한다는 것은 성관계에서 상대방의 인간실존을 소유한다'[4]는 의미에서도 성(性)적인 몸의 불인정이란 인간 실존의 자연성과 관계의 진실함마저 방해해 온 것 같다. 여성들의 경우 진실한 사랑추구보다 '순결'지키기가 생명과도 맞바꿀 만큼 중요한 규범에 따라, 몸적 욕망추구는 엄두내기조차 힘든 게, 전통적인 '성'과 '사랑'에 관한 관습적 인식이었다고 말해도 무방할 것이다.

'상대방의 인간실존이란 몸 현상학적인 관점에서 보면 관계 속에서 이미 세계 속으로 확산되어 나가는 것으로, 상대방의 인간실존을 소유한다는 것은 세계 속으로 확산되는 인간의 개방성을 의미'[5]한다. 과연 그렇다면 전통적인 의미의 개개인들은 자기 몸을 통해 상대방과 실존적 공유의 삶을 살았는지, 사랑하는 개인들의 '감정'이나 '몸', '성'에 대한 고찰은 우리의 실존적 삶의 척도, 인권과 자유의 척도를 우리에게 제공해 줄 것이다. '실제 '성'은 인격을 넘어서 있는 것이고, 오히려 인격이 '성'과 하나를 이루고 있는 몸을 되잡고 끌어 모음으로써 성립'[6]된다는 지적처럼, 자연 그대로의 본능적인 몸의 자유표현, 몸과 함께 실타래를 푸는 감정과 관계의 마디들 속에는 우리의 실존과 정신이 살아 숨쉬기 마련이기 때문이다.

---

4) 메를로 퐁티, Ibid, p.225.
5) 몸의 현상학 p.226.
6) Ibid, p.225.

프랑스의 지성계가 에로티시즘이나 성, 광기, 악마적 폭력에 관하여 끊임없는 실험을 한 보들레르나 사드, 마조흐, 바타이유를 칭송하는 것은 제도적 억압에 감추어진 인간 본능을 탐구하고, 성, 폭력, 죽음 등의 금기를 파헤치며 이를 통해 인간의 자유지평을 넓혔다는 의미일 것이다. 그리고 제도권의 억압과 편견의 현실적 한계를 뛰어넘어 인간욕망과 몸의 본능을 담론화 했다는 점에서 프랑스의 문단은 누구보다도 그들을 옹호하고 환대했다. 본능과 성애의 자유와 아름다움을 추구하고자 한 프랑스의 문인들의 정신은 사람들이 원하는 만큼 사랑할 수 있는 문화를 만들며 프랑스를 사랑하는 연인들의 나라로 불리게 하였고, 사랑이 인류 최대의 희망이란 것을 인정하며 또한 아름다운 사랑의 감정을 왜곡시키거나 억압하지 않고, 있는 그대로 표현하고 받아들이는 나라가 되게 하였다.

그러나 이와 대조적으로 우리는 '성(性)'에 대한 통제와 억압에 대한 지성계의 반발이 없었음은 인정해야 할 것이다. 제도권 교육계뿐 아니라 사회구성원 개개인들이 '성 표현 금기'라는 배타적인 자세로 동조해 왔으며, 그것을 형이하학으로 내몰아 왔음이 우리사회의 현실이었다. 그러나 이러한 제도권과 공적 담론에서의 '성'에 대한 배제는 실제적으로 음성적이고 비공개적인 그늘에서, 그 어느 때보다도 팽배하게 확산되고 있는 것이 오늘날의 현실이다. 정보통신망의 발달로 이제 지배담론은 소수의 권력자에게서 비롯되는 것이 아니라 다수의 네티즌과 대중여론이 지배담론 형성을 하게 됨에 따라 성(性) 금기시의 전통문화는 이에 반하는 대중들의 성(性)적 자유로움의 추구로 이중적인 가치양상과 이중적인 담론을 형성하기에 이르렀다. 포르노, 매춘, 누드 등 온갖 종류의 향락산업이 팽창되어, 성과 관련하여 이중적인 담론을 양산하고 있으며, 지금은 성에 대한 가치관에 정답이 없으며, 세대 간의 다른 성 가치관을 갖는 것이 현실이기도 하다.

이러한 의미에서 이 장은 '몸'과 관련하여 우리의 전통적인 의미에서 성

(性)은 인간 삶에 어떠한 의미로 실제했는지, '몸'과 관련하여 우리의 인권은 어느 수준에서 보장받았는지 그 좌표를 살펴보고자 한다. 이러한 작업을 진행해야 하는 이유는 '성'과 그와 연관된 사랑의 표현에 구애를 받아온 우리 문화와 풍속에 대해, 오히려 장애가 되어온 기존 지배담론의 양상과 면모를 밝혀줄 것이다. 이런 작업들은 성, 몸, 사랑에 관련한 기존 지배담론과 현재의 대중적 성담론과의 경계와 차이를 밝히고, 작금의 이중(二重)적 성담론 형성 유래를 밝혀줄 것이다. 이는 통속문화나 고급문화가 대중문화화 하고 있는 작금의 현실에서도 성문화가 음성적으로만 만연하게 되는 이유와 무관하지 않을 것이다.

문순태의 <황홀한 귀향>, <물레방아 속으로>, <잉어의 눈> 등의 작품은 이러한 이중적 성 잣대를 동시 보여준다는 점에서 기존 성문화 vs 현재 성문화의 차이를 담보하고 있으며, 작가는 현대소설 작품 속에는 가뭄 속의 장마처럼, 희소성이 엿보일 만큼 지속적으로 '성'과 '몸'에 관련하여 실험해 온 바 이를 통해 살펴보고자 한다. 또한 '몸'에 대한 폭력이 자행되는 전쟁을 배경으로 하며 전쟁 시 성의 금기가 위반되고, 전쟁이 주는 상처가 여성 몸인 경우 성폭력이 되는 등 그의 전쟁 소설의 경우 '몸'과 '성'의 대한 처우가 극대화되어 드러난다는 점에서 우리의 몸, 성문화에 대한 기존 관점을 재현하고 있는 자료를 제공해 줄 것이다.

2. '몸'에 대한 처우와 폭력의 의미

저자는 졸고(拙稿)를 통해, 문순태의 작품들이 전쟁의 실체와 흔적들을 드러내는데 있어 '성'모티브, 성담론을 많이 사용하고 있다는 점에서, 저자는 전쟁과 폭력이란 억압 분출, 비이성적 폭발은 그것이 심화될수록 성담론과 깊은 관련이 있다는 점을 주목할 수 있었다. 성(性)과 전쟁은 에로스와 타나토스의 한 하위형태의 일면모이다. 에로스와 타나토스는 한 맥락으로 연계되는, 동전의 이면(裏面)임을 철학자들은 지적해왔다. 전쟁과 성은 때론 억압이며 광기이고, 억압의 분출이라는 점에서 일상적 규범보다는 일탈적 규범의 무의식을 드러낸다. 도 이런 면에서 '성(性)'과 '전쟁'은 둘 다 금기의 대상이다. 이것들은 금기의 사항임과 동시에 금기의 위반, 혼돈, 함몰, 죽음, 파열, 본능의 폭발, 폭력, 약탈, 상실, 충돌, 식민지와 피식민지, 가해자와 피 가해자, 히스테리라는 공통의 분모도 갖는다.7)

　　작품 <철쭉제>를 비롯하여 <잉어의 눈>, <여명의 하늘>, <말하는 돌>, <황홀한 귀향>, <거인의 밤>, <물레방아 속으로> 등 문순태의 많은 작품들은 전쟁과 성폭력을 배경으로 하여 육체의 침탈과 그에 따른 정신적 상흔들을 다루고 있다. 이 같은 반복적인 배경설정으로 작가는 우리의 '몸'과 '성'과 관련되는 전통적인 인식과 관습, 사회적 '폭력'의 형태들을 다양하게 재현한다. 이러한 장면들은 폭력적이다 못해 종종 그로테스크한 모습을 연출하는데, 전쟁 현실의 끔찍함을 전하기에 그렇다는, 짐작을 할 수 있다.

　　①『전쟁이 터지자, 최두삼은 단소 대신에 칼을 가슴에 품고 다녔다. 학처럼 순하기만 하던 그가 독수리보다 더 표독스러워졌다. 사람이 아주 딴판으로 변해 버린 것이었다. 때때로 죽은 학과 집을 나간 화심이 생각이 문득문득 머릿속을 휘저을라치쪽, 아무한테나 달려들어 칼을 들이댔다.』8)

　　②『참깨를 떨고 있는 학골 이장 아들의 새색시를 총으로 위협하여 학림으로 끌고 들어가, 학들이 보는 앞에서 고쟁이를 벗기고, 겁탈을

7) 참고; <성과 성담론을 통해 본, 삶의 내면과 이면>, 『현대소설연구』, 현대소설학회 편, 2004년.
8) 문순태, <황홀한 귀향>, 《인간의 벽》, 나남창작집, 1984, p.163.

하였다. 시집 온 지 일년도 안된 새색시를 겁탈한 최두삼은, 그가 한 짓을 가지 끝에 앉아서 내려다보고 있는 학들을 향해 미친 듯 총을 쏘아댔다. 최두삼이 쏘아댄 총에 맞아 학들이 피를 흘리며 후두두 떨어졌다. 그날 낮에 해가 기울 때까지 최두삼은 학골을 미친 듯 휘젓고 다니면서 학을 보는족족 총으로 쏘아 죽였다. 그날 그의 총에 맞아 죽은 학이 백마리도 더 되었다.』[9]

예문에서 보듯, 전쟁으로 세상의 권력이 바뀌자 총을 갖게 된, 즉 힘을 갖게 된 최두삼은 마을의 학을 모두 죽여버리다 못해 마을 사람들에게 칼을 들이대는 등 '사람이 아주 딴판으로 변해 버린'다. 그 원인은 아내 화심이가 사냥꾼과 도망가 버리자 생겼던 분노가 전쟁과 함께 폭발한 것이었다. 최두삼의 보복성 폭력은 아내에 대한 진한 '사랑'의 반증적 표현인 듯 보통 생각할 수도 있다. 그러나 서사 전후에 어디에서고 주인공의 아내에 대한 사랑은 회상되거나 표현되지 않는다. 그의 아내와의 아름다운 시절은 다만 '학'과의 행복한 시간으로 메타포화 되어 추측될 뿐이다. 하지만 이 마저도 회상 속에 잠시 몇 줄 표현될 뿐, '학'에 대한 끔찍한 폭력 묘사가 대부분의 분량을 차지한다.

아내 화심과 함께 그토록 애지중지하던 학을 아내가 다른 남자와 함께 도주하자, 최두삼은 '학의 긴 다리를 쥐고 미친 듯 담벽에 후려'쳐 '부리와 머리가 박살나게 죽여 버리는 행동을 저지른다. 아내 몸의 '오염'과 '부정'에서 비롯되는 분노의 표현이 '몸'에 대한 강력한 원망과 부정으로, 학의 몸에 극한적 폭력을 행사하는 듯 비춰진다. '흔히 육체란 정신을 표출하는 매개체라고 일반적으로 생각해 왔지만, 현상학자들은 몸 자체가 사회적 의사소통을 하고 있다고 파악한다.'[10]

---

9) 문순태,≪제3세대 한국문학≫, 삼성출판사,1983, p.163.
10) 양해림,「메를로 퐁티의 문화현상학」,『몸의 현상학』, 한국현상학회 편, 철학과 현실사, 2000, p.110.

학은 수평공간에 머물지만 수직공간으로 비상함으로써 '구원'의 이미지를 갖으며, 전통적인 의미에 있어서 함부로 대할 수 없는 고고한 이미지를 갖는다. 또 '학'의 흰색은 여성에게 요구되는 순결이미지와도 연계됨으로써 '청아한 여성이미지'를 갖는다. 최두삼에게 있어 '학'은 아내 화심을 은유하는 상관물임은 확연해 보인다. 이러한 학의 몸을 '박살 내버리는 최두삼의 행동은 여성 몸에 대한 극한적 폭력을 은유함과 동시에 그것을 넘어 자신을 포함한 모든 존재를 부정하는, 파괴적 심신을 보여준다.

『늦가을의 햇살이 봉숭아 씨의 꼬투리 터지듯 넉넉하게 쏟아지는 대낮에, 참깨를 털고 있는 학골 이장 아들의 새색시를 총으로 위협하여 학림으로 끌고 들어가, 학들이 보는 앞에서 고쟁이를 벗기고 겁탈을 하였다. 시집 온 지 일년도 안 된 새색시를 겁탈한 최두삼은, 그가 한 짓을 가지 끝에 앉아서 내려다보고 있는 학들을 향해 미친 듯 총을 쏘아댔다. 최두삼이 쏘아댄 총에 맞자 학들이 피를 흘리며 후두두 떨어졌다. 그날 낮에 해가 기울 때까지 최두삼은 학골을 미친 듯 휘젓고 다니면서 학을 보는 족족 총으로 쏘아 죽였다. 그날 그의 총에 맞아 죽은 학이 백마리도 더 되었다 학처럼 순하기 만한 마을 사람들은 그가 사람들을 쏠까 두려워서 아무도 그 짓을 말리지 못했다.』[11]

아내를 잃은 최두삼의 광기어린 몸짓이 절망적으로 드러나는 부분이다. 자기 아내에의 침탈로 두삼은 타인의 아내를 겁탈하는데, 같은 장소인 학들이 보는 앞에서 보복성 겁탈을 자행한다. <물레방아 속으로>에서 남주인공 고수머리가 참봉 아들 앞에서 그 부인을 겁탈하듯이, <황홀한 귀향>의 학들이 보는 앞에서 이장 아들 부인을 겁탈한다. 잠시, 학을 아내와 등가의 의미를 지니는 존재로 인식하고 있음을 엿볼 수 있다. 그러한 학들 앞에서 참봉며느리에 대한 성 폭력을 행사하고, 연이어 학들을 향해 미친 듯 총을 쏘아대고 죽이

---

11) 작품 <황홀한 귀향>, Ibid, p.163.

는 최두삼의 행동은 '몸'과 '성'에 대한 극한적 폭력행위를 통해, 존재하는 모든 것들에 대한 복수와 부정을 보여준다.

몸과 육체와 살은 단순한 물리적 요건이 아니다. 정신과 주체, 실존과 사회성, 문화성을 의미하고 포괄한다. 육체에 대한 폭력은 단순한 물리적 폭력뿐 아니라 사회문화의 의미망 안에서 주체와 실존, 관계, 타인에 대한 인권 경계선의 침범이다. 특히 타인의 여자 '몸'과 '성'에 대한 폭력은 인권의 경계선마저 넘어서는 곳에 의미를 파생시키는데, 최두삼의 학 앞에서의 참봉 며느리의 겁탈과 백 마리 넘는 학의 몰살은 가문과 남성의 사활을 건 폭력의 최대치를 불러온 것이다.

그러나 그 이후 최두삼은 삶의 모든 의미를 잃어버린 듯, 평생에 걸쳐 황폐한 심경을 갖고 살아가는데, 죽을 때까지 자신의 '몸'에 대한 학대를 통해 정신적 고통의 무게를 상쇄하고자 하는데, 학을 통해 애꿎게 복수를 불태운 후유증이다. 아름다움의 상징인 아내와 학의 무고한 죽음과 무자비했던 자신의 학살행위에 상응하는 죄씻음은 역시 자신의 '몸'에 대한 응징 밖에 없는 듯, 그는 꿈을 통해 계속해서 자신의 '몸'에 대한 처벌을 수행한다. 다음의 예들 보듯이 그것은 상식과 이성이 통하지 않는 극한의 정서로, 인간 존재와 관계의 극한적 한계치를 보여준다.

> 『학들이 그의 눈깔을 쪼아 먹고 입고 있는 옷들을 갈기갈기 찢어 버린 뒤, 온몸의 살점을 깊숙이 쪼아댔지만 말뚝처럼 그대로 앉아서 단소를 불었다. 조금도 고통스럽지가 않았다. 고통스럽기는 커녕, 그의 몸 땀구멍마다에서 스멀스멀 기어나오는 수많은 번민과 가책의 벌레들을 학들이 쪼아 먹어 주는 것 같아 달콤한 행복감에 젖어 있었다.』[12]

> 『학들이 그의 어깨와 팔에 내려앉았다. 머리와 가슴과 다리에도 내

---

12) 작품 <황홀한 귀향>, Ibid, p.157.

려 앉았다. 머리에 내려앉은 학이 끌질을 하듯 그의 이마를 쪼았다. 피가 흘렀다. 피를 보자 그의 단소 소리가 더욱 슬프고 아름답게 흘렀다. 다른 학들도 그의 온몸을 쪼아대기 시작했다. 검은 빛 부리의 끝이 송곳처럼 날카롭게 살점을 찍었다. 학들은 그의 사지를 갈기갈기 찢은 다음 몸 속의 내장들을 모두 꺼내 놓았다. 그러나 최두삼 노인은 황홀했다. 눈을 감자 핏빛 황혼이 그의 온몸을 포근히 덮어 주었다. 황혼에 덮인 그는 단소소리를 들으며 감미로운 미소를 지었다. 』[13]

살점과 내장들을 갈기갈기 찢는 자기 '몸'의 고통에 대한 이 표현은 그가 일생 동안 받아온 정신적 고통이 얼마나 극심한 것이었는가를 말해준다. 살점을 찍어내는 고통스런 '몸'의 해체에서 오히려 '달콤한 행복감'과 '황홀'함을 느끼는 모습은 마조히즘적 '몸' 폭력의 내면을 담고 있다. 살점과 내장이 쪼아 뜯기는 육체적 고통에서 정신적 고통을 상쇄시키면서 얻는 주인공의 '행복감'과 '황홀'에서 정신 및 존재를 조절하는 '몸'을 볼 수 있다.

빼앗긴 아내에 대한 분노와 애증을 '학'으로 대체하여 사디즘적 가학행위를 벌였던 과거의 자신의 행적을 상쇄시키기 위해, 자기 '몸'에 대한 피학적 연상을 통하여 그 고통과 번민에서 벗어나려 몸부림치는 모습이다. 자기 '몸'의 파멸마저도 행복감으로 인식되는, 절대 절명의 정신적 고통은, 그 정신을 담고 있는 '몸'의 소멸로만이 사라질 수 있는 것임을 시사한다.

이렇듯이 아녀자의 몸 '성'의 경계선 침범은 단순한 폭력이나 인권의 침범을 넘어서, 가계와 남성의 생사여부를 가르는 경계선 침범이라는, 전통적 인식을 마주할 수 있다. 또한 '몸-성'에 대한 일련의 폭력 행위들은 단순한 상해 행위로 끝나지 않고 전 생애적인, 전 존재적인 의미로 파장을 넓혀나가는 것을 목도할 수 있다.

---

13) 작품 <황홀한 귀향>, p. 169.

③『학이 되살아나는 겨울에는 최두삼도 힘이 솟았다. 왼발을 절름 거리고 눈 속을 뛰어다니며 두꺼운 얼음을 깨고 물고기를 잡아다 먹 였다. 학은 날아가지 않았다. 날개가 있어도 날 줄을 몰랐다. 언제나 최두삼과 함께 있었다. 그는 학과 함께 있을 때는 단소를 불었다. 학은 최두삼의 단소소리에 긴다리를 ...중략... 최두삼은 그런 화심을 학처 럼 사랑했고, 학을 화심이처럼 애지중지했다. 둘 중에서 어느 하나만 없어도 살 수가 없을 것 같았다.』14)

학의 춤과 함께 단소를 불고 살던 주인공이 앞의 ①, ② 인용글에서 보듯이 '아주 딴판의 사람이 되어' 극단적인 폭력을 보이는 것으로써, 주인공이 인간 이기를 포기한 듯 잔혹한 폭력을 휘두르는 급 변화에서, 독자는 그가 얼마나 부인을 사랑했던가? 궁금증을 자아내기도 한다.

그러나 그의 복수극에 상응하는, 아내에 대한 지극한 사랑은 작품 어디에 서고 표현되질 않는데, 문순태 작가가 재현하는 '사랑' '성'에 관련한 문법으 로 <황홀한 귀향>, <물레방아 속으로>, <잉어의 눈>을 포함하여 그 외의 <여명의 하늘>, <말하는 돌>, <거인의 밤> 등 여타의 작품에서도 공통적 으로 보이고 있는 문법이다. 이러한 사랑에 관련한 표현방식은 비단 문순태 작가에게만 국한된 것이 아니라 전통적인 의미의 서사에서 읽을 수 있는 문 법인데, 즉 약탈당한 여성 '성'에 대한 원한적 폭력 분출만이 묘사되어 있지, 사랑의 절멸에 대한 분노라는 점은 작품 어디서고 단서를 찾을 수 없다. 전통 적 남성 서사에서처럼 문순태의 작품에는 '사랑'이 묘사, 표현되지 않는데, '자기 소유의 성의 약탈'에 대한 분노 폭발이자 사회문화적으로 절대 넘어서 는 안될 곳에 남자 소유의 여성'성'의 경계선이 있다는 것을 알 수 있다.

---

14) 작품 <황홀한 귀향>, pp.159-160.

3. 전통적 의미에서의 '여성 몸'과 그 지위

아버지와 남편은 여성의 법적 보호자였고, 여성은 이들의 후견 하에 놓인 아이와 같은 처지였다.(Arnaud-Duv,1993) 여성은 법적인 지위의 측면에서도 독립적 개인이 아니었으며 이것은 19세기 말까지도 마찬가지였다. 아버지와 남편은 여성의 법적 보호자였고, 여성은 이들의 후견 하에 놓인 아이와 같은 처지였다(Arnaud-Duv, 1993). 따라서 여성에 대한 강간은 결코 여성의 소유를 침해한 것이 아니며 희생자(여자)의 아버지나 남편의 소유를 침해한 죄로 간주되었고, '처녀성'의 강탈은 이러한 죄의 경중을 가늠하는 원칙이었다. '순결성'이 여성 자신의 소유성 아니었기 때문에 법정은 희생자의 고통보다도 후견인(남성)의 고통을 더 염려했다. 결국 여성이 받은 피해는 결코 여성 자신의 것이 아니었고 이러한 논리에 따라 희생자가 창녀일 경우 강간은 성립되지 않았다.'[15)]

과연 이러한 복수의 '분노' 표출이 아내에 대한 사랑의 반증적 표현은 아닐까, 보편적으로 예상해 볼 수 있는 일이니 좀 더 살펴보도록 하자. 다음 예문은 남편이 아내에 대한 사랑을 지키기 위한 복수로 폭발된 것이라기보다는, 자기 소유의 여자 즉 자기의 경계선을 타인이 침범하고 짓밟힌 것에 대해 '분노'의 감정이 폭발된 것이라는 것을 말해준다.

> 『새색시가 목을 매려던 날 밤, 방앗간 고수머리는 가슴에 퍼런 식칼을 품고 참봉네 담을 넘어 참봉 아들의 방 안을 덮쳤다. 그는 잠에 떨어진 참봉 아들의 입에 수건을 뭉쳐 넣고 손발을 꽁꽁 묶은 다음, 눈

---

15)인용; Arnaud, Nicole(1993), "The Law's Contradiction", in *A History of Women IV*, Havard University Press.
재인용; 정인경, <성폭력과 성적 차이의 페미니즘>, 『페미니즘 역사와 재구성-가족과 성욕을 둘러싼 쟁점들』, 공감출판사, 2003, p.188.

번연히 뜨고 보는 앞에서 참봉 며느리의 옷을 벗기고 겁탈을 하였다. 고수머리는 그날 밤으로 노루목에서 자취를 감추고 말았다. 괜히 헛소문을 퍼뜨렸다가 마누라를 잃은 참봉 아들은 허옇게 눈자위를 까뒤집고 긴 칼을 휘두르며 고수머리를 찾아 목을 베겠다고 울부짖었으나, 한번 자취를 감춰버린 고수머리는 결코 나타나지 않았다.』16)

『화심이가 없어진 지 열 하루째 되는 날, 최두삼을 헐떡거리는 학의 긴 다리를 쥐고 미친 듯 담벽에 후려쳤다. 학의 부리와 머리가 박살이 나버렸다....중략...때때로 죽은 학과 집을 나간 화심이 생각이 문득 문득 머릿속을 휘저으라치쪽, 아무한테나 달려들어 칼을 들이댔다.』17)

『새색시를 잃은 이장의 아들은 최두삼을 끌고 학림으로 갔다... 학림에 이르자 이장의 아들은 최두삼을 그의 색시가 목매어 죽은 소나무 밑으로 끌고 가더니, 총의 개머리 판으로 최두삼의 어깨를 도리깨질하듯 두들겨 팼다...중략... 최두삼은 그의 하반신이 작두에 잘려나가는 아픔과 함께 마지막 비명을 지르고 의식을 놓아 버렸다.』18)

예문에서 보듯이, 복수의 폭력이 아내 여성에 대한 사랑에서 기인한 것이라쪽, 새색시가 목을 매려던 일을 우선 막고 그녀를 살리는 행동을 취했어야 할 것이다. 그러나 아내의 생사의 찰나를 뒤로 하고, 고수머리는 '퍼런 식칼을 들고 참봉아들 보는 앞에서 그 부인을 성폭력 앙갚음 하는 것으로 복수에 미쳐 폭력을 행사하는 모습을 보여준다. 아내에 대한 사랑이 아니라, 자기 것의 침해에 대한 원한 분풀이로 아내의 죽음을 방관하고 있다.

위의 예들은 몸에 대한 공격과 타인의 성 폭력과 성기를 자르는 폭력 등 '몸'과 '성'에 대한 극한적 폭력들을 보여준다. 몸 중에서도 특히 '성기'에 대한 폭력은 단순한 상해를 넘어 남성상징, 여성상징, 사회·문화, 제도적 상징 등을

---

16) 문순태, <물레방아 속으로>, ≪인간의 벽≫, 나남창작집, 1984, p.269.
17) 작품 <황홀한 귀향>, p.162.
18) 작품, <황홀한 귀향>, p.165.

포함하는 다층적 의미를 파생하게 된다. '성적 무질서는 끝없는 폭력을 부른다. 파열이 끝나쪽, 그 혼란스럽던 물결도 잠잠해지고, 이어 불연속적 존재는 다시 고독에 갇힌다. 동물의 개체적 불연속성은 오직 죽음만이 그 궤도를 수정할 수 있을 뿐이다(…) 성적 무질서가 가져다주는 고뇌는 죽음의 의미를 지닌다. 죽음을 체험한 사람이 성적 무질서를 체험한쪽, 그는 성적 폭력과 무질서는 바로 죽음의 심연과 다른 것이 아님을 깨닫게 될 것이다. 죽음의 폭력과 성적 폭력은 다음과 같은 이중적 관계로 서로 연결된다. 즉 육체적 발작이 심하면 심할수록 그것은 죽음에 가까운데, 만약 그것이 시간을 끌면 그것은 관능을 돕는다는 것이다.'[19]

위 예문에서 보듯이 작품 어디에서고 여성, 아내에 대한 돌봄, 배려, 사랑은 전혀 지표를 찾을 수가 없으며, 작품은 단순히 복수심과 증오만을 드러낸다. 작품의 클라이맥스가 되기도 하는 이 부분들은 왜 갈등이 생겨났고, 왜 비극과 극적인 반전이 일어났는지의 이유가 되는 부분들이다. 동시에 여성에 대한 '사랑'이 기존담론에는 거의 없었다는 저자의 주장을 뒷받침하는 부분이기도 하다.

복수의 중심에는 자기 것(여자)에 대한 타인의 훼손이 있기 때문인데 이는 문순태의 다른 작품들에서도 공통적으로 드러나는 중심 갈등의 원인이다. 즉 자기 여자에 대한 상해에서 남성 주인물들의 극적인 변모가 일어나는데, 이는 남자 대 남자 사이의 자기 소유물에 대한 침해에 대한 복수이지, 사랑의 반증적 표현이 아니라는 것을 확실히 알려주는 것이다.

살해와 복수가 거듭 자행되는 데는 전쟁 상황이라는 체제가 전복된 시기여서 가능한 일인데, 전쟁이 남성 전유의 힘의 행사라는 사회적 맥락과 같이, 남성들이 벌이는 전쟁에서 자기 영토 지키기나 땅따먹기의 전리품과 같은 의미로 '여성'과 '여성의 성'이 다루어지고 있음을 파악할 수 있다.

---

19) Jeorge Bataille, Ibid, pp.190-191.

즉 기존의 사회문화 분위기에서, 남성이 갖는 여성의 의미는 대자적 실존 의미를 갖는 대상이기 보다는, 타인에게 빼앗기거나 훼손돼서는 안 되는, 자신 소유의 영토 의미의 '몸'이며, 이는 사물적 대타자의 의미를 지닌다 말할 수 있겠다.[20] 전통적으로 삼종지도(三從之道)에 따라 우리 문화 속에서 여성은 인격적 대상이기 보다는 동산(動産)이나 노비와 같이 남자에게 종속된 소유물의 의미를 지녔음은 주지의 사실이다. 남자의 경우 처첩이나 기생, 노리개 등을 자신의 능력 것 거느릴 수 있는 것은, 땅과 노비를 많이 소유하는 것처럼 남자의 권력과 재력에 해당되는 것이었다.

『성과 성별 관계에 관한 한국문화는 조선왕조의 유교에 의해 깊은 영향을 받아왔다. 비록 유교는 남자(양)와 여자(음) 사이의 통합을 모든 인간관계, 인간 도덕 및 사회화 과정의 뿌리로 간주하지만, 그것은 양성 사이에 명백한 위계적 질서를 가지고 있었다. 그 성은 여자의 내적 또는 가정 내 영역과 남자의 바깥 또는 공적 영역 사이를 날카롭게 구분하고 분리했으며, 여자에게 열등한 위치를 부여했다. 여자는 그녀의 윗사람에게 복종해야 했다. 즉, 미혼일 때는 아버지의 명령을, 결혼했을 때에는 남편의 명령을, 남편과 사별했을 때에는 아들의 명령을 따라야 했던 것이다.』[21]

유교적인 문화가 만연된 우리 전통사회에서, 그리고 가부장제 안에서 남성들은 자기 신분과 출생 환경에 따라, 그리고 자기 능력에 따라 주어지는 여성의 '몸'을 소유하는 개념이 강했음은 부인할 수 없는 사실이다. 즉 여성은 남

---

20) 일리가레이에 따르쪽, 남성에 대한 타자로서 여성은 사회 구조 내에서 자연적 기층으로 남아 있다. 이것은 여성이 문명 자체를 재생산하는 중요한 기초임에도 불구하고 그 중요성이 인식되지 않은 채 모호한 형태로 남아 있음을 의미한다.
참조; 『페미니즘의 역사 - 어제와 오늘』, 민음사, 2000.
21) 심영희, <유교와 페미니즘의 성담론>, 『위험사회와 성폭력』, 나남출판사, 1998, p.211.

성과 더불어 공실존하는 인격적 대상이 아니었던 것이다. 이성과 성을 인격적으로 대한다는 것은 성관계의 상대방의 세계 속으로 확산되는 실존의 개방성을 철저히 인정한다는 전제를 깔지 않고서는 일종의 소유에 불과한 것임을 감안할 적에, 유교적 이데올로기와 가부장적 이데올로기에 세계 속으로의 자기확산이 이중적으로 가로막힌 여성은, 남성과 그들의 세계에 소유된 타자로서의 '몸'이였을 뿐이다.

따라서 우리는 애초의 논의의 목적에서 밝히고자 했던, 즉 사랑의 담론, 성애의 담론이 왜 우리문학 내에 부재했던가를 알 수 있겠다. 우리 전통문화 내에서 한 여자의 남자가 되기 위해서, 여자를 대상으로 사랑의 밀어를 표현하거나 달콤한 유혹의 언표들을 쏟아낼 필요도, 정황도 되지 않았음을 알 수 있다. 이는 남녀가 서로의 실존적 공소유를 위해서 밀고 당기는 과정에서 표현되는 아름다운 심리의 고백이나 진실한 사랑의 언술들이, 극소수의 여성작가의 몇몇 구절을 제외하고는 존재하지 않았던 이유가 될 것이다. 개인 간의 사적 담화에서 존재할 수 있었을지 모르지만, 유교와 가부장제 지배하의 공적 담론 안에서는 그러한 표현들은 형상화될 사회·문화적, 개인적 세계인식에 기반조차 없었던 것이다. 위의 작품 인용에서 보듯이, 남녀 간의 '사랑'은 남성 소유물인 자기 여성의 '몸'과 '성'이 약탈되거나 훼손된 이후 드러나는 아쉬움이나 분노로 표현될 뿐이다. 이로써 기존의 서사담론이 남녀 간에 주고받는 애틋한 사랑의 감정과 자연스럽고 본능적인 사랑 표현을 포함하지 못하고 있는 이유를 알 수 있겠다. '여성은 남성이 처음으로 획득하는 영구적인 재산으로서, 그리고 남성이 갖는 진정한 재산의 첫 번째 획득물로서 사실 '가장(家長)의 집'을 구성하는 첫 벽돌, 즉 머릿돌과 같은 존재에 불과했다.

남성이 자기 자신의 영역으로 짝짓기에 동원한 여성, 그리고 나아가 두 남녀 사이에 태어난 자식들에게까지 강제적으로 확장한 그것이 남성적 소유개념의 첫 출발점이 되었다.

위계질서, 노예제, 사유재산 등등의 개념은 모두 여성을 남성에 예속화시킴으로써 생겨난 것이기 때문에 성폭행은 뒷문을 통해서 법조문에 삽입될 수밖에 없었다. 사실 강간은 남성 대 남성의 재산 범죄로서 법에서 문제시되어왔다. 물론 이렇게 된 데에는 여자라는 존재가 한 인격체로서보다는 재산 또는 재물로서 인식되어 왔다는 사실이 중요하다.'22)

이상에서 살펴본 바와 같이 사랑에 관련한 일련의 랩소디가 우리의 전통서사담론에 부재한다쪽, 그리고 여성이 남성의 정신적, 인격적 동반자의 의미를 갖는 것이 아니라, 남성에게 예속되고 점유되는 '몸' 이상의 의미를 지니지 않았다쪽, '여성 몸'에 대한 처우와 사회·문화적 인식은 무엇이었던가에 자세히 살펴보도록 하자. '여성 몸'과 더불어 여성의 사회 역학구조 속의 입지와 여성, 여성 몸에 대한 사회, 문화적 처우와 인식이 무엇이었던가에 대해서 고찰해 보도록 하겠다.

4. 전리품 의미로서의 탈취와 소유대상인 '여성 몸'

'전쟁은 여자를 경멸할 기회를 줌에 있어서 심리적 배경을 완전히 제공해 준다. 군대의 남성적인 것, 바로 그 자체는 남성들의 수중에 독점되다시피 한 무기들의 야만적 힘, 인간을 무기에 묶는 정신적 구속력, 주어진 명령의 남성다운 기율(紀律)과 수행되는 명령, 단순한 논리의 위계질서적 지휘체계는 남성들이 오랫동안 생각해온 것을 확인시켜주는 것이다. 즉 전쟁을 통하여 여자는 중요한 세상일에 별 볼일 없는, 이른바 한계적 존재이며 중요한 행동의 세계에 있어서 '수동적인 방관자'라는 평소의 생각을 남자들은 확인한다.'23)

---

22) 수잔 브라운 밀러, 『성폭력의 역사』, 일월서각 편집부 엮음, 1990, p.22.
23) 수잔 브라운 밀러, Ibid, p.45.

전쟁은 광기이고, 폭발이라는 점에서 '성'과 '폭력'처럼 일상적 규범보다는 무의식의 일탈로 그 모습을 드러낸다. '폭력(전쟁)이 그 자체로는 잔인한 것이 아니지만, 위반을 저지르는 중에 누군가가 그것을 조직화하면 그것은 잔인하게 된다. 잔인성은 조직적 폭력의 한 형태이다(…) 조직적 폭력의 한 형태인 잔인성과 마찬가지로 에로티즘도 기획되어지는 것이다. 잔인성과 에로티즘은 금기의 한계를 벗어나기로 결심한 사람의 계획에 의한 것이다. 그 결심이 물론 모든 경우에 적용되지는 않겠지만, 일단 한쪽에 발을 들여놓으면 다른쪽에 몸을 담는 일도 어렵지 않다. 술 취한 사람에게는 모든 금기의 위반이 가능하듯이 잔인성과 에로티즘은 일단 둘 중의 하나를 넘으면 별 차이가 없는 이웃사촌들이다.'24)

우리의 전통문화 속에서 '성(性)'과 '폭력'은 둘 다 금기의 대상이었다. '금기의 위반은 대부분 의식과 관습에 이해 정해진 규칙에 따라 행해진다. 성적 욕망이 그것을 금하는 복잡한 금기에 비롯되듯이, 살해 욕망은 살해를 금하는 금기와 무관하지 않다. 살해의 금기는 성의 금기에 비해 보다 강하고 보편적인 방식으로 살해를 제한하고 있기는 하지만, 살해의 금기도 성의 금기와 마찬가지로 어떤 상황에서만 그것을 금하고 있을 뿐이다. 실제 결투, 복수, 전쟁 등에서는 살해가 용인된다. 금기를 범해도 되는 것이다. 결투, 복수, 전쟁 등은 규칙을 준수해 가면서 금기를 범한다. 살해의 금기 역시 육체적 존재는 오직 결혼에 의해 허용되듯이 <관습에 의한 어떤 경우>에는 허용되는 성의 금기와 다르지 않다는 점에서 둘은 금기와 금기 위반을 통해서 추구된다.'25)

'성'과 '전쟁(폭력)'은 금기의 사항임과 동시에 금기의 위반, 혼돈, 함몰, 죽음26), 파열, 본능의 폭발, 약탈(강간), 상실, 가해자와 피 가해자라는 공통의

24) Jeorge Bataille, 조한경 역, *L'Erotisme*, Édition de Minuit, 민음사, p.87.
25) Jeorge Bataille, Ibid, pp.76-78.
26) 관능은 파괴, 파멸과 멀지 않기 때문에 우리는 관능이 절정에 이른 순간을 심지어 <조그만 죽음>이라고 까지 부른다. 따라서 극단적이 에로티즘은 우리에게 항상

분모를 갖는다. 전쟁의 가장 큰 위험은 인간 존재 자체인 '몸'을 소멸, 상해시킬 수 있다는 것이며, 남성중심 사회에서의 여성과 가계의 마지막 경계선인 '성'의 성역이 무너질 수 있다는 점이다.

실제 전쟁에서 '성폭력'이 자제되지 않는다는 점은 근자의 이라크전에서도 일반군인에 의해 성고문이 자행되듯이, 성폭력은 전쟁에 따라붙어 온 역사적 현실이라 볼 수 있다. '전쟁에 있어서의 강간은 그 전쟁 자체가 '정의롭다' 혹은 '정의롭지 않다'느니 하는, 이른바 전쟁의 정의에 의하여 구속받지 않[27]으며 '강간은 전쟁의 징후 이상의 것이거나 아니면 전쟁의 폭력적 과잉의 증거 이상이었다.'[28] 전투가 적의 '몸'에 대한 공격인 것처럼, 식민화된 적군의 '여성 몸'에 대한 폭력과 성폭력은 동시다발적으로 일어난다.

또한 '성' 지배와 폭력이, 힘을 가진 자의 특권이나 유희처럼 행사되듯이 전쟁의 횡포는 절대적인 힘을 가진 자가 벌일 수 있는 모든 폭력을 의미한다. 이는 전쟁과 性을 통해 체제가 인류를 조절하고 통제하는, 억압기제로 사용되어 왔다는 푸코의 지적을 환기할 수 있는 부분이다.[29].

무질서를 상기시켜 준다.
Jeorge Bataille, Ibid, p.191.
27) 수잔 브라운밀러 지음, 『성 폭력의 역사』, 일월서각, 1990, p.44.
28) 수잔 브라운밀러, Ibid, p.45.
29) 고전주의시대 이래 성에 대한 보다 세심한 분석을 통해 욕망 자체의 변화, 방향 전화, 강화 및 위치 변경 등의 다양한 효과를 노리게 되었다. 즉 성에 관한 언급은 권력의 기능에 있어 가장 중요한 위치를 차지하게 되었다는 것이다. 즉 18세기 이후부터는 성에 대해 이야기를 유도하는 정치적, 경제적, 기술적 선동현상이 일어났다. 성을 계산하고, 분류하고, 분석하는 등 이성적 차원에서 논의하게 되었다. 성을 단순히 나쁜 것, 할 수 없이 치러야 하는 것으로 취급하는 것이 아니라 효용체계 안에 삽입시켜야 하며, 공익을 위해 통제해야만 하며, 최적의 조건에 따라 기능을 발휘할 수 있도록 해주어야만 한다. 성의 치안, 그것은 엄격한 금지를 뜻하는 것이 아니라 유익한 공공의 언어를 통해 성을 관리하는 것을 의미했다. ……. 다시 말해 국가는 국민의 성행위를 분석 대상 또는 간섭의 표적으로 삼기 시작했으며, 인구경제학을 통해 국민의 성을 관찰하는 렌즈를 마련했다.
이광래, 『미셸 푸코; '광기의 역사'에서 '성의 역사'까지』, 민음사, 1989, pp. 246-247.

① 『그들은 필식이 외삼촌을 전깃줄로 두 손을 꽁꽁 묶어 필식이네 사랑채 두엄자리 옆에 꿇어 앉히고, 두 다리의 오금에 큰 장작개비를 처넣고 여럿이서 번갈아가며 작두질하듯 발로 허벅지의 대퇴골을 꽁꽁 힘을 써가며 짓밟았다. 그때마다 필식이 외삼촌은 안산 너덜겅이 쩌렁쩌렁 울리도록 비명을 질렀다.

그날 오후 총을 멘 낯선 사람들은 필식이 외삼촌을 물방앗간 위쪽 미나리밭 수구렁으로 끌고 가서 대창으로 찔러 죽였다. ...중략... 메주볼 사내가 오른발로 앞가슴을 툭 차며 대창을 뽑자 필식이 외삼촌은 나뭇둥치처럼 옆으로 풀썩 쓰러지고 말았다.』30)

② 『이장의 아들은 빗물과 흙탕물에 휘주근하게 젖은 최두삼의 바지를 긁어내리고 허리춤에서 가위를 빼더니 팬티의 고무줄을 잘랐다. 알몸이된 최두삼의 허벅다리 사이로 싸늘한 금속성의 촉감이 뱀의 혓바닥처럼 널름거렸다. "너 같은 놈의 새끼는 그냥 단숨에 쥑이기는 아까우니, 천천히 말려 쥑이고야 말테다!" ...중략... 기억 속에서 다시 한 번 학의 긴 다리를 잡고 담벽에 힘껏 내리쳤을 때, 최두삼은 그의 하반신이 작두에 잘려나가는 아픔과 함께 마지막 비명을 지르고 의식을 놓아 버렸다. ...중략... 이빨이 딱딱 부딪치고 온몸이 맷돌 속에서 가루가 되는 것 같았으며 으스스 한기가 덮쳐왔다. 그는 소나무에 묶은 채 아랫도리가 벌거숭이가 되었고, 허벅지 사이에 피가 흥건히 적셔 있었다. 사금파리로 내장을 후비듯 아랫도리가 당겨왔으며, 신열로 입안이 바싹 탔다.』31)

몸에 대한 폭력이 극한적으로 자행되는 모습을 위 예문들은 보여준다. 일상적인 상황에서는 도저히 용인될 수 없는 폭력적 본능이 그 끝을 모르고 과도하게 폭발되는 모습이다. ①의 경우는 일제의 앞잡이로 마을 사람들을 재산을 강탈하고 괴롭힌데 대한 마을 사람들의 보복적 폭력이다. 해방 직후 다

---

30) 작품 <물레방아 속으로>, P.269.
31) 작품 <황홀한 귀향>, P.165.

시 세상이 뒤집힌 혼란을 틈타 마을 사람들이 자신들의 원한을 폭력적으로 되갚음하고 있는데, 역시 극한의 폭력적 본능은 '몸'에의 상해와 소멸로 드러남을 볼 수 있다.

②의 경우는 ①과는 달리 '몸'에 대한 폭력에 '성(性)'이 개입하는데, 최두삼이 자기 아내 성 약탈에 분노하여, 이장 아들이 보는 앞에서 그의 아내를 성폭행한 이후에 벌어지는, 이장 아들의 복수극이다. 자기 아내가 당한 성폭력의 되갚음으로 상대의 성기를 잘라버리는, 성폭력의 되갚음을 볼 수 있다. 이성 간의 성폭력으로 강간당한데 대해, 동성 간의 성폭력으로 성기 절단이라는 극한적 보복양상으로 치닫고 있다. 억압된 본능 '성'에 얽힌 억압된 폭력 본능의 폭발이, 야만적 연쇄행위로 이어지는 모습이다.

전쟁이 적진의 영토를 침범하고 그 곳을 소유하고 약탈하기 위하여 그 땅에 대한 공격과 폭력을 행사하는 것처럼, 대지(大地)로 비유되는 여성의 몸에 대한 침범과 약탈은 부수적으로 침범되는 영토였다. 수잔 브라운밀러는 『성폭력의 역사』에서 세계전쟁 뒤에서 벌어진 패전국 여성에 대한 성폭력에 대한 사(史)적인 고찰을 마련하고 있다.[32] 승전국의 왕이 패전국의 왕비를 취함으로써 패전국 남성들의 자존심을 짓밟는 것은 그리스의 비극 오이디푸스 왕에게만 국한되는 역사적 사실이 아니었다. 또 전쟁은 승리한 자가 패배한 자를 종속시키고 예속화시키며 남성 전유의 군대와 정권이 그들의 힘을 과시하고, 공격본능과 소유욕을 만족시키기 위해 폭력과 무력을 동원한다는 점에서 남성의 여성에 대한 식민지화와 힘의 과시와 성폭력, 강간과도 동일한 맥락에 놓인다.

결론적으로 여성 '성' 폭력이 침략자 혹은 힘을 가진 남성이 자신의 힘의 과시로 이루어진다는 점을 알 수 있는데, 동물무리에서 제일 힘센 수컷이 무

---

32) 참조; 수잔 브라운 밀러, 『성폭력의 역사』, 일월서각 편집부 엮음, 1990.

리의 암컷 '성'을 모두 취하듯이, 힘의 위계, 힘의 행사와 같은 맥락선상에서 파악할 수 있다. 그것이 전쟁 시기이던 아니던, 여성 몸에 대한 폭력은 힘을 가진 남자가 자기의 힘을 과시하고 확인하기 위해서, 또 자기보다 힘이 약한 여성 몸을 점령하고 지배하기 위해서 행해진 약탈과 침해의 행위이라 말할 수 있다.

위에서 살펴보았듯이, 문순태의 작품에서도 여성에 대한 성폭력이 거의 모두 남성 전유의 전쟁을 배경으로 언급되고 있다는 점은, 남성적 인식과 글쓰기에 있어서 '여성의 몸'은 폭력과 억압된 욕망의 분출과 긴밀한 관련을 갖고 있음을 지적할 수 있다.

5. '여성 몸'에 대한 중층적 통제와 지배구조

폭력은 주로 힘이 강한 쪽이 약한 상대에게 행사하기 마련인, 힘의 범람이다. 그런 의미에서 폭력은 여성보다는 남성에게서 창출되기 마련이었다. 또 남성들끼리 주고받는 폭력이 여러 규모의 크고 작은 '전쟁'을 불러일으킨다쪽, 사회·경제기반이 없는, '힘'이 없는 남성의 경우는 그나마 여성 몸에 그 힘을 행사, 폭력을 행사해 왔다. '아내 구타, 강간 등 남성이 휘두르는 폭력은 여성의 노동을 부차화하고 여성을 다양한 형태로 남성에게 종속시키는 가족 형태 및 이를 통해 재생산되는 가족 이데올로기와 결코 무관하지 않기 때문이다. 다라서 극단적 형태의 폭력을 포함한 여성에 대한 폭력으로써 성폭력은 남성들의 해부학이나 심리학에 그 원인이 규명될 수 없으며 오히려 여성에 대한 구조적 폭력의 연장선상에서 파악될 필요가 있다.[33]

---

33) 정인경, 「성폭력과 성적 차이의 페미니즘」, 『페미니즘 역사와 재구성-가족, 성욕을 둘러싼 쟁점들』 편저, 공감출판사, 2003, p.196.

동물세계의 암컷이 새끼를 돌보기 위해 방어 행위에 익숙하듯이, 이성과 관념이 생성되기 이전 선사시대부터 아이를 낳아 양육하는 여성이 처하게 되는 환경은 방어적이고 수동적일 수밖에 없었다. 이에 테스토스토론 호르몬의 공격성향 남성은 자신의 '힘'을 확인시키기 위해, 남자보다는 싸우기가 손쉬운 약한 여성을 상대로 폭력을 행사해왔다. 교육, 문화, 제도가 폭력을 금기하더라도, 남성중심의 가부장사회에서 여성의 몸 전유와 폭력은 남성의 특권처럼 용인되어 왔다. 남성의 성기를 무기로[34] 내세워 여성을 범하는 것도 여성에게는 위협을 느끼는 폭력이 될 수 있다.

다른 남자의 소유인 여자의 성을 침범한다는 의미는 여성 몸에 대한 폭력뿐 아니라 그 소유자인 남성에게도 그리고 폭력당한 여성의 속한 가계에도 정신적 위해의 의미가 더 컸음을 앞서 살펴보았다. <물레방아 속으로>는 이러한 타가계의 여인을 성폭력 함으로써 발생하는 모든 위험들을 보여준다. 최참봉 아들은 방앗간 집 부인을 넘보아 '자기와 배를 맞췄다'는 소문을 낸다. 방앗간 고수머리가 새색씨를 쫓아내기라도 한다면 얼씨구나 하고 첩으로 맞아들일 속셈이었다. 그러나 이는 자기인생과 더불어 전가계를 위협에 빠트리는 발단이 된다.

> 『새색씨가 목을 매려던 날 밤, 방앗간 고수머리는 가슴에 시퍼런
> 식칼을 품고, 참봉집에 담을 넘어 참봉 아들의 방안을 덮쳤다. 그는 잠
> 에 떨어진 참봉아들의 입에 수건을 뭉쳐 넣고』[35]

---

34) 위니프레드 우드헐은 인간의 성을 지시하는, 문화적 부호들을 탐구하는 브라운 밀러의 작업에 대해, 어떻게 질이 결여와 취약함의 장소로 부호화되고 - 따라서 경험되고 - 페니스가 무기로서, 성교가 폭력으로서 부호화되는지 설명해야 한다고 주장한다.
위니프레드 우드헐, 「6. 섹슈얼리티, 권력 그리고 강간의 문제」, 『미셸 푸코, 섹슈얼리티의 정치와 페미니즘』, 황정미 편역, 새물결, 1995, p.179.
35) 작품 <물레방아 속으로>, p.269.

예문에서 보이듯이 성폭력에 응전을 하는 과정에서 피해당사자인 여자보다 그 소유주가 되는 남자의 전부를 거는 대응을 볼 수 있다. 남편 앞에서 벌어진 그 아내에 대한 성폭력은 결국 두 가계의 구성원들을 순차적으로 죽음으로 몰아넣었고, 3대에 걸친 전쟁의 근본 원인이 된다. 살인을 할 수 없다는 인간 사회에서의 보편적 가치, 객관적 판단과 이성이 무화(無化)되고, 자기 여자 침탈에 대한 보복이라는 정당성만이 가치로 남은 듯, 상대와 상대 가족을 죽여 버리고, 상대와 관련된 모든 것을 전소시켜 버리고 있다. 이는 자기가 받은 공격에 상응하는 대응을 넘어선, 자신의 모든 것을 던져, 상대의 모든 것을 공격하는 폭발적 본능의 '전쟁'이라고 일컬을 수 있다.

위 예문은 '여성 몸'에 대한 문화적 무의식 – 즉 여성의 '몸'이 여성 스스로 자아의 닻을 내리는 공간이나, 타인과 관계를 맺고 세계로 확장하는 매재가 아니라, 전적으로 남성에게 예속된 '몸'이라는 것을 분명하게, 반복적으로 보여준다. 여성의 몸이 물화된 타자로서, 소유한 남자의 재산권이나 권리행사의 한 영역이 되고 있음을 통해, 여성 몸에 대한 남성의 절대적 통제를 엿볼 수 있다.

> 아버지와 남편은 여성의 법적 보호자였고, 여성은 이들의 후견 하에 놓인 아이와 같은 처지였다.(Arnaud-Duc, 1993). 따라서 여성에 대한 강간은 결코 여성의 소유를 침해한 것이 아니며 희생자의 아버지나 남편의 소유를 침해한 죄로 간주되었고, '처녀성'의 강탈은 이러한 죄의 경중을 가늠하는 원칙이었다. '처녀성'이 여성 자신의 소유가 아니었기 때문에 법정은 희생자의 고통보다도 후견인의 고통을 더 염려했다. 결국 여성이 받은 피해는 결코 여성 자신의 것이 아니었고 이러한 논리에 따라 희생자가 창녀일 경우 강간은 성립되지 않았다.36)

---

36) 정인경, Ibid, p.188.

전적으로 남성에게 예속되어 있는 여성 '몸'(이때 몸은 앞서 말한 바 정신과 인식, 존재의 의미를 모두 담고 있는 실존적 존재)과 여성은 남성과 사랑을 주고받는 인격의 상대가 아니고, 그야말로 소유, 예속된 타자이기에 남주인공의 보복이 자기 아내에 대한 사랑을 반증하는 보복이 아님은 분명히 구분해야 함은 다음의 예문을 통해 확인할 수 있다.

『마누라를 잃은 참봉아들은 허옇게 눈자위를 까뒤집고 긴 칼을 휘두르며 고수머리를 찾아 목을 베겠다고 울부짖었으나, 한번 자취를 감춰버린 고수머리는 결코 나타나지 않았다. 결국 참봉 아들은 아내를 내쫓고 새장가를 갔다. 새장가를 든 여자한테 낳은 자식이 필식이다.』[37]

참봉 아들은 결국 고수머리와 아내를 모두 죽이지만, 이러한 복수극이 자기 것(여자)에 대한 침탈이 이유였다는 점은, 다른 남자에게 성폭행을 당한 아내를 내쫓고 새 장가를 드는 모습에서 확인된다.

그리고 성폭력을 한 것에 대한 울분과 고통은 피해당사자인 여자와 무관하게 여자 몸의 소유자인 남자의 침해로만 인식하는 전통적 남성의 무의식을 지적할 수 있다. 우리 전통사회에서 양가 여자라면 누구나 지녀야했던 '은장도'나 정조를 잃은 여성이 스스로 알아서 목을 매야하는 '자녀목' 등에서도 우리는 이 작품에서 보이는 반응과 행동들이 비단 이 작품에 한정된 것이 아니라 우리 전통사회의 보편적인 인식이 드러난 것임을 말할 수 있다.

『치마의 말기 끈은 풀어 헤쳐졌고 아랫도리의 속살이 양파껍질처럼 드러나 있었다. 열살 먹은 나는 어머니한테 어떤 일이 있었는지 알아차렸다. 나는 울지 않고 침착하게, 그러나 형언할 수 없는 분노에 떨며 묶인 어머니의 손을 풀고 입에서 헝겊들을 빼내주었다. 어머니는 미친 듯 울며 방안으로 뛰어 들어가더니 방문을 안으로 걸어버렸다.

---

37) 작품 <물레방아 속으로>, p.269.

어머니는 온종일 방문을 열지 않았다. 그리고 다음날 아침 용소 위에
흰 옷에 가을 햇살을 받으며 떠올랐다.』38)

'몸'에 대한 상처와 폭력은 단순히 육체적인 상해가 아닌, 그것보다 훨씬
강력하고 복잡다단한 상해로 파생되고 있다. '몸'을 통해 모든 인식의 궁극적
인 완성이 이루어지듯, '몸의 지각을 통해 인간 실존이 동적, 정서적, 성적, 언
어적, 문화적 그리고 사회적 행위로 작용'39)한다는 지적처럼 '몸'과 그 '몸'에
대한 약탈은 전인적 실존의 문제였음을 확인할 수가 있다.

특히 여성 몸의 경우 성폭력, 성의 약탈은 정신적, 정서적, 문화적, 사회적,
실존적 상처가 육화되어 표현되는 기표로, 그 본인은 물론 한 가계사의 운명
과 목숨을 바꿀 만큼의 전적이고도 다층적인 금기의 의미를 지닌 것이었음을
알 수 있다.

이러한 '금기'의 억압은 우리 사회를 지배하는 각종 이데올로기(종교, 사상,
문화, 제도 등)에 의해 생성된 바, 여성 몸과 성에 대해 유교적 이데올로기가
그 지배력을 갖고 있을 뿐 아니라 동시에 사회적 주도권과 힘을 장악하고 있
는 가부장제에 의해서도 강력하게 통제받고 있음을 지적할 수 있다. '성의 문
제야말로 남녀 간의 가장 뿌리 깊은 지배, 종속을 보여주는 정치적 관계이다.
즉 가장 사적이라고 생각되는 부분, 가장 자연적이라고 생각되는 부분에서부
터 남녀 간의 권력 관계는 이미 시작되고 있는 것이다.'40)

이중적 억압과 통제, 즉 사회에서의 제도적인 통제와 가정에서의 가부장제
가 여성 '몸'에 대한 철저한 통제와 여성을 지배하는 관계 속에서, 여성 '몸'은
남성의 소유물이자 '남성의 힘'에 의한 전리품 정도의 수준에 있었음을 결론
지어 말할 수 있겠다.41)

---

38) 작품 <잉어의 눈>, 《제3세대 한국문학》, 삼성출판사, 1983, p.334.
39) 양해림, bid, p.111.
40) 장필화, 『여성, 몸, 성』, 또 하나의 문화 출판사, 1999 p.109.

6. 기존담론의 여성, 여성 '성' 인식 상황

이 장은 진실한 '사랑'과 '성' 담론이 부재해 왔던 우리의 기존서사에 대해 의문을 제기하며, 서사에 드러난 인식을 살펴보며 그 이유를 찾아보았다. '성' 과 '폭력'은 '몸'을 기반으로 하며, '몸'의 경계선의 의미는 인권의 척도를 드러 내는 것이기에, 개인의 '성'과 사적인 사랑담론의 부재가 사회제도나 체제가 '몸'을 통제함으로써 주체의 실질적 삶에 영향을 미쳐 온 사회적 분위기와 정 황을 살펴보았다.

논의를 통해서 소설 속에서 드러난 우리 문화와 그 정서를 살펴보쪽, 유교 라는 이데올로기와 가부장 이데올로기, 가족주의 이데올로기에 의해서 '몸' 에 대한 인식을 하고 있었다. 개인의 '몸'은 개인을 구현하고 실현하는 실체로 서 기능하지 않고 있었으며 특히 여성의 몸의 경우는 남성 후견인에 속했으 며, 전쟁이란 무질서 속에서는 전리품이나 식민지와 같은 영토에 지나지 않 음이 작품에 재현되어 있었다.

따라서 여자는 사랑을 나눌 대상의 인격체가 아니었으며, '성욕, 성애'로 표현될 개체적 몸을 지니기 보다는 남성의 소유물이나 힘센 승리자의 전리품 에 가까운 입장에 처해 있음을 알 수 있었다. 또 여성의 몸은 체제의 이념과 규범에 의해 철저히 통제되고 억압된 공간으로서만 존재하고 있었다. 그러므 로 사랑할 기본 대상인 '몸'이 '내 것'으로 존재하지 못하는 전통의 사회문화 적 인식망 속에서, '대상을 열망하는(에로스)' 사랑 담론의 부재는 당연한 듯

---

41) '생체권력(인구 전체의 수(數)와 건강, 교육, 복지와 개인들의 개별 신체 둘 다를 지 휘하는 일련의 담론과 실천들 p.188)은 여성의 신체를 재생산이라는 기계장치 속 으로 끼워 넣기 위한 도구를 제공하는 한, 가부장적 권력에도 필수불가결하다고 할 것이다.'
    <어머니 길들이기 -페미니즘과 새로운 재생산 테크놀로지>, 위니프레드 우드힐, p.189, 황정미 편역, 『미셸 푸코, 섹슈얼러티의 정치와 페미니즘』, 새물결, 1995.

보였다. 개인들은 특히 여성들은 사랑할 주체의 몸도, 사랑받을 대상의 몸도 스스로 담보하지 못하는, 전통 사회의 인식에서 사랑을 읊조릴 그 전제가 갖추어지지 않았음을 알 수 있었다. 담론 뿐 아니라 실제 '몸'을 통한 남녀 간의 사랑도 사회, 문화, 제도, 이데올로기에 의해 극히 제한되고 조절됨을 살펴볼 수 있었다.

여성의 경우는 자기 '몸'의 기본욕구를 깨닫지 못할뿐더러, 자신이 남성 성폭력의 피해자임에도 불구하고 스스로 자결하며 '오염'된 자신의 몸을 끝내는 모습을 보이며, 자기 '몸'의 결정권과 권리행사에 하등 상관이 없이 인식하고 있음도 찾아볼 수 있었다. 극심한 사회 제도의 억압과 통제로, 자신의 정체성과 더불은 '몸'에 대해 모든 것을 포기한 채 비주체적, 비실존적 삶을 영위하였음도 볼 수 있었다.

이러한 인식과 분위기로 당연 개인들 간의 개별적인 감정인 사랑 담론이 우리 문화 내에 공적인 담론으로 존재할 수 없게 된 이유와, 여성의 경우 식민지 '몸'과 정체성으로 하여 사랑의 주체가 될 수 없었던 전통적인 사회문화적 환경을 알 수 있었다. 남성의 경우는 여성을 소유물로 인식하거나 약탈하는 상대로 인식할 뿐, 다각적인 면에서 취약한 입지의 여성을 향해 사랑의 세레나데를 부를 인식과 여건이 존재하지 않았음을 살펴볼 수 있었다. 이는 우리 문화가 개인의 감정과 정서, 개인들의 정체성 및 개성을 존중하지 않았으며, 체제의 전체주의에 개개인들의 정서와 감정, 주체적 결정권이 억눌려 무시되고 희생되었음을 의미하는 것이기도 하였다. 여성의 개인적 삶에 묻어있는 감정과 정서와 욕구의 표현들이 발설되지도, 구현되지도 못하는 전통 사회의 여성, 여성의 '성'에 대한 인식을 알 수 있었다.*

---

* 논문출처 : 「'여성', '여성의 몸'이 갖는 의미-문순태의 소설을 통해 본, '여성'에 대한 기존 남성의 인식-(「'여성의 몸'과 '사랑 담론'의 역학관계-<황홀한 귀향><물레방아 속으로>를 중심으로-」, 『한국언어문학』제53집. 2004.

참고 문헌

문순태, <황홀한 귀향>, ≪제3세대 한국문학≫, 삼성출판사, 1983.

_____, <물레방아 속으로>, ≪인간의 벽≫, 나남출판사, 1984.

김우종, <怨과 恨의 民族文學>, ≪인간의 벽≫, 나남출판사, 1984.

이병주, 제1회 소설문학 작가상 심사평, ≪제3세대 한국문학≫, 삼성출판사, 1983.

심진경, 「1930년대 후반 장편소설의 여성 섹슈얼리티 연구」, 서강대학교 박사학위논문, 2001.

안미영, 「이상 소설에 나타난 신체 인식 표출 양상」, 경북대학교 박사학위논문, 2001.

이재복, 「이상 소설의 몸과 근대성에 관한 연구」, 한양대학교 박사학위논문, 2001.

한국현상학회 편저, 『몸의 현상학』, 철학과 현실사, 2000.

메를로 퐁티, 『몸, 몸의 세계화 세계화의 몸』, 이학사, 2004.

장필화, 『여성, 몸, 성』, 또 하나의 문화, 1999.

권현정 외 편저, 『페미니즘 역사와 재구성 - 가족과 성욕을 둘러싼 쟁점들』, 공감출판사, 2003.

황정미 편역, 『미셸 푸코, 섹슈얼러티의 정치와 페미니즘』, 새물결, 1995.

심영희, 『위험사외와 성폭력』, 나남출판사, 1998.

수잔 브라운 밀러, 『성폭력의 역사』, 일월서각 편집부 엮음, 1990.

Jeorge Bataille, *L'Erotisme*, Édition de Minuit, 조한경 역, 민음사.

Michael foucault, *Histoire de la sexualityé- I , La volonté de savoir*, 이규현 역, 나남출판사.

이광래, 『미셸 푸코; '광기의 역사'에서 '성의 역사'까지』, 민음사, 1989

번 벌로, 보니 벌로, 『섹스와 편견』, 김석희 역, 정신세계사.

태혜숙, 『탈식민주의 페미니즘』, 여인연, 2001.

브라이언 터너, 임인숙 역, 『몸과 사회』, 몸과 마음, 2002.

프로이트, 김정일 역,『성욕에 관한 세 편의 에세이』, 열린책들, 1997.

프로이트, 김석희 역,『문명 속의 불만』, 열린책들, 1997.

앤소니 기든스, 배은경 · 황정미 역,『현대사회의 성·사랑·에로티시즘』, 새물결, 1996.

엘리자베스 그로츠, 임옥희 역,『뫼비우스의 띠로서 몸』, 여인연, 2001.

빌헬름 라이히, 윤수종 역,『성혁명』, 새길, 2003.

피터 브룩스, 한애경 외 역,『육체와 예술』, 문학과 지성사, 2000.

조셉 브리스토우, 이연정 외 역,『섹슈얼리티』, 한나래, 2000.

제프리 윅스, 서동진 역,『섹슈얼리티:성의 정치』, 현실문화연구, 1999.

Michel Foucault, Histiore de la sexualité-, 이규현 역, 나남, p.194.

Brian S. Turner's, Bryan S Turner's, *The Body & Society*, Sage Publication of London, 임인숙 옮김, 몸과 마음.

George L. Mosse, 『Nationalism and Sexuality - Representation and Abnormal Sexuality in Modern Europe -』, Howard Fertig, 1985.

Joseph Allen Boone, 『Libidinal Currents - Sexuality and The Shaping of Modernism -』, Chicago UP, 1998.

문순태 소설에 나타난 감각의 의미 연구

—「늙으신 어머니의 향기」를 중심으로

한 아 름(전북대)

1. 서사적 매개로서의 '감각'의 위치

생명을 지닌 존재는 몸으로 세계와 마주한다. 우리는 오감을 통해 세계를 능동적으로 인지한다. 그렇지만 이 감각이라는 것은 순간적이고 개별적이며 주관적이라는 이유로 오랫동안 비이성적인 영역으로 밀려나 있었다. 이성 중심적인 사고를 중시하여 신체적 기능인 감각은 절제해야 할 비본질적인 것으로 치부되어 왔다.

한국 소설에서도 감각은 주된 연구 대상이 아니었기 때문에 감각을 주제로 소설을 분석한 연구는 미비하다.[1] 감각은 서사를 이끌어가는 핵심 요소가 아

---

[1] 여기서 다루는 감각은 '정신적인 영토'로서의 감각이 아니라 신체와 결부된 일차원적인 감각을 말한다. 소설을 대상으로 한 연구는 다음과 같다.

고현혜, 「이상의 <동해>와 '공통감각'으로서의 '촉각'」, 『현대소설연구』 41, 2009, 37~68쪽.

소래섭, 「1920-30년대 문학에 나타난 후각의 의미」, 『사회와 역사』 81, 2009, 69~

니라 인물을 형상화하고 작품 세계를 드러내는 부차적인 기술 측면에서 언급될 뿐이었다. 다양한 감각을 다룬 서사를 감각에 집중하여 논의하기보다는 단순히 기호적인 측면이나 작가의 문체적 특징으로 다루었다. 그런데 최근 한국 소설 내의 감각의 문제에 관심을 기울이는 학자들이 있다.

천정환은 감각을 2000년대 한국 문학의 주류가 되어 있는 작가들의 서사 충동이자 소설의 주제이고, 나아가 독자와의 소통을 가능하게 하는 유력한 매개2)로 보았다. 이재복은 90년대의 감각이 개인적인 취향이나 감정의 차원에 머물고 있다쪽, 2000년대 소설의 감각은 몸과 세계와 만남 속에서 생성되는 것이기 때문에 개인적인 차원을 넘어 사회적이고 집단적인 차원의 의미를 드러낸다3)고 주장한다. 이 둘은 2000년대 소설에서 서사적 매개로서의 '감각'을 중요하게 바라보면서 '감각의 문제'가 일시적인 현상이 아니라 문학 연구의 새로운 방법론의 변화와 필요를 가져와야 한다고 역설하고 있다.

소설에서 '감각하는 인간(Homo Sensus)'은 자신의 존재 방식과 현실 인식을 일상의 감각으로 재현한다. 감각한다는 것은 쉽게 말해 성질을 가지는 것이다. 이때의 성질은 감각되는 대상의 특질이지만 감각하는 주체에 의해 드러난다. 어떠한 대상이 감각 가능한 것은 그것을 지각하는 사람이 자신의 감각에 의해서 포착4)하기 때문이다. 감각이 서사화 될 때 필연적으로 한 사회

93쪽.

송민호, 「이상 소설 동해에 나타난 감각의 문제와 글쓰기의 이중적 기호들」, 『인문논총』 59집, 2008, 1~32쪽.

송주현, 「아수라 시대, '작은' 영웅의 감각적 서사 ─ 김훈의 소설을 중심으로」, 『이화어문논집』 23, 2005, 83~104쪽.

이재복, 「감각의 탄생 ─ 천운영의 소설집 『생강』」, 『본질과 현상』 25호, 2011, 294~309쪽.

천정환, 「한국 소설에서 감각의 문제」, 『국어국문학』 140호, 2005, 197~222쪽.

허난희, 「이청준 소설의 감각 경험과 세계인식 연구」, 『이화어문논집』 31, 2013, 133~156쪽.

2) 천정환, 위의 글, 199쪽.
3) 이재복, 위의 글, 308쪽.

의 욕망체계 속에서 현상화 된 감각은 단순히 자연적인 생리적 현상이나 일관된 물리적 행위가 아니다. 오히려 감각은 사회문화적으로 구성되기에 대상의 실체보다 감각의 주체가 대상을 어떻게 지각하는지가 중요하다.

감각의 나타남을 말할 때, 감각 주체의 정서를 주목해야 하는 이유가 바로 이 때문이다. 감각적 특질들은 어떤 감정적인 풍조와도 밀접한 관계를 가지고 있다.5) 정서는 외적 자극 사건에 대한 보편적이고 기능적인 반응으로 모든 정서는 인지, 느낌 그리고 행동의 측면을 포함한다.6) 감각은 단순히 감각 대상의 물리적 변화를 설명하는 것이 아니라 감각하는 주체의 사회적 인식과 정서적 반응까지 동반한다. 그렇기에 감각적 특질은 그것을 인지하는 주체가 누구인지에 따라 달라지며 동일한 주체라고 하더라도 서술상황의 변화에 영향을 받을 수밖에 없다.

메를로퐁티는 이러한 주체의 가장 중요한 속성을 몸으로 보고 만지고 듣는 '육화'된 존재로 설명한다. 지각은 단지 감관과 외재적 대상들이 접촉한 결과가 아니라, 지성적·감정적·실천적 활동이자 세계에 참여하는 것이다.7) 이러한 감각적 특질의 주관성은 인물의 인식에 따른 것이지만 결국 허구적 인물의 창조자인 작가가 작중인물들의 지각을 좌우하게 된다. 육화된 주체가 서술하는 감각적인 서사정보를 분석하면 인물의 내면의식과 현실 인식뿐만 아니라 작가의 감각적 의도, 즉 작가의 세계관이나 사고방식 또한 유추할 수 있다.

본고에서는 이러한 감각의 특성에 주목하여 문순태의 「늙으신 어머니 의 향기」를 주 텍스트로 삼아 분석하려고 한다. 2004년 이상문학상 특별상 수상

---

4) 모리스 메를로-퐁티, 류의근 옮김, 『지각의 현상학』, 문학과지성사, 2002, 39~43쪽 참조.
5) 서로 다른 자극에 대한 반응들을 우리는 상이한 속성이나 혹은 상이한 차원과 관련시켜서 구별한다. 그 속성이나 혹은 차원을 지칭하는 용어로 '감각적 특질'이라는 말을 쓴다. 프리드리히 A. 하이에크, 『감각적 질서』, 자유기업센터, 2000, 17쪽.
6) 제임스 W. 칼럿 외, 민경환 외 옮김, 『정서심리학』, 시그마프레스, 2007, 4~7쪽.
7) 강미라, 『몸 주체 권력-메를로퐁티와 푸코의 몸 개념』, 이학사, 2011, 63쪽.

작인 이 작품은 감각을 통해 작가의 주제의식을 드러내며 노년세대의 문제를 성찰한다. 권택영은 심사평에서, "어머니와 자식 세대의 문화 사이에서의 이해의 문제를 미학적 거리를 적절히 유지하여 미묘하고 정교하게 처리한 대작"이라 평가했다.[8] 전흥남도 "노년의 삶과 소재에서사의 초점을 기울인 빼어난 작품"[9]으로 이 소설을 논하였다. 「늙으신 어머니의 향기」는 늙음과 젊음에 대한 존재의 의미를 감각으로 전경화 하여 우리의 일상을 세밀하게 형상화한 의미 있는 작품이다.

그런데 지금까지 이 소설을 집중적으로 분석한 단독 연구는 없다. 몇몇 연구자들이 이 작품을 대상 텍스트로 삼아 노년 소설을 연구[10]하면서 부분적이고 단편적으로만 노년의 감각을 다루었다. 이에 본고는 문순태 소설에 나타난 담론화된 감각을 노년의 표상으로만 다루지 않고 감각을 둘러싼 인간과 세계의 이해를 구체화하여 작가의 주제의식을 살피려 한다.

이러한 작업은 그동안 미미하게 연구되어 온 문순태의 소설을 '고향'이나 '분단 모티프', 또는 '한의 미학'이라는 고정된 방법론 안에서 고찰하는 것에서 나아가 새로운 연구의 지평을 열 수 있을 것이다.

또한 지금까지 노년 소설[11] 연구가 주로 생산 주체인 작가나 노인으로 설

---

8) 권택영, 「늙은 어머니의 향기」에 보내는 찬사」, 『28회 이상문학상 작품집』, 문학사상사, 2004, 328~329쪽.
9) 전흥남, 「문순태의 노년소설에 나타난 '노인상'과 소통의 방식」, 『국어문학』52집, 2012. 2, 287~309.
10) 김윤선, 「한국 현대 소설에 나타난 인간 갈등─가족 문제를 중심으로」, 『인간연구』 8호, 2005, 126~273쪽.
    박현실, 「한국 노년소설의 갈등 양상 연구」, 전남대학교 석사논문, 2011.
    전흥남, 「최일남·문순태 노년소설의 말년의식」, 『한국 현대 노년소설 연 구』, 집문당, 2011.
    전흥남, 「문순태의 노년소설에 나타난 '노인상'과 소통의 방식」, 『국어문학』52집, 2012. 2.
11) 노년소설, 노년의 문학, 노대가의 문학, 노인문학, 노년학적 소설, 노인성 문학, 노년기 소설 등으로 노년 소설의 명칭이 다양하게 사용되고 있다. 그런데 노년소설은

정된 작중화자에만 초점을 맞추어 온 한계가 있다쪽, 감각 연구는 감각의 주체와 대상 모두를 논의할 수 있어 연구의 폭을 넓힐 수 있다. 초점화대상인 노년의 현실을 살펴보는 동시에 노년을 사유하는 감각 주체를 통해 자녀 세대의 인식을 살펴볼 수 있다. 이는 심각한 사회문제로 대두된 노인문제를 더 다양하고 깊이 있게 천착하여 노년소설의 범주를 확장하는 의미 있는 작업이 될 것이다.

2. 타자화된 감각과 지향성

2.1. 후각적 감각 : 악취와 시선

문순태의 「늙으신 어머니의 향기」에서는 어머니가 감각의 주요 대상으로, 그녀를 부양하는 장남과 며느리가 감각의 주체로 등장한다. 손주들은 방학에만 집에 다녀가기 때문에 가족구성원은 80세인 어머니와 아들인 나, 그리고 아내이다. 이 소설의 중심 모티프는 '냄새'다. 사건의 기술은 화자에 의해 항상 '냄새'로 말해지는데 이야기의 사건적 요소(행위)뿐만 아니라 사물적 요소(등장인물, 배경)도 냄새의 묘사로 전경화 된다. 서술자인 '나'의 눈을 통해 어머니의 냄새는 일방적으로 서술된다.

일반적으로 "시대적으로는 1970년대 산업화 이후의 현대사회에서 본격적으로 생겨난 새로운 소설 유형으로, 노년의 작가가 생산한 소설, 그리고 소설의 내용적 측면에서 이야기의 중심 영역이 주로 노년의 삶을 다루고 있고, 서술의 측면에서 노인을 서술 자아나 초점화자로 설정하여 서사화 된 소설"로 규정된다. 류종렬, 앞의 글, 530~531쪽.
문순태의 소설에서 노인은 서술 대상과 초점화 대상으로 드러날 뿐이다. 하지만 소설 전반에서 노년의 문제를 다루고 있기 때문에 노년 소설의 범주를 확장하여 사용하는 동시에 '노년 담론'이라는 용어를 제시해본다.

아파트 현관문을 따고 들어서자 어머니 냄새가 포연(砲煙)처럼 훅 기습해 왔다. 나는 역겨움 때문에 자신도 모르게 표정이 납작하게 일그러졌다. 냄새는 순식간에 공격하듯 온몸에 달라붙었다. 어머니의 냄새는 너무도 강렬해서 질식할 것만 같았다. 내가 회사에서 돌아올 때마다 기다렸다는 듯이 나를 맞는 것은 언제나 아내가 아닌, 어머니의 냄새였다.[12]

아들은 어머니의 냄새를 부정적으로 인지한다. 집에 들어설 때 어머니 의 냄새가 '포연'처럼 기습하고 공격한다는 표현이 환기하듯 냄새의 문제는 영역을 차지하려 싸우는 전쟁처럼 서술된다. 서술화자는 마치 어머니의 냄새가 형체가 있는 것으로 시각화한다. 아들은 어머니의 냄새를 '역겨움'으로 느낀다. 집안에서 자신을 맞이하는 것이 '아내'이기를 바라지만 언제나 어머니의 냄새가 강렬하기 때문에 불쾌함을 느낀다. '표정이 납작하게 일그러짐', '역겨움', '질식' 등의 표현에서 부정적인 아들의 시선을 읽어낼 수 있다.

아들인 나에게 어머니의 냄새는 '오래된 신 김치에서 나는 군내', '쿠리 한 된장 냄새', '시지근한 땀 냄새', '퀴퀴한 곰팡이 냄새', '고리 고리한 멸치젓 냄새', '꿀꿀한 두엄 썩는 냄새', '짭조름한 오줌버캐 지린내', '고리착지근한 발가락 고린내', '생고등어 비린내', '시금털털', '고리탑탑', '쓰고 시고 짜고 매운 냄새'로 제시된다. 어머니의 냄새는 주로 미각과 관련된 표현으로 설명된다. 후각과 미각이 화학물질 감각기관이라는 공통점[13]이 있어 우리는 일상적으로 냄새를 맛보는 것과 같이 이야기한다. 냄새는 그자체로 설명되지 않기 때문에 다른 대상으로 치환해야만 냄새의 이미지에 가까워질 수 있다.

---

12) 문순태, 「늙으신 어머니의 향기」, 『28회 이상문학상 작품집』, 문학사상사, 2004, 85쪽. 앞으로 인용문은 편의상 쪽수만 밝힌다.
13) 두 감각 모두 분자를 몸속으로 빨아들인다. 기체 분자가 코로 들어오는 것은 냄새를 맡게 되는 것이며, 액체분자나 고체분자가 혀를 자극하기 때문에 우리는 맛을 느낀다. 브루스 E. 골드스테인, 김정오 외 옮김, 『감각과 지각』, 시그마프레스, 2007, 398쪽.

또한 아내의 직접화법을 통해 어머니의 냄새는 '두엄 썩는 냄새', '시궁창 썩는 냄새', '제초제 냄새', '바이러스'와 같은 것으로 비유된다. 식욕도 떨어지게 하고 생머리가 지끈거리는 어머니 냄새는 며느리에게는 병을 유발하는 바이러스이다. 냄새는 사람이나 사물에 대한 평가에 영향을 준다. 냄새는 형태가 없기 때문에 다른 대상과의 관계 속에서 표현된다. 또한 후각은 다른 감각에 비하여 직접적[14]이며 감각 경험을 차단하기 어렵다. 그렇기에 더 생활과 밀접하며 직접적이고 교묘한 권력의 투쟁의 장이 형성된다. 따라서 아내의 목소리로 서술된 어머니의 냄새 묘사는 '늙음'을 부정하고 경멸하는 아내의 시선을 그대로 드러낸다.

> "비누와 향수로는 어머니 냄새를 제압할 수 없어요. 목욕으로는 내 몸에 깊숙하게 밴 냄새를 벗겨낼 수가 없다니까요. 우리 집은 소금에 전 간고등어 처럼 온통 어머니 냄새에 푹 절어 있어요."
> "사람마다 자기 냄새를 갖고 있지요. 그렇지만 남의 영역을 침범하지는 않아요. 어머니는 유별나요. 노인들의 고약한 냄새는 다 욕심에서 나온다구요." … "욕심이 많지요. 특히 생에 대한 집착이 너무나 강해요."(88쪽)

이러한 아내의 태도는 "상반신을 부르르 떨며 진저리를 치곤했다"는 행위에서도 드러난다. 어머니의 냄새에 대해 짜증을 드러내는 아내의 심리는 냄새의 문제에만 국한된 것이 아니다. 즉 악취(惡臭)에 대한 실제적인 기피현상은 노년에 대한 혐오감과 기피현상을 표상하는 상징적 행위인 것이다.[15] 악

---

14) 다이앤 애커먼, 백영미 옮김, 『감각의 박물학』, 작가정신, 2004, 25쪽. 비강점막에는 섬모라는 미세한 털이 있는 수용기 세포가 들어 있다. 이 수용기 세포 500만 개가 뇌의 후각 중추에 자극을 보낸다. 이런 세포는 오직 코에만 존재한다. 때문에 냄새 감각은 더욱 예민하고 날카롭다.

15) 변정화, 「죽은 노인의 사회, 그 징후들」, 문학을 생각하는 모임, 『한국 노년 문학 연구 II 』, 국학자료원, 50쪽.

취는 나쁜 냄새로 '악'이란 어휘에서 '악함과 추함, 불길함'이라는 부정적인 의미를 연상할 수 있다. 이는 없애야 할 불결한 것이 며 사회악이기 때문에 부정적인 냄새 은유다.

아내는 어머니의 고약한 냄새를 '욕심'과 '생에 대한 집착'의 현상으로 보고 있다. '나'와 '아내' 모두 어머니의 냄새를 영역을 침범하는 부정적인 것으로 바라보기에 유독 어머니의 냄새만 두드러지게 묘사된다. 나와 아내의 영역을 침입하는 어머니의 감각은 제압되어야만 하는 '동적'인 대상인 것이다.

> 시간이 흐를수록 어머니의 냄새는 더욱 깊고 무겁게 집 안의 구석 구석으로 더끔더끔 짜들어갔다. 하루가 다르게 코끝으로 냄새의 부피와 두께를 느낄 수가 있었다. … 나는 어머니의 냄새가 집 안을 완전히 장악하는 것을 언제까지나 방치해 두고 있을 수는 없다고 생각했다. 질식할 것만 같은 어머니의 냄새를 약화하는 방법은 아내를 집으로 데려오는 길밖에 없었다.(97쪽)

냄새에 영역이 있을까 동물은 자신의 영역을 표시할 때 냄새를 효과적인 수단으로 사용하지만 사람은 일반적으로 냄새의 영역을 구분하지 않는다. 감각의 영역을 구분하는 아들과 며느리의 감각의 지향에는 이미 부정적인 시선과 감정이 들어 있다. 은유는 우리가 경험하는 일상세계의 모든 대상이 우리의 신체적 경험을 통하여 인지되고, 반복된 경험은 우리의 의식 속에 구조화되어 있다는 입장을 견지한다.[16] 어머니의 냄새가 생에 대한 욕망과 움직임을 동반한 힘의 영역으로 개념화된 것은 아내의 구조화된 의식을 반영한 결과다.

어머니의 냄새는 집 안의 분위기를 침잠시키는 주원인이자 제거해야 할 대상으로 서술된다. 초점화자인 나에게 어머니의 존재는 냄새로 지각될 뿐이다. 시선의 움직임은 그 지각이 제시를 지향하는 행위자인 초점화자와 초점

---

16) 조지 레이코프 · 마크 존슨 임지룡 외 역, 『몸의 철학』, 박이정, 2001, 29쪽.

화자의 지각 대상인 초점화 대상[17] 모두를 논의할 수 있다. 어머니의 존재는 아들인 '나'에 의해 타자화 되어 오직 냄새로만 보인다. 초점화자는 지각 대상인 어머니의 냄새가 확산되는 것을 부정적으로 바라보고 그 냄새의 영역을 공간으로 분리한다.

다시 말해, 함께 더불어 사는 집의 공간이 아니라 어머니의 공간은 자녀들의 공간에서 유리된다. 그 분리된 영역을 넘어서는 냄새는 '나'와 아내에 의해 역겨움과 혐오로 인지된다. 냄새의 움직임은 호흡과 관련되어 곧 생명력, 존재의 영역을 대표하는데 자녀들이 노년의 냄새를 막으려 하는 것은 노년의 존재를 제한하는 것으로 볼 수 있다. '소멸'과 '쇠락'의 생의 단계로 노년을 인지하기에 노년의 감각이 힘을 갖는 것을 인정하지 않는 것이다.

이러한 감각의 힘은 움직임을 동반하며 감각 주체의 시선에 따라 제시된다. 메를로-퐁티는 대상에 접근하는 어떤 방식을, 나의 고유한 사고만큼 확실하고 나에 의해서 직접적으로 인식된 '시선'으로 표현한다.[18] 여러 대상이 있지만 특정한 대상으로부터 무엇을 느끼는 힘, 그것은 흩어져 있는 여러 감각을 하나로 모으는 '나'의 시선의 움직임에 따라 독자 앞에 나타난다. 나의 시선을 타자의 어느 특정 감각에 고정하는 것은, 전인격적으로 대상을 지각하지 않기에 감각의 대상은 타자화 될 수밖에 없다. 여기서 타자를 지배하는 주체의 시선은 자연스러운 것보다는 구성된 것이다.

> 아내가 집에 돌아온 후부터, 집 안을 장악했던 어머니의 냄새가 조금씩 약화되기 시작했다. 안방은 아내의 냄새를 완전히 회복했고 주방과 거실에서는 소강상태였다. 점점 세력이 약화된 어머니의 냄새는 주방과 거실에서 조차 오래 버티지 못했다. 닷새가 지나자 어머니의 냄새는 어머니의 방과 어머니가 혼자 사용하는 화장실 안으로 뒷걸음

---

17) 리몬 케넌, 최상규 옮김, 『소설의 현대 시학』, 예림기획, 1999, 133~134쪽.
18) 모리스 메를로-퐁티, 앞의 책, 123쪽.

질 쳐 기어 들어가고 말았다. 나는 어머니의 냄새가 아내의 냄새에 위압당해 가는 동안 숨 가쁜 긴장감을 느꼈다. 마치 파워 게임을 하고 있는 것 같았다. 두 여자의 냄새를 통해서 나는 힘의 팽창과 몰락을 온몸으로 느꼈다. 그리고 그 힘은 삶의 욕망이고 생존의 몸부림이라는 것을 알았다. 그것은 참으로 치열한 생명의 몸부림 같은 것이었다. (100쪽)

스토리 내부에 있는 초점화자는 자신이 경험한 어머니와 아내의 '냄새 전쟁'을 생생하게 전달한다. 초점화자에 의해 재현되는 사건의 서술은 냄새의 영역 다툼으로 묘사된다. 어머니의 존재는 오직 냄새로만 나타난다. 어머니를 지각하는 감각을 통해 구체적 지향을 발견할 수 있는데 이는 초점화자의 '심리적 국면'과 연결된다. 즉 초점화 대상에 대한 초점화자의 태도가 인식적 지향과 감정적 지향19)의 문제인 것이다.

스토리 안에서 '나'는 어머니의 냄새가 확산되는 것을 막기 위해 아내 의 냄새와 대치상황을 만든다. 여기서 무형의 냄새는 공간을 차지하는 물질처럼 묘사되고 팽창과 몰락이라는 힘의 성질로 인해 권력을 내포한다. 작가는 감각을 의도적으로 배치하기 때문에 감각은 작가에 의해 재창조되고 재구성된 세계 내에 놓인다. 소설 세계 안에 존재 가능한 다양한 감각을 제한할 수밖에 없기 때문에 형태가 없는 냄새는 감각하는 주체의 느낌과 감정에 강하게 연결된다.

냄새는 주관적이라 손쉽게 측량할 수가 없어서 냄새와 냄새를 피우는 자에 대한 정의는 주로 '권력 관계'를 통해 규정된다.20) 소설에서 타자화 된 감각은

---

19) 리몬 케넌, 앞의 책, 142쪽.
　　후설은 '지향성'을 무엇에 관계되고, 무엇을 대상으로 하며, 그것과 다른 것에 스스로 열리는 의식을 가진 특성으로 생각한다. 감각적 특징에 의해 지각은 몸소 대상을 우리에게 현전하게 하는데 이때 지향성은 판단과 욕망, 그리고 희망과 정서를 불러온다. 르노 바르바라, 공정아 옮김, 『지각—감각에 관하여』, 동문선, 2003, 45-49쪽.
20) 마크 M. 스미스, 김상훈 옮김, 『감각의 역사』, 성균관대학교출판부, 2010, 138쪽.

악취와 영역을 나누는 시선을 통해서만 재현된다. 즉, 좋은 냄새와 나쁜 냄새를 구분하는 감성적 반응으로서의 감각은 우리의 사회적 관계 속에 재배치된다.

2.2. 공통감각으로서의 촉각 : 냄새에서 향기로의 전이

냄새는 기억에 감정을 덧입힌다. 어떤 사람으로 하여금 생생한 기억을 되살리게 하는 데 냄새가 강력한 단서로 작용한다는 것을 가리켜 '프루스트 효과'라고 한다.21) 문순태의 소설에서도 아들인 '나'는 어머니의 냄새를 과거의 기억으로 회복하며 감정의 변화를 겪는다. 아주 심한 냄새가 난다고 어머니를 탓하지만 "에미한테서 나는 냄새는 에미가 자식 놈들을 위해서 알탕갈탕 살아온, 길고도 쓰디쓴 세월의 냄새"라는 어머니의 말에 부끄러움을 느끼며 반성한다. 혈연관계인 화자는 '나'의 아내와 달리 어머니와 동일한 과거를 공유하기 때문에 잊고 있던 과거를 떠올리면서 어머니와의 관계 회복이 이루어진다.

> 어머니가 오랫동안 간직해 온 보따리에서는 고리 고리한 새우젓국 냄새를 비롯해서 짭조름한 간고등어 냄새, 시큼한 쇠꼴 냄새, 비리척지근한 멸치 냄새가 한데 어우러져 참으로 묘한 냄새를 만들고 있었다. 여러 가지 냄새들은 저마다의 색깔로 치장을 하고 소리를 내며 꿈틀대는 것 같았다. 그 냄새들이 아우성치며 내 뼛속으로 파고들고 있었다. 냄새는 타오르는 불꽃처럼 따뜻하게 나를 감쌌다. 나는 그 냄새의 한 부분이라도 되는 것처럼 모든 거부감이 일시에 사라졌다. 나는 그때서야 어머니 냄새의 진원지를 확실하게 알 수 있게 되었다.(104쪽)

---

21) 로젠스 D. 로젠블룸, 김은영 옮김, 『오감 프레임 : 몸으로 생각하라』, 21세기 북스, 2011, 121쪽.
  이 효과는 프랑스의 작가 마르셀 프루스트의 저서 『잃어버린 시간을 찾아서』에서 유래한다.

소설 결말 부분에서 '나'는 어머니의 감각을 새롭게 인식하면서 갈등이 해소된다. '나'는 어머니의 젊은 시절을 '이 세상에서 가장 아름답고 강한 존재'로 기억한다. 하지만 현재의 어머니는 아내와 갈등을 겪는 불필요한 존재일 뿐이다. 어머니의 '냄새 제거 작업'을 하면서 나와 아내는 어머니 방에 있던 보따리를 보게 된다. 보따리 속에 있는 이상한 물건들은 아내에게는 냄새나고 쓸데없는 물건이기에 '노망' 난 늙은이의 이상한 행위로 여겨진다. 하지만 나에게는 그 보따리에 있는 물건이 곧 소중한 옛 추억이자 어머니의 희생적인 삶을 환기하는 매개체가 된다.

소설의 시작부터 끊임없이 문제시되었던 어머니 냄새는 '공통 감각(common sense)'을 통해 그 진원지를 찾게 된다. 공통 감각은 한 인간 속에 있는 모든 감각들을 통합하여 얻는 종합적이고 전체적인 감득력을 말한다.[22] 위의 인용문에서 어머니의 냄새는 맛과 연결될 뿐만 아니라 '시각(색깔, 치장)', '청각(소리)', '촉각(따뜻함, 감싸다)'으로 통합된다. 오감으로 종합된 감각으로 인해 어머니에 대한 나의 거부감이 일시에 사라진 것이다.

여기서 가장 중요한 감각은 '촉각'이다. 촉각을 중심으로 다른 감각들은 모두 수렴된다. 그렇다면 왜 서술자는 촉각을 공통감각의 주요 감각으로 드러낼까? 다른 감각이 냄새 자체의 특질인 반쪽, 촉각은 뼛속으로 파고드는 따뜻한 느낌으로 서술 대상에 직접적으로 연결된다. 감각이 모두 신체의 작용으로부터 기원하는 것이지만, 그 가운데서도 촉각은 몸의 특수한 기관에서 전담하고 있지 않고 온 몸으로 느끼는 감각이다. 그러므로 촉각적 체험이란 몸이 닿을 뿐만 아니라 마음이 사물에 닿는 듯한 느낌까지도 포함[23]하는 신체

---

22) 나카무라 유지로, 양일모·고동호 옮김, 『공통감각론』, 민음사, 2003, 13~16쪽.
'커먼 센스(common sense)'는 사회적 상식이라는 의미 속에 매몰되어 왔으나 원래는 여러 감각(sense)과 관련되어 있으면서 그것들에 공통(common)하는 것이며, 더구나 그것들을 통합하는 감각이다. 이것은 우리 인간의 이른바 오감(시각, 청각, 후각, 미각, 촉각)과 서로 관련되면서 그것들을 통합하는 종합적이고 전체적인 감득력, 말하자면 '공통감각(共通感覺)'이다.

적 현상이다. 이런 감각적 특질 때문에 '나'와 어머니의 인지적 접촉은 '촉각'에 의해 일어난다.

촉각으로 대표되는 공통감각은 공감인지와도 연결되는데 '공감(empathy)'은 다른 사람의 기분에 대해 경험을 감정적으로 이해하는 능력이다. 인지를 통해 이루어지는 공감은 다른 사람의 내적 상태들, 그의 사상, 감정, 지각, 의도 등에 대한 인지적 자각이다.24) 어머니의 냄새가 가장 멀리 떠나버린 때에 '나'는 오히려 어머니를 직접 대면하지 않고도 가장 밀착되어 있다고 느낀다. 상상력에 의한 신체 접촉이지만, 어머니의 감각을 지각하면서 '나'와 '타자'의 관계는 비로소 하나가 된다.25) '나'를 위한 희생의 삶이자 인고의 세월을 보낸 어머니 냄새를 이해하고 공감하기에 어머니의 역겨운 냄새는 '향기'로 치환된다.

> 젊어서 남편을 잃고 병든 시아버지와 어린 두 자식을 위해 짐승처럼 살아 온 어머니. 그것은 어머니가 살아온 신산한 세월이 발효(醱酵)하면서 풍겨져 나온 짙은 사람의 향기였다. 고통스러웠던 긴 세월의 두께 같은 것. 어머니의 냄새는 팔십 평생 동안 푹 곰삭은 삶의 냄새이며, 희로애락의 기나긴 시간에 의해 분해되는 유기체의 냄새가 분명했다. 나는 갑자기 어머니의 냄새가 내 몸의 모든 핏줄 속에서 꿈틀거리는 것을 느꼈다.(106쪽)

"어머니의 냄새가 내 몸의 모든 핏줄 속에서 꿈틀거린다"는 나의 느낌은 감각의 통합에 의한 결과이다. 감각적 접촉은 어머니의 지난 삶을 온전히 자각하고 인정한 이후 나로 하여금 어머니의 냄새를 '향기'로 인지하게 만든다.

---

23) 이상섭, 「촉감의 시학」, 『자세히 읽기로서의 비평』, 문학과 지성사, 1988, 228, 237쪽.
24) 양해림 외, 『공감인지란 무엇인가』, 충남대학교출판문화원, 2012, 14~19쪽.
25) 접촉은 서로 신체적으로 닿는 감각이다. 노년학에서도 노인과의 접촉이 노인에 대한 막연하고 모호한 인식을 줄이고 세대 간 심리적 거리를 좁히는데 기여 하고 서로에 대한 부정적 편견을 감소시키는 중요한 행위로 강조한다.
   김수영 외, 『노년사회학』, 학지사, 2009, 259쪽.

'나'는 그동안 어머니의 냄새를 타인의 시선으로 바라보고 혐오할 뿐, 냄새의 실체나 본질을 알려고 하지 않았다. 어머니의 감각은 통제와 배제의 대상으로 가정 내에서 분리되고 고립되어 있었다. 한나 아렌트는 이러한 인간 소외의 징표로 공통감각의 감소나 상실[26]을 말한다. 가족으로부터의 소외를 '감각'으로 표현한 작가는 촉각으로 통합된 공통감각을 '핏줄'로 연결시킨다. 혈연관계는 결코 단절될 수 없는 관계로 이는 소설의 말미에서도 동일하게 형상화된다.

> 땅의 혼령들로 가득한 그곳에서 어머니의 냄새가 바람처럼 훅 덮쳐왔다. 나는 국도 변에 차를 세우고 길게 숨을 들이켰다. 어머니의 향기로운 냄새가 아우성치며 온몸의 핏줄 속으로 빨려 들어왔다. 어머니의 향기가 사무치게 그리웠다.(106쪽)

갑자기 사라진 어머니를 찾기 위해 고향으로 무작정 달리던 나는 어머니의 냄새를 통해 저항할 수 없는 생명력과 마주한다. 어머니의 냄새가 자신의 몸의 모든 핏줄 속에서 꿈틀거리는 것을 느끼며 서술자는 어머니를 그리워한다. 여기서 어머니의 향기로운 냄새는 대지의 냄새로 치환된다. 왜냐하면 화자가 서있는 곳은 고향으로 가는 국도일 뿐 어머니는 그 곳에 없기 때문이다. 일반적으로 고향은 친숙함과 편안함, 양육과 안전의 보장, 소리와 냄새에 대한 기억, 오랜 시간동안 축적되어 온 공동의 활동과 편안한 즐거움에 대한 기억과 함께 온다.[27] 어머니의 냄새를 찾기 위 해 고향으로 향하는 이유는 고향이 어머니와의 심리적 거리가 가장 가까운 유년시절의 장소이자 어머니의 모성을 상징하는 원형 공간이기 때문이다.

'대지'를 통해 생태적 사유로 전이된 감각은 어머니와 '나'의 존재를 하나로

---

26) 한나 아렌트, 김정한 옮김, 『폭력의 세기』, 이후, 1999, 13쪽 참조.
27) 이푸 투안, 구동회·심승희 옮김, 『공간과 장소』, 대윤, 1995, 255쪽.

연결시킨다. 어머니를 감각의 대상이 아니라 공동체적 존재로 인정하면서 치열하게 꿈틀대던 감각의 투쟁은 사그라진다. 개체 사이의 감각의 전유는 긴장 상태나 갈등 관계에서는 쉽게 이루어지지 않는다. 감각에서 비롯된 관계적 갈등은 가족까지도 타자화하고 구분 지으며 권력관계로 억누르려하기 때문이다.

작가는 서술자인 아들의 통합된 감각을 통해 어머니의 존재를 깨닫게 하고 '핏줄'로 모자(母子) 사이를 연결 짓는다. 이는 노인 소외 문제를 관계의 회복과 감각적 소통으로 해결하려는 작가의 의도이기도 하다. 자녀세대를 위해 희생한 부모세대와 기억을 공유하고 함께 소통하는 것, 그것이 감각의 분리와 통합의 서사를 형상화하여 작가가 우리에게 전달하려는 이 소설의 주제이다. 어머니의 냄새를 혐오하다가 그리워하는 감성의 회복은 감각의 대상을 이해하고 교감하는 데서 일어난다. 아들이 어머니 의 냄새를 향기로 지각하는 것은 곧, '세월이 발효된 냄새', 즉 어머니의 삶 자체를 인정하면서 변화된 것이다.

3. 노년 냄새와 감각의 이데올로기

후각이라는 감각을 논의하면서 악취를 바라보는 '시선'의 움직임에 관심을 기울였던 이유는 '나'에 의해 타자화 된 어머니의 감각에서 관계의 지형을 읽어낼 수 있기 때문이다. 타자화는 자신의 인생에서 주인이 되지 못하고 다른 사람에 의해서 좌지우지되는 소외현상을 의미한다.[28] 문순태의 소설에서 어머니가 가족에게 소외된 모습은 후각적 우열 관계로 전경화 된다. 가족 내의 권력의 이동을 냄새라는 기제를 활용하여 누가 더 강한 감각을 소유하는지에 따라 후각의 지배는 권력을 표면화하는 효과적인 장치가 된다.

---

28) 송명희, 「노년담론의 소설적 형상화」, 부경대학교 노년인문학센터, 『인문학자, 노년을 성찰하다』, 푸른사상, 2012, 37쪽.

나는 아내가 돌아온 것을 계기로, 무취의 상태로 돌아간 아내의 냄새처럼 어머니의 냄새를 완전히 소멸해 버릴 생각을 했다. 나의 이 같은 계획은, 내 정년이 가까워지면서 조금씩 침잠해 가고 있는 우리 집의 분위기를 활성화하고 싶었기 때문이다. (101쪽)

어머니의 냄새는 강한 바람이나 여러 노력(향수, 목욕, 청소 등)으로도 소멸되지 않는 강력한 감각이지만 아내의 출현으로 약화된다. 그런데 아내의 냄새는 "어머니의 냄새를 없앤 제취제 역할만 하고 무색무취의 상태를 유지"한다. 아내의 냄새는 어머니의 악취에 대항할 수 있는 유일한 해결책인데 비해 곧바로 그 힘을 상실한다. 오직 어머니의 냄새만이 완전히 소멸해야 할 감각의 존재일 뿐이다. 왜 어머니의 냄새만 감각주체인 '나'와 '아내'에 의해 문제적으로 지각될까?

이는 냄새에 대한 반응이 냄새 자체의 감각적 성질이 아니라 주로 우리의 주관적인 사고의 결과로 이루어지기 때문이다. 순수한 감각보다는 감각하는 주체의 생각과 정서가 개입해서 일어나는 '나타남'이다. 이는 후각의 '순응(adaptation)'적인 특성에 반하는 현상이다. 지속적인 자극으로 인한 반응은 감각 모두에 나타나는데, 반응이 점차 둔해지는 것을 순응이라 하며 이는 곧 후각의 적응을 말한다. 감각 중 후각이 순응의 속도가 가장 빠르다.29) 같은 냄새를 계속 맡으면 시간마다 그것을 인지하는 기능이 둔해져 아무리 역한 냄새도 시간이 경과하면 익숙해지게 된다.

한 집에서 함께 살아가는 가족의 경우 후각의 순응은 더욱 빨리 나타날 것이다. 하지만 서술자는 가정이란 공간을 냄새의 영역으로 분리하여 관계의 단절을 드러낸다. 가스통 바슐라르는 집이라는 공간이 사람들에게 장소 소속감과 심리적 안정감을 준다고 보았다. 공통된 추억과 상상력이 맞물리면서 하나의 이미지로서의 집, 최초의 공동체를 형성한다.30) 그런데 이 소설에서

---

29) 송인갑, 『후각을 열다』, 청어, 2012, 13쪽.

나와 아내는 어머니와 한 공간에서 살면서도 어머니를 공동체의 일원으로 인
정하지 않는다. 오히려 거주 영역을 구분하여 분리된 공간 안에서만 어머니
가 생활하기를 원하며 어머니의 냄새는 거부한다.

그렇다면 어머니의 냄새, 즉 80대 노인의 냄새가 이토록 강력하게 부정되는
이유는 왜일까? 흔히 노인 냄새는 '불포화 알데히드 노네랄 (Aldehyde nonenal)'
이라는 물질로 설명된다. 신체가 노화하면서 신진 대사 능력이 떨어지고 노폐
물의 분해와 배출이 활발하지 못해 노인 냄새로 나타나는 것이다.[31] 이는 자연
스러운 신체적 변화이다. 물론 정도의 차이는 있겠지만 우리 모두 언젠가 노년
의 삶을 맞이하듯 노인 냄새도 노화의 자연스러운 현상이다. 그런데 사람의 체
취인 노인 냄새는 특히 사회적으로 문제시된다.[32] 이는 노화를 부정적으로 바
라보는 세대의 시선이 반영된 것이다.

대개 타자의 냄새는 실제 냄새라기보다는, 혐오감이 후각의 영역에 전이된
것이다. 어떤 경우든, 냄새는 계급적·인종적 경계를 창출하고 강화하는 강
력한 상징적 수단이 된다.[33] 소설에서 어머니의 냄새는 고유한 존재의 냄새
라기보다는 자녀 세대에 의해 타성화된 감각이다. 소설에서 담론화된 감각은
재현의 과정을 거치면서 세대를 구분하고 차이를 만들려는 우리 사회의 이데
올로기를 효과적으로 드러내게 된다.

> 어머니는 아내가 외출해서 조금만 늦을라치면 기회는 이때다 싶게,
> 혼자 주방을 독점하고 서둘러 저녁을 짓고 반찬을 준비하느라 바쁘

---

30) 가스통 바슐라르, 곽광수 역, 『공간의 시학』, 민음사, 1990.
31) 장미영, 「노인 냄새―문순태의 늙은 어머니의 향기」, 『열린전북』, 151권, 2012, 51쪽.
32) 중년을 대상으로 한 목욕제품이나 향수, 체취를 막아주는 의복 등을 따로 개발하는
    모습에서도 노년 냄새를 부정적으로 구별 짓는 우리 사회의 인식을 알 수 있다. 장
    재훈, 「문화속의 과학―후각문화를 살리자」, 『과학과 기술』 33권 10호, 2000. 10,
    38쪽 참조.
33) 콘스탄스 클라센·데이비드 하위즈·앤소니 시노트, 김진옥 옮김, 『아로마 : 냄새
    의 문화사』, 224쪽.

다. 어머니의 주방 독점을 위한 노력은 생에 대한 집착만큼이나 집요했다. 이 때문에 아내는 차츰 살림에 짜증을 내기 시작했고 의식적으로 밖으로만 나돌았다.(96쪽)

아내가 돌아오자 집 안은 생기가 넘쳤다. 아침 식사 시간이 다 될 때까지도 어머니는 방에서 나오지 않았다. 어머니는 아마 아내 때문에 밀려난 냄새와 함께 기회를 엿보며 방 안에서 또아리를 틀고 있는 것이 분명했다.(100쪽)

가정 내에서 어머니의 모든 활동을 집착과 과욕으로 비하하는 자녀 세대의 감각 활동은 노화에 대한 부정적인 심리를 내포한다. 소설에서 노년의 이러한 기본적인 욕구[34]마저 생의 탐욕으로 취급된다. 생의 여러 욕망은 인간 누구에게나 있는 보편적인 심리적 욕구이다. 그런데 소설에서 감각의 주체인 자녀 세대는 인간의 기본 욕구조차 노년에게 허락하지 않고 팔순 노인의 모든 활동을 부정적으로만 판단한다.

이처럼 노년의 삶을 규정짓고 제한하려는 우리 사회의 이데올로기를 문순태는 소설에서 타자화 된 감각으로 형상화한다. 감각은 노년을 구별 짓는 우리 사회의 일상화된 고정관념과 선입견을 드러내는 동시에 감각하는 주체에게 부여된 편향적인 힘을 표상한다. 활동적인 노년의 삶을 '악취'로 인식하는 자녀세대의 감각 지향은 결국 감각의 대상으로만 타자화 된 노년 세대의 현실을 보여주며 젊은 몸의 감각만 가치 있는 것으로 여기는 우리 사회의 의식을 나타낸다. 문순태는 우리 안에 내면화된 관습적이고 억압적인 힘과 권력을 감각의 교차로 재현하여 노년의 현재를 드러낸다.

---

34) 아브라함 H. 매슬로는 인간의 기본 욕구를 "생리적 욕구, 안전 욕구, 소속 욕구, 자기존중 욕구, 자기실현 욕구"로 설명한다. 아브라함 H. 매슬로, 정태연·노현정 옮김, 『존재의 심리학』, 문예출판사, 2005.

4. 나오며

지금까지 '감각'을 중심으로 문순태의 소설 「늙으신 어머니의 향기」를 분석했다. 이 소설에서 주된 감각작용은 후각이다. 시각화된 후각으로 노인 소외의 모습을 드러냈다쪽, 후각을 촉각화하면서 가족 간의 단절된 관계가 회복되는 작용이 일어난다. 공통감각으로서의 촉각은 다른 감각들을 통합하여 감각의 대상과 감각하는 주체를 하나로 연결시킨다. 아들과 어머니, 며느리와 시어머니의 관계에서 길항하는 감각의 분리와 통합의 현상을 분석하면서 가족 내의 갈등과 소외 현상을 읽어낼 수 있었다.

또한 그 이면에 숨겨진 자녀세대의 의식과 감각을 소유하는 힘도 살펴볼 수 있었다. 팔순 노인의 감각을 일방적으로 집착과 욕망으로 바라보는 시선, 그리고 자연스러운 신체적 변화인 노화를 부정적으로 인지하는 자녀 세대의 모습에서 감각의 영역을 구분하는 우리 사회의 이데올로기를 발견할 수 있다. 노년의 감각이 타자화 되는 것은 결국 힘의 논리다. 노년의 역할을 제한하고 규정하는 우리의 논리는 결국 그 사람의 일부인 체취마저도 분리한다. 젊음을 긍정하고 노화를 부정하는 감각의 논리는 결국 젊은 몸만을 추구하는 우리의 모습을 반영한 것이다.

「늙으신 어머니의 향기」 작품을 통해 작가는 노인소외 문제를 우리의 지각 현상과 연결하고 그 해결방법을 '공감'과 '소통'에서 찾는다. 상대의 삶을 이해하고 배려할 때 '공감'이 형성된다. 감각을 둘러싼 세대 간의 갈등은 서로를 온전히 인정하지 못하고 자기를 기준으로 상대방을 판단하기 때문에 발생하는 것이다. 신체적 감각은 직접적이고 비언어적이기 때문에 언어로 기호화된 감각에는 이미 우리의 지각과 정서적인 측면이 반영되어 있다. 또한 감각은 일상적이고 현실적인 것이기에 생활의 문제와 밀착되어 있다.

감각과 감정이라는 현상을 단지 주관적이고 개별적이며 실체가 없다는 이유로 외면하기에는 우리의 삶이 그것과 너무도 맞닿아 있다. 감각을 통해 작중인물의 인식과 정서를 판단하고 논의하는 과정이 여전히 낯설고 모호하게 느껴질 수 있다. 하지만 우리는 몸을 통해 세계와 마주하고 관계를 맺는다. 그리고 감각으로 우리가 속한 세계를 이해하고 개념화한다. 감각을 단순히 비실체적이라는 이유로 문학연구의 논의에서 제외하기보다는 끊임없이 감각을 문학의 장에 불러들여 감각의 실체에 다가가는 것이 더 의미가 있을 것이다.

감각을 통해 우리의 삶을 해석하고 문학을 이해하려는 시도는 문학 연구의 장을 넓히는 새로운 출발점이 될 것이다. 소설 세계는 작가의 의도에 의해 만들어진 허구의 세계이지만 근본적으로 모순된 현실의 문제를 드러내고 해결 방안을 제시한다. 문순태는 감각으로 우리 사회의 단절을 보여주고, 감각의 소통으로 관계의 문제를 풀어낸다. 소설의 주요 소재이자 작가의 소설 전략인 감각을 현상학에 기대어 의미를 고찰하였다. 다만 하나의 단편을 '노인 소외'라는 사회 문제와 연결 지어 감각으로 분석하려는 시도는 시작부터 한계가 있다. 추후에 감각의 논의를 확장하여 더 많은 작품을 다루면서 연구의 미비한 측면을 보완할 것이다.*

---

* 논문출처 : 「문순태 소설에 나타난 감각의 의미 연구」, 『건지인문학』16집, 2016.

참고문헌

1.기본자료

문순태, 「늙으신 어머니의 향기」, 김훈 외, 『28회 이상문학상 작품집』, 문학사상사, 2004.

2.연구도서

가스통 바슐라르, 곽광수 역, 『공간의 시학』, 민음사, 1990.

강미라, 『몸 주체 권력-메를로퐁티와 푸코의 몸 개념』, 이학사, 2011.

강응경 외, 『감각하는 인간』, 한양대학교출판부, 2003.

고현혜, 「이상의 <동해>와 '공통감각'으로서의 '촉각'」, 『현대소설연구』 41, 2009, 37~68.

김수영 외, 『노년사회학』, 학지사, 2009.

김윤선, 「한국 현대 소설에 나타난 인간 갈등-가족 문제를 중심으로」, 『인간연구』 8호, 2005, 126~273.

김현, 『김현 문학전집 1 : 한국문학의 위상/문학사회학』, 문학과지성사, 1991.

나카무라 유지로, 양일모・고동호 옮김, 『공통감각론』, 민음사, 2003.

다이앤 애커먼, 백영미 옮김, 『감각의 박물학』, 작가정신, 2004.

로젠스 D. 로젠블룸, 김은영 옮김, 『오감 프레임 : 몸으로 생각하라』, 21세기북스, 2011.

류종렬, 「한국 현대 노년소설 연구사」, 『한국문학논총』 50집, 2008. 12. 501~536. 르노 바르바라, 공정아 옮김, 『지각-감각에 관하여』, 동문선, 2003.

리몬 케넌, 최상규 옮김, 『소설의 현대 시학』, 예림기획, 1999.

마크 M 스미스, 김상훈 옮김, 『감각의 역사』, 성균관대학교출판부, 2010.

모리스 메를로 퐁티, 류의근 옮김, 『지각의 현상학』, 문학과지성사, 2002.

문학을 생각하는 모임, 『한국 노년문학 연구 II 』, 국학자료원, 1998.

박성천, 『해한의 세계-문순태 문학연구』, 박문사, 2012.

박현실, 「한국 노년소설의 갈등 양상 연구」, 전남대학교 석사논문, 2011. 부경대학교 노년인문학센터, 『인문학자, 노년을 성찰하다』, 푸른사상, 2012.

브라이언 터너, 임인숙 역, 『몸과 사회』, 몸과마음, 2002.

브루스 E. 골드스테인, 김정오 외 옮김, 『감각과 지각』, 시그마프레스, 2007. 소래섭,

「1920-30년대 문학에 나타난 후각의 의미」,『사회와 역사』81, 2009. 69~93.

송민호,「이상 소설 동해에 나타난 감각의 문제와 글쓰기의 이중적 기호들」,『인문논총』59집, 2008, 1~32.

송인갑,『후각을 열다』, 청어, 2012.

송주현,「아수라 시대, '작은' 영웅의 감각적 서사-김훈의 소설을 중심으로」,『이화어문논집』23, 2005, 83~104.

양해림 외,『공감인지란 무엇인가』, 충남대학교출판문화원, 2012.

유경 외 공저,『노화와 심리』, 학지사, 2014.

윤신,『성인·노인심리학』, 중앙적성출판사, 1991.

이상섭,『자세히 읽기로서의 비평』, 문학과 지성사, 1988.

이은봉 외,『고향과 한의 미학-문순태의 소설세계』, 태학사, 2005.

이재복,「감각의 탄생-천운영의 소설집『생강』」,『본질과 현상』25호, 2011, 294~309.

이푸 투안, 구동회·심승희 옮김,『공간과 장소』, 대윤, 1995.

장미영,「노인 냄새-문순태의 늙은 어머니의 향기」,『열린전북』151권, 2012, 51~55.

장재훈,「문화속의 과학-후각문화를 살리자」,『과학과 기술』33권 10호, 2000. 10, 37~39.

전흥남,『한국 현대 노년소설 연구』, 집문당, 2011.

_____,「문순태의 노년소설에 나타난 '노인상'과 소통의 방식」,『국어문학』52 집, 2012.

정진경,「1930년대 시에 나타난 후각 이미지의 사회·문화적 의미 연구」, 부경대학교 박사논문, 2012.

_____,「1950년대 시에 나타난 후각 이미지 연구」,『한국문학논총』65, 2013, 279~312.

_____,「1960·70년대 시의 후각 이미지 연구」,『우리어문연구』50, 2014. 9, 337~368.

정진웅,『노년의 문화인류학』제2개정판, 한울, 2012.

제라르 쥬네트, 권택영 옮김,『서사담론』, 교보문고, 1992.

제레미 탬블링, 이호 역,『서사학과 이데올로기』, 예림기획, 2000.

제임스 W. 칼럿 외, 민경환 외 옮김,『정서심리학』, 시그마프레스, 2007.

조지 레이코프·마크 존슨, 임지룡 외 역,『몸의 철학』, 박이정, 2001.

천정환,「한국 소설에서 감각의 문제」,『국어국문학』140, 2005, 197~222.

크리스 쉴링, 임인숙 역,『몸의 사회학』개정판, 2011.

프리드리히 A. 하이에크,『감각적 질서』, 자유기업센터, 2000.

한나 아렌트, 김정한 옮김,『폭력의 세기』, 이후, 1999.

Tronn Overend, Alienation : A Conceptual Analysis, Philosophy and Phenomenological Research 35-3, 1975.3, 301~322.

제6부

대하소설『타오르는 강』과
서사전략

문순태 소설『타오르는 강』의 서사전략

—광주학생독립운동의 역사성을 중심으로

조 은 숙(전남대)

I.서론

올해로 1929년 11월 3일 광주학생독립운동1)이 일어난 지 84주년이 되었다. 광주학생독립운동은 3·1운동 이후 일제 식민통치에 대한 가장 큰 전국 규모의 저항운동으로 확대되어 당시 국내외 독립운동사에 지대한 영향을 미쳤다. 따라서 본고는 다양한 소설 작품에서 광주학생독립운동을 어떻게 형상화하고 있으며, 어떠한 의미를 부여하고 있는지 그 차이를 밝혀보고 싶었다. 그러나 광주학생독립운동이 일제 식민통치의 현실을 타파하기 위한 대표적인 독립운동이었음에도 불구하고, 문학적으로 형상화한 작품은 「이름 없는 별들」(영화)2)과『타오르는 강』(전9권) 밖에 없었다. 이는 군사독재정권이 '학생

---

1) 광주학생독립운동은 이 사건의 성격을 어떻게 보느냐에 따라 '광주학생운동(학계)' '학생독립운동'(국가공식), '광주학생독립운동'(광주학생독립운동기념관), '광주학생사건'(북한) 등 여러 가지 명칭이 혼용되고 있다. 본고는 문순태가 '작가의 말'에서 '광주학생독립운동'으로 명칭하고 있어 작가의 의사를 존중하여 '광주학생독립운동'으로 한다.

의 날'을 폐지하였기 때문에 독립운동의 정신을 계승하기 어려웠을 것이다.

또한 광주학생독립운동의 주동자들이 사회주의자라는 이유로 6·25 직전에 대부분 처형되었기 때문에 구술 채록이나 자료 정리가 미흡했을 것이다. 시나리오 「이름 없는 별들」을 제외하고 유일한 소설인 『타오르는 강』의 저자인 문순태는 1987년에 『타오르는 강』(1-7권)을 쓴 뒤 바로 8-9권에서 광주학생독립운동 부분을 쓰려고 했지만, "주모자들이 사회주의자들이라 총살을 당해 남은 자료가 없었"고, "표현의 자유가 없는 독재정권 상황에서 미처 쓰지 못하다가 참여정부 때 주모자들이 서훈을 받으면서 자료를 모으기 시작해 22년 만에 완성할 수 있었다."3)라고 서문에 밝히고 있다. 그렇다면 문순태는 왜 역사의 기억에서 희미하게 사라져가고 있는 광주학생독립운동을 오늘날 다시 화두로 꺼냈을까?

최근 1년 동안 필자는 필자의 강의를 수강한 대학생 600여 명과 광주광역시에 소재한 중·고등학생 600여 명을 대상으로 광주학생독립운동 기념일이 언제인지 설문지 조사를 한 적이 있다. 그 결과 대학생 76%, 청소년 87%가 모른다고 답했다. 광주학생독립운동이 왜 일어났는지에 대해 조사한 결과, 대학생 36%, 중·고등학생 41%가 통학 열차에서 우발적인 충돌 때문으로 알고 있었으며, 대학생 14%, 중·고등학생 7%만이 식민지 사회의 모순을 자각한 학생들이 조직적으로 전개한 학생운동이라고 제대로 인지하고 있었다. 단재 신채호는 "역사를 잊은 민족에게 미래는 없다."라고 했다. 최근 회자되고 있는 역사 교과서의 이념적 전개는 위의 설문지 조사 결과에 나타난 바와 같이, 특정 역사적 사실에 대해 집단적 망각의 단적인 예를 자명하게 보여주고 있는 사례라 할 것이다.

---

2) 최금동의 「이름 없는 별들」에서는 광주학생독립운동을 한·일간 학생들의 마찰에 의해 우발적으로 일어난, 단순사건으로 보고 있다. 문순태(2009), 『알 수 없는 내일』(1권), 다지리, 작가의 말 참조.
3) 문순태(2012), 『타오르는 강』 1권, 「작가의 말」, 소명출판.

문순태는 광주학생독립운동을 제재로 한 역사소설 『알 수 없는 내일』[4])을 광주학생독립운동 80주년에 맞춰 2009년 10월 30일에 출간했다. 그의 집필 동기는 세 가지였다.[5]) 첫째는 광주학생독립운동을 모르는 사람이 많아서 날로 희미한 역사의 기억 속으로 멀어져가고 있는 것 같아 안타깝기 때문이었다. 둘째는 광주학생독립운동이 역사적 위상에 맞는 합당한 평가를 받아 제대로 자리매김하기를 바라는 마음에서였다. 셋째는 80주년을 맞는 시점에서 광주학생독립운동에 대해 보다 충실한 연구와 자료를 확보해서 100주년이 되었을 때는 광범위한 연구와 많은 작가들의 문학적 형상화가 이루어져 독립운동의 정신이 계승되기를 바라는 염원에서였다. 역사소설은 작품을 통해 역사적 사실(史實)을 제공하고 역사에 대한 관점을 제시한다. 문순태도 역사소설 『타오르는 강』을 통해, 집단 망각의 늪에 빠져 있는 우리들에게 일제의 식민 이데올로기와 그로 인한 민족 정체성의 왜곡 양상을 있는 그대로 인식하고, 바로 그 시점에서 역사 다시 쓰기를 시작하라는 메시지를 보내고 있다.

발자크가 자신의 작품들을 통해서 불란서의 역사를 구원하려고 했듯이, 문순태도 등단작 「백제의 미소」에서부터 민중의 아픔을 형상화하여 그들의 역사를 구원하기 위해 노력해 왔다. 『타오르는 강』은 1975년 《전남매일신문》에 '전라도 땅'이라는 제목으로 1년 동안 연재되다가, 소설 관련 방대한 자료를 정리할 필요성을 느낀 작가의 의도에 따라 중단되었다. 이후 작가는 자료가 "내 안에서 푹 곰삭기를 기다린"[6]) 12년 뒤인 1987년 창작과비평사에서 『타오르는 강』(전7권)을 출간하고, 마침내 8권과 9권에 광주학생독립운동 부분을 추가하여 2012년 소명출판사에서 전9권으로 완간하였다. 그는 "진정한 역사의 발전이란 인간이 인간성을 상실하지 않고 누구에게도 그 무엇에게도 짓밟히지도

---

4) 문순태(2009), 『알 수 없는 내일』(전2권, 다지리). 『알 수 없는 내일』은 『타오르는 강』(전7권, 창작과비평사)의 후속 이야기로 1987년 판 『타오르는 강』(전7권)과 『알 수 없는 내일』(전2권)을 합하여 2012년 『타오르는 강』(전9권)을 완간하였다.
5) 문순태(2009), 『알 수 없는 내일』, 다지리, 작가의 말 참조.
6) 문순태(1987), 『타오르는 강』(1권), 창작과비평사, 작가의 말.

않으며, 인간답게 살 수 있는 시대"[7]라고 생각했다. 그리하여 그는 평생을 '이 땅에서 견뎌내지 못하고 뿌리가 뽑혀진 민중들의 역사'를 추적하여, 등단 이후 거의 37년 동안 『타오르는 강』을 붙들고 '한의 민중사'를 써 왔다고 해도 과언이 아닐 것이다.

따라서 본고는 '광주학생독립운동'의 문학적 형상화가 갖는 의미 추출과 그 정신을 계승한다는 측면에서 문순태의 대하역사소설인 『타오르는 강』이 가장 적합한 텍스트라고 생각한다.[8] 문순태는 '광주학생독립운동'을 통해 구현할 수 있는 문학적 가능성을 최대한 확보하기 위해 19세기 말 전라도 영산 강 지역을 배경으로 노비세습제 폐지에서 시작해 동학농민전쟁, 개항과 부두 노동자의 쟁의, 1920년대 나주 궁삼면 소작쟁의, 1929년 광주학생독립운동에 이르기까지의 서사 과정을 가족 연대기 형식을 빌려와서 서술하고 있다. 여기서 작가는 처음부터 역사적 사건을 전면화하지 않고 다양한 삽화를 주변 사건으로 차용하는 서사 전략을 꾀하고 있다. 또 특이한 점은 민중운동의 발생과정을 다뤘으면서도 도식적인 서사구조에 머물지 않고 나주 영산강 일대, 개항지인 목포와 제물포, 광주 등으로 서사 공간을 확장하고 있다는 것이다.

현재 『타오르는 강』은 문순태의 다른 소설에 비해 연구 결과가 전무한 실정이다.[9] 기존의 연구 또한 7권까지 집필된 상태에서 주로 작품에 대한 서평

---

7) 문순태(1983), 『사랑하지 않는 죄』, 명문당, 239쪽.
8) 본고가 광주학생독립운동만을 형상화한 작품으로 『알 수 없는 내일』(전2권)이 있음에도 불구하고, 『타오르는 강』(전9권)을 텍스트로 삼은 까닭은, 1세대의 서사만을 다룬 『알 수 없는 내일』 보다는 3세대에 걸친 가족사를 형상화한 『타오르는 강』이 광주학생독립운동 이전의 상황까지 광범위하게 서사화하고 있어 광주학생독립운동의 역사성을 추론하기에 적합하기 때문이다.
9) 지금까지 이루어진 『타오르는 강』에 대한 연구는 다음과 같다.
고봉준(2006), 「해한의 문학에서 경계의 언어로」, 계간지 『문학들』5호.
권영민(2005), 「문순태와 恨의 歷史-대하소설 『타오르는 강』」, 『고향과 한의 미학-문순태의 소설세계』, 태학사.
이명재(1985), 「민중소설의 새로운 가능성」, 『타오르는 강』론」, 『소설문학』2.
장세진(1990), 「민중의 삶과 리얼리즘: 『타오르는 강』論」, 표현 19권.

정도에 그쳤다. 광주학생독립운동에 대한 학계의 연구는 2009년 '광주학생 운동 80주년 기념 국제 학술심포지엄'에서 광주학생독립운동의 전개 양상과 의의를 논의10) 한 이후, 2011년 82주년에 즈음하여 '아시아 가치로서 항일학 생독립운동 정신의 공유화'11)로 그 의미가 확산되고 있다. 이러한 시점에 문 순태의『타오르는 강』에서 형상화되고 있는 광주학생독립운동의 양상과 그 의의를 고찰하는 것은 광주학생독립운동이 재조명될 수 있는 단초를 제공할 것으로 본다. 역사란 과거의 무덤이 아니라 내일을 보는 훌륭한 창(窓)이다. 따라서 본고는 문순태의 대하역사소설『타오르는 강』을 텍스트로 하여 광주 학생독립운동의 서사 과정을 통해 드러나는 역사성의 정립 양상을 살펴봄으 로써 그 문학사적 의의를 추론하는데 목표를 둔다.

황광수(1983),「과거의 재생과 현재적 삶의 완성,『타오르는 강』론」,『한국문학의 현단계 II』, 창작과비평사.

10) 김기주(2009),「광주학생운동 이전의 항일 동맹휴학」,『광주학생운동의 전개 양상 과 의의』, 광주학생운동 80주년 국제 학술심포지엄.

김성민(2009),「광주학생운동의 전개 양상」,『광주학생운동의 전개 양상과 의의』, 광주학생운동 80주년 국제 학술심포지엄.

류시현(2011),「광주학생운동과 전국적 공감의 감성」,『호남문화연구』제49집, 전 남대학교 호남학연구원.

박만규·안수미(2003),「광주학생운동의 정신계승을 위한 현장 지도 방안」,『교육연 구』26집.

윤선자(2009),「광주학생운동 이후 학생운동의 변화」,『광주학생운동의 전개 양상 과 의의』, 광주학생운동 80주년 국제 학술심포지엄.

이준식(2009),「광주학생운동의 국외 확산」,『광주학생운동의 전개 양상과 의의』, 광주학생운동 80주년 국제 학술심포지엄.

주나래(2013),「1920년대 학생운동과 사회주의 관련성: 광주학생운동을 중심으로」, 부산대학교 석사학위논문.

한규무(2009),「'광주학생운동' 관련명칭의 용례와 의미」,『한국독립운동사연구』 34권, 독립기념관 한국독립운동연구소.

11) 배병화(2011),「아시아문화중시도시와 광주학생독립운동」,『학생독립운동 82주 년 기념 학술대회: 민주인권평화도시 광주와 학생독립운동 정신계승』, 빛고을미 래사회연구원.

II. 가족사 연대기의 서사 구조

1. 서사 공간의 부유화, '한'의 매듭 풀기

가족사 소설은 ① 수 세대에 걸쳐 한 가족의 진화를 사실적으로 다루며, ② 가족의 제의가 중요한 역할을 하고 가족 공동체적 맥락에서 재창조되며, ③ 소설의 근원적 주제인 가족의 쇠퇴에 초점이 맞춰지고, 가족 상하 관계가 수평적으로, 시간을 통한 연대기적 관계가 수직적인 서사 형태를 취한다.12) 가족사 소설의 주된 과제는 역사나 사회의 변천 과정에서 가족의 쇠퇴와 번영을 형상화하는 것이기 때문에 역사소설에 적합한 양식이 된다. 문순태는 『타오르는 강』을 '할아버지-장쇠-장웅보(대불)-장개동-장백년(백석)'13)으로 이어지는 5대14)의 피지배계급과 '노마님-양진사-양만석-양순석'으로 계승되는 4대 지배계급의 가족사를 통해, 1860~1920년대 개화기 및 일제 식민지 시대의 사회적 현실이 안고 있는 모순을 리얼리즘 소설미학으로 형상화하고 있다.

『타오르는 강』은 총9부 93장의 다양한 하위 텍스트로 구성되어 있다. 작가는 '장웅보(대불)-장개동-장백년(백석)'으로 이어지는 민족적 저항주의자의 가계와 '양진사-양만석-양순석'으로 이어지는 현실적 기회주의자의 가계를 대립시켜 허구적인 서사 형식과 실재 역사인 노비세습제폐지, 동학농민전쟁, 개항과 부두노동자 쟁의, 만민공동회, 의병운동, 1920년대 나주 궁삼면 소작

---

12) 이재선(2000), 『한국소설사』, 민음사, 419쪽 참조.
13) 괄호 안의 인물은 차남이다. 이하도 같다.
14) 작품 속 내용 서사에서는 5대가 다루어지나 실제 서사 단위에서 중요한 의미를 부여하고 있는 세대는 장웅보(대불)/양진사부터 장백년(백석)/양순석까지의 3대이다. 따라서 본고에서도 장웅보(대불)/양진사를 1세대로, 장개동/양만석을 2세대로, 장백년(백석)/양순석을 3세대로 본다.

쟁의 사건, 광주학생독립운동을 형상화하고 있다. 즉 작가는 광주학생운동의
역사성을 핍진하게 보여주기 위해 가족사 연대기의 형식을 빌려온 것이다.
그런데 작품의 서두를 노비 웅보의 '자유 찾기'로 시작하듯이, 작가는 역사적
사건을 전면에 내세우지 않고, 하위의 93장을 독립적으로 존재하는 다양한
삽화들을 연쇄적으로 제시함으로써 상황을 근거 짓거나 수정해 나가고 있다.

1부 <대지의 꿈>과 3부 <역류>는 1세대인 웅보를 중심으로 서술하고
있으며, 2부 <깨어 있는 밤>과 4부 <개항>, 5부 <선창>, 6부 <의병>은
역시 1세대인 대불을 중심으로 서사화하고 있다. 웅보를 중심으로 서술된 부
분의 역사적 사건은 '노비세습제 폐지'와 '나주 궁삼면 소작쟁의'로, 웅보가
농사꾼으로 사는 삶을 살아가는 과정을 형상화하지만, 대불을 중심으로 서술
된 부분의 역사적 사건은 '동학농민전쟁', '개항과 부두노동자 쟁의', '만민공
동회', '항일의병활동' 등으로, 서사 공간이 영산강을 벗어나 확장된다. 웅보
의 서사 공간이 영산강을 중심으로 제한되어 있다쪽, 대불의 서사 공간은 영
산포, 장성 백암산, 제물포, 한양 등으로 확장되는 차이를 보인다. 그러므로
웅보와 대불의 '여로'를 따라 그가 만나는 사람들의 삶을 추적하다 보면 자연
스레 '그때 그러한' 역사적 사건이 발생하게 된 실마리를 포착할 수 있다. 이
것이 바로 작가가 역사적 사건을 전면화하지 않고, '그때 그러한' 사건 속 인
물들의 일화를 삽입한 이유이다.

1세대 노비 웅보의 '자유 찾기'는 두 명의 여인과의 동침으로부터 시작된
다. 첫 번째 여인은 막음례다. 그녀는 영산강의 큰물로 남편과 전 재산을 잃은
뒤 '자식을 낳아주면 땅을 준다'라는 말에 양진사 댁의 씨받이가 되었으나, 3
년 동안 회임하지 못했다. 이때 웅보는 "웅보의 집을 짓고, 웅보의 씨앗을 뿌
리고, 웅보의 나무를 심고, 상전에 얽매이지 않은 웅보의 자식들을 낳고"(1권
16~17쪽) 싶은 소망으로 양진사 집에서 도망치다가 붙잡힌다. 이 때문에 양
진사 댁 유씨 부인으로부터 속신(贖身)의 대가로 씨받이인 막음례와 합방을

지시받게 된다. 웅보는 자신이 홀레를 붙이던 '수돼지'가 된 굴욕을 느낀다. 웅보와 막음례는 '씨돼지'와 '씨받이'가 되는 운명이 되나, 내 땅을 갖기 위해 수모를 견뎌낸다. 그리고 둘 사이에 아들 개동이 태어난다.

웅보가 막음례와 합방한 것은 '속신' 때문이었으나, 유씨 부인과의 합방은 노비세습제 폐지 이후에 그가 만들어 갈 공동체적 삶과 관련이 있다. 유씨 부인은 막음례가 회임을 하자 임신을 못 하는 원인이 남편에게 있음을 확신하게 되고, 스스로 운명적 질서를 거부하고 자신의 운명을 개척하고자 웅보를 기다린다. 그러던 중 웅보는 천 서방의 딸이 쌀 일곱 가마니에 팔려가게 될 처지를 안타깝게 여겨 유씨 부인에게 감리 쌀을 부탁하게 된다. 이에 유씨 부인은 쌀 열 가마니를 주는 조건으로 합방을 제안하게 되고, 양만석을 낳게 된다. 그에게 있어서 제안을 받아들이는 것은 "죽음을 기다리는 것만큼이나 고통스러운 순간"(1권 188쪽)이었으나, "단 하룻밤의 수모로 한 여자를 살리자."(1권 189쪽)라는 마음으로 견딘다.

작가는 노비세습제 폐지를 직설적으로 묘사하지 않고, 속박에서 벗어난 노비들이 경제적으로 독립적인 삶을 살아가기 위해 몸부림치는 과정을 사건 단위로 설정하고 인과적 배열 방식을 통해 간접적으로 형상화한다. 즉 웅보가 자신의 땅을 만들어 가는 과정을 중심 모티프로 잡아가면서 비슷한 신분을 지녔던 '김치근', '염주근', '판쇠', '칠복이 영감' 등의 생애와 영산강 변에 '부평초처럼 떠돌'(2권 204쪽)며 살아가고 있는 '고리백정', '솔장수'들의 생애를 일화 형식으로 보여준다. 이 일화 속 각자의 삶과 체험들을 한데 묶으면 보다 넓은 사회 공동체의 역사가 된다. 이는 역사에 기술되지 않는 "배제되고 망각된 역사의 가능성까지 텍스트의 틈새에서 끄집어낼 수 있는 새로운 인식을 부여"15)하기 위한 작가의 서사 전략으로, "망각된 삭제 과정의 흔적들"16)을

---

15) 김영목(2003), 「기억과 망각 사이의 역사 드라마와 과거 구성」, 최문규 외, 『기억과 망각』, 책 세상, 186쪽.

16) 같은 책, 194쪽.

복원하기 위한 과정이라고 할 수 있다. 따라서 이러한 일화는 역사에서 소외되거나 가려졌던 민중의 삶을 찾아내 형상화함으로써, 당시의 주변부적 상황으로 돌아가 그들의 삶을 이해하고 현재를 돌아보게 하는 역할을 한다.

일화 속의 인물들은 노비의 굴레에서 벗어나 자유의 몸이 되지만, 먹고 살아갈 터전은 주어지지 않았다. 따라서 영산강변에 정착한 새끼내 사람들은 자신들의 땅을 가지게 되면 "죽을 각오로 그 땅을 지켜야"(1권 150쪽) 한다고 결의한다. 그리고 "굶으면 다 같이 굶고, 묵으면 다 같이 묵자."(1권 163쪽)라고 다짐하며 한 솥에 밥을 해 먹는 '한 식구'가 되어 두레 공동체를 형성한다. '박속같이 깨끗한 칠복이 영감'은 촌장을 맡고, 둑 쌓는 감리는 웅보가 책임지는 등 새끼내 사람들은 각자 자신의 역할을 정하고, 토지 분배도 "장정은 두 몫으로 치고, 열 살 이상의 아이들과 쉰 살 이상의 노인, 아녀자들은 각각 한 몫"(1권 197쪽)으로 정한다. 이들은 이러한 공동체적 삶을 통해 처음으로 '강'처럼 평등한 세상을 맛본다.[17] 그러나 얼마 뒤 웅보는 세곡을 빼돌렸다는 양진사의 모함에 새끼내 사람들과 옥살이를 하게 되고, 출소했을 때는 개간한 땅에서 수년간 세금을 내지 않았다는 명목으로 땅을 모두 궁토로 흡수하여 박 초시가 감독하고 있는 현실에 분노한다.

삶의 터전을 잃은 웅보는 마을에 불을 지르고 목포로 나가 짐꾼 노릇을 한다. 그러나 이마저도 품삯 인상을 위한 집단행동을 계획하다가 발각되어 그만두게 된다. 그는 다시 새끼내로 돌아와 자신의 땅을 되찾겠다는 희망을 안은 채 자신이 개간했던 땅의 소작인이 된다. 그러나 얼마 후 새끼내 땅을 동양척식주식회사가 모두 소유하게 되자, 이에 분개한 웅보는 자신의 땅에 박혀 있는 '동양척식주식회사' 말뚝을 뽑으며 저항하다 죽음을 맞는다. 여기서 작가는 소작인으로 전락한 농민들이 땅을 찾기 위해 투쟁한 대표적인 운동인

---

17) 이는 실학자 정약용이 주장한 정전제(井田制)나 여전제(閭田制)가 가능함을 보여주는 것이며, 자연스레 3세대인 백석이 사회주의자로 활동하는 개연성을 부여한다.

'궁삼면(宮三面) 소작쟁의'를 전면에 내세우지 않고, 웅보의 여로를 형상화하여 보여준다. 이렇듯 작가는 당시 착취 대상이었던 민중의 삶을 연쇄적으로 보여준 후, 그들이 저항할 수밖에 없는 개연성을 부여한다.

작가는 웅보의 여로를 통해 영산강변에 자리 잡고 살아가는 농민들의 처참한 삶을 보여주는 반쪽, 뿌리내리지 못하고 떠도는 대불의 여로를 확장하면서 그가 점차 혁명가로 변해가는 모습을 보여준다. 대불이 '새끼내'를 떠나 처음으로 도착한 공간은 영산포 선창이다. 이곳에서 대불은 양진사의 주선으로 세곡 운반을 감독하는 목대잡이 노릇을 한다. 대불은 목대잡이 노릇을 하면서 처음에는 "술이나 먹고 계집질이나 하며"(2권 157쪽) 양진사의 꼭두각시 노릇을 한다. 그러다가 건달 방석코와 '의로운 노인' 줄꾼 봉팔을 만나면서 모순된 현실을 직시하게 된다. 그래서 양진사가 일본인과 내통하여 세미를 빼돌린 뒤 그 잘못을 새끼내 사람들에게 덮어씌우는 행동에 분노하여 방석코와 함께 무곡선에 불을 지른다. 작가는 웅보와 달리, 대불을 중심으로 형상화할 때는 삽화의 배열과 결합을 역사적 사건에 근거를 둔다. 즉, 전라도 남쪽 지방의 세곡이 영산포 선창으로 집결되는 과정과 조세 체계, 조세와 부가세의 종류와 내용 등을 서술한 후, 영산포 선창에서 살아가고 있는 다양한 인물들이 조세로 인해 어떠한 고통을 당하고 있는지 적나라하게 보여준다. 이러한 서술구조는 일제와 일제에 부역한 지배층에 대한 민중의 원한, 그리고 영산포가 일제의 수탈 공간이자 통로였다는 것을 폭로하는 효과를 지닌다.

대불이 두 번째로 정착한 공간은 장성 백암산이다. 그는 세곡선에 불을 지른 후, 자신의 삶에서 처음으로 정당한 분노가 무엇인지를 일깨워 주었던 새끼내의 김치근을 생각한다. 그리고 아들의 죽음 때문에 충격을 받아 무당이 된 김치근의 어머니를 만난다. 김치근의 어머니는 대불을 보고 "백 사람을 거느릴 사람"이 될 운명이니 "창이나 칼 든 사람"(2권 282쪽)을 찾아서 동북쪽으로 갈 것을 권한다. 결국, 대불은 김치근 어머니의 말처럼 장성 백암산에 가서 동학도인 불꽃눈썹, 짝귀, 유학형님을 만나게 된다. 이들은 "밟히면 밟힌 대로 죽은 듯이 참고 견디는 것이 아니고, 숨을 쉬기 위해 꿈틀거리려고 하는, 질경이 뿌리"(2권 295쪽) 같은 사람들이었다. 또한 이들은 미투리 한 짝도 사적인 것이 아닌 동학도들의 공동소유로 여기고, 막걸리 한 사발도 같이 나눠 마셨다.

짝귀는 대불이 친형님처럼 의지하며 따르자 자신이 동학에 입도하게 된 과정을 말해준다. 그는 담양에서 소작농으로 살았는데, 아버지가 병에 걸려 몇 달째 약값을 치르지 못하여 논을 빼앗긴다. 이 때문에 등짐장수로 떠돌다가 장성장에서 송경찬을 알게 되어 백암산에 들어오게 되었다고 했다. 대불도 자신이 백암산까지 오게 된 과정을 말하면서, 반드시 고향에 돌아가 김치근을 죽인 박 초시와 새끼내 사람들을 감옥에 보낸 양 진사에게 복수하겠다는 결의를 보인다. 대불의 의지가 확고해지자, 유학형님은 자신이 장성 유학 기수선(奇手善)이고, 불꽃눈썹은 무장두령 송경찬(宋敬贊)임을 밝힌다. 그리고 대불에게 영산포로 가서 나주 상황을 보고하도록 한다. 대불은 밤을 틈타 고향에 온 후, 새끼내 사람들을 동학에 입도시킨다. 그리고 동학군이 나주성을 공격할 때 새끼내 사람들도 참여한다. 이때 대불은 동학군과 함께 박 초시의 집을 습격했다가 오히려 박 초시를 죽였다는 누명을 쓰고 쫓기는 신세가 된다. 작가는 대불이 동학군들과 함께 하는 여로를 통해 당시 민중들이 동학에 입도하게 된 다양한 사정을 대화 기법으로 보여준다. 이는 동학농민전쟁이라는 역사적 사건이 우발적으로 일어난 사건이 아니라 조선 후기에 접어들어 민중들이 현실을 개혁해야 한다는 것을 인식하기 시작했고, 이를 행동으로 옮겼다는 것을 보여주기 위한 서사 전략으로 볼 수 있다.

대불이 세 번째로 정착한 공간은 제물포이다. 대불은 제물포에서 짝귀형과 함께 등짐꾼으로 일한다. 그는 매일 서쪽 선창 거리에서 동쪽 조선촌으로 퇴근을 하면서 개화 바람이 불고 있는 제물포의 모습을 부정적으로 바라본다.

그는 경인선 철도 옆을 지나칠 때면 '화통이 삼천리 강토를 통째로 삼켜버릴'(5권 51쪽) 것 같은 불안감을 느낀다. 그리고 일본인 상점 앞을 지나면서는 상점 주인이 사탕을 먹고 싶어 하는 순진한 아이들의 심리를 이용해 "덴노헤이까 반자이!(천황폐하 만세)"(4권 44쪽)를 외치게 하고 사탕을 나눠주며 발음을 더 정확히 하도록 강요하는 광경에 분노한다. 이처럼 강요되는 반복적 흉내 내기가 자연스럽게 식민화 교육과 연결되는 것을 알지 못하는 아이들은 사탕을 받은 것이 '자신의 능력'이라고 자랑한다. 결국, 대불은 상점 주인에게 항의하듯이 조선말로 사탕을 달라고 하여 아이들에게 나눠 준 뒤 흉내 내기가 얼마나 무서운 것인지 아이들에게 설명해 준다.

대불이 제물포에서 특히 부정적 시선으로 본 것은 일본인 흉내를 내는 미곡 상인이었다. 이들은 춘궁기를 이용해서 조선 농민들에게 고리대금을 주고, 상환기일을 넘기면 곧바로 농토를 빼앗아 농민들을 한순간에 소작농으로 전락시켰다. 그는 일본인에게 빌붙어서 일본인 흉내를 내며 고리대금업을 하는 권만길과 같은 인물에 대해서 더 분노했지만, 아직은 자신이 어떻게 행동해야 하는지 알지 못했다. 그러던 중 제물포를 떠나 2년 동안 한성에 머물면서 "여지껏 나라꼴 되어가는 것을 보고 입 한번 뻥긋 못하고 한숨만 폭폭 삼키던 백성들"(4권 196쪽)이 '만민공동회'에서 자신의 의견을 내는 광경을 목격하고 충격을 받는다. 이때의 경험은 대불이 다시 제물포로 돌아왔을 때 권만길과 당당히 맞설 수 있는 용기를 준다. 대불은 권만길이 고리대금업뿐만 아니라, 일본으로 쌀을 빼돌리기 위해 미곡전을 운영하고 있다는 사실을 알고, 그와 경쟁하고 있는 한 영감네 미곡전의 마바리 호위꾼으로 들어간다. 그리고 권만길이 쌀을 매입하려고 하는 곳을 미리 선점하여 지속적으로 피해를 준다. 결국, 이 때문에 대불은 1년 동안 시공서 감방 생활을 하게 되었고, 을사늑약 체결 소식을 접한 후, 고향에 가기로 결심한다. 이렇듯 작가는 대불이 보고 듣고 경험한 모든 것을 통해 제물포 대부분 땅이 일본인 소유로 넘어가게 된 토지수탈의 현장을 보여주고 있다.

대불이 네 번째로 정착한 공간은 나주 금성산이다. 그는 금성산을 중심으로 나주에서 의병 활동을 한다. 동학농민전쟁 때와는 달리 부대를 책임지는 중책을 맡게 되며, 이는 민족의식이 성장하게 되는 계기가 된다. 형 웅보가 찾아와서 아무도 우리를 도와주지 않는데 왜 의병으로 나서느냐고 묻자, 그건 '우리들의 일'이기 때문이라고 대답한다.

> "왜놈들을 이 땅에서 몰아내는 일은 우리들 일이기 땜시 나라에서
> 는 힘을 쓰지 않는 거로구만요. 성님은 그것을 알아야 해라우. 시방 내
> 가 하는 일도 결코 나라에서는 도와주지 않을 것이로구만요. 나는 그
> 것을 잘 알고 있구만이라우. 살기 편한 양반님네들이나 벼슬아치들은
> 예로부터 제 일신 보전만을 생각하는 너구리들이로구만요. 그러니 왜
> 놈들도 그들은 무서워하지도 않지요. 왜놈들이 무서워하는 것은 힘
> 있고 재산 많고 학식 높은 양반님 네들이 아니고, 바로 우리 같은 무지
> 렁이들이로구만요." (6권 95쪽)

대불은 지금까지의 경험으로 자신을 주체로 만드는 힘은 자신에게서 나온다는 것을 인식하게 되었다. 작가는 1세대의 서사구조를 노비 웅보와 대불의 여로를 중심으로 형상화함으로써 한의 매듭 풀기를 시도한다. 한은 일시적인 감정의 카타르시스로 해소되는 것이 아니라 힘없는 민중들의 가슴에 영원히 살아남아 험난한 삶을 헤쳐 나가는 동력이 된다. 이렇듯 작가는 1세대의 허구적 인물을 형상화하여 역사적 사실을 바탕으로 역사가 기록하지 못한 다양한 삶을 되살려, 당시와 오늘을 다시금 반추하게 한다. 그리고 서사가 진행될수록 웅보는 역사와 시대의 상황에 따라 자신의 삶이 결정되는 피동적인 모습을 보여주었지만, 대불은 자신의 삶을 능동적으로 개척함으로써 시대와 역사를 바꿀 수 있는 가능성을 제시했다.

2. 서술 층위의 다각화, 집단 망각에서 벗어나기

웅보와 양진사로 표상되는 1세대의 서사가 순차적 흐름이었다쪽, 2세대인 장개동과 양만석의 서사에 있어서는 과거와 현실이 다양하게 교차하는 역동성을 부여하고 있다. 작가는 이러한 역동적 서사를 취하여 2세대의 삶에서는 '무단통치'에서 '기만적인 문화정치'로 변화되고 있는 당시 현실을 증언한다. 즉, 2세대 인물인 장개동과 양만석 둘 다 교육자라는 점에서 당시 의식구조를 근원적으로 틀 지워 온 가시적 또는 불가시적 식민담론이 일제의 '우민화' 교육임을 역설적으로 보여준다. 또한, 나주 보통학교의 훈도로 있는 장개동이 2세대의 중심인물이 아니라, 체제 반대편에서 야학 지도를 하는 양만석을 중심으로 서사를 풀어나가는 것도 광주학생독립운동의 역사성을 보여주기 위한 서사 전략으로 볼 수 있다. 호미 바바에 따르면 모방은 폭력에 기초한 지배정책과는 달리 정서적, 이데올로기적 영역에서 작동하기 때문에 식민권력과 지식의 가장 교묘하고 효과적인 전략 가운데 하나가 된다고 한다.[18] 따라서 학교에서 이루어지는 교육으로는 학생들이 스스로 역사의 주체로 일어설 수 없게 된다. 문화정치의 본질을 숨긴 채 학교에 의해 친일파 양성과 우민화 교육이 은밀히 그리고 교묘하게 이루어지기 때문에 학생들은 둔감해져서 문제의 심각성을 인식하지 못하기 때문이다.

양만석의 뿌리 찾기는 자신의 조각난 과거를 짜 맞추며, 고통스러운 과거를 떠올리는 데서부터 시작한다. 그래서 양만석을 중심으로 서술된 부분은 과거와 현실의 교차가 빈번히 일어난다. 그는 일본에서 유학을 끝내고 돌아오는 배에서 자신의 과거 속으로 들어간다. 양만석은 웅보가 죽기 전까지 자신이 노비 웅보의 자식임을 모르고 지냈다. 그래서 혼인 첫날밤에 의병들한

---

18) 바트 무어-길버트, 이경원 옮김(2001), 『탈식민주의 저항에서 유희로』, 한길사, 283쪽.

테 붙들러 갔을 때 웅보가 자신을 구해 준 사실을 몰랐고, 일진회 사찰원으로 일본 제국주의의 주구 노릇을 하고 있었기 때문에 생부를 잡으면 의병운동을 하는 대불을 잡을 수 있다는 속셈으로 생부 웅보를 잡아다 헌병대 무라다 대장한테 넘긴다. 또한, 동양척식주식회사에 근무하면서 새끼내는 물론 영산강 변의 농토에 말뚝을 박게 하고, 이를 말리는 웅보와 개동을 괴롭히며 온갖 패악을 저질렀다. 그러다가 웅보가 죽던 날 어머니 유씨 부인으로부터 자신이 '노비 웅보의 핏줄'이라는 막음례의 말을 확인하고 수치심을 견디지 못한다. 그 뒤 어머니가 자결하자, 도망치듯 일본으로 건너가 버린다. 일본에서 2년여 동안 방황하던 그는 와세다 대학 영문과에 다니는 사회주의자 김준형을 만나게 된다. 이를 계기로 사회주의 노동운동에 관한 다양한 책을 읽으며 사회 현실을 자각하게 되었고, '조국에 돌아가 독립을 위해 자신을 희생시킬 각오'(8권 26쪽)로 유학생인 김준형, 안광철, 조선애 등과 함께 6년 만에 귀국하게 된다.

　양만석이 뿌리에 대한 망각에서 벗어날 수 있는 본격적인 계기는 광주에서 개동의 어머니 막음례를 만나면서부터이다. 그는 우연히 금성여관에 투숙하게 되는 데 금성여관의 주인이 막음례였다. 양만석은 막음례를 보면서 망각했던 6년 전의 기억들을 다시 떠올리며 괴로워한다. 그는 막음례의 아들 개동을 '개똥'이라 부르고, 노비의 자식이라며 천시했었다. 그리고 웅보가 죽던 날 막음례가 찾아와 그의 출생 비밀을 말해주었을 때는 그녀의 어깨를 잡아 흔들며 당장 죽여 버리겠다고 위협했었다. 양만석이 지난날 그토록 증오하며 패악을 저질렀는데도 막음례는 "시스러움 없이 혼연스럽게"(8권 72쪽) 대해주며, 별채를 내준다. 그는 별채에 들어와서도 "어렸을 때부터 나주를 떠날 때까지의 여러 가지 일들이 순서도 없이 뒤죽박죽 되살아났다가 사라지기"(8권 73쪽)를 수없이 하며 기억을 되살리고, 이러한 기억을 망각하지 않기 위해 개동에게 편지를 쓴다. 양만석의 뿌리 찾기는 '망각에서 벗어나기'의 다른 이름임을 알 수 있다.

"장개동 형님께, 저 만석입니다. 이제야 형님이라고 부르게 된 것을 용서하시기 바랍니다. 형님이라고 부르는 저의 지금 심정은 부끄러움과 감격스러움, 그리고 자신에 대한 뼈저린 반성과 다짐으로 새로 태어난 기분입니다. …(중략)… 분명한 것은 뒤늦게나마 제 자신의 존재감을 깊이 인식했다는 사실입니다. 저의 출생과 존재를 운명으로 받아들이기로 한 것입니다. 저의 깨달음은 저를 이 땅에 태어나게 하신 분에 대한 감사의 마음을 갖게 한 것입니다. (8권 73~74쪽)

양만석은 노비의 자식이라고 천시했던 개동에게 형님이라고 호칭함으로써 자신이 '노비 웅보의 핏줄'임을 받아들인다. 그가 출생의 비밀이 숨어있는 과거를 돌아보는 것은 장개동이 목포에서 새끼내로 돌아가는 것과 상통한다. 장개동은 목포에서 막음례와 살면서도 설날이면 아버지 웅보를 찾아 새끼내를 찾았고, 결혼 후에는 아예 새끼내로 삶을 터전을 옮긴다. 그는 새끼내에서 나주까지 자전거를 타고 학교에 출근하면서 '영산강의 울음'소리를 듣기 위해 노력한다. 영산강의 울음소리는 한 많은 노비의 하소연이며, 아버지 웅보의 굴곡진 삶을 대변하는 것이기 때문이었다. 따라서 그가 영산강의 울음소리를 들을 수 있다는 것은 아버지를 비롯한 노비들의 역사를 이해한다는 의미이며, 그 스스로 그들이 일구어 온 역사를 망각하지 않겠다는 뜻이다. 이는 양만석이 처음으로 생부 웅보의 묘에 가는 길에 영산강을 바라보며 "아, 아버지의 강, 그리운 영산강"(8권 260쪽)이라고 부르짖으며, 그 강이 자신의 "몸속으로 흐르는 거대한 핏줄"(8권 260쪽)이기에 잊지 않겠다고 한 것과도 일치한다.

이러한 이유로 양만석이 일본으로 간 6년 뒤인 1923년 4월에 유학생 김준형, 안광철, 조선애 등과 함께 귀국한 일은 중요한 상징성을 지닌다. 3·1운동 후 4년이 지난 지점에서 "오직 사회주의만이 조국을 해방시킬 수 있다고 믿고 있는"(8권 33쪽) 사회주의자인 양만석과 김준형, 그리고 "조선이 독립하기 위해서는 민족이 하나로 뭉쳐야 한다."(8권 33쪽)라고 주장하는 민족주의자 안광철이 함께 귀국한다는 것은 일제의 기만적인 문화정치에 대한 저항을 염두에 둔 것이기 때문이다. 이들은 "조선독립이라는 목적지는 같은 데 방법에 있어서 약간 다른 길을 선택하고 있을 뿐"(8권 34쪽)이었다. 그러므로 사회주의와 민족주의라는 이념 논쟁보다는 집단 망각에 빠져 시간이 흐를수록 '조선독립'에서 멀어져 가는 현실을 인식하고, 일제 식민지의 충실한 노예를 양성하는 문화정치의 교육과는 전혀 다른 새로운 교육을 통해서, 다시금 3·1운동의 정신을 계승하도록 하는 디딤돌 역할을 하고자 했다. 양만석과 함께 귀국하고 있는 세 인물은 향후 서사를 진행하는데 중요한 핵심동력으로 작용한다.

2세대의 서술 층위[19]는 세 부분으로 나뉜다. 첫 번째 층위는 겉 이야기로 양만석과 도쿄대학 음악과를 졸업한 신여성 조선애와의 사랑 이야기이다. 양만석과 조선애는 진주 형평사에서 다시 만난다. 이때 양만석은 대부분 노비 출신과 백정, 점한이(도공), 단골 등이 모여 있는 형평사에서 '평등세상과 평등인간'이란 주제로 강연을 한다. 그는 "남강 물이 수평으로 흐르듯이", "세상도 저 강물처럼 높고 낮음이 없다."라고 말한다. 그리고 "한때 사람을 차별했던 나 자신에 대해 속죄하기 위해서라도 제 꿈을 꼭 실현하겠다."(8권 41쪽)라고 사람들 앞에서 출생의 비밀을 밝힌다. 조선애는 그의 신분을 전혀 문제 삼지 않는다. 이후 양만석은 조선애를 매개로 광주에서 서서평과 최홍종 목사를 만나게 되는데, 자신도 이들처럼 나라를 위해 의미 있는 일을 해야겠다고 다짐하게 된다. 그러던 중 조선애도 광주로 오게 되며 여성들에게 야학을 지도하면서 양만석의 든든한 버팀목이 되어준다.

두 번째 층위인 속 이야기는 당시의 실제 역사적 사건이고, 세 번째 층위는 역사적 사건에 대한 철저한 고증 자료로서 다양한 삽화이다. 두 번째 층위와

---

19) 이 글에서는 첫 번째 층위를 겉 이야기, 두 번째 층위를 속 이야기, 세 번째 층위를 삽화로 칭한다.

세 번째 층위는 인과적 배열 방식으로 촘촘하게 짜인 씨줄과 날줄처럼 광주 학생독립운동의 전사(前史)를 보여주는 역할을 한다. 양만석은 자신이 투숙 하고 있는 금성여관 근처를 산책하다가 우연히 홍학관에 들어간다. 그는 여기에서 장석천, 지용수, 강석봉을 만나게 되고, 이들은 양만석에게 강연을 부탁한다. 양만석이 '인간 평등과 평등세상'이란 주제로 강연을 한 것을 계기로, 진보적 그룹인 강석봉과 지용수가 광주청년회 간부로 피선된다. 이때부터 양만석은 광주청년회 소속 청년학원에서 조선 역사수업을 하게 된다. 두 번째 층위인 역사적 사건으로는 광주청년회의 체질 개선 과정이 묘사됨과 동시에, 세 번째 층위인 속 삽화로는 광주청년회 창립과정, 구성원들의 특징, 광주청 년회의 현재 문제점, 개혁 방향, 광주청년회가 주체가 되어 개설한 청년학원, 여자 야학 현황, 청년학원의 규모, 수강대상, 상급학교 진학률, 1923년 광주의 학교 현황, 야학개설 상황 등을 보여준다.

양만석은 학생들이 민족의 자주성을 기르기 위해서는 무엇보다 먼저 우리 역사를 바르게 인식해야 한다고 생각한다. 그래서 광주청년회의 학생들에게 "역사는 과거 무덤이 아니라 더 나은 미래로 가기 위한 길 찾기"(8권 133쪽) 라고 강조한다. 그는 사람마다 조상으로부터 자신에 이르기까지 혈통의 흐름이 있는 것과 같이 한 민족도 흥망성쇠의 역사가 있으며, 그런 역사를 공부하는 것은 바로 "민족의 뿌리 찾기"(8권 133쪽)라고 주장한다. 양만석이 조선역사교육을 진행한 이후 광주청년회의 교육 방향이 '조선인 본위의 민족교육, 노동자와 농민의 민중 본위 교육'(8권 135쪽)으로 바뀌게 된다. 광주청년회는 광주에 있는 학생들과 상급학교에 진학하기 위해 준비하고 있는 청년들로 구성되었다는 점에서 광주학생독립운동의 근원지 역할을 했다고 볼 수 있다. 그리고 청년학원은 가시적 또는 비가시적으로 진행되는 식민담론이 존재하지 않는 교육 현실에서 역사교육을 통해 반식민 교육이 가능했다는 점에서, 광주 학생들이 저항운동을 생각하고 실현하게 할 수 있는 정신적 지주 역할을 담당했다고 볼 수 있다.

양만석과 강석원은 서울에서 안광철이 보내온 편지 때문에 순사들에게 잡혀가 고문을 당한다. 안광철은 관동대지진으로 재일본 조선인 7000여 명이 일본인으로부터 집단학살을 당했다는 소식과 함께 '독립신문'에 보도된 내용을 별지에 펜으로 베껴서 보내왔다. 광주청년회에서 홍분을 참지 못하고 신문 내용을 베껴서 청년학원생이나 야학생들에게 알린 것이 문제가 되었기 때문이다. 이들의 투옥과 고문 경험은 광주 학생청년회의 주축이 양만석에서 광주청년회의 학생들에게 넘어가는 계기가 된다.

> "이번에 많은 것을 깨달았습니다. 저는 경찰부에 끌려가서 완전히 개돼지 취급을 받았습니다. 나라를 잃은 백성은 사람 취급을 받지 않는다는 것을 알았어요. 우리가 사람답게 살려면 어떤 일이 있어도 광복을 하여 주권을 찾아야 한다는 것을 깨달았습니다. 저는 그곳에서, 앞으로 조국 광복사업에 목숨 바칠 각오를 단단히 했습니다."
> 강석원의 목소리는 비장하리만큼 결의에 차 있었다. 그 말에 두 사람은 놀라는 얼굴로 서로를 바라보았다. 강석원은 나흘 동안의 고통을 통해 사람에게 목숨보다 소중한 것이 무엇인가를 분명히 깨달은 것 같다. 양만석은 아직 어린 나이에 그 같은 결의를 다진 강석원 앞에 저절로 고개가 숙여졌다. (8권 173~174쪽)

양만석은 강석원이 비록 나이가 어리지만, 어른보다 더 강한 사람으로 느껴졌다. 강석원은 우리가 '사람답게 살려면' 어떤 일이 있어도 '광복을 하여 주권을 찾아야' 한다는 결의를 보인다. 강석원은 투옥과 고문의 경험으로 지금 자신을 억압하는 주체가 누구이고, 억압받지 않기 위해서는 스스로 투쟁하는 주체가 되어야 함을 인식하게 된 것이다. 양만석은 스스로 억압의 역사를 보고 분노할 줄 아는 강석원을 보며 그가 "광복의 햇불을 밝힐 민족의 기둥 역할"(8권 163쪽)을 할 수 있을 것이라는 믿음을 갖게 된다. 그래서 광주고

보 장재성과 왕재일이 중심이 되어 청년학원 학생들과 광주고보 학생들을 주축으로 공부하는 모임을 결성한 뒤, 광주 농업학교와 숭일학교로 확장해 가는 과정을 지켜보며, 한 발자국 뒤로 물러선다. 이때부터 학생들이 역사적 주체로 전면 등장하며, 그들은 양만석이 흥학관에서 처음 강연할 때 했던 말처럼 "언젠가는 물처럼 평등한 세상이 꼭 온다."(8권 245쪽)라고 믿고 조국의 독립을 꿈꾸기 시작한다.

이상에서 살펴본 바와 같이 2세대 양만석의 뿌리 찾기는 자신의 아픈 과거로 돌아가서 지나온 자신의 역사를 올바로 인식하고 망각하지 않는 것에 있으며, 민족의 뿌리 찾기는 3·1운동 이후 일제의 기만적인 문화정치로 학생들이 지나온 우리 역사를 잊어버리는 집단 망각에 빠지지 않는 데서부터 시작하고 있다. 그리고 양만석과 광주청년회의 만남은 학생들에게 일제에 개와 돼지처럼 취급받지 않고 사람답게 살기 위해서는 정당한 분노를 표출할 줄 알아야 하며, 조국의 광복을 위해서는 스스로 투쟁하는 역사적 주체가 되어야 함을 깨닫게 되는 계기가 된다. 여기서 작가는 2세대 양만석을 중심으로 서술 층위를 다각화하여, 일제 식민통치 하에서 핍박받고 있던 식민지 민중들의 삶을 핍진하게 보여주면서, 3·1운동 이후 더욱 교묘해진 문화적 지배 기제를 비판하고 있다.

3. 역사적 인물의 초점화, '한(恨)'의 횃불로 타오르기

2세대의 서사의 흐름이 과거와 현실의 교차로 역동성을 부여하였다쪽, 3세대인 백년(백석)과 양순석에 이르면 다시 1세대의 서사와 같이 순행적 구성 방식을 사용하고 있다. 그러나 앞의 세대와는 달리 실존 인물인 광주청년회원들이 전면에 등장하고, 허구적 인물인 3세대 백년(백석)과 양순석의 역할은 소극적으로 바뀐다. 이전의 1세대와 2세대에 있어서는 역사에서 한발 뒤로 물러나 있던 주변부 인물들을 조망하여 소설적 개연성을 획득했지만, 3세대에 이르러서는 본격적으로 기록물의 서술 층위를 원용[20]하여 정확한 시대상의 반영과 역사적 진실성을 추구하고 있기 때문으로 보인다. 이에 대해 문순태는 '역사적 사실'과 '문학적 형상화' 사이에 긴장의 끈을 놓지 않기 위해 "작가란 숙명적으로 역사 속에서 깊은 고뇌와 부딪치게 되며, 축복받기에 앞서 절망과 싸워야 하는 '역사의 칼로 존재"[21]해야 한다고 주장한다. 또한, 그는 "역사소설가에게 주어진 임무는 자료를 찾을 수 있을 때까지 찾아서 고증작업을 제대로 해야 한다."[22]라고 강조한다. 이러한 맥락에서 3세대 서사에서는 핵심 동력인 광주학생독립운동의 전개과정을 일기 형식으로 차용하여 날짜별로 사건이 일어난 시간까지 정확히 서술하고, 실존 인물과 허구적 인물을 구별하여 실존 인물은 반드시 한자를 병기하는 치밀함을 보인다. 또한, 삽화들의 배열과 결합이 행위의 인과적 의미를 드러낼 수 있도록 삶의 과정을 역사성에 근거하여 묘사함으로써 하나의 완결된 구조를 갖추고 있다.

작가는 2세대와 3세대의 서사에 있어서도 통일성을 갖추고 있다. 즉 2세대 서사의 시작을 3·1운동 직후로 설정하여 이후의 사건들을 묘사하였고, 3세대도 6·10만세운동 직후부터 시작하여 성진회 출범과 해체, 동맹휴학, 독서회 결성, 광주학생독립운동의 기폭제였던 통학 열차 사건, 2차 동맹휴학, 마지막으로 광주학생독립운동이 전국으로 퍼져 나가는 과정까지 형상화하고 있다. 다만 3세대는 백년의 개인적 서사와 최규창을 중심으로 한 광주청년회의 역사적 서사를 둘로 나누어 동시에 진행하다가 어느 순간 백년의 개인적 서사와 광주청년회의 역사적 서사가 하나로 합쳐진다. 이는 작가가 광주학생독립운동이 우발적으로 일어난 단순 사건이 아니라 '그때 그러한' 사건이 일어날

20) 김헌선(1988), 「<장길산>의 서술 층위와 짜임새의 의미」, 『批評文學』, 제2집.
21) 문순태(1987), 「작가의 말」, 『타오르는 강』1, 창작과비평사.
22) 문순태, 인터뷰, 2013년 10월 9일.

수밖에 없었던 개연성과 배경을 밝히기 위한 서사 전략이라 할 수 있다. 문순태는 "모름지기 작가란 역사적인 존재이기 때문에, 작가가 살고 있는 시대의 아픔을 외면"[23]하지 않아야 하고, "지나간 역사를 오늘이라는 현실 위에 끊임없이 재조명시켜야"[24]한다고 강조한다. 그래서 작가는 고증을 통해 역사를 전체적으로 종합하고 현실을 직시하는 눈으로 그것을 과감히 비판하고 고칠 수 있는 역사의식을 지녀야 한다는 것이다.

백년의 개인적 서사와 광주청년회의 역사적 서사가 만나는 지점은 6·10만세 운동이다. 백년은 장개동의 아들로 광주고보 1학년이다. 그도 6·10만세 운동이 일어나기 전까지는 보통의 학생들처럼 특별한 고민 없이 생활하며 아버지처럼 훈도가 되겠다는 꿈을 가지고 있었다. 그러나 이처럼 평범한 그가 6·10만세운동 이틀 후인 1926년 6월 12일부터 서사의 중심인물로 주목받기 시작한다. 그는 이때 최규창과 광주청년회원들의 대화와 양만석과 청년회원들이 주고받는 이야기를 통해서, 자신이 아무리 공부를 열심히 한다 해도 '일본의 노예'에서 벗어날 수 없는 민족의 현실 깨닫게 된다. 최규창은 장개동이 광주에서 지내는 5년 동안 유일하게 마음을 터놓고 친동기처럼 허물없이 지내는 형 같은 존재이다. 그는 청년학원에서 백년의 숙부인 양만석에게 역사교육을 받았으며, 현재 광주고보에 다니고 있다. 여기서 3세대 백년이 자신의 숙부인 양만석의 영향이 아니고, 최규창이나 광주청년회원들이 하는 대화를 듣고 자신의 처지를 깨달았다는 것은 작가가 역사적 사실을 전면화하고 있음을 보여준다.

백년은 지금까지 자신이 살아온 삶에 대해 회의감을 느끼며, 학교 운동장에 누워 앞으로의 삶을 고민하다가 잠이 든다. 이때 꿈속에 나타난 할아버지에게서 "백년아 일어나라, 일어나서 새끼내로 돌아가거라."(8권 322쪽)라는 말을 듣는다. 할아버지가 꿈속에서 새끼내로 돌아가라고 하는 것은 백년에게

---

23) 문순태(1983), 「작가는 예언자」, 제1회 소설문학상 수상 답사, 『사랑하지 않은 죄』, 명문당, 243쪽.
24) 문순태(1983), 「진실의 아픔을 쓸 수 있는가」, 『사랑하지 않은 죄』, 명문당, 251쪽.

있어서는 '뿌리 찾기'이자 '고향 찾기'라고 할 수 있다. 고향으로 돌아가라고 하는 것은 곧 자신의 정체성을 찾으라는 말과 상통한다. 이에 백년은 자신의 근원에 대한 탐구를 시작하고, 할아버지인 웅보가 노비에서 벗어나 공동체적 삶을 염원하며 수마와 싸우면서 영산강변에 일군 땅이, 동양척식주식회사의 소유가 된 현실을 인식하게 된다. 이러한 인식은 그에게 할아버지를 포함한 민족의 '한'을 자신의 '한'으로 내면화하는 계기가 된다. 여기서 한이란 "패배자의 넋두리나 체념으로써의 정한 감정이 아닌, 빼앗기고 짓밟히고 억눌림에서 비롯된 원한 감정"25)으로 '역사의 한'이다. 이때부터 백년은 "진정한 역사의 발전이란 인간이 인간성을 상실하지 않고 누구에게도 그 무엇에게도 짓밟히지도 않으며, 인간답게 살 수 있는 시대"26) 라는 생각을 키워가게 된다.

백년이 새끼내에서 통학하면서 서사는 역사적 실존 인물인 성진회, 독서회 회원들의 초점화로 광주학생독립운동 준비 과정을 구체적으로 보여준다. 그리고 주변부적 사건으로 일제의 식민지교육의 틀 안에서 '가장 순종적'27)인 인물로 변해가는 양순석과 고향 친구들과 통학하며 경험한 식민지 사회의 모순을 자각해 가는 백년을 대비하여 형상화한다. 이는 광주학생독립운동이라는 역사적 사건을 전면화하는 효과와 일제의 문화정치 아래 학교에서 은근하고 내밀하게 진행되는 교육이 사실은 식민지의 충실한 노예를 양성하는 교육이라는 실상을 폭로하기 위한 서사 전략으로 볼 수 있다. 또한, 광주청년회를 중심으로 한 역사적 서사에서도 이들이 직접 경험한 내용은 대화 형식으로 처리하여 묘사했지만, 이들이 직접 참여하지 못한 6·10만세 운동이나 전주고보 항일 동맹휴학은 다양한 삽화를 이용한 상호텍스트로 처리하고 있다. 이

---

25) 문순태(2006), 『꿈』, 이룸, 293~294쪽.
26) 문순태(1983), 같은 책, 239쪽.
27) 박상기(2005), 「탈식민주의 양가성과 혼종성」, 고부응 엮음, 『탈식민주의 이론과 쟁점』, 문학과지성사, 237쪽. 무어-길버트는 인도인 중에 "가장 영국화 된" 자가 식민 지배 권력에 "가장 순종적" 이었고 "문화적으로 가장 덜 동화된" 농부들이 지배자의 문화에 가장 "반항적인 질문"을 하였다고 하였다.

처럼 서사의 흐름을 백년과 친한 최규창을 중심인물로 하여 6·10만세 운동과 성진회의 결성과 해체, 그리고 동맹휴학과 독서회 결성 등으로 이끌어가는 것은 학생 중심의 투쟁에서 민중의 항일투쟁으로 확산하는 과정을 보여주기 위한 서사 전략으로 볼 수 있다.

1926년 11월 3일 최규창의 하숙집인 진남관에서 조직적으로 항일투쟁의 구심점 역할을 할 성진회가 결성된다. '비밀결사의 조직'인 성진회는 회장 장재성을 중심으로 광주고보생 9명과 농업학교생 6명 모두 15명이 발기인이며, 전체 회원은 100명에 이르렀다. 성진회는 "자발적이고 주체적으로 이끌어가는 청년학도들만의 순수한 조직"(8권 360쪽)으로 청년 학우들에게 식민지교육의 맹점과 여러 학교에서 동맹휴학 운동을 하는 현황 등을 자세히 교육한 후, 이들이 항일 맹휴 투쟁을 학생들 자체의 문제만으로 국한하지 않고, 이를 통해 일반 민중의 항일의식을 자극하는 계기로 삼아 식민지 상태에서 벗어나기 위한 독립운동을 전개해 나갈 계획을 세운다. 이후 성진회는 내부 첩자가 있다는 정보를 입수한 후 비밀 유지를 위하여 다음 해 3월 자진 해산한다. 그리고 다시 중앙에 독서회 중앙본부를 설치하고, 학교별로 독서회와 소녀회를 조직한다. 또한 '독서회' 창립 행사에 신간회 광주지회 상임 간사인 장석천과 일본 유학 중인 장재성 등이 참석함으로써, 학생운동을 조직적으로 이끌어 갈 기반 마련에 정당성을 부여한다.

광주청년회원들이 '문화적으로 덜 동화'되기 위한 저항운동의 성격으로 독서회를 결성했지만, 양만석의 아들 순석은 식민지 노예교육으로 길들어진 '가장 순종적'인 인물의 전형으로 변해간다. 순석은 아버지가 '노비의 핏줄'을 타고 났다는 것을 부끄럽게 여기면서 광주고보를 다니고부터는 "일본이 욱일승천의 기세로 번창하는 나라고 조선은 쇠퇴하여 풍전등화 같은 존재이니 조선이 아무리 발버둥을 쳐도 대일본을 꺾을 수 없다."라며(9권 173쪽) '대세에 따르는 것이 순리'라고 생각한다. 그는 어떤 주체가 한 사회에서 살아가기 위해서 미리 정해진 진리의 체계, 전통과 관습, 기호체계나 예절 등을 학습[28] 해 나가듯이, 일본 학생들처럼 몸에 단도를 지니고 다니며 광주공원에 세워진 오꾸무라 이호꼬의 동상 앞에서 경건한 자세로 절을 한다. 순식은 오꾸무라 이호꼬를 "우리 조선 특히 광주를 개화시킨 일등공신일 뿐만 아니라 내선동화를 위해 헌신하는 은인"(9권 178쪽)으로 칭송하며, 자신을 "천황폐하의 백성"(9권 178쪽)이라고 부른다. 그래서 그는 독서회 회원을 '불령학생'으로 여기고, 그들의 동태를 파악하여 경찰에 고자질하는 첩자 노릇을 한다.

이후 그는 사람의 목숨을 좌지우지 할 수 있는 '생살지권(生殺之權)'(9권 281쪽)을 손에 넣고자 학교를 그만두고, 광주 경찰부 고등계 주임 나베지마의 보조원이 되어 백년과 백석을 비롯한 2차 시위에 참여했던 60여 명의 명단을 경찰에 넘겨준다. 순식이 학교의 교육을 통해 철저하게 '천황폐하의 백성'으로 변해가듯, 당시 학교는 오직 식민지 담론의 전수와 교육을 위해 철저하게 계산된 공간이자, 식민지 노예교육의 양성소였다. 순석이 식민지교육에 동화되어 '가장 순종적'으로 변해가고, 독서회가 체계적으로 준비되어 가는 동안 백년은 새끼내에서 통학을 하며, '광주고보 맹휴 사건'과 나주역에서 일본인 남학생이 조선 여학생을 희롱하는 사건을 직접 목격하며 식민지 현실을 경험하게 된다. 백년은 광주고보 동맹휴학에 동생 백석과 함께 가담하면서, 학교가 '식민지적 노예교육'을 시키는 '노예양성소'(9권 91쪽)로 전락했음을 알고, '죽음을 각오하고 노예 상태'에서 벗어나기 위해 저항해야 함을 깨닫게 된다. 이런 이유로 4개월 동안 계속되었던 동맹휴학을 끝내고 학교에 출석해야 한다는 일제의 압력을 거부한다.

백년은 1929년 10월 30일 나주역에서 일본인 후쿠다, 시에요시, 타나카 등 3명이 약속이나 한 듯 동시에 박기옥과 암성금자, 이광춘 등의 댕기 머리를 잡아당기며 놀리는 장면을 목격하고 분노를 느낀다. 그리고 이를 계기로 독

---

28) 미셸 푸코, 이정우 옮김(2007), 『담론의 질서』, 서강대학교 출판부, 30~31쪽 참조.

서회 회원들이 말했던 '조선인 탄압'이 무엇인지를 인식하게 되고, 할아버지가 일군 땅을 모두 동양척식주식회사가 소유하고 있는 것에 대해 다시금 분노를 느낀다. 다음날 백년은 광주고보 독서회 회원인 김상환을 찾아가 통학 열차에서 있었던 사건을 전부 말한다. 이로써 지금까지 두 개로 나뉘었던 서사는 백년이 스스로 독서회를 찾아가면서 하나로 합쳐진다. 성진회가 결성과 해체 그리고 독서회로 거듭나는 과정을 겪는 동안 백년도 자신의 정체성을 찾고자 고민했고, 바로 이날 역사 속의 주체로 거듭나게 된 것이다.

> 명치절 아침, 학생들은 일요일인데도 등교를 했다. 지난해까지만 해도 학생들은 명치절 날에는 수업이 없었는데도 아무런 불만 없이, 기념식에 참석하기 위해 학교에 갔었다. 그런데 올해는 분위기가 달랐다. 일요일이라서 그런 것도 아니다. 어쩐지 남의 집 잔치에 억지로 끌려가는 기분이 들었던 것이다.
> 1년 사이에 그만큼 학생들의 생각이 달라진 것이다. 오랫동안 얼어붙어 있었던 그들 마음속에 마침내 자의식이 발아한 것이라고나 할까. 그것은 지난 3년 동안 성진회와 독서회를 중심으로 열렸던 꾸준한 학습의 결과 때문이었다. 암튼, 명치절을 맞는 학생들의 마음가짐이 1년 전 하고는 몰라보게 달라진 것이 분명하다. (9권 208쪽)

1929년 11월 3일 명치절 아침, 이전과는 다르게 학생들의 표정에 변화가 생겼다. 이것은 백년이 그랬던 것처럼, 많은 학생이 성진회와 독서회의 직접적 혹은 간접적인 영향으로 일제의 기만적인 문화정치의 허구성에 대해 인식하기 시작했기 때문으로 볼 수 있다. 이전에는 학생들이 일본 천황의 탄생을 기념하는 기념식에 '아무런 불만 없이' 참석했었다. 그런데 오늘은 '남의 집 잔치에 억지로 끌려가는 기분'을 느낀다. 학생들은 4개월 동안의 동맹휴학에서 식민지교육의 모순을 직접 체험하였고, 통학 열차 안에서 일본인 학생들과 충돌로 인해 그들에 대한 분노와 일제에 대한 적개심으로 이미 '한'이 싹트고 있었다. 이날 학생들이 명치절 행사에서 기미가요를 부르지 않음으로써, '개인의 한'은 '민족의 한'으로 옮겨가 저항의 횃불이 타오르기 시작한다. 이날 오전 10시 30분, 광주고보생 최쌍현이 광주중학교 마스나가에게 칼을 맞았다는 소문이 돌자, 학생들은 시위대로 돌변한다. 드디어 광주 학생들의 한은 민족적 저항의 횃불이 되어 거침없이 전국으로 퍼졌고, 이를 계기로 학생들은 억압 없는 미래가 막연하게 기다린다고 해서 저절로 오지 않는다는 것을 깨닫게 되고, 스스로 억압에서 자신을 구원하기 위해 능동적 존재가 된다.

이처럼 작가는 2세대 서사의 시작을 3·1운동 직후, 3세대의 서사의 시작을 6·10만세운동 직후로부터 설정하여 일본강점기 3대 민족운동이었던 3·1운동과 6·10만세운동, 광주학생독립운동 등이 모두 학생층에 의해 주도되었다는 사실을 보여준다. 그리고 1929년 11월 3일과 11월 12일에 있었던 두 차례의 시위 중에 보여준 광주 시민들의 모습[29]을 통해서는 1980년대 광주의 상황을 암시적으로 고스란히 읽을 수 있도록 형상화한다. 또한, 작가는 각 세대의 마지막 부분에서 주요한 인물들이 여러 경험을 겪은 뒤, 결국 자신이 처한 상황을 인식하고 스스로 자신의 주체성을 찾고 이를 개혁하기 위해 행동으로 옮긴다는 점을 묘사하여, 역사는 진보적 지속성을 갖는다는 점을 강조한다. 이러한 반복적 구조는 현대 민중운동의 전사(前史)로서 민중들이 사회적 모순을 자각하고, 이를 개혁하고자 하는 자발적 진화 과정을 우리 근대사 속에서 찾으려는 노력의 일환으로 볼 수 있다. 이는 작가가 동학농민운동과 항일의병 전쟁, 광주학생독립운동, 5·18광주민주화운동 등을 모두 민족적 자존을 찾기 위한 저항운동으로 동일한 역사 선상에 두고 있음을 알 수 있다.

---

29) "수천 명의 학생과 시민들이 시내를 일주하다시피 하며 시위를 벌인 동안, 시내에서 일본인들의 모습은 한 명도 찾아볼 수가 없었다. 그들은 모두 상점 문을 닫아걸고 혼비백산 도망을 친 것이다. 오랜만에, 참으로 오랜만에 조선인의 세상이 된 것이다. 광주 시민들은 오랜만에 학생들과 함께 애국가를 부르고 '조선독립 만세'를 외칠 수가 있었다." 문순태(2012), 『타오르는 강』 9권, 소명출판, 237쪽.

III. 결론

본 연구는『타오르는 강』의 서사 전략을 중심으로, 3·1운동 이후 일제 식민통치에 대한 가장 큰 전국 규모의 저항운동으로 국내외 독립운동사에 지대한 영향을 미친 광주학생독립운동의 역사성을 밝혀, 그 문학사적 의의를 추론하는 데 목적이 있었다. 그리하여 서론에서 광주학생독립운동이 일제 식민통치의 현실을 타파하기 위해 일어난 대표적인 학생운동임에도 불구하고, 문학적 형상화가 적은 까닭은 군사독재정권이 '학생의 날'을 폐지하여 이러한 숭고한 정신을 계승하기 어려웠고, 게다가 광주학생독립운동의 주동자들이 사회주의자라는 이유로 6·25 직전에 대부분 처형되어 구술 채록이나 자료 정리가 미흡했기 때문임을 밝혔다. 작가 역시 광주학생독립운동을 소재로 한『타오르는 강』을 집필하게 된 동기가 광주학생독립운동을 모르는 사람이 많아 날로 역사의 기억에서 멀어져가는 것이 안타까웠고, 광주학생독립운동이 역사적 위상에 맞는 합당한 평가를 받아 그 정신이 계승되기를 바라는 염원에서 비롯되었음을 확인하였다.

II장에서는 작가가 '광주학생독립운동'을 형상화하는 과정에서 문학적 가능성을 확보하는 방법으로 3세대에 걸친 두 가족의 연대기 형식을 취하고 있음을 확인하였다. 그리고 이러한 일련의 서사 전략은 다시 19세기 말 전라도 영산강 지역을 배경으로 노비세습제 폐지, 동학농민전쟁, 일제하 개항지의 수탈 현황, 1920년대 나주 궁삼면 소작쟁의, 1929년 광주학생독립운동에 이르기까지 사건이 전개되는 순서에 따라 3세대로 나누고, 세대별로 세 개의 절로 나누어 고찰하였다. 1절의 서사의 흐름은 노비세습제 폐지에서 3·1운동 이전까지로, 작가는 1세대의 서사구조에서 노비 웅보와 대불의 여로를 형상화하여 민족의 한의 매듭 풀기를 시도한다. 작가는 웅보를 통해 그와 비슷한 삶을 살아왔던 '고리백정', '솔장수'들의 생애를 일화 형식으로 보여준다. 이는 단순한 일화에서 벗어나 역사적 사실을 바탕으로 역사가 기록하지 못한 다양한 삶을 되살려 사람들이 당시와 오늘을 다시금 반추하게 한다. 그리고 대불의 여로를 영산포, 장성 백암산, 제물포, 한양 등으로 확장함으로써, 대불이 농사꾼에서 장사꾼으로 그리고 자신의 삶을 능동적으로 개척하는 혁명가로 변해가는 개연성을 부여하고 있다.

2절의 서사의 흐름은 3·1운동 이후부터 6·10만세운동 이전까지로, 작가는 2세대의 삶을 형상화하여 '무단통치'에서 '기만적인 문화정치'로 변화되고 있는 당시 현실을 증언한다. 웅보와 양진사로 표상되는 1세대의 서사가 순차적 흐름이었다쪽, 2세대인 장개동과 양만석의 서사에 있어서는 과거와 현실이 다양하게 교차하는 역동성을 보인다. 이러한 역동성은 단편적이면서도 개인적인 기억을 끌어내어 '그때 그러한' 사건을 불러올 수 있는 근거를 제공하는 역할을 하고, 동시에 집단 망각의 우려를 불식시키는 근거가 된다. 작가는 2세대의 서사를 나주 보통학교의 훈도로 있는 장개동을 2세대의 중심인물로 하지 않고, 식민지 체제 반대편에서 야학 지도를 하는 양만석을 중심으로 서술 층위를 다각화하여 광주학생독립운동의 전사(前史)를 보여준다. 이때 서술 층위의 다각화는 양파껍질을 벗기듯 사건이 진행될수록 광주학생독립운동을 구체화하는 역할을 한다. 3절의 서사의 흐름은 6·10만세운동 직후부터 시작하여 광주학생독립운동이 전국으로 퍼져 나가는 과정까지로, 앞의 세대와는 달리 실존 인물인 광주청년회원들이 중심인물로 등장하고, 3세대 백년(백석)과 양순석은 주변부 인물로 묘사된다. 이는 광주학생독립운동이라는 역사적 사건을 전면화하는 효과와 일제의 문화정치 아래 학교에서 은근하고 내밀하게 진행되는 교육이 사실은 식민지의 충실한 노예를 양성하는 교육이라는 실상을 폭로하기 위한 서사 전략으로 볼 수 있다. 또한, 작가는 광주학생운동이 우발적으로 일어난 단순 사건이 아님을 밝히기 위해 서두에서는 광주청년회원, 백년, 순석의 세 개의 서술 층위를 활용하다가, 말미에 와서는 하나의 서술 층위를 활용하여 광주 학생들의 한이 민족적 저항의 횃불이 되어 거침없이 전국으로 퍼지고 있음을 보여주고 있다. 이처럼 작가는 2세대 서사의 시작을 3·1운동 직후, 3세대의 서사의 시작을 6·10만세운동 직후로부터 설정하여 일본강점기 3대 민족운동이었던 3·1운동과 6·10만세운동, 광주학생독립운동 등이 모두 학생층에 의해 주도되었다는 사실을 보여준다. 그리고 1929년 11월 3일과 11월 12일에 있었던 두 차례의 시위 중에 보여준 광주 시민들의 모습을 통해서는 1980년대 광주의 상황을 암시적으로 고스란히 읽을 수 있도록 형상화함으로써, 동학농민운동과 항일의병 전쟁, 광주학생독립운동, 5·18광주민주화운동 등을 모두 민족적 자존을 찾기 위한 저항운동으로 동일 역사 선상에 두고 있음을 알 수 있다.

이상에서 살펴본 바와 같이, 문순태의 『타오르는 강』은 광주학생독립운동을 충실한 연구와 자료 확보, 그리고 고증을 통해 있는 그대로 복원해 낸 작품으로, 한국현대문학사에 '민중적 역사소설', '가족사 연대기 역사소설'로 자리 매김 할 수 있을 것으로 본다. 또한, 현재까지 『타오르는 강』에 대한 연구가 전혀 없는 상태에서, 본 소설을 바탕으로 광주학생독립운동의 양상과 그 의의를 고찰한 것은 광주학생독립운동이 재조명될 수 있는 실마리를 제공할 것으로 본다. 마지막으로 역사란 과거의 무덤이 아니라 내일을 보는 훌륭한 창(窓)이 되듯, 『타오르는 강』은 지난 80여 년 전 광주에서 시작되어 전국으로 퍼졌던 광주학생독립운동에 대해, 서론의 설문지 결과에 언급된 바와 같이 오늘날 집단 망각의 늪에 빠져 있는 우리에게 일제의 식민 사상과 그로 인한 민족 정체성의 왜곡 양상을 있는 그대로 인식하게 하고, 아울러 광주학생독립운동에 대한 광범위한 연구와 이를 소재로 한 소설 연구에 지렛대 역할을 할 수 있을 것으로 기대된다.*

---

* 논문출처 : 「<타오르는 강>의 서사전략 -광주학생독립운동의 역사성을 중심으로-」, 『호남문화연구』54집, 2013.

참고문헌

강준만(2000), 『사람들은 왜 분노를 잃었을까』, 인물과사상사.

게오르그 루카치, 이영욱 옮김(1993), 『역사소설론』, 거름.

고봉준(2006), 「해한의 문학에서 경계의 언어로」, 계간지 『문학들』 5호.

권영민(2005), 「문순태와 恨의 歷史-대하소설 『타오르는 강』」, 『고향과 한의 미학-문순태의 소설세계』, 태학사.

김기주(2009), 「광주학생운동 이전의 항일 동맹휴학」, 『광주학생운동의 전개 양상과 의의』, 광주학생운동 80주년 국제 학술심포지엄.

김성민(2006), 「광주학생운동 연구」, 국민대학교 박사학위논문.

김성민(2009), 「광주학생운동의 전개 양상」, 『광주학생운동의 전개 양상과 의의』, 광주학생운동 80주년 국제 학술심포지엄.

김성보(1989), 「광주학생운동과 사회주의 청년·학생조직」, 『역사비평』 계간 6호, 역사비평사.

김영목(2003), 「기억과 망각 사이의 역사 드라마와 과거 구성」, 최문규 외, 『기억과 망각』, 책세상.

김헌선(1988), 「<장길산>의 서술층위와 짜임새의 의미」, 『批評文學』, 제2집.

류시현(2011), 「광주학생운동과 전국적 공감의 감성」, 『호남문화연구』 제49집, 전남대학교 호남학연구원.

문순태(1983), 『사랑하지 않는 죄』, 명문당.

문순태(1987), 『타오르는 강』(전7권), 창작과비평사.

문순태(2006), 『꿈』, 이룸.

문순태(2009), 『알 수 없는 내일』, 다지리.

문순태(2012), 『타오르는 강』(전9권), 소명출판.

미셸 푸코, 이정우 옮김(2007), 『담론의 질서』, 서강대학교 출판부.

바트 무어-길버트, 이경원 옮김(2001), 『탈식민주의 저항에서 유희로』, 한길사.

박만규·안수미(2003), 「광주학생운동의 정신계승을 위한 현장 지도 방안」, 『교육연구』 26집.

박상기(2005), 「탈식민주의 양가성과 혼종성」, 고부응 엮음, 『탈식민주의 이론과 쟁점』, 문학과지성사.

박찬승(1995), 「전남지방의 3·1운동과 광주학생독립운동」, 『전남사학』제9집, 호
    남사학회.

배병화(2011), 「아시아문화중시도시와 광주학생독립운동」, 『학생독립운동 82
    주년 기념 학술대회: 민주인권평화도시 광주와 학생독립운동 정신계승
    』, 빛고을미래사회연구원.

스테판 에셀, 임희근 옮김(2011), 『분노하라』, 돌베개.

윤선자(2009), 「광주학생운동 이후 학생운동의 변화」, 『광주학생운동의 전개 양
    상과 의의』, 광주학생운동 80주년 국제 학술심포지엄.

이명재(1985), 「민중소설의 새로운 가능성」, 『타오르는 강』론」, 『소설문학』2.

이이화(1987), 「역사소설의 반역사성: 동학농민전쟁관계 소설을 중심으로」, 『역
    사비평』제1집.

이준식(2009), 「광주학생운동의 국외 확산」, 『광주학생운동의 전개 양상과 의의
    』, 광주학생운동 80주년 국제 학술심포지엄.

이재선(2000), 『한국소설사』, 민음사.

장세진(1990), 「민중의 삶과 리얼리즘: 『타오르는 강』論」, 표현 19권.

제라르 즈네뜨, 권택영 옮김(1992), 『서사 담론』, 교보문고.

주나래(2013), 「1920년대 학생운동과 사회주의 관련성: 광주학생운동을 중심으
    로」, 부산대학교 석사학위논문.

천이두(1985), 『한국문학과 한』, 이우출판사.

한규무(2009), 「'광주학생운동' 관련명칭의 용례와 의미」, 『한국독립운동사연구
    』34권, 독립기념관 한국독립운동연구소.

호미 바바, 나병철 옮김(2004), 『문화의 위치-탈식민주의 문화이론』, 소명출판.

황광수(1983), 「과거의 재생과 현재적 삶의 완성, 『타오르는 강』론」, 『한국문학
    의 현단계 II』, 창작과비평사.

문순태 『타오르는 강』에 나타난 영산강의 의미

—해월 삼경사상의 구현을 통한 새로운 민중

우 수 영(경북대)

1. 서론

본 글의 목적은 문순태의 대하장편소설 『타오르는 강(江)』에 등장하는 민중의 존재를, 동학 2대 교조 해월(海月)의 삼경사상(三敬思想)을 통하여 새롭게 의미화 하는데 있다. 이로써 작가가 작품에서 의도한 '한의 민중사(民衆史)'를 좀 더 절실히 파악하게 될 것이다. 이재선은 한국 현대문학사에서 역사소설의 등장을 시기별[1]로 구분한다. 그 중 마지막 네 번째로는 70년대 이후 등장한 역사소설 군이 언급된다. 이 시기 역사소설 작품들은 과거 또는 역사에 대한 공적인 관심이 시대성 내지 사회성과 맥락을 같이 하면서 탄생한 것들이다. 권영민 역시 산업화 시대 소설문단에서 특이한 성과로 평가하고 있는 것은 역사소재 대하장편소설의 등장이다. 그는 당시 한국 소설문단이 이같은 규모의 작품들을 감당해 낼 수 있을 정도로 관점과 폭이 넓어지고 있음

---

1) 이재선, 『현대한국소설사』, 민음사, 1997, 319-329쪽.

제6부 대하소설 『타오르는 강』과 서사전략 507

에 의미를 두고 평가2)하고 있다. 특히 이 시기 역사소재 소설들은 지배층 중심의 역사관을 넘어 역사 담당주체 민중의 존재를 새롭게 되살려 냈다3)는 점에 주목받고 있다.

이 시기의 작품 중 문순태의 대하장편소설『타오르는 강』4)은 민중의 의미를 새롭게 하고자 시도한 작품으로 특히 주목할 필요가 있다. 권영민은 문순태의 작품세계를 '한풀이 과정과 고향 찾기'로 특징 짓는다. 그는 「징소리」(1978), 「물레방아」(1981) 등의 연작소설과 「걸어서 하늘까지」(1980)라는 장편을 통해 이미 작가적 역량을 발휘한 문순태가『타오르는 강』(1987)을 통해 새로운 가능성에 도전하고 있다고 평가5)한다. 권영민은 영산강이라는 상징적인 공간을 배경으로 하여 가난한 농민들의 투쟁을 재구성하고자 한 작품으로 문순태의『타오르는 강』을 언급6)한다. 문순태 소설세계의 주된 테마는 한의 역사에 대한 화해와 극복7)으로 규정되고 있다. 문순태에 대한 기존 연구로는 박성천, 박찬효, 박재범, 조은숙 의 논의가 대표적이다. 박성천8)은 문순

2) 권영민, 「한국 현대문학 개관」,『한국현대문학대사전』, 서울대출판부, 2004, 1136쪽.
3) 정호웅,『한국의 역사소설』, 역락, 2006, 13쪽.
4) 문순태,『타오르는 강』전집1-7권, 창작과비평사, 1987. 문순태의『타오르는 강』은 1975년 <전남매일신문>에 '전라도땅'이라는 제목으로 1년 동안 연재되다가 작가의 사정으로 중단된 작품이다. 이후 1980년 4월『월간중앙』에 실리다가 다시 그 연재가 중단된다. 그 작품은 1987년 '창작과비평사'를 통해『타오르는 강』이라는 제목을 달고 전7권으로 출간된다. 2012년에 오면 광주학생운동 부분을 추가하여 소명출판사를 통해 전9권이 완간된다. 본 글에서는 1987년 창작과비평사에서 간행된 전7권을 연구대상으로 할 것이다. 근 25여년이라는 시간이 흐른 후 발간된 8권과 9권을 포함하여 간행된 소명출판사 판본은 비록『타오르는 강』이라는 제목을 달고 탄생되었지만, 작가의식이 예전과는 상당히 변화된 지점이 있으리라는 생각에 동일한 연구대상으로 취급하기는 곤란하다고 판단했다.
5) 권영민, 「문순태와 한의 역사」, 이은봉 외 편『고향과 한의 미학』, 태학사, 2005, 87쪽.
6) 권영민 편,『한국현대문학대사전』, 서울대출판부, 2004, 296-297쪽.
7)『약전으로 읽는 문학사 2』, 근대문학100년 연구총서 편찬위원회, 소명출판, 2008, 417쪽. 권영민,『한국현대문학사2』, 민음사, 2002, 301쪽. 박성천, 「문순태 소설의 서사 구조 연구- 한(恨)의 극복양상을 중심으로」, 전남대박사학위 논문, 2008, 3쪽.
8) 박성천, 「문순태 소설의 서사 구조 연구- 한(恨)의 극복양상을 중심으로」, 전남대박

태 소설의 주된 테마를 고향과 역사로 규정하며, 귀향소설, 역사소설, 전쟁소설, 민중소설, 소통소설로 범주화하고 있다. 그러나 그는 문순태의『타오르는 강』에 대해서는 언급하지 않고 있다. 박찬효[9]는 1960-70년대 한국소설에 나타난 고향이미지를 논의하였다. 그는 이문구, 황석영, 전상국 등의 작가들 작품과 함께 문순태의 일부 작품들을 대상으로 고향이미지를 분석하고 의미화하는 작업을 하고 있지만, 문순태의『타오르는 강』은 그의 논의에서 제외되고 있다. 박재범[10]은 1970년대 농민문학론에 실체를 부여한 농민소설 작가로 문순태를 꼽고 있으며 작품「징소리」에 주목하여 논의하고 있다. 조은숙[11]은 앞의 논자들과는 달리 문순태의『타오르는 강』을 주 연구대상으로 삼고 있지만, 그의 논의는『타오르는 강』의 서사 중 광주학생독립운동의 양상과 그 의의에 한정되고 있다.

위에서 언급된 기존연구를 통하여, 문순태의『타오르는 강』에 대한 전면적인 연구는 이루어지지 못하고 있음을 알 수 있다.

무엇보다 70년대 이후 새롭게 등장하고 있는 대하장편소설의 대표 작품군으로 언급되며, 당시 민중문학의 부각 분위기에서 작가 스스로 '민중사' 속에 드러난 민중들의 아픔을 추적하고자 한 작품『타오르는 강』에 대한 주목은 분명히 필요해 보인다. 더불어『타오르는 강』의 서사에서는 관(官)과 양반계급에 대한 민중들의 항거와 동학군들의 나주 싸움과 관계하여 '동학'이 등장하고 있다. 이러한 부분들이 서사에 어떤 의미망을 부여하는지에 대한 고찰역시 간과되고 있다. 이러한 부분에 대한 주목은 바로『타오르는 강』의 작가 문순태가 의도한 한(恨)의 민중사를 올바르게 접근하고 이해하는 길을 열어

사, 2008.

9) 박찬효,「1960-1970년대 소설의 고향 이미지 연구」, 이화여대박사, 2010.

10) 박재범,「1970년대 농민문학론과 농민소설의 소통 양상 연구」,『현대소설연구』
   31, 한국현대소설학회, 2006.

11) 조은숙,「문순태 소설『타오르는 강』의 서사전략-광주학생독립운동의 역사성을
   중심으로」,『호남문화연구』54, 호남연구원, 2013.

줄 것으로 기대된다.

작가가 직접 '민중의 한'에 대한 추적을 목표로 한다고 밝혀 놓았음에도 불구하고, 문순태 소설에 대한 기존 대부분 논의들에서는 대하장편소설『타오르는 강』에 등장하는 민중의 의미에 대한 고찰은 본격적으로 논의되지 않고 있다.

작가 문순태는『타오르는 강』의 머리말을 통해 '작가는 민중의 입장에서 그들의 아픔을 이해해야 함'을 밝히고[12] 있다. 그렇다면 작가가『타오르는 강』에서 주목하는 민중은 누구이며 어떤 의미를 가지는가에 대한 문제를 해결해야 만이 작가의 의도를 정확하게 이해하는 것은 물론이고 작품의 가치를 올바르게 규명할 수 있을 것이다.

본 글에서는 먼저 작품의 제목 '타오르는 강'이 의미하는 영산강과 작가가 주목한 민중은 어떤 관계를 형성하고 있는지에 대해 규명할 것이다. 이어 이러한 관계를 서사에 등장하고 있는 동학의 의미와 더불어 살펴 새로운 의미 도출을 시도하고자 한다.

2. 부족한 인물과 넘치는 자연의 생명성

역사적 사실인 1886년 노비세습제 폐지와 1894년 동학농민혁명 등을 형상화하고 있는 문순태의 대하장편소설『타오르는 강』은 민중의 의미를 새롭게 해석할 수 있는 가능성을 담지하고 있는 작품이다.

작가 문순태는『타오르는 강』의 서두에 민중사(民衆史)에 대한 자신의 생각을 밝혀놓고 있다. 그는 작가는 민중의 입장에서 역사를 바라보아야하며 민중의 입장에서 그들의 아픔을 이해해야 함을 언급한다.

---

12) 문순태,『타오르는 江』제1권, 창작과비평사, 1987, 3쪽.

문순태는 영산강변 궁삼면 사건을 서사에서 풀어놓고 있다. 그는 그 사건으로 발생하는 민중의 아픔과 '한'의 역사를 추적하기 위해 『타오르는 강』을 탄생시켰음을 제1권의 서두[13]에 명시하고 있다. 서사 속에서 풀어놓은 민중의 아픔은 1886년 영산강변 전남 나주 '궁삼면(宮三面) 사건'에서 발단한다. 그것은 영산강변 3개의 마을 농민들이 기근을 피해 마을을 떠나 다니다 돌아와 보니 그들의 농토가 그동안 세금을 내지 않았다 하여 궁토가 되어버린 사건이다. 즉 작가는 대하장편소설 『타오르는 강』에서 이 사건을 발단으로 하여 영산강과 함께 흘러간 '한(恨)의 민중사'를 추적하고자 하였던 것이다.

문순태의 장편 서사 『타오르는 강』은 밤새 영산강이 울어 마을사람들이 잠을 이루지 못하는 장면에서 시작하고 있다.

영산강 노루목 마을 사람들은 밤새 영산강이 우는 소리에 여름에 큰 비가 내릴 것이라는 걱정에 잠을 이루지 못한다. 노루목 사람들은 아침해가 상투머리 위에 불을 놓듯 눈부시게 떠오른 뒤에야, 양진사(楊辦道)집 종놈 웅보(熊甫)가 새벽에 도망을 치다가 붙잡힌 것을 알고, 아침부터 까마귀가 늙은 팽나무 가지에서 어지럽게 울어쌓는 까닭도 어림하였다.

"어머니도 어젯밤에 영산강이 우는 소리를 들었지요?"
"아이고, 이 자식아, 시방 그 걱정 하게 생겼냐."
"꼭 죽은 할아버지의 육자배기 소리같이 울데요."
"내 귀에는 다보사(多寶寺) 절 저녁 종소리같이 들리더라."
"어젯밤에는 영산강이 울더니, 시방은 또 까마귀가……"
"쫓지 마세요. 까마귀는 쫓으면 더 울어요. 어머니 힘으로 어뜨케 저승사자를 쫓겠어요."
"저눔에 까마귀가 내 머리속에 불침을 놓는 것 같구나."[14]

13) 문순태, 『타오르는 江』 제1권, 창작과비평사, 1987, 4쪽.
14) 문순태, 『타오르는 江』 제1권, 창작과비평사, 1987, 7-8쪽.

서사의 첫 장면에서 영산강은 마을사람들에게 큰비가 내릴 것이라는 상황을 울음소리를 통해 알리고 있고, 까마귀는 도망치다 붙들린 양진사댁 종 웅보 곁을 저승사자처럼 맴돌고 있다. 큰물이 오리라는 것을 알려주는 영산강의 울음소리와 저승길을 재촉하는 까마귀의 소리가 웅보 모자와 함께 서사의 서두에 등장하고 있는 것이다. 여기서 서사는 자연물 영산강과 인간이 아닌 새짐승 까마귀 역시 '한(恨)의 민중사'의 일부분을 담당할 존재의 가능성을 제시하고 있다.

『타오르는 강』의 서사는 1886년 노비세습제가 폐지되어 마을의 종들이 지주에게서 풀려나면서 일층 진전되고 있다. 지주의 압제로부터 풀려난 종들은 해방되어 삶의 터전을 찾아 나선다. 풀려난 종들이 정착한 곳은 관(官)과 부자들이 버려두었던 쓸모없는 영산강변 새끼내 땅이었다. 그 땅은 비만 오면 물에 잠기기에 곡식을 생산할 수 없는 버려진 땅이었다. 풀려난 종들은 웅보를 중심으로 하여 버려진 그 땅을 목숨처럼 소중하게 가꾸었다. 그들은 땅을 개간하고 보듬고, 이곳에서 곡식을 생산하려고 필사의 노력을 쏟았다.

주변세계는 풀려난 종들의 소망과 노력에 부합하지 않았다. 그들이 새로 정착한 마을에 돌림병이 돌았고, 큰물이 와서 쌓아놓은 둑을 무너뜨리며 그나마 개간해 놓은 영산강변의 땅을 휩쓸어 가버린다. 그럼에도 불구하고 새끼내 사람들은 마침내 둑을 완성하고 첫 농사를 지어 수확의 기쁨을 안게 된다. 다음 해에는 가뭄이 심하게 들어 새끼내 사람들은 강변의 고기를 잡아먹든지 아니면 대처로 나가 연명하다가, 그들은 그 다음해 봄에 다시 새끼내로 돌아왔다. 돌아온 그들은 자신들이 개간해 놓은 농지가 궁토가 되어 있음을 알고 이에 항거를 했으며 옥살이를 하는 등 한 차례의 고초를 다시 겪게 된다. 이와 더불어 『타오르는 강』의 서사는 계사년(1893)에 이르러 곳곳에서 민란이 일어나고 있음을 구체적인 시간 배경으로 언급하면서, 민중들의 당시 고초를 간접적으로 제시하고 있다.

『타오르는 강』의 주인물 웅보·대불이 형제는 종으로 있던 양진사댁에서 풀려나 새끼내에 정착하게 된다. 이후 형 웅보는 새끼내를 중심에 두고 생활하게 되는 정적인 인물로, 동생 대불이는 사건이 발생할 때마다 주동인물로 연루되어 새끼내를 벗어나 떠돌아야만 하는 역동적 인물로 형상화되고 있다. 양진사의 간계로 새끼내사람들이 투옥되자, 대불이는 양진사가 관리하는 세곡선에 불을 지르고 새끼내를 뜨게 된다. 이후 길을 떠난 대불이는 주세(酒稅)를 뜯는 관속을 패주고 또 다시 몸을 피해 다니다가 우연히 만난 동학도들을 따라나서게 되는 것이다.

이 지점에서 『타오르는 강』의 서사에 동학이 들어서게 되며, 본격적으로 동학도들에 대한 서술이 등장하게 된다. 여기서, 동학에 참여하는 민중, 동학에 호의를 드러내는 민중들은 과연 어떻게 규정되어야 하며, 그들은 서사의 축을 어떻게 변화시키는가? 라는 의문이 발생한다. 혹자는 동학과 관련 된 서사 속 등장인물들은 하나같이 다 비참하고 '지질한'15) 모습을 보인다고 한다. 여기서도 웅보, 대불이, 대불이와 관계하는 사람들은 대개가 종 출신이고 심지어 문둥이 집단들까지도 서사에 등장하고 있다. 그렇다면 이런 지질한 인물들이 동학과 관계하면서 어떤 의미망을 발생시키고 있는가? 이러한 의문을 발전적 논의로 이끌어 가는 것 역시 본 글의 목적에 부합하는 것이 될 것이다.

김지하는 '민중의 본성'을 '생명성'으로 규정하였다. 즉 생명파괴로부터 가장 구체적이고 직접적인 피해를 받는 자가 '민중'이며 생명의 실상을 집단적

---

15) '지질한'의 기본형은 '지질하다'이다. 지질하다의 사전적 의미는 다음과 같다. ① 보잘것없고 변변하지 못하다. 보잘 것 없고 용렬하다. 변변하지 못하다. 예)재주는 있는데 인품이 지질하다. 지질한 서방 믿어 보며 사는 계집처럼 가련한 자도 없을 것이다. ② 싫증이 날 만큼 지루하다. 예)드라마 내용은 이제 뻔한데 지질하게 계속 끌고 나간다. 국립국어원 편, 『표준국어대사전』하, 두산동아, 1999, 5779쪽., 이희승 편, 『국어대사전』, 민중서림, 1993, 3481쪽, 참조. 본 글에서는 지질하다의 의미를 ①의 의미 '보잘것 없고 변변하지 못하다'로 사용하고자 한다. 흔히 '지질하다'를 경음화하여 '찌질하다'로 사용하기도 하지만, '찌질하다'라는 어휘가 정식으로 사전에 등재되어 있지는 않다.

이고 적극적으로 인식·실천하는 자가 '민중'이라는 것이다.16) 그러기에 민중들은 그들의 생명과 삶을 온전히 수행하고자 욕망하며 투쟁하며 항거하는 존재들이다. 이러한 과정의 대척 지점에 위치해 있는 것이 바로 반민중적 존재들인 것이다. 반민중적 존재들은 민중들의 삶과 생명을 앗아가고 억압하며 그들의 생명성을 해체하고 파괴하는 행위를 자행하는 존재들이라 할 수 있다.

지질한 인물 대불이는 종에서 풀려난 인물이다. 이후 그는 동학군에 참여하게 되고 독립협회와 만민공동회에 관심을 보이기도 하며, 을사보호조약 체결에 분노하여 의병으로까지 진행하는 존재이다. 이러한 존재는 그들의 생명성을 억압하는 반생명적 존재들에 가장 적극적으로 '항거'하는 존재들이다. 이렇듯이 동학과 관련된 인물들은 부족하고 지질하지만 생명성에 가장 충실한 인물이며 그 생명성이라는 햇빛을 따라 흘러드는 인물이라 할 수 있다.

상층의 번듯한 반생명적 인물들은 돈, 재물이나 여자, 명예에 홀리지 않는 것을 자랑한다. 그들은 남의 생명성에 반하는 행동을 하면서, 본연의 생명성에서부터 분출되는 자신의 욕망마저 억누르며 숨기고 사는 인물들이다. 반면 앞선 지질한 인물들은 내면에 담지한 생명성의 요청에 따라 숨김없이 행동하는 인물이라 할 수 있으며, 유가적(儒家的) 이데올로기에 포섭되지 않는 그야말로 본연의 생명성에 의해 행동하는 존재들이라 할 수 있는 것이다.

형 웅보는 온 생명의 힘을 다해 영산강변의 버려진 새끼내 땅을 일구고, 동학군을 따라나선 동생 대불이는 갑오년 나주성 싸움에서 패한 이후 제물포로와 등짐꾼을 하며 지낸다. 대불이로 인해 서사의 주 배경이 영산강에서 제물포로 바뀌고 있다. 다 같은 바닷가이지만 농민들의 소망을 담고 있는 영산강변과 근대 공간의 욕망을 담고 있는 제물포는 많은 차이를 보여준다. 웅보 역시 새끼내를 떠나 목포로 와서 등짐꾼 노릇을 하기도 한다. 서사에서 인물들은 여전히 바다나 물을 배경으로 하여 삶을 영위하고 있다. 실질적으로 서사

---

16) 김지하, 「생명의 담지자인 민중」, 『생명』, 솔, 1999, 96쪽.

에 등장하는 강이나 바다는 인물들에게 삶의 원동력을 제공하고 있는 것이다. 그 강과 바다는 바로 인간들에게 생명력을 제공하고 북돋우는 넘치는 생명력을 보유한 존재인 것이다.

나아가 『타오르는 강』에서는 산이나 강, 죽은 조상들의 혼령까지도 모든 물(物)의 생명성과 혼재해 있음을 보여준다.

> …그들이 처음으로 만든 고향 새끼내를 떠나온지도 사 년이나 지났다. 그들이 새끼내에 고향을 일구어 자리를 잡고 살게 된 것이 십 년 세월도 안된 짧은 기간이었으나, 종의 굴레에서 벗어나 난생 처음으로 가져본 찐덥진 고향인지라 더욱 잊지 못하고 있는 거였다. 그들 새끼내 사람들은 두 사람만 모여도 고향이야기로 꽃을 피웠다. 비록 그곳을 떠나오긴 했어도 그들에게도 고향이 있다는 것이 자랑스럽기까지 하였던 것이다. 그리고 다시 새끼내로 돌아가고 싶은 생각뿐이었다. 그들 중에서 웅보는 새끼내로 돌아가고 싶은 생각이 너무 간절하여 거의 밤마다 영산강의 꿈을 꾸다시피하였다. 그는 꿈속에서도 영산강이 우는 소리를 들을 수가 있었다. 영산강이 우는 소리는 마치 할아버지의 푸념 섞인 노랫소리처럼 애원성으로 들려왔다. 이상하게도 꿈에 할아버지는 새끼내 그의 집에서 살고 있었다. 할아버지는 여전히 이마에 불도장이 찍힌 얼굴로, 새끼내 집에 혼자 살면서 그들이 일구었던 땅에서 농사를 짓고 있는 모습으로 나타나곤 하였다. 그런 꿈을 꿀 때마다 웅보는 그의 할아버지가 새끼내를 지켜주고 있는 것이라고 믿었다.[17]

종이라는 신분에서 벗어나 자유를 가진 존재로서 그들이 정착한 새끼내라는 장소는 그들에게 큰 의미로 다가온다. 자유를 가진 주체는 그 곳에서 자신의 생명성을 처음으로 심었고 거두었으며 느꼈다. 그것은 바로 영산강 이라는 존재가 있었기에 가능하였던 것이다. 그 영산강이라는 물(物)은 울었으며

---

17) 문순태, 『타오르는 江』 제4권, 창작과비평사, 1987, 262쪽.

애원했으며 생명의 근원인 할아버지의 모습을 가지고 있기도 하며, 인간은 떠나도 그 고향을 지키는 존재로 서사에서 형상화되고 있다. 그로 인해 새끼내 사람들의 생명성은 여전히 지켜지고 있는 것이다. 이러한 영산강의 의미는 새끼내 사람들의 생명성을 지켜가고 이어가며 복원되도록 협력하는 하나의 물(物)이자 인간과 같은 존재로 자리매김 하고 있음을 알 수 있다.

3. 인물과 자연의 소통 가능성

『타오르는 강』의 서사를 통해보쪽, 주인물 웅보가 영산강을 단지 흐르는 강으로만 여기지 않는다는 점을 알 수 있다. 부족하고 지질하지만 그들은 늘 곁에 있는 영산강의 속내를 짐작하고, 영산강과 서로 소통하고 있으며, 영산강의 힘을 느끼고 있음을 알 수 있다.

웅보는 어려서부터 밤의 영산강을 좋아했다. 그것은 눈부신 햇빛 아래서 보다 희미한 어둠속에서 더 강한 강의 생명감을 느꼈기 때문인지도 몰랐다. 할아버지와 함께 횃불을 밝혀들고 영산강에 밤고기를 잡으러 갔을 때마다, 어둠 속의 강이 신비스러운 힘을 갖고 있는 것을 느꼈다. 횃불로 비춰보는 강물 속에 못생기고 찌들어진 죽은 할머니와 같은 사람들의 모습이 수없이 나타나곤 하였다. 타오르는 횃불과 끝없이 길고 긴 영산강은 사람들의 큰 덩어리로 느껴졌다. 정월 대보름날 고싸움놀이를 할 때 엉켜붙어 "밀어라, 빼라." 고함을 지르며, 흙을 파고 농사를 짓는 일 외에는 누구와 겨뤄서 이긴다는 생각없이 펄떡펄떡 힘을 쏟던 사람들, 어둠속의 영산강은 바로 그들 같았다.
웅보가 어둠속의 영산강을 좋아한 것은 밤에만 우는 소리를 들을 수 있기 때문인지도 몰랐다. 그는 할아버지한테서 낮에도 강이 운다는 이야기를 듣지 못했다. 언젠가 웅보가 할아버지한테 왜 영산강은 밤에만 우는 거냐고 물어보았더니 할아버지는 한동안 무엇인가를 골 똘히 생각한 뒤에 "이놈아, 종들이 밝은 대낮에 울 수가 있다냐? 종들은 아무리 슬퍼도 안 보는 데에서 숨어서 울어야 허는거. 한이 많은 사람일수록 컴컴헌 밤에 눈물이 마르도록 우는 거란다."하였다.18)

웅보는 밝은 낮보다 밤의 영산강에서 더 강한 생명력을 느꼈다. 그는 어둠 속의 영산강에서 바로 그 지질하고 부족한 인물들의 생명력을 느꼈던 것이다. 부족한 인물들의 울음소리가 영산강의 소리로 들려오는 것이다. '못 생기고 찌들어진 모습'의 인물들, '흙을 파고 또 다른 생명의 싹을 위해 온힘을 쏟던 사람들'의 존재가 바로 강의 울음소리로 느껴지고 들려오는 것이다. 그것은 바로 인물들의 생명력이요 영산강에 내재해 있는 부족한 인물 그들의 생명력인 것이다. 부족하고 지질한 인물들과 그 자체로 넘치는 생명력을 가진 영산강은 담고 담기면서 서로의 생명력으로 소통하고 있는 것이다. 웅보의 할아버지는 그것을 지질한 인물들의 울음소리로 표현했다. 웅보의 할아버지는 부족한 인물들이 영산강의 울음으로 되살아나며 그들의 한이 영산강 속에 간직되어 있음을 웅보에게 일러주고, 웅보는 그 말의 의미를 깨달아 가고 있는 것이다.

양진사댁 종 웅보와 양진사 씨받이 막음례 사이에 태어난 개동이 역시 영산강과 소통하고 있음을 서사의 뒤편에서 볼 수 있다. 『타오르는 강』의 서사에서 주동인물의 축을 차지하고 있는 장웅보의 일가는 웅보의 아들 장개동으로 이어지고 있다. 장씨 일가에는 주인댁에서 도망치다 붙들려 이마에 불도장이 찍힌 할아버지, 평생을 주인에게 순종하며 산 아버지, 땅의 소유가 삶의 목표이기에 새끼내에 집착한 웅보, 한 곳에 정착하지 못하고 집단의 이익을 항상 염두에 둔 인물 대불이가 위치하고 있다.

그야말로 『타오르는 강』 서사에 등장하는 장씨 일가의 인물들은 부족하고

---

18) 문순태, 『타오르는 江』 제1권, 창작과비평사, 1987, 266-267쪽.

지질한 인물들의 구성 집단인 것이다. 이러한 집안의 인물들이 영산강에서 들려오는 부족하고 찌들은 삶을 살다간 수많은 인물들의 내면 소리를 듣고 있다. 마찬가지로 장개동 역시 장씨 일가의 구성원으로 서사에 들어서게 된다. 그 역시 본 부인 태생은 아니지만 종과 씨받이 사이에서 출생한 장응보의 핏줄이다.

장개동도 역시 새끼내에 정착하여 살게 되면서 영산강과 관계하게 된다. 그는 마을사람들이 동척의 수탈에 항거하는 상황에서 마을사람들과 같이 분노하고 있는 영산강의 소리를 듣는다. 더불어 영산강은 개동에게 좌시하지 말고, 마을사람들의 분노에 합류하라는 소리를 들려주고 있다. 이로 인하여 인물 개동이 자신의 할 일을 깨달아가는 과정을 『타오르는 강』의 서사를 통해 알 수 있다.

칠복이영감은 어느덧 마을사람들과 함께 어둠속으로 사라져버렸다. 개동이는 한동안 우두커니 혼자 서서 마을사람들이 모습을 감추어버린 어둠속을 헤집어보고만 있었다. 그는 이제 더 이상 마을사람들을 붙잡을 수가 없었다. 그는 다시 자신이 부끄러워졌다. 머리통에 먹물 들어간 것들이란 모두 겁쟁이라고 퉁겨댄 누구인가의 목소리가 가슴에 화살처럼 박혀와 아픔을 쥐어짜는 듯하였다. 그는 혼자 물목굽이 모퉁이에 서서 죽은 사람의 혼령들처럼 흐느적거리며 어둠속으로 사라져간 마을사람들을 바라보고 있는 것조차도 부끄럽게 느껴졌다. 순간 개동이는 이마에 불도장 찍혔던 증조부를 떠올리면서 이럴 때 자신이 어떻게 처신해야 좋을지 마음속으로 간정하게 도움을 청했다. 그때 어둠속 어디에선가 개동에게 마을사람들을 따라가라고 재촉하는듯한 소리가 들려왔다. 그러자 개동은 차가운 강바람을 온몸에 받으면서 물목굽이 물둑을 타고 천천히 걷기 시작하였다. 그는 마을사람들을 뒤따라가면서도 자신이 어떻게 처신해야 좋을지 몰라 답답했다. 이제 그의 힘으로는 마을사람들의 마음을 되돌릴 수 없다는 것을 알고 있었기 때문에, 다시 그들을 붙들어 세우고 설득하고 싶지도 않았다. 그렇지만 마을사

람들을 뒤따라가지 않 을 수도 없는 일이었다.[19]

개동은 물목굽이 모퉁이에 홀로 서서 동척의 횡포에 목숨 바쳐 항거하려는 마을사람들의 뒷모습을 보면서 부끄러움을 느낀다. 그 순간, 어둠 속에서 마을사람들을 따라 가라는 소리가 들려온다. 그것은 차가운 바람에 실려 개동에게 들려오는 영산강의 소리임을 짐작할 수 있다. 개동은 그 소리에 힘을 받은 것처럼 망설임 없이 마을사람들의 항거대열에 합류하는 모습을 보인다. 이러한 개동의 행위는 바로 영산강이자 민중들이 가진 한의 소리에 소통하고 공감하는 것이라 할 수 있다.

개동이는 마을사람들을 따라가 항거대열에 합류하던 중 동척에 불이 붙고 총소리가 나고 하는 난리 통에 도망쳐 나온다. 개동이는 마을을 살피러 새끼내로 내려와서야, 동척에 불을 지르며 항거했던 봉구영감과 칠복이 영감이 죽었다는 것을 알게 된다. 이어 집으로 들어선 개동은 아내가 출산한 아기의 울음소리를 듣게 된다. 항거한 마을사람들이 동척의 총에 맞아 죽어가는 순간에도 개동이네에서는 아기가 탄생하고 있는 것이다. 지질한 인물들의 한을 품은 영산강이 흘러가듯이 지질한 장응보의 가계 역시 이어지고 있다.

결국 할아버지, 아버지가 그러하였듯이, 개동이 역시 영산강과 서로 소통하고 하나 되는 존재로 암시되고 있다. 마을사람이 죽어가는 순간에 태어난 또 다른 새끼내 구성원인 개동이의 갓난아기 역시 영산강과 서로 소통하고 하나 되는 존재로 암시되고 있다. 새끼내 마을 사람들은 아니 영산강은 조선인 지주들의 횡포에, 이주일본인 지주들의 횡포에 하나의 민중으로 분노하고 소통 공감하고 있는 것이다.

그렇다면 『타오르는 강』의 새끼내 마을 사람들은 어떻게 영산강과 소통하고 교감하게 될 수 있었는가 라는 부분이 다음 장에서 논의 되어야 할 것이다.

---

19) 문순태, 『타오르는 江』 제7권, 창작과비평사, 1987, 302쪽.

4. 해월 삼경(三敬)사상의 구현을 통한 새로운 민중의 탄생

작가 문순태는 『타오르는 강』에 등장하는 인물에 대해 아래처럼 설명하고 있다.

> 「타오르는 강」이라는 7권으로 된 장편을 썼다. 이것은 영산강 유역의 노비들의 이야기이다. 이 소설에서는 주로 농민들을 통해서 동학과 접근하게 된 과정들을 그려 보았다. 처음부터 농민들이 동학을 이해했던 것은 아니다. 동학에 대해 전혀 몰랐다가 나중에 동학을 통해서 나를 지킬 수 있다는 사실을 깨닫게 된다. 『타오르는 강』에 나오는 주인공들은 전부가 노비의 후예들이다. … 농민들은 다시 또 뜯김을 당하는 것이다. 이처럼 자기의 삶을 더 이상 지탱해 나갈 수 없는 절박한 상황에서 동학과 만나게 되고 투쟁하게 된다. 그리고 동학을 통해 나를 지킬 수 있고 동학을 통해서 나를 깨닫게 된다는 것이다.[20]

문순태 『타오르는 강』의 주동인물은 장웅보네 가계이다. 그들은 바로 이마에 불도장이 찍힌 채로 평생 살아간 웅보의 할아버지, 주인이 먹여주는대로 먹고 입혀주는대로 입고 시키는대로 일을 하고 살아가던 웅보의 아버지, 종의 자식으로 살아가던 웅보와 대불이 형제들이다. 더 내려가면 웅보의 자식 개동이까지도 이 가계에 포함되는 구성원들이다. 이들은 면천이 된 종으로 노비에서 상민이 된 민중들이지만, 이후에도 그들의 생명성은 극심하게 또한 지속적으로 탄압받는 인물들이다. 그러한 그들이 절박한 상황에서 작정하지는 않았지만 우연히 동학을 만나게 되고 투쟁하게 되고 각성하게 되는 것이다.

---

20) 문순태, 「문학에 나타난 동학사상」, 『그늘 속에서도 풀꽃은 핀다』, 도서출판 江川, 1992, 210-211쪽.

작가 문순태는 현실적으로 부족하고 지질한 인물들이 미리 동학의 교리를 접하고 이해하고 현실적으로 실천하기 위해 동학군에 입도하지 않는다는 점을 파악하고 있다. 작가는 이를 서사에 풀어 놓고 있다. 웅보 일가의 인물들은 동학과 무관한 삶이었다. 그러나 양진사의 간계로 마을을 떠나게 된 대불이가 동학도의 도움을 받게 되면서부터 동학의 세계를 알게 된다. 그럼으로써 이들은 자연스럽게 영산강과 더불어 소통하고 교감하는 인물로 그려지고 있다. 나아가 영산강 주변의 민중들 역시 그러하였던 것을 서사를 통해 알 수 있다.

대불이가 양진사의 간계로 새끼내 마을을 떠나 무장 동학도들의 무리를 만나게 되는 과정은 해월 최시형의 존재로 이어지고 있다. 무장 송경찬의 등장은 보은땅에 피신해 있는 해월선생을 배알하러 가기 위함이었다. 서사는 여기서 동학의 상황을 본격적으로 등장시키고 있다. 해월의 삶과 사상도 함께 언급되고 있다.

> 해월은 신미 8월에 이필제가 문경읍을 습격했다가 붙잡혀 죽음을 당한 뒤에, 관군을 피해 소백산(小白山)에 숨어든 후 여러 곳을 두루 돌아다니며 포덕하는데 힘썼다.
> 해월은 도인들에게늘 부한 사람과 귀한 사람과 글 잘하는 사람은 도를 통하기 어렵다고 하며, 도를 닦는 차례는 먼저 하늘을 공경하는 것이요, 그 다음에 사람을 공경할 것이며, 마지막 물(物)을 공경할 것에 있는 것이니 사람이 혹 하늘을 공경할 줄 알되 사람을 공경할 줄 모르며, 사람을 공경할 줄 알되 물을 공경할 줄 모르면 하늘과 사람도 공경할 줄 모르는 것이라고 하였다.21)

작가는 서사의 축을 이끌어가고 있는 해월의 사상을 여기서 압축하여 드러내고 있다. 대불이가 장성 주막에서 우연히 동학도들을 만났고, 송경찬을 위

---

21) 문순태, 『타오르는 江』 제2권, 창작과비평사, 1987, 241쪽.

시한 동학도인 무리들은 해월을 만나러 가는 중이었다. 그러면서 그들이 전하는 해월의 말씀을 듣고는 대불이가 동학에 관심을 보이고 있다. 해월은 '많이 가진 사람, 많이 배운 사람은 동학의 도를 깨닫기 어렵다고 말했다'한다. 그것을 바꾸어 말하쪽, 가진 것 없는 사람, 배우지 못한 부족하고 지질한 사람들이야말로 동학의 참 의미를 깨달을 수 있고 실천할 수 있는 사람들이고, 하늘을 공경하고 사람을 공경하고 물(物)을 공경하고 도를 통할 수 있다는 것이다. 그것을 바로 작가는 서사 중에서 대불이와 무장동학도들의 만남을 통하여 내세우고 있다. 이러한 해월의 사상이 『타오르는 강』에 등장하는 부족하고 지질한 인물들이 바로 영산강과 소통하고 하나가 되는 상황을 설명하고 있는 것이다.

작가가 밝혔듯이 서사 속 인물들은 동학의 사상을 이해하고 수용하면서 동학에 입도하지는 않는다. 그들은 동학에 대해 몰랐지만 동학을 통해서 자신들의 생명성을 지켜 나가고 있다. 그러면서 서사의 흐름에서 동학사상의 의미가 자연스럽게 구현되고 있음을 알 수 있다. 결국 『타오르는 강』 서사는 농민들, 민중들이 절박한 상황에서 동학과 만나게 되고, 동학의 사상 경물(敬物)을 통하여 자연의 물(物)과 하나가 되어 스스로의 생명적 존재를 깨닫게 되는 과정을 드러내고 있음을 알 수 있다.

수운(水雲) 최제우(崔濟愚)는 <논학문>에서 '侍者內有神靈 外有氣化 一世之 人 各知不移者也'[22]라고 한다. 여기서 시(侍)의 의미에 대해 윤석산은 '시(侍)의 상태란 안으로는 신령스러운 영(靈)이 있음을 느끼며, 밖으로는 신비한 기운과 동화(同化)를 이루는 느낌을 갖게 되며 이러한 자각의 상태를 깨달아 마음을 옮기지 않는 것'[23]이라 한다. 이러한 수운의 가르침이 해월에 이르면 한층 구체적이고 현실적인 방향으로 나아가게 된다. 그것이 바로 해월

---

22) 水雲,「論學文」,『東經大全』, 癸巳中夏, 慶州開刊, 天道敎中央宗理院, 昭和 8년, 15쪽.
23) 윤석산,『주해 동학경전-동경대전, 용담유사』, 동학사, 2009, 95쪽.

의 삼경사상에서 실현되고 있음을 알 수 있다.

동학의 현실화와 대중화에 힘을 쏟은 해월(海月)은 '우리의 도(道)는 다만 성(誠)·경(敬)·신(信) 세 글자에 있으며 이러한 성경신에 능하면 성인(聖人)'[24]이라 하였다. 즉 이는 정성, 공경, 믿음을 실천하는 것이 동학의 도(道)라는 것이다. 여기서 성(誠)은 순일한 것, 부단히 쉬지 않고 스스로 노력하는 것이라쪽, 경(敬)은 대상을 전제하여 공경을 실천하는 것이며 시천주(侍天主)의 시작이다. 이러한 성과 경은 믿음(信)이라는 관계에서 실천되어야 바람직한 것이다.

나아가 경이라는 실천덕목에 주목한 해월은 '사람은 사람을 恭敬함으로써 道德의 極致가 되지 못하고, 나아가 物을 恭敬함에까지 이르러야 天地氣化의 德에 合一될 수 있다'[25]고 하면서 삼경(三敬)을 설하고 있다. 이러한 부분들이 『타오르는 강』에서 '민중의 개념'을 확장시키고 있는 것이다.

세계에 존재하는 모든 대상을 경(敬)해야 함을 설파하고 있는 해월의 경물(敬物)은 바로 수운의 시천주를 체득해야 실천할 수 있는 덕목이다. 인간만이 우위에 선 서구에서는 없는 덕목인 경물이야말로 동학의 현대적 의미를 부각시킬 수 있는 부분이다. 경물은 시천주, 양천주의 발현이 가능한 덕목이다. 그것은 단순히 물(物)을 존중한다는 이성적이고 합리적인 사고에서 나아가 물(物) 속에 위치하고 있는 천주의 기운에 합해야 하는 것이다.

문순태 『타오르는 강』의 웅보 등은 영산강과 소통 공감하는 인물이며, 경물을 실천하는 인물이라 할 수 있다. 비록 동학에 직접 관여하는 인물로 서사에서 위치하지는 못하지만, 웅보는 영산강의 천지기화에 대해 직접 느끼는 인물이다. 웅보는 어릴 적부터 영산강이 내지르는 소리를 듣기는 했지만, 그것이 무엇을 의미하는지는 몰랐다. 그러나 자유를 회복한 존재가 된 후에는 영산강이 지르는 소리를 느낄 수 있는 존재가 되고 있음을 알 수 있다. 그는

---

24) 라명재, <誠敬信>,「海月神師法說」,『천도교경전 공부하기』, 모시는 사람들, 2013, 303-308쪽.
25) 라명재, 위의 책, <三敬>, 359쪽.

새끼내를 떠나 있음에도 영산강을 통해, 영산강에 내재해있는 한울님의 마음을 느낀 것이다. 즉 그는 영산강을 통해 민중을 걱정하는 한울님의 마음과 후손을 위해 생명의 땅을 지키고 있는 조상 할아버지의 마음, 한을 간직한 지질한 사람들의 마음을 체득 공감한 것이다. 그러기에 『타오르는 강』의 서사는 경물을 함으로써 실천하는 인물 웅보를 통해, 또한 마을사람들을 통해 영산강 역시 하나의 민중으로 탄생하고 있는 것이다.

더불어 부족하고 지질한 인물들 역시 강렬한 생명성을 발휘하고 있는 서사의 상황은 그 속에 내재해 있는 한울님의 생명성 본연의 천지기화 외유신령의 모습이라 할 수 있다. 비록 그들이 동학의 교리, 해월의 말씀을 이성적으로 이해하고 실천하고자 노력하는 인물은 아니지만, 그들은 한울님의 생명성을 느끼고 있는 것이다. 이것이야말로 해월이 설파한 것처럼 가진 것 많고 배운 것 많은 인물들이 도달할 수 없는 것을, 부족하고 지질한 인물들은 자연스럽게 도달하고 있음을 『타오르는 강』의 서사를 통해 드러내고 있다.

바로 그것은 경천(敬天)하여 자신이 모시고 있는 한울님의 영원한 생명을 알게 되고, 경인(敬人)을 함으로써 자신이 모시고 있는 한울님을 공경하며, 나아가 경물(敬物)함에 이르러 천지기화의 덕에 합일한 결과이다. 이로써 부족하고 지질한 인물들이 보이고 있는 강렬한 생명성은 바로 천지기화 외유신령하는 민중의 모습을 보여주고 있음이다. 도망가다 붙잡혀 이마에 낙인이 찍힌 웅보의 할아버지 역시 자신의 생명성의 억압에서부터 벗어나고자 시도한 민중이다. 그 부족하고 지질한 존재들은 지금 영산강의 넘치는 힘 속에서 천지기화 하여 다시 새로운 민중으로 생생하게 등장하고 있으며 다시 부족하고 지질한 인물들에게 생명의 힘을 주고 있는 것이다. 그들은 영산강이고 영산강은 바로 그들인 것이다.

여기서 영산강 역시 하나의 민중으로 해석되고 있다. 『타오르는 강』의 영산강은 단순히 서사의 공간적 배경에서 벗어나 하나의 민중사에 참여하고 그 민중의 한의 역사에 대응하여 분노에 타오르는 하나의 민중으로 태어나고 있다. 그것은 해월의 삼경사상이 서사의 기저에 작동함으로써만이 가능한 것이다.

5. 결론

후천을 열고자 한 동학혁명의 소설적 형상화에서 민중의 의미를 새롭게 고찰하는 것은 의미 있는 작업이다. 이러한 작업이 본 글에서는 문순태의 『타오르는 강』을 통해 진행되었다.

담양 용추산 율원천에서 시작하여 목포 바다에 이르는 칠백리 영산강은 민중의 한을 담은 눈물이라 이르며 『타오르는 강』의 서사는 시작되고 있다. 민중의 한을 담고 있는 영산강 강물이 어떻게 분노에 타오르는 강으로 전환되어 가는지를 문순태의 대하소설 『타오르는 강』은 보여주고 있다. 본 글은 이러한 과정을 이끌어가는 서사 저변에 존재하는 한국의 사상은 과연 무엇인가라는 질문에서부터 출발하였다.

문순태 『타오르는 강』은 1886년 노비제가 폐지되던 시기를 배경으로 하고 있다. '종'에서 풀려난 그들이 인간답게 살기 위해서 가장 필요했던 것은 무엇보다도 자유와 땅이었다. 그들은 노비에서 풀려나 자유의 몸이 되었지만 그 자유를 실현하는 존재로 살아가기 위해서는 자신의 땅이 있어야했고, 그 땅이야말로 그들이 자유의 존재임을 증명하는 실체였다. 그러기에 그들은 그들 소유의 땅을 가지기 위해 노력하고 투쟁하고 분노하였다. 이러한 그들의 노력과 투쟁을 함께 지켜 본 영산강 역시 후천개벽으로 나아가고자 한 하나의 민중이었다. 영산강은 부족하고 지질한 인물들의 고난과 투쟁, 역사를 함께 하였고 그들의 아픔을 소통하고 있으며, 삼경(三敬)의 완성 지점인 경물(敬物)이 실천됨으로써 분노에 타오르는 민중으로 올라서고 있는 것이다.

동학사상에 의하쪽, 모든 만물은 수운의 시천주를 바탕으로 한 존재이다. 그러한 존재 가능성으로 인해 해월이 내세우고 있는 경천(敬天), 경인(敬人), 경물(敬物)이 실현될 수 있으며 실천되어야 하는 것이다. 문순태의 『타오르는 강』에서는 이러한 시천주의 물(物)로서 생명을 담보하고 있는 영산강, 새끼내 땅, 새끼내 사람들, 동학도, 문둥이들조차 모든 생명활동을 하고 있는 존재로 형상화되고 있다. 그 존재들은 물(物) 본연의 생명성을 지향하는 동학의 민중인 것이고 그 후천개벽을 여는 혁명의 주체인 것이다.

결국 이러한 삼경이라는 동학의 덕목을 통해 인간들뿐만이 아니라 자연적, 령(靈)적, 물(物)적 존재 역시 하나의 민중, 후천개벽을 실천하는 민중으로 등장하고 있음을 『타오르는 강』의 서사를 통해 파악할 수 있었다.*

---

* 논문출처 : 「＜타오르는 강＞에 나타난 영산강의 의미」, 『동학학보』 34집, 2015.

참고문헌

1. 기본자료

문순태,『타오르는 江』전집 1-7권, 창작과비평사, 1987.

水雲,「論學文」,『東經大全』, 癸巳中夏, 慶州開刊, 天道敎中央宗理院, 昭和 8년,
　　15쪽.

2.단행본 및 논문

『약전으로 읽는 문학사 2』, 근대문학100년 연구총서 편찬위원회, 소명출판,
　　2008.

국립국어원 편,『표준국어대사전』하, 두산동아, 1999.

이희승 편,『국어대사전』, 민중서림, 1993.

권영민,「문순태와 한의 역사」, 이은봉 외 편『고향과 한의 미학』, 태학사, 2005.

권영민 편,『한국현대문학대사전』, 서울대출판부, 2004.

김지하,「생명의 담지자인 민중」,『생명』, 솔, 1999.

라명재, <誠敬信>,「海月神師法說」,『천도교경전 공부하기』, 모시는사람들,
　　2013.

문순태,「문학에 나타난 동학사상」,『그늘 속에서도 풀꽃은 핀다』, 도서출판 江
　　川, 1992.

박성천,「문순태 소설의 서사 구조 연구- 한(恨)의 극복양상을 중심으로」, 전남대
　　박사, 2008.

윤석산,『주해 동학경전-동경대전, 용담유사』, 동학사, 2009.

이재선,『현대한국소설사』, 민음사, 1997.

정호웅,『한국의 역사소설』, 역락, 2006.

부록 1.

작가 인터뷰

■ 작가와의 만남- 인터뷰

일시: 2017년 11월 29일 오후 15시 무렵부터 -17시까지
대담 및 내용 정리: 전 홍 남 교수(엮은이)
장소: 생오지 문예창작촌

○ 근황을 묻다---죽음에 관련된 세 권의 책을 읽으며 드는 상념들

전홍남 : 요즘 건강이나 근황은 어떠하신지요?

문순태 : 나이가 드니까 이제 건강이 많이 안 좋아지네요. 여기저기가 자꾸 삐걱거려요. 요즘에는 우리 연배들 만나보면 기본으로 어딘가 다 아프다더군요. 제 주변에 문우들이 많이 죽었어요. 이청준과 조태일은 오래전에 떠났고, 생오지에서 시를 가르쳤던 송수권도 갑자기 죽고 생오지에서 몇 번 자고 간 최하림, 내 절친 이성부 시인도 가도, 문병란, 범대순 시인도 떠났어요. 나와 동갑인 한승원을 만나면 먼저 간 문인들 얘기를 자주 해요. 우리 또래 문인들이 세상 떠났다는 소식을 들을 때마다 슬프고 많이 위축돼요. 그래서 요즘에는 우리 나이 또래를 만나면 죽음에 관해 얘기를 많이 하게 되

작가의 최근 모습

네요. 어떻게 작가적 삶의 마무리를 잘 할 것인가, 이제 마지막 정리를 해야 할 나이라서(…). 죽음은 당하는 것이 아니고 맞이한다고 생각하면 극히 자연스럽지요. 그런데 범부라서 말로는 쉬워도 그리 간단치가 않거든요.

최근에 죽음에 관한 책 3권을 읽었어요. 광주고 동기인 중앙일보 전 편집국장 최철주 씨가 쓴 『존엄한 죽음』(메리치미디어, 2017)이라는 책을 읽고 생각이 많아졌어요. 그 친구는 아내하고 딸을 동시에 잃었어요. 거기에 충격 받아서 쓴 책인데 나름대로 죽음의 철학을 터득했더라고요. '죽음을 알면 삶이 달라진다.', '죽을 때까지 살지 말고 살 때까지만 살자!' 라는 표현이 가슴에 와 닿았어요. 또 얼마 전에 조선일보 지역 본부장 권경안 씨가 『아버지의 11일』이라는 책을 보내왔어요. 건강했던 아버지가 갑작스럽게 11일 동안 병원에 계시다 돌아가셨는데, 그 11일 동안 마지막을 같이 보냈던 아들이 아버지의 이야기를 쓴 책이죠. 어떻게 해서든지 아버지를 오래 기억하고 싶어 한 아들의 절절한 마음이 애잔하게 읽혔어요. 그리고 국회의원이며 시인인 이학영 씨가 『그리운 하나로』(문학들, 2017)라는 시집을 보내왔어요. 잃어버린 아들의 이야기입니다. 죽음은 나이를 가리지 않잖아요.

전홍남 : 네, 이학영 시인은 저도 순천에서 몇 번 뵌 적이 있습니다. 지금은 군포 지역구 국회의원이시지요?

문순태 : 아 네, 이학영 시인은 전 교수와도 안면이 있군요, 아들이 조종사 훈련을 받다가 그만 귀중한 목숨을 잃었거든요. 서른 살의 나이로 세상을 떠난 아들의 1주기를 맞아 사랑하는 아들을 아버지의 절절한 마음을 시로 표현한 것이지요. 죽음 이야기를 너무 길게 해선 안 되는데(…) 이제 정리를 해야 할 나이가 되니까, 과연 내가 등단한 후 50여년 문학의 길에서 최선을 다했는가?, 아쉬운 점은 없었는가?, 이제 남은 시간 내가 할 일이 뭔가 하는 생각을 자꾸 하게 되네요. 나이든 탓이죠. 요즘에는 건강 때문에 무리 안 하고 꼭 필요한 강의만 조금씩 감당하고 있는 실정입니다.

금년 가을에는 동리문학상 혼불문학상 등 세 군데 문학상 심사를 했네요. 심사 하느라고 이십 편 정도 작품을 읽었어요. 근데 이제 그것도 힘들어요. 눈알이 빠질 것 같아요.(웃음) 좋은 소설을 읽으면 아직도 열정이 솟구치는데 힘이 부치는 기분이에요. 요즘에는 그냥 심사하면서 읽는 재미로 버티죠. 좋은 후배들이나 제자들 작품 읽는 게 큰 재미인 것 같아요.

전홍남 : 그래도 건강을 좀 챙기셔야 할 텐데 산을 가기엔 겨울이라 쌀쌀하지요?

문순태 : 우리 나이쯤 되면 한 군데가 아픈 게 아니라 여러 군데가 아파요. 이번에 병원 가서 체크해 보니 운동하고 기름진 음식 먹지 말라고

노인들에겐 혈관이 제일 중요하거든요. 심혈관, 뇌혈관 때문에 운동을 하라는데(…) 작년까지만 해도 한 시간씩 뒷산을 매일 아침마다 다녔어요. 지금은 숨이 가빠서 산에 전혀 못 갔어요. 기껏 한다는 게 집안에서 자전거 조금씩 타고, 근데 혈압 조절이 잘 안되네요. 병원에 가면 혈압이 180가량 나와요.

지금은 이제 내 몸을 스스로 다스릴 수가 없잖아요. 그렇다고 종일 방 안에 가만히 있으면 우울증 걸릴 것 같고, 그래서 조금씩 움직이려고 노력 하고 있네요. 요즈음 재미는 역시 내가 핸드드립 커피를 좋아하기 때문에 차를 몰고 커피 잘하는 집 찾아다니며 커피 마시는 거, 그게 유일한 즐거움이고 취미에요. 좋아하는 음식은 마른메밀, 생선초밥 등등(…) 마른메밀 잘 하는 데를 알거든요.

○ 작가의 원체험과 소설의 시대정신-
역사적인 사건을 쓸 때 냉정함을 유지해야

전흥남 : 연구자의 입장에서 보면 한 작가의 작품 세계를 유형화시키는 작업을 하는데, 어떻게 보면 조금 도식적인 감이 있거든요(선생님께서는 자신의 작품 세계를 비교적 잘 유형화 했다고 하시지만), 그래도 연구자들은 나름으로 자꾸 유형화시키거든요. 저도 선생님의 작품세계를 저서에 담기 위해 거칠게 유형화시킨 바 있는데, 제가 볼 때 선생님의 작품 세계에서 가장 크게 차지하는 부분이 격변기 한국 현대사를 작품의 소재로 한 경우를 빼놓을 수 없을 것 같더군요.

이를테쪽, 일제강점기부터 한국전쟁, 5·18 등에 대한 소설적 대응을 한 항목으로 넣을 수 있을 것 같습니다. 저는 이러한 부분을 소설의 '현실 대응력'이라 는 표현을 쓰기도 하거든 요. 다른 말로 하면 시대 정신을 담아내려고 고군 분투하지 않았나 하는 생 각이 들어서 그 부분을 선 생님 소설 유형의 한 항목 으로 넣어야 한다고 보았 지요. 어떻게 보면 한국전 쟁이나 5·18은 작가의 원 체험에 해당하잖아요, 선 생님의 작품 세계에는 어 떠한 영향을 주었는지요?

2012년 대하소설 『타오르는 강』(9권)을 완 간할 무렵

문순태 : 지난 가을 광주 아시아 문

화전당에서 세계문학페스티벌을 했잖아요. 저는 불참한다고 통 보했어요. 광주에서 열리는 큰 문학행사인데, 광주 작가들을 중심 으로 열려야지, 서울 작가들 중심이 되었던 게 자연스럽지 않았어 요. 관계자로부터 다음부터는 지역에 계신 분들을 중심으로 프로 그램을 짜겠다고 양해를 구하기에 그냥 넘어갔지요. 그런데, 아시 아문화전당 문학페스티벌 일환으로 원로 작가 문학 토크가 있었 어요, 한승원과 제가 우리 나이로 올해 79세 같잖아요. 두 사람의 문학토크를 장흥에서 할 것인가, 담양에서 할 것인가 고민 끝에 담 양에서 했어요. 나는 한국소설문학 100년 동안에 거둔 최고의 수 확으로 한승원의 딸 한강의 소설 『채식주의자』를 이야기했어요. 이제는 한승원을 한강이 아버지라고 소개한답니다. 한강이 승어

부(勝於父)한 셈이죠.

이날 나는 5·18소설에 대해 이야기하면서 한강의 <소년이 온다>까지 35년이 걸렸다는 이야기를 했어요. 한강은 비체험 세대 잖아요. 우리가 원체험 세대고, 근데 이제 내가 한강 소설을 읽고 나서 우리가 진작에 이렇게 썼어야 했는데 하고 아쉬워했어요. 우리가 쓸 때는 6·25 소설이고 5·18 소설이고 실체적 진실에다만 포커스를 맞추다 보니까 문학성에 확보에 대한 아쉬움이 컸어요. <봄날>의 임철우의 경우에도 적용될 수 있는 문제에요. 우리 세대는 5·18 체험 세대들이 쓴 그런 역사 원체험 소설들은 작가가 겪은 어떠한 고통이나 진실 규명이라고 하는 덫에 걸려서 문학성 확보에는 좀 소홀하지 않았나 싶어요. 그러나 한승원이나 나나 우리 세대들은 이미 70, 80년대 리얼리스트로서의 역할을 다 했지 않았는가 싶기도 해요. 우리세대 작가들만큼 시대적 역할을 다 한 사람이 70, 80년대 누가 있는가. 우리 역할이 끝나고 이제 다음 비체험 세대들에 제대로 된 작품을 기대할 수밖에 없다, 그런 이야기를 했습니다. 우리 세대 작가들은 사실 주제보다는 접근이나 스토리에 매몰된 경우가 많았어요. 주제는 관념이고 관념은 그리 중요하다고 생각하지 않았던 것이 사실입니다. 제가 원래 전남대 철학과를 다녔잖아요. 김현승 선생님을 따라서 숭실대학에 편입해서도 기독교철학과를 다녔거든요. 그래서 원래는 제 사고체계가 관념적이었으면서도 작가가 된 다음에는 관념소설을 싫어했어요.

제가 고등학교 시절 실존주의가 한창 유행했을 때, 사르트르, 카뮈, 카프카에 매료되어서 한 때 실존주의 영향을 많이 받았어요. 그래서 초기에는 아주 관념적인 소설을 썼어요. 예를 들면 한 젊은이가 밤에 통금시간을 피해서 빈 깡통을 아스팔트에 꽉 차서

때굴때굴 굴러가는 소리가 얼마나 자극적이에요. 경찰을 피해서 밤새도록 그것을 차고 숨고 차고 숨고 예를 들면 뭐 그런 소설을 단편소설로 썼다던가, 6·25때 두 사람이 묶여가지고 포로로 잡혔어요. 그런데 가설 수용소에서 한 사람이 일어나면 따라 일어나고 누우면 따라 눕고, 화장실도 같이 가고 얼마나 불편하겠어요. 그런데 어느 날 한 사람이 먼저 사형당

하거든요. 그 다음에 원초적 고독감 때문에 병이 들었다거나, 아주 그런 관념적인 소설을 썼거든요.

지금 생각해보면 그 길로 쭉 갔더라면 문학적 업적이나 성과를 더 내지 않았을까 싶기도 해요. 우리 문학사에서 보면 관념주의자들이 리얼리스트들보다 훨씬 더 문학적 성과를 빨리 획득했잖아요. 그 시절에는 주제 중심의 소설을 쓴 작가들이 더 문학적 평가를 받고 성과를 거두었다고 볼 수가 있어요. 그 대신 아까 말했던 한국전쟁 문제라든가, 4·3 사건이라든가, 5·18광주항쟁이라든가 역사적 원체험을 한 상태에서, 역사적 사실을 소설로 형상화를 하려고 하다 보니까 관념과는 멀어졌어요. 엄혹했던 군사독재 시절 시대정신을 담아내려고 한 리얼리스트로서는 현실적으로 상당히 어려웠거든요. 사실 제한도 많았고 검열 때문에 제대로 작품발표도 어려웠으니까요. 리얼리스트 입장에서는 관념은 귀에 걸면 귀걸이 코에 걸면 코걸이, 그런 의미부여를 한다고 하는 것은 사실 쉽다고 생각했거든

요. 오히려, 우리가 살아있는 삶의 현장을 소설적으로 형상화하면서 거기서 주제를 담아내기가 더 어렵다고 생각했어요. 사실 작가 입장에서는 리얼리즘 소설에서 주제를 담아내기가 더 어려워요.

저는 6·25 때문에 고향을 잃어버리고 난 후 내 삶이 전도되어버렸잖아요. 고향을 떠나 떠돌음 하면서 초등학교를 다섯 군데나 다닐 정도였어요. 6·25 때문에 고향을 잃어버리고 고향 상실에 대한 아픔과 고통이 컸어요. 고향상실의 한이라고할까(…) 사실 제가 고향을 오고 싶어도 못 왔거든요. 고향이 두려웠어요. 제가 다시 고향으로 돌아온 것은 고향과 화해하기 위해서였어요. 6·25 때 우리 마을의 이유 없는 죽음 같은 것, 무이념적 인간들이 무참하게 죽어가는 것을 많이 목격했어요. 그 때문에 내 자신의 삶이 허무해지고 피폐화되고 그래서 이념 때문에 황폐화된 사람들의 이야기를 많이 썼지요. 어떤 면에서는 6·25에 대한 이념적 갈등과 고향 상실과(…) 거기에다 5·18 당시 신문기자로 직접 체험한 사실들을 놓치고 싶지가 않았어요. 돌이켜보면 이런 역사의 고통 속에서 나 자신 보다 철저한 객관성을 유지하지 못하고 감정적으로 빨려 들어가 버리지 않았나 하는 아쉬움이 있지요.

얼마 전에 전주 '최명희 문학관'에서 특강을 했어요. 제목이 '나는 5·18 소설을 분노와 불안과 눈물로 썼다' 였어요. 사실 그래서는 안 되거든요. 6·25 소설도 마찬가지거든요. 작품을 쓰는 동안 분노와 불안과 슬픔의 감정에 빠져 있으면 제대로 소설을 쓸 수가 있었겠습니까? '분노와 불안과 눈물로 소설을 썼'고 하는 것은 말이 안 되거든요. 이성적이고 철저히 객관화되어야지요. 실체적 진실에 접근하기 위해 감정을 제대로 제어를 하지 못한 측면이 있어요. 그게 조금 후회스러운데, 6·25라던가 5·18이라던가 이런 역사적인 사건을 쓸 때는 냉정함을 유지해야 되거든요.

○ 노년의 고향, 노년의 시선:
자연의 속살, 슬픔과 아름다움, 그리고 행복이 교차하는 삶

전흥남 : 자연스럽게 고향의 이야기로 넘어가게 되는데요. 정년을 맞으면 서 그 때 낸 논문집의 제목이 『고향과 한의 미학』(이은봉 외, 태학 사, 2005)이라고 정하셨더군요. 다른 인터뷰에서도 밝히셨던데, 지금 바라보는 고향은 어떠하신지, 예를 들면 작품 속에서 나름대 로 고향의 모티브와 관련된 그런 작품들을 비교적 많이 발표하신 편이라 연구자들도 '고향'과 '한의 정서'하면 선생님의 작품들을 언급하는 경우가 많던데, 지금 노년의 관점에서 고향을 바라보는 감회나 심정은 어떠하신지요.

문순태 : 늘 하는 이야기지만 고향은 나고 자란 공간적 의미보다는 하이데 거의 말처럼 인간 존재양상으로 풀어야 할 문제지요. 현대인들의 고향상실 문제는 곧 인간상실 문제와 같다는 거지요. 저는 옛날에 고향을 생각하면 6·25 기억 때문에 두렵고 뭔가 맺힌 한(恨) 같은 게 있었는데 어른이 되어 다시 본 고향은 그냥 순수한 자연의 속 살 그대로에요. 또 고향에 남아있는 사람들도 정말 때 묻지 않은 인간의 본디 모습 그대로지요. 그렇지만 아직 6·25의 상처는 완전 히 치유되지 않았지만 어쩔 수 없이 숙명적으로 받아들여지더라 고요. 상처의 흔적이 없어지진 않아요. 다만 세월이 흘러 상처를 이겨낼 수 있고 잠시 망각할 수 있는 힘이 생긴 거라고나 할까. 삶 의 여정 속에서 고통을 겪어오다 보니 어느 정도 수용할 줄 알고 순응하는 법을 터득하게 되더라고요. 스스로 이겨낼 수 있고, 충 분히 손잡을 수 있고 충분히 소통할 수 있고, 그래서 오히려 이 전

2017년 가을 순천문협 주관 시화전 앞에서, 엮은이

의 고향보다 더 정이 가고 애틋해요. 어렸을 때 겪었던 고향은 무섭고 처참하고 그랬는데, 지금은 너무 슬프지만 아름다운 것이 있죠. 고향이 이 세상에서 제일 아름다워요. 그래서 지금은 반갑고 따뜻한 마음으로 고향을 만나고 있죠.

전흥남 : 선생님의 고향이 현대사의 굴곡진 현대사와도 관련된 역사의 현장이다 보니 어린시절엔 트마우마로 가슴 아픈 상처로 각인되었는데 세월이 흘러 이제는 '반갑고 따뜻한 마음으로 고향을 만나고 있다'는 말씀이 여러 가지를 생각하게 합니다. 그럼 고향과 관련해서는 앞에서도 말씀하셨기에 이쯤에서 마무리하고 이와 관련해서 선생님의 작품세계로 화제를 돌려야겠네요.

근래 발간한 소설집 『생오지 눈사람』에 나오는 소설을 읽다 보쪽, 노년의 삶이 다양하게 그려져 있거든요. 그렇다 해서 당당한 것도 아니고 왜냐하면 한편으로는 나이가 들면 여러 가지로 무기력하거나 외롭고 혹은 완고한 경우도 적지 않은데, 그건 그것대로 그리시고, 그렇지만 또 노년 나름대로 젊은이만의 특권이 아닌 풋풋함도 그리는데, 그려진 모습이 전혀 추하지 않은 거예요.

저 개인적으로 「자두와 지우개」를 인상적으로 읽었거든요. 소설 속에 그려진 모습에서 노인의 사랑도 아름답고 추억여행 같기도 학고, 특히 노년 소설에 담은 메시지를 주로 말씀 드렸는데, 이와 관련해서 덧붙여 주실 수 있을까요?

문순태 : 젊었을 때는 어떤 사물이 가지고 있는, 겉으로 드러나는 색깔들만 보게 되잖아요. 겉모습이 가지고 있는 색깔을 그대로 보기 마련이에요. 그런데 나이가 들면 이제 그 속에 감춰진 본질로서의 색깔들이 다 보여요. 그러니까 그런 말을 하죠. 늙으면 시력은 약해져도 세상은 더 잘 보인다(웃음)는(…) 자기 스스로 자기를 조절할 수 있는 능력이 생기는 셈이지요. 젊었을 때는 그냥 슬퍼하고 그냥 분노하고 그러지만 그걸 조절할 수 있는 유연성, 균형감각, 좋은 말로 표현하자면 지혜로워진 것이고, 나쁜 말로 하면 비겁해지는 측면도 있지요. 노인은 그런 지혜로움과 비겁함을 잘 조화할 수 있는 사람이어야 한다고 봐요. 노인은 쉽게 분노해서도 안 되고, 그렇다고 해서 쉽게 비굴해서도 안 되고, 노인만이 가지고 있는 조절능력이나 자정능력, 웅숭깊고 곰삭은 데가 있거든요. 전라도 음식의 '개미지다' 라는 것처럼 뭔가 깊은 맛이 있어요. 노인만의 지혜와 안목과 철학과 힘이 있어요.

5일장에 가면 노인들이 편히 앉아서 노는 것을 종종 보거든요. 평생 농사만 짓고 사는 사람인데도 한마디 한마디에 나름대로의 귀 기울여지는 깨달음의 말이 있어요. 삶의 깊은 우물 속에서 솟아난 청량한 한마디에서 인생의 정답을 찾기도 해요. 노마지지(老馬之智)라는 말도 있지 않아요. 그런가 하면 아주 거칠고 육두문자의 속된 이야기들도 많아요. 그게 또한 삶의 진면목이라고나 할까(?) 때로는 추하고 속된 것 속에도 진지하고 아름다움이 깃들어 있거든요. 오늘 식당에서, 노인 네 사람이 내 뒤에서 밥을 먹으면서 대화를 나누는 이야기를 듣고 괜히 슬퍼지더라고요. 한 노인이 '하, 나 올 겨울에 팍 꼬꾸라져 돼질 것 같네' '왜 그려?' 하고 물으니까 '내가 이제 지팡이 없이는 한 발짝도 걷지 못하니 산송장이나 매한가지여, 올 겨울을 못 넘기고 꼬꾸라져 돼질 생각을 하니 눈물이 나드만 노인의 무거운 탄식에 나도 마음이 짠했어요. 나이가 들면 인생이 슬프다고 생각을 하게 돼요. 내가 볼 때 인생은 무겁다면 한없이 무겁고, 가볍다면 한없이 가벼운 거 같아요. 전반적으로 지내놓고 보니까 인생은 행복과 슬픔이 교차하는 것 같더라고요. 나이가 들수록 행복보다 슬픔이 더 많아지는 것 같기도 하고. 슬픔이 많아진다고 하는 것은 자기 자신을 투명하게 제대로 볼 줄 아는 깊은 성찰의 마음에서 우러나오는 것이거든요. 그 슬픔이 꼭 위축된 심정이 아니고 뭐랄까 아름다운 꽃을 봐도 슬플 때가 있잖아요. 마음이 투명해진다고나 할까(?) 해가 막 떠오를 때, 눈이 막 내릴 때에도 슬플 때가 있어요. 좋게 말해서 낭만과 서정은 비슷하다고 보거든요. 노인들이 가지는 슬픈 감정은 서정성이라고 봐요. 세상을 슬프게 보는 그 이면의 아름다움은 더 빛이나요. 그래서 우리가 노년의 시선으로 더 오래 살 수 있다면 얼마나 좋을까 하는 생각도 해 봐요. 노년의 슬픔과 아름다움, 슬픔과 행복 이런 것들을 다 동시에 느낄 수 있는 그런 감성으로, 노년을 더 오래 보낼 수 있다면 얼마나 인생이 아름다울까, 그런 생각을 하거든요. 그러니까 비관이 아닌, 삶을 더 깊숙이 들여다볼 때 슬픔을 만나거든요. 어떤 존재의 문제가 아니더라도 깊숙이 들여다볼 때 부질없음을 깨닫게 되어 결국 '인생은 슬퍼진다' 라고 하는 거지요. 그것은 나쁜 의미가 아니라 굉장히 좋게 받아들여져요.

본질을 인식한다는 거, 슬픔 속에도 행복이 있거든요. 노년의 행복은 사소하고 번쩍 번쩍 빛나지는 않지만 은근한 아름다움이 있어요. 사소한 행복이라는 말이 있지요. 무라카미 하루키가 사소하지만 확실한 행복을 뜻하는 소확행(小確幸)이라는 말을 한 후로 회자되고 있는데, 사실은 오래 전 프란치스코 교황께서 이야기 했지요. 암튼, 나이든 사람들에게는 사소한 행복이 더 아름다워요.

2012년 대하소설 『타오르는 강』(9권)을 완간할 무렵

　내가 작년에 '70대에 발견한 행복 10가지' 라는 시를 썼어요. '아침에 일어나서 집사람과 나란히 앉아 앞산 바라보며 커피 마실 때' 로 시작해요. 다음은 '잠자리 같은 새끼들과 밥을 먹으며 옛날 이야기 할 때' 거든요. 노년에는 아주 사소한 것에 행복을 느낀답니다. 왜 잠자리 같은 새끼들이냐고요? 손자가 5명인데 지금은 하나도 없어요. 다 외국에 가버리고 잠자리가 다 날아가 버린 셈이지요. 자주 올 형편도 안 되고. 시 내용 중에는 '아침에 일어나서 설봉(강아지 이름)밥줄 때' 도 있어요. 그리고 마지막이 '잘 살았으니 행복한 것'이 아니고 '행복하니 잘 살았다고 생각할 때' 로 끝나요. 그러니까 노년의 삶이 훨씬 낭만적이게 된 것 같아요. 건강만 하면 내가 더 멋지게 살 수 있을 것 같은 자신감도 충만해지거든요. 노년의 삶 속에는 슬픔과 아름다움과 행복이 다 함께 있는 것 같아요.

전홍남 : 선생님 말씀 듣다 보니, 노년에 이르면 삶의 이면(裏面) 그리고 마음의 심연(深淵)까지도 보니까 삶의 지혜가 생기기 마련이라는 생각이 드네요. 그렇다면 노년의 지혜를 젊은 세대가 제대로 잘 받아들고 소통하고 전수되어 우리 사회가 좀 더 건강하게 되어야 하잖아요. 저도 선생님 소설을 읽다 보면 나이 드신 분들이 등장해도 그런 것에 갇혀 있는 게 아니라 소통하려는 인물들을 자주 만나거든요. 소통하려고 먼저 다가가는 그런 노인들이 주요 인물로 선생님의 소설 속에 자주 등장하는 것이 두드러져 보이거든요. 문학 연구자 입장에서도 이런 부분을 당연히 주목해야 할 것 같기도 하고요.

문순태 : 잘 못 살게 되면 늙어서 추해져요. 실제로 세상에는 욕심 많은 노인들도 얼마나 많다고요, 욕심이 많아지고 양보하고 배려할 줄 모르고 외고집이고 그런 노인들도 많아요.

전홍남 : 현실을 냉정하게 보면 그런 면도 있는 것 같습니다만(…)

문순태 : 맞아요. 노욕도 많아지고

○ 생오지, 자연의 소리에 매료되어 서정적인 문체로 변한 것 같아

전홍남 : 선생님도 여기 '생오지'에 정착하면서 환경이나 생태 이러한 것에서 오는 것을 작품 속에 많이 담았는데, 그런 작품을 쓰시면서 전하고 싶은 메시지 같은 게 있으신지요?

문순태 : 저는 시골에서 초등학교 5학년 때 6·25를 만나 도시로 나가 쭉 살았잖아요. 도시라고 하는 데는 칼날 같잖아요. 심장에 철판을 깔고 살기 때문에 사람과 사람의 만남도 쇳소리가 날 정도로 날카로운 관계 속에서 유지가 되잖아요. 치열하게 경쟁해야 하고 경쟁에서 이

겨야 하고(…) 살아남아야 하니까 어쩔 수 없는 거죠. 리트머스 시험지처럼 감수성이 강한 시골 소년이 정글 같은 도시적 삶의 바탕에서 살다보니 날카로움에 상처를 많이 받았다고 할 수 있어요. 유년시절에 인격이나 정서가 다듬어진다고 하잖아요. 외롭고 가난하게 도시에서 버텨왔던 저는

2017년 겨울 눈에 덮힌 생오지 문학의 집

고향에 대한 그리움이 강했지만 돌아갈 수 없었어요. 그러다가 다 늙어서야 고향으로 돌아와 무위자연 속의 한 중심에 있다 보니까 너무나 좋은 거예요. 여기 와서 한 2년 있다가 『사운드스케이프』라는 책을 읽었거든요. 캐나다의 환경 음악가 머레이 쉐이퍼가 쓴 '사운드스케이프'라는 책을 읽고 자연의 소리를 다시 깨닫게 되었어요, 기계음이 아닌 순수한 자연의 소리에 매료되었지요. 그래서 아침에 산에 올라가서 소리에 귀 기울이고 자연의 생태에 접근하면서 자연의 신비로움과 위대성에 대해 새롭게 인식했어요. ASMR(Autonomous Sensory Meridian Response)즉 자율감각 쾌락반응이라는 거 있지 않아요? 귀를 간질이는 듯 속삭이는 소리에 심리적 안정감을 느낀다고 할까요. 바람소리 물소리 새소리 나뭇잎이나 풀잎 서걱이는 소리(…) 원초적인 지연의 소리가 너무 좋아요.

자연에 대한 스토리텔링을 하고 싶었어요. 꽃 이름, 나무 이름,

작가와 인터뷰를 마치면서

새 이름(…) 이 세상의 모든 생명체에는 이름이 있고 이름 가진 것들은 저마다 다 이야기가 있어요. 제가 시골에서 자랐기 때문에 나무 이름, 꽃 이름, 풀이름 이런 걸 잘 안다고 자부했던 거에 비해 너무나 몰랐던 거예요. 하나하나 자세히 보면 이야기들이 너무나 좋아요. <르네상스 소사이어티>를 쓴 미래학자 롤프 옌센의 말처럼 21세기는 스토리와 상상력의 세상이거든요.

나는 자연 속에 살면서 새롭게 나 자신이 자연의 일부가 되어 가는 모습에 대해 어떤 새로운 감흥이 솟구치고(…) 그래서 시를 쓰게 되고 시집도 두 권을 낼 수 있었던 것 같아요. 시인으로 출발은 했지만, 그동안 시를 안 쓰다가 다시 쓰려니 어렵긴 해요. 그동안 시가 얼마나 많이 변했습니까. 그래도 그냥 내 감정, 내 이야기를 쓴다, 그런 생각으로 <생오지에 누워>를 세상에 내놓고 삼사 년 지나고 나니까 또 금방 한 권 분량이 되더라고요. 내 삶에서 서정적 감흥이, 영감 작용이 활발해졌기 때문인지도 모르죠. 많은 소설가들이 노년에는 시를 쓰는데 그 이유가 뭔지는 잘 모르겠어요. 아마 소설가들이 나이가 들면 힘이 부치기 때문인지도 몰라요. 소설은 노동이거든요. 시는 이미지나 영감이 중요하지만 소설은 더 디테일이 생명이지요. 소설은 아주 세밀해야 되고 또 거기에 충분한 이야기를 담아내야 하고 과학정신도 필요하고, 논리적인 기승전결, 구성과 주제, 문장에도 음악성이나 과학정신이 필요하거든요. 그런데 시에는 그런 문법이 필요 없잖아요. 이미지 즉 감흥이 일어나서 압축된 언어로 표현하면 되거든요. 허지만 집중된 시간과 노동이 필요한 소설가가 힘이 빠져서 시를 쓴다는 건 슬픈 일일지 몰라요.

암턴, 내가 시골에 내려와 살면서 쓴 소설은 인간에 대한 관찰도 그런 시적 감흥과 상당히 상통해요. <생오지 눈사람> 같은 것도 시적 분위기가 작품 전반에 흐르거든요. 옛날에는 그냥 조금 질박하면서도 드라이한 문체였어요. 산문정신은 디테일하면서도 건강하고 좀 드라이해야 하거든요. 너무 지나치게 끈적끈적하면 안 돼요. 그런데 요즘에는 그런 산문정신으로부터는 멀어졌다고 할 수 있을 만큼 서정적인 문체로 변했어요. 문체가 서정적으로 변하니까 거기에 나오는 사람들의 생각이나 삶 차체도 순수하게 전개되는 거에요. 슬픈 일도 죽음까지도 아름답게 보이는 거에요. 죽음까지도 아름답게 그려지고 있어요. 우리네 삶 자체가 고통스러움 보다는 생로병사가 어떤 자연의 법칙처럼 물 흐르는 듯 전개되잖아요. 전 그런 것을 산문정신보다는 시 정신이라고 보거든요. 그런 변화가 작품에 나도 모르게 반영되었다고 해야지요.

○ 대하소설 『타오르는 강』, 민초들이 집단화 될 때 민중의식으로 성

장하고 역사를 변화시키는 과정에 주목하고 싶었으나 아쉬움도 남아

전흥남 : 선생님께서 많은 작품을 쓰셨지만, 대하소설 『타오르는 강』은
저희 연구자들 입장에서 언급을 안 할 수 없거든요. 그밖에 작품
들도 보면 인물들이 대체로 수난을 당하거나 그런 기층 민중들을
등장시키거든요. 이것은 이제 선생님의 역사관과도 밀접한 관련
된다고 보거든요, 그래서 어떻게 보면 세상을 크게 변혁시키는
것은 오히려 민중들의 집단적인 힘에 의해서 변혁의 주체가 되어
야 하지 않나, 현상적으로야 엘리트가 움직여 가는 것 같지만, 본
질적으로는 민중의 역동성을 주목하는 것 같아요. 『타오르는 강』
을 중심으로 선생님의 역사관과 관련해서 말씀해 주신다면.

문순태 : 『타오르는 강』에서는 강한 민중의식에 대한 자각을 생각했어요.
대부분 역사소설들은 역사적 인물이 주인공이 되잖아요. 그런
역사소설을 쓰고 싶지가 않았어요. 민초들의 이야기, 민초들이
역사의 중심에 있으면서 깨달아 가는 과정이나 역사를 어떻게
변혁시켰느냐는 관점에서 들여다보고 싶었어요. 유명한 영웅들
이 역사를 만들어 가는 것도 중요하지만 사실은 민중들이 역사
를 변혁시켜 나가는 것도 상당이 크잖아요. 그런 측면에서 『타오
르는 강』은 주인공들이 다 민중들이거든요. 그 민초들이 따로따
로 개체로 떨어져 있을 때는 아무런 힘을 발휘하지 못하지만, 집
단화되었을 때 힘 있는 민중의식이 되거든요. 집단화 되었을 때
그 힘은 역사에 크게 작용을 한다는 점을 부각시키고 싶었지요.

　나는 이 소설에서 토박이말 중심으로 소설어 사전을 별도 부
록으로도 만들었어요. 토박이말을 비교적 내 나름대로 풍부하게

구사를 했는데, 지금 생각해 보
면 더 좋은 토박이말들을 많이
빠트렸더라고요. 그리고 사소한
이야기나 파편화된 민중의 삶에
대한 이야기, 역사에 끼지 못한
그런 작은 사건들을 채집했어
요. 강가나 바닷가에서는 흉년
에 게 삶아 먹고 항문 막혀서 죽
은 사람이 많아요. 또 흉년 들었
을 때는 모두먹기 떼가 성행했
는데, 굶주린 사람들 수백 명이
먹을 것을 찾아 마을에서 마을
로 몰려다니는 이야기들을 채집하기도 했거든요.

한번은 독자가 항의를 했더라고요. 소설이 역사적 사실 하고
는 너무 다르다고. 허나 소설은 역사적 사실을 그대로 쓰는 것은
아니잖아요. 소설은 어디까지나 픽션이고 역사적인 사건의 경우
도 사실 그대로를 옮겨온 것은 아니거든요. 그렇지만 독자들 지
적에 반성도 했어요. 내가 좀 더 구체적으로 역사적 사실의 바탕
위에서 형상화했으면 이런 소리를 안들을 텐데 내가 좀 소홀했
구나 하고요. 그러나 굵직굵직한 역사적 사건이나 그 중심적 흐
름은 빠트리지 않았습니다. 『타오르는 강』은 민중의 한이 우리
역사에서 어떤 힘을 발휘하는가 하는 것에 초점을 맞췄어요. 공
력을 더 많이 들이고 조금 더 수정 보완을 해야 했는데 하는 아쉬
움도 있지요.

전흥남 : 후학들 입장에서 보면 2권 더해서 완결을 지으신 것만 해도 보통

마음먹고는 못 하시는 일이잖아요. 작품을 내놓고 작가의 입장에서 보면 아쉬움이 늘 있지 않을까 생각합니다.

문순태 : 아마 늦게 작가로 등단해서인지 비교적 다작을 한 편이지요. 저작권협회에 등록된 작품을 보니, 소설이 33권에 에세이집 6권 시집 2권 동화집 2권 대학교재 1권을 썼더라고요. 『타오르는 강』 한 작품에만 집중을 했어야 하지 않았나 하는 생각도 들어요. 다시 작가로 태어난다면 욕심을 부리지 않고 평생 한 작품에만 집중하고 싶어요. 돌이켜보면 이번 생에서 저는 전쟁을 치르듯 살면서 치열하게 썼어요., 등단해서 50여 년 동안 팔이 아프도록 글을 써서 집장만 하고 세 자녀들을 서울로 대학을 보냈으니까요. 시간의 시간 속에서 산 것처럼 참 바쁘게 살았어요. 생오지에 들어온 지 12년이 되었는데 내 생애에서 지금이 제일 행복해요. 시간 밖에서 유유자적할 수가 있기 때문이죠. 행복은 여유로움이지요.

○ 고착화를 탈피한 실험정신은 작가의 생명

전흥남 : 작가 입장에서 보면 정성을 들였는데 독자들과의 공감 부분에서 괴리도 종종 발생하는데, 선생님의 경우를 들어 말씀해 주시고, 또 작가의 입장에서 공을 많이 들였는데 독자의 반응은 그러지 못한 현상에 대한 의견도 덧붙여 주세요.

문순태 : 나의 대표작 그러면 평자들이 「징소리」, 「철쭉제」만 주로 이야기 하거든요. 그것만이라도 다행이죠. 문순태 그러면 「징소리」 그렇게 아니까. 작가가 한 작품이라도 남는다고 하면 그것도 행

운이라고 하거든요. 「징소리」, 「철쭉제」보다 공들여 쓴 소설이
역시 『타오르는 강』, 『그들의 새벽』 같은 거거든요.

전흥남 : 제가 선생님의 강연을 듣거나 산문을 보면 독서와 글쓰기를 병
행하라고 강조하시던데, 원로 작가로서 젊은 작가에 대해 기대
나 바람, 또 최근 인상 깊게 접한 작품 있으면 소개해 주세요.

문순태 : 최근에 문학상 심사를 몇 군데 하면서 느낀 게, 50대 이후의 작
가들은 대체로 형식적인 면에서 너무 고착화 되었다는 인상을
받았지요. 자기 작품세계에 대한 새로운 시도 이를테쭉, 실험정
신이 거의 없이 고착화되어 버린 느낌을 받았어요. 나만 그렇게
이야기하는 것이 아니고 심사하면서 다른 평론가들도 지적하더
라고요. 그 말이 맞는다는 생각이 들어요. 특히 나이든 작가들은
늘 실험정신, 즉 새로운 도전이 필요할 것 같아요.

동리문학상을 수상한 김숨의 「바느질하는 여자」를 인상 깊게
읽었어요. 평생을 바느질 하는 여자의 삶에 대한 이야기예요. 한
땀 한 땀 인생을 그렇게 살아온 거예요. 거기엔 슬픔도 있고 고통
도 있고 딸들을 키우면서 혼자 살아온 여자의 이야기입니다. '이
게 인생이구나!' 라고 하는 것 보다는 아, '이게 인생을 말하고 있
구나!' 하는 섬세한 통찰력으로 인생을 들여다 볼 줄 아는 안목이
나 삶에 대한 깨달음의 깊이가 느껴져요. 이야기에 매몰되거나
굳어져버려 형식 속에 갇혀버린 작가에게서는 확장성이 아쉽게
느껴졌어요. 개인적 체험을 미시적으로 다룬 작가들의 작품에서
는 새로움이 있기는 한데, 확장성이 없다고 하는 것, 그래서 아쉬
운 점도 있어요. 요컨대, 젊은 작가들은 새로운 시도는 좋은데,
그런 일상적인 체험에 머무르는 경우가 많아요. 게다가 어휘력
도 좀 부족한 것 같고, 젊은 작가들한테 권하고 싶은 이야기는 늘

새로운 시도도 필요하지만 인물의 확장성도 중요하고 어휘력도 풍부하게 확보되어야 한다는 것입니다. 특히 작가들은 자기 땅의 어휘에 대한 이해도가 풍부해야 하죠. 작가는 언어의 채굴자라고 그러잖아요.

전홍남 : 선생님의 말씀을 귀담아 듣고 작가들이 실천하면 좋은 작품들이 나올 것으로 기대합니다. 또 한 편으로는 요즘을 영상시대라고 하는데, 예를 들면 영상하고 문자는 전달 방식이 다르지 않습니까. 너무 영상시대 하는데 문학 작품을 드라마나 영상화 하는 것에 대한 선생님의 평소 생각을 말씀해 주신다면요.

문순태 : <징소리>, <걸어서 하늘까지>, <철쭉제>, <흑산도 갈매기>, <타오르는 강>등 내 작품도 몇 편 영화나 드라마화 되기도 하고 그랬습니다만, 그런 영화나 드라마 극본은 또 하나의 독창적 창작물이거든요. 그러니까 작가가 관여할 일은 아니라고 봐요. 작가는 영화가 되었든 드라마가 되었든 그 대본이나 시나리오에 문학적 독창성을 충분히 보장하고 인정해 줘야 한다고 생각해요. 소설은 소설이고 영화는 영화거든요. 물론 소설을 영화로 만들어서 성공한 것도 있고 실패한 것도 있지마는 별로 연관시킬 필요는 없다고 봐요. 소설은 그냥 소설이란 장르고, 영화는 영화 장르로 독립성이 부여되어야 한다고 생각하니까요.

　최근에 제가 그런 얘기를 했습니다만, 한동안 5·18소설이 안 나오는 이유의 하나로 영화가 잘 되니까, <택시운전사>, <화려한 휴가> 같은 거 이런 게 전부 영화를 너무 재미있게 만드니까 소설이 안 읽혀요(웃음). 소설을 영화로 만들었을 때 그 영화가 성공한다고 해서 소설의 작품성이 높아지는 것은 아니거든요. 최근에 영화화 되는 것에 대해서 원작 못지않게 잘 만들었다,

그런 건 별로 못 느껴요. 오히려 요즘 젊은 작가들이 쓴 아주 신선하고 대화 한 마디 한 마디가 간결하면서도 깊이가 있고 그런 드라마도 있더군요. 그런 것 때문에 소설이 안 읽히나 봐요. 젊은 사람들이 좋아하는 드라마는 요즘 아주 세련됐어요. 영화나 드라마를 수준 높게 만드니까 소설이 오히려 위축되고 있다고 봐요.

○ '되도록 당당하게 살자':
5·18 이야기가 아닌 광주의 삶과 이야기를 다루고 싶어

전홍남 : 인터뷰를 어느 정도 마무리해야 할 것 같은데요, 선생님이 살아오면서 인생의 좌우명 같은 게 있으십니까.

문순태 : 글쎄요, '당당하게 살자' '시대를 똑바로 읽고 살자' 정도(웃음). 똑바로 보면 당당할 수 있거든요. 다른 지면에 그런 글을 썼습니다만, 천상병 씨가 인생을 '소풍'이라고 그랬잖아요. 오세영 시인은 평생을 '학교 가는 것'이라고 밝힌 적이 있더군요. 시인은 평생 공부를 해야하니까. 그것도 맞는 이야기에요. 저는 인생을 '눈 떴다 감는 것'이라고 그랬거든요. 눈 제대로 뜨고 산다고 하는 게 굉장히 어렵지 않나, 눈 제대로 뜨고 사는 것이 올바르게 보고 눈 감는 것하고도 밀접하게 연관되거든요.

전홍남 : 앞으로 작품과 관련해서 구상이나 계획이 있을까요.

문순태 : 작년부터 두 가지를 쓰려고 했어요. 하나는 인공지능 로봇에 대한 소설을 쓰려고 관계 서적 몇 권 읽고 영화도 다 보고 그랬거든요. 인공지능 로봇에 대해 나름대로 준비를 했어요. 헌데 그건 너무 힘들 것 같아서 포기했어요. 그리고 오래전부터 생각 했던 게

있는데(…)광주 이야기를 쓰고 싶어요. 5·18이야기가 아니고. 이를 테쭉, 제임스 조이스 소설처럼 더블린의 골목골목이 지도처럼 디테일하게 그려진 소설처럼, 광주의 골목골목에 담겨진 역사와 삶의 이야기를 쓰고 싶어. 그냥 5·18에 대해 관심이 없는 타지역 사람이 광주 한번 가보자하고 광주에 와서 광주체험을 하고 난 후에, 온몸으로 광주의 역사를 체득하고 삶이 확 달라진, 그런 이야기(…)

예전에 대충 초고를 써 놨는데 발표를 안 했거든요. 인생에 실패한 루저 둘이 우연히 만나서 광주까지 오게 되고, 광주에서 몇 달 동안 이런 저런 아픔을 가지고 살아가는 사람들을 만나서 이야기를 듣고 받아들이고 동화되어가는 이야기. 사람들, 골목골목 유명한곳, 유명한 음식점, 오래 된 가게, 뭐 이런 걸 총망라해서, 광주박물지, 광주만인보랄까, 그런 걸 한번 써보고 싶어요. 기존의 소설적 형식을 무시하고 새로운 스타일로 광주 이야기를 한번 써보고 싶네요. 절망에 빠진 낯선 두 사람이 만나 광주를 알아가면서 뭔가 새 삶의 길을 찾는 그런 이야기(…). 허나 힘이 빠져 될지 모르겠어요. 소설은 지구력이나 오랜 시간의 집중이 필요하거든요. 체력이 뒷받침 되지 않으면 소설은 어려워요. 또 눈 때문에 컴퓨터를 오래 들여다볼 수 없어요. 백내장 수술하고 나서 쓰기 시작하려고요. 죽기 전에 광주라는 역사적 공간에서 한 시대를 살아온 내 삶의 내면을 거짓 없이 드러내는 장편 한 편 꼭 쓰고 싶어요. 내년이면 80인데 나이는 숫자가 아니고 삶에 대한 태도라고 하지 않아요? 보다 진지하고 열정적으로 마지막 삶을 연소시키는 것도 아름다운 태도라고 생각해요.

전홍남 : 오랜 시간 귀한 말씀 감사합니다. 더욱 건강하시고 구상하신 작

품들도 기대하겠습니다.

★(선생님과의 인터뷰는 얼추 1시간 30분 동안 진행됐다. 초겨울에 막 들어 선 상태라 '생오지'의 날씨도 다소 쌀쌀했다. 선생님과의 인터뷰를 마무리를 지어야 할 즈음에 이르자 '생오지'에서 키우던 어미 개가 새끼를 낳아서 살피려 가셨다. 엄동설한을 앞두고 맨 땅을 파고 세끼를 낳았으니, 어미와 갓 낳은 새끼의 상태가 걱정되어 선생님의 마음도 부산해지는 것 같아 인터뷰를 마무리 해야만 했다).

생오지 문학의 집 전경

부록 2.

작가 연보, 창작집 및

소설 연구 목록

1939년 전남 담양군 남면 구산리에서 아버지 문정룡과 어머니 정순기 사이에서
　　　　장남으로 출생. 출생신고를 늦게 하여 호적에는 1941년생으로 되어 있음.

1945년 전남국민학교에 입학. 10대 종손인 탓으로, 낮에는 학교 공부를 하고 밤
　　　　에는 독선생을 모시고 한문 공부를 함.

1956년 광주 한강초등학교 졸업. 광주 동성중학교에 특대생으로 입학.

1958년 광주고등학교에 입학. 이 무렵 박봉우 선배를 따라, 이성부와 함께, 광주 양
　　　　림동 김현승 선생 댁에 찾아다니며 시를 써 보이고 지도를 받음.

1961년 전남대 철학과에 입학 2년을 마침. 전남대 재학 시 용봉문학회를 만들어
　　　　초대회장이 됨.

1963년 김현승 시인이 숭실대로 옮기자, 숭실대학 기독교 철학과 3학년에 편입.
　　　　아버지가 47세로 세상을 뜨자 광주로 내려와 조선대학교 국문학과 3학
　　　　년에 편입.

1964년 1월 5일, 나주 영산포의 과수원집 딸 유영례와 결혼, 장녀 리보 출생.

1965년 ≪현대문학≫에 김현승으로부터 시 <천재들> 추천 받음. 조선대 문학
　　　　과 졸업.

1966년 전남매일신문사 기자로 입사. 기자생활을 하면서 전라도 지방의 토속적 자료
　　　　와 역사적 사건들을 수집, 정리하여 <남도의 빛>을 발간, 장남 형진 출생.

1967년 제4회 한국신문상 수상. 차녀 정선 출생.

1972년 서독에 가서 '괴테 인슈티튜트'에 다니며 독일어를 공부하고 귀국, 신문
　　　　기자에 매력을 잃고 소설 습작 시작함.

1974년 ≪한국문학≫ 신인상에 단편 <백제의 미소>가 당선됨. 이때 송기숙, 한
　　　　승원 등과 ≪소설문학≫ 동인 활동.

1975년 조선대학교 사대 독일어과 교수로 자리로 옮겼다가 한 학기를 마치고 전남
　　　　매일신문사 편집부국장으로 되돌아옴. 단편 <상여울음>(≪세대≫), <열
　　　　녀야 문 열어라>(≪월간중앙≫), <아버지 장구렁이>(≪한국문학≫),
　　　　<무서운 거지>(≪소설문예≫), 중편 <청소부>(≪창작과비평≫) 발표.

1976년 단편 <멋장이들 세상>(≪월간중앙≫), <기분 좋은 일요일>(≪뿌리깊은나

무》), <무너지는소리>(≪한국문학≫), <여름공원>(≪창작과비평≫) 발표.

1977년 첫 창작집 <고향으로 가는 바람>(창작과 비평사) 출간.

1978년 실록 장편소설 <다산유배기>를 ≪세대≫에 연재. 단편 <번데기의 꿈>(≪한국문학≫), <흑산도갈매기>(≪신동아≫), <안개 우는소리>(≪문예중앙≫), 중편 <감미로운 탈출>(≪한국문학≫), <징소리>(≪창작과비평≫) 발표. <의제 허백련>(중앙일보사) 발간.

1979년 창작집 <흑산도 갈매기>(백제출판사) 출간. ≪일간스포츠≫에 장편 <걸어서 하늘까지> 연재. 단편 <저녁 징소리>(≪한국문학≫), 중편 <말하는 징소리>(≪신동아≫), <마지막 징소리>(≪문학사상≫) 발표.

1980년 반체제 기자라는 이유로 해직 당함. 단편 <하늘새>(≪뿌리깊은나무≫), <탈회> (≪한국문학≫), <말하는 돌>(≪소설문학≫), 중편 <물레방아 속으로)>(≪문학사상≫), <무서운 징소리>(≪한국문학≫), <달빛 아래 징소리>(≪한국문학≫), 발표. 장편 <걸어서 하늘까지>(창작과비평사), 연작장편 <징소리>(수문서관) 출간. 장편 <타오르는 강>을 월간중앙≫에 연재. 성옥문화상 받음.

1981년 단편 <달빛 골짜기의 통곡>(≪월간조선≫), <난초의 죽음>(≪소설문학≫), 중편<물레방아 돌리기>(≪문학사상≫), <철쭉제>(≪한국문학≫)에 발표. 장편 <아무도 없는 서울>을 ≪여성중앙≫에 연재. 장편 <타오르는 강>(심설당)과 연작중편<물레방아 속으로>(심설당) 출간. 제1회 소설문학 작품상, 전라남도 문화상, 전남문학상 받음. 문화공보부 주관 문인 유럽 여행. 신동아에 <병신춤을 춥시다> 연재.

1982년 단편 <목조르기>(≪소설문학≫), <잉어의 눈>(≪문학사상≫), <병든 땅 언덕위>(≪정경문화≫), 중편 <어머니의 땅>(≪문학사상≫), <유월제>(≪현대문 학≫) 발표, 장편 <피아골>을 ≪한국문학≫에 연재. 장편 <병신춤을 춥시다>(문학예술사), <아무도 없는 서울>(태창문화사), <달궁>(문학세계사) 출간. 제1회 문학세계 작가상 수상.

1983년 단편 <미명의 하늘>(≪현대문학≫) 발표. 장편 <성자를 찾아서> ≪문

학사상≫에 연재. 창작집 <피울음>(일월서각) 발간. KBS TV "신왕오
천축국전" 취재 6개월간 인도 동행. 인도기행문 "신왕오천축국전" 발간
(KBS). 숭실대 대학원 국문과 졸업.

1984년 단편 <어둠의 춤>(≪소설문학≫), <살아있는 소문>(≪소설문학≫),
<할머니의 유산>(≪학원≫), <비석>(≪문학사상≫), <인간의 벽>
(≪문학사상≫), <무당새>(≪한국문학≫) 발표. 창작집 <인간의 벽>
(나남) 발간. 장편 <성자를 찾아서>(수문서관) 발간.

1985년 단편 <대추나무 가시>(≪문학사상≫), 중편 <제3의 국경>(≪한국문
학≫) 발표. 장편 <피아골>(정음사) 발간. 3월부터 순천대학 국어과 교
수로 취임.

1986년 <살아 있는 소문>(문학사상사), <동학기행>(어문각) 발간. 서울신문
에 역사소설<한수지> 연재.

1987년 장편 <한수지> 1, 2권(정음사) 발간, <철쭉제>(고려원) 발간. 부산일
보에 장편 <가면의 춤> 연재.

1988년 <한국의 빛꽃>(≪현대문학≫), <꿈꾸는 시계>(≪문학사상≫) 발표.
순천대를 그만두고 전남일보 창간과 함께 초대 편집국장으로 옮김.

1989년 <녹슨 철길>(≪문학사상≫) 발표 <문신의 땅>을 동아에서, <타오르는
강> 전7권을 창작과 비평사에서 발간. 장편 <대지의 사람들>을 ≪국민
일보≫에 연재.

1990년 <문순태 문학선>(삼천리) 발간. 창작집 <꿈꾸는 시계>(문학사상) 발간.

1991년 중편 <정읍사>(≪현대문학≫) 발표. 전남일보 주필 부임.

1992년 단편 <느티나무와 당숙>(≪문학사상≫), <낯선 귀향>(≪계간문예≫)
발표. 장편<느티나무>(≪계간문예≫) 연재. 산문집 <그늘 속에서도
풀꽃은 핀다>(강천), 장편 <다산 정약용>(큰산) 발간. 카자흐스탄과 우
즈베키스탄여행. 카자흐스탄 국립대 한국학과에서 '한국소설의 흐름' 강
연. 흙의 예술상 수상.

1993년 단편 <최루증>(≪현대문학≫) 발표. 장편 <도리화가>, 중편집 <제3

의 국경>(예술문화사) 발간.

1994년 중편 <시간의 샘물>(≪문학사상≫), <오월의 초상>(≪한국문학≫) 발표.

1995년 단편 <똥푸는 목사님>(≪한국소설≫) 발표. 광주 전남 민족작가회의 회
장. 조선대학교 이사.

1997년 중편 <꿈길>(≪문예중앙≫), 단편 <느티나무 아저씨>(≪작가≫) 발
표. 소설집<시간의 샘물>(≪실천문학사≫) 발간. 장편소설 <느티나무
사랑> 1, 2권(열림원) 발간.

1998년 대학교재 <소설 창작연습>(태학사) 발간.

1999년 단편 <똥치이모>(≪한국소설≫), 단편 <아무도 없는 길>(≪현대문학≫),
단편 <혜자의 반란>(≪문학사상≫) 발표.

2000년 단편 <끝을 향하여>(≪문학과 의식≫), 단편 <느티나무 아래서>(≪문
예중앙≫), 단편 <자전거타기>(≪정신과 표현≫), 장편 <그들의 새
벽> 1, 2권(한길사) 발간. 장편 <성자의 지팡이>(이룸) 발간. 대안신문
<시민의 소리> 발행인. 광주전남 반부패연대 공동대표.

2001년 단편 <문고리>(≪문예중앙≫), 단편 <나는 미행당하고 있다>(≪문학
사상≫) 단편 <그리운 조팝꽃>(≪미네르바≫) 발표. 장편 <정읍사>
(이룸) 발간.

2002년 중편 <된장>(≪문학과 경계≫), 단편 <마감뉴스>(≪문학나무≫), 단편
<운주사가는 길>(≪문예운동≫) 발표. 소설집 <된장>(이룸) 발간.

2003년 단편 <늙은 어머니의 향기>(≪문학사상≫), 단편 <만화주인공>(≪한
국소설≫), 단편 <대나무 꽃 피다>(≪미네르바≫) 발표. 장편동화 <숲
으로 간 워리>(이룸)발간.

2004년 이상문학상 특별상 수상. 광주광역시 문화예술상 수상. 단편 <영웅전>
(≪동서문학≫), 단편 <은행나무 아래서>(≪작가≫) 발표.

2005년 중편 <감로탱화>(≪문학사상≫) 발표. 동화집 <숲 속의 동자승>(≪자
유지성사≫)발간. 장편 <41년 생 소년>(랜덤하우스 중앙) 발간.

2006년 광주대학교 정년퇴직. 담양군 남면 생오지로 거처 옮기고 <생오지 문학

의 집>개설, 소설 창작 강의. 요산문학상 수상. 작품집 <울타리> ≪이름≫ 단편<눈향나무>≪불교문학≫단편 <탄피와 호미>≪문학들≫발표. 산문집 <꿈>≪이룸≫.정년기념논총 <고향과 한의 미학- 문순태 작품세계> ≪태학사≫(이은봉 엮음)출간.

2007년 단편 <황금 소나무> ≪21세기 문학≫ 단편 <대바람소리> ≪문학사상≫ 단편<생오지 가는 길> ≪좋은 소설≫발표.

2008년 한국가톨릭문학상 수상. 국립아시아문화전당조성위 부위원장 임명. 봄과 가을에 생오지 문학제. 단편 <그 여자의 방>≪문학사상≫ 단편<일기를 쓰는 이유>≪한국문학≫ 중편 <생오지 뜸부기>≪계절문학≫발표. 전남일보에 <타오르는 별들>연재.

2009년 담양군민상 수상. 봄과 가을에 생오지 문학제. 단편<은행나무처럼>≪21세기문학≫ 장편<알 수 없는 내일>1.2권 ≪다지리≫ 산문집 <생오지 가는 길> ≪눈빛≫발간.

2010년 채만식문학상 수상. 조대문학상 대상 수상. 창작집 <생오지 뜸부기> ≪책만드는집≫ 발간. 담양대나무축제 이사장 선임. 제6회 생오지문학제. 단편 <자두와 지우개> ≪계간문예≫ 단편<돌담 쌓기> ≪시선≫발표.

2011년 광주문화재단 이사. 제7회 생오지문학제. 모친 정순기 안나 97세로 소천, 담양 천주교묘지 안장. 단편<아버지와 홍매> ≪21세기문학≫단편 <안개섬을 찾아서> ≪문학바다≫단편<휴대폰이 울릴 때>≪동리목월문학≫ 발표.<빛과 색채의 화가 오지호>≪나무 숲≫ 산문집 <그리움은 뒤에서 온다> ≪오래≫발간.

2012년 <타오르는 강>전 9권 완간 ≪소명≫. 송순문학상 운영위원장. 재단법인 생오지문학촌 설립 이사장 취임. 제8회 생오지문학제. <문순태 문학세계>≪박문사≫. (박성천 저)출간. <타오르는 강> 북 콘서트.

2013년 2년제 생오지문예창작대학 개설. 제9회 생오지문학제. 단편 <시소타기> ≪창작촌≫조아라 실명소설 <낮은 땅의 어머니>≪광주 YWCA≫ 시집 <생오지에 누워> ≪책만드는 집≫ 발간. 동리문학상 심사. 한림문학상 수상. 광주문화방송 시청자위원장.

2014년 <타오르는 강 소설어사전> ≪소명≫발간. 영산강문학 심포지엄. 동리 문학상 심사. 문영태 · 김영희 부부와 매주 일요일 커피, 맛집 기행 시작.

2015년 송순문학상 대상. 단편 <시계탑 아래서> ≪문학들≫발표. 장편 <소쇄 원에서 꿈을꾸다>≪오래≫발간 .광주전남연구원 이사장 취임. 광주u대 회 개폐막식 시나리오 작업. 단편 <생오지 눈무덤> ≪문학들≫발표. 자랑스러운 광고인 대상 수상. 담양세계대나무축제에서 <대나무의 인 문학적 자원>강의.

2016년 단편 <흐르는 길> ≪광주전남소설문학회≫ 발표. 창작집 <생오지 눈 사람> ≪오래≫발간. 생오지문예창작대학 강의 장소를 광주문화재단 으로 옮김. 시 <멸치> ≪딩아돌하≫ 발표. 문화일보 <살며 생각하며> 칼럼 연재. <생오지 작가, 문순태에게로 가는 길>≪역락≫(조은숙 저) 발간. 세브란스병원에서 조기 위암 시술. 박근혜 정부 블랙리스트문인 명단 포함.

2017년 전주 혼불문학관에서 <5.18소설을 말한다> 강연. 광주수영대회 자문위 원. 동리문학상 심사. 혼불문학상 심사. 세계문학페스티발 행사로 <한 승원 · 문순태 문학토크쇼>(담양문화원), ≪월간문학≫ 창작의 산실-나 의 문학 어디까지-소개.

2018년 시집 <생오지 생각> ≪아침고요≫, 산문집 <꽃들아 미안하다>≪아침 고요≫, <문순태 소설의 시대정신>≪국학자료원≫. (전흥남 엮음)발간.

■ 문순태 창작집 및 저서 목록

◇ 창작소설집

『고향으로 가는 바람』, 창작과비평사, 1977.

『흑산도 갈매기』, 백제, 1979.

『피울음』, 일월서각, 1983.

『인간의 벽』, 나남, 1984.

『살아있는 소문』, 문학사상사, 1986.

『문신의 땅』, 동아, 1988.

『꿈꾸는 시계』, 동광출판사, 1988.

『어둠의 강』, 삼천리, 1990.

『시간의 샘물』, 실천문학사, 1997.

『된장』, 이름, 2002.

◇ 장편소설

『걸어서 하늘까지』(상, 하), 청작과비평사, 1980.

『병신춤을 춥시다』, 문학예술사, 1982.

『아무도 없는 서울』, 태창문화사, 1982.

『달궁』, 문학세계사, 1982.

『연꽃 속의 보석이여 완전한 성취여』, 수문서관, 1983.

『한수지』(1, 2), 정음사, 1987.

『성자를 찾아서』, 한라, 1989.

『가면의 춤』(상 하), 서당, 1990.

『다산 정약용』, 큰산, 1993.

『도리화가』, 햇살, 1993.

『한수별곡』(상, 중, 하), 청암문화사, 1993.

『느티나무 사랑』, 열림원, 1997.

『포옹』(1, 2), 삼진기획, 1998.

『그들의 새벽』, 한길사, 2000.

『성자의 지팡이:최흥종 목사의 이야기』, 다지리, 2000.

『정읍사 그 천년의 기다림』, 이룸, 2001.

『41년생 소년』, 랜덤하우스 중앙, 2005.

『알 수 없는 내일』(1, 2), 다지리, 2009.

『타오르는 강』(대하소설, 9권), 소명출판, 2012.

『낮은 땅의 어머니: 소심당 조아라 실명소설』, 책가, 2013.

◇ 연작소설집

『징소리』, 수문서관, 1980.

『물레방아 속으로』, 심설당, 1981.

『철쭉제』, 고려원, 1987.

『제3의 국경』, 예술문화사, 1993.

◇ 산문집

『사랑하지 않는 죄』, 대학문화사, 1983.

『그늘 속에서도 풀꽃은 핀다』. 강천, 1992.

『꿈』, 이룸, 2006.

『생오지 가는 길』, 눈빛출판사, 2009.

『그리움은 뒤에서 온다』, 오래, 2011.

◇ 동화집

『숲으로 간 워리』, 이룸, 2003.

『숲 속의 동자승』, 자유지성사, 2005.

◇ 시집

『생오지에 누워』, 책만드는 집, 2013.

◇ 평전

『의제 허백련』, 중앙일보사, 1978.

◇ 어린이 위인전

『김정희』, 삼성출판사, 1990.
『빛과 색채의 화가, 오지호』, 나무숲, 2011.

◇ 소설창작이론서

『열 한권의 창작노트: 중견 작가들이 말하는 나의 소설 쓰기』, (공저), 창, 1991.
『소설 창작 연습, 그 이론과 실제』, 태학사, 1998.
『소설 창작 연습』, 태학사, 1999.
『소설 이렇게 써라』, 평민사, 1999.

◇ 기타

『타오르는 강, 소설어 사전』, 소명출판, 2014.

■ 문순태 소설 연구목록(학회지 수록)

김동환, 「반다성성(反多聲性)으로서의 권력 언어: '철쭉제'를 중심으로」, 『문학교
　　육학』 제8호, 한국문학교육학회, 2001. 겨울.

김동환, 「소설에서의 권력 언어의 문제 -'철쭉제'에 나타난 권력 관계와 권력 언어」,
　　『고향과 한의 미학-문순태의 소설세계』, 태학사, 2005.

김선학, 「21세기 한국문학과 생태주의: 한국 현대소설과 생태학」, 『한국문학평론』
　　통권 제21호, 국학자료원, 2002. 봄호.

김승리, 「문순태 단편소설 연구: 후기 작품을 중심으로」, 국민대학교 교육대학원
　　석사학위논문, 2015.2.

김정자, 「'한'의 문체, 그 맥락의 오늘-황석영·이청준·문순태를 중심으로」, 『국어교
　　육』57권, 한국어교육학회, 1986.

나정미, 「문순태의 '철쭉제'연구」, 경남대학교 교육대학원 석사학위논문, 2005.2.

문석우, 「고향상실에 나타난 신화성: 라스뿌찐의 『마쪼라의 이별』과 문순태의 『징
　　소리』를 중심으로」, 『비교문학』제30집, 한국비교문학회, 2003.

박덕규, 「문학공간의 명소화와 문화산업화 문제」, 『한국문예창작』제16호, 한국문
　　예창작학회, 2009.

박선경, 「'여성 몸'과 '사랑 담론'의 역학관계: 문순태 「황홀한 귀향」과 「물레방아
　　속으로」를 중심으로」, 『한국언어문학』제53집, 한국언어문학회, 2004.

박선경, 「'성(性)'과 '성담론(性談論)'을 통해 본, 삶의 내면과 이면: 문순태 소설의
　　전쟁모티브와 성폭력모티브를 조명하며」, 『현대소설연구』제23호, 한국
　　현대소설학회, 2004.

박성천, 「문순태 소설의 한(恨)의 서사적 특징」, 『현대문학이론연구』제31집, 현대
　　문학이론학회, 2007.

박성천, 「문순태 소설의 서사 구조 연구: 한의 극복양상을 중심으로」, 전남대학교
　　박사학위논문, 2008.2.

박재범, 「1970년대 농민문학론과 농민소설의 소통 양상 연구」, 『현대소설연구』
　　제31집, 한국현대소설학회, 2006.

박찬모, 「문순태의 『피아골』에 나타난 생태학적 상상력」, 『호남문화연구』제57

집, 전남대학교 호남학연구원, 2015.

박찬효, 「1960~1970년대 소설의 '고향' 이미지 연구」, 이화여자대학교 대학원박사논문, 2010.8.

박혜진, 「장소성의 재개념화와 문학 교육」, 『국어교과교육연구』제20권, 국어교과교육학회, 2012.

변화영, 「한국전쟁의 문신, 흑인혼혈인과 양공주」, 『현대소설연구』제57집, 한국현대소설학회, 2014.

서석준, 「「철쭉제」연구-용서와 화해의 길」, 『고황론집』8권, 1991.8.

성현자, 「<징소리>의 이미지 고」, 『고향과 한의 미학-문순태의 소설세계』, 태학사, 2005.

손윤권, 「기지촌소설의 탈식민성 연구」, 강원대학교대학원 박사학위논문, 2010.2.

손진상, 「문순태의 『징소리』와 댐 건설의 법적 문제」, 『衡平과正義』12권, 대구지방변호사회, 1997.11.

심숙희, 「서정인과 문순태의 『달궁』비교 연구」, 경남대학교 교육대학원 석사학위논문, 2009.8.

심영의, 「5·18소설의 '기억 공간' 연구: 문순태 소설을 중심으로」, 『호남문화연구』제43집, 전남대학교 호남학연구원, 2008.

오윤호, 「깨어진 역사history, 다시 쓰는 역사herstory」, 『문학과 경계』통권 7호, 문학과경계, 2002.겨울.

우수영, 「문순태 『타오르는 강』에 나타난 영산강의 의미-해월 삼경사상의 구현을 통한 새로운 민중」, 『동학학보』제34집, 동학학회, 2015.

이동하, 「실향의식과 한의 미학」, 『고향과 한의 미학-문순태의 소설세계』, 태학사, 2005.

이명재, 「민중소설의 새로운 가능성, <타오르는 강>론」, 『소설문학』, 1985.2.

이보영, 「민중의 한과 그 힘」, 『고향과 한의 미학-문순태의 소설세계』, 태학사, 2005.

이삼교, 「문순태의 <타오르는 강>과 영산강」, 『금호문화』, 1990.2.

이성부, 「문학으로 묶여진 50년 우정」, 『고향과 한의 미학-문순태의 소설세계』, 태학사, 2005.

이성부, 「구수하고 은근한 된장찌개 맛 같은 사람」, 『계간문예』통권 21호, 2010.

이영란, 「문학공간으로서 지리산의 의미 분석」, 전북대학교 교육대학원 석사학위논문, 2008.2.

임동확, 「미래의 역사를 여는 전초작업으로서 고향찾기」, 대담, 『고향과 한의 미학-문순태의 소설세계』, 태학사, 2005.

임영천, 「남북 화해를 지향한 상징적 교훈 소설」, 『한울문학』제45호, 한울, 2007.

임우기, 「모순 속에서, 모순을 넘어서, 생화 속에서, 생활을 넘어서; 새로운 '리얼리즘'을 향하여 2」, 『현대소설』3권, 현대소설사, 1990.6.

임은희, 「문순태 소설에 나타난 생태학적 인식 고찰: 성과 여성, 자연을 중심으로」, 『우리어문연구』제30집, 우리어문학회, 2008.

임헌영, 「민족적 解恨의 작가, 문순태」, 대담, 『고향과 한의 미학-문순태의 소설세계』, 태학사, 2005.

장미영, 「혈통 가족에서 반려 가족으로: 문순태 <느티나무와 어머니>」, 『수필과비평』통권 129호, 수필과비평사, 2012.7.

장세진, 「민중의 삶과 리얼리즘; 『타오르는 강』론」, 『표현』19권, 표현문학회, 1990.7.

장양수, 「풍물꾼과 <징소리>」, 『한국예장인 소설론』, 한국문화사, 2000.

전흥남, 「문순태의 노년소설에 나타난 '노인상'과 소통의 방식」, 『국어문학』제52권, 국어문학회, 2012.

전흥남, 「'5·18광주민주화운동'과 '기억'의 방식: 문순태의 5·18 관련 소설을 중심으로」, 『현대소설연구』제58집, 현대소설학회, 2015.

전흥남, 「문순태의 노년소설과 '생오지'의 생명력」, 『돈암어문학』제31집, 2017, 6.

정명중, 「인식되지 못한 자들, 혹은 유령들 : 5월소설 속의 '룸펜'」, 『민주주의와 인권』15, 2015.8.

정유미, 「1980년대 중반 한국 소설에 나타난 섬의 공간적 상징성 연구-시선과 권력의 역학 관계를 중심으로」, 『감성연구』제9집, 전남대학교 호남학연구원, 2014.

정현기, 「식민지 백성들 서로가 깨뜨린 도덕성」, 『현상과 인식』, 1985. 봄.

조구호, 「문순태 분단소설 연구」, 『한국언어문학』제76집, 한국언어문학회, 2011.

조남현, 「소설과 상징의 매카니즘-문순태 작 「어머니의 城」」, 『현대문학』, 1984.7.

조은숙, 「문순태 소설 『타오르는 강』의 서사전략-광주학생독립운동의 역사성을 중심으로-」, 『호남문화연구』제54집, 전남대학교 호남학연구원, 2013.

조은숙, 「『타오르는 강』에 나타난 영산강의 장소성 연구」, 『어문논총』제26호, 전남대학교 한국어문학연구소, 2014.

조은숙, 「문순태 소설의 사운드스케이프 연구」, 『현대문학이론연구』제62집, 현대문학이론학회, 2015.

조은숙, 「문순태 소설의 지형도 연구」, 『현대문학이론연구』제66집, 현대문학이론학회, 2016.

주 인, 「5·18 문학의 세 지평: 문순태, 최윤, 정찬 소설을 중심으로」, 『어문논총』제13집, 전남대학교, 2003.12.

최영자, 「권력담론 희생자로서의 아버지 복원하기: 황순원 <일월>, 김원일 <노을>, 문순태 <피아골>을 중심으로」, 『우리문학연구』제34집, 경인문화사, 2011.

최영호, 「환상과 구원의 장소로서의 섬: 한국 문학 속의 섬」, 『현대문학이론연구』제36집, 현대문학이론학회, 2009.

최창근, 「문순태 소설의 '탈향/귀향' 서사 연구」, 전남대학교 석사학위논문, 2005.2.

하경숙, 「<정읍사>의 후대적 전승과 변용 양상」, 『동양고전연구』제47집, 동양고전학회, 2012.

한강희, 「시적 기제로서 강의 이미지와 상상력-'영산강' 관련 연작시편을 중심으로-」, 『한국언어문학』제55집, 한국언어문학회, 2005.

한순미, 「용서를 넘어선 포용: 문순태 소설의 공간 변모 양상에 대한 문학치료학적 접근」, 『문학치료연구』제30권, 한국문학치료학회, 2014.

한아름, 「문순태 소설에 나타난 감각의 의미 연구-「늙으신 어머니의 향기」를 중심으로」, 『건지인문학』16권, 전북대학교 인문학연구소』, 2016.

허명숙, 「숭실 문학의 견인차, 그들의 소설적 성취: 김신, 김유택, 문순태, 표성흠, 조성기를 중심으로」, 『한국문학과 예술』제3집, 숭실대학교 한국문예연구소, 2009.

---

* <문순태의 소설 연구 목록 작성은 조은숙의 『생오지 작가, 문순태에게로 가는 길』 (역락, 2016), 405-418쪽을 참조해서 재작성한 것임>

필진소개(가나다 순)

▲ **고봉준 경희대학교** (bj0611@hanmail.net)

대표논저: 〈반대자의 윤리〉(실천문학사), 〈다른 목소리들〉(소명출판) 〈모더니티의 이면〉(소명출판), 〈유령들〉(천년의시작), 〈비인칭적인 것〉(산지니), 〈고유한 이름들의 세계〉(케포이북스)

▲ **김성재 조선대학교** (sjckim@chosun.ac.kr)

대표논저: 「체계이론과 커뮤니케이션」, 「매체미학」, 「상상력의 커뮤니케이션」, 「코무니콜로기」, 「피상성 예찬」, 「한국의 소리 커뮤니케이션」, 「플루서, 미디어현상학」 등

▲ **문석우 조선대학교** (swmoon@chosun.ac.kr)

대표논저: 「안똔 체홉」, 「체홉의 생애와 작품세계」, 「장르진화란 무엇인가」 〈한-러 비교문학연구〉 등

▲ **박선경 한라대학교** (auroragold@naver.com)

대표논저: 『해체주의 시대, 몸담론과 여성담론』(박이정), 『현대심리소설의 정신분석』(계명문화사), 「다층 분기되는 주체와 무너지는 서사형식」, 「몸담론의 인식과 방법론」

▲ **박찬모 순천대학교** (zhanmo@hanmail.net)

대표논저: 「靖獻·哀悼·自癒의 '지리산 인문학' 試論」, 「'빨갱이'와 이데올로기적 환상」, 「지리산 역사문화사전」(공저)

▲ **변화영 전북대학교** (astrobhy@hanmail.net)

대표논저: 『전후소설과 이야기 담론』(역락, 2007), 『재일 동포문학과 디아스포라』(공저; 제이앤씨, 2008), 「분단극복문학에 나타난 혼혈인 연구」(2017), 「혼혈인의 디아스포라적 기억의 재구성」(2013), 「분단소설에 나타난 혼혈인의 표상」(2013)

▲ **심영의 전남대학교** (syeui@hanmail.net)

대표논저: 장편소설 『사랑의 흔적』, 연구서 『5·18과 문학적 파편들』, 『한 국문학과 그 주체』, 『소설에 대하여』 등

▲ **우수영 경북대학교** (woosoo061@hanmail.net)

대표논저: 『경상도 구미 동학농민혁명』(2016), 「1930년대 장편소설에 나타난 고향의식」(2013), 「박경리『토지』와 최명희『혼불』을 통해 고찰한 한국의 음식문화」(2015), 「『천도교회월보(天道敎會月報)』 수록소설의 담론 전개」(2016), 「한국소설의 동학 담론」(2017), 「토론과 연계한 과학에세이 글쓰기 수업 사례」(2018) 등

▲ 임은희 한양대학교 (eunhi@hanyang.ac.kr)

대표논저: 「〈희망〉의 문예란에 나타난 '희망'의 표상 구축방식과 문화정치」, 「현대소설에 나타난 ['양공주'] 모티프의 다문화적 사유와 타자성」, 「동성애의 다문화적 인식에 나타난 타자성 고찰」 등

▲ 전홍남 한려대학교 (chn0075@hanmail.net)

대표논저: 『해방기 소설의 시대정신』, 『한국 근현대 소설의 현실대응력』, 『한국현대노년소설연구』 등, 산문집 『성공한 사람과 성공하는 사람들』, 『책이 전하는 말』 등

▲ 조구호 진주교육대학교 (cho9750@naver.com)

대표논저: 〈분단소설연구〉, 〈소설의 분석과 이해〉, 〈한국근대소설연구〉 등

▲ 조은숙 전남대학교 (ceslys@daum.net)

대표논저: 「생오지 작가, 문순태에게로 가는 길」, 「송기숙의 삶과 문학」, 「송기숙 중단편전집(전5권)엮음」, 「외국인 유학생을 위한 대한 글쓰기」(공저), 「외국인 유학생을 위한 한국현대문학」(공저), 「호남문학과 근대성 연구 1,2」(공저) 등

▲ 최창근 전남대학교 (bsw1996@hanmail.net)

대표논저: 〈김동인 소설의 창작방법론과 근대성: '인형조종술'과 '참'의 의미를 중심으로〉(2017), 〈절대적 환대의 가능성에 대하여-윤흥길의 단편소설을 중심으로〉(2017), 〈1950년대 후반 '자유'의 해석을 둘러싼 갈등 : 〈사상계〉에 실린 평론과 심사평을 중심으로〉(2016), 〈박화성 소설의 여성 인식 연구〉(2015), 〈박화성 소설에 내포된 근대성과 전근대성〉((2015)

▲ 한순미 조선대학교 (specialcloud@naver.com)

대표논저: 「한센인의 삶과 역사, 그 증언 (불)가능성」, 「고독의 위치: 폭력과 저항의 유착(流着)」, 「5.18 전후의 역사 폭력을 생각하는 삼각 운동」, 『미적 근대의 주변부: 추방당한 자들의 귀환』 등

▲ 한아름 전북대학교 (agnhb@hanmail.net)

대표논저: 「이기영의 두만강 연구」, 「날개에 나타난 식민지 근대의 이중성」, 「황석영 낯익은 세상의 장소 표상과 문화지리학적 함의」 등

▲ 홍웅기 강원대학교 (alchemystory@hanmail.net)

대표논저: 『경계와 소통, 지역문학과 문학사』(공저), 『근대문명과 폭력』, 『한국문학의 이념과 현장』 외

엮은이 **전 홍 남**

전북대학교 국어국문학과와 동 대학원에서 석·박사 과정을 졸업했다. 현재 한려대학교 교양(국문학)과 교수로 재직 중이다, 지역사회의 발전과 아젠다 발굴에도 관심을 기울이고 있으며, 광양신문, 광양만 신문, 전남 CBS방송 칼럼위원 등을 역임하면서 기고 활동 및 인문학 강좌를 통해 지역사회와의 소통을 활발하게 전개하고 있다. 대표 저서로는『해방기 소설의 시대정신』,『한국 근현대 소설의 현실대응력』,『한국 현대노년소설연구』등이 있으며, 산문집으로『성공한 사람과 성공하는 사람들』,『책이 전하는 말』등이 있음.

문순태 소설의 시대정신

| 초판 1쇄 인쇄일 | | 2018년 8월 17일 |
| 초판 1쇄 발행일 | | 2018년 8월 20일 |

엮은이		전흥남
펴낸이		정진이
편집장		김효은
편집/디자인		우정민 박재원 우민지
마케팅		정찬용 장 여
영업관리		한선희 이성국
책임편집		정구형
인쇄처		국학인쇄사
펴낸곳		국학자료원 새미(주)

등록일 2005 03 15 제25100−2005−000008호
경기도 파주시 소라지로 228-2 (송촌동 579-4)
Tel 442−4623 Fax 6499−3082
www.kookhak.co.kr
kookhak2001@hanmail.net

| ISBN | | 979-11-88499-59-5 *93810 |
| 가격 | | 40,000원 |